KNAUR

Über die Autorin:

Anna Helmin, geboren 1972 in Lübeck, ist als Anglistin in der Erwachsenenbildung tätig und lebt mit ihrem Mann und zwei Kindern in Schleswig-Holstein. Auf zahlreichen Spaziergängen in Portsmouth – ihrer Lieblingsstadt – entstand die Idee zu diesem Roman.

ANNA HELMIN

DIE MONDROSE

ROMAN

KNAUR TASCHENBUCH VERLAG

Besuchen Sie uns im Internet:
www.knaur.de

FSC
www.fsc.org
MIX
Papier aus verantwortungsvollen Quellen
FSC® C083411

Originalausgabe April 2012

Ein Unternehmen der Droemerschen Verlagsanstalt
Th. Knaur Nachf. GmbH & Co. KG, München

Ein Projekt der AVA International GmbH
Autoren- und Verlagsagentur
www.ava-international.de
Redaktion: Dr. Gisela Menza
Umschlaggestaltung: ZERO Werbeagentur, München
Umschlagabbildung: FinePic®, München
Satz: Adobe InDesign im Verlag
Druck und Bindung: CPI – Clausen & Bosse, Leck
Printed in Germany
ISBN 978-3-426-50823-7

2 4 5 3 1

Für Corinna
zur Erinnerung an Portsmouth,
Präraffaeliten und Pimm's

»Doch uns ist gegeben,
Auf keiner Stätte zu ruhn,
Es schwinden, es fallen
Die leidenden Menschen
Blindlings von einer
Stunde zur andern,
Wie Wasser von Klippe
Zu Klippe geworfen,
Jahrlang ins Ungewisse hinab.«

Friedrich Hölderlin,
Hyperions Schicksalslied

TEIL I

Daphne

»Lavender's blue, dilly dilly,
Lavender's green.
When I am king, dilly dilly,
You shall be queen.«

Kapitel 1

London, Petticoat Lane, Oktober 1860

Es war die Musik, die Mildred die Zeit vergessen ließ.

Das Klavier. Sie hatten es über die Rampe auf das von Menschen umringte Podium geschoben, und wenn Mildred sich reckte, bekam sie den vornehm gekleideten Pianisten zu sehen. Die Menge gab keine Ruhe. Das tat sie nie, hier auf dem Kleidermarkt in der Petticoat Lane, keiner sprach, alles brüllte, keiner roch, alles stank. Das Klavierspiel hörte Mildred trotzdem, als hätten ihre Ohren einen Filter, wie ihn die reichen Leute für ihr Wasser benutzten, und aller Dreck bliebe darin hängen, bis die Töne klar wie Wassertropfen perlten.

Nach dem anderen Leben klang es, nach dem, das Mildred sich ausmalte, wenn sie trotz aller Erschöpfung keinen Schlaf fand. Nach Schönheit, Würde und im Sonnenlicht leuchtenden Kleidern, und es war wahrhaftig ein Klavier, keine plärrende Drehorgel oder jüdische Harfe, deren Gejammer man an allen Ecken des Bezirks über sich ergehen lassen musste. Es hätte im Salon ihrer Eltern stehen können, wäre sie anderswo geboren worden. Anderswo, nicht in Londons Osten, in einem Höllenloch, das sich Whitechapel nannte. Mildreds Eltern hatten keinen Salon, von einem Klavier darin ganz zu schweigen. Mit den Ellbogen hackte sie eine Schneise in die Menschenmasse, die sich quetschte wie neuerdings Sardinen in der Dose und auch ähnlich roch. Mildred hielt sich die Nase zu und lauschte. Bei solcher Musik vergaß sie, dass sie auf einem dreckigen Marktplatz stand und wertlose Altkleider verkaufte. Im Bann der Melodie erträumte sie sich, dass ihr ein Schicksal wie Oliver Twist beschieden war. Der war ebenfalls in bitterer Armut aufgewachsen, bis eines Tages ein Graf auftauchte und in ihm seinen Enkel erkannte. Mildred ballte die

Hände zu Fäusten. Die Geschichte des beneidenswerten Oliver hatte ihre Schwester Daphne ihr vorgelesen, die Bücher verschlang wie eine höhere Tochter.

Neben das Klavier trat eine füllige Dame mit Pleureuse am Hütchen und sang in schrillem Sopran, sie heiße Ellie und sei die Schönheit der Allee. Mildred hätte aufbrechen müssen. Ihre Schwester erwartete sie bei den Läden in der Goulston Street, wo sie das Nötigste einkaufen wollten, und nichts fürchtete Daphne mehr, als in der finsteren Gasse allein zu sein. Dennoch vermochte Mildred sich nicht loszureißen. Gefesselt stand sie und hörte der wohlgenährten Ellie zu, die sang, dass ihr Liebster kommen und sie abholen werde, geradewegs in ihrer beider Paradies.

Ins Paradies hätte er gern auch Mildred und Daphne holen dürfen. Nur schien Ellie sich ein windschiefes Kämmerlein unter einem regendurchlässigen Dach von Whitechapel darunter vorzustellen, während für Mildred das Paradies keine Kämmerlein kannte und schon gar keinen Regen. Mildreds Paradies trug einen Namen, der nach endloser Weite klang, nach weißen Häusern mit Säulen und gleißender Sonne. Seit man keine Verbrecher mehr dorthin verschiffte, war es der Name des Garten Edens – Australien.

Eine Bewegung riss Mildred aus den Träumen. An ihrer Hüfte spürte sie ein Reiben, erst wie versehentlich, dann bestimmter und schließlich unverschämt. Irgendein Dreckskerl, der das Gedränge und die beginnende Dämmerung ausnutzte, statt vier Pennys für eine Hure springen zu lassen. Als Mildred ihre Nase freigab, verriet der Duft, wer er war – ein altes Knochengestell, das die gesamte Marktstraße Kartoffel-Paul nannte, weil es im fahrbaren Ofen Kartoffeln ausbuk und für einen Penny das Stück verhökerte. Speichel füllte ihr den Mund. In der Wohnung ihrer Eltern fehlte es seit Wochen an Koks, um warmes Essen zu bereiten.

»Heißes Kartöffelchen gefällig, die Dame?« So rasch sie zur Seite trat, so rasch rückte der Alte nach, spießte einen der kross gerösteten Erdäpfel auf und hielt ihr die Stelle, an der die Schale geplatzt war, vor die Nase. Der Duft umnebelte ihr den Verstand, und genau das hatte der Lump beabsichtigt. Allen Teufeln der Hölle hätte sie Widerstand geleistet, aber keiner gebackenen Kartoffel. »Köstlich, köstlich«, wisperte er ihr ins Ohr, tauchte einen Löffel ins Butterfass und strich auf die Schale einen goldgelben Batzen, der in sämige Bäche zerlief. »Nur einen Penny, und für ein hübsches Schätzchen gibt's noch ein Löffelchen Butter obendrauf.«

Abrupt brach das Lied der dicken Ellie ab. Die Geräusche des Marktes quollen an die Oberfläche, das Johlen, Scharren und Rascheln, die knirschenden Räder, das Geschrei der Händler.

»Lumpen, Altkleider, Eisen! Beste Ware, billig wie geschenkt!«

»Aale, kauft Aale, piekfein eingelegt und so frisch, dass sie im Mündchen zappeln.«

»Hühneraugen, Warzen, Liebesschmerzen – Lindale's Fliedersirup hilft jedem Übel ab …«

Den Augenblick, in dem alles durcheinanderströmte, machte Mildred sich zunutze. Blindlings streckte sie die Hand aus, langte dem Alten in die Manteltasche und umschloss in der Faust, was sie fand. Gleichzeitig tat sie einen mannhaften Biss in die Kartoffel. Ehe der Empörte aufschreien konnte, riss sie ihren Karren herum und stürmte durch die Menge davon.

Zunge und Rachen brannten, während sie den Bissen hinunterwürgte. Am Ende der Straße steckte der Lampenanzünder die neu errichtete Gaslaterne an. Um ein Haar hätten die Räder von Mildreds Karren ihm die Leiter umgeworfen. Im letzten Moment riss sie ihr Wägelchen zur Seite, fing es, ehe es aufs Pflaster krachte, und entfloh in eine Seitengasse. Hierher drang kaum ein Abglanz des Lampenscheins, und das letzte Tageslicht verblich im Nu. Mildred hastete weiter. Stehen blieb sie erst in einem Hinterhof, als sie hinter sich keine Füße mehr trappeln und kein Rad mehr rollen hörte.

Schwer atmend lehnte sie sich an die Mauer des Hauses und öffnete die

verkrampfte Faust. Es war so dunkel, dass es ihr schwerfiel, die Münzen in ihrer Handfläche zu zählen. Die Läden würden schließen, und die arme Daphne, die sich vor jedem Schatten fürchtete, würde vor Angst mit einer Ohnmacht kämpfen. Zudem durfte Daphne nie erfahren, dass ihre Schwester einem armen Schlucker die Kröten aus der Tasche stahl. Ich tu's doch für sie, begehrte etwas in Mildred auf. Von dem Hungerlohn, den Daphne als Büglerin in Stenton's Kleiderfabrikation verdiente, ließ sich nichts sparen, und die Einnahmen aus dem Altkleiderhandel reichten im besten Fall für Miete, Brot und Gin, in dem ihr Vater sein elendes Dasein ertränkte. Wenn sie nach Australien wollten, ehe sie zu vertrocknet waren, um einem Hund einen Knochen zu entlocken, mussten aus anderen Quellen Mittel fließen.
Während ihre Augen sich an die Finsternis gewöhnten, starrte Mildred auf das Geld in ihrer Hand. Eine Halbkrone, vier Pennys und zwei Farthings, die sie in ihrem Versteck in den Beutel stopfen würde. Eines Tages würde der Beutel so prall sein, dass er wie eine Backkartoffel platzte, und dann brauchten sie und Daphne keinen Grafen mehr, sondern fänden selbst den Weg ins Paradies. Sich das Wort Australien vorzusprechen half immer, gegen Erschöpfung und Hunger wie gegen Zweifel und Gewissensnot.
Hier im Hof war die beginnende Nacht erstaunlich still. Aber sie würde es nicht lange bleiben. Huren nutzten Durchgänge wie diesen, um Freier zu bedienen, Hehler wickelten Geschäfte ab, und Seeleute, die aus den Kaschemmen der Docks torkelten, leerten in Hauseingängen letzte Flaschen. Mildred schüttelte sich, ehe sie die Holme des Karrens aufhob und ihres Weges stapfte. Einmal würde sie ein Leben führen, in dem sie von alldem nichts mehr wusste. Keine Nation der Erde war so reich wie Großbritannien, und der größte Reichtum winkte in den Kolonien, wo nie Regen in Rinnsteine voll Abwasser tropfte und keine Kälte in Kleider kroch. Wer in diesem Dreckloch hocken blieb, war ein hoffnungsloser Verlierer, Mildred hingegen war entschlossen, ein Sieger zu sein.

Auch in der krummen Gasse, in der kaum drei Menschen miteinander Platz gefunden hätten, gab es keine Laterne. Hinter blinden Scheiben hauste Volk, das sich Kerzen nicht leisten konnte, und von den Polizisten, die neuerdings jeder Bezirk bereitstellen musste, ließ sich keiner blicken. Erleichtert erkannte Mildred das Tor der Zufahrt, die auf die Goulston Street führte. Dort würde die Schwester warten, zwar verängstigt und verfroren, aber selig, sie zu sehen. Vielleicht würde Mildred zwei der kostbaren Pennys opfern und sich mit ihr im Horn of Plenty eine Lammpastete teilen.

In der Zufahrt war es noch schwärzer als zuvor auf der Gasse. Mildreds Schritte hallten. Ins Tock, Tock der Absätze und ins schleifende Geräusch der Räder mischte sich ein Keuchen, gehetzter Atem, dann ein dunkles Lachen. Mildred ging schneller. Sie, die selbst im dunkelsten Winkel keine Angst kannte, vernahm in den Ohren das Rauschen ihres Blutes, ließ den Karren fallen und begann zu rennen. Um ihr Leben zu fürchten hatte sie sich abgewöhnt, doch die Furcht um Daphne ließ ihr Herz hämmern. Sie war allgegenwärtig. Ein Teil von Mildred war sie.

Sie sah es, sobald sie um die Ecke jagte, sie brauchte kein Licht dazu. In der Tat waren die Läden geschlossen, die Einkäufer heimgekehrt, die Gasse menschenleer, bis auf die Gestalten, die sich in den Schutz eines Hoftors drückten. Drei Kerle, deren weiße Filzkappen in der Dunkelheit leuchteten. Navvies, Wanderarbeiter, die zu Hunderten in die Stadt gekarrt wurden, um Abwasserkanäle und Gräben für Schienen auszuheben. Sie hausten in Baracken, lebten von Bier und Fleischabfällen und unterschieden sich von wilden Tieren höchstens dadurch, dass niemand sie abknallen durfte. Die drei waren ohne Frage sturzbesoffen und so hemmungslos wie alles Pack, das nichts zu verlieren hatte.

Der größte von ihnen lachte noch einmal. An den Schultern hielt er Mildreds Schwester, die in seinem Griff verschwindend klein wirkte und kaum hörbar wimmerte. Mit einem Schnalzlaut stieß er sie von sich. Sie schrie auf und stürzte zu Boden, rappelte sich auf die Knie und versuchte aufzustehen. Da trat ihr ein zweiter in den Leib, dass sie wie ein Käfer auf die Seite sackte. Röhrend und grölend warf der dritte sich über sie.

Mildreds Zorn war maßlos. Mit Zähnen und Fäusten hätte sie auf die Kerle losgehen und sie nach Strich und Faden verdreschen mögen. Aber Mildred war ein Kind aus Londons Osten, mit jedem dreckigen Wasser gewaschen und noch im Zorn gewieft, als wäre sie ein Jahrhundert alt. So wehrhaft sie war, drei muskelbepackten Wanderarbeitern war sie nicht gewachsen, und ein unbedachter Angriff konnte für Daphne das Schlimmste bedeuten. Sie zwang sich zur Ruhe, duckte sich hinter die Mauer und wühlte unter der Schürze nach dem einzigen Gegenstand, der ihnen helfen konnte.

Eine Pfeife. Sie hatte sie im Horn of Plenty einem beschwipsten Polizisten gestohlen, während der Tölpel sie mit liebestollen Blicken traktierte. Schon damals hatte sie geahnt, dass ihr das Ding einmal nützlich sein würde. Sie setzte es an die Lippen und blies aus Leibeskräften hinein. Dann schloss sie einen Herzschlag lang die Augen und sandte ein Stoßgebet in den verhangenen Himmel.

»Der Bulle«, brüllte einer der Kerle, »los, weg«, und gleich darauf polterten Nagelstiefel über den Stein. Stocksteif verharrte Mildred in ihrem Versteck, bis der Lärm in der Ferne verhallte. Erst als sie nur noch ein vages Echo vernahm, rannte sie los, war im Nu bei Daphne und warf sich auf dem nassen Pflaster auf die Knie.

Im fahlen Mondlicht glänzte der Regen. Daphne lag am Boden, presste das Gesicht auf den Stein und weinte. Behutsam umfasste Mildred ihre Schultern und zog sie in ihren Schoß. Sie hätte dem Himmel danken sollen, dass der Schwester das Unaussprechliche erspart geblieben war, doch stattdessen verfluchte sie sich, weil sie über dem albernen Klavier die Zeit vergessen hatte. Hilflos fuhr ihre Hand über das feuchte, wirre Haar. Während sie im Regen saß und die Weinende hielt, war ihr zumute, als flöge ihr Leben mit Daphne an ihr vorbei.

Nur ein Jahr nach ihr war die Jüngere zur Welt gekommen, aber für Mildred war sie stets die kleine Schwester gewesen. Die Letztgeborene von fünf Geschwistern, von denen drei Brüder nicht mehr lebten. Die Schwächste war sie, litt an Blutarmut und setzte trotz der Leckerbissen, die Mildred für sie stibitzte, kein Fleisch an, hustete alle Winter über und lag mehr als einmal auf den Tod. Stets berappelte sie sich aber wieder und blieb am Leben, wie um Mildreds Flehen zu erhören: Gott im Himmel, wenn Du Dich nur für einen Penny um Mildred aus Whitechapel scherst, dann nimm mir nicht die Kleine. Ohne sie hab ich doch keinen Menschen mehr.
Dasselbe stumme Gebet sprach sie jetzt, und dabei beschwor sie die Schwester, ihr zu verzeihen. Ich hab versprochen, auf dich achtzugeben. Aber ich hab dich im Stich gelassen. Für dummes Klaviergeklimper, für mein hohles Vergnügen.
Sie hatte die Kleine vor den Prügeln des Vaters beschützt. Sie war auf der Straße neben ihr gegangen, um Pack zu verscheuchen und Dreck aus dem Weg zu treten. Um zu verhindern, dass die empfindsame Daphne auf der Petticoat Lane mit Lumpen handeln musste, hatte sie ihr die Stellung bei Stenton's verschafft, wo ihre zarten Hände nur Rüschen und Krägen aufzubügeln hatten. Sie bürstete ihr zur Schlafenszeit das Haar wie einem vornehmen Fräulein. Dieses eine Mal aber, als Daphne sie mehr denn je gebraucht hätte, hatte sie versagt.
Sie strich ihr über den bebenden Rücken. »Ich bring dich hier weg«, murmelte sie, »hörst du, mein Sperling? Ich bring dich aus dieser gottverdammten Gosse weg.« Du bist alles, was ich habe. Du bist alles, was je gut an mir war. Daphne gab keine Antwort, sondern weinte weiter. Mildred schlang die Arme um sie. »Nach Australien«, sprach sie in die Regennacht, und dann noch einmal, ihre Zauberformel gegen Kleinmut und Schwäche: »Nach Australien! Nicht erst in hundert Jahren, sondern jetzt, sobald du wieder bei Kräften bist. Wird das nicht wundervoll, Sperling, wir beide auf einem Schiff übers Meer? Das Geld für die Eisenbahn hab ich zusammen, wir fahren wie

zwei Damen von Welt in einer Kutsche ohne Pferd nach Southampton, trinken mit spitzen Lippen unseren Tee, und vor dem Fenster fliegt die Welt vorbei. Und in Southampton gehen wir aufs Schiff. Für die Passage muss man nicht unbedingt bezahlen, es gibt noch andere Wege, das überlass nur mir. Aber aus dem Regen musst du. Komm, gehen wir in die Wirtschaft, ich kauf dir Pastete mit Lamm, die isst du doch gern.«

Die Schwester schluchzte und sprach kein Wort. Hilflos ließ Mildred die Arme sinken und sang wie von selbst vor sich hin:

»Lavendel ist blau, dilly dilly,
Lavendel ist grün.
Wenn ich erst König bin, dilly dilly,
Wirst du meine Königin.«

Das Lied hatte sie Daphne als Kind vorgesungen, wenn sie vor Hunger oder Furcht nicht schlafen konnte, und die Kleine hatte sie gefragt: »Wirst du wirklich König, Milly-Milly? Und ich Königin?«

Nie hatte Mildred ihr begreiflich gemacht, dass sie als Mädchen kein König werden konnte, sondern sie in ihrem kindlichen Glauben belassen. Jetzt wünschte sie sich diese Tage zurück. Glaub doch noch einmal, dass ich alles kann, mein Sperling, dass ich Schlechtes gut mache und herbeizaubere, was du dir wünschst. Sie strich durch Daphnes nasses Haar und sang weiter:

»Wer sagt dir das, dilly dilly,
Wer sagt dir so?
Mein eigen Herz, dilly dilly,
Das sagt mir so.«

Unter Mühen stemmte Daphne eine Hand aufs Pflaster und hob den Kopf. In ihre Mundwinkel grub sich ein Lächeln, das trotz der Strapazen hübsch war. »Gehen wir heim, Milly-Milly? Es ist kalt, und du musst müde sein.«

Kapitel 2

Portsmouth, Southsea, November 1860

Hector Weaver hatte die Vorstadt, in der er geboren worden war, nie so geliebt wie in diesem Herbst. Sie trug den Namen Southsea, lag westlich vor der Garnisonsstadt Portsmouth und war bei seiner Geburt im Jahre 1828 nicht mehr als ein Häuflein verstreuter Häuser gewesen. Heute hingegen, zweiunddreißig Jahre später, glich sie einer gigantischen Baustelle. Nicht allein dass neue Gebäude aus dem Boden schossen, nicht allein dass Holperpflaster nach der Methode des Schotten MacAdam geglättet wurden, indem man nur Steine verwendete, die in den Mund eines Arbeiters passten, nein, noch erregender war, was es hinter dem Gürtel der Gemeindewiesen zu sehen gab – die breite Zunge aus Gestänge, die ins Meer hinauswuchs, und der aus Stahl geschmiedete Pfad. In naher Zukunft würden die Schienen der Eisenbahn geradewegs auf jene Zunge führen.

Der Clarence Pier! Die neue Anlegestelle sollte im nächsten Sommer eröffnet werden und ein Spektakel bieten, wie es Portsmouth nie gekannt hatte. Hotels und Gaststätten waren geplant, ein Vergnügungspark auf den Wiesen um den Pier, wo sich Passagiere, die auf die Fähre zur Isle of Wight warteten, möglichst kostspielig die Zeit vertreiben sollten. Die Luft summte vor Betriebsamkeit. Hier wurde an einer Quelle gezapft, die den Wohlstand der Stadt auf Jahrzehnte nähren würde und die Englands Mittelschicht gerade erst entdeckte – die Lust zu reisen.

Auf einmal fuhr alle Welt in die Sommerfrische, erholte sich an bunten Stränden, stieg in Badekabinen, um im kühlen Nass zu planschen, und verschleuderte auf wimmelnden Promenaden mühevoll erspartes Geld. Hector, der mit seinem Buchhalter am Fuß des Piers stand, um eine Lieferung zu überwachen, rieb sich die Hände. Von diesem Kuchen würde er sich seinen Batzen schneiden und manches Sahnehäubchen obendrein.

Die Weaver'sche Holzhandlung, die Hector allein führte, weil sein Bruder nicht dazu taugte, bescherte ihm noch immer beachtliche Erträge, doch die großen Tage des Holzes waren gezählt. Der Schiffsbau, dem die Weavers ihr Vermögen verdankten, würde zu Eisenverkleidungen übergehen, und die Preise für baltische Eiche begannen schon zu sinken. Hector, der nicht nur Frau und Tochter standesgemäß zu versorgen hatte, sondern stolzer Vater eines Stammhalters war, sann seit langem auf andere Wege, um seine Schäflein ins Trockene zu bringen.

Zudem bestimmte das Testament seines Vaters, dass er von den Erträgen des Holzhandels die Hälfte seinem Bruder abzutreten hatte, obgleich der das Geld für Hirngespinste verschleuderte und im väterlichen Geschäft keinen Handschlag tat. Zu behaupten, diese Klausel sei Hector ein Dorn im Auge, war auf lachhafte Weise untertrieben. Sie saß ihm als Stachel im Fleisch und würde dort zwicken und bohren, bis er über ein eigenes Imperium verfügte und die Holzhandlung keinen Penny mehr abwarf.

So fern ist der Tag nicht. So fern nicht.

Von Thomas Owen, dem Architekten, der in aller Munde war, hatte er im eleganten Südwesten ein Haus gemietet. Ein Mount Othrys war es zwar nicht – das verfluchte Märchenschloss, das sein Bruder vom Vater geerbt hatte, fand in Portsmouth nicht seinesgleichen –, aber es ließ sich darin immerhin logieren, wie es Hector für seine Familie vorschwebte. Ein zweites, käuflich erworbenes Haus, das im verwahrlosten Viertel Point beim Fischereihafen lag, diente anderen Zwecken.

Gewiss, mit der Reiselust war Geld ohne Ende zu scheffeln, nur musste einer dazu erst einmal Geld investieren. An den Fluten der Auswanderer hingegen ließ sich ohne Risiko verdienen. Während die

Leute auf ihre Passagen nach Australien warteten, brauchten sie Quartiere. Die wenigsten konnten sich leisten, wählerisch zu sein, und das eine oder andere Nebengeschäft ergab sich außerdem. Zwar sah Hector in seiner neu eröffneten Mietpension am Milton's Court nicht mehr als eine erste Sprosse – seine Ambitionen lagen im Bereich der neuen Technik, nicht in der Arbeit mit Menschen, die ihn zumeist eher ekelten. Der Leiter aber, zu der die Sprosse gehörte, würde allein der Himmel eine Grenze setzen.

Er schaute Raymond Nettlewood, dem Buchhalter, der schon für seinen Vater gearbeitet hatte, zu, während er die letzten Posten ins Verzeichnis eintrug, dann zupfte er den Alten am Jackenärmel. »Hier sind wir fertig, was, mein Bester? Gehen wir auf einen Sprung nach drüben, sehen, wie die Navvies im Graben vorankommen?«

Nettlewood, der mit seinen runden Augen und der gewaltigen Nase einem Eulenvogel glich, warf ihm durch Brillengläser einen gequälten Blick zu. Es war später Nachmittag, leichter Regen setzte ein, und ohne Zweifel wäre er liebend gern nach Hause gegangen, um am Ofen seine Knochen zu trocknen. Auch hielt er sich von den Wanderarbeitern, die im Barackendorf hinter der Baustelle hausten, fern. All das Fluchen, Saufen und Zotenreißen war nicht Nettlewoods Welt. Hector hingegen hatte sein Herz an die Eisenbahn verloren. Zuzusehen, wie kräftige Arme den Graben für die Schienen aushoben, erfüllte ihn mit Zuversicht. Als brächte ihn jeder Spatenstich näher an sein Ziel, so wie er Portsmouth näher an London und an den Rest der pulsierenden Welt brachte.

Mit zwei Pfund Rindfleisch und einer Gallone Bier pro Tag wurden die Navvies abgefüttert. Das viele Rindfleisch mache sie blutrünstig, hieß es, und das Bier tat ein Übriges. Zudem erhielten sie einen Tageslohn von zwei Schillingen. Ein Haufen Geld für einen, der daheim am Hunger verreckt wäre – die meisten der Wanderarbeiter stammten aus dem Norden oder aus Irland und kamen her, weil sie in ihrer Heimat nichts zu beißen hatten. Das Geld aber war schwer verdient. Von einem Trupp Navvies wurde erwartet, dass er pro Schicht zwanzig Tonnen Erde aushob, und Lohn erhielten die Leute erst am Ende eines Monats ausgezahlt. Mithin waren Neulinge gezwungen, auf Kredit einzukaufen, und den bekamen sie nur im Laden der Eisenbahngesellschaft, dessen Wucherpreise berüchtigt waren. Zu allem Unglück befand sich der Laden neben dem Pub Dog and Donkey, der gleichfalls der Eisenbahn gehörte und sich den Rest der Lohngelder einverleibte.

Hector hielt Nettlewood, der vor dem Graben zu entwischen hoffte, am Ärmel fest. Bis zur Mitte der Wiesenfläche hatten die Männer der Erde ihre Scharte geschlagen, in der die Schienen verlegt werden würden. Die Strecke sollte auf den neuen Pier führen, so dass die Reisenden aus dem Zug direkt aufs Schiff steigen konnten. Gut dreißig Männer schufteten unter den Augen von drei Aufsehern in der Grube, die sich als Keil in den Boden bohrte. Sie trugen die übliche Kleidung, grobe Hosen aus Baumwolle, Leinenhemden ohne Kragen, bunte Westen und weiße Filzkappen, vor denen jedem Weib im Umkreis graute. Die Heimatlosen galten als verdorben und verroht. Ein Schwein hat mehr Anstand als ein Navvy, behauptete Hectors Gattin Bernice, aber eines musste man den Kerlen lassen, sie besaßen die Kraft von Bullen, und das, was sie schufen, veränderte das Gesicht der Nation.

Ihre Arbeit vermochte kein anderer zu tun. Dabei war das Aufhacken der Erde mit dem Pickel nicht einmal das Schlimmste, schon gar nicht an regnerischen Tagen wie heute, an denen der Graben einem Schlammloch glich. Die gelockerte Erde wurde in Schubkarren geschaufelt, von denen jede gut zweihundert Pfund fasste. Aber auch die Schufterei mit den Schaufeln war nicht das Schlimmste. Es war der Abtransport der Erde, der alles übertraf.

Gab es in einer Epoche des Fortschritts, in der man Nachrichten um die Welt jagen und mit dem Segen von Stadtgas seinen Sonntagsbraten rösten konnte, für solche Verrichtungen keine Maschine? Die Anlage wirkte geradezu vorsintflutlich. Ein schmaler Balken führte in einem Winkel von fünfundvierzig Grad aus der Grube. Oben wartete ein Mann mit einem Zugpferd, an dessen Geschirr zwei Seile befestigt und einem Arbeiter zugeworfen wurden. Der Mann schlang eins der Enden um die bis zum Rand beladene Schubkarre und das zweite um die Leibesmitte. Hector sah dem Treiben häufig zu, hielt aber jedes Mal von neuem wie ein Kind den Atem an.

»Darf ich mich erkundigen, was wir hier eigentlich tun?«, fragte Nettlewood, der mit den Zähnen klapperte.

»Warten Sie's ab, Sie Frostbeule.« In Hectors Stimme zitterte Vorfreude. »Ich versichere Ihnen, wir bekommen gleich etwas geboten, das habe ich im Gespür.«

Das war das Talent, das Hector, nicht etwa sein Bruder, vom Vater geerbt hatte – er erkannte eine Gelegenheit, noch ehe ihm bewusst war, worin sie bestand. Jeder der muskulösen, mit Fleisch und Bier gepäppelten Navvies war einen Blick wert, wenn er die mächtige Schubkarre anhob, aber der, der jetzt die Knoten sicherte und nach den Holmen griff, stellte alle in den Schatten. Ein großer Kerl mit braunem Haar, breit wie ein Ringer und derber gebaut als die Kumpane. Dabei haftete aber seinem Gesicht etwas Hungriges an, und sein Blick war unstet. Der ist nicht geeignet, durchfuhr es Hector. Beim Steuern des Karrens kam es nicht auf Kraft an, da ja das Pferd die Zugarbeit leistete, sondern auf Geschick. Wenn es dem Mann nicht gelang, das Gefährt auf dem Balken zu halten, stürzte es zur Seite, riss ihn mit und begrub ihn unter sich. Im Sommer hatte sich ein Kerl beide Beine zerquetscht, und in Southampton hatte man einen tot aus dem Graben gefischt.

»Zieh an!«, brüllte der Braunhaarige dem Pferdeführer zu. Der packte den Gaul am Zaum und zerrte ihn voran. Der Mann an der Karre musste sich mit ganzem Gewicht in den Rücken legen, dabei das Gefährt von sich wegstemmen und es an den Holmen steuern. Hector sah, wie Muskeln und Sehnen an den Unterarmen schwollen, wie das

Gesicht sich vor Anspannung rötete. Während sein Buchhalter neben ihm schlotterte, genoss er den Anblick in vollen Zügen. Und erst die Geräusche. Das gemächliche Schnaufen des Pferdes, das Keuchen, mit dem der Brustkorb des Mannes sich füllte, das Schaben des Rades, das leise Pochen des Regens. Obendrein war das Holz feucht und rutschig, die Aufgabe doppelt gefährlich und die Spannung umso köstlicher.

Der Herkules machte seine Sache nicht übel. Man sah ihm an, dass er nicht zu den erfahrenen Männern der Gruppe gehörte, aber er steuerte mit Bedacht und setzte keinen übereilten Schritt. Auch schien er nüchtern zu sein, was bei Navvies nicht allzu oft vorkam und nicht für den Pferdeführer galt. Der schwankte bedenklich, trat in eine Furche und strauchelte, wobei er den Gaul im Maul riss, dass dieser erschrocken den Kopf aufwarf. Die Last sackte tiefer und warf ihren Steuermann um ein Haar hintenüber. Im letzten Augenblick fing er sich und bekam die Karre wieder ausbalanciert. »Pass doch auf, du Idiot!«, brüllte er. Seine Betonung war seltsam, jedes Wort wie zerhackt. Schweiß rann ihm aus dichten Brauen in die Augen. Er hatte keine Hand frei, um ihn fortzuwischen.

Der Pferdeführer war einer der Aufseher, die die Eisenbahngesellschaft im Ort rekrutierte. Jene Kerle soffen nicht weniger als die, deren Moral sie überwachen sollten, und waren zumeist verkrachte Existenzen, die es weidlich auskosteten, für dieses eine Mal die Oberhand zu haben. »Pass du besser auf«, brüllte der betrunkene Bursche zurück, »und zwar auf das, was du sagst, Teutone. Wenn meine Arbeit dir nicht schmeckt, mach den Kram allein.« Damit ließ er dem Gaul die Zügel schießen, trat einen Schritt beiseite und widmete sich seiner Feldflasche.

Hector warf einen Blick nach seinem Buchhalter. Wie erwartet verkrampften sich die Züge des Eulengesichts, und die Brille rutschte vom Nasensattel. »Was denken Sie, Nettlewood«, fragte er launig, »ist der Kampfstier da unten wirklich ein Teutone?«

»Wie bitte?« Gereizt schob Nettlewood die Brille zurück.
»Ob der Deutscher ist, meine ich. Wenn man sich das Kreuz betrachtet, nicht ganz von der Hand zu weisen, was?«
Der Buchhalter gab keine Antwort, und Hector wandte sich wieder dem Geschehen zu. Drei Schritte ging das Pferd von allein, so dass der Mann auf dem Balken sein Gleichgewicht fand und sich ein Stück weit nach oben rackern konnte. Dann aber tappte der Gaul wie zuvor sein Führer in ein Schlammloch. Aufwiehernd scheute er zurück und vollführte linker Hand einen Ausfallsprung.
Hector seufzte fasziniert. Die Seile wurden seitwärts gerissen, der Karren geriet ins Schlingern und neigte sich bedrohlich nach links. Noch hätte der Unglücksrabe loslassen und dem Karren ausweichen können, doch er blieb mannhaft stehen und kämpfte mit geballten Schenkelmuskeln und klammernden Händen darum, das Gefährt in den Griff zu bekommen. Von neuem seufzte Hector. Das Wissen, dass alle Mühe sinnlos war, steigerte die Lust, derweil der arme Kerl ächzte und schwitzte.
Letzten Endes musste er aufgeben, dulden, dass die Karre ihn niederriss. Zur Kugel gerollt, blieb er liegen, bis ein Rad ihn im Gesicht traf und er den Hang hinunterstürzte. Erdklumpen und Steine ergossen sich über ihn, und die Karre fiel in Hüpfern hinterdrein und traf ihn am Leib. Trotz des Lärms drehten die meisten Arbeiter nicht einmal die Köpfe. Nur einer der Aufseher, ein drahtiger Mann mit einem Gehstock, eilte zu der Stelle, an der der Verunglückte aufgeprallt war. Vielleicht hat er sich das Genick gebrochen, durchfuhr es Hector. Noch immer hielt der Mann die Beine umschlungen und das Gesicht an die Knie gepresst. Sein brauner Schopf sah hübsch aus zum Burgunderrot der Weste.
Der Aufseher blieb vor ihm stehen und rief ein paar Worte, die ihn dazu bewegen sollten, sich zu rühren. Als der Gestürzte keine Anstalten machte, wurde der Aufseher lauter, und als auch das nichts half, schwang er den Stock und schlug ihn auf den Rücken.

Hector war sicher, dass er ihn nicht prügeln wollte, sondern lediglich hoffte, ihn mit dem Hieb ins Leben zurückzutreiben. Letztendlich tat er das auch. Kaum getroffen, schnellte der Verletzte auseinander und sprang auf. Er war wahrhaftig ein Prachtkerl, überragte den Aufseher um gut einen Kopf und wirkte doppelt so breit. Seine Kleider waren schlammbedeckt und zerrissen, an Arm und Stirn blutete er. Er packte den Aufseher bei den Schultern und schüttelte ihm die Seele aus dem Leib. Der arme Teufel quiekte wie ein Schwein, ehe ein Steinschlag von Worten auf ihn niederprasselte, in einer Sprache, die Hector frösteln ließ.

Die Erregung, die ihn packte, war ihm bekannt, allerdings nicht aus Nächten, in denen er über Bernice im Rüschenhäubchen seiner ehelichen Pflicht genügte. Der Kerl in der Grube war stark. Er mochte ein grobes Tier sein, aber er besaß die Kraft längst versunkener Götter, die gesoffen, geliebt und getötet hatten wie Naturgewalten. Würde er den Aufseher, auf den er einschrie, umbringen?

Zu seinem Bedauern würde Hector nie erfahren, ob er es getan hätte, denn endlich schreckten die übrigen Wächter aus der Starre und eilten dem Gefährten zu Hilfe. Als ihr Zupfen ohne Wirkung blieb, befahlen sie Navvies hinzu, die das schöne Tier von seinem Opfer pflückten. Sie warfen ihn nieder, und jetzt bezog er von allen Seiten Prügel. Dass er einer der ihren war, kümmerte die Navvies wenig, wenn sie nur zuschlagen durften. Ein wenig dauerte es Hector, dass ein solch wohlgestaltetes Geschöpf derart gnadenlos verdroschen wurde, doch seinem Genuss tat das keinen Abbruch. Im Gegenteil. So furchterregend der Mann gebrüllt hatte, so still hielt er unter den Schlägen. Fein, mein Hübscher. Dich kriegen die so leicht nicht klein.

»Er ist einer«, vernahm er Nettlewoods Stimme neben sich.

»Wie bitte?«

»Ein Teutone. Deutscher. Das wollten Sie doch wissen.«

»Und woher wissen Sie's?«, entfuhr es dem verblüfften Hector.

»Ich habe Ohren«, erwiderte Nettlewood und kratzte sich an einem. »Er sprach Deutsch, als er auf den Vorarbeiter losging.«

Hector vergaß es immer wieder – die Eule von Buchhalter war der reinste Polyglott. »Jetzt erzählen Sie mir bloß noch, Sie haben verstanden, was der Anfall von Tobsucht zum Inhalt hatte?«

»Sie meinen, ich soll Ihnen darlegen, was der Mann gesagt hat?«

»In der Tat, Nettlewood.« Unten befahl ein Aufseher Einhalt und ließ den Mann, der böse zugerichtet war, auf die Füße zerren.

»Er hat gesagt: Du schlägst mich nicht, du Drecksmann. Mich schlägt auf der Welt kein Mensch mehr, oder ich mach euch tot.«

Ich hab's dir angesehen, Bürschlein. Die Mordswut, die in dir brodelt, und du ahnst nicht, wie gern ich wüsste, woher du die hast. Von dem Aufruhr, mit dem deutsche Arbeiter ihre Obrigkeit das Fürchten lehrten, war allerorts die Rede, aber mit eigenen Augen sah er einen solchen Mann zum ersten Mal. Der gebeutelte Aufseher wimmerte noch immer vor sich hin. Sein Kollege versetzte dem Deutschen eine Ohrfeige. Der tat zu Hectors Vergnügen just, was er erwartet hatte, schnappte nach der schlagenden Hand und erwischte die Fingerspitzen mit den Zähnen.

Der Aufseher schrie vor Schmerz. »Jetzt reicht's!«, brüllte er. »Bringt den Satan auf die Wache, der ist ja gemeingefährlich.«

Die beiden Navvies rissen ihn in Richtung Hang, aber der Deutsche rührte sich nicht. Die Aufseher winkten weitere herbei, von denen einer den Einfall hatte, die Brust des Mannes wie bei einem Schlachttier zu umwickeln und vereint an den Seilenden zu zerren. Der Deutsche sträubte sich, doch es half nichts. Er musste klein beigeben und hinter ihnen hertrotten, wenn er nicht geschleift werden wollte.

Sie würden ihn ins Gefängnis von Marshalsea werfen, wo ihm noch mehr Prügel und eine völlig überhöhte Haftstrafe blühten. Er würde abmagern, diese freche, rohe Schönheit verlieren, und wenn er irgendwann auf freien Fuß kam, gab es nur noch das Arbeitshaus für ihn. Ein Jammer, dachte Hector. Ehe er sich besann, hob er die Hand und rief: »Halt!«

Sämtliche Aufseher sowie mehrere Navvies wandten die Köpfe. »Guter Mann, was halsen Sie sich den Ärger auf?«, wandte Hector sich an den vorderen. »Überlassen Sie den Burschen mir, es soll Ihr Schaden nicht sein.«

Er zog seinen Hut und deutete eine Verbeugung an. »Gestatten, Hector Weaver.«

Das wäre nicht nötig gewesen. Die Weaver'sche Holzhandlung kannte in Southsea jedes Kind. Der Aufseher grunzte. »Was wollen Sie mit dem Galgenstrick? Darauf, dass der da, wo er herkommt, Ärger gemacht hat, wette ich meinen Hintern.«

Hector schenkte ihm ein Schmunzeln. »Behalten Sie das gute Stück. Und Ihren Galgenstrick lassen Sie meine Sorge sein, ich finde schon Verwendung für ihn.« Während er Kleingeld aus der Innentasche seiner Weste fischte, befahl der Aufseher den Navvies, den Deutschen zu ihm hochzuhieven. Was für ein Coup! Zwar war Sklaverei in Britannien inzwischen verboten, aber ein Mann kaufte sich noch immer leichter als ein Paar Mastgänse.

Selig sah er den Hünen durch den Schlamm stapfen. Aus der Nähe kamen die Muskeln von Schenkeln und Schultern zur Geltung und spannten den feuchten Kleiderstoff. Der Bursche war blutjung. Trotz der Narben, trotz der verbissenen Lippen haftete ihm etwas Unversehrtes an, das Hector seltsam berührte. Ein Rippenstoß schreckte ihn auf. Über den Rand der Brillengläser stierten Nettlewoods Eulenaugen ihn an. »Und was, wenn die Frage gestattet ist, fangen wir mit dem Menschenkind nun an?«

Hector lächelte. »Vorerst kommt er mir als Eintreiber für meine Mietpension gelegen.«

Bevor der Buchhalter etwas erwidern konnte, blieb der Zug vor ihnen stehen. So dicht, dass Hector den Deutschen atmen hörte. Tapfer hielt der Mann seinem Blick stand, die Augen wie helles Bier und voller

Funken. »Fein«, sagte er und klopfte dem Gefesselten auf die Schulter. »Sprechen Sie unsere Sprache, junger Mann?«
Die hellen Augen blitzten, ehe er mit Überwindung nickte.
»Fein«, wiederholte Hector. »Los, nehmt ihm den Strick ab, wir sind ja nicht auf dem Schweinemarkt. Und was uns betrifft, mein Freund – haben wir wohl einen Namen, und darf ich den erfahren?«
»Ob Sie einen haben, weiß ich nicht«, gab der Deutsche in hartem, aber fehlerfreiem Englisch zurück. »Ich heiße Victor März.«
Victor, der Sieger. Hector und Victor. Der regnerische Tag schien zu leuchten. Noch einmal klopfte Hector dem Deutschen auf die Schulter, warf die Beherrschung in den Wind und lachte.

Kapitel 3

Unterwegs, November 1860

So schnell, so schnell, so schnell.

Mehr als diese zwei Worte vermochte Daphne nicht zu denken. Sie reihte sie endlos aneinander. Nicht erst seit dem Morgen, sondern seit Tagen oder, um genau zu sein, seit jener Nacht, in der Mildred den Beschluss gefasst hatte: Wir gehen weg von hier. Unser Leben in Whitechapel ist zu Ende, und ein anderes fängt an.

So schnell war alles gegangen, so schnell, so schnell. Immer fasste Mildred, ihre Milly-Milly, Beschlüsse für sie beide, und Daphne, der täppische Sperling, hüpfte hinterdrein. »Frag nicht«, hatte Mildred gesagt, als Daphne wissen wollte, woher das Geld kam. Geld für die Fahrt mit der Eisenbahn, Geld für neue Strümpfe und Umschlagtücher, denn, so erklärte Mildred, wer nicht genug Strümpfe bei sich hatte und keine warme Oberbekleidung, durfte nicht nach Australien reisen.

Zehn Wochen, auch das hatte die Schwester in Erfahrung gebracht, sollte die Überfahrt auf dem Segler dauern. »Kannst du das glauben, Sperling, wir beide zehn Wochen lang auf hohen Wellen und dann zehn Wochen weit weg von Whitechapel?«

Daphne wollte gern alles glauben, was Mildred erzählte, aber dass dieses Zauberland, wo statt Regen Gold vom Himmel tropfte, erreichbar war, blieb unglaublich. Australien nahm in ihrem Kopf kein Bild an. Es wäre mir leichtergefallen zu bleiben, durchfuhr es Daphne, so hart es hier ist, es ist nicht fremd. Gleich darauf schalt sie sich undankbar. Tat Mildred nicht alles, um ihr ein besseres Leben zu schenken? Und wenn Mildred sagte, dass in diesem Australien das bessere Leben auf sie wartete, hatte sie einen Grund, daran zu zweifeln?

Es wird schon recht sein, Milly-Milly. Solange du und ich zusammenbleiben, wird es zu ertragen sein.

Drei Tage nach dem Missgeschick mit den Navvies, das Mildred so schwergenommen hatte, war sie mit dem Fahrplan gekommen, dann mit Kleidern und einem Korb für Proviant. »Wir fahren am Montag in der Frühe. Den Eltern sagen wir nichts.«

Nur flüchtig hatte Daphne widersprechen wollen, beteuern, dass das alles doch so arg nicht war, dass sie eben schnell zu Tränen neigte, aber die Navvies sich letztlich nicht mehr als einen Spaß gemacht hatten. Ihretwegen brauchte Mildred nicht ihr schwer verdientes Geld auszugeben, ihretwegen brauchten sie nicht von zu Hause fort. Mildred aber hatte davon geredet, fortzugehen, solange Daphne denken konnte, und sie hatte nie widersprochen, also tat sie es auch jetzt nicht.

Vielleicht glaubte sie ja noch immer, es könne nicht Wirklichkeit werden, ein verträumtes Ding aus einem Londoner Hinterhaus könne nicht einfach ein Bündel schnüren, Brot und Käse in einen Korb stopfen und sich auf den Weg machen. Als sie auf dem Bahnhof Paddington ankamen, unter der gewaltigen Glaskuppel standen und auf das fauchende, in Dampf gehüllte Ungetüm starrten, war Daphne stehen geblieben, weil sie es nicht zu fassen vermochte. Mildred, die mit dem Gepäck voranstiefelte, hatte in ihrer Erregung nicht bemerkt, dass die Hand der Schwester ihr entglitten war, aber die Flut der Passagiere hatte Daphne mitgerissen. Hinter Mildred wurde sie in den schwarzen Kasten geschoben, bei dem es sich, wie ein Herr mit zwei Koffern ihr versicherte, um den Reisewagen der dritten Klasse handelte.

So schnell, so schnell, so schnell.

Es war, wie Mildred versprochen hatte. Sie saßen in einer Kutsche ohne Pferd, und draußen flog die Welt vorbei. Nur das Fenster fehlte, die spitzen Lippen und der Tee. Auch fuhren sie nicht nach Southampton. Bahnreisen dritter Klasse kosteten einen Penny pro Meile, und der Uniformierte, dem die Leute ihr Geld einhändigten und der dafür mit einer Zange Pappkärtchen von einer Rolle knipste, rechnete aus, dass Mildreds Münzen nur für zwei Billetts nach Portsmouth reichten. »Das ist uns Jacke wie Hose«, hatte Mildred verkündet. »Alfred, der Aalhändler, sagt, Segler nach Australien gibt's von Portsmouth genau wie von Southampton.«

Also saßen sie zwischen Koffern, Kisten und Körben auf dem Boden des Waggons und spürten die Welt, über die die Räder hinwegratterten, als kleine Stöße im Hinterteil. Trotz all der Menschenleiber war es kalt, und trotz der vielen Stimmen fühlte Daphne sich allein. Sie betrachtete ihre Finger. Am Zeigefinger war eine Brandblase, die sie sich an Stenton's Bügeleisen zugezogen hatte, weil der Keller, in dem sie arbeitete, so schlecht beleuchtet war. Wenn die Blase verheilt war – wo würde sie sein? Würde sie in der neuen Heimat auch Rüschen an Blusenärmeln glatt bügeln? Wovon lebte ein Mädchen in Australien, wenn es nicht recht geschickt war, wenig Kraft besaß und nichts gelernt hatte?

Als sie aufblickte, sah sie Mildred, die ihr gegenübersaß und ihre Habe umklammert hielt. »Freust du dich?« Wie hätte Daphne sich nicht freuen sollen, wo doch Mildred sich solche Mühe gab? Wünschten sich nicht Hunderte von Mädchen zu tun, was ihre Schwester ihr ermöglichte, der Not zu entfliehen und anderswo ihr Glück zu machen? Glück machen, wie seltsam das klang, als wäre Glück etwas zum Einkochen, für das man nur Zutaten auftreiben musste. Aber sie schweifte schon wieder ab, immer hing sie mit dem Kopf in den Wolken. Hastig riss sie sich zusammen.

»Ja, ich freu mich, Milly-Milly. Natürlich freu ich mich. Dank dir, du Liebe.«

Mildreds Lächeln wurde breiter. Sie war sehr hübsch, wenn sie so lächelte, fand Daphne. »Du musst mir nicht danken, Sperling. Wenn du dich freust, freu ich mich auch.«

»Ich freu mich wirklich.« Ich freu mich, ich freu mich, ich freu mich. Als würden die Räder ein unentwegtes Echo dazu rattern.

»Die Damen fahren nach Portsmouth? Da haben Sie allen Grund, sich zu freuen.«
Daphne schreckte zur Seite. Neben ihr saß der Mann mit den zwei Koffern, der ihr in den Zug geholfen hatte. Er mochte mittleren Alters sein und hüllte sich in einen Kutschermantel, der abgetragen, aber warm wirkte. »Kaum zu glauben, wie die Stadt sich in den paar Jahren seit Ende des Kriegs entwickelt hat«, fuhr er fort.
»Welcher Krieg?«, war es Daphne entschlüpft, ehe sie bemerkte, wie dümmlich sie klang.
»Welcher Krieg?« Der Mann hob die Brauen bis in den Schatten der Hutkrempe. »Selbstredend der Krieg auf der Krim, mein Fräulein. Es mag ja wünschenswert sein, dass unsere Damen von Gräueln unbehelligt bleiben, aber dennoch komme ich nicht umhin, mich zu fragen, wo Sie leben, dass Sie nicht wissen, von welchem Krieg die Rede ist.«
»Da, wo wir gelebt haben, ist immer Krieg«, herrschte Mildred den Mann an. »Einer mehr oder weniger, weshalb soll uns das kratzen, bei uns verreckt man auch ohne Kanonen.«
Daphne fuhr zusammen. Daran, dass die Schwester, die zu ihr immer nur liebevoll sprach, aus heiterem Himmel in solche Wut geraten konnte, würde sie sich nie gewöhnen. Denselben Jähzorn kannte sie von ihrem Vater und hatte ihn von klein auf fürchten gelernt. Sie tut es, um mich zu verteidigen, stellte sie nicht zum ersten Mal fest, wobei sie sich alles andere als behaglich fühlte.
Auch der Mann, den Mildreds Zorn getroffen hatte, schien erschrocken. Er nahm seine Brille ab und tat, als müsste er sie putzen, rieb mit dem Zipfel seines Schals heftig über das Glas. Er tat ihr leid. »Ist es in Portsmouth schön?«, bemühte sie sich um einen unverfänglichen Gesprächsgegenstand.
»Aber ja.« Dankbar blickte er auf. »Sehr schön, und wenn's nicht am Geld fehlt, kann man eine Fahrt zur Isle of Wight unternehmen, wo die Königin ihre Sommerfrische hält. Nur hätten Sie zu einer anderen

Jahreszeit reisen sollen, denn jetzt können Sie doch die nette Promenade nicht genießen. Der neue Pier eröffnet erst zur Saison, und an Hotels fehlt es ohnehin. Portsmouth ist nicht Blackpool. Bisher waren wir vor allem Garnisonsstadt, als Badeort müssen wir uns erst mausern. Ich hoffe, Sie haben reserviert? Dass Sie andernfalls ein erquickliches Quartier finden, bezweifle ich. Die meisten Hoteliers schließen ab Oktober ihre Häuser.«

»Wir brauchen kein Quartier«, versetzte Mildred. »Meine Schwester und ich wandern nach Australien aus, und Ihre Hotels und Promenaden können uns gestohlen bleiben.«

»Nach Australien?« Der Mann ließ endlich die Brille in Frieden. »Ich fürchte, da sitzen Sie im falschen Zug. Einen Clipper nach Melbourne bekommen Sie in Southampton. Oder noch besser in Liverpool.«

Daphne sah Mildred den Mund öffnen, hörte aber nur das unentwegte Rattern der Räder, während ihr klarwurde, was das Gesagte bedeutete. Sie fuhren an einen Ort, wo es das, was sie suchten, nicht gab. An einen Ort, wo sie kein Quartier hatten und keine Menschenseele kannten. Es war kalt im Zug. Es würde draußen noch kälter sein. Aus Mildreds Mund drang noch immer kein Wort. Dann nur ein einziges, leises. »Aber …«

»Je nun, meine Damen«, sagte ihr Mitreisender, »allzu sehr sorgen müssen Sie sich nicht. Die Schifffahrtsgesellschaften haben ja ihre Büros bei uns, und wenn Sie bei denen Ihre Passage kaufen, sorgen die bis zur Abreise für Ihre Unterkunft. Bestehen Sie nur darauf, dass man Ihnen das Zimmer vorher zeigt. Zuweilen sollen üble Zustände herrschen, und zwei so schmucke Damen wollen sich schließlich kein Ungeziefer zulegen. Dabei fällt mir ein …« Mit ausladender Geste zog er einen der Koffer unter sich hervor und entriegelte die Verschlüsse. Der Deckel sprang zurück und gab den Blick auf eine Reihe Tiegel und verkorkter Fläschchen frei. »Vielleicht benötigen die Damen ja noch das eine oder andere zur Pflege der Schönheit?

Auch ein Präparat gegen Seekrankheit empfehle ich und natürlich Stecknadeln. Unentbehrlich für eine Bahnfahrt – behalten Sie stets ein paar davon im Mund, und falls ein Strolch versucht sich im Dunkel des Tunnels einen Kuss zu stehlen, kann er sein blaues Wunder erleben.« Strahlend hielt er Daphne die Nadeln hin. »Übrigens, mein Name ist Will Burnet, Handelsreisender in Arzneimitteln und Kosmetika.«

Mildred sprang auf. Da der Zug gleich darauf einen Schwenk vollführte, wurde sie gegen eine Frau geschleudert und wäre gefallen, hätte ein Mann in Uniform sie nicht aufgefangen. »Wir setzen uns anderswohin«, beorderte sie Daphne, ohne sich bei der Frau zu entschuldigen oder bei dem Uniformierten zu bedanken. Aber anderswo gab es keine Handbreit Platz. Mildreds Gesicht war bleich. Als wüsste sie, dass Daphne es bemerkt hatte, rief sie: »Keine Sorge, Sperling, überlass das nur mir. Ich finde ein Schiff für uns und auch ein Quartier.«

»Und Geld, Milly-Milly?«

»Um Geld brauchst du dich nicht zu kümmern. Besorge ich nicht immer alles, was du brauchst?«

Daphne stand ebenfalls auf und balancierte mühsam ihr Gewicht. »Ja, das tust du«, murmelte sie. Die Schwestern sahen einander an. Es war, als stünden sie allein im Waggon. So war es gewesen, solange Daphne denken konnte. Mildred war immer da, alle anderen waren bedeutungslos. Ich will ihr helfen, nahm Daphne sich vor, sie muss ja müde davon sein, die Last allein zu schleppen. Zugleich aber wusste sie, dass sie, linkisch, wie sie war, nicht würde helfen können, sondern dass Mildred wie immer alles alleine regeln musste.

Als der Zug in Portsmouth hielt, als Mildred mit ihrer Fußspitze zum ersten Mal den Boden der Stadt berührte, hörte es zu regnen auf. Genau wie der riesenhafte Bahnhof, von dem sie in London aufgebrochen waren, war auch dieser kleinere von einer gläsernen Kuppel überdacht, und auf das Glas der Kuppel hörte Mildred Regen prasseln, als sie aus der Tür spähte. Sobald sie jedoch ihren Fuß aufsetzte, verstummte das Prasseln.

Das ist gut, dachte Mildred und wunderte sich, weil der Gedanke so seltsam war. Sie war sicher, sie würde sich daran erinnern – an den Augenblick, in dem sie in Portsmouth aus dem Zug stieg, der Regen ein Ende nahm und sie bei sich dachte: Das ist gut. Gleich darauf drehte sie sich um und half Daphne aus dem Zug.

Sie hatte nicht gewusst, was zu tun war. Die Behauptung des Lackaffen hatte ihr buchstäblich den Boden unter den Füßen entzogen, doch mit einem Schlag schien ihre Sorge fortgewischt. Alles würde sich fügen, wie das Ende des Regens sich gefügt hatte. Die kleine Stadt, in die sie irrtümlich geraten waren, meinte es gut mit ihnen. Mildred hatte noch nie so gedacht, sie war nicht abergläubisch und verließ sich auf ihre Tatkraft. Jetzt aber dachte sie so. Schleppte ihr Gepäck durchs Gewühl aus der Bahnhofshalle, zerrte Daphne hinterher und setzte sich kurzerhand mit ihr auf ein Mäuerchen, um dort auf ihr Glück zu warten.

Und dann roch sie es. Spürte es in dem Wind, der ihr um die Wangen pfiff, und hörte es in ihrem Rücken – obgleich aus dem Portal des Bahnhofs eine lärmende Menschenmasse quoll und dahinter das quirlige Treiben einer Einkaufsstraße herrschte. So, wie sie im Radau der Petticoat Lane das Klavier gehört hatte. Sie packte Daphnes Gelenk.

»Weißt du, was das ist, Sperling?«

Daphne schüttelte den Kopf.

»Das Meer«, flüsterte Mildred und hörte sich mit Andacht zu. Dann erst drehten beide sich um.

Das Meer war ein Stück weit von der Bucht eingeschlossen, die es wie in Armen hielt. Dahinter aber brach es heraus und nahm allen Raum ein, und hätten die Arme Hände gehabt, sie hätten es nicht halten können. Am Horizont erhob sich eine bucklige Landmasse, gewiss die Isle of Wight, auf der die Königin mit ihrer Familie Urlaub genoss.

Das Meer jedoch dehnte und streckte sich viel weiter, als ein enges Sichtfeld fasste. Es war blauschwarz und tobte, bäumte sich schäumend und ging berstend nieder, obgleich es in der Ferne spiegelglatt und reglos wirkte.

Dieses Meer, das sich gab, als hätte es kein Ende, würden sie überqueren müssen, ehe sie an Australiens Küste neues Land betraten, und dennoch war Mildred zumute, als wären sie schon angekommen. Als sie nach oben sah, riss die Wolkendecke auf, gab einen Flecken blasser Sonne frei, und Mildred, die an kein Zeichen oder Wunder glaubte, dachte noch einmal: Das ist gut.

Sie zwang ihren Blick vom Meer fort und ließ ihn über das Gesicht der Stadt schweifen. Zur Rechten lag der Bahnhof, aus dessen Portal immer neue Wellen von Menschen schwappten – elegante Damen mit Kindern und Bediensteten, Scharen junger Männer in Uniformen, die sich Unsinn zubrüllten, und Gruppen von Leuten jeden Alters, die sich an ihr Gepäck klammerten, wie um die Heimat darin festzuhalten. *Auswanderer.* Dass sie in solchen Massen auf die Straße strömten, versetzte Mildred einen Stich.

Sie sah die Straße entlang. Die Häuser waren hübsch, in hellen Farben verputzt und nicht höher als drei Stockwerke, schmalbrüstig eins ans andere geschmiegt. In den Erdgeschossen reihten sich Geschäfte, und davor tummelten sich Einkäufer, Straßenhändler, Kinder mit Kreiseln, Lieferanten mit Schubkarren, Pferdewagen, bettelnde Hunde. Ein Bild voll Farbe, trotz des trüben Tages, und der Lärm, der herüberdrang, erinnerte eher an einen Jahrmarkt als an die Ladenzeilen, die Mildred aus Whitechapel kannte.

Als wäre ihr Blick eine Dame, die von Geschäft zu Geschäft flanierte, wanderte er die Straße hinunter, blieb hier an etwas hängen und prüfte dort ein Angebot, bis die ganze Pracht abrupt zum Ende kam und der Blick an ein Hindernis prallte. Dort, wo die Straße abbrach, ragte eine Ziegelmauer auf, erstreckte sich bis zum Gestade und ein Stück ins Meer hinein. Darüber hinaus lugten Dächer hoher Gebäude, und

Geräusche kündeten von emsiger Arbeit – Hammerschläge, knarrende Winden, gebrüllte Befehle. Hinter der Mauer mussten die Docks liegen, die Werftanlagen der königlichen Marine.
Mildred erschrak. In ihren Betrachtungen hatte sie die Schwester vergessen und sah erst jetzt, wie verloren sie auf dem Mäuerchen kauerte. Jäh zog sie sie an sich, spürte das Zittern ihrer Schultern und bemerkte, wie kalt es war. »Ist ja gut«, murmelte sie, zupfte Daphne das Schultertuch zurecht und knotete ihr eigenes auf, um es darüberzubreiten. »Bestimmt finden wir gleich jemanden, an den wir uns wenden können.«
»Wen denn, Milly?«
»Überlass das nur mir.« Wie ein Kind war Daphne. Mildred hob den Proviantkorb auf. »Hast du Hunger?«
Da die Jüngere den Kopf schüttelte, nahm Mildred sich selbst, was im Korb verblieben war, einen schrumpeligen Apfel und den Kanten vom Brot. Flüchtig kam ihr der Gedanke, dass sie dies Letzte besser aufheben sollten, aber der salzige Geruch der Luft machte ihren Magen schwach. Sie biss mit Lust in den Apfel und schob die Hand in die Rocktasche, wo der Rest ihrer Barschaft klimperte. Zur Not musste sie ein paar Pennys für ein Nachtessen springen lassen, das war nicht das Ende der Welt. Beim nächsten Biss jedoch stellte sich die Hilfe ein, auf die sie gewartet hatte.
»Gestatten die Damen, dass ich mich Ihnen zugeselle? Mir scheint, Sie sind fremd in unserer Stadt, womöglich käme Ihnen guter Rat gelegen?«
»Und ob!«, entfuhr es Mildred. Vor ihnen stand ein Herr, der nach Art der Geschäftsleute Gehrock und Zylinder sowie einen ledernen Aktenkoffer trug. Ein Blick auf ihn genügte, um Vertrauen zu gewinnen. Jedes Stück seiner Kleidung war tadellos, der Hemdkragen blütenweiß, Haar und Bart gepflegt.
Bei Mildreds Ausbruch lächelte er. »Dachte ich es mir doch. In meinem Geschäft entwickelt man dafür ein Gespür.«

Daphnes Hand krallte sich in ihren Arm. Die Schwester hatte vor allem und jedem Angst, so respektierlich es auch daherkommen mochte. »Darf man erfahren, worin Ihr Geschäft besteht?«, fragte Mildred. »Und den Namen, wenn's beliebt?«
»Ich bitte um Vergebung.« Der Herr zog den Zylinder und verneigte sich so tief, dass Mildred die kahle Stelle auf seinem Hinterkopf erspähte. »Frederick A. Wilson mein Name, Geschäftsleiter der Blue Flag Company, Agentur für Auswanderer.«
Mildred hätte jubeln mögen. Stattdessen straffte sie würdevoll die Schultern und nickte dem Geschäftsleiter Wilson zu. »Angenehm, Ihre Bekanntschaft zu machen. Mein Name ist Mildred Adams, und dies ist meine Schwester Daphne.« Wie man sich zu derlei Anlässen ausdrückte, hatte sie aus Daphnes Romanen gelernt. Es klang genau richtig, sie durfte mit sich zufrieden sein.
»Sie kommen aus London?«, fragte Wilson.
»Woher wissen Sie das?«
Der Geschäftsleiter klopfte sich aufs Ohr. »Gehör, meine Teuerste. Und ein wenig von jenem Gespür, das ich erwähnte. Erlauben Sie mir, weiterzuraten. Sie sind nach Portsmouth gekommen, weil Ihnen der Sinn nach dem großen Abenteuer steht. Nur wohin die Reise gehen soll, müssen Sie mir verraten. Amerika? Kanada? Zwei Damen von Welt steht ja alles offen.«
»Australien!«, rief Mildred wie im Triumph.
Sein Lächeln verbreiterte sich. »Für Sie nur das Beste. Darf ich fragen, ob Sie Ihre Passage bereits gebucht haben?«
Fieberhaft überlegte Mildred. Wie ließ sich ihr Anliegen formulieren, ohne preiszugeben, dass ihre Geldmittel im besten Fall für ein Nachtessen und einen Schlafplatz genügten? Um Zeit zu gewinnen, biss sie noch einmal in den Apfel, bereute es aber, sobald der Saft der Frucht nach allen Seiten spritzte. Hatte ein Tropfen ihren Retter getroffen, hatte sie ihr Glück verscherzt?
»Wohl bekomm's.« Der Geschäftsleiter lächelte noch immer. »Wissen

Sie, was ich sagen würde, wenn es mir ein weiteres Mal gestattet wäre zu raten? Ich würde sagen: Eine patente junge Dame wie Sie, die bucht nicht einfach eine Schiffspassage und überlässt den Rest dem lieben Herrgott, habe ich recht?«

Mildred kaute auf dem Apfel und entschloss sich zu nicken. Hatte sie richtig gesehen? Hatte Wilson ihr zugezwinkert? »Milly«, wisperte Daphne neben ihr und klammerte sich an ihren Arm. Hastig klopfte Mildred ihr die Hand, damit sie Ruhe bewahrte.

»Darf ich?« Wilson förderte ein Taschentuch zutage, wedelte übers Gestein und setzte sich neben Mildred. In seinen Schoß stellte er den Aktenkoffer und klappte ihn wie ein Schreibpult auf. »Sie wollen also vorsorgen. Sichergehen, dass ein behagliches Heim auf Sie wartet. Australien ist für Sie keine Laune, sondern der Boden, auf dem Sie Wurzeln schlagen wollen.«

Wieder nickte Mildred.

Wilson sandte ihr ein weiteres Lächeln. »Registriert sind Sie bisher aber noch nicht?«

Mildred schüttelte den Kopf.

»Meine liebe Miss Adams, ich wage zu behaupten, uns hat der Himmel zusammengeführt.« Er entnahm dem Koffer eine Mappe. »Vorausgesetzt, meine Firma hätte die Ehre, Sie selbst und die werte Schwester als Klientinnen begrüßen zu dürfen.«

War Mildred ehrlich, so zerrte ihr Wilsons Ausdrucksweise inzwischen an den Nerven, zumal sie ständig überlegen musste, was er eigentlich meinte. Aber das war nun einmal der Preis für kultiviertes Betragen. Sie würde sich daran gewöhnen, wenn sie erst in ihrem Haus in Australien lebte und den Schlamm von Whitechapel für alle Zeit abgestreift hatte.

Im Innern des Aktenkoffers machte Wilson sich Notizen. »Adams, Mildred und Adams, Daphne, gebürtig in London von beiderseits englischen Eltern, hat das seine Richtigkeit? Und wie alt sind die jungen Damen, wenn Sie es mir verraten würden?«

»Zweiundzwanzig«, erwiderte Mildred, die neunzehn war. »Meine Schwester ist ein Jahr jünger als ich.«
»Wie bezaubernd. In der Blüte der Jugend. Sie beide sind doch bei bester Gesundheit? Es gibt keinen Grund, warum sich kein Kindersegen einstellen sollte?«
»Keinen«, murmelte Mildred, die natürlich wusste, worauf die Frage hinauslief. Jedes Mädchen, das vom Auswandern träumte, wusste es. Wer die Überfahrt nicht bezahlen konnte, dem blieb nichts anderes übrig, als sich einem Heiratsvermittler anzubieten. Sie hatte sich lange schon damit befasst, und doch schien der Gedanke, sich einem fremden Mann zu versprechen und von Kindern zu schwatzen, geradezu halsbrecherisch. Wenn sie an die Ehe dachte, so dachte sie an ihre Eltern. An Gebrüll und Gepolter, feuchte Kammern, deren Miete nicht bezahlt war, schlaflose Stunden, derweil der Vater seinen Rausch ausschnarchte und die Mutter in der Dunkelheit weinte. Hätte Mildred die Wahl gehabt, sie hätte im Leben keinen Mann genommen. Wie aber sollten sie dann nach Australien gelangen, wie jemals ein Haus mit weißen Säulen besitzen und auf seinen Stufen in der Sonne stehen? Wilsons Schreibfeder schabte über das Papier. Wenn es gar zu schlimm wird, können wir immer noch flüchten, beruhigte sie sich.
Wilson blickte von seiner Schreibarbeit auf. »Haben Sie Wünsche, den künftigen Gemahl betreffend? Soll es beispielsweise ein Herr rein englischer Abkunft sein oder wäre auch ein schottischer oder irischer Einschlag genehm?«
»Ich will nicht, Milly!« Daphne sprang auf.
Das fehlte ihr noch, dass jetzt Daphne alles verdarb. »Gib doch Ruhe, überlass es mir!«
»Ihre Schwester ist wohl ein wenig verstört«, bemerkte Wilson. »Wem wäre das zu verdenken? Aber sobald die Dinge einmal geordnet sind, gewöhnt man sich schnell. Wenn wir nun also wieder auf meine Frage zurückkommen könnten …«
»Keine Iren«, warf Mildred hastig ein. In Whitechapel wimmelte es

von Iren, die soffen wie Sickergruben. »Sonst ist alles recht. Nur eine Kleinigkeit wäre da noch.«

»Ich darf bitten?«

»Ich muss wissen, was es uns kostet.« Sie fühlte Glut in den Wangen. »Ihre Agentur erhebt doch sicher eine Art Gebühr?«

»Wie aufmerksam, mich daran zu erinnern«, sagte Wilson. »Nicht auszudenken, wenn ich es ob der charmanten Unterhaltung vergessen hätte. Am Ende hätte ich nichts für Sie tun können, weil die Gebühr nicht entrichtet wurde. Lassen Sie uns das aus der Welt schaffen, es handelt sich in der Tat nur um einen geringen Betrag für den Arbeitsaufwand. Alle anderen Kosten – für die Überfahrt wie für Ihre Versorgung in Melbourne – trägt Ihr Bräutigam.«

»Und was ist mit Quartier und Verpflegung? Wir werden ja wohl kaum noch heute in dieses Southampton verbracht.«

»Natürlich nicht, meine Liebe.« Wilson berührte ihren Arm. »Unsere Bräute werden bis zur Abreise in Privatzimmern untergebracht und dort auch verpflegt. Einen entsprechenden Wertschein stelle ich Ihnen aus, sobald ich die Gebühr erhalten habe, und anschließend begeben Sie sich am besten sogleich in Ihr Quartier. Ihre Schwester sieht müde aus.«

»Wie viel?« Mildreds Stimme krächzte.

»Wie gesagt, nur ein geringer Betrag. Drei Guineen pro Kopf.«

Mildred stockte der Atem. Ohne dass sie es wollte, kroch ihre Hand in die Rocktasche und förderte die Münzen zutage – all die verklebten, abgegriffenen Münzen, die in ihrem Versteck auf diesen Tag gewartet hatten und jetzt nutzlos waren. Zweimal drei Guineen, das waren weit über hundert Schillinge, und die Pennys und Farthings auf Mildreds Handfläche ergaben zusammen vielleicht sechs oder sieben. Nicht einmal ein Zehntel des Preises.

»Oje«, hörte sie Wilson seufzen. »Das ist alles, was Sie haben?«

Sie hielt ihm die Hand noch immer entgegen. Er zog wieder das Taschentuch hervor und sammelte Geldstücke hinein, wobei er stimm-

los zählte. »Es ist nicht genug«, flüsterte Mildred, als bestünde daran der geringste Zweifel.
»Schwierig«, bestätigte Wilson, der den letzten Farthing ins Tuch geworfen hatte. »Im Grunde dürfte ich in Ihrem Fall nicht tätig werden, so schreibt es die Geschäftsordnung vor.«
Mildred zwang sich, ihm in die Augen zu sehen. Ich flehe dich an. Ich tue alles, was du willst, nur schick uns nicht weg. Sie wusste, dass sie nicht schön war. Ihr Haar war störrisch, sie hatte den dunklen Teint des Vaters geerbt, und ihren Zügen haftete nichts Liebliches an. Schön war Daphne mit ihren hellen Locken und den Sternenaugen. Nach Daphne drehten sich die Männer lächelnd um, und doch war es Mildred, die, wenn sie wollte, ihre Blicke fesselte. Sie sandte dem Fremden etwas, das sie nicht zu benennen wusste, und betete, dass es seine Wirkung tat.
»Sie sind mir nicht gleichgültig, wissen Sie?«, stotterte Wilson, und Mildred atmete auf. »Ihr Befinden liegt mir am Herzen, deshalb mache ich eine Ausnahme. Sie können die Summe anzahlen.«
Es hatte wieder zu regnen begonnen, in Mildreds Nacken schlugen Tropfen, doch im Inneren breitete sich Wärme aus. Dem Himmel sei Dank! Die Frage, wie sie die Summe auftreiben sollte, würde sie später beantworten. Sie drehte sich nach Daphne um, die erbärmlich zitterte. Aufmunternd lächelte sie ihr zu. Gleich würde Wilson irgendein Papier ausstellen und ihnen den Weg zum Quartier weisen, wo ihr Sperling sich aufwärmen konnte. Gewiss bekämen sie dort Tee. Auch Suppe. Bei dem Gedanken begann Mildreds Magen von neuem zu knurren.
Keinen Herzschlag später ertönte ein Schrei. Ein Riese von Mann stürmte von der Hauptstraße auf sie zu und sprang mit dem Satz eines Raubtiers vor sie hin. Alles, was Mildred erkannte, war der weiße Filzhut eines Navvy, doch der genügte ihr. Sie setzte zurück und riss Daphne mit sich. Der Verbrecher jedoch griff nicht sie an, sondern Wilson, den er bei den Schultern packte und schüttelte. Dabei schrie

er auf ihn nieder und beugte sich über ihn, dass der Geschäftsmann sich unter ihm krümmte. Mildred hätte mit Daphne fliehen sollen, aber sie stand wie festgewachsen da. Unser Geld – mehr konnte sie nicht denken. Sie selbst mochte eine Nacht in der Kälte überstehen, doch Daphne würde es das Leben kosten.

Auf Hilfe von Passanten wagte Mildred nicht zu hoffen. Sie stammte aus Londons Osten, wo in jedem Winkel Leute bestohlen, geschlagen und geschändet wurden, ohne dass jemand eine Wimper zuckte. Durch Schleier sah sie, wie Wilson floh. Mit fliegenden Rockschößen preschte er die Straße hinauf und tauchte in der Menge unter. Daphne ließ sich in ihre Arme fallen und begann zu weinen. Flüchtig wünschte Mildred, dasselbe zu tun.

»Ist alles gut jetzt. Das Schwein ist weg.«

Die Worte klangen hart, wie in Silben zerhackt. Mildred drängte Daphne hinter ihren Rücken und reckte sich zu voller Größe. Wollte der Satan Hand an ihre Schwester legen, so musste er es über ihre Leiche tun.

»Verstehen Sie mich? Sie müssen nicht Angst haben. Ist jetzt alles gut.«

Mildred sah ihn die Hand ausstrecken und sprang mit Daphne zurück. Er aber berührte sie nicht, sondern hielt ihr etwas entgegen. Etwas Weißes. Wilsons Taschentuch. Was darin klirrte, waren ihre Geldmünzen.

»Den Drecksmann sollten die ins Gefängnis sperren«, sagte der Navvy und schwang das Bündel. »Der steht immer hier, hält nach Mädchen Ausschau und betrügt sie um ihr Geld. Aber die lassen den machen. Dafür, dass einer arme Weibsleute ausnimmt, kommt er in keinen Bau.«

Der Mann war wahrhaftig ein Hüne. Er hatte die Filzkappe vom Kopf gezogen und zerquetschte sie in einer Pranke. In ihrem Rücken spürte Mildred Daphnes Zittern. Als sie sich aber umwandte, bemerkte sie, dass das Zittern von ihr selbst kam und dass ihr die Beine in den Knien knickten. Ehe sie aufs Pflaster schlug, war der große Mann bei ihr und fing sie auf.

Geruch nach feuchtem Leder stieg ihr in die Nase. Sie fühlte sich gehalten, spürte Hände, die über ihren Kopf strichen, und ein Herz, das an ihrem Ohr kräftig schlug. »Armes Kleines. Ist ja weg, der Drecksmann. Tut dir nichts mehr. Niemals mehr.«

Trotz der zerhackten Worte war die Stimme sacht. Nie zuvor hatte ein Mensch Mildred klein genannt oder ihr den Kopf gestreichelt.

»Habt keine Unterkunft?«

Sie brachte keine Antwort heraus, und er erwartete keine.

»Musst dich nicht sorgen. Ich nehm euch mit.« Kurz hielt er inne, doch als sie noch immer nichts erwiderte, sprach er weiter: »Victor März heiß ich. Bin Aufseher in Weaver's Mietpension. Ist nicht schön da. Auch nicht sauber. Aber wärmer als hier.«

Mildred wollte sich befreien, doch der Augenblick der Schwäche tat so gut, dass sie noch einmal zurücksank. Gewiss stank der Kerl und war von oben bis unten verdreckt. Gewiss log er. Zudem war er kein Engländer, noch nicht einmal Ire. Aber er hielt sie fest und hatte begonnen sich mit ihr zu wiegen und zu summen. Sein Wiegenlied erkannte sie nicht. Es kam ihr vor wie ihr eigenes:

»Lavendel ist blau, dilly dilly,
Lavendel ist grün.
Wenn ich erst König bin, dilly dilly,
Wirst du meine Königin.«

Kapitel 4

Portsea Island Union Arbeitshaus, Dezember 1860

Zu Hyperions Entsetzen fiel die Frau vor ihm auf die Knie. Sie klammerte sich an seine Hosenbeine und rüttelte daran wie an verschlossenen Türen, heftiger, als man es dem schmächtigen Persönchen zugetraut hätte. Dabei gab sie Laute von sich, die ihn ans Heulen einer Wölfin denken ließen.

Hyperion hangelte nach Halt und erwischte das Gitter des Bettgestells. Vier Kinder lagen auf der verdreckten Matratze. Vierstimmig pfiffen ihre Atemzüge, wobei die Bauchdecken sich vor Anstrengung höhlten. Überleben würde keines von ihnen. Noch vor Ende der Woche würden andere Kranke hier pfeifend atmen, erst ihr Bewusstsein verlieren und dann ihr klägliches Leben. Hyperion trug Handschuhe. Da noch immer niemand wusste, wie man sich die Krankheit zuzog, war Vorsicht geboten. Bekannt war nur, dass sie wie ein Lauffeuer um sich sprang. Ein französischer Spitalarzt, Bretonneau, war der Überzeugung, dass jede Infektion sich einem Erreger zuordnen ließ, und vor diesem Erreger galt es, sich zu hüten. Pasteurs Forschungen untermauerten die These. Die bejammernswerten Geschöpfe aber, die sich in solchen Betten zu Tode keuchten, hatten keine Möglichkeit, sich zu hüten.

Das Kind, das beim Gitter lag, röchelte. Ein Mädchen von knapp drei Jahren, das Gesicht schon bläulich, das Haar zart und rot. Die Frau, die an seinen Hosen zerrte, hatte ähnliches Haar. »Sie müssen mir mein Mädchen retten, Doktor. Ich leb doch nur für sie.«

Bin ich Gott? Kann ich Wunder wirken? Ich kann nicht einmal eine Überweisung für das Sankt-Joseph-Spital ausstellen, damit das arme Ding einen Schnitt bekommt und etwas sachter stirbt. So hilflos, wie ich auf der Krim war, bin ich's hier. Als einer der Sponsoren des Spitals besaß er das Recht, jährlich eine bestimmte Anzahl Patienten einzuweisen, doch sein Kontingent war längst überschritten. Für jedes Bett bestanden Wartelisten, und Kranke, denen es am Nötigsten fehlte, wurden ohnehin abgewiesen, weil sie weder die Kraft noch die Mittel zur Genesung aufbrachten.

»Es tut mir leid.« Der Name der Frau fiel ihm nicht ein. »Ich gebe noch einmal Silbernitrat, damit betupfen Sie der Kleinen den Rachen, aber mehr steht nicht in meiner Macht.«

In deiner Macht, Dr. Weaver? In deiner Ohnmacht, solltest du sagen, denn was bewirkt dein Silbernitrat, was vermag es gegen Elend und Tod? Er bezahlte das Medikament aus eigener Tasche, weil das Arbeitshaus dafür nicht aufkam, aber damit ließ sich sein Gewissen nicht abspeisen. Auf einmal verlangte es ihn danach, sich die Handschuhe von den Händen zu zerren und dem Kind den rostbraunen Belag, der es umbringen würde, mit bloßem Finger vom Rachen zu kratzen, es nur einmal zu berühren, wie ein Mensch einen Menschen berührte. Wenn ich sie einweisen ließe, könnte ich Vernon bitten, ihr noch vor dem Abend den Schnitt zu setzen. Vielleicht überlebt sie die Nacht. Vielleicht geschieht ein Wunder, wenn wir es erlauben.

Die Frau war in sich zusammengesunken und wimmerte, wohl wissend, dass sie verloren hatte. Ihr starb nicht das erste Kind, sondern das letzte von dreien. Der Strohhalm, der von ihrem Leben übrig war, seit ihr Mann als Krüppel von der Krim zurückgekehrt war und ihre Existenz versoffen hatte. Seit sie in dieser Hölle hauste, aus der es nur auf dem Papier ein Entrinnen gab. Hyperion stopfte die Flasche mit Silbernitrat zurück in seinen Koffer und zog einen Ordner heraus. Mühselig balancierte er ihn auf dem Unterarm, um die Angaben in das Dokument zu füllen.

»Ihre Tochter heißt mit dem Vornamen?«

Die Frau blickte auf. Das Glimmen der Hoffnung, das über ihr Ge-

sicht blitzte, kannte er gut – und sein Erlöschen noch besser. »Lydia. Lydia Alexandrina. Das ist der Mittelname der Königin.«
Hyperion trug die klangvollen Namen in die Spalte ein und setzte seinen eigenen in die Zeile für den Sponsor. Es würde nicht genügen. Vernon, sein Doktorvater und Leiter des Spitals, hatte ihn gewarnt. Den nächsten Patienten, den er ihm über sein Kontingent hinaus schickte, würde er abweisen. Er war kein harter Mann, er hatte sich ein Leben lang für die Krankenversorgung der Armen aufgerieben, aber auch ihm waren die Hände gebunden. »Zu mehr bin ich nicht imstande, Weaver. Ich kann so wenig ein freies Bett herzaubern wie Sie. Entweder Sie erhöhen Ihr Kontingent, was Ihnen, soweit ich weiß, nicht möglich ist, oder Sie verschließen künftig die Augen und schicken weniger Patienten.« Vernon hatte recht. Hyperions Mittel waren ausgeschöpft. Hätte er dem Spital mehr Geld spenden wollen, hätte er sein Haus beleihen müssen.
Ihm blieb nichts anderes übrig als der Biss in den sauersten Apfel – er musste seinen Bruder aufsuchen und wieder einmal um Hilfe betteln. »Hören Sie«, sagte er zu der Frau. »Die Papiere bekommen Sie von mir, aber ins Spital schaffen müssen Sie die Kleine selbst. Mit der Leitung spreche ich. Man soll Ihnen einen Wagen rufen.« Aus der Hosentasche fischte er eine Anzahl Münzen, die er seinem Hausmädchen schuldete. Die arme Priscilla würde warten müssen, bis aus dem Holzhandel die nächste Auszahlung anstand. »Wenden Sie sich an Dr. Vernon. Wenn er die Einweisung beanstandet, richten Sie ihm aus, ich reiche die Unterschrift eines weiteren Sponsors nach. Können Sie sich das merken?«
Die Frau nickte heftig, wobei ihr noch immer die Tränen über die Wangen strömten. »Sie sind ein Engel, Doktor«, flüsterte sie. »Mein Mädchen und ich, wir werden Ihnen das nie vergessen.«
Wenn deine Tochter morgen früh noch lebt, glaube ich wirklich, dass ein Engel am Werk war. Nur bin der Engel nicht ich.
Die Frau hatte Mühe, sich auf die Füße zu rappeln. Sie war noch nicht

dreißig, kaum älter als er, doch ihr Ächzen war das einer Greisin. »Sie nehmen meinen Wagen«, entschied er. Er konnte zu Fuß gehen und sich dabei zurechtlegen, was er Hector sagen wollte. »Von dem Geld kaufen Sie sich ein warmes Mittagbrot.«

»Gott schütze Sie, Doktor.« Sie hatte schöne Augen. Nicht blau wie die seiner Mutter, aber von derselben Verletzlichkeit. »Ich hätte nicht gedacht, einmal einen Mann zu treffen, der ein Herz hat. Sie sagen der Leitung Bescheid, ja?«

»Gewiss.« Ohne Erlaubnis durfte kein Insasse das Arbeitshaus verlassen. Er nahm rasch Abschied, weil er ihre Dankbarkeit nicht ertrug, und überließ es ihr, die Kleine aus dem Bett zu heben.

Vor dem Tor, der zum Schneiden dicken Luft entronnen, schöpfte er in tiefen Zügen Atem, ehe er seinen Weg antrat. Es regnete leicht, nicht dicht genug, um einen Schirm aufzuspannen. Am Meer musste es jetzt schön sein, das starre Hellgrau des Himmels über dem tobenden Dunkelgrau des Wassers. Hyperion war lange nicht am Meer gewesen. An manchen Tagen vergaß er, dass er so nah an seinem Ufer lebte.

Weit zu gehen hatte er nicht. Milton's Court, wo der Bruder um diese Tageszeit vermutlich anzutreffen war, lag hinter dem Fischereihafen, im Bezirk Point, den die Bewohner Gewürzinsel nannten. Nicht weil es in den engen Gassen aromatische Würzmittel zu kaufen gab wie im legendären Sansibar, sondern weil es dort so deftig stank. Über Milton's Court hätte Hyperion längst mit Hector reden sollen, Vernon hatte ihn mehr als einmal dazu angehalten. »Es schadet unserem Ruf, Weaver. Wir predigen Hygiene und gesunde Lebensweise, und unter unseren Nasen führt Ihr Bruder ein Etablissement, das vor Schmutz in jedem Sinne strotzt. Reden Sie ihm ins Gewissen, stehen Sie nicht tatenlos herum.«

Wie aber sollte Hyperion einem anderen ins Gewissen reden, wenn sein eigenes ihn ständig zwackte? In der Tat, sein Bruder vermietete verdreckte Betten zu Wucherpreisen an Emigranten, aber wer war

Hyperion, ihm Moral zu predigen? Was er Hector verdankte, erläuterte er Vernon besser nicht. Im Grunde bestritt jener durch seine Arbeit den Unterhalt des Hauses Mount Othrys, das Hyperions Vater für seine Mutter hatte bauen lassen und das Hyperion geerbt hatte. Das Haus war viel mehr als ein Dach über dem Kopf. Es war sein Elysium, in das er nach dem Elend der Tage fliehen konnte, ein Hort, in dem Schönheit und Stille herrschten. Zudem bewohnte er es nicht allein. Im Altenteil lebte Nell, seine Großmutter väterlicher Seite. Dass Hyperion ihr Zuhause in Gefahr brachte und dass sie dem geschmähten Hector dessen Erhalt verdankte, hätte die betagte Dame fraglos entsetzt.

Dabei hätte Hector keine Schmähung, sondern Dankbarkeit verdient. Von Anfang an war er, Hyperion, vom Glück begünstigt gewesen, des Vaters Liebling, Kronsohn seiner vergötterten Amelia. Dass er sich weigerte, das Geschäft der Familie weiterzuführen, und nach Oxford ging, um Medizin zu studieren, hatte dem Vater das Herz gebrochen. Bis zu seinem Tod sprach der alte Mann kein Wort mehr mit ihm, doch statt ihn gänzlich zu verstoßen, setzte er ihn als Haupterben ein.

Hector hingegen, der alles tat, um den Vater zu erfreuen, musste sich mit der Hälfte der Einnahmen begnügen und hatte von dem Alten nie ein lobendes Wort gehört. Es war, als ließe George Weaver es seinen Erstgeborenen büßen, dass dessen Mutter ihn zum Gespött der Stadt gemacht hatte. Sie war noch am Leben, Polly Pierson, seit der Scheidung dem Trunk ergeben, doch nicht totzukriegen, während George und seine Amelia längst in schweigsamer Erde ruhten.

Den Gedanken an Amelia drängte er beiseite. Es war nicht recht, dass ein Mann von sechsundzwanzig Jahren sich noch immer so schmerzlich nach seiner Mutter sehnte. Das Fleckfieber hatte ihr Leben ausgelöscht, eine Geißel, der bis heute nicht beizukommen war. An ihrem Sarg hatte Hyperion, damals keine sechzehn, sich geschworen, Arzt zu werden und ein Ende zu machen mit all dem Leiden und Sterben viel zu junger Menschen. Und wie weit war er damit gekommen? Einen Krieg hatte er hinter sich, dessen Gräuel ihn bis in seine Träume verfolgten, er tat unbezahlten Dienst im Spital, so dass ihm kaum Zeit für zahlende Patienten blieb, aber was veränderte er? War seine Arbeit mehr als ein Tropfen, bewahrte sie Leben? Eines vielleicht. Das der kleinen Lydia. Hyperion ging schneller. Als es nach faulem Fisch zu stinken begann, hielt er tapfer den Atem an.

Die Häuser von Point schienen zu der Stadt, in der er wohnte, nicht zu gehören. Wie ein Blütenstrauch war Portsmouth. Während allerorts Knospen aufplatzten und frisches Grün hervorbrach, welkte hier das Laub, bis der Gärtner es schnitt. Auf dem Pflaster spielten Kinder in Lumpen. Viele von ihnen trugen in den Zügen Erinnerung an Länder Osteuropas, die sie nie wiedersehen würden. Sie und ihre Eltern waren Gestrandete, wie Treibgut an Portsmouths Küste gespült, und aus den Sehnsüchten, die sie auf ihren Schultern schleppten, schlugen Leute wie Hector Geld. Hyperion musste sich überwinden, durch die Zufahrt in den lichtlosen Hof zu treten. Milton's Court, Mietpension. Den Gestank nach Fisch überdeckten längst andere Gerüche, die keineswegs erträglicher waren.

Im Hof herrschte Getümmel, das in Augen und Ohren schrillte. Trotz des Regens spannten Weiber Wäscheleinen, traktierten den Schwengel der Wasserpumpe, streuten Hühnerfutter und versohlten Kinderhintern, während Männer sich in Winkel drückten, um zu schwatzen oder zu schweigen. Tierhaltung war verboten, aber für ein Stück Fleisch brach das Gesetz sich schnell. Eine Hand griff nach seinem Ärmel, ein dürres Weiblein hielt ihm einen Korb entgegen. Sträuße von Küchenkräutern, mehr grau als grün vom Sprießen im sonnenlosen Hof. Hastig befreite er sich, bemüht, die Frau nicht anzusehen. Geld hatte er ohnehin keines mehr.

Im Eingang des Seitenflügels befand sich ein Kabuff, das sein Bruder die Portiersloge nannte. Der Mann darin sprang auf, als er Hyperion kommen sah, wobei er sich den Kopf an der Decke stieß. Er füllte den winzigen Kasten aus, und als er heraustrat, nahm er Hyperion die Sicht ins Treppenhaus. »Guten Tag, mein Herr. Wie kann ich behilflich sein?« Der Sprache nach war er kein Engländer und der Höflichkeit nach noch nicht lange hier.

»Ich muss meinen Bruder sprechen. Es ist dringend.« Für gewöhnlich saß Hector selbst hier oder ließ die Loge unbesetzt, aber neuerdings leistete er sich offenbar einen Aufpasser.

Der Riese hob fragend die Brauen.

»Oh, entschuldigen Sie. Mein Name ist Hyperion Weaver.«

Der andere hielt ihm eine erstaunlich saubere Hand entgegen. »Victor März.« Überhaupt war er erstaunlich sauber, die Wangen geschrubbt, die zu enge Kleidung wie aus dem Ei gepellt. »Mr Weaver ist Ihr Bruder?«

Hyperion schlug ein. Der Mann gefiel ihm. Er hatte etwas Offenes, Argloses an sich, das hier kein Mensch erwartete. Über seiner Schulter erschien der Kopf einer Frau, der das Haar aus der Haube quoll. »Ich hab Seife bestellt und nichts bekommen! Ich hab Wäsche zu waschen, wie stellt ihr Leute euch das vor?«

Victor März verbeugte sich. »Verzeihung bitte. Ihr Bruder ist in den Docks, bei einer Lieferung. Kann gern gehen und ihn holen. Nur einen Moment.« Damit wandte er sich nach der Frau um. Sie war jung und so erfüllt von zorniger Kraft, dass Hyperion schmunzeln musste. Die jedenfalls bekam das Elend von Milton's Court nicht klein. »Tut mir so leid, Miss Mildred. Mr Weaver sagt, er kann keine Bestellung mehr stunden, und den Mietzins nur noch bis Ende der Woche …«

»Mietzins?«, fauchte die Frau. »Um seinen Mietzins macht der Herr ein Gezeter, wo wir uns die Krätze holen in dem Lumpenbett? Was will er denn tun, wenn wir ihm nicht noch mehr in den Rachen stopfen? Uns auf die Straße werfen? Meine Schwester liegt krank. Seine Christenpflicht wär's, einen Arzt zu holen.«

»Woran fehlt es Ihrer Schwester denn?«, warf Hyperion ein. Die Not der Frau war keineswegs komisch, doch er kämpfte noch immer mit

dem ungewohnten Schmunzeln. Es war die Entschlossenheit der jungen Frau, die ihn zum Lachen reizte.
Ihre Augen blitzten. »Was schert das Sie?«
Hyperion zog seinen Hut. »Genau betrachtet nichts. Nur nahm ich an, dass Sie einen Arzt brauchen.«
»Sie werden mir kaum einen schicken.«
»Er steht vor Ihnen.« Hyperion verbeugte sich. Als er aufsah, traf ihn der Blick der Frau. Grünäugig. Dunkel vor Zorn.
»Das macht Ihnen Spaß, was? Wenn das dumme Pack auf die Nase fällt, haben die Herren was zu lachen. Wie schäbig das ist. Manche, die's hier im Dreck mit Matrosen treiben, hätten zu viel Anstand dazu.« Sie schwang herum, warf Victor März hin: »Ich brauch die Seife«, und stampfte die Treppe hinauf. Hyperions Hand fuhr an seine Wange, als wäre er geohrfeigt worden und hätte es redlich verdient.
»Sie dürfen's ihr nicht verübeln«, murmelte März. »Ist nicht leicht, hier zu wohnen. Für ein Mädchen schon gar nicht. Und Miss Mildred sorgt sich Tag und Nacht um ihre Schwester.«
»Ich verüble nichts«, hörte Hyperion sich ebenso gedämpft murmeln. »Woran leidet die Schwester?«
März zuckte mit den Schultern. »Ist blutarm, sagt Miss Mildred. Eins von diesen blassen Vöglein, die man päppeln will, damit kein Wind sie umbläst. Meine Schwester ist auch so eins. Meine Schwester hätte eine Miss Mildred gebraucht, die auf sie achtet.«
»Hören Sie …«
»Oh, Verzeihung bitte – wegen Ihres Bruders …«
Hyperion schüttelte den Kopf. »Bemühen Sie sich nicht. Ich gehe selbst. Und Sie tun mir den Gefallen und besorgen Miss Mildred ihre Seife.« Erst als er sich mit beiden Händen in die Taschen langte, fiel ihm ein, dass er keinen Farthing mehr bei sich hatte.

Letztendlich hatte März es sich nicht nehmen lassen, Hyperion in die Docks zu begleiten. Von dem Werftgelände, seinen gigantischen Gebäuden und den lärmenden Kränen und Maschinen fühlte Hyperion sich wie in eine Alptraumwelt der Zukunft verschlagen. Sein Bruder hingegen war hier zu Hause, er ging in seiner Arbeit auf und hasste es, dabei gestört zu werden. Den ersten Schwall seiner Wut bekam der arme März zu spüren. Hector kanzelte den großen Mann wie einen Schulbuben ab, bis dieser mit gesenktem Kopf von dannen schlich. Wie ein Mensch imstande sein konnte, einen anderen derart zu entwürdigen, würde Hyperion ewig ein Rätsel bleiben.

»Die Prügel hätten mir gebührt«, sagte er, sobald Hector sich ihm zugesellt hatte, »nicht dem armen Kerl, der behilflich sein wollte.«

»Wie ich mein Personal behandle, überlässt du gefälligst mir«, versetzte Hector. »Zwar komme ich nicht umhin, dir recht zu geben, aber bei meinem Teutonen besteht immerhin Hoffnung, dass er lernt. Bei dir ist Hopfen und Malz verloren.«

»Der Mann ist Deutscher?«

»Vergeude nicht meine Zeit. Du bist wohl kaum gekommen, um über die Lebensgeschichten meiner Leute zu schwatzen.«

»Ich brauche einen deiner Überweisungsscheine.«

»Aha«, erwiderte sein Bruder ungerührt. »Und sicher erklärst du mir gleich, warum ich dir einen geben sollte.«

Genauso hatte es angefangen, als er Hector zu Jahresbeginn gebeten hatte, als Sponsor für das Sankt-Joseph-Spital zu zeichnen. Wie alle Freiwilligen-Krankenhäuser war auch dieses auf die Gelder der Sponsoren angewiesen, die für eine Spende von fünf Pfund und fünf Schillingen jährlich vier Patienten in ein Krankenhausbett überweisen durften. Hector hatte zehn Pfund und zehn Schillinge gezeichnet, von seinem Kontingent aber noch keinen Gebrauch gemacht, während Hyperion, der das Dreifache gespendet hatte, längst übers Ziel hinausgeschossen war.

»Ich brauche die Überweisung für ein Kind«, sagte Hyperion.

»Tatsächlich? Mir wäre neu, dass du eines hättest.«

»Für eine Dreijährige aus dem Arbeitshaus. Sie hat Diphtherie. Wenn

sie keinen Luftröhrenschnitt bekommt, ist sie noch vor dem Abend tot.«
»Bemerkenswert«, stellte Hector fest. »Und darf ich jetzt noch erfahren, warum um alles in der Welt mich das kümmern muss?«
Dasselbe hatte er damals auch gefragt, und Hyperion bemühte sich nicht noch einmal, ihm eine andere Antwort zu geben als die, die er hören wollte: »Nichts.«
»In der Tat.«
Auf seine Weise hatte Hector recht. Auch ihn selbst hätte das Wohl seiner Familie kümmern sollen, nicht das Leid fremder Leute. Ohne Grund sah er das Mädchen Mildred vor sich und las die Empörung über die Ungerechtigkeit der Welt in ihrem Blick.
»Ich warte. Meine Zeit ist keine unendliche Größe wie dein Edelmut.«
Hyperion seufzte. »Ich bitte dich.«
»Und das, meinst du, muss mir genügen?«
»Was willst du? Soll ich vor dir auf die Knie fallen?«
»Zuweilen stelle ich mir das nicht unerfreulich vor.« Hector verzog den Mund. »Komm morgen früh in mein Büro. Ich überschreibe dir meine Rechte, und du bezahlst mir ihren Wert.«
Ehe Hyperion einwenden konnte, dass er die Überweisung sofort brauche und derzeit nicht flüssig sei, hob Hector die Hand. »Dass du kein Geld hast, weiß ich. Leute wie du haben nie Geld, selbst wenn sie mit dem Silberlöffel im Mund zur Welt kommen.«
»Ich hatte letzthin wenig Patienten, aber nach Neujahr …«
»Lass gut sein«, verwies ihn der Bruder. »Nettlewood stellt einen Schuldschein aus, den du unterschreibst. Vergiss nur nicht, dass ich eines Tages vor deiner Tür stehen werde, um ihn einzulösen.«
Hyperion vergaß es allerdings, und zwar in dem Augenblick, in dem Hector ihm die Überweisung für Lydia Alexandrina Burleigh unterzeichnet hatte. Zu eilig hatte er es, ins Spital zu kommen, um Vernon das Papier zu bringen. Dessen Tadel fiel milde aus. Der alte Arzt hat-

te sich im Kampf gegen Windmühlenflügel aufgerieben und wünschte seinem Lieblingsschüler ein leichteres Los. Dennoch verstand er, dass Hyperion nicht anders konnte. Noch vor Einbruch der Dämmerung wurde der kleinen Lydia mit einem Schnitt die Luftröhre geöffnet, um ihr das Atmen zu erleichtern.
Hyperion verbrachte die Nacht im Spital und schlief im Sitzen ein. Als er zu sich kam, war das Mädchen noch nicht gestorben. Er ging in die Stadt und kaufte ihr einen Abakus, was ein albernes Geschenk war, zumal sie nicht alt genug werden würde, um es zu benutzen. Vielleicht aber fand sie an den rot und blau lackierten Perlen etwas Freude, ehe farbloses Dunkel ihr Leben verschlang.

Kapitel 5

Milton's Court, Mietpension, Weihnacht 1860

Der Mann, der bei Victor in der Tür gestanden hatte, war der schönste, der Mildred je begegnet war. Sie war hinuntergegangen, um Victor zusammenzustauchen, weil der wegen der Seife etwas unternehmen würde. Auch wegen der Miete. Er hatte ihr schon mehr als einmal ausgeholfen. Gleich darauf wäre sie zu Daphne zurückgekehrt, die Sorge um ihre Schwester lag ihr wie ein eiserner Ring um den Hals. Dann aber war sie stehen geblieben und hatte den Mann angestarrt. Als hätte sie keine anderen Sorgen.

Er war schlank und von mittlerer Größe. Feingliedrig, fand Mildred, bar jener Bedrohlichkeit, die Körpern von Männern sonst anhing. Sein Anzug war ihm zweifellos auf den Leib geschneidert, schmeichelnder Stoff um graziöse Glieder. Seine Züge waren wie mit feinstem Pinsel gemalt. Hohe Wangenknochen, geschwungene Lippen und Brauen. Als er den Hut zog, sah Mildred, dass sein Haar wie Honig schimmerte.

Männer sind nicht schön. Schön ist Daphne, die vor meinen Augen verfällt, weil ich nicht für sie sorge. Weil ich an blasierte Lackaffen denke, derweil meine Schwester sich die Seele aus dem Leib keucht und am Weihnachtstag nicht einmal einen grünen Zweig zur Freude hat.

Mildred hielt inne und warf einen bangen Blick in den Himmel, der eisengrau über dem Hof hing. Wenigstens dem Dreck hatte sie abhelfen und das zerlumpte Bettzeug waschen wollen. Wenn es aber schneite, würde sie die Laken nicht trocken bekommen, und ohnehin war es zu kalt zum Wäschetrocknen. Auf dem Wasser hatte sich vorhin, als sie den Zuber zum Weichen hatte stehen lassen, Eis gebildet, und ihre Finger waren steif. Die Frauen warfen dennoch ihre Fetzen auf die Leine, weil es in den Schlafsälen der Pension keinen Platz zum Aufhängen gab. Der Gestank nach muffiger Feuchtigkeit ließ Mildred husten.

Ihre eigene Wäsche duftete nach Watson's Cleanser, was den Frauen nicht entging. Aus dem Augenwinkel bemerkte Mildred neidische Blicke. Sicher unterstellten sie ihr, dass sie für Seife und Mietzins Victor zu Willen war, eine Hure wie so viele, die für Pennys mit den Kerlen gingen. Sollten sie denken, was sie wollten. Wenn mir kein Weg bleibt, dann tu ich's. Ich täte alles für Daphne.

Sie hängte das Bettlaken auf. Sie und Daphne teilten sich ein Bett, und selbst das war nicht bezahlt. Anfangs war Mildred voll Zuversicht gewesen. Beschwingt zog sie morgens los, um Arbeit zu suchen, hörte sich nach Agenten um, die Bräute nach Australien vermittelten, und kaufte in hübschen Geschäften ein. Sie mochte die Stadt am Meer noch immer, obgleich sie inzwischen gelernt hatte, dass es in Portsmouth Winkel gab, die es an Verwahrlosung mit Whitechapel aufnahmen. Allen voran Milton's Court, die um den Hof gedrängten dreistöckigen Gebäude der Mietpension. Trotz allem genoss sie den Geist, der in den Straßen herrschte. Er hatte etwas von Aufbruch, und Mildred war sicher, bald Arbeit zu finden. Doch mit jedem Tag, der verstrich, mit jeder Münze, die ihren Fingern entglitt, sank diese Sicherheit und machte Wellen von Verzweiflung Platz.

Als das Taschentuch, in dem sie ihr Geld herumgetragen hatte, leer war, wurde Daphne krank. Bleich und kraftlos war sie immer gewesen, aber jetzt sah sie aus wie eine der Papierlaternen, durch die das Licht schimmerte, und war am Morgen zu schwach, um aufzustehen.

»Lass mich nur liegen«, sagte sie mit ihrem lieben, traurigen Lächeln, »kümmere dich nicht um mich, Milly-Milly, ich bin dir wieder keine Hilfe.«

»Und ob ich mich um dich kümmere!«, hatte Mildred sie angefahren. »Ich hab dich hergebracht, und ich bringe dich nach Australien. Hab ich dir nicht versprochen, du bekommst von mir alles, was du brauchst?«

Mit schmerzenden Händen zerrte Mildred das letzte Stück Wäsche aus dem Zuber. Ja, das hast du versprochen, Mildred Adams – wenn ich erst König bin, dilly dilly, wirst du meine Königin, aber hast du es gehalten? Das Licht wurde trübe, der Hof leerte sich. Es war Weihnachten, die Frauen hatten es eilig – die einen, weil sie mit ihren Kindern in die Kathedrale gehen wollten, und die anderen, weil irgendein Kerl ihnen zur Feier des Tages ein paar Drinks spendierte. Nur Daphne und Mildred gingen nirgendwohin.

Daheim war Mildred mit ihrer Schwester zur Weihnacht in der Messe, aber heute war Daphne zu krank dazu. Daheim hatten sie die Weihnachtskiste von Daphnes Brotherrn gehabt, ein Glas Eingemachtes und Kuchen, sie hatten von den Pennys, um die Mildred ihre Kunden betrog, zwei Scheiben Schinken gekauft und einen halben Liter Gin, damit der Vater Ruhe gab. Oft hatten sie einen der Armenkörbe erhalten, die reiche Leute füllten, um sich großherzig und christlich zu fühlen – abgelegte Kleider, Äpfel und Nüsse, einmal ein Buch, über das Daphne sich zu Tränen freute. Trotz der Not hatten sie ihr Weihnachten gefeiert, und an die rußgeschwärzte Wand der Küche hatte Mildred Efeu gehängt. Heute aber hatten sie von allem nichts. Nicht einmal Betttücher. Nicht einmal Licht und Brot. Mildreds Magen schmerzte.

Am Morgen hatte sie der Schwester gesagt, dies sei der Tag, an dem sich alles zum Besten wenden würde, sie gehe gleich los und komme beladen zurück wie der heilige Nikolaus. »Ein bisschen Schinken, was, mein Sperling? Und wenn sie am Hafen warmes Ale verkaufen, bring ich dir eine Kanne, das gibt dir Kraft. Lass mich nur Arbeit finden, dann hab ich im Nu das Geld beisammen, und wir fahren in die Wärme. Die ehrlichen Agenturen verlangen ja nicht viel von Damen, sondern bitten die Herren zur Kasse. Die schwimmen schließlich in Gold.«

»Milly-Milly«, hatte Daphne gesagt, mit einer Bestimmtheit, die

Mildred nicht an ihr kannte, »ich will keinen Fremden in Australien heiraten.«
»Was soll das heißen, du willst nicht? Warum denn wohl nicht?«
»Weil ich nur einen heiraten will, den ich von Herzen liebhab«, sagte Daphne. »Wenn mir das nicht gegeben ist, bleibe ich ledig, das macht mir nichts aus.«
»Das macht dir nichts aus?«, hatte Mildred sie angeschrien. »Wer glaubst du denn, wer du bist, eine Figur aus deinen albernen Büchern, Olivia Twist mit einem Grafen zum Großvater? Ich werd dir sagen, wer du bist. Du bist Daphne Adams, die bald kein Dach mehr überm Kopf hat, wenn sie sich weiter ziert mit ihrem *ich will.*«
Gleich darauf besann sie sich. Daphne hatte ja recht, sie besaß nicht die Kraft, einen Mann zu ertragen. Mildred würde einen finden müssen, der bereit war, auch der Schwester ein Heim zu bieten. Daphne gab keine Antwort, sondern erlitt einen Hustenanfall. Sie krümmte sich vornüber, hielt sich den Bauch und gab jenes hohle Rasseln von sich, das Mildred das Blut gefrieren ließ. Sie drückte sie an sich. »Ist doch gut, mein Sperling, überlass es mir. Hab ich nicht gesagt, wenn ich König bin, wirst du Königin?«
Sie fror. Die Musik von der Kirche hörte sie bis hierher in den Hof. Weihnacht war, und sie hatte ihr Versprechen gebrochen. Ohne einen Penny war sie heimgekommen und hatte für Daphne nicht mehr tun können, als Bettzeug zu waschen, das auf Tage nicht trocknen würde. Und statt von irgendwoher Hilfe zu holen, dachte sie an den Fatzken mit dem Honighaar und an sein zartes Lachen.
Sie war jetzt allein im Hof, und die Dunkelheit kam schnell. Mit wie erfrorenen Händen packte sie den Zuber und schüttete das Dreckwasser aus. Dann ging sie ins Haus, stapfte hinauf zum dritten Stock und schickte mit jeder Stufe ein Stoßgebet zur Decke: Lass es Daphne nicht schlechter gehen.
Jemand sprang ihr in den Weg. Ein breiter Schatten löschte das Licht der Funzel. Victor. »Miss Mildred.«

Sie war ihm zu Dankbarkeit verpflichtet, was den Umgang mit ihm nicht leichter machte. Zumindest stank er nicht wie die meisten Kerle. Im Gegenteil. Er hielt die scheußlichen Kleider eines Navvy sauber, und sein Haar war ordentlich gekämmt. Was wollte er von ihr? Die Miete? »Es ist Weihnacht«, stieß sie aus.

Victor nickte.

»Lassen Sie mich vorbei, ich muss zu meiner Schwester.«

Er machte keine Anstalten, den Weg freizugeben. »Der Schwester geht's besser«, beteuerte er. »War eben oben, hab nach ihr gesehen.«

Ehe sie sich's versah, hatte sie ihn gepackt. »Was haben Sie bei meiner Schwester zu schaffen?« Der Gedanke an den Schrecken, den er Daphne versetzt haben musste, verlieh ihr ungeahnte Kraft.

»Hab ihr nur Milch mit Honig gebracht«, murmelte er, den Blick auf ihrem Gesicht. »Und Knochenbrühe. Dachte, das könnte ihr guttun. Hab ja selbst eine Schwester, die so schlecht bei Kräften ist. Der tat's immer gut.«

Schamröte stieg Mildred in die Wangen. Immer tiefer geriet sie in die Schuld des Mannes, der wie ein Sklave für Weaver schuften musste. Ab und an fuhr dieser Weaver im Einspänner vor, um ihn wie einen Rotzjungen auszuschelten. Einmal hatte er ihr auf der Stiege den Weg abgeschnitten und nach der Miete gefragt. Mit einem Klaps, der ihr Tränen der Wut in die Augen trieb, hatte er sie laufen lassen, doch sein Grinsen brannte ihr im Hirn.

»Sie will jetzt schlafen«, vernahm sie Victor. »Sie sollen sich keine Sorgen machen.«

»Wegen der Miete …«, begann Mildred leise.

Victor winkte ab. »Hab's schon mit Mr Weaver geregelt. Bis zum Ende des Monats. Weil doch Weihnachten ist.«

Hieß das, er hatte den fälligen Betrag für sie beglichen? Was verlangte er dafür? Als sie ihm nicht dankte, redete er weiter. »Ich hab frei, Miss Mildred. Und gespart hab ich auch was.«

Jetzt also kam es. Mildreds Körper wappnete sich. Was sollte sie entgegnen? Ihn zum Teufel schicken und die kranke Daphne auf die Straße setzen lassen? Hatte sie nicht vorhin geschworen, sie würde alles für sie tun? Auch dich einem Navvy hingeben, einem fühllosen Klotz, was macht das aus? Sich das Wort Australien vorzusprechen half immer. Wenn du in Australien bist, streichst du's dir aus dem Kopf.

»Gaststätten sind fast alle geschlossen. Aber das Dog and Donkey hätte auf.« Sie glaubte seinen Blick auf ihrer Kopfhaut zu spüren.

»Weil doch Weihnachten ist«, wiederholte er hilflos.

»Hören Sie auf zu stammeln. Sagen Sie mir, was Sie verlangen, und dann bringen wir die Sache hinter uns.«

»Sie sind allein«, stammelte er weiter. »Und ich bin auch allein, aber an Weihnachten, da soll doch keiner allein sein.«

»Was wollen Sie?«

»Sie bitten, ein Glas mit mir zu trinken. Einen Ploughman's zu essen. Anderes gibt's leider nicht im Dog and Donkey.«

Mildred stockte der Atem. Was bildete der Kerl sich ein? Dass es einem Mädchen gefallen könnte, am Heiligen Fest mit ihm in einer Wirtschaft zu hocken? Einen Herzschlag lang sah sie die Gestalt des blonden Besuchers vor sich, dann aber siegte der Gedanke an den Ploughman's. Die Vorstellung, im Warmen zu sitzen und den brüllenden Hunger zu stillen, war zu verlockend. Als er zögerlich eine Stufe hinuntertrat und ihr den Arm hinhielt, hakte sie sich, ohne ihn anzusehen, bei ihm ein.

Das Dog and Donkey, in dem die Navvies verkehrten, war vermutlich die trostloseste Kneipe der Stadt. Die Wände schwarz vom Tabakrauch, das Holz der Möbel vernarbt, die Luft wie Fischsuppe. Mildred aber war froh, ins Warme zu kommen. Der Schankraum, aus dem sonst Säufer bis auf die Gasse quollen, war kaum halb gefüllt. Victor führte sie an einen Tisch beim Feuer. Steifgefroren setzte sie sich auf der Eckbank nieder.

Von der Theke holte er eine Kerze, die stellte er ihr hin und ging noch einmal los. Sie streckte die Hände über die Flamme und hörte ihrem Atem zu. Es war, als hielte der Wirbel von Sorgen hinter ihrer Stirn inne. In der Kneipe stank es nach Schweiß und Gin, doch der Duft des schmelzenden Wachses deckte alles zu.

Als Victor mit einem Tablett kam, meldete sich der Hunger. Das Tablett war beladen mit gelbem Käse, Butter, einem Brotkorb, Schüsseln mit Zwiebeln, geriebenem Apfel, Roter Beete und gehacktem Ei. Sie hätte sich alles zugleich in den Mund stopfen mögen, sich die Butter von den Fingern lecken. Victor stellte dazu noch einen Krug, aus dem es dampfte, und vor jeden von ihnen einen Becher. Dann setzte er sich auf einen Schemel, der unter seiner Last zu wackeln schien. »Frohe Weihnacht, Miss Mildred.«

Mildred gab keine Antwort.

Er hob den Krug und schenkte die Becher voll. Dampf stieg ihr in die Augen. Er roch nach Nelken und Zimt. Nach Weihnachten. Ohne zu zögern griff sie zu und trank. Das Getränk war süß und scharf, es fuhr heiß durch die Kehle und wärmte ihr den Leib. »Was ist das?« Sie trank noch einen Schluck. Die wohlige Wärme breitete sich in ihrem Kopf aus und machte ihr Denken weich.

Das Lächeln um Victors Lippen sah aus, als würde es sich fürchten. »Hot Toddy«, erklärte er. »Aus Schottland. Gut gegen Kälte.«

Das ließ sich nicht leugnen. Mit dem nächsten Schluck war Mildreds Becher leer, und sie langte nach Brot und Käse. Auf einmal war sie froh, mit ihm hier zu sein, weil vor ihm keine Beherrschung nötig war. Sie konnte das knusprige Brot zermahlen, die Zwiebeln knacken lassen, Käse in Brocken brechen und unzerkaut verschlingen, sie konnte weitermachen, bis alle Schüsseln leer waren, und erst dann wieder nach Victor sehen. Das verzagte Lächeln hing ihm noch immer um die Lippen.

Es war gut. Selbst die Gesellschaft eines Navvy war besser, als den Weihnachtstag allein zu verbringen. Allein mit der röchelnden Daphne, den Ängsten und der Kälte. Victor nahm den leeren Krug am Henkel und ließ ihn am Zeigefinger baumeln. »Noch einen?«

Sie hätte ablehnen müssen, gehen und nach Daphne sehen. Die Versuchung jedoch war zu groß, die Erinnerung an die Wärme noch zu nah. Als sie nickte, stand er auf. Der Krug, mit dem er zurückkam, war größer als der erste.

»Erzählen Sie mir von sich«, bat er schüchtern.

»Sie wissen doch alles. Meine Schwester und ich sind auf der Durchreise. Wir wohnen in dem Dreckloch, bis wir das Geld beisammenhaben. Dann schiffen wir uns nach Australien ein.«

»Dahin wollen Sie unbedingt? Hier gefällt's Ihnen nicht?«

»Doch«, entfuhr es Mildred gegen ihre Absicht.

Victor schenkte ihr nach. »Mir gefällt's auch«, sagte er, obgleich sie nicht danach gefragt hatte.

Vom hastigen Essen war ihr übel. Sie trank dagegen an. »Das Meer gefällt mir«, sagte sie.

»Wissen Sie, was ich denk?« Sein Lächeln gewann ein wenig Sicherheit. »Die Welt ist ein Körper, und das Meer ist die Seele. Das, was nicht stirbt. Bin am Meer geboren.«

»Wo?«

Er wies über seine Schulter. »Auf der anderen Seite. In Hamburg. Ist schön da. Aber wie wir haben leben müssen, meine Schwester und ich, das war nicht schön.«

Erstaunt lauschte sie dem Satz hinterher. Er hätte von ihr stammen können: Wie wir haben leben müssen, meine Schwester und ich, das war nicht schön. »Ist Ihre Schwester auch hier?« Bis heute hatte sie nicht gewusst, dass Victor eine Schwester hatte.

Harsch biss er sich das Lächeln von den Lippen. »Annette«, murmelte er, den Blick in die Flamme gerichtet.

»Wie bitte?«

»Annette. Meine Schwester. Irgendwann hol ich sie. Bau mir hier was auf. Bei Mr Weaver hab ich Möglichkeiten, und Portsmouth ist eine gute Stadt. Wenn ich genug gespart hab und mir ein Haus kaufen kann, hol ich Annette her.«

Mildred sah auf den Krug. So wie er mit Geld um sich warf, würde er seinem Traum vom Hauskauf wohl kaum näher kommen.

»Das ist nur jetzt«, warf Victor, der ihren Blick bemerkt hatte, ein. »Weil Sie mit mir hier sind. Ich trink sonst nicht.«

Das klang wie ein misslungener Witz. Navvies waren bekannt dafür, dass sie soffen wie Wüstenblumen, und ein Navvy blieb er, obgleich er jetzt bei Mr Weaver angestellt war. Wenn sie es aber recht überlegte, hatte sie ihn nie mit einer Flasche gesehen oder Gestank nach Fusel an ihm wahrgenommen. Seine Gesichtshaut war klar, der Blick unstet, doch das Weiß der Augen rein. »Mag's nicht«, sagte er. »Saufen, fluchen, huren. Will weg davon.«

So wie ich, dachte Mildred. »Warum sind Sie nicht in Ihrer Heimat geblieben? Bei Ihrer Schwester. Warum haben Sie sie zurückgelassen?«

Er senkte den Kopf. »Das wollen Sie nicht wissen.«

Damit hatte er recht. Sie wollte nichts wissen, sondern gehen. Als sie aber versuchte sich von der Bank zu erheben, fand sie nicht die Kraft. Draußen wütete Kälte. Und in dem scheußlichen Bettensaal wartete nichts als Sorgen. Victor nahm den Krug, gab die letzten Tropfen in ihren Becher, hob das Gefäß und zeigte dem Wirt an, dass es leer war.

»Nicht doch.«

»Ach, für einen reicht's ja noch.«

Der Wirt kam mit einem Kessel. »Nur halb voll«, bat Victor und klaubte Münzen aus der Westentasche.

Müde zuckte der Wirt mit einer Schulter. »Der Rest geht aufs Haus.« Er wischte den Haufen Geld in seine Börse und ging.

Und was essen wir morgen, du und ich und Daphne? Wenn es schlimmer wird mit ihr, wovon kaufen wir Arznei? Dass sie zum ersten Mal einen anderen Menschen in ihre Sorgen einbezog, dass sie *wir* dachte, nicht *ich*, fiel ihr erst auf, als sie den Becher geleert hatte und die Wärme zurückkehrte.

Sag mir, dass wir es schaffen werden, dass dir etwas einfällt. Sag: Musst dich nicht sorgen.
»Musst dich nicht sorgen«, sagte Victor. Vor ihr verschwamm sein Bild, die goldenen Augen und die scharfen Züge. Als er aufstand, fiel der Stuhl um, und alles schien zu schwanken. Er setzte sich neben sie auf die Bank, legte den Arm um sie und zog sie an sich. So warm war das, als wäre sein Körper ein Ofen. »Musst dich nicht sorgen, Kleines. Uns fällt schon was ein.«
Mildred schloss halb die Augen und sah durch den Schleier der Wimpern in die Flamme. Er strich still ihren Arm und summte sein Lied. Als er den Kopf senkte, bis seine Lippen die ihren berührten, erschrak sie nicht, ja, war nicht einmal verwundert. Sie dachte an den Wirt hinter der Theke, an die Gäste, die zu ihr hinstarren würden, und an Daphne, die allein in der Pension lag. An Australien, das sie nicht aufgeben durfte, und flüchtig an Honighaar und graue Augen. Gleich darauf dachte sie an nichts mehr.
Seine Lippen schmeckten nach Zimt und Nelken. Mit den Lippen war alles ausgelöscht, das ewige Fragen: Wer sieht mich, und was denkt der von mir, was würde Daphne denken? Es war, als wäre sie zum ersten Mal mit einem Menschen allein. Der Kuss tat so wohl, dass ihre Gier erwachte – wie wenn sie vor einem gefüllten Teller saß und sich wünschte, der Teller fülle sich, sooft sie aß, gleich nach.
Beim Küssen wiegte er sie. Wiegte Furcht und Kälte beiseite. Ihre Arme schlossen sich um seine Schultern, eine Hand packte sein Haar im Nacken. An ihrem Schenkel spürte sie den harten Muskel. Als er den Kopf bewegte, streiften seine Wimpern ihre Haut.
Und dann flog die Tür der Kneipe auf, der Wind blies Schnee herein, und hinterdrein stolperten drei weiß gekleidete Burschen, die Gelenke mit Glocken geschmückt. Weihnachtssänger. Einer trug den Stab mit dem Stern, ein anderer die Schale voll Wassail, Weihnachtspunsch, der erkaltet war und kaum noch dampfte. Der dritte setzte seine Trompete an, sobald die Tür ins Schloss gefallen war. Seine Gefährten

sangen mit glasklaren Stimmen ein Lied, das Mildred erst einmal in einer Kirche gehört hatte.

»Einst in der Königsstadt Davids
Stand ein ärmlicher Stall für das Vieh.«

Das Lied war wunderschön. Mildred schmiegte sich an Victor, und als sie aufhörten einander zu küssen, lehnte sie den Kopf an seine Schulter. So hätte sie einschlafen wollen. Den köstlichen Geschmack auf der Zunge und das Singen im Ohr, sie hatte sich nie so beschützt, so eins mit der Welt gefühlt. Die Burschen sangen noch zwei Lieder, dann trugen sie den Punsch von Tisch zu Tisch, gaben den Gästen aus der Kelle zu trinken und erbettelten dafür ein paar Münzen. Mildred und Victor hatten keinen Penny, doch die Kelle gab der Bursche ihnen trotzdem. »Zwei so verliebte Turteltauben lass ich doch nicht leer ausgehen.«

Als Mildred von der süßen Flüssigkeit trank, wurde ihr so übel, dass sie würgen musste. Mit einem Schlag zerfiel der Zauber. Victor, der sah, wie sie sich quälte, half ihr auf die Beine und führte sie durch die Hintertür. Unter dem Vordach blieb er mit ihr stehen und hielt mit seinem Körper Flocken und Wind von ihr ab. Scharf hieb die Kälte durch Schleier der Benommenheit. Mildreds Leib krümmte sich, und aus ihrer Kehle ergoss sich ein Strom in den Schnee. Sie würgte noch, als ihr Magen vor Leere schmerzte.

Victor zog sie an sich. Er knotete sein Halstuch auf, tauchte es in den Schnee und wischte ihr die Lippen ab. Das eisige Wasser tat gut. »War dumm von mir«, sagte er. »Hätte dich nicht trinken lassen dürfen, wo du seit Tagen schlecht gegessen hast. Aber das kommt nicht mehr vor. Von jetzt an sorg ich für dich.« Er küsste ihr den Kopf. »Meine Mildred. Mein Herz.«

Wäre es ihr nicht so elend ergangen, hätte sie aufgelacht. Du sorgst für mich? Weavers Prügelknabe, ein Kerl, der nicht einmal Geld für einen ordentlichen Anzug hat? Weichheit und Wärme verflogen, und übrig blieben eine schäbige Kneipe, ein Hinterhof, der nach Müll stank, und sie selbst, die sich die Seele aus dem Leib würgte. Und Daphne. So schwach sie sich fühlte, stieß sie ihn beiseite. »Ich möcht gehen.« Den Arm, den er ihr reichte, beachtete sie nicht. Während sie sich hinaus auf die Straße schleppte, hielt sie einen Schritt Abstand von ihm. Das Flockengewirbel ging in Schneeregen über. In Mildreds Kopf herrschte Leere, die sich mit Angst vollpumpte, je näher sie Milton's Court kamen. Die letzten Schritte rannte sie, dass brauner Schlamm ihr an den Beinen hochspritzte.

Victor folgte ihr. Seine Schritte verursachten patschende Laute, und seinen Atem spürte sie im Nacken. Was war in sie gefahren? In der Frau, die in der Kneipe gehockt und sich sinnlos betrunken hatte, erkannte sie sich nicht – geschweige denn in der, die sich von einem Navvy hatte abküssen lassen. Auf der Leine im Hof schaukelten schwer vor Nässe ihre Laken. Alles war still. Ab neun Uhr herrschte Bettruhe in der Pension, und wer die brach, riskierte seine Unterkunft. Mit einem geradezu graziösen Sprung setzte Victor an ihr vorbei und öffnete die Tür zum Seitenflügel.

Gepolter von Schritten schlug ihnen entgegen, und eine Stimme rief Victors Namen. Der bucklige Junge, Sohn einer Sippe polnischer Auswanderer, dem er die Aufsicht übertragen hatte, stolperte mit einer Kerze in der Hand die Treppe herunter. Mildred schrie. Sie wusste, was geschehen war, noch ehe der Bucklige mit dem Finger auf sie wies und »Schwester« keuchte.

»Was ist mit Miss Mildreds Schwester, Stasiek?«

Mildred stieß den Jungen weg und jagte die Treppe hinauf, über den stockdunklen Gang und durch den Bettensaal. »Daphne! Mein Sperling!« Ihre Stimme klang verzerrt. Vor ihrem Bett fiel sie auf die Knie und riss Daphne in die Arme. Über den Schlägen ihres Herzens hörte sie den bellenden Husten und dazwischen ein Rasseln, als würde die Gurgel der Schwester im Hals auf und ab rollen. Es war das entsetzlichste Geräusch, das sie je vernommen hatte. Der Tod, der die Rassel schwingt. »Mein Sperling«, brüllte sie, doch die Schwester gab keine

Antwort. Schon zu weit fort war sie, hörte womöglich nicht einmal mehr, was Mildred ihr beteuerte. »Ich hab dich so lieb, mein Sperling, so lieb, dass es mich zerreißt.«

Wie sie betete, Gott um einen Handel anflehte. Bring sie mir zurück. Wenn ich sie behalten darf, will ich mir für mich selbst nichts mehr wünschen. Kraftlos ließ sie Daphnes Leib auf die Matratze sinken. Dass Victor und der Pole jetzt auch da waren, bemerkte sie erst, als Kerzenschein auf Brust und Gesicht der Kranken fiel. Daphne hatte sich den Ausschnitt des Nachthemds zerrissen. Ihr zartes Gesicht war verquollen, die Haut gedunsen und mit roten Flecken übersät. Ihre Finger krallten sich um die Kehle, wie um das Schwellen aufzuhalten, ehe es ihr die Luft abdrückte.

»Miss Mildred.« Der Pole tippte ihr auf die Schulter. Sie fuhr herum und schlug nach ihm. Er sprang zur Seite, hielt einen Korb in die Höhe, der schwer war und schwankte. »Das hier ist abgegeben. Für Miss Mildred. Von feine Herr Doktor, Bruder von Mr Weaver.«

Mildred sah zwei Würste und einen Flaschenhals aus dem Korb ragen und glaubte Süße zu riechen, wie sie aus den Türen der Bäckereien drang. Sie hätte aufs Bett sinken und das Bewusstsein verlieren mögen, einfach nicht mehr verantwortlich sein für ihr Tun. Ich hab sie beide betrogen, Daphne und den schönen Mann. Trotz allem musste sie dulden, dass der Junge ihr den Henkel in die Hände drückte.

Er hatte ihr zur Weihnacht eine Freude machen wollen. Er war kein überheblicher Schnösel, wie sie geglaubt hatte, sondern ein edler Mensch. Wäre sie hiergeblieben, an Daphnes Krankenbett, hätte sie ihm danken können, die guten Gaben hätten Daphne geholfen, und sie läge jetzt nicht auf den Tod. Wenn du nicht für sie sorgen wolltest, sondern mit Pack herumpoussieren, warum hast du sie nicht in Whitechapel gelassen, wo sie zumindest das Nötigste besaß? Mildred starrte in den Korb. Auf irdene Tiegel mit Etiketten vornehmer Geschäfte. Und dann fiel ihr etwas ein. Mit einem Satz sprang sie auf.

»Ein Arzt!«, schrie sie. »Mr Weavers Bruder ist Arzt. Er muss kommen!«
Einen Augenblick lang glotzten Victor und der Pole sie verständnislos an. Dann begriff Victor. »Kein Geld«, murmelte er und senkte den Kopf.
»Das ist einerlei.« Mildred sprang vor ihn hin. »Vergeude keine Zeit, lauf los und hol ihn.«
Seine Schritte hallten durch den Raum. Mildred atmete auf. »Es wird alles gut«, flüsterte sie und schloss von neuem die Augen. »Überlass es nur mir, mein Sperling. Alles wird gut.«

Kapitel 6

Weihnacht

So kalt war es. So kalt, so kalt, so kalt. Daphne fühlte Schweiß ihren Nacken und die Stirn hinunterrinnen, und dennoch fror sie, dass ihr die Glieder schlotterten und das Klappern ihrer Zähne ihr im Kopf hallte. Als würde der Zug durch ihr Hirn rauschen, mit seinem ewigen Geratter: So kalt, so kalt, so kalt.

Milly war gegangen, um Arbeit zu suchen. Wie tapfer sie war. Um vor Daphne zu verbergen, dass sie verloren hatten, zog sie jeden Morgen los und putzte die Klinken der Arbeitsvermittler. Daphne wollte auch tapfer sein, nur das eine Mal. Der Schwester verschweigen, dass es ihr schlechter ging, dass sie sich zu kraftlos fühlte, um nach dem Glas Wasser neben ihrem Bett zu hangeln. Dass sie fror, obgleich Mildred alle Kleidungsstücke über sie geworfen hatte. Die Laken, die vor Schweiß klebten, hatte Mildred vom Bett gezogen, um sie im eisigen Wasser zu waschen. Eine Heldin war sie, ihre Milly-Milly. Daphne wollte ihr das Leben nicht noch schwerer machen.

Schon gar nicht zur Weihnacht. Bis sie nach Hause kommt, geht es mir besser, nahm sie sich vor. Ich werde aufstehen, das Bett richten und Herrn Victor um Tee bitten. Dann aber war es ihr immer übler ergangen, so dass an Aufstehen nicht zu denken war.

Stattdessen war Herr Victor zu ihr gekommen. Im Schlafsaal redeten sie über ihn. Ein Deutscher sei er, habe im Gefängnis gesessen und sei hier, weil ihm in seiner Heimat kein Mensch mehr Arbeit gab. Seht den Hunnen doch an, hörte Daphne ihre Bettnachbarn tuscheln, der hat mit bloßen Fäusten einem den Garaus gemacht, deshalb saß er im Loch. Und Weaver, der Teufel, bezahlt ihn, damit er's mit uns genauso macht. Mildred, die vom Tratsch wenig mitbekam, weil sie ständig unterwegs war, beschimpfte Herrn Victor als Rohling, und gewiss hatte sie recht, aber Daphne hatte ihn immer nur hilfsbereit und freundlich erlebt.

Er hatte ihr Milch gebracht und aus Mark gekochte Brühe. Jeder Schluck bereitete ihr Qualen, doch seine liebenswürdige Geste konnte sie unmöglich zurückweisen. »Es ist schon besser«, versicherte sie ihm, wobei ihr schwarz vor Augen wurde. »Nur etwas schlafen will ich. Wenn Mildred kommt, bitte sagen Sie ihr, sie muss sich nicht sorgen.«

War dies das letzte Mal gewesen, dass sie ihre Stimme gehört hatte, die gequetschten Laute ihre letzten Worte in der Welt? So schlimm war vielleicht Sterben nicht – nie mehr Luft holen müssen, während es einem die Brust zerriss, und Mildred keine Last mehr sein. Trotzdem hielt sie den Gedanken an die Schwester kaum aus. Wenn ich dich verliere, ist mein Leben zu Ende, hatte Mildred ihr Hunderte von Malen beteuert. Du bist alles, was ich habe.

Dabei hätte sie froh sein sollen. Ohne sie hätte Mildred längst einen Mann gefunden, keinen Wildfremden, dem sie sich opfern wollte, sondern einen, der ihr Liebe angedeihen ließ, wie sie es verdiente. Ich wünsch dir so sehr, dass du glücklich wirst. Dass du dich mit mir nicht mehr abschleppen musst. Es gelang ihr nicht, weiterzudenken, weil eine neue Welle von Übelkeit sie überrollte. Ihr war nicht länger schwarz vor Augen, sondern rot, und jeder Hilfeschrei verglühte in der Hitze. Ihre Gurgel schien ein Feuerball, der auf und ab zuckte und ihr die Kehle versengte. Ob ihre Qual Stunden dauerte oder Minuten, wusste sie nicht, denn ihr kam sie unendlich vor.

Irgendwann drang wieder etwas an ihr Ohr. Mildreds Stimme. »Mein Sperling«, rief die Schwester wie durch Wände. »Mein Süßes, verzeih mir doch, ich hab dich mehr als mein Leben lieb.«

Daphne fühlte sich gepackt und an den Leib der Schwester gepresst. Jede Bewegung verschlimmerte die Schmerzen, und der Versuch zu sprechen scheiterte. Dabei hätte sie sprechen müssen, Mildred sagen,

dass sie ihr nichts zu verzeihen hatte und dass sie sie sterben lassen sollte. Vergessen und neu beginnen.
Die Schwester ließ sie aufs Bett zurückgleiten, warf sich über sie und weinte. Selbst Mildreds Weinen war stark, es hatte mit Daphnes Gewimmer nichts gemein. »Miss Mildred«, warf jemand ein. Der kleine Pole, der seine Familie ernährte, indem er Botendienste für Mr Weaver erledigte. »Das hier ist abgegeben. Für Miss Mildred. Von feine Herr Doktor, Bruder von Mr Weaver.«
Daphne war zu zermürbt vom Schmerz, um länger zuzuhören. Mit letzten Kräften flehte sie eine Ohnmacht herbei, nur eine kurze Pause von der Hölle. »Ein Arzt! Mr Weavers Bruder ist Arzt. Er muss kommen!« Dann glaubte Daphne in kühle, saubere Tücher zu sinken und darin zu verschwinden, von all dem Schreien, den Schmerzen und dem Feuer fort.

Hyperion hatte, wie es die Sitte gebot, das Mädchen eine mannshohe Tanne kaufen und Sarah, die Köchin, eine Gans rösten lassen. Die nutzlosen Ausgaben taten ihm weh. Statt Geld für einen Braten zu verschleudern, an dem zwei kümmerliche Esser sechsmal satt geworden wären, hätte er besser den Bediensteten die Weihnachtskisten reichlich befüllt. Und statt vor einem mit Tand behängten Baum zu hocken, hätte er sich zum Dienst im Spital melden sollen. Fergus Vernon lag krank. Der alte Mann hatte seine Kräfte ausgebeutet, er würde vielleicht nicht mehr genesen, und ausgerechnet jetzt schlugen die Geißeln des Winters unbarmherzig zu – Diphtherie, Influenza, Pneumonie. In den Krankensälen wurde jede Hand gebraucht.
Er aber, Dr. Hyperion Weaver, der unter Eid gelobt hatte, Kranken zu helfen, saß behaglich am Feuer, beglotzte Spielzeug, das kein Kind aus den Zweigen pflücken würde, und naschte Backwerk, das ihm nicht einmal schmeckte. Warum ließ er sich dazu hinreißen, obwohl er sich Jahr um Jahr schwor, es nicht zu tun? Um seiner Großmutter willen, um sich von ihr keinen Tadel einzuhandeln? Großmutter Nell aber

war schon vor Stunden hinüber ins Altenteil gegangen. Sie hatte an der Gans nur gepickt und die Tanne keines Blickes gewürdigt. Und ihrem Tadel entging er ohnehin nicht. Im Vergleich mit seinem Bruder mochte Hyperion für Nell das kleinere Übel darstellen, doch das änderte nichts daran, dass sie beide verachtete.

Hyperion sah durchs Tannengrün nach dem Fenster, auf dessen Sims eine Kerze brannte. Er hatte einen Klumpen in der Kehle, hatte Priscilla Kaffee bringen lassen und rührte ihn nicht an. Früher hatte es hier ein Kind gegeben, das mit staunenden Augen vor dem Baum stand, bis es die Erlaubnis erhielt, sich Geschenke aus den Zweigen zu pflücken. Vielleicht betrieb er deshalb noch immer solchen Aufwand um die Weihnacht. Weil er die Zeit, in der er selbst jenes Kind gewesen war, nicht verloren geben mochte. Die Zeit, in der ein Mensch ihn geliebt hatte. Ihn, Hyperion. Ohne etwas zu erwarten, ohne etwas zu bedauern, als wäre er vollkommen, so wie er war.

Seine Mutter hatte ihn auf solche Weise geliebt. Amelia. Womöglich bekam es einem schlecht, so geliebt zu werden, denn hatte man den Liebenden erst verloren, war einem kein Tag mehr ohne ein diffuses Heimweh vergönnt.

Seine Mutter hatte darauf bestanden, dass ihr Haus, Mount Othrys, einen Weihnachtsbaum brauchte, wie die königliche Familie ihn hatte, dass es ihrem Prinzen nicht daran fehlen durfte. Ihr Mann, der sie anbetete, hatte ihr Verfügung über sein Geld erteilt, und sie hatte es mit vollen Händen ausgegeben, um ihren kleinen Jungen glücklich zu machen. Hatte sie je anderes im Sinn gehabt als ihn und sein Glück? Hatte sie ihn je angesehen, ohne die Arme auszubreiten, noch als er sie um einen halben Kopf überragte? Auf einmal sah er Hector vor sich – hatte auch für ihn etwas in der Tanne gehangen? Amelia hatte Hector nie schlecht behandelt, sie war kein Mensch gewesen, der andere schlecht behandelte. Sicher hatte sie einfach zuweilen vergessen, dass Hector existierte – weil sie unentwegt an ihn, Hyperion, dachte.

Der Klumpen in seiner Kehle war zum Stein geworden. Es nützte nichts, sich zu sagen, ein Mann dürfe sich nicht so nach seiner Mutter sehnen, es traf ihn immer aufs Neue wie ein Keulenschlag – das Wissen, dass die Mutter nicht mehr in der Welt war und dass es daher keinen Menschen mehr gab, den er glücklich machte.

Hatte er dem abhelfen wollen, als er am Nachmittag in einen Korb gestopft hatte, was Keller und Kammern hergaben, um ihn nach Milton's Court zu tragen? Vermutlich hatte Max, der dem Haushalt als Kutscher, Pferdepfleger und Gärtner diente, gehofft, die Gaben seien für ihn bestimmt. Er hatte Kinder zu füttern, und die Enttäuschung stand ihm ins Gesicht geschrieben. Das Mädchen Mildred hingegen war nicht einmal daheim. Wie ein Tölpel hatte Hyperion gewartet, bis er den Korb schließlich einem verwachsenen Knaben überließ und ging.

Was hatte er sich versprochen? Seegrüne Augen, die vor Dankbarkeit leuchtend zu ihrem Wohltäter aufblickten? Scham überfiel ihn. Er zwang sich, aufzustehen, um die Kerze auszublasen. Nach Priscilla würde er nicht läuten, damit sie den Kaffee abräumte – mochte das arme Ding sich ihrem freien Tag entgegenträumen. Gern hätte er sich selbst schlafen gelegt, doch sein Geist war erschöpft und hellwach zugleich.

Er stellte eben das Geschirr zusammen, als es mit donnernder Wucht an der Tür hämmerte. Wie war das möglich? Hatte er nicht Max nach Hause geschickt und das Gartentor verschlossen? Jemand musste über den Zaun gestiegen sein. Schwerfällig machte Hyperion sich auf den Weg durch Salon und Empfangshalle. Das Klopfen riss nicht ab. Wer auch immer dort im Schneeregen stand, hieb seine Faust ohne Unterlass ans Holz. Hastig entriegelte er die Schlösser und riss einen der Türflügel zurück. Der Mann, der gegen ihn prallte, triefte aus jeder Pore.

»Miss Daphne«, stieß der Besucher atemlos aus, »sie liegt auf den Tod. Müssen sofort kommen, Herr Doktor. Ich bitte Sie.«

Es war Victor, der Deutsche aus Hectors Pension. Aus dem Haar rann ihm Wasser, und mit flehenden Augen sah er Hyperion an. Im gedämpften Licht der Halle entdeckte er, dass der große Mann Augen, Haar und Haut von nahezu derselben Farbe hatte, einem wie vergoldeten Braun. Ohne Federlesens griff er nach Schal und Mantel. Erst als sie schon die vereisten Stufen hinuntereilten, fragte er: »Wer ist Miss Daphne?«

»Miss Mildreds Schwester«, erwiderte Victor in einem Ton, als spräche er von einer Schwester der Königin.

Wie vermutet, war er über den Zaun gestiegen, was er jetzt von neuem anging, ohne auf Hyperion mit dem Schlüssel zu warten. Verblüffend elegant zog er sein Gewicht in die Höhe, überwand die geschmiedeten Spitzen und sprang auf der anderen Seite zu Boden. Sogleich rannte er weiter, wandte nur kurz den Kopf, um zu prüfen, ob Hyperion ihm folgte. Der war nach der ersten Biegung außer Atem, der Deutsche hingegen lief mit unverminderter Kraft.

Die Gassen der Gewürzinsel lagen in Finsternis, und wo sonst Lärm tobte, herrschte Schweigen. Nur der Gestank verriet, dass sie am Ziel waren. Hyperion keuchte und hielt sich die schmerzende Seite. Willenlos ließ er sich von Victor in den Hof und dann durch einen Türspalt zwängen. Dahinter entzündete sein Begleiter eine Lampe, so dass man endlich die Hand vor Augen sah. Die Luft war wie Leim, und es roch, als hätte auf den Stufen jemand uriniert. Dennoch musste Hyperion lächeln. Er war heute schon einmal hier gewesen, weil er sie wiedersehen wollte, die streitbare Mildred mit dem wilden Haar. Vielleicht, weil er in ihr zu spüren glaubte, was ihm fehlte – Kampfgeist und Lebenslust. Vielleicht, weil sie tat, was sonst niemandem gelang – sie amüsierte ihn.

Ihm voran jagte Victor die Stufen hinauf. In einem der Schlafsäle war Hyperion nie gewesen, sooft ihn Vernon auch beschworen hatte, er solle die Augen davor nicht verschließen. Bettgestell reihte sich an Bettgestell, und auf jeder Matratze wälzten sich Leiber. Der Gestank

war unsäglich. Hier kann sie nicht bleiben, durchzuckte es ihn. Im selben Augenblick entdeckte er sie. Von einem Bett in der Ecke sprang sie auf und stürmte auf ihn zu. Er fing sie, genoss die vor Leben bebende Nähe. Dann befreite sie sich und schrie: »Helfen Sie ihr! So machen Sie doch!« Erst jetzt sah Hyperion, dass ihr Gesicht nass vor Tränen war.
Sie lief voraus. Am Fußende des Bettes stand Victor neben dem verwachsenen Jungen. Der Schein der Kerzen fiel auf die Kranke, deren Leib unter einem Berg von Lumpen begraben war. Zur Diagnose genügte ein Blick auf das Gesicht und den entblößten Hals. Fleckfieber. Die Seuche, die man für eine Spielart des Typhus gehalten hatte, die in Wahrheit jedoch eine Mörderin eigenen Kalibers war. Hyperion hatte etliche daran verrecken sehen, in den Lazaretten der Krim wie im Spital, doch von all den sterbenden Gesichtern stand ihm nur eines vor Augen – das Gesicht seiner Mutter. Sie hatte vor ihm gelegen wie die junge Frau, wenn auch in schneeweißen Laken. Saurer Schweiß hatte den Duft ihres Parfüms zerstört, und ihre Finger zerfetzten ihr Spitzenhemd. So hatte er sie zum letzten Mal gesehen, ihr schönes Gesicht von Flecken entstellt wie das der Fremden.
Er setzte sich auf den Bettrand und beugte sich über sie, um zu ertasten, ob noch ein Pulsschlag, ein Funken Leben spürbar war. Nicht nur die Krankheit verband das Mädchen mit seiner Mutter, sondern ebenso das helle Haar und die Lippen, die zart und unversehrt wirkten. So sehr, dass er glaubte sie lächeln zu sehen – jenes Lächeln, nach dem er sich ohne Ende sehnte. Er war als Arzt hier, er musste handeln, der armen Mildred begreiflich machen, dass ihre Schwester nicht zu retten war. Allein, er wollte nicht handeln, nicht Stärke beweisen, nicht noch einmal die Stimme seiner Großmutter hören und das Klatschen, mit dem sie ihm ins Gesicht schlug. Lässt du wohl los? Sei doch tapfer, Kerl.
Sich zu der Toten legen und weinen wollte er. Sie umarmen, die Wärme, die aus ihren Gliedern floh, festhalten. Furchtsam tasteten seine

Finger nach der Ader am Hals, da öffnete die Frau die Augen. Hyperion erstarrte. Unter gebogenen Wimpern sah ein Mensch ihn an, ohne etwas zu erwarten, ohne etwas zu bedauern, als wäre er vollkommen, so wie er war. Glasklar fand er sein Bild in ihren Augen gespiegelt. Wie in Amelias Augen. Leise rief er sie beim Namen. Er hatte es in Jahren nicht getan.
Der schöne Mund verzog sich, und die Augenwinkel zuckten. Hyperion war jetzt sicher, dass die Kranke unter Schmerzen lächelte.

Die Berührung war anders. Sachte, behutsam. Von Mildred mit ihren Löwenkräften konnte die zarte Umarmung nicht stammen. War jenes Wohlgefühl nicht irdisch, lag sie in den Armen des Todes? Daphne spürte, wie ihr Herz sich sträubte. Es ist das Beste für Milly. Aber es tut weh. Ich hatte das Leben lieb. Den Frühling. Wenn man von einem Tag zum andern nicht mehr friert und die Luft anders riecht. Auf einmal wurde der Drang, die Augen zu öffnen und sich noch einen Blick zu stehlen, übermächtig. Der Tod streichelte sie, ertastete mit schwerelosen Fingern ihren Hals. Mit einem Ächzen hob Daphne die Lider.
Das Gesicht, das sie sah, gehörte nicht dem Tod. Daphne betrachtete jeden Zug und prägte ihn sich ein. Wie schön es ist. Seine Augen waren unbewegt, und während Daphne hineinsah, fiel ihr ein, wie Mildred ihr erzählt hatte, in Australien falle niemals Regen. Ich will nicht nach Australien. Ich will nicht sterben. Von diesem Grau vom Sommerregen will ich nicht weg.
Die grauen Augen blieben still, auch als der Mann etwas flüsterte. Ein Liebeswort. Sommerregenweich. Daphne wollte die Hand heben und seine Wange berühren, die Traurigkeit, die sie in seinen Augen las, lindern. Den Fremden liebkosen. Er war ja nicht fremd. Er war ihr gleich. Dir ist das Leben lieb wie mir, aber genau wie mir fehlt dir die Kraft, es mit ihm aufzunehmen. Sie hatte kaum zu Ende gedacht, als die Krankheit die Übermacht gewann. Das Gesicht vor ihren Augen

verschwamm. Durch ihren Schädel donnerte der Zug, mähte jeden Gedanken nieder.

Der Mann ergriff ihre Hände. Mit eiserner Macht riss der Tod an ihr, und der Mann hielt sie an seinen Händen im Leben. »Ich lass dich nicht los«, hörte sie ihn durch das Rattern des Zuges flüstern. »Diesmal lass ich nicht los.«

Kapitel 7

Jahreswechsel

Der Kutscher, der den Schlag für sie geöffnet hatte, wollte nach dem Gepäck greifen, aber Mildred riss es ihm weg. Sie zog es vor, niemandem zu trauen. Nur Hyperion. Den vornehmen Namen, der Klasse und Bildung verriet, sprach sie im Geiste ständig vor sich hin. *Hyperion.* Er konnte nicht hier sein, um sie zu empfangen, war wie so oft bei Daphne im Spital, weil er ahnte, dass er ihr damit den größten Dienst erwies. Dafür, dass sie Daphne bei ihm in guten Händen wusste, war sie ihm dankbarer als für alles Übrige.

Noch in jener Nacht hatte er einen Wagen aufgetrieben und war mit Daphne ins Spital gefahren. »Ich hole Sie hier weg«, hatte er Mildred auf der Stiege gelobt. »Wenn Ihre Schwester gesund wird, nehme ich Sie in mein Haus.« Weiterer Worte bedurfte es nicht, den Rest las Mildred ihm vom Gesicht. In der folgenden Woche war er allabendlich gekommen, um ihr über Daphne Bericht zu erstatten. Dass sie die Schwester nicht sehen durfte, kam sie hart an, doch im Spital waren Besuche untersagt. Sie tröstete sich damit, dass alles Menschenmögliche für sie getan wurde. Hyperion weiß: Wenn er meinen Sperling verliert, verliert er auch mich.

Und dann war er eines Abends in der Fahrt aus der Kutsche gesprungen, die Wangen wie bei einem Jungen gerötet und die Hemdschöße aus den Hosen gezerrt. Er hatte Mildred gepackt und herumgewirbelt. Da er nur ja nicht vergessen sollte, dass sie ein Mädchen von Anstand war, befreite sie einen Arm und schlug ihn auf die Wange, doch war dies zweifellos die mildeste Ohrfeige, die sich je ein Mann von ihr gefangen hatte. Höchst seltsam war das. Immer hatte sie sich ihrer Haut gewehrt und war mit Kerlen umgesprungen, wie es ihnen zukam, aber diesem Mann weh zu tun tat ihr selbst weh. So sehr, dass ihre Finger sich zur Faust ballten.

Verlegen lachte er auf und hob die Hand ans Gesicht. »Sie ist überm Berg.« In seinem Flüstern zitterte Jubel. »Unsere Daphne wird leben, Mildred.« Zwar hatte Mildred ihm nicht gestattet, sie oder gar ihre Schwester beim Vornamen zu nennen, doch in ihrer Freude erließ sie ihm den Tadel.

Daphnes Genesung würde Zeit erfordern, aber Mildred bot er noch am selben Tag eine Stellung als Dienstmädchen in seinem Haus an. »So gehört es sich nun einmal«, bemerkte er mit Bedauern. »Fürs Erste zumindest. Versuchen Sie zu verstehen. Ich habe meine Großmutter bei mir, eine Frau von achtzig Jahren, die aufs Formale bedacht ist.«

Das, was er ungesagt ließ, hatte Mildred vernommen. Der Lohn, den er ihr bot, überstieg ihre kühnste Erwartung. Von einem halben Pfund in der Woche würde sie genug zurücklegen können, um sich im Frühjahr nach Australien einzuschiffen. Sie hatte es ihm sagen wollen – wir bleiben nur, bis im Frühjahr wieder Schiffe auslaufen –, aber etwas hatte ihr die Kehle verschlossen.

Als sie jetzt den Kutscher beiseitedrängte und samt Gepäck aus dem Einspänner sprang, wusste sie, was es war. Die Fahrt über hatte leichter Regen aufs Wagendach getrommelt, doch sobald Mildreds Sohlen das Pflaster berührten, hörte es zu regnen auf. Sie hob den Kopf und sah am Ende des Vorgartens das Haus.

Der Garten war weitläufig und wirkte trotz des Winters schmuck. In zierlichen Blumenkübeln reihten sich gestutzte Rosenstöcke zwischen den Sockeln marmorner Statuen. Der Weg war geharkt, jeder Baum in Form geschnitten. Das Haus aber war gar kein Haus, sondern ein Palast. Leuchtend weiß sah es ihr entgegen, in einer Würde, die sie innehalten ließ. Obgleich es drei Stockwerke und mehrere Flügel besaß, haftete ihm nichts Klobiges an, sondern Grazie und Stil. Eine Treppe führte unter ein Vordach auf Säulen, und dort wartete eine Frau auf sie. Mildred hielt den Atem an. Das Haus stand in Southsea, Vorstadt von Portsmouth, nicht in Melbourne. Aber es war das Haus aus ihrem Traum.

Während sie sich zwang, weiterzugehen, begriff sie, dass sie nicht nach Australien segeln würde. Nicht im Frühjahr und nie mehr. In endlosen Jahren, in denen sie ums Überleben gekämpft hatte, war Australien ihr Ziel gewesen, und jetzt verpuffte es in einem Atemzug. Mildred schloss die Augen und sah statt der Fremden sich selbst zwischen den Säulen stehen. Aus dem Haus glaubte sie Klavierspiel zu hören. Einmal würde im Salon dieses Hauses ihre Tochter spielen, denn hier und nirgendwo anders würde sie ihre Familie gründen. Ehe sie die Augen wieder öffnete, sah sie Daphne neben sich treten, ihr liebes Lächeln auf den Lippen, noch immer blass, doch kräftiger denn je. Ohne Frage würde sie hier mit ihr leben und als Tante ein Teil der Familie sein.

Einen Mann, der die Stufen hinaufeilte, um seine Frau in die Arme zu schließen, sah sie nicht, doch das war auch nicht nötig, denn sie kannte seinen Namen. *Hyperion Weaver.* Hyperion und Mildred Weaver haben die Ehre, Sie zur Feier der Weihnacht in ihr Heim zu bitten. Hastig schüttelte sie die Welle des Glücks, die sie schwindeln ließ, ab und betrat die unterste Stufe.

»Na wird's bald? Ich hab nicht vor, hier festzufrieren.« Die raue Stimme der Frau befahl Mildred in die Gegenwart zurück. Am grau-weißen Schürzenkleid ließ sich unschwer die Köchin erkennen, die Hyperion ihr angekündigt hatte, auch wenn jene Sarah nicht aussah, als würde sie mit Lust verführerische Gerichte zubereiten. Köchin wechseln, notierte Mildred im Geist, und dann schalt sie sich eine Närrin, weil sie sich gab, als würde das Haus bereits ihr gehören. Dabei lag in Wahrheit der härteste Kampf ihres Lebens vor ihr. Einen neureichen Goldsucher für sich zu gewinnen, mochte leichtes Spiel sein. Hyperion Weaver aber gehörte einer Klasse an, die von ihresgleichen durch mehr als einen Ozean getrennt war.

Sie riss sich zusammen. Die Köchin musterte sie, ohne ihr die Hand zu reichen. Mildred war nicht umsonst in Whitechapel aufgewachsen, sie brauchte keine Worte, um zu wissen, wenn jemand ihr den Krieg erklärte. Als gleich darauf eine weitere Frau aus dem Portal trat, wusste sie zudem, dass die Kriegserklärung der Köchin nicht mehr als Vorgeplänkel war für das, was noch drohte.

»Hätten Sie die Güte, die Tür zu schließen, Sarah? Wenn mir der Sinn nach Verkühlung stünde, säße ich kaum am Feuer, sondern würde wie eine Geisteskranke im Freien umherstapfen.«

»Ich habe meine Großmutter bei mir, eine Frau von achtzig Jahren, die aufs Formale bedacht ist«, hatte Hyperion gesagt. Die Großmutter trug ein Kleid, wie es Frauen besaßen, die zum Tee ihre Garderobe wechselten und die unter Tee eine sich biegende Tafel mit gepökelter Zunge, hauchdünn geschnittenem Braten und vor Sahne triefendem Gebäck verstanden. Als sie vortrat, raschelte die Seide. Sie war schlank und hielt sich wie ein Stock. Unter der Haube erkannte Mildred straff gekämmtes eisgraues Haar.

»Verzeihung, Madam.« Die Köchin knickste. »Ich hatte Anweisung, hier auf das neue Mädchen zu warten.«

»Das neue Mädchen schert mich wie Nachbars Furunkel«, versetzte ihre Herrin. »Mir ist es um meine Gesundheit zu tun, denn solange das Schiff ohne Führung schlingert, darf ja der alte Steuermann nicht abtreten. Also Tür zu. Die Weibsperson mag eintreten oder sich den Podex blau frieren, wie ihr beliebt.«

Mildred zuckte zusammen, die Köchin jedoch sah ungerührt zu, wie Großmutter Weaver zurück in den Palast rauschte. Anscheinend war sie es gewohnt, dass die Herrin den Namen jenes Körperteils in den Mund nahm, wohingegen Mildred gehört hatte, vornehme Damen ließen sogar ihre Klaviere verhängen, damit das schamlose Wort Bein nicht ihren Sinn streifte. »Kommst du endlich?«, vernahm sie die mürrische Stimme der Köchin. »Ich habe, wie du hörtest, diese Tür zu schließen.«

Ohne zu zögern erwiderte Mildred: »Ich will den Salon sehen«, und trat ins Haus. Die Halle war gänzlich ausgeleuchtet und in Marmor gefliest. In diesen Raum hätte die gesamte Wohnung von Mildreds Familie gepasst.

Entweder nahm die Köchin grundsätzlich hin, was Leute ihr sagten, oder Mildred hatte sie mit ihrer Schroffheit beeindruckt. In jedem Fall marschierte sie durch die Halle, öffnete eine Tür und wies in das Zimmer dahinter. »Um den Salon kümmert sich Priscilla, da hast du nichts zu schaffen.«

Der Raum war noch größer als die Halle, doch er wirkte weder leer noch verloren. Stattdessen lud Behaglichkeit ein, sich auf einer der Inseln mit Tischen und Sitzgelegenheiten niederzulassen und aufzuatmen, weil nichts das Auge mit Scheußlichkeit reizte. Hier besaß jeder Gegenstand seinen Wert und fügte sich harmonisch ins Ganze. Im Kamin brannte hohes Feuer, das Mildred in Erinnerung rief, wie erbärmlich sie gefroren hatte. Und dann sah sie, was sie gesucht hatte. Im Erker stand das Klavier.

Diesmal brauchte Mildred nicht einmal die Augen zu schließen, um sich die Tochter vorzustellen, die den Deckel hochschlug, um schlanke Finger auf die Tasten zu senken. »Genug gesehen?« Die Köchin hatte sich zum Gehen gewandt.

»Wer spielt das Klavier?«, fragte Mildred.

»Na wer wohl?«, herrschte Sarah sie an. »Kein Mensch. Lady Amelia ist ja nicht mehr da.«

Lady Amelia? Waren die Weavers gar von Adel? Das durfte nicht sein! Wenn Hyperion nicht nur die edlen Züge, sondern auch den Titel eines Adelsherrn trug, war Mildred der Weg zu ihm versperrt. Ein Arzt mochte sich unter seinem Stand vermählen, einem Angehörigen der höchsten Klasse aber blieb dies verwehrt. Auf einmal fiel ihr Hector Weaver ein, der Besitzer der Mietpension. Erleichterung überkam sie. Schwer genug fiel es, in dem Grobian Hyperions Bruder zu erkennen, aber sich ihn als einen Herrn von Adel zu denken, war ein Ding der Unmöglichkeit. Und dann die Großmutter, die über Hinterteile sprach! Nein, diese Sorge konnte sie vergessen, wer auch immer sich hinter der Lady verbarg, die hier Klavier gespielt hatte und nicht mehr da war.

»Ist's jetzt genug mit dem Geglotze? Du magst ja Zeit haben, dir die Beine in den Bauch zu stehen, aber bei mir sieht's anders aus. Aus der Küche dieses Hauses wird bald die halbe Stadt verpflegt.«

»Und weshalb das?«

»Na weshalb wohl? Weshalb hat der Herr denn eine wie dich eingestellt? Weil er nicht nein sagen kann. Weil er sich von einem Augenaufschlag das letzte Hemd abschmeicheln lässt.« Mildred lag noch etwas auf der Zunge, aber Sarah schüttelte den Kopf. »Falls es da, wo du herkommst, üblich ist, Leuten Gruben in die Bäuche zu fragen, gewöhnst du's dir hier besser ab. Bei uns kümmert sich jeder um sein eigenes Gelump.« Damit drehte sie sich um und ging zu der breiten Treppe, die wahrhaftig in Marmor schimmerte. Direkt darunter führte eine hölzerne Treppe in die Tiefe, und dorthin wies die Köchin. »Das Leben unter der Stiege ist ein anderes als das, was die oben führen. Wir sind wir, und die Herrschaft ist die Herrschaft. Was die treibt, braucht dich so wenig zu kratzen, wie sich die Suppe am Pudding reibt.«

Die folgenden Wochen verbrachte Mildred damit, sich im Haushalt zurechtzufinden und so viel wie möglich in Erfahrung zu bringen. Sie hätte zufrieden sein sollen. Das Zimmer unter der Stiege, das Priscilla für sie und Daphne hergerichtet hatte, war warm und heimelig. Auf dem Bett weiche Decken, an der Wand eine Kleidertruhe und auf dem Tisch eine Öllampe mit gläsernem Kolben. Nur ein zweites Bett fehlte, doch würde gewiss eins aufgestellt werden, sobald man Daphne aus dem Spital entließ.

Zum ersten Mal im Leben bekam sie reichlich zu essen. Dinge, die sie kaum je probiert hatte, wurden ihr auf den Teller gehäuft und mit Sauce übergossen, saftige Bratenstücke und fette Sülzen, Pasteten, die unter der Teigdecke brodelten, und zarte Suppen, in die Priscilla und Sarah nur die Spitzen ihrer Löffel tauchten. Pudding, der von Früchten schwer war, weißes Brot und eine Butter, die so unwiderstehlich schimmerte, dass sie einmal den Finger hineinstach und ihn unter entsetzten Blicken sauber leckte.

Nach zwei Wochen ertastete sie auf ihren Hüften Fleisch, das den Rock spannte. Sie fror nie mehr. Selbst unter der Stiege war das Haus beheizt, und jeden Freitag wurde in der Waschstube ein Zuber Wasser erwärmt, in dem sie ihr Bad nehmen konnte. Ein Stück Seife bekam sie dazu, und ihre Kleidung wurde mit den Kleidern der Herrschaft außer Haus gegeben, um frisch gebügelt und gestärkt zurückzukehren. Zu ihrem Dienstantritt hatte sie zwei graublaue Kleider mit weißen Krägen erhalten, dazu Schürzen und Hauben, die wie neu wirkten. Mildred genoss es, sich am ganzen Leib sauber zu wissen und abends in ein duftendes Bett zu steigen.

Ihre Arbeit war leicht. Sie hatte die Räume in allen Stockwerken staubfrei zu halten, was seine Zeit dauerte, weil so viel Zierrat herumstand und das Haus wahre Fluten von Zimmern enthielt. Wie konnten ein einzelner Mann und eine Greisin, die zudem ihr Altenteil am Ende des Gartens besaß, dieses gewaltige Refugium bewohnen? Anfangs verlief Mildred sich mehrmals auf den Gängen. Mit der Zeit aber gewann sie jedes Zimmer lieb. In Whitechapel hatte sie Dienstmädchen gekannt, die für Bummelei nicht nur Schelte, sondern Hiebe bezogen. In Mount Othrys jedoch ließ man ihr alle Zeit der Welt.

Mount Othrys. So hieß das Haus. Nie hätte sie zugegeben, dass sie nicht wusste, was der Name bedeutete. Am Vordach des Portals gab es ein marmornes Fries, darauf sich ein Mann krümmte, der offenbar starb. Es war ein außerordentlich schöner Mann. Mildred hatte Mühe, sich Blicke nach ihm zu verkneifen, zumal er außer einer Art Laken keine Kleider am Leib trug. War dieser Mann Othrys, ein Held aus einer Sage? Daphne hatte Sagen gelesen. Wenn sie herkam, würde Mildred sie fragen, vor Priscilla und Sarah aber gab sie sich keine Blöße.

Dabei taten die beiden ihr nichts Böses. Sie benachteiligten sie nicht bei der Vergabe der Speisen und teilten ihr keine widerwärtige Arbeit zu. Im Gegenteil. Die Abfallkübel und Kamine des Hauses leerte Priscilla, und um die Notdurft kümmerte sich ein Kerl namens Will, der in der Frühe kam, Kohle und Brennholz vor die Öfen schleppte und dann wieder verschwand. Um die Küche kümmerte sich Sarah, die auch zum Markt ging und Lieferungen in Empfang nahm. Für Mildred blieb das Ausbürsten der Teppiche, das kaum Mühe bereitete, da weder Mensch noch Tier sie verdreckte, ein wenig Wischen und Fegen und eine Reihe von Herrenschuhen, die ihr zum Polieren hingestellt wurden. Hyperions Schuhe.
Etwas in ihr begehrte auf. Auf Knien zu liegen und mit Wichse und Schuhbürste Hyperion zu Diensten zu sein erschien ihr falsch. Sie wollte Achtung und Bewunderung von ihm. An ihren Lippen sollte er hängen wie die Herren in Daphnes Romanen, irgendwann vor ihr auf ein Knie sinken und sie um ihre Hand bitten. Tat man dergleichen vor einer Hausmagd, die einem die Stiefel wienerte? Mildred kannte sich mit dem Leben der oberen Klassen nicht aus, doch dass Hyperion, wenn er ihr verfallen sollte, sie bei niederer Tätigkeit nicht erwischen durfte, wusste die Frau in ihr. Und die Frau in ihr hätte gern dem erlesenen Stiefel einen Tritt versetzt, dass der bis ans Ende des Ganges flog.
Hätte sie nicht zufrieden sein sollen? Schlucken, dass Sarah und Priscilla sich für Besseres hielten und dass die Großmutter sich betrug, als wäre Mildred Luft? Mildred war nicht zufrieden. Sie hätte die Spitzen hinnehmen können, hätte sie nur die Möglichkeit erhalten, sich ihrem Ziel entgegenzukämpfen. Sie hatte immer gekämpft. Man mochte von ihr verlangen, es mit dem Teufel aufzunehmen, aber geduldig abzuwarten trieb sie ans Ende ihrer Kräfte. Wie sollte sie sich Hyperion unentbehrlich machen, wenn sie ihn kaum zu Gesicht bekam? Er arbeitete von früh bis spät, und hatte er sein Tagwerk beendet, sah er nach Daphne. Für Mildred blieb keine Zeit. Keine einzige Stunde.

Immerhin gelang es ihr, Sarah zu entlocken, wer in der Familie zu wem gehörte. Amelia, die Klavierspielerin, war Hyperions Mutter, allem Anschein nach ein Wunderwesen, das alle Welt verehrt hatte. Ihr Tod war die Tragödie des Hauses, über die man beklommenes Schweigen bewahrte. Hyperions Vater George, der mit seinem Holzhandel in schwindelerregende Höhen aufgestiegen war, hatte seine Liebste nur um wenige Jahre überlebt. Seine Mutter hingegen, die Madam aus dem Altenteil, war unverwüstlich wie Sattelleder und schwang im Haushalt ihr Zepter. Mitleid mit Hyperion ergriff Mildred. Hatte er, so sehr er sich abrackerte, unter seinem Dach überhaupt etwas zu sagen?

Obgleich sie Erlaubnis hatte, sich zu Bett zu begeben, sobald ihre Arbeit erledigt war, blieb Mildred wach und wartete unter der Stiege, bis sie Hyperion kommen hörte. Sarah wärmte ihm die Abendmahlzeit, und Priscilla tischte ihm und der Großmutter auf, während Mildred ausgeschlossen blieb. Sie bemerkte aber seine Gewohnheit, als Erstes hinauf in sein Schlafzimmer zu eilen und sich im erkalteten Wasser die Hände zu waschen. Hyperion war vom Waschen besessen. Mildred hatte es bereits am Milton's Court bemerkt. Von den schönen Händen schälte sich die Haut in Fetzen, so häufig waren sie dem kalten Wasser ausgesetzt.

Am nächsten Abend würde sie, ohne Sarah und Priscilla zu fragen, die Porzellanschüssel aus Hyperions Zimmer hinunter in die Spülküche tragen und Wasser wärmen. Den ganzen Tag über freute sie sich darauf, und die öde Arbeit mit dem Staubwedel ging ihr leicht von der Hand. In einer Pause stieg sie hinab in den Vorratsraum, wo in einem Schrank die Seifensachen aufbewahrt wurden. Sie hatte Glück. Sarah war auf dem Markt, und Priscilla putzte Silber, eine Tätigkeit, bei der sie nichts hörte und nichts sah. In schönster Ruhe wählte Mildred aus dem Vorrat ein Stück wie Butter schimmernde Seife, ging dann weiter in die Wäschekammer und nahm ein weichleinenes Handtuch mit Monogramm heraus, das sie für ein paar Stunden ans Feuer hängen wollte.

Hyperions arme Hände würden sich, wenn er sie heute ins Wasser tauchte, liebkost, nicht geschunden fühlen. Einem Mann nach einem langen Tag Waschzeug richten war etwas anderes als Stiefel putzen, es war Arbeit, die einer Gattin zukam. Sie legte alles bereit und vermochte dann kaum die versickernden Stunden zu ertragen, ehe sie endlich die Räder des Einspänners auf dem Pflaster hörte. Man brauchte ein ausgezeichnetes Gehör, um das Knirschen zu vernehmen, doch Mildred hatte wochenlang Zeit gehabt, das ihre zu schärfen.

Eilig hob sie die Schüssel vom Feuer, zuckte nur kurz zusammen, als ihre Hände das heiße Porzellan umfassten, und trug das Gefäß die Marmortreppe hinauf. Sie legte Handtuch und Seife bereit und gönnte sich einen Moment, um den Duft des Raums aufzunehmen. Es war vermutlich der sauberste Duft, den man sich denken konnte. Nichts Tierisches haftete ihm an.

Weil ein Mann wie Hyperion sich nie wie ein Tier gebärden würde. Weil er ein Mann des Geistes, nicht des Leibes ist. Als sie die Schritte auf dem Marmor hörte, schlüpfte sie aus dem Raum, presste sich mit dem Rücken an die Wand und tastete sich so lautlos wie möglich durch den Gang, um unauffällig zu verschwinden. Nur gehörte eben lautlose Unauffälligkeit nicht zu Mildreds Talenten. Sie sah den Mann, an den sie unentwegt dachte, auf den Absatz springen, trat zur Seite und stieß mit der Hüfte an einen Ziertisch, der mit einem Krachen umstürzte.

Die Augen zuzukneifen war lächerlich. Als Mildred sie öffnete, traf sie Hyperions Blick. Abrupt senkte sie den Kopf und starrte auf das Muster des Läufers, verschlungene Ranken, die sich zu Knäueln ballten. Priscilla schoss aus Hyperions Schlafzimmer. »Uns trifft keine Schuld, Sir, uns nicht! Hundertmal haben wir ihr gesagt, sie soll von allem, was sie nicht versteht, die Finger lassen, aber die kommt aus der Londoner Gosse, der bringt man im Leben nichts bei.« Wie zum Beweis schwenkte sie den buttergelben Block. »Sattelseife hat sie Ihnen hingelegt. Zum Händewaschen!«

»Es ist gut, Priscilla. Zu Bruch gegangen ist ja nichts.« Hyperion nahm ihr die Seife aus der Hand und hob das Tischchen auf. »Bitte tragen Sie das Essen auf, damit meine Großmutter nicht warten muss.«

Mit einem Schnaufen warf Priscilla den Kopf zurück und stampfte die Stufen hinunter. Mildred hätte ihren letzten Rest Selbstachtung darauf verwettet, dass die Alte am Fuß der Treppe wartete, dass sie jede Einzelheit ihrer Beschämung miterlebt und aus tiefstem Herzen genossen hatte. Etwas berührte sie am Arm. Hyperions Hand, von der sich Haut in Fetzen schälte. »Es tut mir leid, Mildred. Ich hätte mich um Sie kümmern müssen. Bitte nehmen Sie es nicht zu schwer.«

Mildred erwiderte nichts. Hörte dem Pumpen ihres Herzens zu.

Hyperion zuckte mit den Schultern. »Ein kluger Mann hat einmal über uns gesagt, wir Weavers seien in der Tat Titanen. Können im eigenen Haus keine Ordnung halten, bis uns kein Fremder, sondern das eigene Blut einen Strick daraus dreht.«

Nichts hielt den Strom auf, der aus Mildred herausbrach. »Von dem geschwollenen Salm versteh ich einen Dreck«, fuhr sie ihn an. »Und ich weiß auch nicht, was verdammte Titanen sind, ich komm aus Londons Gosse, mir bringt niemand nichts bei.«

Kurz war es so still auf dem Gang, dass man unten im Küchentrakt Sarah mit dem Geschirr klappern hörte. Dann lachte Hyperion, hob die Hände vors Gesicht und trat zurück. »Nicht böse werden. Ich lache nicht, um Sie zu verhöhnen, sondern weil mir das, was Sie sagen, gefällt. Die Titanen sind das älteste Göttergeschlecht der griechischen Mythologie. Sie waren dem Untergang geweiht, und aus ihrer Asche stiegen die Olympischen Götter hervor, doch eine kleine Weile regierten sie die Welt in schönem Schmerz. Dieses Haus ist nach dem Berg, auf dem sie lebten, benannt. Mount Othrys. Nicht Mount Olymp. Meine Mutter fand, sie liebe das Schöne, das scheitert, mehr als das, was grob genug zum Überleben ist. Wenn Sie wollen, erzähle ich Ihnen irgendwann mehr.«

»Ich glaube nicht, dass ich will.«
Noch einmal lachte er. »Das kann ich verstehen. Hören Sie, ich bin sehr müde, ich hatte gerade die Hand auf einem Herzen, das zu schlagen aufhörte. Ich fürchte, ich bin dem Abendessen unten nicht gewachsen. Gehen Sie mit mir essen? Als Friedensangebot?«
Er streckte ihr die Hand hin, die auf dem sterbenden Herzen gelegen hatte. Ihr eigenes schlug so stark, dass ihr die Brust schmerzte.

Mildred war nie zuvor zum Essen ausgegangen. Die aus der Hand verschlungenen Pasteten in Whitechapel zählten nicht, und die Nacht im Dog and Donkey erst recht nicht, denn wenn ein Mann wie Hyperion Weaver eine Dame zum Essen ausführte, dann dachte er nicht an Brot und Käse in miesen Kaschemmen. Zudem wollte Mildred jene Nacht vergessen. Leider rief sich gerade das, was man vergessen wollte, beharrlich in Erinnerung.
Natürlich war Hyperion Mitglied in einem Club, aber diese Örtlichkeit blieb Männern vorbehalten. Mit Mildred ließ er sich in den Stadtkern von Portsmouth fahren, zum Hotel Cathedral, gegenüber der Sankt-Thomas-Kathedrale. Der lichtdurchflutete Speisesaal war in Weiß und Gold gehalten, die Wände mit Spiegeln behängt, die den Glanz der Kandelaber und Kerzenflammen hundertfach zurückwarfen. Von einem Kellner im Frack wurde Hyperion mit Namen begrüßt und an einen weiß gedeckten Tisch geführt. Ein weiterer Kellner nahm Mildred den Mantel von den Schultern.
Es war so warm im Saal, als wäre es nirgendwo kalt, und alle Stimmen, selbst das Klappern von Besteck, so gedämpft, als hätte hier nie ein Mensch gebrüllt. Hyperion stützte den Ellbogen auf den Tisch und das Gesicht in eine Hand. Mit dem goldenen Schein auf der Wange erschien er unirdisch schön. Er fragte sie, was sie gern essen wolle, und als sie nichts wusste, fragte er, ob sie wie er nur wenig Appetit verspüre.
»Im Gegenteil«, platzte Mildred heraus, »mir knurrt der Magen«, und dann hätte sie vor Scham unter den Tisch flüchten wollen.

»Das ist schön«, sagte Hyperion. »Dass Sie Hunger haben, meine ich. Ich begegne so vielen Menschen, die essen, ohne dass es sie danach verlangt. Gestatten Sie, dass ich für Sie wähle?«
Er nannte dem befrackten Kellner seine Wünsche, und kurz darauf wurden in steter Folge Speisen an den Tisch getragen, von denen Mildred jede einzelne genoss. Die klare, leicht pfeffrige Suppe stammte vom Fleisch von Fasanen, der Schweinebraten, aus dem Saft troff, wurde mit Minzsauce, Rosenkohl und winzigen Kartöffelchen serviert, und als sie sicher war, keinen Bissen mehr essen zu können, gab es noch Rahmbutter und Gebäckteilchen, eingelegtes Obst und eine Creme von Himbeeren. Hyperion nahm von allem wenig, hielt die Hand aufgestützt und sah ihr mit halbem Lächeln zu. Während sie sich den Mund wischte, suchte sie fieberhaft nach etwas, das sie sagen konnte. Die ständige Sorge, ein falsches Wort in den Mund zu nehmen, strengte sie an. Stattdessen sprach Hyperion. »Es tut mir von Herzen leid«, sagte er.
»Was tut Ihnen leid?«
»Dass ich ein solcher Feigling bin und alles Unangenehme vor mir herschiebe. Bitte üben Sie Nachsicht. Geben Sie mir noch ein wenig Zeit.«
Sie verstand. Das Unangenehme, das er vor sich herschob, war das Gespräch mit seiner Familie, in dem es um ihre Zukunft ging. Soweit Mildred bekannt war, gab es außer Nell und Hector Weaver keine weiteren Verwandten, und der Bruder hatte in der Sache eigentlich nichts mitzusprechen, da er nicht zum Haus gehörte. Blieb die Großmutter, der er würde mitteilen müssen, dass ihre Herrschaft über Mount Othrys zu Ende war und dass es sich bei der Frau, in deren Hände er diese Herrschaft legen wollte, um ihr Dienstmädchen handelte. Mildred stieg Hitze in die Wangen. »Ja«, sagte sie schnell, »ja, gewiss.« Sie würde ihm alle Zeit der Welt geben, so schwer sie sich mit Geduld auch tat. Sie hatte soeben ihre wichtigste Schlacht gewonnen.

»Danke, Mildred.« Er hob sein Glas und trank ihr zu. »Ich wünschte, wir hätten all dies schon hinter uns.«

Auf einmal sehnte Mildred sich nach Daphne. Zwar hätte sie mit der Schwester nicht darüber reden wollen, aber von diesem Abend wollte sie ihr erzählen, wollte das Glück mit ihr teilen, denn solange es nicht ihnen beiden gehörte, war es nur die Hälfte wert. »Wann kommt meine Schwester aus dem Spital?«, fragte sie. »Es geht ihr doch besser? Dass sie blutarm ist, braucht Sie nicht zu kümmern, das ist sie immer gewesen.«

»Ihre Schwester?« Erstaunt hob er die Brauen, als hätte er vergessen, dass sie eine Schwester hatte. »Aber sie ist doch längst nicht mehr im Spital, schon seit dem Jahreswechsel nicht.«

»Nicht mehr im Spital?«

»Mildred«, sagte er und ergriff ihre Hand, »im Spital warten auf jedes Bett fünf Patienten. Wer auf dem Weg der Besserung ist, wird entlassen. Daphne erhält die beste Pflege, die sich denken lässt, und so wird es ihr Leben lang bleiben. Ich würde alles tun, um sie zu schützen, das müssen Sie mir glauben.«

Mildreds Gedanken überschlugen sich. Daphne war überhaupt nicht mehr krank, sie war gesund und erholte sich. Nicht bei Mildred, die sie von klein auf umsorgt hatte, sondern bei Fremden. Hyperion wusste, wo sie war, es gab etwas, das Hyperion und Daphne wussten, aber Mildred nicht. Vor ihren Augen verschwamm sein Gesicht. Dass sie ihm mit keinem Wort verraten durfte, welcher Sturm in ihr tobte, war alles, was sie begriff.

Kapitel 8

Southsea bei Portsmouth, Frühling 1861

Wenn während des Tages ein Billett oder eine Einladung gebracht wurde, stellte Bernice sie im Salon auf den Kaminsims. So war es im Haus ihrer Eltern gehandhabt worden, und so handhabte Bernice es in ihrem Haus, darüber gab es mit ihr kein Palavern. Von Hector erwartete sie, dass er sich zum Sims begab und die Nachrichten durchsah. Nie wäre sie ihm entgegengelaufen, um ihn von etwas in Kenntnis zu setzen, und es kam vor, dass sie in großer Toilette in der Halle wartete, während er im Hausmantel ahnungslos Zeitung las. Erkundigte er sich dann, wohin sie wolle, so erfuhr er, dass sie zum Dinner im Haus seines Schwagers, des Port Admirals, geladen waren. »Die Karte lag tagelang auf dem Sims«, warf sie ihm hin und rauschte aus dem Saal.

Zuweilen hatte Hector Lust, Bernice wie einem gewöhnlichen Weibsbild den Hintern zu versohlen, dessen Breite nachgerade dazu einlud. Dass derlei nicht in Frage kam und dass sich an Bernices Gewohnheiten nichts ändern würde, war ihm jedoch bewusst. Und da er ihrem Bruder, dem Port Admiral, seine wichtigsten Aufträge verdankte, blätterte er gottergeben die Karten auf dem Kaminsims durch, sobald er nach Hause kam.

Bernice war keine Baronentochter wie Amelia, doch sie entstammte einer alten Offiziersfamilie. Gewiss ging es in ihrem Elternhaus nicht so vornehm zu wie einst bei Amelias Vater, doch dafür war jener arm wie eine Kirchenmaus gewesen und hatte seine Tochter regelrecht verscherbelt. Zwar zischten böse Zungen, auch Bernice habe ihn geheiratet, weil er ihr von ihrem Bruder als Ehrgeizling mit brillanten Aussichten gepriesen worden war, doch das, so fand Hector, war mit einer Geldheirat nicht gleichzusetzen.

Als er den Salon betrat, erhob sich Bernice vom Klavierschemel. »Guten Abend, meine Beste«, sagte Hector. »Hast du einen schönen Tag verbracht?« So hatte sein Vater Amelia begrüßt, und Hector hatte sich die Phrase angewöhnt, auch wenn ihn Bernices Tag herzlich wenig scherte.
Bernice würdigte dies wie üblich keiner Antwort, sondern schloss den Klavierdeckel. Hector vermutete, dass sie bei seinem Eintritt an das Instrument eilte, um ihm zu beweisen, wie kultiviert sie war. »Susan hat die Kinder gebadet«, ließ sie ihn mit übertriebenen Gesten ihrer dicken Hände wissen. »Sie bringt sie dir gleich. Wenn du nichts dagegen hast, gehe ich und mache mich zum Dinner zurecht.«
Mit wackelnder Gesäßschleife verließ sie das Zimmer. Hatte sie ihn wahrhaftig jemals an Amelia erinnert? Seit der Hochzeit war sie aus den Nähten gegangen, und wenn er ehrlich war, hatte sich die Ähnlichkeit schon vorher auf die Helligkeit von Haut und Haar beschränkt. Er hatte sie gewählt, weil er sichergehen wollte, dass seine Nachkommen der ersten Mrs Weaver so wenig glichen wie nur irgend möglich.
Bisher zumindest war dieser Plan aufgegangen. Er wollte eben die Karte vom Kaminsims nehmen, auf der er den Briefkopf von Mount Othrys erkannte, als das Kindermädchen Susan mit seiner Brut eintrat. Seine Tochter Nora, die sich an Susans Bein drückte, war, wenn schon nicht niedlich, so immerhin farblos und blond und trug ein züchtiges bodenlanges Nachthemd. Sein Sohn, den das Mädchen auf dem Arm trug, ließ noch nicht erkennen, welche Farbe sein Haar einmal aufweisen würde, denn er war glatzköpfig wie eine Nacktschnecke. Hässlich und dümmlich, fand Hector, doch er würde mit eiserner Hand dafür sorgen, dass sich das verwuchs. Er hatte dem Jungen den Namen Horatio verpasst, nach Horatio Nelson, dem Helden von Portsmouth. Dagegen verblasste Hyperion zur Albernheit.
»Wünscht eurem Vater gute Nacht«, sagte Susan zu den Kindern. Sie war eine Augenweide, blutjung und knabenhaft schlank. Seine Toch-

ter murmelte ein paar Worte, der fette Sohn stieß einen Grunzlaut aus, und Susan lobte beide: »So ist es recht.«
»Danke, Sukie«, sagte Hector, wobei er anzüglich grinste.
Sie schaffte es, mit einem Gör auf dem Arm und einem weiteren am Bein zu knicksen. Anerkennend schnalzte er, dann schickte er die drei aus dem Zimmer und wandte sich dem Kaminsims zu. Er hatte wenig Zeit, er erwartete Nettlewood und einen Gast zu einer Besprechung, die über seine Zukunft entscheiden mochte. Trotzdem vergeudete er Minuten, indem er die Karte in der Hand wog und den geprägten Kopf betrachtete.
Hector hatte sein eigenes Haus Mount Olymp genannt und sich einen Blitze schleudernden Zeus in den Briefkopf prägen lassen. Welches Ende der Kampf zwischen den Geschlechtern genommen hatte, war hinlänglich bekannt. Der Götterhimmel der Titanen war eingebrochen und die stolze Sippschaft im Nichts versunken. Die Olympischen Götter hingegen erhoben sich, um eine Dynastie von Weltherrschern zu gründen. Dass sein Bruder das Fries des verreckenden Kronos nicht von seinem Vordach entfernen ließ, dass er es weiter im Briefkopf führte und sein Haus nicht umbenannte, war Hector unverständlich. Als würde er das Schicksal zur Wiederholung geradezu herausfordern.
Er klappte die Karte auf. Die Worte sprangen ihm ins Gesicht. Es haben die Ehre, ihr Verlöbnis feierlich anzuzeigen … Hectors Blick glitt über die Zeilen. Endlich erfasste er die beiden Namen, und dann gab es kein Halten mehr. Er warf die Karte auf den Sims und brach lauthals in Gelächter aus.
Wie gerufen rauschte Bernice durch die Tür. Sie trug eine Robe in Zinnober, die zu eng saß. Friss weiter, mein Täubchen, lass jeden sehen, wie gut es uns geht. »Darf ich erfahren, was es zu lachen gibt?«, fragte sie mit gespitztem Mündchen, gab sich jedoch die Antwort selbst: »Wie ich sehe, bist du bereits im Bilde. Dein Bruder verlobt sich.«

Hector lachte, weil er das Bräutchen kannte. Und wie er es kannte! Daphne Adams aus London. Bettensaal drei, mit der Miete säumig, die geborene Herrin für Mount Othrys. Wenn er ehrlich war, hätte er seinem Bruder einen so handfesten Geschmack nicht zugetraut. Die kleine Wilde zu heiraten grenzte natürlich an Geisteskrankheit, aber den Hintern versohlt hätte Hector ihr noch lieber als Bernice. Abrupt hielt er inne, griff noch einmal nach der Karte und klatschte sich vor die Stirn. Wie konnte er das vergessen – von diesen Adams aus London gab es ja zwei, und Hyperion hatte mit tödlicher Treffsicherheit die für ihn passende gewählt.

»Hast du dazu nichts zu sagen?« Bernice stemmte eine Hand in die Hüfte. »Der Haushalt drüben wird ja dann in Zukunft noch mehr von unserm Geld verschlingen.«

Damit hatte sie recht. Das skandalöse Testament seines Vaters sah vor, dass sich Hyperions Anteil im Fall einer Heirat um zehn Prozent erhöhte. Hector hätte den altbekannten Zorn fühlen sollen, doch stattdessen verspürte er Triumph. Wenn sich Hyperion über den unverdienten Zugewinn freute, so würde er ihm die Freude gehörig versalzen. Vor kurzem hatte er begonnen, seine Tätigkeit im Holzhandel zurückzufahren, ganz allmählich nur, doch bald würde sich der Unterschied bemerkbar machen. Wenn dazu heute alles lief wie geplant, war er seinem Ziel so nah wie nie zuvor. »Können wir essen?«, fragte er seine Frau deshalb knapp. »Ich habe nachher noch eine Unterredung.«

»Wie beliebt«, schnaubte Bernice. »Ich halte dich nicht auf. Von deinem Bruder hätte ich übrigens nicht erwartet, dass er sich noch zur Ehe durchringt. Ich dachte immer, er sei mit seiner verblichenen Mutter verheiratet.«

»Oh, keine Sorge«, erwiderte Hector blendend gelaunt. »Er heiratet seine verblichene Mutter.«

Der Blick, den Bernice ihm zuwarf, war Gold wert. Liebend gern hätte Hector mitten im Salon ein schmutziges Lied darauf gepfiffen.

Fünf Stunden später, nachdem er sich wortreich von seinem Besuch verabschiedet hatte, war seine Laune noch besser geworden. Sein tolldreister Plan war aufgegangen. Selbst er, der an hohes Pokern gewöhnt war, hatte Mühe zu glauben, dass alles so glatt gelaufen war. Seinem Gast, Richter Henderson, einem der Ratsherrn von Portsmouth, war er im Haus seines Schwagers begegnet und hatte sich seither bemüht, ihn für sein Vorhaben zu gewinnen. Es ging um den Erwerb teurer Wegerechte zur Verlegung von Leitungen, um Startkapital und nicht zuletzt darum, der Stadt den Ausbau ihres Gasnetzes schmackhaft zu machen. Henderson war ein skeptischer Knochen, und Nettlewood, der bebrillte Bedenkenträger, hatte die Sache nicht leichter gemacht.

Letzten Endes aber hatte er den Zweifler überzeugt. Ein neues Zeitalter brach an. Wenn morgen früh im Rathaus die Papiere unterzeichnet wurden, war er Besitzer der ersten Gasanstalt von Hampshire.

Davon hatte er geträumt. Dass sich mit Gas finstere Gassen erleuchten ließen, war inzwischen wohl bis zum letzten Bäuerlein durchgedrungen. Dass man Gasleitungen aber bis in die Herzen der Haushalte, an die Herdstellen verlegen konnte, um mit Hilfe der Zaubersubstanz blitzschnell Mahlzeiten zu kochen, erschien sogar gebildeten Menschen unglaublich. Er, Hector Weaver, war nicht nur der gewiefteste Geschäftsmann, der je in Solentwasser gewaschen worden war. Während er sich einen letzten tiefgoldenen Brandy einschenkte und ihn in langsamen Zügen genoss, fühlte er sich wie ein Pionier, der in den Kolonien neues Land urbar machte. Brachte sein Bruder mit seinem Gutmenschentum seiner Stadt auch nur halb so viel Segen?

Und die Krönung des Ganzen war, dass er bereits wusste, was er dem nämlichen Bruder zum Verlöbnis schenken würde. Morgen, gleich nach der Unterzeichnung, würde er in Erfahrung bringen, wann seine Anlage mit der Fertigung beginnen konnte, und dann würde er den Teutonen, der die Liebesgabe womöglich auf dem Rücken schleppen konnte, beordern, sie auszuliefern. In seinem stillen Haus saß Hector beim verlöschenden Feuer und fühlte sich so wach und stark wie nie zuvor.

Ein paar Wochen lang, während der Frühling begann und die Spuren der Krankheit verblichen, war Daphne glücklich. Sie war im Haus von Hyperions Doktorvater Fergus Vernon untergebracht und wurde von dessen Frau Louise wie eine Tochter verwöhnt. Die Vernons waren reizend. Der alte Doktor wirkte zerbrechlich wie Porzellan, aber seine Ansichten waren unverwüstlich wie Stahl. Die rundliche, herzliche Louise gestand Daphne unverblümt, dass es der Kummer ihres Lebens war, keine Kinder zu haben, und dass ihr Herz den mutterlosen Hyperion an Sohnes statt angenommen hatte.

»Dass ein so zauberhaftes Geschöpf wie Amelia Ward-Weaver so elend dahingehen musste, ist nicht zu verwinden. Ich rede mir gern ein, Amelia wäre froh, dass ich mich ihres Jungen annehme – schließlich hat er ihr empfindsames Gemüt geerbt und hat Fürsorge nötig. Und Sie nicht minder, meine Liebe. Sie sehen ihr ähnlich, wussten Sie das?«

Daphne lächelte und schwieg. Sie hatte Bilder von Hyperions Mutter gesehen und fand nicht im mindesten, dass sie dieser Schönheit ähnlich sah. Dass aber Louise Vernon es fand und vor allem, dass Hyperion es fand, brachte ihr Herz zum Hüpfen.

Sie liebte es, wenn Dr. Vernon und seine Frau von Hyperion sprachen, von seiner Begabung als Arzt wie von seinen Qualitäten als Mensch. »Dem Himmel sei Dank, dass er Sie gefunden hat«, sagte der Doktor. »Ich habe oft genug zu meiner Frau gesagt: Wenn nicht bald eine beherzte junge Dame aufkreuzt, die diesen Menschen unter ihre Fittiche nimmt, rackert er sich zu Tode, noch ehe er dreißig ist.«

Daphne lächelte auch dazu. Sie lächelte jetzt oft. Mit den Vernons von Hyperion zu sprechen war ihr schönster Zeitvertreib, solange er selbst nicht bei ihr war. Natürlich konnte er nicht oft bei ihr sein, er hatte seine Patienten, und hätte er sich nicht bis an die Grenzen seiner Kraft für sie eingesetzt, wäre er nicht der Mann gewesen, der er war. Sobald aber seine Zeit es erlaubte, kam er hinaus ins luftige Southsea und zog Daphne noch in der Tür in die Arme. Die Vernons wandten nichts dagegen ein. Auch gestatteten sie, dass Hyperion und Daphne beim Abendessen beieinandersaßen, als wären sie verlobt.

Verlobt würden sie ja bald sein. Nach dem Essen legte Hyperion ihr den pelzbesetzten Mantel um, den er ihr gekauft hatte, und ging mit ihr den Kieselstrand entlang, von den Bauarbeiten am Clarence Pier fort, bis sie beide die einzigen Menschen waren. Vom Meer her tobte der Wind, und durch die Wolken brach rote Abendsonne. Daphne hatte es nie leicht gefunden, mit anderen zu reden, nicht einmal mit Mildred, aber mit Hyperion fand sie es leicht. Sie fand es auch leicht, mit ihm zu schweigen und sogar manchmal mit ihm zu lachen, weil sie wusste, dass er darin kaum geübter war als sie. Sie sahen einander an, fanden den anderen so verlegen wie sich selbst, und dann lachten sie hinter vorgehaltenen Händen.

So einfach konnte Leben sein. So hell und warm und einfach war es in diesem Frühling mit Hyperion.

Auf einem dieser Spaziergänge war er ihr in den Weg gesprungen, hatte sich vor sie in die Kiesel gekniet und sein Gesicht an ihr Bein gelehnt. Er trug keinen Hut. Wind zauste sein Haar. »Ich kann dich nicht fragen«, erklärte er, »denn wenn du nein sagst, wenn ich dich nicht behalten darf, ertrag ich's nicht. Bleib bei mir, Daphne. Werde meine Frau.«

Das bin ich doch. Bin ich's nicht immer gewesen?

Sie strich ihm das Haar glatt, aber der Wind zerzauste es gleich wieder. Eine Weile blieben sie reglos, dann sagte Daphne: »Aber ja doch, ja«, und Hyperion stand auf und küsste sie.

Auf dem Heimweg erklärte er ihr, er wolle das Datum für ihre Verlobung festsetzen, die Karten drucken lassen und seine Familie vor vollendete Tatsachen stellen. »Ich bin ein solcher Feigling, ich habe Angst. Wenn ich nicht Nägel mit Köpfen mache, wage ich es nie. Meine Daphne, kannst du einen Feigling liebhaben?«

Sie konnte ihn liebhaben und keinen sonst. Wie er es sich wünschte, so war es ihr recht, nur um eines bat sie ihn: »Meiner Schwester schick keine Karte. Ihr muss ich es selbst sagen.«

»Ja, natürlich, Liebste. Deiner Schwester sagst du es selbst.«

Daphnes Gewissen versetzte ihr einen scharfen Stich. Sie würde Mildred sagen müssen, dass sie Verrat an ihr beging, dass sie nicht mit ihr nach Australien fuhr und ihre Opfer umsonst waren.

Würde Mildred allein nach Australien gehen? Hatte sie nicht geschworen, sie könne ohne Daphne nicht leben? Und wollte Daphne ohne Mildred leben? Sie muss bei uns bleiben, bei mir und Hyperion, wir müssen für sie sorgen wie für eine Königin. Als sänge jemand vom Meer her, glaubte sie auf einmal ihr Lied zu hören.

»Wenn ich erst König bin, dilly dilly,
Wirst du meine Königin.«

Die Wochen der Leichtigkeit waren vorüber. »Ich glaube«, sagte Daphne zu Hyperion, der ihre Hand in der seinen hielt, »ich glaube, ich bin den Vernons jetzt schon recht lange zur Last gefallen.«

»Du fällst ihnen nicht zur Last. Louise sagt unentwegt, wie froh sie ist, dich um sich zu haben. Bist du nicht gern bei ihnen?«

»Doch«, antwortete sie, »aber ich denke, es wäre gut, bald irgendwo zu Hause zu sein.«

»Irgendwo, Daphne? Du wirst auf Mount Othrys zu Hause sein.«

Daphne holte Luft und schluckte, dann sagte sie: »Schön. Also meine ich wohl: Es wäre gut, bald auf Mount Othrys zu sein.«

Sie kannte sich so nicht. So sicher in dem, was sie wollte. Hätte sie nicht zweifeln müssen, sich mit Mildred beraten? Von der Seite sah sie Hyperions Gesicht und empfand einzig Gewissheit. Sie mochte in ihrem Leben noch nie etwas richtig gemacht haben, aber diesen Mann zu heiraten war richtig. Während sie in Romanen las und sich aus ihrer Welt davonträumte, hatte sie sich nicht selten gefragt, wie man Liebe erkannte und ob es zu Irrtümern kam. Bei Hyperion aber war jeder Irrtum ausgeschlossen. Sie hatte sich nie gefragt, sondern nur gewusst: Er und ich sind eins.

Sie kamen überein, dass ihm ein paar Tage Zeit bleiben sollten, um alles vorzubereiten, ehe er sie als seine Braut nach Hause holte. In derselben Zeit wollte sie überlegen, wie sie es Mildred beibrachte, ohne dass die Schwester sich verraten fühlte.

Kapitel 9

Hoher Frühling

In einer Pause zwischen zwei Operationen rannte Hyperion hinüber zum Postamt, um Verlobungskarten an entfernt lebende Verwandte aufzugeben. Man konnte inzwischen eine Briefmarke mit dem Bild der Königin auf einen Umschlag kleben und ihn in eine der überall aufgestellten grünen Briefsäulen werfen, aber diesem seltsamen Verfahren mochte Hyperion seine kostbare Fracht nicht anvertrauen. Es ging um seine Verlobung, um Daphne, da brachte er den Stapel Umschläge lieber höchstpersönlich zur Post.

In einer der Schlangen vor den Schaltern entdeckte er Hectors Deutschen. Etwas an dem Mann berührte ihn, sooft er ihn sah. Verdankte er nicht ihm sein Glück? Hätte er nicht in der Weihnachtsnacht an seine Tür gehämmert, hätte er Daphne nie gesehen. So sehr er sich bemühte, Hyperion vermochte sich diese Möglichkeit nicht vorzustellen. Seine Sorgen waren nicht geringer geworden, er hatte noch immer für jedes Bett fünf Kranke, es starben ihm noch immer Menschen unter den Händen, die rechtzeitige Hilfe hätte retten können, und noch immer fehlte es ihm an reichen Patienten, die für die Armen mitbezahlen konnten, aber die Schuld, die er auf sich lud, hatte jetzt einen Ausgleich. Es gab einen Menschen, dem er Glück bedeutete, nicht Leid.

Und das verdankte er dem Deutschen. »Mr Victor«, rief er spontan, weil ihm der Familienname des Mannes nicht einfiel, trat neben ihn und zog seinen Hut. »Wie geht es Ihnen? Es kommt mir wie eine Ewigkeit vor, seit wir uns zum letzten Mal begegnet sind.«

Der Deutsche trug seine Kappe nicht mehr. »Ist kein Wunder, oder? Wir verkehren nicht in denselben Kreisen.«

»Doch, das tun wir«, widersprach Hyperion. »Wir haben sogar gemeinsame Bekannte.«

»Und wer soll das sein?« Der Deutsche sah müde aus. In beiden Händen hielt er einen prall gefüllten Beutel.

»Die Schwestern Adams, deren Bekanntschaft ich Ihnen verdanke. Miss Mildred ist derzeit in meinem Haus als Mädchen tätig, wobei sich das bald ändern wird, und Miss Daphne …«

»Warum wird sich das ändern?«, herrschte der Mann, in den mit einem Schlag Leben fuhr, ihn an. »Wollen Sie Miss Mildred etwa wieder auf die Straße setzen, nach allem, was sie durchgemacht hat? Wollen Sie sie zurück nach Milton's Court schicken, so schlimm, wie es dort für sie war?«

»Aber nicht doch!« Hyperion hob die Hände. »Ich habe in Kürze Grund, Miss Mildred als Mitglied meiner Familie zu betrachten. Selbstredend wird sie dann nicht länger als Mädchen in meinem Haushalt leben, sondern als geschätzte Schwester und Schwägerin.« Ohne zu wissen, welcher Teufel ihn ritt, nahm er den Mann beim Arm. »Hören Sie, Victor, Miss Daphne und ich geben in der ersten Maiwoche ein Fest zu unserer Verlobung. Machen Sie uns die Freude und seien Sie unser Gast. Ohne Sie würde es schließlich dieses Fest gar nicht geben.«

Der große Mann sah ihn an, als verstünde er nicht. Hinter ihnen begannen ein paar Frauen zu kichern. »Sie verloben sich? Mit Miss Mildred?«

»Aber nein, mit ihrer Schwester, Miss Daphne. Sie haben mich doch damals zu ihr geholt, als sie mit dem Fleckfieber lag.«

»Ah!«, stieß Victor aus. Seine Züge entspannten sich. »Die arme Miss Daphne. Hat gar keine Kraft.«

»Glauben Sie mir, ich werde so gut für sie sorgen, wie es menschenmöglich ist. Versprechen Sie, dass Sie kommen?«

»Wenn Sie es wünschen. Und Miss Daphne und Miss Mildred auch.«

»Sie werden sich freuen. Von ihrer eigenen Familie kommt ja niemand.«

»Das wundert mich nicht.«
Es waren nur noch zwei Kunden vor dem Deutschen an der Reihe, und siedend heiß fiel Hyperion ein, dass er sich selbst hätte anstellen müssen. »Gehen Sie ruhig vor mich«, sagte Victor, als läse er seine Gedanken. »Ein Arzt hat es ja immer eilig, und ich habe mir eine Stunde freigenommen.«
»Um zur Post zu gehen?«
Mit unverhohlenem Stolz hob Victor den Beutel. »Die Post eröffnet heute ihre Kampagne *Sparverträge für den einfachen Mann.* Ich möchte zu den Ersten gehören, die ihr Erspartes in ein Sparbuch einzahlen.«
Nicht ohne Bewunderung betrachtete Hyperion den Beutel. »Ihnen liegt wohl sehr viel daran«, murmelte er lahm.
»Alles«, erwiderte Victor. »Jede Woche zahlt man in sein Sparbuch ein und bekommt eine Marke zum Einkleben. Wenn mein Buch voll ist, hole ich das Geld und kaufe mir ein Haus.«
»Sie wollen mit diesen Marken so viel Geld sparen, dass es für ein Haus reicht?«
»Es muss nicht groß sein«, sagte Victor. »Meine Schwester und ich, wir brauchen nicht viel. Sie sind an der Reihe, Dr. Weaver.« Ohne Federlesens schob er ihn vor sich. Erwartungsvoll sah ihm der Angestellte auf dem Schalterplatz entgegen.
»Oh, entschuldigen Sie.« Hyperion schob seine Umschläge unter die Scheibe. Der Angestellte zählte sie und nannte ihm den winzigen Betrag, den die Versendung kosten würde.
Mit beiden Händen fuhr sich Hyperion in die Hosentaschen. In der Früh hatte er einen Haufen Kleingeld eingesteckt, aber jetzt fand er nicht einmal einen Knopf. Dann fiel ihm der Alte ein, der für sein Antiphlogistikum nicht hatte bezahlen können, und die Frau mit den Zwillingen, denen er Geld für die Suppenküche mitgegeben hatte. Der Angestellte wiederholte den lachhaften Betrag.
Hyperion, dem klar war, dass er keinen Penny finden würde, konnte

nicht aufhören, in seinen Taschen zu wühlen. Was, wenn jemand, der ihn kannte, zu Daphne davon sprach? Hatte er sich nicht geschworen, Daphne jegliche Sorge zu ersparen? Seine Wangen glühten. Er öffnete den Mund, wusste aber nichts zu sagen.

»Lassen Sie mich das machen.« Der Deutsche, der, wie er sich jetzt besann, Victor März hieß, zog seinen Geldbeutel auf und ließ Münzen auf die Theke purzeln. »Stimmt es so? Genügt es für die Briefe?«

»Ich gebe es Ihnen zurück«, stammelte Hyperion. »Ich habe wohl heute in der Früh meine Börse vergessen …«

»Betrachten Sie es als Geschenk«, entgegnete der Deutsche schlicht. »Ein Verlobungsgeschenk von einem Mann, der nicht viel hat. Bitte grüßen Sie doch Miss Mildred. Ich wäre Ihnen dankbar, wenn Sie das für mich täten.«

Als Hyperion heimkam, wurde es eben dunkel. Er war noch bei Daphne gewesen und erst aufgebrochen, als sein Gewissen ihn drängte. Ewig konnte er sich nicht drücken, es war des Mannes, der Daphne Adams heiraten durfte, nicht würdig. Irgendwann musste er mit seiner Großmutter sprechen. Irgendwann musste er aufhören, im Zickzack durch die Stadt zu laufen, um seinem Bruder auszuweichen. Vor dem Portal stand Mildred und fegte die Treppe. Ein Anblick für Götter. Hatte sie nicht zugelegt, seit sie auf Mount Othrys lebte, und gab es eine Haube, die ihre Massen von Haar im Zaum hielt? Er blickte auf, um statt ihr beim Besenschwingen dem alten Kronos beim Sterben zuzusehen. »Sie sollten das nicht tun«, sagte er.

Sie hielt inne. »Tue ich es nicht zu Ihrer Zufriedenheit?«

»Doch, Mildred, sogar sehr.« Ein Seufzer entfuhr ihm. Hier hatte er ein weiteres Problem an der Hand und wusste nicht einmal, worin es bestand. »Es erscheint mir nur nicht richtig, Sie solche Arbeiten machen zu lassen.« Wenn deine Schwester wüsste, dass ich dich noch immer als Dienstmagd halte, wäre sie entsetzt.

»Sie bezahlen mich dafür«, erwiderte Mildred, ging aber zwei Stufen

hinauf und lehnte den Besen an die Hauswand. »Trotzdem haben Sie recht. Es ist nicht richtig so.« Sie sah ihm geradewegs ins Gesicht. Empört, als würde er ihr etwas schulden, und ehe er sich's versah, war ihm ein Lächeln entglitten.
Er setzte sich auf die Treppe und klopfte auf den Platz neben sich. »Haben Sie Zeit? Ich hätte Ihnen etwas zu sagen.«
Skeptisch musterte sie ihn. »Ich weiß, es schickt sich nicht, dergleichen in den Mund zu nehmen«, sagte sie. »Und mich geht es auch nichts an, denn es ist ja Ihr Hosenboden, den Sie sich ruinieren, aber bemerkt haben wollte ich es doch.«
Verblüfft erwiderte er ihren Blick, dann lachte er schallend los. »Tun Sie mir eine Liebe, Mildred, ruinieren Sie sich den Hosenboden mit mir.«
Sie schnaubte und warf den Kopf mit dem schönen Haar zurück.
»Verzeihen Sie.«
Er wollte sich gerade erheben, da sprang sie die fehlende Stufe hinunter und setzte sich an seine Seite. Er vernahm ihren heftigen Atem, ihr ganzer Körper bebte. »Danke«, sagte er.
»Da ist nichts zum Danken.«
Sie schauten beide hinunter auf den Stein, als fänden sie nicht mehr den Mut, einander anzusehen. »Ich möchte nicht länger, dass Sie in diesem Haus die Arbeit einer Magd verrichten«, sagte Hyperion. »Ich gebe Sarah und Priscilla Bescheid.«
»Und was möchten Sie, dass ich tue?«
Händeringend suchte er nach einer Antwort. »Das, was eine Schwester täte«, sagte er schließlich, wusste aber, dass etwas daran ganz und gar nicht stimmte.
»Ich bin nicht Ihre Schwester«, bemerkte Mildred. »Es würde das Leben erleichtern, wenn jeder wüsste, was ich bin.«
Hatte ihr Daphne geschrieben, war sie schon eingeweiht? »Selbstverständlich«, sagte er eilig. »Am Wochenende spreche ich mit meiner Großmutter. Sie haben mein Wort darauf.«

»Das ist gut«, murmelte sie. »Heute nämlich kam der Fischmann und verlangte Geld, aber Sarah war auf dem Markt. Ich hab ihm nichts geben und ihm auch nicht sagen können, er habe gefälligst zu warten, weil ich ja niemand bin. Also hat er den Fisch wieder mitgenommen, und es ist nichts zum Freitag im Haus.«

»Der Fischmann hat sein Geld verlangt? Wird der denn nicht am Monatsersten im Voraus bezahlt?«

»Wie soll ich das wissen?« Ein wenig pikiert zuckte Mildred mit den Schultern. »Stünde ich diesem Haushalt vor, würde ich über alles Buch führen. So jedoch sagt mir kein Mensch, was vor sich geht.«

Das war dreist, aber ihm gefiel es. Womöglich wäre es ein Segen für den Haushalt, wenn sie ihm vorstünde. Die Sache mit dem Fischhändler musste er in Ordnung bringen. War er ehrlich, so hatte er keine Ahnung, was sonst noch im Argen lag, doch er war entschlossen, das zu ändern. Wenn demnächst sein Quartalsanteil aus dem Holzhandel fällig war, würde er sich einen Überblick über die Konten verschaffen und an faulen Stellen für Ausgleich sorgen.

Und als Nächstes brauchte er dringend mehr betuchte Patienten. Anschaffungen würden nötig sein, und an seiner Hochzeit wollte er nicht sparen. Das Spital würde eben häufiger auf ihn verzichten müssen, damit es Daphne an nichts fehlte. Sie hatte ihm erzählt, wie sie als Kind aus Furcht vor Geldeintreibern nicht hatte schlafen können, und eine solche Erfahrung sollte ihr für den Rest ihres Lebens erspart bleiben.

»Dr. Weaver?« Leicht stieß ihn Mildred mit dem Ellbogen. »Ich habe wohl etwas Falsches gesagt.«

»Nein, überhaupt nicht. Ich muss schon wieder um Verzeihung bitten. Mir sind die Gedanken davongaloppiert.«

»Das muss schön sein.«

»Was?«

»Galoppieren«, antwortete Mildred träumerisch. »Auf einem Pferd reiten, und die Leute unter einem sind klein und weit weg.«

»Finden Sie das wirklich schön? Ich finde es anstrengend, aber wenn Sie Lust darauf haben, sorge ich dafür, dass Sie zum Reiten kommen.«
Jetzt sah sie ihn an. Ihre Augen glänzten. »Meinen Sie das ernst?«
»Todernst.« Er lächelte. »Versprechen Sie mir, dass Sie sich nicht den Hals brechen, wenn so ein Gaul mit Ihnen losprescht. Ihre Schwester würde mir im Leben nicht verzeihen.«
»Meine Schwester hat Angst vor Pferden.«
»Ich auch.«
Sie wandte den Blick nicht von ihm. »Dr. Weaver …«
»Hören Sie«, bat er, »können Sie sich wohl dazu durchringen, mich Hyperion zu nennen? Ich weiß, es ist kein sehr gefälliger Name, und als Omen ist er geradezu fatal, aber meiner Mutter gefiel er. Wie gesagt, sie hatte eine Schwäche für das in Schönheit Sterbende.«
»Mir gefällt er«, unterbrach sie ihn. »Warum sollte jeder John oder Harry heißen, und was ist falsch daran, wenn der Name eines Mannes seinen Stand und seine Bildung verrät?«
Schon wieder war ihm zum Lachen zumute. »Also abgemacht?« Er hielt ihr seine Hand hin, und sie schlug mit ihrer sehnigen, festen Hand ein. Im Aufstehen fiel ihm etwas ein. »Ich soll Sie übrigens von jemandem grüßen.«
»Von wem?«
»Von Victor März.«
Sie sah zu ihm auf. »Den kenne ich nicht.«
»Aber natürlich kennen Sie ihn«, entgegnete Hyperion. »Es ist der bemerkenswerte Deutsche, der bei meinem Bruder arbeitet. Er hat mich damals geholt, als Daphne krank war, und heute habe ich ihn auf dem Postamt getroffen, wo er sich ein Sparbuch ausstellen ließ. Er hat mich gebeten, Sie von ihm zu grüßen.«
Im Zwielicht funkelten ihre Augen. »Den kenne ich nicht«, wiederholte sie und stand auf. »Mit solchen Kerlen hab ich nichts zu schaffen, und wenn der noch einmal zu Ihnen von mir spricht, dann wünsche ich, dass Sie ihn in die Schranken weisen.«

»Was hast du denn erwartet? Dass ich dir wie als grünem Bürschlein ein paar an die Ohren verpasse? Wahrhaftig, manchmal hätte ich nicht übel Lust dazu, aber was damals nicht half, nützt auch heute nichts mehr, also spare ich mir die Mühe.«

Wahrscheinlich hätte Hyperion sich an diesem Abend abermals vor dem Gespräch mit seiner Großmutter gedrückt, aber die alte Dame hatte ihn an der Treppe abgefangen. »Meinst du nicht, es wird Zeit?«, hatte sie gefragt und war ihm voraus in ihr Altenteil stolziert. Dass eine zierliche Frau von gut achtzig Jahren noch immer wie ein Feldwebel stapfte, würde nicht aufhören ihn zu verblüffen. Als Kind hatte er sie gefürchtet. Ihre Ohrfeigen, die sie ihm mit dem Handrücken verpasste, als wäre ein Subjekt wie er die Fläche ihrer Hand nicht wert. Seinem klopfenden Herzen nach fürchtete er sie heute kaum weniger.

Daran, dass er kein mutiger Mann war, hatte er sich gewöhnt. Aber für Daphne wollte er es sein, seine Daphne verdiente keinen Zauderer.

»Ich werde mich verloben«, stieß er atemlos aus, kaum dass sie in Nell Weavers Salon standen.

Statt sich zu setzen, trat seine Großmutter zum Kamin und wies auf die Karte auf dem Sims. »Darüber bin ich im Bilde. Nur nahm ich an, es schicke sich, seine engste Verwandte persönlich von solcher Neuerung zu unterrichten.«

Was hatte er erwartet? Ohrfeigen, Tadel, am Ende ein Verbot? Du bist ein Mann, beschwor er sich. Du wirst Daphne Adams heiraten, und kein Mensch auf der Welt kann es dir verbieten. Eine Antwort aber gab er ihr nicht.

»Es mag dich überraschen«, fuhr seine Großmutter, die sich endlich in einen Sessel gesetzt hatte, fort. »Du hast vermutlich geglaubt, ich würde vor Wut über deine Mesalliance toben, aber was ich vornehmlich empfinde, ist Erleichterung. Wir sind von dir ja Kummer gewohnt, und um ehrlich zu sein, war ich lediglich froh, nicht das größere von zwei Übeln ertragen zu müssen. Mich plagte nämlich seit

Wochen die Furcht, du könntest auf den Gedanken kommen, diese Mildred zum Altar zu führen.«
Hyperion fuhr zusammen. Was würde Daphne dazu sagen, dass er ihre Schwester ohne Widerspruch beleidigen ließ? »Miss Mildred ist ein liebenswerter Mensch«, rang er sich ab und fand, er hätte sich dümmer nicht ausdrücken können.
»In der Tat«, erwiderte seine Großmutter ungerührt. »Liebenswert wie eine Londoner Kanalratte. Dass du solche Kreaturen hätschelst, ist ja nichts Neues. Dass die aber nicht nur die Hand, die sie füttert, beißen, sondern hemmungslos über Leichen gehen, solltest du zumindest im Gedächtnis behalten.«
»Großmutter …«
Sie hob die Hand. »Lass es dabei. Ich möchte über diese Natter an unserem Busen nur sprechen, wenn es unumgänglich wird.« Kurz darauf erschien Priscilla, um nach Nells Wünschen zu fragen. Sie sah müde aus. Das Haus brauchte mehr Personal. Im Stillen beschloss Hyperion, Daphnes Einzug noch einmal zu verschieben, bis er diese Dinge geregelt hatte. Sie würde traurig sein, aber sie würde ihm kein hartes Wort geben. Es sollte, so schwor er sich, das letzte Mal sein, dass er sie enttäuschte.
Seine Großmutter bat um einen Sherry und ließ für Hyperion einen großen Brandy einschenken. »Ich denke, du hast ihn nötig.«
»Du wirst Daphne mögen«, sagte er. »Sie ist Mutter ähnlich.«
Nell sog Luft ein. »Deine Mutter war eine Dame. Und zwar eine, wie ich sie kein zweites Mal zu Gesicht bekommen habe.«
»Daphne ist auch eine Dame. Dass jemand anderes behauptet, erlaube ich nicht.«
Ihr Blick schien ihn zu packen. Mit ihren achtzig Jahren sah sie noch immer scharf wie ein Adler und benötigte keine Augengläser. »Hört, hört«, bemerkte sie.
»Ich weiß, was du denkst«, begann er.
»Weißt du das wirklich?« Ihr Unterton war nicht zu deuten. »Wenn

du mich fragst, ist es einem Mann unmöglich zu wissen, was eine Frau denkt. Ja, auch dir, und wenn du hundertmal das Teufelszeug von diesem Darwin liest, der schreibt, dass wir alle Affen sind und auf Bäumen hausen sollten. Um zu wissen, was Frauen denken, müssten Männer ihnen ein Denken erst einmal zugestehen, und das brächte ihre Welt ins Wanken. Lassen wir das also und kommen zum Thema zurück.«

Von welchem Thema war die Rede gewesen? Weshalb fiel es ihr so leicht, ihn zu verwirren und ihm Gedanken aufzuzwingen?

Die Miene, zu der sie den Mund verzog, war beinahe ein Lächeln. »Ich werde dir sagen, was ich denke. Ich denke, deine Mutter war ein Gottesgeschenk. Ich liebte sie sehr, und ihr Verlust ist eine wahre Tragödie. Dass das Bräutchen, das du uns ins Haus holst, ihr ähnlich ist, halte ich dennoch nicht für ausgeschlossen. Da mein Enkel sich ja in Schweigen hüllte, habe ich Erkundigungen eingezogen. Tatsächlich wagte auch Louise Vernon den Vergleich mit Amelia, und wenn dem so ist, kann ich dir kaum einen Vorwurf machen.« Ihrem Schweigen war anzumerken, dass sie nicht fertig war, sondern nur eine Pause einlegte, um sich zum nächsten Angriff zu wappnen. »Amelia war ein Segen«, fuhr sie wie erwartet fort, »und deine Daphne mag ebenfalls einer sein. Aber Amelia war schwach. Wenn deine Daphne ihr tatsächlich ähnlich ist, wird sie ihr darin nicht nachstehen.«

Hyperion sprang auf. »Wie kannst du so von meiner Mutter sprechen? Hast du nicht eben behauptet, du hättest sie geliebt? Kannst du an irgendeinem Menschen ein gutes Haar lassen, oder gilt in Wahrheit für dich, was du Charles Darwin unterstellst, wünschst du uns alle auf die Bäume?«

»Nicht übel, Freundchen.« Seine Großmutter hob die Brauen. »Wenn die Dame Daphne auch nur ein Fünkchen vom Mumm deines Vaters aus dir herauslockt, verdient sie Beifall. Geh, regle deine Belange, lass dir ein paar ordentliche Hemden schneidern. Vielleicht kommst du ja aus dem verdreckten Siechenheim heraus, wenn du dich anschickst, den Bräutigam zu spielen.« Als Hyperion sich nicht rührte, vollführte sie die Handbewegung, mit der sie ihn als Knaben aus dem Zimmer geschickt hatte. »Na wird's bald, die Höhle des Löwen gibt dein Haupt wieder frei. Im Übrigen habe ich die strittige Aussage nicht getätigt, um deine Mutter zu schmähen, sondern weil ich es für nötig hielt, dich zu warnen.«

»Wovor?«

»Nun, Amelia war schwach, und deine Daphne ist es fraglos nicht minder. Aber Amelia durfte es sein, denn der Mann, den sie geheiratet hatte, war stark genug für zwei.«

In dieser Nacht konnte Mildred nicht schlafen. Es war so weit. Viel schneller, als sie in ihren kühnsten Träumen erhofft hatte. War es nicht gut, dass sie ihn gedrängt hatte? Bei einem so vornehmen Mann, der niemanden vor den Kopf stoßen wollte, wirkte ein wenig Härte Wunder.

Sie war zornig auf ihn gewesen, weil er mit Daphne Geheimnisse hatte. Tagelang hatte ihr Zorn sie gequält, und sie hatte ihm die Qualen heimzahlen wollen, aber wieder einmal war es ihr unmöglich, ihm weh zu tun. Als er auf den Stein klopfte, damit sie sich neben ihn setzte, als er mit seinem zerknirschten Lächeln um Verzeihung bat, war es um ihre Entschlossenheit geschehen. Mildred kannte die Zeichen, die verrieten, dass ein Mann eine Frau begehrte, sie hatte sie hundertmal gesehen, sie aber an Hyperion zu erleben setzte ihr Herz in Brand. Mit aller Kraft hatte sie sich gewünscht, Mount Othrys zu besitzen, nie mehr arm zu sein und Daphne die Welt zu kaufen, doch als sie in der Abendsonne sein Gesicht sah, wünschte sie sich nur noch ihn, sonst nichts.

Dabei war das natürlich Unsinn. Warum sollte sie nicht Hyperions Liebe haben und ein gutes Leben obendrein? Hatte sie nicht hart genug darum gekämpft? Sie wollte es Daphne erzählen. Wann kam Daphne endlich nach Hause, um zu erfahren, dass ihre Welt eine andere geworden war? Wäre sie enttäuscht, wenn Mildred ihr sagte, dass sie nun doch nicht nach Australien segelten? Mit ihrer angeschlagenen Gesundheit wäre Daphne für die Reise ohnehin nicht stark genug gewesen, sie wäre in der Wärme von Mount Othrys am sichersten aufgehoben. Und was die Liebe eines Mannes betraf, so war Daphnes empfindliche Natur mit Romanen weit besser dran als mit der Wirklichkeit.

So viele Bilder und Zukunftsträume schwirrten Mildred durch den Kopf und hielten sie wach. Kurz vor dem Morgengrauen beschloss sie, es mit dem Schlaf nicht länger zu versuchen, stand auf und begann im ersten Tageslicht ihre Wäsche auszubessern, wozu sie seit Tagen nicht gekommen war.

Als sie nach oben ging, schoss aus der Küche Sarah auf sie zu und teilte ihr in steifem Ton mit, ihr Frühstück sei im Morgenzimmer aufgetragen. Mildred verbiss sich jede Erwiderung und verhielt sich, als würde sie jeden Tag in dem lichtdurchfluteten Raum speisen, an dem Tisch, an den Hyperion und seine Großmutter sich zum Essen setzten. Sie sah hinaus in den blühenden Garten und versuchte zu begreifen, dass der Tag, der vor ihr lag, gänzlich ihr gehörte, dass sie damit anfangen konnte, was ihr beliebte, und dass von nun an in endloser Folge solche Tage vor ihr lagen.

Sie hätte ihn mit Nichtstun verbringen können, aber dazu war sie nicht gemacht. Im Gegenteil, sie hatte vor, sich in den Ablauf des Haushalts Einblick zu verschaffen und sich, was sie nicht konnte, anzueignen. Ehe sich's jemand versah, würde Mildred Adams die Zügel übernehmen. *Mildred Weaver,* korrigierte sie sich, trank Tee und lächelte still in sich hinein.

Kapitel 10

Früher Sommer

Zur Rechten, an den Garten angeschlossen, lag die Reitbahn. In den Stallungen waren sechs Pferde untergebracht, zwei für den Tilbury und vier Reitpferde mit wunderschönen Köpfen. An einem Morgen war Max, der Kutscher, in der Küche erschienen und hatte gesagt, er solle Miss Mildred zum Reiten abholen. Der wortkarge Mann war vor ihr her zum Sattelplatz gelaufen, wo an einem Pflock ein Apfelschimmel auf sie wartete. Das Tier erschien ihr gewaltig, dennoch verspürte sie keine Angst.

Ein Tritt stand bereit, der ihr half, sich in den Sattel zu hieven. Max erklärte ihr knapp, wie sie die Zügel zu halten hatte, griff dann dem Tier in den Zaum und begann es im Schritt um die Bahn zu führen. Ihre Beine erwähnte er nicht. Sie hatte sie selbst an der Flanke des Pferdes in die günstigste Lage zu bringen. Hätte sie ein Bein überschlagen und rittlings wie ein Mann sitzen dürfen, wäre es ein Leichtes gewesen, sich im Sattel zu halten, so aber kämpfte sie schwankend um ihr Gleichgewicht. Drei Runden ging Max mit dem Pferd, dann fragte er Mildred, ob sie absitzen wolle. Ohne Zögern schüttelte sie den Kopf, und Max führte sie weitere drei Runden, ehe er wiederum fragte. Das Spiel wiederholte sich, bis Mildred sicher war, aus dem Sattel zu rutschen. Am folgenden Morgen schmerzte ihr Hintern wie nach einer höllischen Tracht Prügel, und doch sehnte sie sich schon nach dem nächsten Ritt.

Sooft Max wissen wollte, wann er sie wieder abholen sollte, rief sie: »Morgen!«, und nach dem Frühstück standen er und ihr Pferd bereit. Sie lernte schnell. Bald hastete Max im Trab mit ihr um die Bahn. Mit der Zeit wurde er zugänglicher, auch wenn er weiterhin nur das Nötigste sprach. Er erzählte ihr, dass die Schimmelstute, die sie ritt, Gaia hieß und Lady Amelia gehört hatte. »Ein Geschenk von Mr Weaver, wie das ganze Gelände. Eine Lady, fand er, muss einen Reitstall haben.« Mildred hatte geglaubt, die edlen Tiere müssten ein Vermögen wert sein, aber Max zufolge waren sie alle bis auf Hyperions Fuchswallach, der kaum je bewegt wurde, zu alt. »Gehören zum Abdecker, die Gäule, verschlingen ein Vermögen, pro Kopf mehr als zwanzig Pfund, und wer braucht die denn?«

Harsch wies Mildred ihn zurecht, doch insgeheim nahm sie sich vor, für Ersatz zu sorgen. Sie war entschlossen, mit dem Reiten nie mehr aufzuhören, und ihre Kinder sollten es von klein auf lernen. Von Tag zu Tag beherrschte sie die Stute Gaia besser. Sie wollte aus der Reitbahn hinaus und durch die Stadt galoppieren, dass die Passanten nach den Seiten flüchteten.

Als sie es Max sagte, schüttelte der den Kopf. »Galopp ist nichts für Damen.«

»Und warum nicht?«

»Der Sattel ist nicht sicher genug«, brummte Max. Mildred beschloss, demnächst mit Hyperion darüber zu sprechen. Er kann mir nichts abschlagen. Wenn er es versucht, werde ich mir zu helfen wissen.

Sie dachte oft an Hyperion. Wenn sie nicht ritt, hatte sie zum Denken zu viel Zeit. Sich Einblick in den Haushalt zu verschaffen, erwies sich als schwieriger, als sie es sich vorgestellt hatte, weil Priscilla und Sarah ihr auswichen. Sie müsse sich an Mrs Weaver wenden, hieß es, das aber ließ Mildred tunlichst bleiben. Ehe das Jahr zu Ende geht, bin ich Mrs Weaver, dann braucht kein Mensch mehr sich an die Alte zu wenden. Sie hätte zufrieden sein sollen. Ihr Lohn lag nicht länger an jedem Montag auf dem Küchentisch. Stattdessen überreichte ihr Sarah ein Tablett mit einem fein geprägten Umschlag, in dem sich das Doppelte der Summe befand. Das Geld war ein Segen, es war ihr Polster gegen Angst. Gegen Einsamkeit aber vermochte es nichts auszurichten.

Mildred sehnte sich nach Hyperion. Mitten am Tag sah sie seine grau-

en Augen vor sich, glaubte zu spüren, wie er sie anblickte, und wünschte sich, sein Gesicht zu berühren. Wenn sie sich nicht nach Hyperion sehnte, sehnte sie sich nach Daphne. Seit die Jüngere auf der Welt war, waren die Schwestern nie so lange getrennt gewesen.
Daphnes Ankunft war mehrmals angekündigt und wieder verschoben worden. Warum, wusste Mildred nicht, und Sarah gab vor, es auch nicht zu wissen. Sie wollte Hyperion fragen, aber der ließ sich kaum je blicken, und wenn, dann wirkte er abgekämpft und war schon wieder auf dem Sprung. Als sie ihn einmal in der Halle abfing, nahm er sie bei den Schultern und sah ihr mit derselben Sehnsucht, die auch sie empfand, ins Gesicht. »Ich muss Sie schon wieder um Verzeihung bitten, Mildred. Ich wollte längst mit der Vorbereitung fertig sein, aber alles zieht sich endlos hin, und ich stelle mich auch nicht sonderlich geschickt an.«
Was musste denn für Daphne noch vorbereitet werden, und weshalb übertrug er diese Arbeiten nicht ihr? Bevor sie fragen konnte, zog er sie an sich. »Ich verspreche Ihnen, ehe im Juni der Pier eröffnet wird, ist Ihre Schwester hier, und wir feiern Verlobung.«
Hätte er sie geküsst, sie hätte es ihm gewährt, aber er löste sich von ihr, sandte ihr sein schönes, trauriges Lächeln und ging.
Bis zur Eröffnung des Clarence Piers, zu der Kronprinz Edward nach Portsmouth kommen sollte, waren es nur noch zwei Wochen. Am nächsten Morgen beschloss Mildred, nach ihrem Ritt nicht wieder im Haus herumzusitzen, sondern von dem Geld, das sich auf ihrem Nachtkasten häufte, etwas für Daphne zu kaufen. Wenn Hyperion ihr vor lauter Rücksicht nichts zu tun gab, musste sie eben auf eigene Faust ein Willkommen für ihre Schwester richten.
Während sie die sonnenbeschienene Allee hinunterspazierte, überlegte sie, was sie kaufen sollte. Ein Kleid. Daphne brauchte in jedem Fall ein neues Kleid. Ihr Blick glitt an ihrer Dienstbotenuniform hinunter, die sie trug, weil sie besser war als die Kleider aus Whitechapel. In Kürze würde Hyperion für ihre Garderobe sorgen, doch sie konnte

schlecht von ihm erwarten, dass er auch Daphne ausstattete. Das würde sie in die Hand nehmen, und zwar so, dass Daphne sich nicht schämen musste. Wie aber kaufte man in Hyperions Kreisen Kleider? Wohl kaum vom Lumpenkarren wie in der Petticoat Lane. Sie wollte nach Portsmouth, in die Hauptstraße beim Bahnhof, doch in den winkeligen Gassen von Southsea verlief sie sich.

Vor einem hohen weißen Bau blieb sie stehen. Das Haus war nicht so elegant wie Mount Othrys, aber es besaß ebenfalls ein Säulenportal, vor das ein Diener in Uniform einen Palmenkübel wuchtete. »He, Süße, was gibt's denn zu glotzen? Noch nie einen hübschen Kerl bei der Arbeit gesehen?«

Der Kerl war alles andere als hübsch, er war vierschrötig und grob, und außerdem sah Mildred das Haus an, nicht ihn. Grandhotel Victoriana verkündete das Dach des Portals. Der Vierschrötige lief hinein, um einen zweiten Kübel hinauszuschleppen. Als er ihn abgestellt hatte, sandte er ihr ein anzügliches Zwinkern.

Seit sie auf Mount Othrys wohnte, war Mildred nicht oft unterwegs gewesen, aber dass die Hotels sich wie Pilze vermehrten, war ihr aufgefallen. Im Fenster des Grandhotel Victoriana hing ein Schild mit der Aufschrift »Ausgebucht«, dabei war es noch nicht einmal Juni und der Clarence Pier noch nicht eröffnet. Eine weißgekleidete Schönheit kam eben die Stufen hinunter. Ihr Kleid wirkte zart wie von Hand gesponnen, und auf ihrem kunstvoll frisierten Haar saß ein Sommerhut mit breiter Krempe, die üppig mit Seidenschleifen geschmückt war. Zu feinem Blondhaar musste er noch besser aussehen als zu den schweren Locken der Dame. Mildred wusste sofort: Diesen Hut musste sie für Daphne kaufen.

Im Weitergehen nahm sie die leichte Brise und den Duft wahr, die die Nähe des Meers verrieten. Es war ihre Kraftquelle. Sobald sie sich der blaugrauen Wasserfläche näherte, spürte sie, wie jeder Muskel in ihrem Leib erstarkte. Das Wiesengelände zwischen Stadt und Küste war nicht wiederzuerkennen. Durch den Graben, den die Navvies dort aufgerissen hatten, blitzten die frisch verlegten Schienen, und die Luft summte vor Geschäftigkeit. Nahe beim Pier wurden bunte Buden hochgezogen, weiter vorn hämmerten Arbeiter ein Podium zusammen. Gut für uns, durchfuhr es Mildred beim Anblick des Holzes, das auf Pferdewagen angefahren wurde. So viel hatte sie inzwischen begriffen, aus dem Holzhandel, den Hector Weaver leitete, gehörte die Hälfte der Einnahmen dem Haushalt in Mount Othrys. Würde Hyperion weniger arbeiten müssen, wenn der Bedarf an Holz so schwungvoll stieg?

Gern wäre sie weitergelaufen und hätte sich vom Meer begrüßen lassen, von den Wellen, die wie verspielte Tiere an ihren Schuhspitzen leckten. Wenn sie aber für Daphne Kleid und Hut und womöglich noch Strümpfe erwerben wollte, nahm sie besser die Beine in die Hand.

Nach einigem Umherirren fand sie in einer Seitengasse den Hut, den sie gesucht hatte. Er stand allein in einem Schaufenster, als hätte er dort auf sie gewartet. Wenn sie ein blassrosa Kleid dazu erstand, würde nicht einmal Nell Weaver Daphnes Liebreiz widerstehen können. Kurz entschlossen betrat sie das Geschäft. Hinter dem Ladentisch beugte sich ein Mann mit Kneifer über eine Hutschachtel, die er für eine auffällig aufgeputzte Kundin verpackte. »Ich möchte den Hut aus dem Fenster kaufen«, ließ Mildred ihn wissen. »Den weißen mit den Seidenbändern.«

Die Kundin, die über ein bemerkenswertes Hinterteil verfügte, drehte sich um. »Der ist zur Ansicht«, brummte der Mann. »Wir fertigen nur nach Kundenwünschen. Am besten begibt Madam sich selbst her, oder wir vereinbaren einen Besuch.«

»Der Hut ist für meine Schwester«, entfuhr es Mildred. Die Dame mit dem immensen Hintern stieß ein schrilles Lachen aus.

»Dienstboten zählen wir nicht zu unseren Kunden.« Der Mann wandte sich wieder der Hutschachtel zu, die er mit grünem Band umwickelte. »Du bist neu hier, was? Auf dem Kleidermarkt bist du besser bedient, den gibt's jeden Donnerstag in Portsmouth, gleich hinter der Gewürzinsel.«

Mildred wurde kalt vor Zorn. Mit einem Satz stand sie vor dem Hutmacher, wischte die Schachtel beiseite und stützte die Hände auf die Theke. »Ich bin keine Dienstbotin, und meine Schwester schon gar nicht. Ich bin die Verlobte von Dr. Weaver, und wenn Sie mir nicht gleich diesen verdammten Deckel holen, bekommen Sie's mit meinem Bräutigam zu tun.«

Der Mann trat zurück und rieb sich den Ärmel, als hätte Mildred ihn bespuckt.

»Miss Adams?«

Mildred erschrak und sah zur Seite. Vor ihr stand die aufgeputzte Frau mit dem Hintern. Sie hatte ein kugelrundes Gesicht, in dem die kleine Nase wie erdrückt wirkte.

»Ich hoffe, mein Mann hat Ihnen bereits unseren Dank ausgesprochen. Zu Ihrem Verlobungsempfang werden wir zugegen sein.« Beim Reden fuchtelte sie wild mit den pummeligen Händen, dann hielt sie Mildred die Rechte hin, zog aber den Handschuh nicht ab. Ehe Mildred einschlagen konnte, wandte sie sich dem Hutmacher zu. »Das Fräulein ist meine künftige Schwägerin. Nein, wundern Sie sich nicht, ich tue es schon lange nicht mehr. Packen Sie den Musterhut oder woran sie ihr Herz gehängt hat ein und setzen Sie es in Gottes Namen uns auf die Rechnung. Dieses Mount Othrys ist ohnehin der dickste Nagel zu meinem Sarg.«

»Ich zahle selbst«, fauchte Mildred. Sie zerrte ihre Geldbörse aus der Tasche und entleerte den Inhalt auf die Theke.

»Herzig«, kommentierte die Dame. »Regelrecht herzig.«

Der Hutmacher sortierte Mildreds Geldstücke der Größe nach und strich sie ein. Zwei Farthing-Münzen und einen Penny ließ er liegen. Mildred schnappte nach Luft. Das Geld für einen lumpigen Hut hätte ihr gereicht, um auf Monate in Saus und Braus zu leben. Während das weiße Nichts in einer Schachtel verpackt wurde, versuchte sie sich zu

beruhigen: Du hast doch Geld genug. Du bist nicht mehr arm und wirst es nie wieder sein. Die Schachtel, die der Mann ihr reichte, sah sie kaum an.
»Richten Sie doch Hyperion Grüße aus«, flötete die Dame mit dem Hintern. »Ach, und sollten Sie sich fragen, wer vor Ihnen steht, weil mein Schwager es nicht für nötig hielt, mich zu erwähnen – ich bin Bernice Weaver, geborene Lewis, einzige Schwester des Port Admirals.«

Vor dem Geschäft wartete Bernice Weavers Hausdiener, aber er sah seine Herrin nicht an. »Miss Mildred!«, rief er stattdessen. Erfüllt von Sehnsucht, als würde er seit Wochen auf sie warten. Er trug auf dem dichten Haar keine Kappe und statt der Navvy-Weste einen dunklen Anzug, der über seinen Schultern spannte.
Mildred wollte ihn nicht ansehen, weder sein Haar noch seine Schultern, sondern weitergehen.
»Miss Mildred!«, rief er ihr hinterher, machte schnell ein paar Schritte und griff nach ihrem Arm.
Sie stieß den Ellbogen nach hinten, traf ihn und atmete auf. »Lassen Sie mich in Ruhe, ich habe mit Ihnen nichts zu schaffen.«
Der Schmerz, der über sein Gesicht zuckte, verschaffte ihr Genugtuung. Als werde die Kränkung, die der Hutmacher und die Schwägerin ihr zugefügt hatten, leichter, wenn sie Victor März kränkte.
»Ist recht«, sagte er in dem weichen Ton, in dem er »musst dich nicht sorgen« zu ihr gesagt hatte. »Nur wegen des Empfangs …«
Alle Welt redete über diesen Empfang, von dem sie, die Hauptperson, noch nicht einmal wusste, wann er stattfinden sollte. »Was ist damit?«, herrschte sie ihn an.
»Dr. Weaver hat mich doch eingeladen, zu seiner Verlobung mit Miss Daphne, aber ich habe ihm gesagt, ich komme nicht, wenn es Sie stört.«
»Mit Daphne?« Sie hätte ihn packen mögen, schütteln und schlagen.

»Haben Sie vollends den Verstand verloren? Ich bin es, die sich verlobt, ich, ich, ich, und Sie will ich dabei nicht sehen. Vergessen Sie, dass meine Schwester und ich auf der Welt sind. Wir kennen Sie nicht, wir haben Sie nie gekannt!«
Sie hatte sich außer Atem geschrien und nicht bemerkt, dass ihr die Hutschachtel entglitt. Victor März bückte sich, so dass sie jäh seinen breiten Rücken vor sich hatte, hob die Schachtel auf und hielt sie ihr hin. Sie ertrug seinen Blick nicht. Er legte ihr die Griffe in die Hand, drehte sich um und ging.

Drei Tage vor der Eröffnung des Piers erwachte das Haus zum Leben. Wie ein Bienenstock, in den jemand hineingestochen hatte. Fortwährend kamen Lieferungen, und eine Kolonne junger Leute rückte ein, um Möbel umzustellen, das Haus auf Hochglanz zu putzen und Unmengen von Geschirr aus den Kammern zu räumen. In der Mitte des Gartens wurde ein Pavillon errichtet und mit jungen Stöcken weißer und rosa Rosen umstellt. An den Geländern hingen Seidengirlanden, und auf den Tischen standen Kandelaber. Das Haus war so schön, wie Mildred es sich nicht hätte vorstellen können, und sie begriff, dass sie es liebte, dass es nicht länger das Haus aus ihren Hirngespinsten war, sondern etwas, das sich greifen und festhalten ließ und für das sie bis zum Letzten kämpfen würde. Es war ihr Haus. Für sie gemacht.
Kein Mensch sprach mit ihr. Sie, der all dies gelten sollte, stand jedem im Weg und fiel doch niemandem auf. Sie wusste nicht, was ihr bevorstand. Sie wusste nicht, ob ihre Schwester da sein würde, um ihr Glück zu teilen, ob ihr Verlobter da sein würde, um sie ins Nötigste einzuweisen, ja, sie wusste nicht einmal, was sie am Leib tragen und was mit ihrem scheußlichen Haar geschehen sollte. Sie wollte, dass Hyperion zu ihr kam, weil er sich nach ihr sehnte, so heftig und erregend wie an jenem Abend auf der Treppe. In seinen Augen hatte sie gelesen, wie sehr es ihn nach ihr verlangte. Das Gefühl ließ sich mit keinem anderen vergleichen. Es machte aus Mildred aus Whitechapel

eine Königin. Als sie das Warten nicht mehr ertrug, eilte sie aus dem Haus, fing Max ab und befahl ihm, sie ins Spital zu fahren.
»Aber doch jetzt nicht, wir haben alle Hände voll zu tun.«
»Jetzt sofort!«, schrie Mildred und spürte, wie der Rest ihrer Beherrschung sie verließ. Sie wollte endlich reden, endlich eingeweiht sein. Max trollte sich, um anzuspannen, und fuhr kurz darauf mit dem Einspänner vor.
Was hatte Mildred erwartet? Nicht das, dachte sie, als Max sie vor der Reihe von Backsteinbauten absetzte. In der Wartehalle des Haupthauses ging es zu wie seinerzeit auf dem Bahnhof, und es roch viel schlimmer. Auf den Bänken drängten sich Menschen, die meisten von ihnen Krüppel oder Mütter mit Kindern. Wer keinen Platz ergattert hatte, stand gekrümmt vor Schmerzen oder kauerte am Boden, weil ihm zum Stehen die Kraft fehlte. Mildred sah entzündete Wunden, mit Lumpen verbundene Stümpfe, Gesichter wie Totenschädel, gedunsene Haut und leere, blinde Augen. Ihr selbst war dieses Elend vertraut, doch wie konnte Hyperion hier arbeiten, ihr Hyperion mit seinem vornehmen Sinn und dem empfindsamen Gemüt? Während sie überlegte, wo sie ihn suchen sollte, trat er aus einer Kabine und winkte einen Patienten hinein. Mildred konnte nicht anders, sie reckte sich und rief seinen Namen.
Er war im Nu bei ihr. »Um alles in der Welt, was tun Sie hier?«
»Sie sind nicht zu mir gekommen«, sagte sie spitz, »also komme ich zu Ihnen.«
»Ich verstehe. Mir bleibt wohl wieder einmal nichts anderes übrig, als Sie um Vergebung zu bitten.«
Er sah todmüde aus, das Gesicht wie abgezehrt und dabei schöner und kostbarer denn je. »Das genügt nicht.«
»Ich weiß. Bitte warten Sie.«
Mit Bedacht schlängelte er sich durch die Menge, aus der Hände nach ihm griffen und Stimmen nach ihm riefen, und sprach zu der Traube junger Männer, die bei der Kabine stand. Nachdem diese sein Anlie-

gen begriffen hatten, kehrte er zu ihr zurück. »Es ist in Ordnung. Für eine halbe Stunde übernehmen meine Studenten meinen Dienst. Gehen wir in den Garten?«

Was er Garten nannte, war ein trostloses Stück Rasen, durch das sich ein gemauerter Gang bis zum nächsten Gebäude zog. »Was sagen Sie dazu?« In seiner Stimme regte sich ein Anflug von Stolz. »Dieses Spital ist vor zwei Jahren von Grund auf umgestaltet worden. In der neuen Pavillonbauweise, wie Florence Nightingale sie empfiehlt. Die Krankensäle können so besser belüftet werden, und Krankheiten werden nicht so rasend schnell von einem zum anderen geschleppt.«

Mildred sah zwei betrunkene Männer aus einem der Häuser torkeln. Der eine hustete, als hätte sein letztes Stündlein geschlagen, krümmte sich und spuckte Blut ins Gras. Der andere hieb ihm auf den Rücken, bis der Husten stockte, dann setzte er ihm eine braune Flasche an die Lippen und schüttete Flüssigkeit in seinen Schlund. Hernach gönnte er sich selbst einen Schluck.

»Es ist ihnen nicht abzugewöhnen«, bemerkte Hyperion. »Sie sind überzeugt, was dem einen hilft, kann dem anderen nicht schaden, und sobald sie im Dispensarium ihre Medikamente erhalten, tauschen sie sie untereinander aus. Ich habe schon Menschen daran sterben sehen.«

Der betrunkene Kranke begann wieder zu husten. Mildred wandte sich ab, schlug einen anderen Weg ein.

Hyperion folgte ihr. »Es tut mir leid. Sie sind gewiss nicht hier, um über das Spital zu sprechen.«

»Ich finde es ekelhaft«, fuhr sie ihn an. »Es passt nicht zu Ihnen. Ist das Geld, das es einbringt, den Einsatz wert? Der Holzhandel blüht doch. In ganz Portsmouth wird gebaut.«

»Geld?« Unfroh lachte er auf. »Sie glauben, diese Arbeit hier bringt irgendwem Geld?«

»Ja was denn sonst?«

Er zuckte mit den Schultern. »Keine schlechte Frage. Junge Leute tun es, weil sie sich davon Verbindungen versprechen, reiche Patienten, die sie später privat behandeln können. Aber solche Patienten kommen hier nicht her. Sie rufen sich den Arzt nach Hause, und wer seine Zeit dem Spital schenkt, bekommt sie nie zu Gesicht. Andere tun es, weil sie mit ein wenig Wohltätigkeit ihrem Ruf aufhelfen wollen, und ein paar Idealisten wie mein Doktorvater tun es, weil sie hoffen, es bringe sie in ihrer Forschung weiter.«

»Und warum tun Sie es?«

Er blieb stehen und sah ihr ins Gesicht. »Ich weiß es nicht, Mildred. Irgendwann glaubte ich es zu wissen, aber es ist mir entfallen, und ich frage mich schon lange nichts mehr. Ich bin nur noch verzweifelt über die Scharen, die mir wie Fliegen wegsterben, und zuweilen selig über einen Einzelnen, der am Leben bleibt und sich in der nächsten Wirtschaft im Absinth ersäuft.«

Mildred wollte ihm den Kopf zurechtsetzen. Sie wollte hart sein, doch all die Härte, die ihr Leben lang in ihr gewachsen war und nur vor Daphne haltgemacht hatte, fiel von ihr ab. Nichts erschien ihr so schützenswert wie dieser erschöpfte, einsame Mann. Sie legte die Arme um ihn. Im nächsten Atemzug berührten ihre Lippen die seinen. Es war das, was sie gewollt hatte, es löschte für kurze Zeit alles andere aus.

Er löste sich als Erster, ihr Gesicht noch in seinen Händen und das seine nah. Sie liebte jeden Zug und prägte ihn sich ein. »Mildred«, sagte er leise. Ihr Name war das schönste Wort der Welt.

Sie hatte keinen Menschen als Daphne je bei Kosenamen gerufen, doch sein Name kam nicht über ihre Lippen. Sie wollte ihn *Liebling* nennen, *mein Liebling*, und weil sie es nicht konnte, schwieg sie.

»Ich weiß, ich habe aus allem ein furchtbares Durcheinander gemacht«, sprudelte es aus ihm heraus. »Durch mein ewiges Verschieben wird meine Verlobung gefeiert, wenn Prinz Edward den Pier eröffnet, und die Hälfte der Gäste wird nicht kommen. Nichts ist fertig, und Sie habe ich sträflich vernachlässigt, aber ich mache es wett. Morgen früh schicke ich jemanden, der sich um Ihre Garderobe kümmert, und ich lasse Ihnen auch endlich ein Zimmer richten.« Seine Augen glänzten, und sein Mund verzog sich zu dem traurigen Lächeln, das sie liebte. »Und das hier müssen wir lassen, Mildred. Wir müssen es vergessen, ja?«

Im Leben nicht, begehrte Mildred auf. Sie grub ihm die Finger in die Schultern und küsste ihn noch einmal auf den Mund. Es schickte sich nicht, sie wollte nicht, dass Daphne sie sah, aber Daphne war weit weg. »So arg ist es nicht«, sagte sie. »Wir sind so gut wie verlobt.«

Er wand sich aus ihren Armen. »Verlobt, Mildred? Sie und ich verlobt? Wer um Himmels willen bringt Sie denn auf solche Gedanken?« Seine Hände umfassten noch einmal ihr Gesicht, er wurde bleich, und seine Lippen zitterten. »Liebe Mildred, ich bitte Sie, vergessen Sie diesen Tag. Ich hätte Sie nicht küssen dürfen, ich möchte mich ohrfeigen, aber das nützt ja nichts mehr. Es ist doch Daphne, die meine Frau wird. Ihre Schwester Daphne.«

Von weit her drang ein Möwenschrei herüber. Mildred stand erstarrt da.

»Mir liegt viel an Ihnen«, fuhr Hyperion fort. »Für das, was Sie für Daphne getan haben, werde ich Ihnen immer danken. Sie sollen in mir mehr als einen Schwager finden. Einen Bruder, wenn Sie wollen.«

Mildred hörte nichts mehr. In ihren Ohren rauschten nur die Namen: *Hyperion und Daphne, Hyperion und Daphne.*

»Ich muss zurück zum Empfang. Da vorn wird entschieden, ob jemand behandlungswürdig ist oder nicht, das kann ich nicht den Studenten überlassen.« Er strich ihr Haar von der Wange. »Hat Max Sie hergefahren? Haben Sie ihm gesagt, er soll warten?«

Sie schüttelte den Kopf.

»Dann suchen wir Ihnen ein Hansom Cab.«

Noch einmal schüttelte Mildred den Kopf, riss sich los und floh. Durch das überfüllte Haupthaus rannte sie zurück auf die Straße und dann quer durch die Stadt. Warum sie irgendwann in Mount Othrys ankam und hineinging, als wäre es noch ihr Zuhause, vermochte sie nicht zu sagen.

Am selben Abend kam Daphne. Sie fuhr in einem weißen, mit Blumen geschmückten Landauer vor, und neben ihr saß ihr Bräutigam. Er trug nicht länger den staubigen Anzug aus dem Spital, sondern einen auf den Leib geschneiderten hellgrauen Cutaway. Seine Braut trug ein blassrosa Kleid und einen weißen Hut, den eine Flut von seidenen Bändern schmückte.

Kapitel 11

Eröffnung des Clarence Piers, 23. Juni 1861

Kommen Sie, meine Liebe, schenken Sie mir eine halbe Stunde Ihrer kostbaren Zeit. Eine Schwägerin gewinnt man schließlich nicht alle Tage.« Der Herr deutete vor Daphne eine Verbeugung an und reichte ihr den Arm. »Ich hätte Ihnen gern ein Geschenk gemacht, aber es gab ein paar juristische Hindernisse. So ist es leider nicht rechtzeitig fertig geworden.«

»Oh, wir brauchen doch kein Geschenk! Dass Sie gekommen sind, zählt.« Klang das töricht, hatte sie den Herrn womöglich beleidigt? Die vielen Fremden, von denen ein jeder sie zu begutachten schien, verwirrten Daphne. Am liebsten hätte sie die Augen geschlossen und gewartet, bis alles vorüber war. Sie wünschte sich Mildred her, die ihr erklärt hätte, was zu tun war. Aber Mildred hatte seit ihrer Ankunft kein Wort mit ihr gesprochen. Kaum hatte Daphne sie bei ihrer Ankunft am Portal stehen sehen, war ihr klargeworden, dass sie ihr gefehlt hatte. Sie wollte sich wie als Kind in ihre Arme werfen, aber Mildred verschwand ohne Begrüßung im Haus. Zum Abendessen ließ sie sich entschuldigen.

Mit einem Schlag erkannte Daphne, wie sehr sie die Schwester verletzt hatte. Sie war ein halbes Jahr fort gewesen – hatte sie dabei an Mildred auch nur gedacht? Jetzt stand sie hier, auf dem Empfang zu ihrer Verlobung, und kein Mensch, nicht einmal Hyperion, der mit Sponsoren des Spitals sprach, fehlte ihr so sehr wie sie. Komm doch zu mir, lass mich alles erklären! Wenn Mildred begriff, was ihr Hyperion bedeutete, würde sie ihr verzeihen. Er ist das Glück, Milly-Milly. Das Glück, das du immer für mich wolltest. Daphne versuchte über Köpfe hinweg nach der Schwester Ausschau zu halten. Eine Berührung rief ihr ins Gedächtnis zurück, dass neben ihr der Herr stand, Hyperions Bruder, und dass sie vermutlich gerade die Unhöflichkeit ihres Lebens beging.

»Bitte entschuldigen Sie, was haben Sie gesagt?«

Hector Weaver lachte. Er sah seinem Bruder nicht ähnlich, war gedrungen und dunkel, und sein Gesicht wirkte grob, wie in Eile zusammengezimmert. Um die Augen jedoch entdeckte sie einen feinen Kranz Fältchen, den sie von Hyperion kannte und der sie für seinen Bruder erwärmte. Impulsiv nahm sie seinen Arm. »Ach bitte, seien Sie mir nicht böse. Das alles ist neu für mich, und ich fürchte, ich mache falsch, was man nur falsch machen kann.«

»Aber nicht doch.« Hector Weaver deckte seine Hand über ihre. »Sie machen Ihre Sache reizend. Auf mein Geschenk werden Sie allerdings bis zur Hochzeit warten müssen, doch ich hoffe, die Freude ist dann doppelt groß.«

»Dessen bin ich sicher.«

»Sie wissen doch gar nicht, was es ist.«

»Dass Sie mir etwas schenken, bereitet mir Freude«, entgegnete Daphne. »Dass Sie mich in Ihre Familie aufnehmen, obwohl Sie sich sicher eine andere Schwägerin gewünscht hätten.«

Er trat zurück, musterte sie und schüttelte den Kopf. »Nicht im mindesten, meine Beste. Wenn Sie mich fragen, sind Sie perfekt.«

»Und Sie sind sehr nett«, entfuhr es Daphne, woraufhin ihr künftiger Schwager in Gelächter ausbrach.

»Habe ich etwas Dummes gesagt?«

»Wo denken Sie hin.« Er klopfte ihr den Arm. »Sie müssen nicht solche Angst haben, Ihr hübsches Gesicht wird fleckig davon. Wollen Sie tanzen? Falls nicht, was mir entgegenkäme, lassen Sie uns zusehen, dass wir einen Drink bekommen. Ein Sherry wird Ihnen guttun, und wie ich den Rechnungen entnehme, hat mein Bruder sich den Aufwand hier ja etwas kosten lassen.«

Was wollte er damit sagen? War er mit der Art, wie sein Bruder seine

Verlobung beging, nicht einverstanden? Er wolle aller Welt zeigen, was für ein glücklicher Mann er sei, hatte Hyperion erklärt, und das machte Daphne stolz, auch wenn sie auf die Feier gern verzichtet hätte. Lieber wäre sie mit ihrem Liebsten durch das riesige Haus gelaufen, um sich vertraut zu machen. Es würde ihr Haus sein, sie würde hier mit Hyperion leben! Es war nicht glaubhaft, ließ sich nicht mit dem Verstand erfassen.

Kaum hatte sie am Arm von Hector Weaver den Salon betreten, schrie eine Frauenstimme auf: »Da ist ja unser Bräutchen! Kommen Sie zu uns, meine Liebe, man kann es nicht erwarten, Sie kennenzulernen.« Die Dame, die ihren Ausruf durch wilde Gesten untermalte, war von einem der Tische aufgesprungen, an dem eine weitere Dame, zwei Herren und ein etwa zwölfjähriger Junge saßen. Gestikulierend brachte sie den Jungen dazu, für Daphne und Hector zwei zierliche Sessel heranzuziehen. Gleich darauf war ein Diener zur Stelle und bot ein Tablett mit Getränken an.

Hector wählte zwei Gläser und reichte eines davon Daphne. Nickend wies er auf die Dame, die sich bereits Daphnes bemächtigt und sie in einen der Sessel gedrückt hatte. »Ich darf Ihnen meine Gattin Bernice, geborene Lewis, vorstellen? Und die Anverwandten von der Lewis-Seite hätten wir hier zur Rechten. Mein Schwager Henry, Port Admiral von Portsmouth, und seine Gattin Maria.«

Zackig sprang der Port Admiral aus dem Sessel und reichte Daphne die Hand. »Es ist mir eine Freude.« Die Pracht seiner Uniform verlieh ihm Format, und auf eine füllige, gesunde Art war er ein schöner Mann. Haar und Bart umrahmten in roten Locken sein Gesicht. Seine Frau Maria war eine jener Frauen, nach denen Menschen sich umdrehten und für kurze Zeit das Atmen vergaßen. Sie war hochgewachsen, schlank und trug ein Ensemble aus weinrotem Samt, das einen dramatischen Kontrast zu ihrer Fülle schwarzen Haars bildete. Ihre Augen waren dunkle Geheimnisse, und die Haut war schneeweiß. »Wo waren Sie denn, Hector?«, fragte sie anzüglich. »Ganz allein mit der Braut?«

Ihr Mann drohte ihr mit dem Finger, doch Maria beachtete ihn nicht. »Wir sprachen gerade über dieses Wunderschiff Warrior, das nach Portsmouth verlegt werden soll. Da hätten Sie als Fachmann gewiss ein paar Auskünfte beisteuern können.«
»Weshalb ernennen Sie mich zum Fachmann für die Warrior?«
»Nun, Schiffsbau ist doch Ihr Metier, oder irre ich mich?«
Hector seufzte und nippte an seinem Drink. »Falls Sie auf den Holzhandel anspielen, Gnädigste, so hat die Warrior damit nichts zu tun. Sie ist eisenverkleidet wie die unsägliche La Gloire, mit der die Franzosen uns zuvorgekommen sind. Heute wird die Warrior als Sensation gefeiert, aber bald werden Kriegsschiffe ihrer Art das Weltmeer beherrschen. Unsere moderne Zeit erfordert Giganten, die aus Holz nicht zu bauen sind. Außerdem ist importiertes Holz zu teuer, und Eisen lässt sich schneller verarbeiten.«
»Sie klingen darüber kein bisschen besorgt«, bemerkte Maria Lewis. »Entziehen Ihnen Schiffe wie die Warrior denn nicht die Lebensgrundlage? Oder haben Sie das Holz nachgerade aufgegeben und leben von Ihrem Hurenhaus am Milton's Court?«
Bernice Weaver entfuhr ein Schreckenslaut. Henry Lewis lachte verlegen auf, und der fremde Herr presste dem Jungen die Hände auf die Ohren. Daphne hatte Mühe, den Sinn des Gesprächs zu erfassen. Aus einem der Nebenräume drang Musik. Ob Mildred wohl dort zu finden war? Mildred mochte Musik so gern, und Daphne hatte oft gedacht, sie würde gern tanzen.
»Ich glaube kaum, dass wir mit derlei Gesprächen unsere Braut erfreuen«, sagte Hector. »Zumal wir ihr noch nicht einmal die Gesellschaft vollständig vorgestellt haben. Beste Daphne, hier haben Sie Mr Frederic Ternan, seines Zeichens Hotelier und einer der verdientesten Bürger unserer Stadt. Er nennt das jüngst ausgebaute Victoriana sein Eigen, und wie nicht anders zu erwarten, gehört er auch zu den Sponsoren, die das Lieblingskind meines Bruders, das Sankt-Joseph-Spital, am Busen nähren. Der junge Mann zur Linken dürfte der

Stammhalter sein. Herr des Himmels, Freddy, wo läuft eigentlich die Zeit hin? Als ich Ihren Sprössling das letzte Mal sah, trug er noch Spitzenröckchen.«

»Sehr lange dürften Sie den Röckchen auch noch nicht entwachsen sein«, gab der Angesprochene zurück.

Sein Sohn wandte sich Daphne zu. Er hatte ein ernstes, angenehmes Gesicht und braunes Haar. »Ich bin Andrew Ternan«, sagte er scheu. »Sie sind sehr schön, Miss Daphne.«

»Hast du dir dein bisschen Verstand verkohlt?« Hart, dass es knallte, schlug der Vater dem Jungen auf den Hinterkopf.

»Nicht!«, rief Daphne. »Bitte nicht!«

»Hätte man mich wissen lassen, dass wir zum Kindervergnügen geladen sind, hätte ich meine beiden nicht mit dem Mädchen daheim lassen müssen«, maulte Bernice Weaver. »Schlechter als dieser Bengel betragen sie sich bestimmt nicht.«

»O ja, Sie hätten sie mitbringen sollen«, sagte Daphne. »Ich mag Kinder gern.« Der Satz war ihr einfach entwichen, aber jetzt, da er im Raum stand, erkannte sie, dass er der Wahrheit entsprach. Sie wollte ein Kind haben. Hyperions Kind. Es würde in diesem wundervollen Haus aufwachsen, sich jeden Tag am Feuer wärmen und keine Sorgen kennen.

Frederic Ternan züchtigte seinen Sohn ein zweites Mal. »Es ist so stickig«, klagte Bernice Weaver und nestelte an ihrem Kragen. »Warum schnappen wir nicht alle ein wenig Luft und spazieren hinunter zur Eröffnung des Piers? Ich kann mir vorstellen, dass unsere Braut den Kronprinzen noch nie zu Gesicht bekommen hat und sich die Gelegenheit ungern entgehen ließe.«

Sogleich herrschte Aufbruchstimmung. Diener schleppten Mäntel herbei, obwohl seit dem Morgen drückende Hitze herrschte, und ihre künftige Schwägerin hakte sich bei ihr unter. »So kommt man wenigstens dazu, unter vier Augen ein Wort zu wechseln.«

»Wer sagt Ihnen denn, dass das Miss Adams' Wunsch entspricht?«, warf die schöne Maria Lewis dazwischen. »Vielleicht möchte sie lie-

ber mit ihrer eigenen Familie gehen? Wo sind die Herrschaften überhaupt? Ist es gestattet, sich vorzustellen? Ich habe mich ja bemüht, bei Londoner Bekannten Erkundigungen einzuziehen, aber eine Familie Adams war keinem ein Begriff.«
Daphne überlief es eisig. Sie hatte gewusst, sie würde Hyperion blamieren. Er hatte sie gefragt, ob sie jemanden einladen wolle, doch sie hatte beharrlich verneint. »Wir lassen all das hinter uns«, hatte Mildred gesagt. In den Tagen bei den Vernons hatte Daphne begriffen, dass nichts anderes möglich war. Ihr Leben in Whitechapel ließ sich mit dem neuen Leben nicht vereinbaren. Vielleicht konnte sie später der Mutter Geld schicken, damit sie Medizin für ihren Husten bekam, aber wiedersehen durfte sie sie nie.
War es ein Verbrechen, so zu denken? Ereilte sie jetzt ihre Strafe, zerschlug ihr die Vergangenheit ihr Glück? »Nun, nun, Kindchen.« Mit ihrer fleischigen Hand tätschelte Bernice ihr den Arm. »Sie dürfen sich Marias Gerede nicht zu Herzen nehmen. Sie behandelt uns alle so. Sie ist ganz einfach bösartig.«
Maria Lewis lachte auf.
»Seine Familie kann man sich schließlich nicht aussuchen.« Bernice klang geradezu mütterlich. »Seien Sie unbesorgt, weder Hector noch ich legen Ihnen zur Last, woran Sie unschuldig sind. Im Gegenteil, ich danke dem Himmel, der Sie mir beschert hat, nachdem sich bereits ein anderes Dämchen vor mir als Hyperions Braut ausgab. Ich habe sie vorhin gesehen, eine große Dunkelblonde mit Haar wie ein Straßenköter. Wenn Sie meinen Rat wollen, Liebe, dann trennen Sie sich von solchen Elementen. Southsea ist nicht London. In einer kleinen Stadt wird viel geredet, und wer einmal seinen Ruf verspielt hat, dem verzeiht man nie.«
»Ich weiß nicht, wen Sie meinen«, rang Daphne sich ab. Sie wollte sich setzen oder hinauslaufen, auf jeden Fall von Bernice Weaver und der ganzen Gesellschaft fort. Und dann umfing sie jemand von hinten, zog sie zu sich und küsste ihr den Scheitel.

»Ist alles in Ordnung, Liebes? Sei mir nicht allzu böse, man wollte mich einfach nicht fortlassen.«
Hyperion. Alles war gut. Daphne ließ sich gegen ihn sinken.
»Nur keine Sorge, teurer Schwager. Wir haben uns fürsorglich um deine Braut gekümmert.«
»Haben sie das?« Hyperion hob ihr Gesicht nah an seines.
Daphne nickte und lächelte.
»Irgendwer hat vorgeschlagen, hinüber zum Clarence Pier zu gehen und das Konzert zu hören. Würde dir das gefallen?«
Noch einmal nickte sie. »Ich würde gern ein Stück laufen.«
»Und ich würde gern für den Rest dieses Tages keinen Augenblick mehr von dir getrennt sein.«
Sie schlang die Arme um ihn und zog ihn an sich. Der kurze Schrecken war vorüber. Es war alles gut.

Was sie gedacht hatte, fragte sie sich. Dass er den Trubel, das wie ein Mühlbach plätschernde Geschnatter unterbrechen, auf einen Stuhl steigen und quer durch den Saal verkünden würde: Verehrte Damen und Herren, es liegt ein Irrtum vor, nicht Daphne ist es, die ich heiraten werde, sondern ihre Schwester Mildred?
Und dann, herrschte sie sich an. Wie soll deine Schwester damit weiterleben, deine blutarme Schwester, die du über alles liebst?
Aber Daphne konnte doch nichts an Hyperion liegen! Wenn es um Männer ging, war Daphne ein Kind. Hyperion würde sie nie so ansehen, wie er Mildred im Garten des Spitals angesehen hatte, und wenn doch, würde er Daphne in Angst und Schrecken versetzen. Gewiss fühlte Hyperion sich Daphne gegenüber verpflichtet, sein Herz war weicher als Butter, und Daphne, so krank und hilflos, wie sie war, musste sein Mitleid erregen. Daphne hingegen ging es um das Leben, das er ihr bot, die Sicherheit, die sie auch bekommen würde, wenn Mildred statt ihrer als Hausherrin nach Mount Othrys zog.
So hatte Mildred versucht sich zu beschwichtigen und sich dabei ver-

borgen gehalten, damit weder Daphne noch Hyperion sie zu Gesicht bekamen. Das Fest schritt voran, und beinahe gelang es ihr, ihr Gesäusel zu glauben: Hyperion und Daphne behandelten einander nicht wie Brautleute, sondern unterhielten sich mit Fremden, ohne nach dem anderen den Kopf zu drehen.

Es liegt ein Missverständnis vor. Irgendein grandioses Missverständnis, das sich früher oder später in Luft auflöst.

Und dann schlug die Hexe mit dem dicken Hintern vor, hinunter zum Clarence Pier zu laufen. Während alles zum Aufbruch rüstete, kämpfte sich Hyperion durch die Menge zu Daphne vor. Mit einem Schlag zerplatzte Mildreds Traum. Nein, nicht mit einem Schlag. Mit einer Umarmung, einem Blick und einem Lächeln. Sie lehnte sich gegen die Wand. Auf einmal war sie sicher, um jeden Preis ein Glas Brandy zu brauchen, aber niemand kam und bot ihr eines an. Die Bediensteten waren beschäftigt, Eiskübel und Picknickkörbe zu packen, um sie der Gesellschaft hinterdrein zu tragen. Die Schar der Gäste wurde zum Fluss, der ins Freie strömte und Mildred mit sich spülte. Irgendwer packte sie am Arm. »Kommen Sie, Täubchen, so jung wie heute werden wir im Leben nicht mehr.«

Mildred taumelte mit. Immer wieder riss der Menschenstrom auf und gab die Sicht auf zwei Rücken frei, auf zwei Hände, die einander hielten, Gesichter, die sich im Schritt einander zuwandten. *Hyperion und Daphne, Hyperion und Daphne.*

Der Tag war diesig, die Hitze lag wie eine Glocke über der Stadt. Das verschwimmende Licht machte die Farben der Kleider und Hüte weich. War es wirklich das Licht? Du darfst nicht weinen, herrschte Mildred sich an. Wenn du weinst, bringe ich dich um. Über die Wiese trug leichter Wind die Blasmusik, mit der die Kapelle der Royal Marines den Clarence Pier willkommen hieß. Das Stück erkannte Mildred sofort. Es war eine übermütige Hornpipe, die Portsmouth hieß und wie die kleine Stadt vor Lebensfreude barst. Die heiteren Töne mischten sich mit dem Gelächter der Gäste. Paare hielten einander untergehakt. Hyperion und Daphne gingen versunken wie durch menschenleeres Land.

Bin ich die Einzige, deren Welt zerbricht? Was war eigentlich schlimmer, Hyperion zu verlieren, den einzigen Mann, den sie lieben konnte, oder Daphne zu verlieren, die kleine Schwester, die jedes Opfer wert gewesen war? Sie glaubte ihren mageren Körper noch in ihren Armen zu spüren, das verweinte Gesicht an ihrer Brust.

»Lavendel ist blau, dilly dilly,
Lavendel ist grün.
Wenn ich erst König bin, dilly dilly,
Wirst du meine Königin.«

»Miss Mildred?«

Er fing sie auf. Sie war stehen geblieben und hatte den lärmenden Zug an sich vorbeiziehen lassen. Niemand bat sie, mitzukommen. Niemand vermisste sie. Hector Weaver versetzte ihr im Vorbeigehen wie einer Hure einen Klaps und war schon weitergezogen, ehe sie ihm die Augen hätte auskratzen können. Sie alle gingen auf ein Fest, auf das Mildred nicht geladen war. Nur er nicht. Victor März. Kraftlos ließ sie sich gegen ihn fallen. Wie er hierherkam, war gleichgültig. »Bringen Sie mich weg.«

»Aber ja.« Er legte den Arm um sie und führte sie vom Pier und all dem Trubel fort. Es tat gut, nicht mehr denken müssen, nur noch stapfen, nicht mehr die Richtung bestimmen, nur noch willenlos folgen. Hinter der Festungsruine stieg er mit ihr über den Deichwall und ging in den Kieseln am Meer entlang weiter. Das Meer, das seit Tagen spiegelglatt gewesen war, begann sich zu kräuseln, dann sich zu bäumen und zu grollen. Victor schlang den Arm noch fester um Mildred. Wind zerrte an ihren Kleidern. Die Hitze, die wie ein Gewicht auf dem Land gelastet hatte, schlug in Kälte um, und der glasige Himmel verdüsterte sich.

Finsternis und Kühle waren eine Erlösung. Das Gebrüll des Meeres schrie in Vertretung für Mildred den ungeheuren Schmerz heraus. Sie setzte sich in die Kiesel und schlang die Arme um die Knie. War Mittag vorüber, bedeutete das Dunkel, dass die Nacht nahte? Sie hatte jegliches Zeitgefühl verloren. Aus schwarzen Wolken fuhr ein Blitz, und mit dem Donner schien der Himmel zu bersten. Der Regen kam hart und plötzlich wie der Weltuntergang.

Victor packte sie an den Armen und riss sie auf die Füße. »Lauf«, schrie er, »lauf«, und rannte mit ihr los. Schon fiel der Regen so dicht, dass man keine Hand mehr vor Augen sah. Der Deichwall war im Nu durchweicht. Sich ans Gras klammernd, kämpften sie sich hinauf. Donnerschläge zerfetzten das Getrommel des Regens, der wie mit Peitschen in ihre Gesichter schlug. Über freies Feld, wo ein Blitz sie jederzeit treffen konnte, jagten sie auf den Stadtrand zu. Sooft sie strauchelte, fing er sie, sooft sie aufgeben und sich fallen lassen wollte, zerrte er sie weiter. »Du musst«, brüllte er gegen den tosenden Wind. »Ich lass dich nicht hier, Mildred. Ich lass dich nicht hier.«

Mit schmerzenden Lungen erreichten sie die ersten Häuser, tauchten zwischen ihnen ein und drängten sich unter das erstbeste Vordach, um unter Röcheln nach Atem zu ringen. Ströme von Wasser rannen ihnen aus Haaren und Kleidern, und hinter ihnen stürzten Fluten zu Boden. Vielleicht wollte Gott noch einmal die Welt ertränken, die ganze misslungene, verdorbene Welt.

»Ich muss dich ins Trockene bringen«, keuchte Victor.

»Nicht nach Mount Othrys«, schrie Mildred zurück.

»Nein.« Er strich ihr Wasser von der Wange, als würde das einen Unterschied machen. Dann zog er sein triefendes Jackett aus, knöpfte die Weste auf und breitete sie Mildred über den Kopf. Als die danach griff, fühlte sie, dass ihr Hut nur noch ein durchweichter Lumpen war. Kurz wartete Victor ab, als jedoch der Regen nicht nachließ, sondern stärker wurde, rief er »Jetzt« und rannte mit ihr los.

Sie liefen durch ein Gewirr von Seitenstraßen, nur hin und wieder durch die Krone eines Baums geschützt. Bei einem Haus mit Vorgarten verlangsamte Victor seinen Lauf, drückte die Pforte auf und zog

Mildred den Weg entlang zur Treppe. Das Haus war schmal, hoch und frisch geweißelt. Er riss die Tür auf und schob sie hinein. Die Wärme, die ihr entgegenschlug, war überwältigend.
Der dunkle, stille Raum war die Empfangshalle eines Hotels. Wie durch Nebel bekam Mildred mit, dass Victor Schwierigkeiten hatte, ein Zimmer zu mieten. Man schien ihn zu kennen und glaubte ihm nicht, dass er verheiratet war. Seufzend zog er mehr Geld aus der Börse, erhielt endlich einen Schlüssel und trug eine Bitte vor. Noch einmal wechselte Geld den Besitzer, dann wandte er sich Mildred zu. »Komm, mein Herz. Gleich hast du es warm.«
Mildred war nie zuvor in einem Hotelzimmer gewesen. Der Raum war in Grün- und Brauntönen eingerichtet, größer, als die enge Treppe vermuten ließ, und er strahlte Behaglichkeit aus. Es gab nur ein Bett, breit genug für drei. Victor wies darauf, und Mildred ließ sich fallen. Ihre Zähne klapperten. Vom Waschtisch holte er Tücher und rieb ihr das Haar, wie sie es Daphne gerieben hatte, wenn diese aus dem Regen heimgekommen war. »Es zündet gleich jemand den Kamin an«, sagte Victor.
Der Hotelpage erschien mit einem Tablett, auf dem ein silbernes Teeservice arrangiert war. Victor stand auf, entnahm einem Tallboy einen Stoß Decken und legte sie über Mildred. Mit geübten Griffen entfachte der Page das Feuer. Mildred hörte es knistern und wäre gern nah herangekrochen, damit die Wärme sie in ihren durchnässten Kleidern erreichte. Als der Page gegangen war, entzündete Victor die Kerzen, zog die Vorhänge zu und schloss die Welt vor dem Fenster aus. »Mildred«, sagte er, »du musst aus diesen Sachen, oder dich holt der Tod.«
»Du holst dir den Tod«, verbesserte Mildred sein Englisch.
Victor schüttelte den Kopf. »Der Tod holt die Leute. Nicht andersherum. Du musst all das ausziehen, wir hängen es vor den Kamin, und in der Frühe ist es trocken. Ich gehe hinaus, wenn du willst. Wenn es dir lieber ist, gehe ich nach Hause.«
»Nein!«, rief sie schnell. Die Vorstellung, allein zu bleiben, die Bilder

wiederzusehen und sich dem Kreisen der Gedanken auszuliefern, überstieg ihre Kraft. »Nein«, wiederholte sie und blickte zu ihm auf. Er wandte sich ab und schob den Funkenschutz vor den Kamin. Tapfer begann Mildred mit klammen Fingern am Stoff zu nesteln, sich die Kleider herunterzustreifen und sie zu Boden zu werfen. Sobald sie die trockene Decke auf der Haut spürte, wurde ihr wärmer. Victor wartete, dann sammelte er alles auf und glättete jedes Stück, ehe er es auf den Ständer vor das Feuer hängte.

Er nahm die Kanne und schenkte die Gläser voll. Die dampfende Flüssigkeit war nicht braun, sondern rot. »Heißer Wein«, sagte er, setzte sich zu ihr und hielt ihr beim Trinken das Glas. Sie schmeckte den Wein kaum. »Mach mich betrunken. Wie damals.«

»Aber ja.«

»So betrunken, dass ich alles vergesse.«

Er nickte. »Das liebe ich an Hotels. Du gehst hinein und kannst vergessen, wer du warst. Kannst dich neu erfinden. Damit machen Hotels ihr Geld, sie verkaufen uns Urlaub von uns selbst. Irgendwann wird diese ganze Küste eine Kette von Hotels sein, und eins davon wird mir gehören.« Sie hatte ihm kaum zugehört, jetzt aber horchte sie auf. Er schien ihre Verblüffung zu bemerken. »Ich weiß, ich bin ein Nichts. Doch ich werde kein Nichts bleiben. Ich spare Geld, ich schaffe mir Verbindungen. Eines Tages werde ich der reichste Mann der Vorstadt sein.«

»Du bist größenwahnsinnig.«

»Nein.« Er stellte Mildreds Glas ab und trank aus seinem eigenen. »Ich weiß nur, was ich will. So wie du. Daheim in Hamburg wollte ich etwas anderes. Ich war ein Schreinerlehrling mit einer ledigen Schwester, und ich wollte für ein bisschen Gerechtigkeit kämpfen. Nicht dafür, dass Arme reich werden, aber dafür, dass Leute wie meine Schwester und ich von meiner Arbeit hätten leben können. Dafür hab ich alles gegeben. Ich hab Lesen und Schreiben gelernt, um Flugblätter abzufassen. Ich wollte nichts als einen kleinen Fetzen Glück, aber die Reichen geben nicht mal solchen Fetzen her, und jetzt will ich keinen mehr. Jetzt will ich alles.«

Die Flammen der Kerzen warfen tanzende Schatten auf sein Gesicht.

»Was ist passiert?«, fragte Mildred und wunderte sich über sich selbst.

»Das, was immer passiert. Wir sind auf die Straße gegangen, ohne Waffen, nur mit Worten, und sie sind über uns hergefallen und haben uns die Seele aus dem Leib gedroschen. Auch geschossen. Wen sie lebend erwischten, haben sie verhaftet.«

»Dich auch?«

Sein Schweigen war Antwort genug.

»Wie lange warst du im Gefängnis?«

»Nicht im Gefängnis«, sagte er. »Im Zuchthaus. In meinen Papieren stand, ich war drei Jahre dort, aber das ist nicht wahr. Ich war neunzehn, als sie mich einsperrten. Als ich rauskam, war ich hundert Jahre alt.«

»Und deine Schwester?«

Sein Gesicht wurde hart. »Sie haben sie mir weggenommen. Ich habe sie angefleht, sie mir wiederzugeben, aber einem Zuchthäusler, der nirgendwo Arbeit oder eine Bleibe bekommt, dem gibt man nicht mal Auskunft. Die, für die ich gekämpft habe, haben mir nicht geholfen. Also hab ich mir selbst geholfen. Es gab einen Aufruf, dass Wanderarbeiter für England gesucht werden. Da habe ich mir gedacht: Ich geh nach England und werde reich, und dann suche ich Annette. In diesen Hotels ist Zukunft, damit kann ein Mann ein Vermögen verdienen. Wenn ich nicht mehr März bin, der Zuchthäusler aus Altona, sondern March, der Hotelier aus Hampshire, müssen sie mir Annette wiedergeben.«

Während der letzten Worte schien ihm die Stimme zu bröckeln. In seiner Verzweiflung erkannte Mildred sich selbst, all die Nächte in Whitechapel, in denen sie vor Sorge um Daphne nicht hatte schlafen können. Sie setzte sich auf, nahm ihm das Glas ab und trank. Was für arme Tröpfe wir sind mit unseren Schwüren. Du hast deine Schwester nicht retten können, und meine Schwester hatte mich zur Rettung nicht nötig. Sie gab ihm das Glas zurück. »Wir werden mehr zu trinken brauchen«, sagte sie.

Als die Kanne leer war, ging Victor und kaufte eine Halbliterflasche Brandy. Die leerten sie, ohne viel zu reden, und irgendwann fiel Mildred in Schlaf. Sie erwachte in völliger Dunkelheit, ihr war so kalt, dass sie unter dem Berg von Decken zitterte, und das Entsetzliche, das sie im Brandy ertränkt hatte, stürzte über sie her. Sie war allein auf der Welt. Irgendwo in der Wildnis, wo es keinen scherte, ob sie lebte oder starb. Vor der Leere, die sich vor ihr erstreckte, begann ihr Herz zu rasen. Sie schrie.

Victor, der im Sessel gesessen hatte, schreckte beim ersten Laut in die Höhe. Mit einem Satz war er bei ihr und nahm sie in die Arme. »Ist ja gut, mein Kleines. Hast du schlecht geträumt?«

Ich bin allein, wollte sie schreien, aber es war zu schrecklich, um es auszusprechen. Sie klammerte sich an ihm fest.

»Musst dich nicht sorgen.« Er strich ihr übers Haar und wiegte sie in seinen Armen. Leise begann er ein Lied zu summen, dasselbe wie damals auf der Straße, das so ähnlich klang wie Mildreds Lied.

Sie brach in Tränen aus, konnte sich nicht hindern. Er wiegte sie weiter, summte und streichelte sie, und sie weinte, bis sie nach Luft schnappen musste.

Kapitel 12

Southsea bei Portsmouth, Januar 1862

Guten Morgen, Doktor!« Die beiden Krankenschwestern winkten zu Hyperion herüber. Frisch und sauber wirkten sie in ihren dunkelblauen Trachten, wie sie mit emsigen Schritten auf das Bettenhaus zumarschierten, um wie üblich um sechs ihre Schicht zu beginnen. Das zumindest hatte sich zum Besseren gewendet. Erst wenige Jahre war es her, dass Florence Nightingale die ersten Schulen für Krankenpflege eröffnet hatte, und schon zeigten sich Fortschritte. Die unausgebildete, trunksüchtige Krankenschwester, die zu Hyperions Studienzeit gang und gäbe gewesen war, gehörte der Vergangenheit an. Das Grauen, das Florence Nightingale in den Feldlazaretten des Krimkriegs erlebt hatte, war zum Antrieb für Reformen geworden.

Gedanken an den Krimkrieg versuchte Hyperion zu vermeiden. Schlimm genug war, dass die Schreckensbilder ihn in Träumen heimsuchten. Er wollte seiner Frau kein ewig bekümmertes Gesicht bieten, wie seine Großmutter es ihm bereits vorgeworfen hatte. »Dein Vater hielt von deiner Mutter alles fern, was ihre zarte Konstitution nicht vertrug«, hatte sie ihm in Erinnerung gerufen. »Du hingegen führst beim Essen Gespräche über aufgeschlitzte Leiber.« Sie hatte sich geschüttelt, dabei war sie zäh wie alte Binsen. Daphne hingegen hatte vor Tagen geweint, weil die Katze einen der Standvögel getötet hatte, die sie vor ihrem Fenster fütterte.

Sie war sein Glück, sein Heimathafen, sie hatte Schonung verdient. Er würde ihr nichts aus dem Spital erzählen – nicht einmal das Gute, weil auch das Gute schlimm war, wenn man nicht wusste, wie viel Schlimmeres es gab. Wenn sie ihn fragte, warum er in der Nacht nicht heim-

gekommen war, würde er sagen, er hätte noch Arbeit gehabt. Sie würde sich begnügen, ihm die Stirn streichen und dann Priscilla rufen, damit sie ihm ein Bad wärmte.
Von der Frau, die in der Nacht vor dem Bettenhaus eins gefunden worden war, würde er ihr nichts erzählen. Wie sie dorthin gekommen war, wusste kein Mensch, wahrscheinlich war jedoch, dass sie sich selbst so weit geschleppt hatte. Es gab in der Stadt keine Entbindungsanstalt, aber mehr als genug Frauen, die kein Bett hatten, in dem sie ihre Kinder gebären konnten.
Die Frau war keine Engländerin. Sie trug einen Ring, doch von einem Ehemann fand sich in der eisigen Nacht keine Spur. Vernon hatte ebenfalls gerade aufbrechen wollen. Sie blieben beide und ließen die Frau in eins der Untersuchungszimmer tragen. Im ganzen Bettenhaus herrschte Lärm, es gab solche Nächte, in denen alles vor Schmerzen schrie und niemand Ruhe fand. Die Frau schrie nicht. Sie war zu schwach. Einzig eine geflüsterte Litanei in fremder Sprache kam von ihren Lippen, ein Gebet oder eine Beschwörung. Es sah aus, als würde sie sich schon seit geraumer Zeit durch die Wehen der Austreibung quälen, ohne dass die Geburt voranging. An ihren erbärmlich dürren Beinen bis hinauf zu den Oberschenkeln zeichneten sich Spuren von Erfrierungen ab.
Trotz der Eile wusch Hyperion sich sorgsam die Hände, ehe er die Frau untersuchte. Er brauchte nicht einmal ein Spekulum, um das Dilemma zu erkennen. Das Kind lag verkehrt herum, mit dem Steiß nach vorn. Auf dem Weg, den die Natur dafür vorgesehen hatte, würde die entkräftete Mutter es keinesfalls austreiben können, nicht einmal mit Hilfe der Zange. »Ich brauche den Operationssaal«, sagte er zu Vernon.
»Sie wollen schneiden. Sind Sie sicher?«
Hyperion wusste, was sein Doktorvater meinte. Bei einer Kaiserschnittoperation starben noch immer mehr als zwei Drittel der Frauen und ließen mutterlose Säuglinge zurück. Die Gebärende war aus-

gemergelt und verwahrlost, sie besaß gewiss keinen Menschen, der sich des Kindes hätte annehmen können. Mithin blieb für das arme Geschöpf nur ein Platz in der Hölle des Waisenhauses. Warum also sollte er sie der Tortur unterziehen? Es war eine Qual, eine junge Frau unter den Händen sterben zu sehen, er hatte Bilder genug im Kopf, die er nie vergaß. Aber an solche Einwände dachte man nicht in diesen Sekunden. Er sagte nur: »Ja.« Dann rannte er los, um Bescheid zu geben, denn der Saal musste noch einmal beheizt werden.

Operiert wurde im Dachstuhl des Frauentrakts, was günstig war, wenn man durch die verglaste Decke das Tageslicht ausnutzen konnte. In der Januarnacht jedoch blieb nur flackerndes Gaslicht, das Wasser war lau und der Operationstisch aus Fichtenholz eiskalt. Auf den Rängen warteten trotz der nächtlichen Stunde Studenten. Einen so spät begonnenen Kaiserschnitt sah man selten, weil sich nicht oft ein Arzt an den aussichtslosen Eingriff wagte. Hyperion aber war Arzt geworden, um nie wieder vor dem Tod mit starren Händen zu stehen. Er nahm einem der Helfer den Kasten mit den Instrumenten ab, um sie zu waschen. Dass über seine Reinlichkeitsmanie Witze kursierten, wusste er. Von seinen Fingern schälte sich die Haut in Fetzen. Es machte ihm nichts aus.

Über seinen Helden, Louis Pasteur, wurde ebenfalls gewitzelt, weil er Brühe kochte und in Flaschen verkorkte, um zu beweisen, dass nicht die Luft eine Substanz verdarb, sondern etwas in der Luft. Vor diesem Etwas konnte eine Waschung nur unzureichend schützen, doch andere Möglichkeiten gab es hier nicht. Pasteur hatte Hitze verwendet, das war beim Menschen nicht machbar. Wenn Pasteur aber recht hatte, starben Scharen von Patienten an dem, was Ärzte in ihre Wunden hineintrugen. Sie würden am Leben bleiben, sobald man herausfand, wie der Verunreinigung der Wunden beizukommen war.

Hyperion streifte den Operationsmantel über, der nach Blut und Eiter stank. Vernon brachte die in Chloroform getränkten Tücher und legte sie der Frau, die nur noch hilflos zitterte, übers Gesicht. Seit die

Königin das Betäubungsmittel unter der Geburt benutzt hatte, galt es zum Glück nicht länger als verwerflich. Der alte Arzt machte seine Sache gut, seine Hände waren sacht und geübt. Zum Schneiden aber besaßen sie nicht mehr die Sicherheit, für die er einst berühmt gewesen war. Männer wie Vernon hatten dazu beigetragen, dass die Welt aufhörte Chirurgen mit Metzgern zu vergleichen, doch seine Zeit war vorbei. Mit der Aufgabe, die vor ihm lag, war Hyperion allein.

Die Frau, vom Chloroform benebelt, hatte endlich Frieden. Das Stethoskop verriet kräftige Herztöne – dem Kind ging es gut. Hoch auf dem aufgetriebenen Leib setzte Hyperion die Klinge an und zog sie mit Druck durch alle Schichten von Haut und Muskel bis hinunter auf die Scham. Die Gebärmutter zu öffnen, den neuen Menschen an Kopf und Schultern zu umfassen und ins Licht zu heben dauerte nur wenige Minuten, und doch war es unglaublicher als der Bau einer Kirche, die Überquerung des Meeres. Helfer standen bereit, um die Wunde zu klammern und Pflaster aufzulegen, während Hyperion das Neugeborene mit dem Schnitt durch die Nabelschnur von seiner Mutter trennte. Sobald die Pflegerin es übernommen hatte, brüllte das Kleine sich ins Leben.

Was dann geschah, hätte er nur allzu gern jemandem erzählt. Nicht irgendwem, sondern der Frau, die er liebte. Er wollte von dem Wunsch erzählen, dem Kind die Mutter zu erhalten, und von der Erkenntnis, dass der Schnitt falsch gesetzt war. Wir sollten nicht längs, sondern quer schneiden und die Gebärmutterwände vernähen oder das Organ entfernen, durchzuckte es ihn. Die Blutung war nicht zu stillen, die Sägespäne unter dem Tisch waren längst durchtränkt. An dem Blutverlust würde die Frau verenden, ehe sie ihr Kind gesehen hatte. Er hatte keine Wahl. Ich bin ein Feigling, hätte er seiner Liebsten sagen wollen, aber in diesem Augenblick hatte ich Mut.

»Vorbereiten zur Hysterektomie«, rief er Vernon und seinen Helfern zu und griff nach dem Rosshaargarn zur Unterbindung der Blutzufuhr. In der Stille hörte er das Rattern der hölzernen Verbandsspule.

Darauf konzentrierte er sich, während seine Finger im Leib der Frau ihre Arbeit taten. Sobald fest abgebunden war, hob er die Gebärmutter aus der Wunde wie zuvor das Kind und schnitt sie oberhalb der Unterbindung heraus.
Noch auf Stunden konnte keiner von uns schlafen, hätte er gern Daphne erzählt. Wir entfernten Blutklumpen, säuberten die Wunde und überwachten alle Funktionen. Es ist ein Wunder, Liebstes. Sie überstand die Nacht, und als der Morgen graute, erstarkte ihr Puls. Dass dies das Gute war, hätte er Daphne sagen wollen, der Grund für alles. Aber wie sollte ein zartes Mädchen, das um Vögel weinte, begreifen, dass es an einer Frau, die keine Gebärmutter mehr hatte und keinen Ort, an den sie mit ihrem Kindchen gehen konnte, etwas Gutes gab? Daphne war zu empfindsam für die Welt, und dafür liebte er sie. Er würde ihr nichts erzählen.
Schwerfällig machte er seinen morgendlichen Rundgang durch die Bettenhäuser, dann trat er endlich den Heimweg an.
Daheim wäre er zum Erzählen ohnehin nicht gekommen, denn der Haushalt befand sich in heller Aufregung. Zwei erwartete Lieferungen, eine vom Metzger und eine mit Pferdefutter, waren ausgeblieben, es war keine Kohle für die Öfen da, und Liz, das neue Mädchen, war auf und davon. »Sie hat behauptet, sie habe seit Wochen kein Geld bekommen.« Auf Daphnes Wangen glänzten die Spuren fortgewischter Tränen. »Ich wünschte, wir müssten dich damit nicht belästigen. Du hast so viel auf den Schultern, und mit dem Haushalt sollte deine Frau allein fertig werden, aber ich bin so schrecklich unbegabt. Ich weiß einfach nicht, wie man in solcher Lage handelt. Ganz anders Mildred. Sie hat uns angepfiffen, wir sollen uns nicht wie hysterische Hühner betragen, und jetzt ist sie unterwegs zum Markt, um Fleisch und Kohle zu kaufen.«
Er zog sie an sich, ließ sie aber gleich wieder los, weil er fürchtete, ihr weh zu tun. »Du darfst dich nicht quälen, hörst du? Ich bin es, der diese Dinge von dir fernhalten sollte, nicht umgekehrt.« Warum hatte

er es so weit kommen lassen, warum hatte er nicht längst mit Hector gesprochen? Zu viel kam dazwischen, versuchte er sich zu erklären, wusste jedoch, dass dies keine Antwort, sondern eine Ausflucht war. Bereits nach seiner Verlobung hätte er seinen Bruder zur Rede stellen müssen. Wie es aussah, zahlte Hector den Anteil der Einnahmen, der Hyperion zustand, nicht mehr in Gänze aus, geschweige denn die Erhöhung, die mit seiner Heirat fällig wurde. Statt den Bruder jedoch aufzusuchen, wich Hyperion ihm aus. Er schuldete Hector das Geld für die Verlobungsfeier. Zwar hatte der Bruder versprochen zu warten, bis Hyperion sich finanziell erholt hatte, aber was sollte er tun, wenn Hector die Summe selbst benötigte? Hinzu kam, dass sein Gewissen ihn quälte. Das Testament seines Vaters war alles andere als gerecht, und Hyperion hatte immer geglaubt, dass er eines Tages genug verdienen würde, um auf Hectors Verdienst zu verzichten.

In letzter Zeit aber war die Anzahl seiner Patienten geschrumpft, während die Kosten stiegen, da er seine Frau und ihre Schwester nicht unangemessen hausen lassen konnte. Ohne die Einnahmen aus dem Geschäft war der Haushalt auf Mount Othrys verloren. Hyperion rauschte der Schädel, wenn er nur daran dachte.

Bei der Ausrichtung der Hochzeit hatten die Vernons ihm unter die Arme gegriffen. Freiheraus hatte Louise Vernon erklärt, sie betrachte Daphne als Patentochter und werde es sich nicht nehmen lassen, zur Feier etwas beizusteuern. Dennoch schämte sich Hyperion in Grund und Boden. Auf keinen Fall durfte Daphne davon erfahren, sie hätte mit den Vernons nie mehr unbefangen umgehen können.

Die Weihnachtsfeiern hatten erneut Geld verschlungen. Zu seinem Glück waren große Gesellschaften, wie er sie als frisch verheirateter Mann hätte geben müssen, in diesem Jahr nicht angebracht, da über das ganze Land Trauer verhängt war. Unerwartet war Prinz Albert, der abgöttisch geliebte Gatte der Königin, Anfang Dezember an Typhus erkrankt und binnen weniger Tage gestorben. Die Geißeln der Menschheit – Typhus, Cholera, Fleckfieber – machten auch vor den

Toren der Paläste nicht halt. Es waren weder Macht noch Reichtum, die ihnen eines Tages Einhalt bieten würden, sondern die Klugheit von Männern wie Louis Pasteur, die unermüdlich nach einem Gegenmittel forschten.

Daphne nahm ihn bei den Rockaufschlägen und zog ihn zu sich. »Hast du die ganze Nacht arbeiten müssen? Ich hatte Sorge um dich, auch wenn ich weiß, ich bin ein dummes Ding.«

»Du bist alles andere als das.« Er küsste sie. »Ich hätte dich nicht ohne Nachricht und vor allem nicht ohne Geld lassen dürfen.«

»Mach dir damit nicht das Herz schwer. Mildred hatte selbst noch Geld, und wenn wir Liz bezahlen, kommt sie gewiss zurück.«

Wir können Liz nicht bezahlen, lag es ihm auf der Zunge, doch das durfte nicht sein. Er würde zu Hector gehen. »Ich muss noch einmal weg.«

»Jetzt gleich? Aber du bist doch todmüde, du brauchst dein Bad und Frühstück. Bin ich nicht deine Frau, muss ich nicht für dich sorgen?«

Er liebte es, wenn sie so zu ihm sprach. Seit dem Tod seiner Mutter hatte kein Mensch mehr so zu ihm gesprochen. »Ich bin ganz in Ordnung, Liebstes. Und außerdem bald zurück.«

»Hyperion?«

»Ja?«

»Ich habe auf dich gewartet, weil ich dir etwas mitzuteilen habe. Hätte es dieses Durcheinander nicht gegeben, wäre ich ins Spital gekommen, um es dir zu sagen.«

Dann sei Gott gedankt für das Durcheinander, dachte Hyperion. Er lächelte noch immer. »Sag es mir, und dann gehe ich.«

»Nicht hier in der Halle. Wenigstens setzen müssen wir uns.«

Im nächsten Augenblick flog die Tür auf, und Mildred stand darin, beladen mit Paketen. Aus dem Saum ihres Capes tropfte schmelzender Schnee.

»Um Gottes willen!«, rief Hyperion. »Warum hast du denn nicht Max mitgenommen?«

»Weil ich in der Lage bin, meine Siebensachen allein zu besorgen«, versetzte Mildred. Hyperion verspürte den vertrauten Reiz zu lachen. Die Welt, und wenn sie noch so schwankte, musste auf festen Füßen stehen, solange Frauen wie Mildred darin herumstampften. Sie stob herein und knallte die Pakete auf die Truhe. »Ich habe noch Pfeffer, Seife und Butter mitgebracht. Aber bis ich zum Kohlehändler kam, war mir das Geld ausgegangen.«

»Du hättest nicht dein eigenes Geld für den Haushalt geben sollen«, sagte Hyperion, der zusah, wie Fleischsaft aus einem der Päckchen über das Kirschholz der Truhe rann.

»Ach nein?« Ihre Augen blitzten. »Und mit wessen Geld hätte ich dann bezahlen sollen? In den Läden lässt man uns nicht anschreiben, und meine Schwester mag dir vorgaukeln, sie könne von Luft und Liebe leben, in Wahrheit aber ist sie blutarm und braucht Fleisch.«

Er senkte den Kopf. »Dein Geld bekommst du wieder.«

Mildred beachtete ihn nicht länger, sondern rief nach Sarah. Die Köchin erschien, und beide beluden sich die Arme mit dem Einkauf. Vor der Treppe drehte Mildred sich noch einmal um. »Ich habe mit dir zu reden«, warf sie ihm hin. »Wann ist es recht?«

»Später«, murmelte er. »Ich muss noch einmal weg, aber ich gebe dir Bescheid.« Seit jenem Tag, als sie zu ihm ins Spital gekommen war, hatten sie nicht mehr miteinander geredet.

»Ach, und die Sache mit den Kohlen wäre eilig. Wir haben Feuerholz zum Heizen, aber ohne Kohle können wir nicht kochen.«

»Weshalb benutzen wir nicht den Herd, den Hector uns geschenkt hat?«, platzte Daphne dazwischen. »Herr Victor hat gesagt, die Leitungen sind alle verlegt, der Herd kann jederzeit in Gebrauch genommen werden. Und wie man es macht, hat er mir auch erklärt. Er ist so stolz darauf, dass er jetzt für die Gasanstalt arbeitet. Soll ich gleich kommen und es ausprobieren?«

»Das möchte ich nicht.« Hyperion hielt sie fest. »Man liest ständig von Erstickungsunfällen, weil Leute mit diesen Gasöfen nicht umge-

hen können. Lassen wir lieber Herrn Victor kommen und das Gerät für uns in Gang setzen.«
»In diesem Haus braucht's keinen Herrn Victor«, kam es von Mildred. »Wenn dieser Gasofen gebrauchsfähig ist, bekomme ich ihn in Betrieb, ein Mann steht mir dabei nur im Weg.« Damit polterte sie die Treppe hinunter. Ihr wilder Haarschopf verschwand zuletzt.

In Milton's Court traf Hyperion weder Hector noch Victor an, nur einen neuen Aufseher, der ihm mürrisch mitteilte, sein Arbeitgeber sei in der Gasanstalt. Seit seinem letzten Besuch war die Pension noch weiter heruntergekommen. Der Gestank hing in dem engen Hof wie eine Wolke, und die verhärmten Frauen, die hier Hühner geschlachtet hatten, säumten in aufgeputzten Lumpen den Gehsteig und boten sich Männern feil. Mit welchem Recht ließ man Menschen so hausen? Er musste etwas unternehmen, zum hundertsten Mal nahm er sich vor, mit Hector zu reden. Sofort, wenn die Sache mit dem Geld aus der Welt ist, sagte er sich.
Da Hyperion nicht einmal wusste, wo sich die Gasanstalt befand, ließ er sich in die Queen's Road fahren, zum Haus seines Bruders. Mount Olymp – Berg des siegreichen Göttergeschlechts. Den Triumph, den Hector empfunden haben musste, als er seinem Haus diesen Namen gab, hatte er sich verdient. Ein Hausmädchen in makelloser Uniform öffnete Hyperion die Tür. Ihr Herr sei nicht daheim, erklärte sie, wohl aber die Herrin, die bereits aus einer der Türen rauschte. »Der Herr Schwager. Wie nett! Auch wenn ich kaum zu hoffen wage, dein Besuch sei familiärer Natur.«
»Es tut mir leid, Bernice.«
»Dir tut immer alles leid, Hyperion.« Ihre Breite füllte den Gang. Dennoch wirkte sie nicht unbeholfen wie andere beleibte Menschen, sondern eher wie ein Schlachtschiff.
»Ich weiß, wir hätten euch längst einmal einladen sollen …«
»Jeder, wie er es für richtig hält«, beschied sie ihn. »Ich habe Noras

Französischlehrer da, ich kann mich nicht lange aufhalten. Und da du ja wohl Hector zu sprechen wünschst, rate ich dir, in seinem Büro auf ihn zu warten. Zu deiner Unterhaltung triffst du dort zumindest den alten Nettlewood an.«
Hyperion hatte den Buchhalter seines Vaters immer gemocht. Zunächst mit ihm über sein Problem zu sprechen würde die Aufgabe erleichtern. Durch den Garten ging er hinüber in den Anbau und bestaunte dabei den sichtbaren Wohlstand. Zwar fehlte der sichere Geschmack, der Mount Othrys einzigartig machte, doch jedes Stück wirkte teuer erworben und mit Sorgfalt arrangiert. Im Vorzimmer, in dem Nettlewood sich über seine Arbeit beugte, wimmelte es von Geräten, von denen Hyperion nicht einmal die Funktion kannte. Der Buchhalter blickte auf, und Hyperion glaubte auf seinem Gesicht einen Anflug von Freude zu erkennen.
»Dr. Weaver.« Der Mann stand auf und reichte ihm die Hand.
Hyperion schlug ein. »Es kommt mir noch immer falsch vor, dass Sie nicht mehr Master Hyperion zu mir sagen.«
»Das wäre wohl kaum angemessen.«
»Nein, wohl nicht.«
»Ich hoffe, daheim steht alles zum Besten?«
»O ja, vielen Dank. Sie müssen uns besuchen kommen.«
Nettlewood schob sich die Brille auf den Nasensattel. »Sind Sie mit Mr Weaver verabredet?«
»Nun, verabredet eigentlich nicht.«
»Dann dürfte es wenig Sinn haben, auf ihn zu warten. Er ist oft bis in die Nacht unterwegs. Vielleicht nehmen Sie also besser mit mir vorlieb?«
Hyperion wollte ausweichen, ein belangloses Anliegen vortragen, doch dann fiel ihm Daphnes verweintes Gesicht ein. »Die Sache ist leider etwas heikel«, begann er zögernd.
»Warum setzen Sie sich nicht?« Nettlewood wies auf den Sessel seinem Schreibtisch gegenüber.

Dankbar nahm Hyperion Platz. »Es geht um Geld«, sagte er, die Hände umeinander krampfend.
»Das habe ich befürchtet.«
»Wie meinen Sie das?«
Der Buchhalter räusperte sich. »Mit Verlaub, darauf möchte ich nicht antworten. Darf ich Sie stattdessen bitten, ein wenig genauer zu werden?«
»Ich bin wegen meines Anteils aus dem Holzhandel hier«, erwiderte Hyperion schnell. »Ich möchte niemandem einen Vorwurf machen, mein Bruder hat zweifellos gute Gründe, nur befinde ich mich leider selbst in einem kurzfristigen Engpass.«
»Das bedaure ich.«
Hyperion sah, wie Nettlewood die Schultern nach vorn zog. Die Woge der Scham nahm ihm beinahe den Atem. »Ich musste leider feststellen, dass mein Anteil während der letzten Quartale nicht vollständig ausgezahlt wurde«, murmelte er. »Auch gab es nach meiner Heirat nicht den festgelegten Aufschlag. Im Gegenteil, die Summen werden kleiner.«
Ohne ihn aus den Augen zu lassen, zog Nettlewood eine Schublade auf, entnahm ihr einen Ordner und schlug ihn auf. Was er suchte, fand er im Handumdrehen. »Für Ihre Abrechnung bin ich zuständig«, sagte er und drehte Hyperion den Ordner hin. »Ich gebe zu, es schmerzt mich, dass Sie annehmen, ich käme dieser Aufgabe nicht gewissenhaft nach.«
»Um Gottes willen, nein! Ich nahm nur an, mein Bruder …«
Nettlewood ließ ihn nicht ausreden. »Ihr Bruder hat für derlei gar keine Zeit. Er lässt sich einmal im Quartal die Abrechnung zeigen, ansonsten genieße ich sein Vertrauen. Darf ich Sie bitten, die Aufstellung zu prüfen? Wie Sie den Summen entnehmen können, haben Sie auf den Penny erhalten, was Ihnen testamentarisch zugesichert ist. Einschließlich der fälligen Erhöhung.«
Hyperions Blick flog über die Zahlenreihen. Er verstand nichts davon. Sooft sein Vater ihn in die Geheimnisse der Buchführung hatte

einweihen wollen, war er zu seiner Mutter geflüchtet. Was schwarz auf weiß vor ihm aufgelistet stand, begriff jedoch sogar er. Die Abrechnung besagte, dass nicht sein Anteil innerhalb des letzten Jahres geschrumpft war, sondern der Ertrag des Holzhandels insgesamt. Während er fieberhaft nach einer anderen Deutung suchte, bestätigte Nettlewood das Schlimmste. »Ich bin froh, dass Ihr Vater das nicht erleben muss. Der Niedergang seines Lebenswerks hätte ihm das Herz gebrochen.«

»Der Niedergang? Aber das ist doch nicht möglich, es kann sich doch höchstens um eine Krise handeln …«

Betrübt schüttelte der alte Mann den Kopf. »Wir haben bereits Arbeiter entlassen. Die eisenverkleideten Schiffe treiben mehr und mehr Holzhändler aus dem Geschäft.«

»Aber in Portsmouth wird doch überall gebaut!«

Nettlewood zuckte mit den Schultern. »Ich gebe zu, auch ich riet Ihrem Bruder anfangs dazu, sich auf den Baumarkt zu verlegen, aber letzten Endes habe ich kein Einspruchsrecht. Da er nun einmal allein die Verantwortung trägt, liegt die Entscheidung bei ihm.«

Der Tadel war nicht zu überhören. Hyperion hatte seinen Vater enttäuscht, seinen Bruder allein gelassen und seine Misere verdient. Obwohl der Raum überheizt war, wurde der Schweiß auf seiner Haut kalt, als er begriff, wie verzweifelt seine Lage war. Es gab kein Geld, das ihm zustand, und es würde auch in Zukunft keines geben. Er würde Wege finden müssen, seinen Haushalt allein zu finanzieren, Scharen von Patienten, die ihm keine Zeit für das Spital ließen. Vor allem aber musste er gehen und seiner Familie sagen, dass er keine Kohle bestellen, das Mädchen Liz nicht auszahlen und Mildred ihr Geld nicht wiedergeben konnte. Womit er am Monatsende die Lebensmittelrechnungen begleichen sollte, stand in den Sternen.

»Dr. Weaver?«

Erschrocken blickte Hyperion auf.

Mit ruhigem Griff öffnete der Buchhalter eine weitere Schublade und entnahm ihr ein Heft. »Ihr Vater hätte gewünscht, dass Sie in Bedrängnis Unterstützung erhalten. Zu meinem Glück ist es mir möglich, Ihnen auszuhelfen.« Er schrieb etwas in das Heft, stellte Hyperion einen Wechsel aus und schob ihn über den Tisch.

Hyperion wollte protestieren. Nettlewood hatte sich jeden Penny, den er besaß, hart erarbeitet, auf keinen Fall durfte er seine Hilfe annehmen. Im nächsten Atemzug fiel ihm jedoch ein, dass er keine Wahl hatte.

»Es steht mir nicht zu«, sagte Nettlewood. »Dennoch bitte ich Sie, mir die Bemerkung zu gestatten: Sie sind jetzt ein verheirateter Mann. Dass Sie allein entschieden, was Sie taten, mag angegangen sein, solange niemand auf Sie angewiesen war. Jetzt aber müssen Sie bei Ihren Entschlüssen Verantwortung tragen.«

»Ich weiß«, erwiderte Hyperion.

Nettlewood schob ihm den Wechsel zu. »Sie sind der Sohn eines Ehrenmannes, Doktor. Sie sind es Ihrem Vater schuldig.«

Er wies Max an, den Wagen nach Mount Othrys zu bringen und nach Hause zu gehen. Er selbst musste laufen, in der klirrenden Kälte darauf hoffen, dass ihm eine Lösung einfiel. In der Brennstoffhandlung gab er seine Bestellung auf, kaufte noch hier und dort eine Delikatesse, von der er wusste, dass Daphne sie gern aß, und einen Spitzenschal als Geschenk, als wäre alles wie immer. Vielleicht war dies sein größter Wunsch – jeden glauben zu machen, es wäre alles wie immer.

Einem aber musste er sagen, dass sein Leben sich ändern würde – Vernon. Wie von selbst schlug er den Weg zum Spital ein. Sein Doktorvater würde seine Entscheidung gutheißen, so hart es die Kranken auch ankam. Er hatte ihm immer geraten, sich sein Leben nicht entgleiten zu lassen. »Sich um die Leiden der Welt zu scheren ist gut, solange man nicht vor seinen eigenen flieht.«

Die Operation der Nacht fiel ihm ein. Das überströmende Glück, als seine Finger spürten, dass der Puls der jungen Frau erstarkte. War es nicht das, was den Beruf des Arztes ausmachte? Hatte ein Mann, der Heilkunst studiert hatte, wirklich das Recht, seine Zeit mit Dellwarzen und Hüftschmerzen reicher Leute zu vergeuden? Rede dich nicht heraus, fuhr er sich an. Wenn du für deine Frau nicht sorgen willst, hättest du nicht heiraten dürfen. Vielleicht konnte er ja später, sobald er aus dem Gröbsten heraus war, ans Spital zurückkehren, jetzt aber hieß es, sich Patienten zu verschaffen. Wie fing man das an? Früher hatte er ständig Anfragen bekommen, in letzter Zeit jedoch war es still geworden.

Gewiss war es das Klügste, die ihm verbliebenen Patienten zu bitten, ihn in ihren Kreisen zu empfehlen. Gleich morgen konnte er bei Cynthia Lewis, einer Großtante des Port Admirals, die sich einbildete, an einer Geschwulstkrankheit zu leiden, den Anfang machen. Vor dem Spital blieb er stehen, um im Licht der Straßenlaterne das Gebäude zu betrachten. Irgendwann ging er hinüber. Vernon würde bereits zur Abendschicht zugegen sein.

Im Empfang herrschte der übliche Aufruhr, Kinder brüllten, Männer fluchten, Verwundete stöhnten vor Schmerzen. Zwei Studenten hatten den Dienst übernommen und wurden des Ansturms nicht Herr. Schwester Gladys, die junge Nightingale-Schülerin, die er am Morgen beim Antritt ihrer Schicht gesehen hatte, steuerte geradewegs auf ihn zu. »Dr. Weaver, dem gnädigen Vater sei Dank.«

Ich kann nicht bleiben, wollte er sagen, aber heraus kam lediglich: »Ich muss Dr. Vernon sprechen.«

»Dr. Vernon hat eben einen Boten geschickt«, erwiderte Gladys. »Er kann zur Nachtschicht nicht kommen. Es erging ihm heute früh nicht wohl, und leider fühlt er sich noch immer nicht besser.«

Sag es jetzt. Sag, dass du nach Hause gehen musst, dass du so bald nicht wiederkommst.

Statt seiner sprach Schwester Gladys: »Gewiss wollen Sie sich die Ausländerin ansehen, die Sie gestern Nacht entbunden haben.«

Hyperions Herzschlag beschleunigte sich. »Wie geht es ihr?«

»Oh, den Tag über war alles bestens. Dr. Lawleigh hat sie untersucht und war zufrieden. Heute Mittag hat sie Hafergrütze essen können und das Kindchen nähren. Nur fing sie leider vor einer Stunde an über Schmerzen zu klagen, und jetzt tritt Hitze auf und an der Wunde eine Rötung …«

Sie brauchte nicht weiterzusprechen. Im Trakt der Frauen wies man Hyperion ohne Fragen den Weg in den letzten Saal. Den Geruch, der ihm entgegenschlug, würde er meilenweit gegen den Wind erkennen. Er hatte verloren. Das kleine Mädchen, wenn es überlebte, würde ohne Mutter aufwachsen.

Die Frau lag auf einem Bett, das mit Sicherheit nicht bezogen worden war, seit der letzte Kranke darin gelegen hatte. Auch Dr. Lawleigh hatte zweifellos sein Instrument nicht gesäubert, ehe er es von einer Wunde in die nächste senkte. Sooft Hyperion darum bat, erntete er mitleidige Blicke und gezuckte Schultern. Ohnehin reichte die Zeit nie zum Nötigsten, und woher sollte man genug heißes Wasser nehmen, um ständig Bettwäsche auszuwaschen? Reinlichkeit galt als Luxus, den die unteren Klassen nicht einmal zu schätzen wussten. Das Gesicht der Frau war krebsrot und glühte, das goldbraune Haar klebte ihr am Schädel. Flatternd ging ihr Atem.

Mit fliegenden Fingern ertastete er den zu schnellen Herzschlag, dann die Venen, in denen das Blut spürbar schwächer pulsierte. Hatte Lawleigh Studenten bei sich gehabt, als er die Frau untersuchte, junge Leute, die zuvor im Anatomiesaal Tote seziert hatten? Der Verband war durchnässt und stank. Hyperion bat Schwester Gladys, einen Helfer mit Kompressen, Spiritus und dem Extrakt von Rosskastanien zu schicken. Im selben Moment läutete die Glocke, die die Patienten zur abendlichen Ausgabe von Brot und Bier rief. In allen Betten regte sich Leben. »Soll ich ihr eine Ration holen?«, fragte die Schwester und wies auf die Wöchnerin.

Traurig schüttelte Hyperion den Kopf. »Bringen Sie mir nur einen Krug frisches Wasser.«

»Und das Kind? Soll ich das zum Stillen bringen?«
Noch einmal schüttelte er den Kopf. Die junge Frau würde ihre Tochter nie wieder stillen. »Mischen Sie einen Teil Milch mit einem Teil Wasser und geben Sie es dem Kind aus einer Steingutflasche. Wenn wir Glück haben, trinkt es.«
Der Verbandshelfer kam, und Hyperion versorgte die Wunde mit in Alkohol getränkten Pflastern. Als er sie auflegte, stöhnte die Frau, sonst kam von ihr nichts als röchelnder Atem. Er breitete ihr eine Kompresse mit Rosskastanie, die das Fieber senken sollte, über die schweißnasse Stirn. Das Mittel würde sie nicht retten, aber es mochte ihr die Qual erleichtern. »Weiß man inzwischen, wer sie ist?«, fragte er.
Diesmal war es an der Schwester, den Kopf zu schütteln. »Sie trug ein Handtuch um den Leib mit der Inschrift ›Milton's Court, Mietpension‹. Und sie hat dem Kind einen Namen gegeben.«
»Danke«, murmelte Hyperion.
Die Schwester ging, um Wasser zu holen. Durch die Tülle des Krugs versuchte Hyperion es der Fiebernden einzuflößen, doch es gelang nur, ihr die gesprungenen Lippen zu benetzen. Zwischen vergeblichen Versuchen zu schlucken hörte Hyperion sie flüstern. Er brachte sein Ohr so nah wie möglich an ihren Mund. »Hat-wick«, glaubte er zu erkennen. Das war der unschöne Name, den sie dem Kind gegeben hatte. Außerdem immer wieder die zwei Silben: »Han-nes, Han-nes.«
»Ist Hannes Ihr Mann?«, fragte er. »Können Sie mir sagen, wo ich ihn finde?«
Die Augen der Kranken weiteten sich. Ihr Blick verriet, dass sie kein Wort verstand.
»Ich kümmere mich darum«, versprach er ihr dennoch. »Und wenn ich meinen Bruder fragen muss, ich werde dafür sorgen, dass Ihr Kind in die Obhut Ihres Mannes kommt.«
Sie röchelte und stöhnte. »Han-nes.«

Er blieb die Nacht über bei ihr, wechselte die Kompresse, schlief aber irgendwann im Sitzen ein. Als ihn am Morgen die Bierglocke weckte, hatte jemand eine Decke über ihn gebreitet. Noch blind und wirr vom Schlaf tastete er nach der Hand der Frau. In der Nacht war sie glühend gewesen. Jetzt war sie wie Eis.

Sehr langsam ging er nach Hause, mit schleppenden Schritten wie ein alter Mann. Nicht einmal Daphne wünschte er zu sehen. Einzig Vernon hätte er sprechen wollen, doch der war auch am Morgen nicht erschienen. Wir müssen etwas tun. Die Frauen sterben uns nicht am Blutverlust, sondern am Schmutz. Irgendein Ungar sollte darüber geschrieben haben, über Kindbettfieber, das von dreckigen Händen übertragen wurde. Er musste sich dessen Schriften besorgen. Vor allem musste er den Vater des Kindes finden, ehe es in einem Waisenhaus verschwand.
Benommen vor Traurigkeit sah er auf seine Füße, die durch schmutzigen Schnee schleiften, da hörte er seinen Namen. Gleich darauf schlangen sich Arme um ihn.
»Dem Himmel sei Dank. Du bist da, du bist endlich da.«
Sie roch nach Rosen und Wärme. Ihre Hände strichen über sein Gesicht.
»Haben sie dich wieder über Nacht behalten? Mein armer Liebling, ich weiß, du tust alles für deine Patienten, aber du zerstörst dich doch selbst.«
Nichts war so gut wie von ihr gehalten und gestreichelt zu werden.
»O Hyperion, ich war so dumm gestern.«
Nicht du. Ich war dumm und bin es weiter. Ich bin deiner nicht würdig, aber wenn ich dich verliere, sterbe ich.
»Ich hätte dir sagen sollen, was ich zu sagen hatte, ich habe mich so albern benommen. In den Salon wollte ich mich setzen und es feierlich verkünden, und was kam dabei heraus? Du musstest gehen, ohne

es zu hören. Aber so dumm bin ich nie wieder, heute sage ich es dir, und wenn wir mitten auf der Straße stehen.«

»Was denn, Liebstes?«

»Ich bekomme ein Kind, Hyperion. Wenn es wieder Sommer ist, bekommen wir ein Kind.«

Kapitel 13

Sommer

Warum war sie zurückgegangen, damals, an jenem grauenvollen Morgen? Victor hatte gesagt, sie könne im Hotel bleiben, solange sie wolle, er werde für Zimmer und Verpflegung zahlen. »Ich will für dich sorgen, Mildred. Auf mich kannst du zählen, wann immer du mich brauchst.«

Sie ertrug es kaum, ihn um sich zu haben, weil er sie in ihrer größten Schwäche gesehen hatte. Andererseits war er der einzige Mensch, dem sie nichts vorzumachen brauchte, und er hatte versprochen, sie nicht zu bedrängen. Alles schien erträglicher, als dem glücklichen Brautpaar und der Hexe Nell wieder unter die Augen zu treten. Warum war sie dennoch zurückgegangen, warum stand sie jetzt in der nahezu leeren Vorratskammer von Mount Othrys, hielt einen Bogen mit Zahlen in der Hand und rechnete, als ginge all dies sie etwas an?

Es ging sie etwas an. Sie war zurückgegangen, weil sie geschworen hatte, Daphne zu schützen, und weil etwas ihr sagte, dass Hyperion nicht der Mann war, dem sie diese Aufgabe überlassen durfte. Sie wollte Hyperion nicht mehr lieben. Sie wollte Daphne nicht mehr lieben. Sie hatte sogar mit dem Gedanken gespielt, sich nach Australien einzuschiffen, um aus dem Leben der beiden zu verschwinden. Drei Kräfte aber zogen sie unaufhaltsam zurück – Hyperion, Daphne und Mount Othrys.

Es tat weh. Hyperion und Daphne heirateten im Oktober, das ganze Haus war im Gold und Rot des Herbstes geschmückt, und in den Schalen dufteten die Früchte eines langen Sommers. Gleich nach Weihnachten folgte ein noch größerer Schrecken – Daphne war schwanger. War es das, was sie sich nicht hatte vorstellen können, dass ihre Schwester und der Mann, den sie liebte, taten, was nötig war, um ein Kind zu zeugen? Daphne ist zu schwach dazu, Daphne ist, wenn es um Männer geht, doch selbst ein Kind!

Natürlich wurde Daphne, kaum dass sie das Kind erwartete, krank. Ihre Blutarmut war ärger denn je, sie brauchte Schonung, und Hyperion war nicht Manns genug, damit fertig zu werden. So blieb es an Mildred hängen, Daphne zu pflegen, dafür zu sorgen, dass sie gutes Essen erhielt und dass regelmäßig ein Arzt nach ihr sah. Nicht Hyperion, der sich zu sehr aufregte, sondern Dr. Vernon, der die Leitung des Spitals abgetreten und jetzt viel Zeit hatte. Dass weder Vernon noch seine Frau sie mochten, war Mildred bewusst. Sie pfiff darauf. Wichtig war, dass sie Daphne mochten und dass der Arzt für seine Hausbesuche keine Rechnung ausstellte.

Rechnungen blieben an allen Ecken und Enden unbezahlt, Lieferungen trafen nicht ein, und das Wirtschaftsgeld war knapp. Mildred war sicher, dass ihr Schwager dem Haushalt zu viel Geld abzog, um es in sein Spital zu stecken. Sie wollte ihm sagen, dass damit ein Ende sein musste, aber er wich ihr aus. Mildred musste sich selbst mit den Händlern anlegen und dabei noch das Problem vor Daphne verbergen. Während sie auf diese Weise das Steuer übernahm, begann sie unmerklich sich an ihr Leben auf Mount Othrys zu gewöhnen. Im Alltag war sie zu beschäftigt, um sich in Gefühlen zu verlieren. Sie hatte gelernt, dass das Leben sie nicht fragte, was sie ertragen konnte. Es packte ihr die Last einfach auf.

Sie kam zurecht. Nur dass sie sich von Hyperion hinhalten ließ, verriet, wie es in ihrem Inneren aussah. Statt ihn zu stellen, hatte sie abgewartet, bis sie nicht einmal mehr Rahm für Daphnes Frühstück hatte. Beim Gedanken, mit ihm zu sprechen, pochte die Wunde unter ihren Rippen. Um aber Daphne bei Kräften zu halten, brauchte sie Rahm und Geflügel, Markknochen, fangfrischen Fisch – die Liste ließ sich endlos fortsetzen. Oben hörte sie die Glocke schellen, die einen

Besucher am Hintereingang ankündigte. Hastig stellte sie den leeren Krug zurück und lief nach oben.

Priscilla und Sarah hatten sich damit abgefunden, dass Mildred Lieferanten selbst die Tür öffnete. Vor der Tür stand ein Mann, der ein Pferd im Arm trug. Tatsächlich glaubte Mildred einen Moment lang, der Lieferant hielte ihr ein lebendiges, in Seidenpapier gewickeltes Fohlen entgegen.

Entgeistert trat sie zurück. Der Mann stellte die Last vor ihr ab. Jetzt erkannte sie, dass es sich keineswegs um ein Lebewesen, sondern um ein täuschend echt gearbeitetes Schaukelpferd handelte. Es war ein Prachtstück, ein Falbe mit goldblonder Mähne und ledernem Zaum.

»Wer hat das bestellt?«, fragte sie. Das Pferd kostete zweifellos ein Vermögen, und wenn der Mann den Betrag von ihr forderte, würde sie ihm keinen Farthing geben können.

»Dr. Weaver«, antwortete der Lieferant. Er wartete kurz, dann wandte er sich ab. »Früher hat's dafür Trinkgeld gegeben, dass man sich abschleppt«, knurrte er im Gehen.

Mildred zog das Pferd ins Haus, schloss die Tür und lehnte sich aufatmend gegen die Wand. Alles war halb so schlimm. Hyperion hatte das Spielzeug bezahlt, also hatte er Geld genug und musste lediglich darauf hingewiesen werden, dass der Haushalt mehr Mittel brauchte. Heute Abend kommt er mir nicht davon, und wenn ich noch einmal in das verfluchte Spital dazu muss.

Eine Bewegung ließ sie herumfahren. Sie erwartete Sarah oder Priscilla, womöglich gar Nell, die stets aus dem Nichts auftauchte, doch auf der breiten Treppe stand Daphne. Sie trug ein grünes Kleid aus Musselin, das sie totenblass machte. Von dem Kind, dessen Geburt in kaum sechs Wochen bevorstand, war ihrem Leib nichts anzusehen. Mildred packte die Angst. Wie sollte ein derart zartes Geschöpf die Strapaze überleben? Im Schlamm von Whitechapel lernten schon Kinder, dass Geburt und Tod so dicht beieinanderlagen wie Huren und Freier.

»Habe ich nicht gesagt, du sollst im Bett bleiben?«, herrschte sie die Schwester an. »Wo ist diese Pute Priscilla, sie hatte Anweisung, auf dich zu achten.«
»Bitte lass deine Wut nicht an Priscilla aus.« Daphne lächelte ihr gütiges Lächeln, das Mildred gelegentlich zur Weißglut trieb. »Ich habe ihr gesagt, sie soll gehen. Sie hatte seit Wochen keinen freien Vormittag, und ich kann ja nicht immer nur im Bett liegen.«
»Du bist in der Hoffnung.«
»Aber nicht krank, Milly-Milly. Glaub mir, ich fühle mich prächtig.«
»Aussehen tust du wie Dünnbier mit Spucke.«
»Ich weiß.« Verlegen kniff sich Daphne in die Wangen. »Was hast du da? Ist das eben gebracht worden?«
»Dein Mann schickt es«, murmelte Mildred.
Zu schnell stürmte Daphne die Stufen hinunter, ging vor dem Pferd in die Hocke und liebkoste die weiche Schnauze. »O Milly, ist es nicht allerliebst? Hyperion ist ein solcher Goldschatz, ich werde nie begreifen, womit ich ihn verdiene.«
Du siehst aus wie seine gottverdammte Mutter, durchfuhr es Mildred. Du bist eine Dame, und wenn du hundertmal in Whitechapel geboren bist.
»Aber sag mir doch – dass er ein Pferdchen für einen kleinen Reiter schickt, bedeutet das, dass er sich einen Jungen erhofft? Was mache ich denn nur, wenn ich ein Mädchen in mir trage?«
»Dann wird sich dein Goldschatz wohl abfinden müssen«, versetzte Mildred. »Muss er eben einen Damensattel auf den Gaul leimen, denn tauschen wird man ihn das Kind schwerlich lassen.«
»Ach Milly, du weißt doch, wie ich es meine. Natürlich wollen wir nicht das Kindchen, das Gott uns schenkt, tauschen.«
»Also rede kein sinnloses Zeug«, blaffte Mildred. »Geh nach oben und leg dich aufs Tagesbett, bis ich mit dem Frühstück komme.«
»Ich mag nicht, dass du mich bedienst, Milly.«
»Das habe ich immer getan«, erwiderte Mildred. »Und ich werde es

weiter tun. Ich denke, auf Rahm verzichten wir heute. Dr. Vernon hat gesagt, er könnte deinen Magen reizen.«

Bis sie Hyperion zur Rede stellen konnte, vergingen noch einmal drei Tage, und jeder davon bescherte ein neues Problem. Zuerst schickte die Wäscherei den Korb Wäsche, der jeden Mittwoch gebracht wurde, ungewaschen zurück. Kurzerhand beorderte Mildred Priscilla, mit ihr zusammen einen Waschtag einzulegen. Eine Waschküche war schließlich vorhanden, und sie hatten massenhaft Platz zum Trocknen. Wenn Priscilla sich wunderte, so ließ sie sich nichts davon anmerken.

Mildred hasste es, vor dem Trog zu knien und die Hände in ätzende Lauge zu senken. Sie hätte Hyperion schütteln mögen und würde es spätestens an diesem Abend tun. Am Abend aber kam er nicht nach Hause, und Mildred wagte nicht, die kränkelnde Daphne allein zu lassen, also schob sie es noch einmal auf.

Am nächsten Tag wies sie Max an, die Sichel zu nehmen und den Rasen im Vorgarten zu stutzen. »Ich wollt nichts sagen«, bemerkte Max. »Aber es sind jetzt drei Wochen, und ich hab daheim Mäuler zu stopfen.«

»Was sind jetzt drei Wochen?«

»Dass mein Lohn aussteht«, antwortete Max, schulterte die Sense und ging. Er war treuer als ein Schäferhund, er würde seinen Platz nicht verlassen, aber sein Geld musste er bekommen. Als Hyperion aus dem Spital kam, ging er zu Daphne und kam nicht wieder heraus. Mildred blieb nichts anderes übrig, als wiederum zu warten.

Der nächste Tag war der schlimmste. Am Morgen hatte sie den Kaminkehrer wegschicken müssen. Natürlich lauerte hinter der Tür Nell Weaver und fragte pikiert, warum der Mann heute nicht kehre. Weil Weiber wie du ein ganzes Haus in Anspruch nehmen, ohne einen Penny einzubringen, hätte Mildred ihr am liebsten entgegengeschleudert. »Ich fand, es sei noch nicht nötig«, sagte sie.

Nell hob eine dünne Braue. »Soso«, gab sie von sich. »Ein Kamin, der gut zieht, ist ein Segen, aber wie will ein Geschöpf das beurteilen, das in Rattenlöchern aufgewachsen ist?«
Mildred zerbiss sich die Lippe. Ehe sie der Alten etwas hinterherschrie, ließ sie Gaia satteln und ritt in die Stadt, um ein Paar Knöpfstiefel abzuholen. Sie hätte neue gebraucht, doch stattdessen hatte sie die alten flicken lassen. Der Bursche des Schusters hielt ihr das Pferd, während sie in den Laden ging, in dem zu ihrem Entsetzen Bernice stand und unter Gefuchtel mit dem Schuhmacher plapperte. War sie vom Pech verfolgt, dass ihr das Weib überall über den Weg lief? »Ach, Miss Wie-war-doch-der-Name? Das ist ja zu nett.«
Mildred nickte ihr zu und schob dem Schuster ihren Abholschein hin. Der ging nach hinten, kam mit ihren Schuhen zurück und wickelte sie vor Bernices gierigen Augen in ein Tuch.
»Danke«, murmelte Mildred und wollte nach dem Paket greifen.
Rasch legte der Schuhmacher die Hand darauf. »Es tut mir leid, ich muss erst um Bezahlung bitten.«
»Aber die Schuhe sind für Mount Othrys!«, rief Mildred. »Wir bezahlen die Rechnung monatlich.«
Bedauernd wiegte der Schuhmacher den Kopf. »Es fällt mir nicht leicht, das zu sagen, aber die Rechnung steht seit Monaten aus.«
»Na hören Sie mal«, flötete Bernice. »Sie werden doch das Fräulein nicht so in Verlegenheit bringen. Die paar Pennys für die Flickarbeit bezahle ich.« Achtlos griff sie in ihre Börse und ließ Münzen auf den Ladentisch klimpern.
Mildred starrte sie an.
Bernice zuckte mit den dicken Schultern. »Vielleicht sollte Hyperion noch einmal bei Hector wegen eines Kredits vorsprechen. Es tut uns schließlich nicht weh, und niemand soll behaupten, wir ließen Verwandte im Regen stehen.«
Mit einem Stoß wischte Mildred Geld und Schuhe vom Tisch und stürmte aus dem Laden. Draußen riss sie dem Burschen die Zügel aus

der Hand, sprang auf und trieb Gaia aus dem Stand in Trab. Nie hatte sie so sehr bereut, nicht in einer Staubwolke davongaloppieren zu können.
Wohin wollte sie? Ans Meer, ans Meer. Die Stadt barst vor Feriengästen, Hotels und Pensionen platzten aus den Nähten. An den Badestränden hielten Frauen in leuchtenden Kleidern ihre Teepartys ab. Um das Puppentheater hatte sich ein Ring kleiner Zuschauer gebildet, fliegende Händler lockten mit Aalsülze, Zuckerstangen und gebackenen Kartoffeln. Die längste Schlange war vor der Eiscrememaschine, hinter der ein Mann die sündhaft teure Süßigkeit auf muschelförmige Gebäckteile löffelte. Mildred musste das Pferd so rasch wie möglich weitertreiben, weil ihr das Wasser im Mund zusammenlief. Sie hatte dies nie wieder erleben wollen, die Lust auf etwas, das sie sich nicht kaufen konnte. In ihrem Zorn versetzte sie Gaia einen Gertenhieb, dass die Stute einen Satz vollführte. Gleich darauf tat es ihr leid.
Im Männerbad wurden Badekabinen ins Meer gerollt. Es war regelrecht Mode geworden, hier zu baden. Man mietete sich eine Kabine, tauschte drinnen Stadtkleidung gegen Schwimmanzüge, und sobald die Kabine hinausgerollt war, ließ man sich ungesehen in die Fluten gleiten. Selbst die Königin teilte auf diese Weise das Badevergnügen. Mit jeder Faser sehnte sich Mildred danach, es einmal auszuprobieren, sich Schweiß und Sorgen von der Haut zu spülen und sich von der Kraft des Meers umarmt zu fühlen.
Sie würde von Hyperion Geld dafür verlangen, Geld für einen Tag am Strand mit Baden und Eiscreme und Aal, bis ihr übel wurde. Ich habe sonst nichts bekommen. Aber auf dieses Wenige habe ich ein Recht.
Sie trieb die Stute hinter die Festungsruine, wo der Kieselstrand leer und still war. Vor dem Wall knüpfte sie sie an einen Pflock und stieg hinüber zum Meer. Eine Weile stand sie reglos da und starrte auf die Schaumspuren, die jede Welle beim Zerschellen hinterließ. Irgendwann setzte sie sich, zog Schuhe und Strümpfe aus und streckte die Füße ins Wasser. Es war kalt wie gefroren. Ihre Rocksäume durch-

nässten, doch das kümmerte sie so wenig wie die Tränen, die ihr über die Wangen strömten. Das Meer war kein Verräter. Es war ihr verschwiegener Freund.

Als sie ihren Namen hörte, schrak sie zusammen. »Mildred? Was tust du hier?«

Sie blickte auf und sah in sein Gesicht. Zorn wallte in ihr auf. »Das könnte ich dich ebenso fragen.«

»Ich habe Vernon besucht und wollte mir auf dem Heimweg den Kopf auslüften. Und du, Mildred? Ist alles in Ordnung?«

»Nichts ist in Ordnung.«

»Um Gottes willen, es ist doch nichts mit Daphne …«

»Nein«, schrie sie ihn an, »noch ist nichts mit Daphne, weil ich ja alles von ihr fernhalte. Ich kratze Rahmtöpfe aus, ich beknie Lieferanten, und obendrein lasse ich mich von Madam Nell beleidigen, damit nur Daphne nichts mitbekommt. Aber wie lange, glaubst du, geht das? Ich habe dir gesagt, für das wirkliche Leben ist Daphne zu zart. Wenn sie erfährt, dass du für Fremde besser sorgst als für sie, mag das mehr sein, als sie ertragen kann.«

Zwei Herzschläge später saß er neben ihr, sein Gesicht die pure Qual. »Ich weiß doch, Mildred. Ich weiß.«

»Warum lässt du es dann so weit kommen?«

Er senkte den Kopf, sah in die Kiesel. »Das ist so schwer zu erklären.«

»Du hast mir einmal erklärt, warum du im Spital praktizierst, obwohl es dir nichts einbringt. Es war keine gute Erklärung, aber ich habe sie hingenommen. Gib mir wieder eine, ich habe ein Recht darauf. Warum steckst du Geld ins Spital, während deine Familie sich schämen und um Almosen betteln muss?« Der Atem ging ihr aus. »Ich kann das nicht dulden. Meine Schwester und ich, wir hatten Kummer genug.«

Hyperion blickte auf. Das hatte er mit Daphne gemeinsam – sein Gesicht war so hell und offen, es war kein Falsch darin, nur Verletzlichkeit. Das Meer leckte ihm den Staub von den Schuhen und gab sie

blank wieder frei. »In der Tat, du hast ein Recht darauf. Und ich fürchte, es ist schlimmer, als du denkst.«
»Was ist schlimmer?«
»Ich stecke kein Geld ins Spital. Die Summe, die ich sonst jedes Jahr zeichne, habe ich diesmal nicht aufbringen können.«
»Aber wo bleibt denn das Geld? Warum sind ständig Rechnungen unbezahlt, warum beklagen sich die Dienstboten?«
»Es bleibt nirgendwo«, antwortete Hyperion. »Wir haben kein Geld, weil ich keines verdiene. Jedenfalls nicht genug. Ich habe versucht mehr Patienten zu werben, aber der Erfolg war mäßig. Vielleicht, weil ich nur mit halbem Herzen dabei bin, weil etwas in mir darauf beharrt, ich sei nicht Arzt geworden, um reichen Leuten die Furunkel auszutrocknen, sondern um Leben zu bewahren.«
Bei ihrer Bewegung zuckte er zusammen, als würde er einen Schlag erwarten. Es war wie bei Daphne. Er sagte Dinge, gegen die Mildred aufbegehren musste, doch er legte eine Inbrunst hinein, die sie entwaffnete. Wie soll ich ihn dafür strafen, dass er ein edlerer Mensch ist als ich? »Aber der Holzhandel«, brachte sie heraus.
Hyperion schüttelte den Kopf. »Die Summe, die uns zufließt, wird beständig kleiner. Mein Bruder hat sich beizeiten anders orientiert, doch um uns steht es übel. Über kurz oder lang schließt der Holzhandel die Pforten, und dann bleibt uns nur, was ich selbst zusammenkratzen kann.«
Mildred fiel das Schaukelpferd ein, das Mobiliar des Kinderzimmers, das aus dem teuersten Geschäft der Stadt stammte, und der seidige Spitzenschal, den er Daphne geschenkt hatte. Er warf mit Geld nur so um sich, es konnte nicht wahr sein, was er sagte. »Soll das heißen, wir werden wieder arm sein?«
»Nein, Mildred.« In seiner Stimme schwang zärtliche Traurigkeit. »Es heißt, wir *sind* arm.«
»Das erlaube ich nicht!« Sie sprang auf. »Du weißt nicht, was es bedeutet, arm zu sein, du hast in Daunen gelegen und aus Kristallgläsern

Sherry geschlürft, aber mir klebt der Geschmack von Armut so fest im Mund, dass ich ihn nie mehr schlucken kann. Ich habe mir geschworen, Daphne und mich daraus zu befreien, und du stößt uns nicht dorthin zurück!«

Er stand ebenfalls auf. »Ich habe mir so sehr gewünscht, dass ihr nichts merken solltet, doch wie üblich bin ich gescheitert.«

»Dass wir nichts merken sollten?« Sie holte aus und schlug ihm ins Gesicht. Legte all den gestauten Zorn in den Hieb, und für diesmal tat es ihr nicht leid. Reue kam erst später, als sie den Abdruck ihrer Hand auf seiner Wange sah.

Ehe sie sprechen konnte, schüttelte er den Kopf. »Nur zu. Verdient habe ich es hundertmal, nur nützen tut es nichts. Ich bin ein Versager, und das Schlimmste ist, dass jetzt noch das Kind kommt, das ich nicht versorgen kann.«

Etwas in Mildred brach auf. Sie trat vor und zog ihn in die Arme. »Deshalb bestellst du diese teuren Dinge? Um dein Gewissen zu beruhigen?«

Sie spürte sein Nicken.

»Das geht nicht so weiter. Du hörst damit auf.«

Wieder das Nicken. Sein Herz schlug über ihrem.

»Ich habe dir gesagt, ich werde nie wieder arm sein. Ich wollte auch nie wieder kämpfen, aber immerhin weiß ich, dass ich dazu tauge. Ich werde dir helfen, solange du mir versprichst, dass du mich unterstützt.«

Er hob den Kopf. »Ich kann nicht dich meinen Karren aus dem Dreck ziehen lassen. Ich gehe morgen zu meinem Bruder.«

»Nein!«, rief sie. »Von deinem Bruder nehmen wir keinen Penny. Wenn wir Geld leihen müssen, weiß ich, an wen ich mich wende, aber vorerst werden wir anderes tun. Gibst du mir freie Hand?«

Er zögerte.

»Es geht um Daphne. Willst du, dass Daphne all dies erfährt?«

»Um Himmels willen, nein.«

»Das haben wir gemeinsam«, erwiderte sie. Etwas in ihr wollte ihn an sich drücken, gleichgültig, wem er gehörte. Der andere Teil schob ihn weg und streckte ihm die Hand hin. »Du hilfst mir?«
Zaudernd schlug er ein.
»Gehen wir.« Sie begann über den Kieselstrand zurückzustapfen und dann den Deichwall hinaufzusteigen. Er trottete hinterdrein. »Dir liegt nichts am Reiten?«, fragte sie über ihre Schulter.
»Es war mir schon immer ein Graus.«
»Gut«, sagte Mildred. »Mir gibt es Kraft, dies durchzustehen. Also reite ich von jetzt an deinen Wallach. Die Mähren verkaufen wir.«
»Aber der Wallach ist kein Damenpferd.«
»Das ist mir recht. Ich bin keine, die Damenpferde braucht.«
Sie hörte, dass er hinter ihr stehen blieb. »Mildred …«
»Was ist noch?«
»Du sagst Daphne wirklich kein Wort?«
»Nicht eines.« Sie stieg zum Sattel des Deiches weiter und sah über den Solent, der im Abendlicht wie ein Spiegel lag.
»Danke«, sagte Hyperion.
»Ich tue es nicht für dich.«
»Eben dafür danke ich dir«, entgegnete er, ging an ihr vorüber und begann den Abstieg.

Eine Woche später führte Mildred Gaia und die zwei anderen Reitpferde zum Schlachthof in Fratton und erzielte für das Fleisch einen ordentlichen Preis. Im selben Ort, wo kein Mensch sie kannte, verkaufte sie eins der Wagenpferde und teilte Max mit, sie wolle sich künftig selbst um die verbleibenden Tiere kümmern. Als Pfleger werde er nicht länger benötigt, somit habe sie nur noch an fünf Tagen der Woche Arbeit für ihn. Auf sein Entsetzen war sie vorbereitet, sie wusste, er hatte sieben Kinder, aber darauf durfte sie keine Rücksicht nehmen. Als Nächstes entließ sie Will, der wegen der Abtritte kam. Seine Aufgaben teilte sie Max und sich selbst zu. Solange es niemand

merkte, würde die Drecksarbeit sie nicht umbringen. Sie hatte in Whitechapel Schlimmeres getan.
Dass sie an allen Enden sparte, würde nicht genügen. Sie brauchte Einkommen, musste etwas zu Geld machen, das im Überfluss vorhanden war. Von den Kostbarkeiten, von denen Mount Othrys überquoll, hätte sie vieles verkaufen können, doch dagegen sträubte sie sich. Mount Othrys war das Haus ihrer Träume, es war in ihre Hände gelegt worden, und sie würde es mit allem, was darin war, bewahren. Sie hatte andere Pläne, auch wenn diese Zeit und Geld erforderten. Heimlich betrieb sie ihre Vorbereitung und hatte dabei ständig Worte im Ohr, die Victor März ihr gesagt hatte. Victor März würde ihr helfen, wenn es so weit war. Hätte sie es verlangt, so hätte er ihr geholfen, einen Mord zu begehen und die Leiche zu verbergen.
Ende August, als die späten Rosen im Garten zu knospen begannen, die Tage kürzer, aber noch einmal goldener wurden und das Meer vor den Stürmen des Herbstes seine Kraft sammelte, gebar Daphne ihr Kind. Mildred konnte sich nicht erinnern, je so viel Angst durchgestanden zu haben wie während des Tages und der Nacht, als Daphne in den Wehen lag. Dr. Vernon war krank, sie hatten einen Arzt aus Portsmouth holen müssen, der sogleich eine besorgte Miene aufsetzte. Nell zeterte, der Arzt sei nutzlos, sie hätte wie in alten Zeiten die Hebamme gerufen, aber Mildred hörte sie kaum. Es gab nur noch eines – die Angst um Daphnes Leben.
Die Nacht über wachte sie mit Hyperion. In den grauenhaften Stunden war er nicht mehr der Mann, den sie über alles begehrte, sondern der einzige Mensch, der ihre Ängste teilte. Es ist gut, wie es ist, versprach sie Gott, auf den sie sich in ihrer Not besann. Es ist gut, dass Daphne ihn hat, und wenn Du sie mir lässt, will ich nicht mehr hadern. Sie klammerten sich aneinander. »Sie stirbt doch nicht, Mildred, meine Daphne stirbt nicht?« Er bestürmte sie, als läge es bei ihr, darüber zu entscheiden. Er hatte versucht sich zu Daphne ins Zimmer zu drängen. »Ich bin ihr Mann, ich muss ihr doch helfen.«

Mildred aber verbot es, und diesmal standen ihr Nell und Priscilla zur Seite. Bei einer Geburt hatten Männer nichts verloren.

»Ich bin Arzt«, protestierte Hyperion, ehe er aufgab und sich von ihnen aus der Tür schieben ließ. Mildred ging mit ihm in die Bibliothek, seinen liebsten Ort im Haus, um zu warten. Es war eine Folter. Hyperion betete mit ihr um Daphnes Leben, er klagte sich an und raufte sich das Haar.

»Wenn sie verschont bleibt, musst du dafür sorgen, dass sie nie wieder ein Kind bekommt. Sie ist blutarm. Ich habe dir immer gesagt, sie ist für solche Strapazen nicht gemacht.«

Er nickte, wie um einen Schwur zu besiegeln. »Nie wieder, Mildred. Wenn sie nur lebt, wenn sie mich nur nicht verlässt.«

Um das Kind fürchtete keiner von ihnen. Stillschweigend kamen sie überein, dass das Kind geopfert werden konnte, solange Daphne lebte. Essen mochten sie nicht. Sie tranken Brandy, und irgendwann lagen sie einander in den Armen und weinten.

Vor Morgengrauen kam Priscilla und trat ohne anzuklopfen ein. Im selben Augenblick drang Gebrüll aus dem oberen Stockwerk. »Meinen Glückwunsch, Herr Doktor.« Das sauertöpfische Hausmädchen hatte ein kaum irdisches Lächeln auf den Lippen. »Gott sei es gedankt, Sie haben einen gesunden Sohn.«

Hyperion befreite sich und sprang auf. »Meine Frau …«

Priscillas Lächeln wurde noch breiter. »Sie will Sie gern sehen.«

Das Gebrüll verstummte. Hyperion taumelte hinter Priscilla her, und Mildred folgte Hyperion. Aus dem Schlafzimmer trat Sarah mit einer Wasserschüssel. Auch sie hatte jenes unwirkliche Lächeln im Gesicht. »Ich gratuliere, Herr Doktor. Ein prächtiger Bursche.«

Neben der Tür stand Nell Weaver. Sie packte Mildred am Arm. »Dies gehört Mann und Frau allein, begreifen Sie nicht einmal das? Für die ewige Dritte ist dort kein Raum.«

Was wusste die Hexe? Was verstand sie von ihr und Daphne, die wie ein einziges Wesen verbunden waren? Mildred stieß sie aus dem Weg und trat ein. Der Arzt war im Begriff, seine Tasche zu packen. In dem überdachten Bett, das blütenweiß bezogen war, saß Daphne. Als Kind war sie Mildred entgegengesprungen, aber jetzt hob sie nicht einmal den Kopf. Hyperion lag vor dem Bett auf den Knien. Daphne hatte einen Arm um ihn gelegt und hielt im anderen Arm ein Bündel. Hyperions Gesicht konnte Mildred nicht sehen, aber auf dem von Daphne war das unirdische Lächeln.

»Danke«, murmelte Hyperion, die Stimme schwer von Tränen. »Wie kann man nur glauben, man habe je zuvor Glück erlebt?« Daphne beugte sich vor und zog ihn zu sich. Sie betrugen sich, als wären sie völlig allein, nicht nur im Raum, sondern auf der Welt.

»Begreifen Sie es jetzt?«, hörte Mildred Nell in ihrem Rücken keifen. »So sehr Sie sich winden, für Sie ist hier kein Platz mehr frei.«

An einem leuchtenden Septembersonntag wurde der Knabe in der Sankt-Thomas-Kathedrale auf die Namen Louis Fergus Weaver getauft. Hyperion gab ein rauschendes Fest, ohne dass Mildred wusste, woher er das Geld dafür nahm. Jeder bemerkte, dass der kleine Louis ein besonders entzückendes und dazu kerngesundes Kind war. Wie hatte dieses Bündel Kraft in der zarten Daphne stecken können, ohne sie zu zerreißen?

»Ich habe nicht gewusst, was Leben ausmacht«, sagte Hyperion in seiner Tischrede. »Sagen Sie mir, meine Freunde, weiß das jemals ein Mann, bevor er Vater ist?«

Gelächter klang auf, und Hyperion, ohne sich um jeglichen Anstand zu scheren, nahm seiner Frau das Kind ab und küsste es.

Kapitel 14

Southsea bei Portsmouth, Mai 1863

Wunschlos glücklich.

Leichten Herzens benutzte man die Phrase, ohne sich je zu fragen, was darinnen steckte. Erst an dem Morgen, als ihn Priscilla in sein Schlafzimmer holte und er in den Armen seiner Frau seinen Sohn liegen sah, lernte Hyperion, dass diese zwei Worte wahrhaftig ein Wunder beschrieben. Einmal in meinem Leben habe ich mich wunschlos glücklich gefühlt.

Er war vor ihr niedergefallen und hatte das Gesicht im Duft des Kindes vergraben, seines Kindes, das von diesem Tag an sein Haus mit Lachen füllen würde. Das verschüttete Glück würde zu ihm zurückkehren. Es würde wieder ein kleiner Junge im Schoß seiner Mutter sitzen, die ihm Lieder vorsang und ihm zuflüsterte, dass sie ihn weiter liebte, als das Licht der Sonne reichte. Und ich habe daran teil, dachte er. Mein Vater und ich, wir konnten einander nicht haben, weil ich so anders war, als mein Vater mich wollte. Aber du und ich haben einander, weil ich gar nichts von dir will, als dass du bist, wer du bist.

An seiner Wange spürte er die flaumige Haut des Kindes. Seine Augen waren blau, als stünde vom Geheimnis des Himmels noch ein Rest darin. Wie Daphnes Augen. Wie Amelias Augen. Das Leben würde nie mehr schwarz und ohne Hoffnung sein. Hyperion war wunschlos glücklich, weil das Glück so allumfassend war, dass für Wünsche kein Raum blieb. Er wünschte sich weder die Taschen voll Geld noch einen Wechsel, der die Schuld bei seinem Bruder tilgte. Er wünschte sich auch nicht, dass die Medizin einen Durchbruch erzielte und Fleckfieber und Cholera besiegte, ja, er wünschte sich nicht einmal etwas für sein Kind, denn das Kind war vollkommen, es ließ keinen Wunsch offen.

Als er es ansah, öffnete es den winzigen Mund zu einem herzhaften, zahnlosen Gähnen. Hyperion streckte die Hand aus, um ihm die Wange zu streicheln, Daphne tat dasselbe, und ihre Hände berührten sich. So begann ihr Leben mit Louis.

Das Glück hielt an. Es bäumte sich mit jedem Lächeln, jedem Laut des Kindes und schrie: Ich bin da! Allmählich aber schlichen sich ins Glück wieder Wünsche, erst unmerklich, doch schon bald unleugbar.

Dass eine Frau von Daphnes Stand ihr Kind nährte, war nicht üblich. Die Königin hielt es für widerwärtig, und zudem verschlang es Kräfte, aber Daphne tat es dennoch, und ihr Kind gedieh. Statt eine Kinderpflegerin einzustellen, übernahm sie den größten Teil der Pflege selbst. Täglich ging sie mit Louis spazieren, sang für ihn und bewachte seinen Schlaf. Hyperion musste froh darüber sein, denn er hätte sich weder Amme noch Kinderfrau leisten können.

Wollte er Daphne alles schenken, was eine Frau begehrte, so wollte er es bei Louis umso mehr. Der Knabe war das schönste Kind der Gegend, er sollte schöne Kleider tragen und jedes Spielzeug besitzen, das seinen Geisteskräften förderlich war. Zu Weihnachten ertappte sich Hyperion dabei, dass er Geld ausgab, das er nicht besaß. Er selbst ging in geflickten Hemden, doch der Gedanke, dass es Daphne und Louis an etwas fehlte, schnitt ihm ins Herz. Zudem packte Daphne unentwegt Päckchen, die sie der Armenstiftung der Kirche schenkte. Amelia hatte dasselbe getan. Seine Frau sollte es tun dürfen, ohne sich zu sorgen.

Eine Zeitlang war es leidlich gegangen. Es gelang ihm, drei neue Patienten zu werben, und als Vernon, mit dessen Gesundheit es stetig bergab ging, das Amt des Spitalleiters niederlegte, übernahm Hyperion die Nachfolge und erhielt zumindest ein geringes Gehalt. Vernon hatte ihn noch einmal gewarnt. Er selbst habe sich ein solches Leben nur leisten können, weil er ererbtes Kapital ertragreich angelegt hatte. »Sie hingegen haben das, was Sie hatten, verbraucht. Sie mögen der edelste Mann auf dieser Erde sein, Weaver, wenn aber Frau und Kind dafür bluten, wird der Grat zwischen Edelmut und Selbstsucht schmal. Ich weiß, ich rede gegen Wände, dennoch wünschte ich, Sie würden sich besinnen.«

»Ich habe mich besonnen«, erwiderte Hyperion. »Mein Sohn ist mein Leben. Dass es ihm an etwas mangelt, ertrüge ich nicht.«

»Das glauben Sie.« Der alte Mann suchte seinen Blick. »Aber jedes Mal, wenn Sie Ihr schönes Heim und Ihre reizende Familie genießen, überfällt Sie eine Welle der Schuld, und dann wollen Sie auf der Stelle ins Spital eilen und mindestens drei, denen das Schicksal weniger hold war, vor dem Tod bewahren.«

Ertappt fiel Hyperion in Schweigen. Vernon hatte recht. Sooft er in Wärme und Glück gehüllt bei Daphne und Louis saß, tauchten die Gesichter derer auf, die in der Kälte hockten. Frauen aus dem Arbeitshaus, die elend dahinsiechten. Das kleine Mädchen, dem er den Abakus geschenkt hatte. War es an der nächsten Seuche verreckt, in einem Armengrab verscharrt? Am schlimmsten war es, wenn das Gesicht der Frau auftauchte, die nach der Entfernung der Gebärmutter gestorben war. Er hatte ihr versprochen, ihren Mann zu suchen, doch vor Glück hatte er nicht mehr daran gedacht.

Der kleine Louis platzte vor Entdeckungslust. Wie ein Welpe sprang er auf allen vieren durch die Räume. Wollte Priscilla ihn holen, damit die Herrschaften ungestört beisammensitzen konnten, wehrten Hyperion und Daphne ab. Sie genossen jede Minute mit dem Kind. Es schien nie müde zu werden, zog alles herunter und brach in lachende Seligkeit aus, sobald etwas in die Brüche ging. Die Eltern sahen einander an und stimmten in sein Lachen ein. Ihr Kind war so anders als sie, es eroberte das Leben im Sturm. Hyperion betrachtete das Gesicht seines Sohnes, und im nächsten Moment verwandelten sich die schönen Züge des Jungen in die des Waisenmädchens, das er im Stich gelassen hatte. Hatwick. Der hässliche Name war alles, was ihr von ihrer Mutter bleiben würde.

Nein, er konnte nicht aufhören, das bisschen Kraft, das er besaß, dem Spital zu geben. »Wir sind der Welt etwas schuldig«, hatte Amelia ihn gelehrt, wenn sie Pakete für die Armen packte. »Weil wir einander haben, mein Sonnenschein.«

Es musste beides gehen, die Sorge für den Haushalt und die Arbeit im Spital, und eine Zeitlang glaubte er, es ginge. Mehr Geld kam ins Haus, und Mildred sparte mit eisernem Zepter. Oft war er versucht, ihr Einhalt zu gebieten, vor allem wenn sie den Dienstboten, die seit seines Vaters Zeit im Haus waren, den Lohn kürzte, aber er hatte gelobt, ihr freie Hand zu lassen, und sie machte ihre Sache gut. Erst als der Frühling begann, wurde deutlich, dass es nicht genügte.

Er kaufte für Louis einen offenen Wagen und stellte fest, dass kein Geld mehr für die Rechnung des Metzgers übrig war. Er selbst hatte in Louis' Alter ein Pony gehabt, auch wenn er sich vor dessen Hufen gefürchtet hatte. Louis würde sich nicht fürchten, er war ein kleiner Dragoner im Herzen – nur wovon sollte sein Vater ein Pony bezahlen? Kurz darauf besuchte er Cynthia Lewis, die er seit Jahr und Tag wegen ihrer eingebildeten Krankheit behandelte. Er kam sich vor wie ein Scharlatan. Dennoch überwand er die Scham und fragte, ob sie ihn wohl ihren Freundinnen empfehlen könne.

Die Großtante des Port Admirals bedachte ihn mit einem Blick, unter dem sich etwas in ihm krümmte. »Ach nein, Herr Doktor, ich denke nicht, dass ich das kann. Ich sehe ja über manches hinweg, weil ich der Ansicht bin, wir sind Amelia Ward etwas schuldig, doch man rät mir nicht selten, den Arzt zu wechseln. Schließlich fragt man sich doch, ob diese Geschwulstkrankheiten nicht aus den Spitälern eingeschleppt werden wie all die anderen scheußlichen Seuchen.«

Es hatte keinen Sinn, dagegen anzureden, ihr den Unterschied zwischen infektiösen und nicht infektiösen Krankheiten zu erklären, an den der Großteil der Menschen ohnehin nicht glaubte. Krankheiten kamen aus der Luft, und wer wie er in fauliger Luft seine Arbeit tat, der schleppte sie mit sich herum. Deshalb also bekam er keine Anfragen mehr. Er blickte an sich hinunter. Wahrlich, wie der Armenarzt sah er aus in seinem staubigen Anzug und dem zerknitterten Hemd. An diesem Tag ging er mit schwerem Herzen nach Hause. Noch gelang es ihm jedoch, alles zu verdrängen, sobald er Daphne und Louis sah. Sein Sohn kroch zu einem Sessel, krallte sich an die Lehne und zog sich hoch. Zum ersten Mal überschaute er seine Welt aus dem Stand. Der Schrei, den er ausstieß, geriet triumphal. Hyperion und Daphne tauschten ein Lächeln, dann lief Hyperion hin und hob das Kind an sein Herz.

Es wurde schlimmer. An einem Maimorgen traf er in der Stadt seinen Bruder. Wie üblich wollte er über die Straße flüchten, doch ein Trauergespann, das gemächlich hätte dahinzockeln sollen, donnerte in solchem Höllentrab vorbei, als käme der Tote irgendwohin zu spät. Der Wagen kappte Hyperions Fluchtweg. »Angenehmen Morgen«, grüßte Hector und zog seinen Hut.

Hyperion verschränkte die Hände im Rücken und blieb stumm.

»Kein Gruß? Nun, sei's drum. Manieren bringt man Knaben eben mit dem Stock bei, nicht mit Zucker und Gesäusel.« Der Bruder verzog den Mund. »Und da wir von Manieren sprechen – meinst du nicht, es gehöre sich, allmählich an Begleichung zu denken?« Er hob eine Hand und vollführte immer noch lächelnd die Geste des Geldzählens.

Hyperion zerbiss sich die Lippe.

»Noch keine Antwort?« Hector klopfte ihm auf die Schulter. »Nun, zerbrich dir nicht den Kopf. Es ist ja nicht so, dass ich am Hungertuch nage. Ein Weilchen kann ich dir das kleine Vermögen schon stunden. Vergiss nur nicht, an einem Tag meiner Wahl stehe ich vor deiner Tür und fordere mein Geld, und dann tust du gut daran, es bereitzuhalten, wenn du dein Elternhaus behalten willst.«

»Es ist auch dein …«, begann Hyperion, aber Hector winkte ab.

»Streich mir keinen Sirup um den Bart. Wir wissen beide, dass es das

Haus deiner Eltern war, nicht meiner. Dein Vater hat es für deine Mutter und ihren Kronprinzen gekauft. Mein Vater war er zu der Zeit schon lange nicht mehr.«

»Das ist nicht …«, fiel Hyperion ein, brach aber gleich darauf ab.

Hectors Lächeln verzog sich zur Seite. »Was ich an dir mag, ist, dass du ein so schlechter Heuchler bist. Du bringst es nicht über dich, mir zu sagen, das sei alles nicht wahr. Nichts für ungut. Empfiehl mich der Dame, die dich geheiratet hat. Wenn sie dir das nächste Mal sagt, du solltest deinen Bruder gelegentlich zum Tee bitten, hör auf sie.«

Damit ließ er ihn stehen. Vor Scham konnte Hyperion sich lange nicht rühren, ehe er sich zusammenriss und den Weg nach Hause antrat. An der Straßenecke sah er Mount Othrys, das sich so friedvoll zwischen die Ulmen schmiegte, als wäre es dort gewachsen. Es zu verlieren war undenkbar, es war seine Muschelschale, sein Schutz.

Dann sah er seine Großmutter auf sich zueilen. Beinahe rannte sie, eine Frau von über achtzig Jahren.

»Bist du kein Herr mehr?«, rief sie. »Gehst du neuerdings zu Fuß? Das passt zusammen, Hyperion, wahrlich, das passt.«

»Was passt?« Er blieb stehen. Noch immer kam es ihm vor, als würde er vor ihr einschrumpfen.

»Dass du wie ein Tagedieb durch die Stadt scharwenzelst, dass du ein Marktweib ins Haus nimmst und deine Großmutter aus dem Heim, das ihr Sohn ihr zugedacht hatte, hinauswerfen lässt.«

»Wie bitte? Was redest du denn? Kein Mensch lässt dich aus deinem Heim werfen, ich am allerwenigsten.«

»Ha!« Sie warf den Kopf in den Nacken. »Da ist deine Marktschreierin aber anderer Ansicht. Die hat sogar Möbelpacker bestellt. Ich habe deine Frau nicht behelligt, Hyperion, deine Frau trägt so wenig wie deine Mutter an irgendetwas Schuld, aber dich behellige ich. Nell Weaver lässt sich nicht umherstoßen wie einen alten Schrank. Du gehst sofort und rückst diese Sache zurecht, oder ihr beide, du und das Marktweib, sollt mich kennenlernen.«

Er hätte ihr sagen sollen, dass sie Mildred nicht Marktweib nennen durfte, aber dazu war keine Zeit. Mit fliegenden Fingern öffnete er das Tor und rannte den Gartenweg entlang.

In der Halle wartete Daphne mit Louis auf dem Arm und hatte wieder Tränen auf den Wangen. »Mit Milly ist nicht zu reden«, war alles, was sie ihm zur Erklärung gab. »Ich weiß nicht, was in sie gefahren ist, ich erkenne sie nicht wieder.«

»Wo ist sie, Liebstes?«

Daphne wies in Richtung Garten. »Aber dass du mit ihr sprichst, ist sinnlos. Du weißt, sie hat leider nicht die Meinung von dir, die sie haben sollte, und sie hört uns alle ja nicht einmal an.«

Hyperion küsste sie und den Jungen. »Sorg dich nicht«, murmelte er und eilte in den Garten. Mildred trug schwarzen Satin, der in der flimmernden Luft jede Linie ihres Körpers umspannte. Er musste stehen bleiben und den Atem anhalten. Ja, die Zeit der Wunschlosigkeit war vorüber. Das Schlimmste war, dass man nicht alle Wünsche beim Namen nennen durfte, nicht einmal im Stillen vor sich selbst. Hyperion, der gelobt hatte, seiner Liebsten kein Kind mehr zu machen, und dem das Wasser bis zum Hals stand, verhielt im Mailicht im Garten und wünschte sich, mit einer Frau zu schlafen.

Mildred beaufsichtigte einen Tross Männer, die Möbelstücke aus dem Altenteil ins Haupthaus schleppten. Die mannshohe Standuhr seiner Großmutter. Das zierliche Tagesbett, das Amelia ihr geschenkt hatte. Den Tallboy, in dem sie Wäsche aufbewahrte, an die niemand hätte rühren dürfen. »Was geht hier vor?«, presste Hyperion heraus. Sehr langsam drehte Mildred sich um.

Der Wind blies ihr Haar aus dem Gesicht, der Kragen des Satinkleides umschloss den gereckten Hals. »Die Saison beginnt«, sagte sie. »In wenigen Tagen platzt diese Stadt aus den Nähten. Die Feriengäste bringen Geld wie Heu, und von dieser Fülle schneide ich uns einen Teil. Wie bitter wir es nötig haben, dürfte dir bekannt sein.«

Sie schrie einen Burschen an, der zwei Stühle aus dem Haus trug.

»Die bleiben drinnen, wo hast du deinen Verstand? Auf irgendetwas müssen meine Gäste ja sitzen.«

Hyperion begann zu begreifen. »Du willst das Haus meiner Großmutter an Urlauber vermieten? In mein Mount Othrys willst du Fremde bringen, die auf den Teppichen meiner Mutter herumtrampeln und die Dinge, die sie liebte, anpacken?«

»Wenn ich es nicht tue, wird es nicht mehr lange dein Mount Othrys sein«, erwiderte Mildred ruhig. »Wegen all der Teppiche und Staubfänger, die deine Mutter gesammelt hat, kann ich die Zimmer als Luxusquartiere anbieten und gesalzene Preise verlangen. Ich habe mich kundig gemacht, bald ein Jahr habe ich in diese Sache gesteckt, und jetzt, wo ich am Ziel bin, hältst du mich nicht auf. Oder wäre es dir lieber, wenn dein Sohn, für den meine Schwester um ein Haar gestorben ist, an Mangelkrankheiten leidet wie das Pack im Spital, das du so sehr liebst?«

»Aber Mildred, das Haus gehört meiner Großmutter.«

Sie zuckte mit den Schultern. »Ich habe im Haupthaus zwei Räume für sie herrichten lassen. Leer stehen ja genug.«

»Meine Großmutter möchte nicht ins Haupthaus ziehen. Sie ist zu eigen dazu, deshalb hat ihr mein Vater das Wohnrecht für das Altenteil zugesichert.«

»Dann soll sie es einklagen«, versetzte Mildred kalt. »Das möchte ich sehen, wie Missus Nasehoch Weaver sich in einen Gerichtssaal stellt und gegen die eigene Familie vom Leder zieht.«

Er wollte nach ihr greifen, doch die Hände fielen ihm hinunter. »Du kannst das nicht tun. Ich erlaube es nicht.«

»Ha.« Sie warf den Kopf zurück und verschränkte die Arme vor der Brust. »Hatten wir beide nicht eine Abmachung, hast nicht du mir gelobt, du ließest mir freie Hand?«

Ihre Blicke trafen sich. Hatte das Glimmen ihrer Augen ihn einst wirklich belustigt, hatte es ihm keine Angst eingeflößt? Mildred, um die sich das Abendlicht schmiegte, wandte ihren Blick nicht ab. »Ich könnte auch mit Daphne sprechen«, murmelte sie endlich. »Aber ich denke, das wird nicht nötig sein.« Damit wandte sie sich ab und ging, um die Möbelträger anzutreiben, die Hyperion völlig vergessen hatte. Nach einer Weile kehrte er ins Haus zurück, wo Frau und Sohn auf ihn warteten. Zum ersten Mal seit Louis' Geburt heiterte das helle Lachen seines Kindes ihn nicht auf, und er war froh, als Daphne erklärte, sie wolle Louis zu Bett bringen. Das Abendessen ließen sie sich auf ihrem Zimmer servieren. Mehrmals fragte Daphne, wie das Gespräch mit ihrer Schwester verlaufen sei und ob ihn etwas quäle, aber er vermochte kaum, ihr Antwort zu geben. Er trank viel zu viel Wein. Für gewöhnlich trank er mäßig, doch heute leerte er die Kristallflasche und musste Priscilla bitten, sie neu zu füllen. Auch Daphne bat um ein Glas. »Wenn wir etwas zu feiern haben, muss ich doch mittun«, bemerkte sie. »Und das Gezänk mit Nell und Milly will ich gern vergessen.«

»Wird es dir nicht schaden?«, fragte er besorgt.

»Hyperion«, sagte sie, »nicht alles, was zum Leben gehört, schadet mir. Ich werde verwöhnt wie eine Made im Speck, ich glaube, ich bin mein Leben lang nie so gesund gewesen.«

Hätte er sich nüchtern vielleicht beherrschen können, so gab der Wein ihm den Rest. Er fühlte sich, als wäre er meilenweit gerannt, als liefe der Schweiß ihm aus den Poren und als müsste er in Daphnes Armen zusammenbrechen. Er tat es. Ließ sich von ihr in die Arme schließen, gab alle Bedenken dahin und schlief mit ihr.

Die Frau kam nach Einbruch der Dunkelheit, wenn kein Besucher mit Anstand sich hätte blicken lassen. Sie klopfte am Dienstboteneingang, übergab aber dennoch dem Hausdiener ihre Karte und trug ihm auf, sie dem Herrn des Hauses auszuhändigen. Hector war klar, was das bedeutete. Er hätte die Karte nicht ansehen müssen, um zu wissen, wer da im dunklen Flur des Dienstbotentraktes auf ihn wartete. Die Karte war schmuddelig und an den Rändern ausgefranst. Dass eine wie sie sich überhaupt Karten drucken ließ, war der Gipfel der Unverschämtheit. Aber die Karte war gar nicht gedruckt. Sie hatte sie in ihrer scheußlichen Klaue selbst geschrieben. Die wenigen Zeilen enthielten zwei Schreibfehler.

Jedes Mal, wenn sie kam, wünschte er sich, er wäre Manns genug, sie abzuweisen. Stattdessen teilte er Bernice mit, er habe noch Arbeit, sie solle zu Bett gehen. Sie bestand darauf, zuvor mit ihm über den Erzieher zu sprechen, den er für Horatio eingestellt hatte. Er sei roh und grob, ereiferte sie sich, sie wolle ihn nicht um sich haben, und die Aufzucht der Kinder unterstehe ihr. Zudem sei Horatio mit seinen vier Jahren noch jung genug, in der Obhut des Kindermädchens Sukie zu verbleiben.

»Kindermädchen sind zum Herzen«, widersprach Hector scharf. »Mein Sohn braucht eine harte Hand, die einen Mann aus ihm macht.« Der Sohn war noch immer hässlich, sprach kein Wort und erinnerte an einen Idioten, doch der Stock des Erziehers würde Abhilfe schaffen, und wenn der Bursche die ganze Stadt zusammenbrüllte. »Schick dich drein«, verwies er Bernice. »In diesem Haus wird kein Sohn verzärtelt.«

Über kurz oder lang würde er Sukie ihres Weges schicken. Für seine Tochter würde er eine Gouvernante finden, und weiterer Kinder bedurfte es nicht. Die Gefahr, dass die zwei, die er hatte, missrieten, lastete schwer genug auf ihm. Mit Sukie vergnügte er sich zuweilen, aber die Lust an ihrem Knabenleib ebbte ab. Was er wirklich suchte, war unauffindbar, und sooft er glaubte es entdeckt zu haben, wurde es wieder schal.

Im Licht der Gaslaterne unter dem Vordach sah er die Frau. Hector hatte für die wenigsten Frauen viel übrig, die Amelias und Daphnes dieser Welt waren rar wie Störeier, und die anderen flößten ihm Verachtung ein. Eine aber reizte ihn zu würgendem Hass, und die stand jetzt vor ihm. Man las in der Zeitung Schauergeschichten von Verwandten, die einander metzelten, gerade sorgte der Fall eines Mädchens für Aufsehen, das ihrem Bruder die Kehle durchschnitten hatte. Man nahm es zur Kenntnis, legte die Zeitung beiseite und wunderte sich, wie weit Menschen sich treiben ließen. Wenn aber Hector diese Frau vor sich hatte, wunderte er sich über nichts mehr. Er hätte den Zeitungslesern erklären können, wie schmal der Grat war, der den gesitteten Bürger vom Mörder trennte.

»Willst du mir keinen guten Abend wünschen?«

Das Schlimmste war, dass er in ihrem vor Bosheit triefenden Ton seinen eigenen erkannte, dass er in ihren verlebten Zügen und dem einstmals schwarzen Haar sich selbst sah. Leute behaupteten, sie sei schön gewesen, damals, als ihr Mann sich so aufsehenerregend von ihr scheiden ließ, aber Hector wusste, sie war von jeher hässlich wie die Sünde. Der rote Samt ihres Kleides war so schäbig wie sie selbst. »Es ist nicht Abend«, sagte Hector. »Für Menschen mit Anstand ist es längst Nacht.«

»Ach, der Anstand«, erwiderte sie und legte den Kopf mit dem frivolen Hütchen schräg. »Den Anstand, mein Liebchen, muss man sich ja leisten können.«

»Nenn mich nicht so«, fuhr er auf. »Sag, was du willst, und geh.«

»Soll ich dich nicht so nennen? Aber so hab ich dich dein Leben lang genannt, ob in Worten oder in Gedanken. Es ist das Herz einer Mutter, das da spricht.«

Ohnmächtig vor Wut ballte Hector die Fäuste. So schmal ist der Grat, so schmal. Jetzt nur die Hände um diesen fetten Hals gelegt, und all das Quälen hätte ein Ende.

»Du ekelst dich vor deiner Mutter, hab ich recht?«

Er stierte zu Boden, auf den Kegel, den das Licht der Lampe bildete.

»Das schmerzt, mein Bübchen. Weißt du, wie das schmerzt? Hast ja selbst zwei Kinder, die werden nie auf meinen Knien reiten, und wenn sie ihrer Großmutter in der Stadt begegnen, rümpfen sie die Nasen. Und wofür wird deine Mutter so hart bestraft? Dafür, dass sie jung war und aus Liebe einen Fehler beging, oder dafür, dass die Titanen-

göttin Amelia Ward bereitstand und alles war, was Polly Pierson nie hätte sein können?«
Der Lichtkegel tanzte. Hector hörte seine Zähne knirschen.
»Nun gut«, sagte Polly Pierson. »Liebe lässt sich nicht zwingen, auch wenn man annimmt, die Liebe des Kindes zur Mutter sei angeboren. Da man mir jedoch alle Rechte einer Mutter geraubt hat, bin ich der Ansicht, eine kleine Entschädigung sei angebracht. Es wünscht ja kein Sohn, dass seine Mutter hungert.«
Sie sah nicht aus, als würde sie hungern. Sie war ein feistes Weibsbild, das den Hals nicht vollkriegen konnte, und natürlich würde sie wiederkommen, immer dann, wenn er glaubte, er sei sie endgültig los.
»Lass von meinen Kindern die Finger«, krächzte er.
»Dass ich von meinen Enkeln die Finger lasse, willst du? Und meinst du nicht, wenn du von einer Großmutter solche Opfer forderst, sollte es dir ein Trostpflaster wert sein?«
Er gab es ihr. Er gab es ihr jedes Mal. Es war nicht das Geld, um das es ihm weh tat, sondern das Gefühl, erpressbar zu sein. Er wartete, bis sie hinter der Gartenpforte verschwunden war, dann stürmte er in sein Herrenzimmer und verriegelte hinter sich die Tür. Den kostbaren Whisky aus Talisk kippte er hinunter wie seine Mutter ihren billigen Fusel. Jemand würde dafür bezahlen müssen. Der Teutone! Der Wunsch, dem Deutschen ein Leid zuzufügen, war so übermächtig, dass er augenblicklich nach Milton's Court eilen wollte, wo der Mann noch immer seine Schlafstätte hatte. Sobald er jedoch an diese Schlafstätte dachte, tauchte ein anderer Wunsch auf, und der brachte ihn um den Verstand.

Anderntags erwachte er mit höllischem Kopfweh, und aus den Blicken, mit denen seine Frau ihn bedachte, schloss er, dass sein Zustand in der Nacht nicht unentdeckt geblieben war. Eine Stunde lang sah er dem Unterricht seines Sohnes zu, geriet über die Trägheit des Kindes in Zorn und wies den Erzieher an, ihm eine Tracht Prügel von zwanzig Hieben zu verpassen. Vor Tagen hatte er auf der Promenade den bildhübschen Sohn seines Bruders gesehen, der an der Hand seiner Mutter bereits Schritte wagte. Und hinter beiden war der Bruder gegangen, auf den Zügen eine Seligkeit, wie Hector sie nie empfunden hatte. Hatte er nicht sein Leben lang danebengestanden, während der Bruder alle Liebe und alles Glück einsackte? Und jetzt hatte er auch noch einen Traum von Sohn, während Hector mit einem haarlosen Kretin geschlagen war. »Sie geben ihm fünfundzwanzig«, korrigierte er sich vor dem Erzieher. »Ich will diesen Stock schnalzen hören, und zwar täglich, sonst sind Sie Ihre Stellung los.«

Hector schluckte ein Mittel gegen Kopfweh. Als keine Linderung eintrat, rief er den Kutscher und ließ sich zur Gasanstalt fahren.

Er hatte dem Deutschen einen Aufstieg ermöglicht, der für einen Navvy vergleichslos war. Inzwischen hatte März sein eigenes Büro und verwaltete die Leitungen des Abschnitts Southsea. Sprosse um Sprosse hatte Hector ihn erklimmen lassen, doch dabei darauf geachtet, dass er sich nie in Sicherheit wiegte, sondern immer wieder um Schritte zurückfiel und weniger Geld erhielt als andere in seiner Stellung. In Deutschland hatte irgendein Windhund einen Arbeiterverein gegründet und kämpfte für die Forderungen des Aufwieglers Marx, der ebenfalls aus Deutschland stammte. März aber begehrte nie auf, sondern schuftete von früh bis spät und beugte sich jedem Befehl. Nur mit einem trieb er Hector zum Wahnsinn, und das war seine Unnahbarkeit. Ob Hector ihn demütigte oder sich kumpelhaft gab, der Deutsche sagte nicht mehr als danke, bitte und sehr wohl und blieb ein verschlossenes Buch.

Soweit Hector wusste, hatte er kein Liebchen, ja nicht einmal Kameraden, mit denen er ab und an über die Stränge schlug. Er trank nicht, spielte nicht und trug sein Geld nicht zu Huren. Wofür er es ausgab, war Hector ein Rätsel. Sein Zimmer bot nicht den geringsten Komfort, seine Kleidung war sauber, doch von billiger Machart, und auch beim Essen versagte er sich allen Luxus. Er musste etwas verschweigen, ein geheimes Laster, das Geld verschlang, und auf diese Schliche wollte Hector ihm kommen.

Das Büro, das er dem Deutschen zugeteilt hatte, grenzte an ein anderes, das er verschlossen hielt. Als er das Gebäude am Südrand von Southsea gemietet hatte, war ihm aufgefallen, dass die Räume einst zusammengehört hatten und durch eine dünne Wand getrennt worden waren. Es erforderte wenig Mühe, in die Wand einen Spalt zu schlagen und die Tapete darüber zu richten. Hector sagte sich, er müsse zu solchen Mitteln greifen, schließlich bleibe ein Deutscher ein Deutscher, und wenn er keinen Arbeiterverein in seiner Gasanstalt wollte, hielt er den Mann besser unter Kontrolle. In dem Raum gab es nicht mehr als einen Spind und einen Lehnstuhl. Oft saß er stundenlang in dem Lehnstuhl und hörte zu, wie die Stimme des Deutschen in der Leere hallte.

Bisher hatte er allerdings nie etwas von Interesse belauscht. März bediente Kunden zuvorkommend, schloss kluge Geschäfte ab und empfing niemanden, von dem sein Brotherr nichts wusste. An diesem Morgen hatte Hector jedoch kaum auf seinem Horchposten Platz genommen, als er hörte, wie die Tür des Nebenzimmers aufflog. »Victor!« Hector kannte keinen Menschen, schon gar keine Frau, die den Deutschen beim Vornamen nannte.

Aber die Frau, die rufend ins Zimmer gestürmt war, kannte er.

»Du musst mir helfen, Victor.«

»Mildred.« Der Ton, in dem der Deutsche das Wort aussprach, verriet Hector alles. Mit dem, was darin schwang – Sehnsucht, Leidenschaft, Einsamkeit –, kannte er sich aus. Der Deutsche bewegte sich leise wie ein Raubtier, aber Hector wusste dennoch, dass er um den Schreibtisch herum auf seine Besucherin zugegangen war. »Geht es dir gut?«

»Das tut nichts zur Sache. Hast du gehört, was ich gesagt habe?«

»Ja.«

»Und hilfst du mir?«

»Mildred«, erwiderte der Deutsche, »ich habe dir gesagt, ich helfe dir, wann immer du mich brauchst.«
Einen Augenblick lang hörte Hector nichts als ihrer beider Atem. Warum war er nicht von selbst darauf gekommen? Ihm war, als sähe er sie vor sich, den schönen, starken Leib des Mannes und den schönen, starken Leib der Frau, beide berstend vor Kraft und zum Leben gemacht. Traten sie aufeinander zu, streckten sie die Arme aus und drängten sich aneinander, und das alles in seinem Büro, in der Arbeitszeit, die er bezahlte? Seine Hände fuhren an seinen Hals und lockerten den Kragen, ehe er erstickte.
Papier knisterte. »Ich brauche Geld«, sagte Mildred.
»Geld«, wiederholte März, als wäre er nicht sicher, was mit diesem Wort gemeint sei.
»Hier, lies.«
»Was ist das?«
»Eine Rechnung für Lebensmittel. Die Lieferung steht vor meinem Haus, doch ehe ich die Rechnung nicht begleiche, gibt der Kerl sie nicht frei. Später kommen noch andere, der Metzger und das Mädchen von der Schneiderei. Ich habe alles überschlagen, und das ist die Summe, die ich brauche. Jetzt sofort. Obwohl die Nachbarn sicher längst glotzen.«
Vermutlich studierte März das Papier und versuchte seiner Verwirrung Herr zu werden. »Aber wozu brauchst du denn solche Mengen?«, fragte er endlich. »Ich kenne Rechnungen für Mount Olymp. Dort macht das, was für die Woche bestellt wird, kaum die Hälfte aus.«
»Für uns bestelle ich schon lange keinen solchen Luxus mehr«, versetzte Mildred bitter.
»Für wen ist es dann? Was tust du mit all diesen Dingen?«
»Ich tue, was du mir geraten hast. Ich steige ins Geschäft mit Feriengästen ein.«
Jetzt glaubte Hector das Gesicht des Deutschen vor sich zu sehen, die

Fassungslosigkeit in den herrlichen Augen, das Haar, das ihm über die Stirn fiel. »Ich habe dir geraten …«, stammelte er.
»Du hast gesagt, eines Tages wird diese ganze Küste eine Kette von Hotels sein, und die Urlauber tragen Geld wie Heu in die Stadt. Von dem Heu will ich meinen Teil. Meine Schwester und ihr Kind brauchen ihn.«
»Ich habe das Kind in der Stadt gesehen«, murmelte der Deutsche. »Du musst glücklich sein, solchen Neffen zu haben.«
»Ja«, kam es knapp von Mildred.
»Ich wäre auch glücklich, wenn ich meiner Schwester Kind bei mir hätte. Annette ist blond, so wie deine Schwester. Gut möglich, dass ihr Kind so reizend wäre wie der kleine Louis Weaver.«
Eine Schwester? Der Deutsche hatte eine Schwester? Hector besaß das Gedächtnis eines Elefanten, aber er wollte kein Risiko eingehen, sondern langte lautlos nach dem Spind und entnahm ihm Papier und Federhalter.
»Hast du mich nicht gehört?«, schrie Mildred. »Der Lieferant wird nicht ewig auf mich warten, und wenn er die Sachen wieder mitnimmt, kann ich mich begraben. Meine Gäste kommen morgen. Ich habe alle vier Zimmer auf Anhieb belegt.«
Der Deutsche trat auf sie zu, vielleicht packte er sie an den Armen. Trug sie wieder ein Kleid, das ihre sinnliche Fülle wie ein Gefängnis umschloss? Es gab Frauen, die wurden schon sündig geboren, sie hätten in ein Kloster gehen können und wären doch Schlampen geblieben. »Höre, Mildred«, beschwor sie der Deutsche, »als ich das gesagt habe, meinte ich nicht, du solltest dich in dem Geschäft versuchen. Ich habe an mich gedacht, verstehst du? Es ist eine harte Welt da draußen, zu hart für eine Frau. Wenn aber du und ich uns zusammentäten …«
»Erzähl mir nichts von der Welt«, fuhr Mildred ihn an. »Ich bin aus Whitechapel. Mir macht über die Welt kein Mensch etwas vor. Hilfst du mir, wie du's versprochen hast? Wenn nicht, halt mich nicht länger

hin, denn dann muss ich mich sputen und den Lieferanten bitten, mich auf andere Art bezahlen zu lassen.«

»Mildred!«

»Ich bin aus Whitechapel«, erklärte sie noch einmal. »Von allem, was ich mir wünschte, habe ich nichts bekommen, nur das verdammte Haus, und das Haus gebe ich nicht her.«

Wieder hörte Hector das Papier in den Händen des Deutschen rascheln. »Das ist sehr viel Geld«, vernahm er dessen Stimme.

»Ja, und ich brauche noch einmal das Doppelte, andernfalls stehe ich nächste Woche nicht besser da als heute.«

»Das wäre alles, was ich gespart habe.«

»Ich zahle es dir zurück«, sagte Mildred. »Sobald meine Gäste ihre Zeche begleichen. Ich zahle dir Zins dafür.«

»Ich nehme von dir keinen Zins. Aber wenn dir so viel daran liegt, ein Hotel zu führen, warum tun wir es nicht gemeinsam? Wir könnten Teilhaber werden, wir wollen beide dasselbe ...«

Weh tat, dass er recht hatte. Sie wollten dasselbe, sie konnten einander etwas geben, das Hector sich sehnlichst wünschte und nirgendwo bekam. War er März nicht ein Wohltäter gewesen, hatte er nicht die gestrandete Mildred in seine Pension aufgenommen? So dankten sie es ihm – indem sie ihn vergaßen und sich wie Tiere aufeinanderstürzten.

»Du?«, rief Mildred. »Du als Teilhaber von Mount Othrys?« Und dann warf sie gewiss den Kopf mit dem wilden Haar in den Nacken und lachte. »Weißt du überhaupt, was du redest, weißt du, wie vermessen du bist?«

Mit einem Schlag war der Schmerz verflogen. Hector hörte auf mitzuschreiben und verharrte. März sagte lange Zeit nichts. Ein Scharren ließ vermuten, dass einer von beiden sich rührte. »Ich habe das Geld nicht hier«, hörte er März schließlich sprechen. »Geh nach Hause, sag deinem Lieferanten, es kommt gleich jemand, der die Summe bringt. Ich gehe zur Post und hebe alles ab. Ich kann nur hoffen, dass Mr Weaver nicht aufkreuzt, denn dann wird er mich hindern zu gehen.«

Hector hätte sich einen Spaß daraus machen können, aber er tat es nicht. Stattdessen ergänzte er seine Notizen und schrieb das Wort Hotel ganz oben auf den Bogen. Was März erkannt hatte, wusste er seit langem, in der Hotelbranche lag die Zukunft der Stadt. Der berauschende Erfolg der Gasanstalt hatte ihn davon abgelenkt, aber jetzt würde er schleunigst Nägel mit Köpfen machen. Das andere, was sich im Raum nebenan ereignet hatte, war jedoch noch unendlich erregender.

Der Deutsche hatte eine Schwester. In dem wilden Land, aus dem er stammte, gab es eine Verwandte, die ihm über Gebühr am Herzen lag. So etwas von Menschen zu wissen war Gold wert, denn durch solches Wissen ließen sie sich lenken.

Vermutlich hatte März vor, seine Schwester zu sich zu holen, sobald er die Mittel besaß, aber der Wirbel um die Schwester verstummte, sobald Mildred Adams die Bühne betrat. März liebte sie. Der verschlossene Bursche gab das Geld hin, das für die Schwester gedacht war, und setzte die Stellung aufs Spiel, für die er Tag und Nacht schuftete. Hector hatte von solchen Leidenschaften, die wie Krankheiten waren, gelesen, er hatte geahnt, wie sie in Menschen wüteten, jetzt aber erlebte er sie, keine zehn Schritte entfernt, und blieb davon ausgeschlossen.

Für Mildred Adams hätte der Deutsche getötet. Hector spürte den Schmerz in allen Gliedern pochen und wünschte, ein Mensch hätte für Hector Weaver getötet.

»Sag nichts, Mildred«, hörte er den Deutschen sprechen. »Musst dich nicht sorgen.« Dann scharrten Schritte über den Boden, die Türangeln knarrten, und gleich darauf waren beide fort.

Kapitel 15

September

Die Saison ging zu Ende.

Die Rosenstöcke im Garten hingen schwer von der Pracht der Herbstrosen. Mildred hatte dort, wo es am feurigsten blühte, Tische und Stühle aufgestellt, damit ihre Gäste in der Süße des sterbenden Sommers ihren Tee einnehmen konnten. Sie hatte Kinder aus dem Ort die Äpfel und Zwetschgen pflücken und Sarah daraus Eingemachtes kochen lassen, das sie mit Zimt und Anis auf zartem Porzellan servierte. »Hier am Meer duftet alles stärker«, hatte sie zu den Gästen gesagt, als wäre sie hier geboren. »Nehmen Sie die Düfte Ihrer Ferien mit, und lassen Sie sich an grauen Wintertagen davon trösten.« Sie wusste nicht, woher ihr solches Gerede kam, aber die Gäste mochten es. Sie mochten alles auf Mount Othrys und fragten Mildred, ob sie für die nächste Saison im Voraus buchen könnten, und wie schade es doch sei, dass Mildred so wenige Zimmer vermiete, denn Mount Othrys sei genau das, was man den Nachbarn oder dem Geschäftsfreund gern empfohlen hätte. Ein Reeder aus Liverpool, der mit seiner Frau bei ihr logierte, hätte im kommenden Jahr gern das ganze Haus gemietet. »Es gefällt uns bei Ihnen, Miss Adams«, hatte die junge Frau gesagt. »Es hat das gewisse Etwas, auf das man in unseren Kreisen Wert legt, aber leider ist man so schrecklich beengt. Wenn Sie sich entscheiden könnten, uns mehr Raum zur Verfügung zu stellen, schreiben Sie bitte meinem Mann.«

Wider Erwarten hatte Mildred Freude an der Zimmervermietung und sah der Abreise der letzten Gäste beklommen entgegen. Sie hatte diese Sache aus der Not heraus begonnen, sie wusste, dass Maria Lewis und Bernice Weaver sich darüber die Mäuler zerrissen. Sie hatte den

Gedanken an Fremde, einen Teil von Mount Othrys Fremden zu überlassen, gehasst, aber so war es nicht gewesen. Die Zimmervermietung war ihr Eigen, es war der Teil von Mount Othrys, der wahrhaftig ihr gehörte. »Mount Othrys Hotel, M. Adams« stand auf den rahmweißen Karten, die sie hatte drucken lassen. Kein weiterer Name, nur der ihre.

Sie hatte Freude daran, vor der Abreise Geld einzustreichen, es zu zählen und die Summe in ein Buch einzutragen, das zwei Spalten hatte, eine für Ausgaben und eine für Einnahmen. Auf ihr Drängen überließ ihr Hyperion auch seine Einkünfte zur Verwaltung. Sie trug jede Summe gewissenhaft ein und sparte, wo sie konnte. Irgendwann wurden die Zahlen in der Einnahmenspalte geringfügig größer als die in der anderen. Von dem Geld, das sie verwandte, um Rechnungen zu begleichen oder das Nötigste nachzukaufen, blieb auf einmal etwas übrig.

Es ist mein, dachte sie. Ich habe sonst nichts, aber das Geld steht mir zu, ich gehe hin und werfe es zum Fenster hinaus. Statt im billigsten Stoff herumzulaufen, lasse ich mir das teuerste Kleid der Stadt schneidern. Sie hatte für den Morgen ihre Arbeit erledigt, sie konnte sich ein paar freie Stunden gönnen. Ihr Pferd satteln und in die Stadt reiten, alle brüskieren, die mit dem Finger auf sie zeigten. Während sie sich vor dem Spiegel mühte, ihr schreckliches Haar zu bändigen, versuchte sie an das Kleid zu denken, das sie sich kaufen wollte, aber in ihrem Kopf entstand kein Bild. Früher hatte sie sich alles, was sie sich wünschte, vor ihr geistiges Auge zaubern können, das Haus in Australien, den Salon, das Klavier, aber jetzt schien es, als hätten ihre Wünsche ihre Kraft verloren.

Als sie die Treppe hinunterstieg, sah sie Daphne, die mit dem Kind aus der Küche hinaufkam und im Gehen mit Sarah sprach. Sie trug einen Picknickkorb am Arm und wollte wie so oft mit dem Jungen zum Strand. Aus den Zimmertüren fiel Spätsommersonne in die Halle, und das Kind und Daphne, beide in hellen Kleidern, sahen aus wie vergoldet. Am Anfang des Sommers hatte Daphne sie häufig gefragt, ob sie mitkommen wolle, aber sie hatte immer zu tun gehabt, und irgendwann hatte Daphne aufgehört zu fragen.

»Louis lässt Ihnen für die Teekuchen danken«, rief Daphne hinunter zu Sarah. »Ich muss aufpassen, dass er sie nicht alle allein verdrückt und Bauchweh bekommt.«

»Von meinen Teekuchen bekommt unser Liebling kein Bauchweh«, entgegnete Sarah, »nur runde rote Wangen.«

Das Kind, das für sein Alter erstaunlich beredt war, sagte etwas, das nur seine Mutter verstand. Daphne lachte, beugte sich hinunter und küsste es auf den Kopf. Mildreds Blick saugte sich an den beiden Händen fest, der Erwachsenenhand ihrer Schwester und der kleinen des Kindes, die sich vertrauensvoll an der größeren festhielt, derweil es in seine Welt hinaushüpfte, frei von Angst, von der Hand seiner Mutter beschützt.

Wie konnte Daphne einen Menschen beschützen, wie konnte dieses winzige Geschöpf sich auf Daphne verlassen, die doch selbst ein Kind war und zu schwach, um einen Sturm zu überstehen?

Das Kind zerrte, bis Daphne den Korb abstellte und erlaubte, dass der Junge sich darüberbeugte. Der Henkel war mit blauen Rosen umwunden, die Daphne liebte und im Garten schnitt. Louis riss alles beiseite, langte in den Korb und förderte einen roten Apfel zutage, den Sarah für ihn poliert hatte. Er besaß erst wenige Zähne, mehr als drei kleine Bissen würde er nicht schaffen und die Frucht dann liegen lassen. Und statt ihn zu tadeln, würden sie alle lachen, weil dem Goldkind kein Mensch etwas übelnahm.

Mildred hatte den Jungen hassen wollen. Dieses Geschöpf, um das sie alle ein Wesen machten, als hätte es vor ihm auf der Welt keine Bälger gegeben, war schuld daran, dass Daphne beinahe gestorben war. Mildred hatte alles tun wollen, nur nicht den Jungen lieben. Jeder liebte ihn ja und betrug sich wie ein gackerndes Huhn, sobald er ihn sah. Selbst die tumbe Priscilla und die Teufelin Nell. Und der Junge liebte sie alle, er jauchzte, sobald er die gehässige Alte erblickte oder den Säufer, der die Kohlen brachte, oder den stinkenden Fischhändler. Oder Mildred.

Mit gerade neun Monaten hatte er laufen gelernt und stand seither nicht mehr still. Eines Tages hatte Mildred im Garten Geschirr abgeräumt, und Daphne war vom Strand gekommen, da hatte das Kind sie entdeckt und sich von der Hand seiner Mutter losgerissen, um mit trommelnden Schrittchen auf sie zuzustürmen. Dabei stieß er Glückslaute aus wie eine kleine Taube. Man tat es ganz von allein – ging in die Hocke und breitete die Arme aus, fing den kleinen, vor Leben bebenden Körper an seinem eigenen, rieb die flaumweiche Wange und vernahm die Stimme einer Erinnerung, die man nicht beim Namen kannte.

Louis hielt den Apfel, in den er seine Perlenzähnchen geschlagen hatte, Daphne hin. »Kleine Mutter! Süß!«

Daphne kniete nieder. »Wenn du es willst, mein Sonnenschein.« Behutsam nahm sie ihm den Apfel ab und biss hinein. »Danke, ach danke. Das ist ganz köstlich.«

Gemeinsam wickelten die vier Hände den Apfel in ein Tuch und legten ihn in den Korb. Daphne steckte eine der blauen Rosen, die sie Mondrosen nannte, mit Louis' Hilfe an ihr Kleid, dann stand sie auf und nahm das Kind bei der Hand. »Auf Wiedersehen, Sarah! Wir bringen Ihnen eine Muschel mit.«

Ehe die beiden die Tür erreichten, trat Mildred die letzten Stufen hinunter. »Daphne«, rief sie und leiser: »Mein Sperling.«

Der kleine Junge jauchzte.

»Oh, Mildred, guten Morgen«, stammelte Daphne, als hätte Mildred sie bei etwas Verbotenem ertappt.

»Ich dachte, ich könnte mit euch zum Strand kommen. Es ist nicht mehr so viel Arbeit, jetzt, wo die Gäste abreisen, und ein paar Stunden am Meer bekämen mir nicht schlecht.«

Bildete sie es sich ein oder rückten die beiden enger zusammen? Wenn

Mildred von Kindern geträumt hatte, so hatte sie immer Töchter gesehen, blonde Mädchen an Klavieren. Jetzt aber, während sie Louis ansah, begriff sie, dass sie ein solches Kind hätte haben sollen, einen goldblonden Sohn, der einmal in die Welt hinausgehen und Großes tun würde, Stolz seiner Mutter und seines Vaters, der ihr ewig danken würde.

Hyperion dankte Daphne ewig, weil sie ihm den Sohn geboren hatte. Auf einmal wünschte Mildred, das Kind möge sich wieder losreißen und ihr entgegenstürmen, doch es blieb bei Daphne. »Ach«, machte diese. »Das ist wirklich nett, Milly …«

»Du hast gesagt, du würdest dich freuen.«

»Ja, gewiss doch, Milly, es ist nur …« Sie sprach nicht weiter, und doch hörte Mildred jedes ungesprochene Wort: Es ist nur so, dass ich inzwischen gelernt habe, wie schön es ohne dich ist.

»Vergiss es«, sagte Mildred. »Die Idee war wohl doch nicht gut, die Arbeit macht sich schließlich nicht von selbst.«

»Du sollst nicht so viel arbeiten, Milly. Du reibst dich für uns auf.«

Und wenn ich es nicht mehr täte, was sollte aus euch werden? »Überlass das mir, geh zum Strand und genieß die Sonne.«

»Und du willst wirklich nicht mitkommen?«

»Nein, das will ich nicht.«

Nach kurzem Zögern gingen die beiden zur Tür und traten hinaus ins goldene Licht. Mildred blieb am Fuß der Treppe stehen und war sicher, dass hinter einem Türpfosten Nell lauerte und Mühe hatte, nicht zu feixen. Schließlich drehte sie sich um und ging, um ihr Geld zu holen.

Sie ritt in die Stadt und kam erst kurz vor dem Abend wieder, aber sie kaufte kein Kleid. Sie besuchte den Markt in Portsea und kaufte ein Shetlandpony, eine braun und weiß gefleckte Stute mit seidiger Mähne, die fast bis zum Boden reichte. Sie gab noch das Geld, das für die nächste Woche gedacht war, aus und erwarb einen roten Sattel und ein Zaumzeug dazu. Das Tier sollte am nächsten Morgen gebracht werden. Ich werde nie ein Kind haben, aber ich habe Louis. Ich bin seine Tante, ich kann ihm geben, wozu seine schwachen Eltern nicht imstande sind.

Als sie nach Hause kam, glich die Halle einem Hühnerhaus. Sarah, Nell und Priscilla liefen wie aufgescheucht umher, das Kind hockte in einer Ecke und weinte, der Arzt aus Portsmouth verließ das Haus, und Max wurde geschickt, um Hyperion zu holen. Daphne hatte am Strand einen Schwächeanfall erlitten. Ein Paar aus Manchester, das auf dem Altenteil logierte, hatte sie samt dem verzweifelten Kind nach Hause geschafft. »Sie will ihren Jungen sehen«, sagte Nell zu Priscilla.

»Aber sie ist doch krank!«, rief Mildred und wollte sich Louis zuwenden, der herzzerreißend weinte.

»Sie will ihn sehen«, beschied sie Nell, und Priscilla trat vor den Kleinen und sagte ihm, er dürfe jetzt zu seiner Mutter. Auf der Stelle beruhigte er sich und schlang ihr die Ärmchen um den Hals. Mildred wollte ihr hinterhereilen, aber Nell hielt sie zurück. »Sie werden dort oben nicht gebraucht. Gehen Sie und kümmern sich um Ihr Geschäft, denn von uns will es keiner am Hals haben.«

»Meine Gäste sind versorgt«, fauchte Mildred. »Und ob meine Schwester mich braucht, entscheiden nicht Sie. Sie wissen nichts von uns, nichts, nichts, nichts.«

Nell versuchte zwar sie aufzuhalten, aber Mildred schüttelte sie ab, lief die Treppe hinauf und riss Daphnes Tür auf. In dem gewaltigen Bett wirkte Daphne verloren. Sie hielt den Jungen im Arm. Ihr Gesicht hatte die Farbe der Laken, und ihr Haar war zerzaust.

Liebe überwältigte Mildred. Diese schmächtige Frau hatte sie verraten, sie verriet sie gerade wieder. Während ihr Tränen die Wangen hinabströmten, sang sie mit zitternder Stimme:

»Lavendel ist blau, dilly dilly,
Lavendel ist grün.
Wenn ich erst Königin bin, dilly dilly,

Bist du mein König.«
Sie hatte ihr Lied gestohlen, das Lied, das Mildred und Daphne gehörte, hatte es entstellt und einem anderen geschenkt. Mildred wollte gehen und die Tür hinter sich ins Schloss werfen. Etwas in ihr spürte, dass ihr noch schlimmerer Verrat bevorstand, aber sie konnte nur tun, was sie immer getan hatte. Sie lief zu Daphne, warf sich vor dem Bett nieder und umarmte sie.

Daphne wollte aufhören zu weinen, sie wollte ihrem Kind ein fröhliches Gesicht bieten, aber die Tränen strömten einfach weiter. Was habe ich nur getan, o mein Gott, was habe ich getan? Louis krallte die winzigen Finger in ihre Arme und weinte mit. »Kleine Mutter«, brachte er unter Schluchzen hervor. Irgendwann hatten sie begonnen einander »kleine Mutter« und »kleiner Louis« zu nennen, aus keinem Grund, als weil sie sich so sehr liebhatten. Jetzt klangen die Koseworte, die der Kleine stammelte, wie Hilferufe.
Das Erlebnis am Strand musste entsetzlich für ihn gewesen sein. Sie hatten mit diesem netten Paar, das bei Milly eingemietet war, in den Kieseln Schienen für Louis' Lok aus Blech gebaut, als ihr schwindlig wurde und sie das Bewusstsein verlor. Der Glanz des Sommers war auf einen Schlag verloschen. Als sie zu sich kam, lag sie in ihrem Bett, der Arzt war bei ihr, und sie blutete aus einer Wunde an der Schläfe, wo sie in den Kieseln aufgeschlagen war.
»Kleine Mutter«, schluchzte Louis. Daphne drückte ihn noch fester an sich. Hatte er geglaubt, sie wäre tot? Bei dem Gedanken wurde Daphne übel. Es war ja Unsinn, ihr Junge war noch viel zu klein, um vom Tod zu wissen. Aber was war, wenn es Wirklichkeit wurde?
Was ist, wenn ich sterbe?
Hatte nicht Mildred ihr oft genug erklärt, sie sei für Strapazen zu schwach? War nicht ihre Schwäche der Grund dafür, dass Hyperion sie aus seinem Leben ausschloss, seine Sorgen nicht mit ihr teilte und ihr Bett zu meiden suchte? So heftig, wie sich Louis an sie klammerte,

klammerte sie sich an ihn. Wenn Mildred und Hyperion recht hatten, was wurde aus ihrem Kind? Mildred und Hyperion war sie zu nichts nütze, aber diesem einen Geschöpf war sie die Welt. Für ihn war sie unersetzlich, ihr kleiner Junge durfte nicht mutterlos sein! Sie schluckte die Tränen hinunter, auch wenn sofort neue kamen, und begann zu singen. Sie hatte Mildreds Lied ein wenig umgedichtet, er mochte es so gern wie sie.

»Wer sagt dir das, dilly dilly,
Wer sagt dir so?
Mein eigen Herz, dilly dilly,
Das sagt mir so.«

Er musste völlig erschöpft sein, denn er wurde sogleich in ihren Armen schwer. Daphne sang weiter und hielt die süße Last umschlungen. Ich behüte dich, das verspreche ich dir. Wir zwei sind untrennbar, ich lasse dich nie allein.

Ein Geräusch ließ sie herumfahren. Mildred war ins Zimmer gekommen, warf sich auf die Knie und umarmte Daphne. »Vorsicht«, flüsterte diese, »Louis ist gerade eingeschlafen.« Dann aber ließ sie sich in Mildreds Arme fallen und weinte die Angst wie als Kind aus sich heraus.

Später, als sie zu Atem gekommen war, erlaubte sie Mildred, ihr den Jungen abzunehmen und an ihre Seite zu betten, so nah, dass sie den warmen kleinen Körper noch spürte. Dann ging Mildred zum Waschtisch, machte ein Tuch nass und rieb ihr mit kühlem Wasser das Gesicht ab. »Sag mir, was dir geschehen ist.«

»Nichts.« Daphne versuchte ein Lächeln, das gründlich misslang. »Die Hitze war wohl nur ein bisschen viel für mich.«

»Es ist September«, versetzte Mildred trocken. »Das milde Wetter solltest selbst du ertragen.«

Wie von selbst sprudelten die Worte: »Ach Milly-Milly, ich habe solche Angst. Ich habe mir so sehr gewünscht, Hyperion noch ein Kind zu schenken, ich bin so glücklich gewesen, aber jetzt weiß ich, dass du recht hattest, ich bin zu schwach, ich hätte mein Schicksal nicht herausfordern dürfen, und wenn ich sterben muss, was wird dann aus meinem Sohn?«

Was Mildred sagte, hörte sie nicht, ihr Schluchzen übertönte es.

»Ich habe dir so viel Mühe gemacht, und ich habe Hyperion so viele Sorgen aufgebürdet, mir steht nicht zu, dass ihr mich liebt. Aber mein kleiner Junge braucht mich. Er kann keine andere Mutter haben als mich.«

Hart umschloss Mildreds Hand ihr Kinn. »Wovon redest du?«

Daphnes Schluchzen erstarb. Sie hatte es vergessen. Dass Hyperion sie gebeten hatte, Mildred noch nichts zu sagen, fiel ihr erst jetzt wieder ein. »Ich bin noch einmal in der Hoffnung«, stieß sie aus. »Ich weiß, du hast gesagt, ich darf es nie mehr sein, aber ich habe deine Warnung in den Wind geschlagen. In der Schwangerschaft mit Louis ging es mir gut, habe ich gedacht, weshalb soll es nicht auch diesmal gutgehen? Und jetzt muss ich sterben, und ich darf doch meinen Jungen nicht alleinlassen.«

»Du bekommst ein Kind?«, schrie Mildred. »Dieses Tier hat dir ein Kind gemacht?«

»Milly, ich bitte dich! Hyperion ist …«

»Ein Tier ist er, ein widerliches, viehisches Tier!« Mildred war aufgesprungen. Überlebensgroß baute sie sich über Daphne auf und schrie. »Ein Mann, der Medizin studiert hat, der sich brüstet, Leben zu retten, geht nach Hause, krempelt die blutverschmierten Ärmel hoch und setzt das Leben seiner Frau aufs Spiel.«

Das Gesicht von Ekel verzerrt, spuckte Mildred auf den Boden. Daphne krümmte sich auf dem Bett zusammen und hob die Arme vors Gesicht, als wollte die Schwester sie schlagen. Übelkeit schoss ihr in die Kehle. Der kleine Louis wimmerte im Schlaf.

»Wie weit bist du?«, verlangte Mildred zu wissen.

Daphne zog ihren Sohn zu sich. »Schon seit Mai.«

»Und in all der Zeit hast du mir kein Wort davon gesagt?«

»Hyperion …«, entfuhr es Daphne, ehe sie der Verräterin, die sie war, auf den Mund schlagen konnte.

»Hyperion hat es dir verboten, ja? Sag nur der bösen Mildred nichts, hat er dir eingewispert. Er ist nicht nur viehisch, sondern obendrein feige, aber du mit deinem Herzen aus Butter kannst deinem feigen Vieh natürlich nichts abschlagen.«

Es tat viel mehr weh als Schläge. Jedes der hässlichen Worte, die sie gegen Hyperion schleuderte, versetzte Daphne einen Hieb. Du kennst Hyperion nicht!, wollte sie Mildred entgegenrufen. Ja, er ist wie ich erfüllt von Angst, einen Menschen zu erzürnen, doch in seinem Herzen ist keine Faser, die feige ist. Er spricht nicht davon, aber ich weiß, was er getan hat, ich weiß es von Nell, von den Vernons, von jedem, der ihn kennt. Er hat seinen Vater erzürnt, weil er um jeden Preis Arzt werden wollte. Er ist in einen grausamen Krieg gezogen, weil ihm das Leid von Menschen keine Ruhe lässt. Er zögert nicht, ein nutzloses Mädchen aus Whitechapel zu heiraten, egal, was alle Welt von ihm denkt, und er ließe mich niemals im Stich. Für mich hat er mehr Heldenmut als Herkules.

Es gab noch mehr, das sie Mildred hätte sagen können, endlose Einzelheiten, für die Hyperion Liebe und Hochachtung verdiente. Wie kannst du denn wissen, wie er ist, wenn er es selbst nicht weiß? Er gäbe dir ja in allem recht und beschimpft sich mit ärgeren Worten als du. Am meisten weh tat Daphne, dass sie ihren treuen, liebevollen Mann nicht verteidigte, sondern der Schwester erlaubte, Schmutz über ihn auszuschütten, während sie sich an ihrem Jungen festhielt und wimmerte, als wäre sie nicht älter als er.

»Mir hat er versprochen, dich zu schonen«, setzte Mildred nach. »Er hat so geweint, als du bei Louis' Geburt fast gestorben wärst, und ich Idiotin habe ihm geglaubt, während er insgeheim geplant hat, sich wie ein Hundsfott wieder auf dich zu stürzen.«

Vor Schmerz und Übelkeit stöhnte Daphne auf.

»Ich schicke nach dem Arzt«, sagte Mildred. »Gib mir das Kind.«

Daphne umklammerte Louis und schüttelte den Kopf.
»Du musst Ruhe haben. Ich sorge für ihn.«
Das kannst du nicht, Milly-Milly. Ich weiß, du konntest alles, was ich nicht konnte, aber dieses eine, für meinen Jungen sorgen, kann nur ich.
Ehe Mildred versuchen konnte, ihr das Kind zu entreißen, öffnete sich die Tür. Daphne wandte den Kopf und sah durch Tränenschleier ihren Mann. Wie so oft trug er keinen Hut, sein Haar hing wirr, sein Gesicht schien vor Sorge grau. Sie wollte zu ihm laufen, ihn in die Arme schließen, aber sie hatte keine Unze Kraft.
»Verschwinde, ehe ich mich vergesse«, hörte sie Mildred sagen. Ihre Stimme war vor Verachtung kalt. »Wir beide reden später, derzeit ist das Leben meiner Schwester wichtiger als ein Feigling, der weder Scham noch Mitgefühl kennt.«
Er ist kein Feigling, wollte sie rufen, aber sie sah nur stumm zu, wie ihr Mann sich von Mildred aus dem Zimmer schicken ließ. Dann war es mit ihrer Beherrschung vorbei. Sie ließ Louis los, reckte den Kopf aus dem Bett und übergab sich.

Kapitel 16

Southsea bei Portsmouth, Januar 1864

Der Winter war stürmisch, nass und schwer erträglich. Wochenlang hingen schwere Wolken über der Stadt, ohne Licht hindurchzulassen, Wind und Regen peitschten das Meer auf, und wer nicht gezwungen war, verließ sein Haus nicht.

Hyperion blieb so oft wie möglich des Nachts im Spital. Er hatte sich eines der Krankenbetten in einen Abstellraum geschoben. Dort schlief er die paar Stunden, die ihn vorm Umfallen bewahrten. Wenn er aß, musste er innehalten und an seine Schuld denken, und jeder Bissen wurde ihm im Hals zum Klumpen. Die Kleider schlackerten ihm um die Glieder, und das verschaffte ihm eine gewisse Befriedigung, als ließe sich dadurch, dass er den Körper bestrafte, von der Schuld der Seele etwas abtragen.

»Sie treiben Raubbau«, hatte Louise Vernon zu ihm gesagt, als er das Ehepaar nach Weihnachten besucht hatte. »Wen retten Sie eigentlich dadurch, dass Sie sich bis aufs Blut kasteien?«

Mich selbst, hätte er sagen können, und wenn Gott es annimmt, meine Frau. Das wollte er. Arbeiten bis zum Zusammenbruch, Leben bewahren und darum beten, dass ihm im Austausch Daphnes Leben bewahrt blieb. Gab es nicht Männer, die sich zu Tode gearbeitet hatten? Könnte er an Daphnes Stelle sterben, so hätten sie und Louis nichts verloren. Mildred würde besser für sie sorgen als er, und die Stiftung des Spitals müsste ihr einen Betrag auszahlen, der unter Mildreds Händen Ertrag bringen würde.

Der Gedanke schmerzte. Nicht sehen, wie Louis aufwuchs. Nie mehr von Daphne hören, dass sie ihn liebte. Das andere aber war unerträglich – Daphne sterben sehen wie Amelia. Louis sagen müs-

sen, wer schuld daran war. Ja, er hätte sein Leben gegen ihres tauschen wollen, doch wie üblich ließ kein Gott sich auf solchen Handel ein.
Wenn er sich ab und an im Haus zeigte, um die Kleider zu wechseln und den Anstand zu wahren, sah er den Blicken der Frauen an, was eine jede von ihm dachte. In Daphnes Blick lag Bedauern, in dem von Nell Verachtung und in dem von Mildred glühte Hass. Einzig das kleine Gesicht seines Sohnes leuchtete auf, sobald er ihn erkannte, und weckte in Hyperion noch immer den Wunsch, dem Kind die Welt zu Füßen zu legen.
Ende Januar, als ein Sturm den Morgenhimmel über Southsea nachtdunkel machte, kam ein Bote, um ihn aus dem Spital zu holen. Sogleich befürchtete Hyperion das Schlimmste. *Daphne, Daphne, Daphne.* Aber der Bote kam von Louise Vernon. Er bat ihn, sich sofort auf den Weg zu machen.
In der Halle der Vernons roch es nach Krankheit und Tod. Triefend nass stand er vor Louise, die ihm ein Handtuch hinhielt. Sie war gefasst, wie sie es immer gewesen war. Zuweilen hatte Hyperion sich gewünscht, seine Last mit Daphne teilen zu können, wie Vernon es mit Louise konnte. »Gehen Sie gleich zu ihm«, wies sie ihn an. »Er hat Ihnen etwas zu sagen, und viel Zeit bleibt ihm nicht.« Einzig der Schwere ihrer Stimme war anzumerken, dass sie um ihr Leben mit ihm trauerte.
Fergus Vernon, einst ein vor Tatkraft berstender Pionier der Chirurgie, lag zum Skelett abgemagert auf dem Bett. Die Haut wie Papier, die Augen starr zur Decke gerichtet, als wäre er schon tot. »Sie werden verzeihen«, sagte er, »ich mache mir nicht mehr die Mühe, den Kopf zu drehen. Nehmen Sie Platz.«
Gehorsam setzte Hyperion sich auf den bereitgestellten Stuhl. Auf einmal wünschte er sich mit beschämender Heftigkeit, der Sterbende möge ihm ein Wort der Anerkennung sagen. Keiner als Vernon vermochte seine Leistung zu beurteilen, und wenn jener nicht mehr da

war, wäre er mit seinen Zweifeln allein. Die Gebärmutterentfernung – war er damit auf dem richtigen Weg, auch wenn die Frau ihm gestorben war? Die Maßnahmen zur Reinlichkeit – würden sie dem Spott zum Trotz Leben retten? Um weiterzukämpfen, um seiner Frau wieder in die Augen zu sehen und Mildreds Zorn auszuhalten, brauchte er ein lobendes Wort, das Vernon ihm hierließ: Sie tun das Richtige. Wir kommen voran, wenn auch langsam. Die Arbeit, die Sie leisten, ist Opfer wert.

Stattdessen sagte Vernon, das Gesicht von ihm fortgewandt: »Eines Tages werden wir Organe verpflanzen können, haben Sie je daran gedacht? Dann mag so mancher, der von Liebe salbadert, seine Worte beweisen müssen. Wem, den Sie lieben, gäben Sie Ihre Niere oder die Hälfte Ihrer Leber?«

Louis und Daphne, dachte Hyperion, ohne zu zögern.

Vernon wartete seine Antwort nicht ab. »Mir haben die Frauen immer leidgetan«, sagte er. »Die Frauen, denen wir Liebe schwören, ohne dafür geradestehen zu müssen, während die Frauen von uns und unserer Liebe abhängig sind. Eine Frau kann pfiffig wie eine Füchsin und tapfer wie eine Bärin sein, sie kann über einen brillanten Geist verfügen, und es wird ihr dennoch nicht gestattet, sich anders vor Elend zu bewahren als durch Heirat mit einem Mann.«

Hatte er zuvor klar gesprochen, so begann ihm bei den letzten Worten die Stimme zu bröckeln. Viel blieb ihm nicht zu sagen, er musste abwägen, was das Wichtigste war. »Ich liebe Sie«, sagte er unvermittelt.

Hyperion fuhr zusammen.

»Meine Niere gäbe ich meiner Frau, wenn sie noch etwas wert wäre, denn sie hätte sie redlich verdient. Aber Ihnen will ich auch etwas geben. Sie haben sich Ihr Leben nicht klug eingerichtet. Ich will nicht, dass Ihre Familie unversorgt bleibt und man mit dem Finger auf Sie zeigt.«

Er machte eine Pause, um mühsam Atem zu holen. Hyperions Herz klopfte hohl ins Schweigen.

»Sie bekommen ja nun wieder ein Kind, und bei dem einen wird es kaum bleiben. Ihren Söhnen geben Sie hoffentlich das Zeug mit, sich irgendwann selbst zu versorgen, aber Ihren Töchtern wird das nicht möglich sein. Ihnen bleibt nur die Hoffnung, erträgliche Partien zu machen. Deshalb lege ich mein Geld, nachdem Louise versorgt ist, für Sie an. Allzu viel ist nicht übrig, denn auch ich habe mich für das Spital zur Ader gelassen, doch Ihre Töchter werden immerhin eine Mitgift haben. Allerdings habe ich testamentarisch verfügt, dass dieses Geld für keinen anderen Zweck verwendet werden darf. Schreiben Sie sich das hinter die Ohren, Weaver. Sie sind in meinen Augen kein Ehrenmann mehr, wenn Sie es anrühren, auch dann nicht, wenn es dem Spital zugutekommt.«
Die Geste des Mannes nahm Hyperion den Atem. Er hatte Lob gewollt und Gnade erhalten, keinen Lohn für seine Verdienste, sondern ein Geschenk, um die Folgen seiner Schwäche zu mildern. Überwältigt, wie er war, vermochte er sich nicht einmal zu bedanken. »Ich rühre es nicht an«, versprach er und wünschte sich, Vernon möge sagen, das wisse er. Vernon aber sagte nichts mehr. Er lag noch stundenlang mit zur Decke gewandtem Blick auf dem Rücken, um kurz vor dem Abend lautlos zu sterben.

Daphne betrug sich, als wäre der Mann ihr Vater gewesen. Wochenlang hatte sie halbtot daniedergelegen, doch als Mildred ihr sagte, der alte Vernon sei gestorben, gebärdete sie sich wie toll. Wäre es Frauen nicht untersagt gewesen, Begräbnisse zu besuchen, hätte sich Daphne nicht einmal von den Stürmen, die ums Haus tobten, abhalten lassen. »Die arme Louise, ach Gott, die arme Louise. Wenn ich meinen Mann verlöre, ich könnte nicht weiterleben.«
»Natürlich könntest du.«
»Nein, Milly-Milly, das verstehst du nicht. Wenn du einen findest, den du so liebhast, bist du allein nur noch ein halber Mensch. Ich bin sicher, für die arme Louise ist es genauso. Die beiden waren so gut zu mir.«

Zu Mildred waren sie nicht gut gewesen, und um den Alten tat es ihr nicht leid. Im Gegenteil, sie hoffte, er habe sein Geld Hyperion hinterlassen, da ihm dieser schließlich wie ein Sohn nachgeeifert und damit das Vermögen seiner Familie verspielt hatte. Mit dem Geld hatte Mildred Pläne. Sie würde ans Altenteil anbauen lassen. Wollte sie sich in der Hotelwelt behaupten, so brauchte sie mindestens vier weitere Suiten, einen größeren Speisesaal und eine Köchin. Noch dringender aber brauchte sie Ärzte für Daphne. Wunderheiler, die verhinderten, dass sie an dem Kind verreckte und dass sie je wieder eines bekam.

Nell Weaver hatte einen Mietwagen bestellt, um, wie es sich gehörte, einen Besuch im Trauerhaus abzustatten. Hyperion hätte auch Mildred darum bitten können, aber er hatte es nicht getan. Er wich ihr wieder einmal aus, und diesmal tat er gut daran. Hätte er mit ihr gesprochen, hätte Mildred womöglich die Beherrschung verloren.

Er war schöner denn je gewesen, als er am Morgen zum Begräbnis auf dem Highland Road Cemetery aufbrach, ebenfalls in einem Mietwagen, denn der Einspänner sollte am Haus bleiben, falls Daphne Hilfe brauchte. Cutaway und Zylinder standen ihm, und vor allem stand ihm die Trauer. Sie rührte ans Herz, und dafür hasste ihn Mildred umso mehr. So zum Gotterbarmen schön würde er hinter dem Sarg seiner Frau hergehen, bedauert von sämtlichen Weibern der Stadt, die danach gierten, den armen Witwer zu trösten.

Nell brach auf, und Mildred hatte Haus und Kind für sich. Seit Daphne bettlägerig war, hatte sie sich nach Kräften bemüht, für Louis zu sorgen. Der Junge litt darunter, dass er seine Mutter täglich nur ein paar Augenblicke sehen durfte. Auch Daphne weinte, doch das lebhafte Kind war Gift für ihre Gesundheit. Mildred tat ihr Bestes, um ihm die Mutter zu ersetzen. Sie ließ ihn auf ihren Knien reiten, baute seine Soldaten zu Schlachtreihen auf und sah mit ihm Bücher an. Das Bücherbetrachten, das Daphne liebte, brachte Mildred schier um den Verstand, doch ihr war klar, dass ein Kind aus gutem Hause auf Bücher nicht verzichten konnte.

Davon abgesehen schenkten ihr die Stunden mit dem Kind ein Glück, wie sie es nie gekannt hatte. Wenn er vom Buch aufsah, ihr Gesicht in seine kleinen Hände nahm und es mit seiner Zärtlichkeit überhäufte, wünschte sie sich, die Zeit stünde still. Sie wollte sich in diesen leuchtenden Augen und dem seligen Lächeln verlieren, wollte hören, wie der winzige Mund ihren Namen formte, und seinen reinen Duft nach Milch und frischer Wäsche einatmen. Sie drückte ihn an sich. Ich bin für dich da, mein Sperlingsküken, was auch geschieht. Ich behüte dich.

Sie hatte ihm gerade im Buch einen furchteinflößenden Tiger gezeigt, als vor dem Haus Lärm ausbrach. Rufe ertönten, Schritte polterten die Stufen hinauf. Fäuste hämmerten gegen die Tür, und als Priscilla öffnete, schrie sie gellend auf. »O mein süßer Herr Jesus!« Mehrere Männer, geführt von Max, trugen einen Körper in triefenden Kleidern in die Halle. Daphne. Sie musste sich hinaus in den Sturm gestohlen haben, um Louise Vernon zu besuchen. Auf den ersten Blick war Mildred sicher, sie sei tot. Dann aber krümmte sich ihr Leib, und ihrer Kehle entrang sich ein Röcheln. Sie lag in den Wehen.

Die Geburt von Esther Amelia Weaver dauerte zwei Tage und Nächte, und das Geschöpfchen, das schließlich mit der Zange aus dem leblosen Leib der Mutter herausgezerrt wurde, passte in zwei Hände. Der Kollege, den Hyperion gerufen hatte, prophezeite, es werde den Morgen nicht erleben. Hyperion widersprach nicht. Vermutlich war ihm gleichgültig, was mit dem Wurm geschah. Beim Anblick seiner Frau, die in ihrem Blut auf dem Bett lag, mochte ihm die ganze Welt gleichgültig sein.

Diesmal hatte er nicht mit Mildred in der Bibliothek gewartet. Er hatte überhaupt nicht gewartet, sondern Einlass ins Geburtszimmer erzwungen. Als Mildred es ihm nachtat, versuchten Nell und Priscilla sie aufzuhalten, aber Hyperion sprang von Daphnes Bett auf und rief: »Lasst sie durch, lasst sie bei ihrer Schwester sein.«

Tage und Nächte hatten sie bei Daphne ausgeharrt, in Geschrei und Blut und zwischen wechselnden Ärzten. Als das verfluchte Kind endlich geboren war, erlitt Mildred zum ersten Mal in ihrem Leben einen Schwächeanfall. Sie wollte aufspringen und den Arzt bestürmen, er solle sich um das Kind nicht scheren, sondern Daphne retten, doch sie stand noch nicht auf ihren Füßen, da brach sie wieder zusammen. Es war Hyperion, der sie mit zitternden Armen auffing. Sie sah in sein tränennasses Gesicht und keuchte »Daphne«, ehe ihr schwarz vor Augen wurde.

Als sie zu sich kam, lag sie in ihrem Zimmer auf dem Bett, die Läden waren geschlossen, und sie wusste nicht, wie viel Zeit vergangen war. So elend sie sich fühlte, fiel ihr sofort ein, was geschehen war. Schwankend stand sie auf und eilte aus dem Zimmer. Daphne durfte nicht tot sein!

Das Haus lag in stillem Dunkel. Mit klopfendem Herzen lief Mildred den Gang entlang und riss die Tür zu Daphnes Zimmer auf. Auch in diesem Raum war es dunkel. Geräusche verursachten einzig der Sturm, der an den Fensterläden rüttelte, und der Atem der Schlafenden. Gladys, die Krankenschwester, die aus dem Spital gekommen war, schnarchte im Sessel vor sich hin. Auf dem Bett lag Daphne, als hätte sie sich seit der Geburt nicht bewegt. Mildred stürzte zu ihr, neigte das Ohr vor ihren Mund und suchte tastend den Puls an ihrem Hals. Sie atmete noch, wenn auch in schwachen Zügen. Erleichtert legte Mildred das Gesicht an ihres.

Erst jetzt bemerkte sie, dass Hyperion ebenfalls auf dem Bett lag, in den Kleidern der Geburtsnacht, die Hemdsärmel aufgekrempelt und über Daphne, als hätte er sie umarmen wollen, als Erschöpfung ihn übermannte. Eine Welle des Zorns packte Mildred. Du bist schuld daran, du hättest sie bewahren können. Ihre Hand war erhoben, wie um ihn durch eine Ohrfeige aus dem Schlaf zu reißen. Im Dunkeln fiel ihr Blick auf sein Gesicht, die wie in Marmor gemeißelten Züge, die gebogenen Wimpern und den leicht geöffneten Mund. Sie spürte,

wie ihr Hass die Kraft verlor, und wenn das geschah – wie sollte sie Kraft haben, für Daphne zu kämpfen?
Er schlug die Augen auf. Sein Blick traf ihren, weit und regengrau. Aus seiner Kehle drang kein Laut, nur seine Lippen formten ihren Namen.
Mildreds Finger ballten sich zur Faust. Ehe sie ein Wort sagen konnte, drehte sie sich um und rannte aus dem Zimmer.

»Wie lange sind Sie jetzt bei mir? Bald vier Jahre? Meinen Sie nicht, das wäre einen kleinen Umtrunk wert?« Hector hatte den Deutschen nach Feierabend in sein Büro bestellt. Wenig sah er mit solchem Vergnügen wie die Angst, die in den goldbraunen Augen flackerte.
Sein Tag war ein einziges Ärgernis gewesen, auch wenn die Gewinne der Gasanstalt Anlass zu Freudensprüngen boten. Ihm war zu Ohren gekommen, dass seine Schwägerin Maria Lewis in der Stadt verbreitete, bei seinem schwammigen Sohn werde Schwachsinn vermutet. Das Gerücht hätte Hector nur halb so aufgeregt, hätte er nicht insgeheim dieselbe Befürchtung gehegt. Der Junge, an dem der stolze Name Horatio sich geradezu affig ausnahm, war mittlerweile fünf Jahre alt, erhielt strengsten Unterricht und täglich Prügel, aber er sprach keine Handvoll Worte, wurde immer hässlicher und zog sich auf Kindergesellschaften so linkisch in sich selbst zurück, dass Bernice sich schämte. Eine Charme versprühende Schönheit war auch Nora nicht, aber sie betrug sich immerhin den Regeln entsprechend und würde mit tadellosem Ruf und stattlicher Mitgift eine glänzende Partie machen. Der Stammhalter hingegen, für den er sein Imperium aufbaute, sabberte beim Essen, heulte bei jeder Maulschelle und machte sich die Hosen nass. Weshalb hatte ausgerechnet die Natter Maria davon Wind bekommen müssen?
Als wäre das nicht genug, hatte Hector sich mit zwei Inspektoren der Stadt herumschlagen müssen, die behaupteten, bei einem Unfall mit

einem seiner Gasherde wäre eine junge Mutter um ein Haar erstickt. Mit den Engelszungen eines Wanderpredigers versuchte Hector die beiden davon zu überzeugen, dass es mit seinen Gasherden, wenn sie fachgerecht installiert waren, keine Unfälle gab – sie waren um vieles sicherer als die alten Kohleöfen. Käme dennoch jemand durch das Gas zu Schaden, so handle es sich keineswegs um einen Unfall, erklärte Hector den Herren, sondern um einen Versuch, sich das Leben zu nehmen.

Die Inspektoren hörten ihn nicht einmal zu Ende an. Ob er der Mutter etwa eine solche Sünde unterstellen wolle, fragten sie und beorderten ihn, eine Überprüfung der Leitungen auf seine Kosten vorzunehmen. Hector würde wieder einmal Henry Lewis' Hilfe in Anspruch nehmen müssen, um die übereifrigen Staatsdiener in die Schranken zu weisen. Nach allem, so fand er, hatte er eine kleine Freude am Abend verdient. »In einem Club sind Sie ja wohl kaum Mitglied?«, fragte er den Deutschen.

Der senkte den Kopf. »Fremde nehmen sie da nicht.«

»Auch keine Hungerleider, mein Bester.« Hector lachte und klatschte dem Deutschen aufs Schulterblatt. »Na kommen Sie, gehen wir ins Victoriana. Eine bessere Weinkarte finden wir in ganz Portsmouth nicht.«

»Dafür bin ich nicht angezogen«, murmelte der Deutsche und zupfte an seinem abgewetzten Revers.

»Natürlich sind Sie das nicht. Aber Frederic Ternan wird ein Auge zudrücken. Zur Not gewähre ich ihm einen Nachlass auf die Gaskocher, mit denen er seine Hotelküche ausstatten lässt.« Hector hätte jetzt aus vollem Halse lachen mögen. Dem Deutschen voran verließ er das Büro.

Das Victoriana hatte sich zum glanzvollsten Luxushotel der Küste gemausert. Den Erfolg verdankte Frederic Ternan seinem Geschmack und seinem Geschäftssinn ebenso wie seiner Diskretion. Er fragte nicht, warum Hector ihn um einen Tisch in der Nische bat, in der sonst stadtbekannte Persönlichkeiten mit ihren Flittchen speisten, und er fragte ihn auch nicht, warum er einen ehemaligen Navvy im schäbigen Anzug zum Trinken ausführte. Hector ließ einen schweren Burgunder servieren und fühlte sich geradezu glücklich. Der Deutsche, für den Tisch, Stuhl und Glas zu klein geraten schienen, kauerte ihm gegenüber wie ein Raubtier vor der Peitsche des Dompteurs – eingeschüchtert, bebend vor Misstrauen und dabei atemberaubend in seiner rohen, ungezähmten Schönheit.

Als er die zweite Flasche bestellte, begann seine Laune sich zu verdüstern. Dass der Mann einsilbig blieb, dass er ihn weder verleiten konnte, zu viel zu trinken, noch ihm sein Herz auszuschütten, brachte ihn auf. »Nun mal raus mit der Sprache, März«, sagte er. »Sie sind doch kein ganz hässlicher Bursche – Sie werden wohl ein Liebchen haben?«

»Nein, Mr Weaver«, erwiderte der Deutsche wie ein Schuljunge.

»Und das soll ich Ihnen glauben?«

»Ja, Mr Weaver.«

Hector nahm die Flasche und schenkte März das Glas bis kurz vor dem Überlaufen voll. Er hatte nicht übel Lust, diesem Schweiger in sein unbewegtes Gesicht zu schlagen. »Jetzt wird hier mal wie ein Mann getrunken, nicht wie ein Klosterfräulein. Ich hatte mir nämlich eine hübsche Überraschung für Sie ausgedacht, um mich für Ihre Treue erkenntlich zu zeigen. Aber wenn Sie es nicht für nötig halten, mir ein wenig Vertrauen entgegenzubringen …«

»So ist es doch nicht, Mr Weaver …« Mit einer Mühe, die Hector zum Prusten reizte, hob er das übervolle Glas an die Lippen. Der Wein schwappte über den Rand und lief ihm auf die Manschetten, auf deren Weiße er so peinlich Wert legte. Beim Trinken hatte er keine Wahl, als zu schlürfen, oder er hätte noch mehr verschüttet.

»Wie ist es denn dann?«, fragte Hector.

»Ich bitte um Verzeihung …« Mit der Serviette wischte er albern an seinen Handgelenken herum. »Ich möchte mir erst etwas aufbauen,

einer Frau etwas bieten können, ehe ich … ehe ich ans Heiraten denke.«
»Soso. Und wie alt wollen Sie sein, wenn Sie das geschafft haben? Neunzig? Meinen Sie, die dralle Miss Adams sitzt so lange züchtig am Herd und dreht Daumen?«
Es war ein Schuss ins Blaue, den der Wein ihm eingab, und das Zucken, das über das Gesicht des Deutschen glitt, verriet ihm, wie gut er getroffen hatte. »Miss Adams und ich sind Freunde!«, rief er hastig. »Nichts Ehrenrühriges daran – wenn jemand versucht, Miss Adams' Ruf zu beschmutzen, dann ist er ein Lügner und bekommt es mit mir zu tun.«
»Soso«, sagte Hector noch einmal. »Aber wenn ich Ihnen nun die Möglichkeit gäbe, sich etwas aufzubauen, wie Sie sagen – wäre es dann nicht Miss Adams, die Sie um ihre Hand bitten würden? Na kommen Sie, März, seien Sie kein Stoffel. Mir können Sie's doch sagen – glauben Sie, ich hätte nie geliebt?«
»Doch natürlich, Sir. Mrs Weaver ist …«
Hector lachte. »Mrs Weaver lassen wir dabei besser aus dem Spiel. Es war Miss Adams, von der wir sprachen. Also was ist, würden Sie nicht gern um sie anhalten?«
Und ob du das tun wirst – und sie wird dir eine Abfuhr erteilen, wie du im Leben noch keine bekommen hast. Keinen Tag werde ich dich mehr aus den Augen lassen, damit mir dieser Moment nicht entgeht.
Der Deutsche hatte den schönen Kopf gesenkt, dass das Haar ihm über die Stirn fiel. Welch ein Glück, dass noch niemand ihm beigebracht hatte, wie ein Mann sich ordentlich frisierte. »Es müsste ein großes Haus sein«, sagte er nahezu unhörbar. »Für meine Schwester und mich wären zwei saubere Zimmer genug. Aber Miss Adams …«
»Die hat Ansprüche, was?«
»Es steht ihr zu«, erwiderte der Deutsche still. »Sie ist eine Königin.«
Selten hatte Hector einen Mann etwas so Albernes aussprechen hö-

ren, und dennoch berührte es ihn. »Ach, was ich Ihnen sagen wollte, März«, murmelte er gespielt beiläufig, »in der Gasanstalt sind Sie gekündigt. Ich bekomme einen Mann aus London, ich brauche Sie da nicht mehr.«

Der Schrecken, der die dunklen Züge erstarren ließ, war köstlicher als Champagner. »Ich dachte, Sie wären mit meiner Arbeit zufrieden, Sir …«

Hector ließ ihn ein, zwei Augenblicke zappeln, dann beugte er sich vor und klopfte ihm auf die Schulter. »Bin ich doch, März. Sie sind nicht gerade mein bestes Pferd im Stall, aber fraglos mein stärkster Maulesel.« Über den Vergleich musste er lachen, ehe er fortfuhr: »Ich gebe Ihnen eine andere Stellung. Sie kommen wieder nach Milton's Court.«

»Nach Milton's Court?« Neuerliches Erschrecken blitzte im Gold der Augen.

»Das schmeckt Ihnen nicht? Wie bedauerlich. Mir schien, Sie hätten ein gewisses Interesse am Hotelgeschäft.«

»O ja, Sir!«, rief März eilfertig. »Ich beschäftige mich damit seit längerer Zeit. Wenn Sie meine Unterlagen einsehen wollen …«

Hector winkte ab. »Ihre Unterlagen brauche ich nicht. Ich lasse meine von Fachleuten erstellen. Was ich brauche, ist ein Mann, der mir Milton's Court vom Emigrantenpack reinigt und in der Lage ist, einen Umbau zu beaufsichtigen. Aus den Schlafsälen werden Fremdenzimmer. Einfachste Ausstattung, kein Schnickschnack und optimale Nutzung des Raums.«

»Aber Milton's Court ist an der Gewürzinsel!«, platzte März heraus und ließ seinen Blick durch den Raum schweifen, als wollte er die verschwenderische Pracht des Luxusrestaurants mit dem traurigen Speisesaal von Milton's Court vergleichen.

»Gut erkannt«, bemerkte Hector. »Aber was denken Sie denn? Dass nur die Reichen und Schönen verreisen wollen? Glauben Sie mir, Mann, das, was Sie in diesen Sommern seit der Eröffnung des Piers gesehen haben, ist erst der Anfang – und zwar der Anfang einer Sturmflut, die sich nicht mehr legen wird. In Kürze wird es Ihresgleichen genauso nach einer Sommerfrische verlangen wie den Londoner Geldadel und die Königin. Der Bedarf an bezahlbaren Fremdenzimmern wird enorm sein, und wie sage ich immer – Kleinvieh macht auch Mist.« Eine Weile ließ er das Gesagte im Hirn des Deutschen, das eine langsam mahlende Mühle war, Fuß fassen. »Was meinen Sie?«, fragte er dann. »Sie verwandeln mir meinen Emigrantensumpf in eine respektable Herberge für den kleinen Geldbeutel, und wenn Sie Ihre Sache gut machen, erlaube ich Ihnen, sich als mein Partner in das Projekt einzukaufen. Was das Haus betrifft, so könnte ich Ihnen das Verwalterheim von Milton's Court zur Verfügung stellen. Zugegeben, es ist nicht Mount Othrys, aber Platz ist reichlich dort, und der Geschmack einer Dame hat schon aus ärgeren Schuppen Schmuckkästlein gemacht.«

»Sie wollen …« Mühsam suchte der Deutsche sich zu fassen. »Sie wollen, dass Milton's Court ein Hotel wird? Und Sie wollen mich als Ihren Partner?«

»Warum denn nicht? Als Unternehmer braucht man auch ein wenig Abenteuerlust, stimmen Sie mir nicht zu?« Victor März sagte nichts mehr. Er starrte Hector nur an. Der genoss seinen Blick in vollen Zügen, ließ sich keinen sprühenden Funken in den goldenen Augen entgehen. Und das ist erst der Anfang, versprach er sich. Alles, was du dir erhofft hast, seit du den Kerl vor den Prügeln der Aufseher gerettet hast, erfüllt sich jetzt. »Mein Buchhalter könnte nächste Woche die Papiere aufsetzen. Natürlich nur, wenn Sie Interesse haben.«

»Wenn ich Interesse habe?« Fahrig strichen die großen Hände über Gesicht und Haar. »Sie bieten mir die Teilhabe an einem Hotel und fragen mich, ob ich Interesse habe? Mr Weaver, ich habe von einem Hotel geträumt, seit ich hierhergekommen bin, und ich werde es Ihnen vergelten. Ich weiß, ich bin ein Habenichts ohne Bildung, aber das kann sich ändern. Wenn Sie je Hilfe brauchen – bitte denken Sie an Victor März.«

»Schön gesprochen«, lobte Hector und hob sein Glas, um März zuzuprosten. Seit langer Zeit freute er sich endlich wieder auf das, was vor ihm lag, auf das Erregende, Neue, das jeder Tag ihm bringen konnte.

Kapitel 17

Frühling

Sie erpresste ihn. Sie hatte ihn in der Hand. Sobald sie nur zu ihm sagte: »Hast du Daphne nicht genug angetan?«, tat er alles, was sie von ihm verlangte. Seine Patientenkartei hatte sie übernommen und selbst herumgefragt, wer einen Arzt brauchte. Er hatte einen makellosen Ruf, jeder in der Stadt schien ihn zu lieben, aber vor dem, was er aus dem Spital einschleppte, hatten die Leute Angst. Mildred schreckte nicht davor zurück zu lügen: Dr. Weaver erledige für das Spital nur schriftliche Arbeit, er komme mit Patienten nicht in Berührung. Wen sie gewinnen konnte, den behandelte er ohne Widerspruch, und das Geld, das er einnahm, händigte er ihr aus. Sie steckte es in Daphnes Pflege und den Ausbau ihres Hotels. Denn so nannte sie das Altenteil inzwischen – mein Hotel.

Hyperion arbeitete Tag und Nacht. Zur Wehr setzte er sich nie, denn was ihm dafür blühte, wusste er: Hast du Daphne nicht genug angetan? Soll sie sterben, weil der Mann, der ihr das eingebrockt hat, nicht für ihre Pflege aufkommt? Ich habe geglaubt, du seist der einzige Mann, der nichts von einem Tier hat, aber du bist tierischer als der letzte Dreckskerl aus der Gosse. Es gefiel ihr, ihn zu demütigen. Sie redete sich ein, sie bestrafe ihn damit für das Leid, das er ihrer Schwester zugefügt hatte. Manchmal weinte Daphne und bettelte: »Ich will meinen Mann sehen, Mildred. Warum lasst ihr meinen Mann nicht zu mir?«

Mildred brachte ihr stattdessen Louis, der sie immer abzulenken wusste. Dein Mann weiß, warum er nicht zu dir darf, dachte sie grimmig. Weil er dich nicht verdient hat. Weil er schuld ist, wenn du stirbst.

Ende April war Mildreds Anbau fertig. Sie hatte jetzt sechs Suiten und zwei Zimmer für allein reisende Herren zur Verfügung und war von Anfang Mai an ausgebucht. Als Nächstes würde sie einen Teesalon und ein exquisites Restaurant brauchen, etwas im Stil des Cathedral, obwohl neuerdings das Victoriana mit seiner Meeresnähe in Mode kam. Beides waren Grandhotels, ihrem kleinen Betrieb haushoch überlegen, aber das beeindruckte Mildred nicht. Eines Tages würde sie ein Grandhotel besitzen. Dass es dazu nicht genügte, an das Altenteil anzubauen, war ihr bewusst, doch was sie brauchte, würde sie von Hyperion bekommen. Du hast mir alles genommen, und dafür werde ich dir alles nehmen. Deine Frau und den Jungen, den du so sehr liebst. Und am Ende Mount Othrys.
Der Frühling war herrlich. Daphne wollte in den Garten, und Priscilla schlug vor, sie hinunterzutragen und draußen in einen Korbstuhl zu setzen. Mildred verbot es – ihre Schwester sei zu schwach. Auch dass die mickrige Tochter, die Daphnes Gesundheit ruiniert hatte, ihr gebracht wurde, untersagte sie. Für Esther, die ohnehin nicht lange leben würde, war das Kindermädchen zuständig, schließlich wurde es teuer dafür bezahlt. Mildred hatte die Herrschaft übernommen, und wer das anzweifelte, dem brachte sie es bei. Der Einzige, der ihr noch die Stirn bot, war die alte Nell, und der wich sie aus.
Sooft Mildred in Portsmouth etwas zu erledigen hatte, stahl sie ein paar Minuten, um in die Sankt-Thomas-Kathedrale zu gehen und zu beten. Hier, in der Erhabenheit jahrhundertealter Pracht, gelang ihr, was ihr anderswo inzwischen unmöglich war. Sie ging in die Knie und flehte die gesichtslose Macht an, Daphnes Leben zu erhalten, nicht Daphne zu strafen für Sünden, die Mildred begangen hatte. Aber welche Sünden? Nur hier, unter dem himmelhohen Dach, war sie fähig, um Vergebung für Dinge zu bitten, die sie nicht zu nennen wusste.
Als sie an jenem Maiabend aus der Kathedrale kam, war der Himmel dabei, sich zu röten. Über der Stadt lag die sachte Stille, die sie in

Whitechapel nie gekannt hatte, und die Welt erschien ihr so schön, dass es weh tat und dass sie zu wissen glaubte: Etwas musste geschehen sein. Sie hatte sich längst angewöhnt, im Herrensitz zu reiten, wann immer sie es eilig hatte. Über sie zerriss sich die gute Gesellschaft von Southsea ohnehin die Mäuler, weshalb ihnen also noch Zugeständnisse machen? Rücksichtslos trieb sie den Fuchs in Galopp und sprengte nach Hause.

Unzählige Male hatte sie sich vorgestellt, wie sie durch das Tor eilte und Max, der ihr das Pferd abnahm, »Mein Beileid« murmelte, wie sie aufschrie und zusammenbrach. Als sie den Wagen des Spitals an der Straße stehen sah, war sie sicher, dies sei der Tag, an dem ihr schlimmster Alptraum wahr wurde. Ohne Max Gelegenheit zu geben, ihr das Unerträgliche mitzuteilen, stürmte sie ins Haus. Am Treppengeländer lehnte Priscilla und heulte. Mildred schrie auf und stürzte an ihr vorbei.

Daphne war nicht gestorben. Sie war, weil das verfluchte Hausmädchen nicht aufgepasst hatte, aufgestanden, um mit Louis im Garten Ball zu spielen. Schwach, wie sie war, hatte sie den Halt verloren und war die Treppe hinuntergestürzt. Alle dreißig Stufen. Wer es ihr sagte, erfasste Mildred nicht. Sie rannte nach oben, riss die Tür auf und fand um das Bett geschart Sarah, Schwester Gladys, die sie wohl wieder einmal aus dem Spital geholt hatten, und einen der Ärzte, die sie des Öfteren bestellte. Vor dem Bett, über Daphne, kniete Hyperion.

»Was machst du in diesem Zimmer!«, brüllte sie ihn an. »Verschwinde, rühr meine Schwester, die du auf dem Gewissen hast, nicht an!«

Sie sprach so nicht zum ersten Mal mit ihm. Es war ihr zur Gewohnheit geworden, und üblicherweise duckte er sich unter ihrer Stimme und tat, was sie von ihm verlangte. Heute aber richtete er sich auf und schrie zurück: »Beim Himmel, Mildred – ich bin Arzt!«

Mildred war so überrumpelt, dass sie eine Weile nicht reagieren konnte, und diese Zeit machten Nell, Sarah, Priscilla und wer immer noch in diesem Haus ihre Feindin war sich zunutze und zerrten sie aus dem Raum. All ihr Wüten und Toben kam zu spät. Irgendwann, als ihre Kraft verbraucht war, sah sie ein, dass Priscilla, die auf sie einsprach, recht hatte. Sie schadete nur Daphne mit ihrem Geschrei. Geschlagen und vor Verzweiflung leer, schleppte sie sich hinunter in die Bibliothek.

Priscilla hätte ihr nie unaufgefordert etwas zu trinken gebracht, wie sie es für alle anderen tat. Von Daphne abgesehen hatte sie im Haus nur Gegner, die sie lieber heute als morgen gehen sehen würden. Still saß sie an dem Tisch, an dem sie auf die Nachricht von Louis' Geburt gewartet hatte, starrte vor sich hin und trank Port, den sie sich aus der Kammer geholt hatte. Sie war allein, wie sie ihr Leben lang allein gewesen war.

Bis Hyperion kam.

Die Tür öffnete er so leise, dass sie ihn erst hörte, als er sprach. »Es tut mir leid«, sagte er. Sie drehte sich um und sah in sein zu Tode erschöpftes, wie erloschenes Gesicht. »Es tut mir leid, Mildred. Ich hätte dich nicht anschreien dürfen.«

Mildred sprang auf. »Wie geht es ihr?«

»Sie schläft jetzt«, sagte er. »Sie ist auf die Seite gestürzt und hat sich den Oberschenkelknochen gebrochen. Es wird lange dauern, bis sie wieder laufen kann, und sie hat solche Schmerzen.«

Er schlug die Hände vors Gesicht. Mildred packte ihn bei den Gelenken und riss sie hinunter. »Aber sie wird nicht sterben?«

Hyperion schüttelte den Kopf. Tränen strömten ihm über die Wangen. »Es tut mir so leid, Mildred. Es tut mir so leid.«

Sie musste verrückt sein. Es gab auf der Welt kein Geschöpf, das ihr so verhasst war wie dieser Mann, doch seinen Schmerz ertrug sie noch immer nicht. Wie ohne ihr Zutun schlossen sich ihre Arme um seinen Hals, strichen ihre Hände über das schweißnasse Haar in seinem Nacken. »Es ist ja gut«, murmelte sie. »Daphne wird nicht sterben.« Im nächsten Atemzug lagen ihre Lippen auf seinen.

Sie hatte ihn schon einmal geküsst, aber wie heute war es nicht gewesen. Damals hatte sie geglaubt, dass dem einen Kuss Hunderte, Tausende folgen würden, heute hingegen war ihr, als müsste sie in wilder Gier alles, was sie je gewollt hatte, nehmen, weil sie nie wieder etwas bekommen würde. Ihr Mund schnappte, ihre Hände klammerten, ihre Zähne gruben sich in seine Lippen. Und er küsste sie wieder. In ihrem Rausch bemerkte sie es erst, als sie einen Herzschlag lang Atem holte. Er küsste sie mit demselben Verlangen, demselben Hunger wie sie ihn.

Sich die Kleider herunterzureißen, all die Haken und Ösen, wurde zur Qual der überreizten Sinne. Als sie ihm die grauen, von zu vielem Bügeln glänzenden Hosen von den Hüften streifte, entfuhr ihr ein Laut. Er war kein Tier, auch wenn er sich wie eines in ihre Umarmung gestürzt hatte, auch wenn sie beide wie Tiere einander wollten. Im Licht der Wandarme schimmerte sein goldenes Fleisch. Seine Schönheit hatte mit Tieren nichts gemein, sie war über alles Widerliche erhaben und so wenig irdisch, dass sie ihr Begehren dämpfte. Aber das machte alles noch herrlicher. Es war Mildred, nicht Hyperion, die daran dachte, die Tür der Bibliothek zu verschließen, ehe sie in seine Arme zurückkehrte.

Sie liebten sich auf dem weichen Teppich vor dem Kanapee. Etwas war seltsam daran, dass ein so zarter, argloser Mann wie Hyperion einem so kraftvollen, gewieften Mädchen wie Mildred die Liebe beibringen und sie zur Frau machen sollte, und es fühlte sich nicht so an. Nur den Augenblick lang, in dem es weh tat, in dem sie spürte, wie Blut aus ihr herausschoss, weil etwas in ihr zerrissen war. Sie biss ihn in die Schulter. Er ächzte und seufzte, gab über ihr all seine Kraft aus und brach dann in ihren Armen zusammen. Alles Rauschhafte, Wilde war vorüber. Trotz des weichen Lichts glaubte Mildred jede Einzelheit des Raums überklar zu sehen, jede Einzelheit ihres Lebens zu begreifen. Sie hielt seinen makellosen Leib an ihrem, streichelte die schweißnasse, schimmernde Haut und das wirre Haar. Dass er weinen wollte, glaubte sie zu spüren, wusste aber, dass der Schmerz und die Schuld zum Weinen zu groß waren.

»O Mildred, Mildred, was haben wir getan?«

Mit einer zärtlichen Bewegung schloss sie ihm die Augen. O ja, was haben wir getan?, dachte sie. Und wir werden es wieder tun.

»Aber Sie können mich doch nicht auf die Straße setzen!« Sukie Ralph starrte ihren Dienstherrn an, als hätte er nicht in ihrer Sprache gesprochen. »Ich habe alles getan, wie Sie es wollten. Was habe ich denn falsch gemacht?«

»Nichts«, erwiderte Hector Weaver mit jener süffisanten Gleichgültigkeit, vor der ihr schauderte. »Du warst ein braves Mädchen, Sukie, bist es immer gewesen.« Weit ausholend klatschte er ihr auf den Hintern. Wie so oft musste sie die Zähne zusammenbeißen, um nicht zurückzuschlagen, ihm nicht ins Gesicht zu schreien, was sie von ihm und seinen abscheulichen Gelüsten hielt.

»Aber warum wollen Sie, dass ich gehe?«, presste sie mühsam heraus.

»Weil dich hier niemand mehr braucht, Goldkind. Horatio soll von Männern erzogen werden, nicht von Weibern, und für Nora hat die gnädige Frau eine französische Gouvernante eingestellt. Wen wollen Sie da noch hüten? Die Hunde?« Er lachte auf.

Über die Dienste, die sie ihm erwiesen hatte, verlor er wie üblich kein Wort. Kein Wunder, war doch das, wonach es ihn verlangte, wenn er sich mit ihr in der Besenkammer einschloss, zu scheußlich, um es in Worte zu fassen. Ihr aber würde es auf ewig anhängen. Als unbeflecktes Mädchen hatte sie die Stellung in seinem Haus angetreten, und ihre einzige Schande war ihre Armut gewesen. Man hörte dergleichen Geschichten an jeder Straßenecke. Der reiche Dienstherr, der dem armen Mädchen Versprechungen machte, und das dumme Ding, das darauf hereinfiel. Auch Hector Weaver hatte ihr Versprechungen gemacht. Er würde sie als Lehrerin ausbilden lassen, ihr Geld für Sprachstunden geben, ihre Zukunft sichern. Hatte sie ihm geglaubt?

Ich hatte doch keine Wahl, begehrte es in ihr auf. Wovon hätte ich denn leben sollen? Wovon sollte sie jetzt leben? Hector Weaver öffnete die Tür.

»Ich wäre dir dankbar, wenn du das Zimmer bis heute Abend räumen könntest. Die gnädige Frau will es für das Fräulein aus Paris herrichten lassen.«

»Das können Sie nicht tun!«, rief Sukie. »Ich bitte Sie, lassen Sie mich bleiben, ich kann auch in der Küche arbeiten, ich kann nähen und flicken.« Dass sie sich aufs Betteln verlegte, noch dazu, wo die Tür offen stand und alles Personal sie hören konnte, trieb ihr die Schamröte in die Wangen.

Hector Weaver verzog den Mund zu einem hässlichen Lächeln. »Bei so vielen Talenten wirst du gewiss nicht lange nach einer Stellung suchen müssen. Wer weiß, vielleicht stellt sogar die Königin dich ein – obgleich, ohne ihren Albert fährt sie ja nicht mehr in die Sommerfrische.«

»Darf ich wenigstens bleiben, bis ich etwas Neues habe?« Tränen liefen ihr über die Wangen. Sie widerte sich an.

»Du hast mich doch verstanden, Goldkind. Und du weißt auch, dass ich kein Mann bin, der seine Meinung ändert. Also los, ab mit dir.« Noch einmal sauste seine Hand auf ihren Hintern nieder. Sukie stand starr vor Scham, bis er gegangen war.

Um ihre paar Habseligkeiten zu packen, brauchte sie mehr als eine Stunde. Mit jedem Stück, das sie in die schäbige Stofftasche legte, schien das Unfassliche wirklicher zu werden. Wie konnte er ihr das antun? Ein Kindermädchen war keine gewöhnliche Dienstmagd, sondern ein geachtetes Mitglied des Haushalts, das man Bekannten empfahl, ehe man es entließ. Hector Weaver aber war zur Achtung nicht fähig. Er missachtete seine Frau, die er unter ihrem eigenen Dach mit dem Personal betrog, seine Tochter, die er nicht einmal ansah, und den Sohn, den er derart gnadenlos prügeln ließ, dass Sukie einmal dumm genug gewesen war, dazwischenzugehen. Dass ausgerechnet

Hector Weaver einen schwachsinnigen Sohn hatte, war eine Ironie des Schicksals, für die das arme Wurm ein Martyrium ohnegleichen durchlitt.

Weavers Missachtung seiner Angestellten ging noch tiefer. Sie waren nicht mehr als Spielzeug für ihn, und wenn er eines von ihnen kaputt gespielt hatte, warf er es weg. Am schlimmsten traf es Victor März, seinen Geschäftsführer in Milton's Court, den er als Mädchen für alles missbrauchte. Hatte er ihn in einem Augenblick noch herablassend gelobt, so kanzelte er ihn im nächsten ab wie einen dummen Jungen. Sooft Sukie solche Szenen miterlebte, zog sich etwas in ihr zusammen. Victor März war der freundlichste Mensch, der im Haus herumlief, aber das war nicht alles. Er war größer und breiter gebaut als alle Männer, die sie kannte, und dabei sanft in allem, was er tat. Es lag etwas Kostbares darin, wenn ein starker Mann sanft war, fand Sukie. Unweigerlich stellte man sich dabei vor, wie er sanft mit einer Frau umging.

Er war ein schöner Mann, fand sie. Stattlich, immer sauber, das Gesicht klar geschnitten und die Augen wundervoll. Sie hatte begonnen von ihm zu träumen, und wäre das Widerliche nicht gewesen, das Hector Weaver mit ihr tat, so hätte sie sich Hoffnungen gemacht. Würde sie Victor je wiedersehen, wenn sie Mount Olymp verließ?

Sukie legte ein Kleid in ihre Tasche, das sie gekauft hatte, um Hector Weaver zu gefallen. Hätte sie es bleiben lassen, hätte sie jetzt zumindest Geld für ein Pensionsbett. Ihre Hände wurden eiskalt, als ihr einfiel, dass sie nicht einmal wusste, wo sie die Nacht verbringen sollte. Sie kannte so gut wie keinen Menschen in der Stadt, und zu ihrer Familie nach Havant konnte sie nicht zurück. Sie hatte sich den Heiratsplänen ihres Vaters widersetzt und den Bruch in Kauf genommen, um frohgemut in die Welt hinauszuziehen, sicher, dass sie sich dort ihren Platz erobern würde. Wie sehr wünschte sie sich jetzt, sie hätte mit dem öden, gefahrlosen Leben in der Kleinstadt vorliebgenom-

men, besäße ein warmes Bett und wüsste, woher ihre nächste Mahlzeit kam. Schwer hämmerte eine Faust an die Tür. »Ich käm denn jetzt gern zum Saubermachen«, keifte das plumpe Hausmädchen, das sich an Sukies Elend zweifellos weidete.
Ihr blieb nichts anderes übrig, als zu gehen. Die Tasche zu nehmen und schleppenden Schrittes aus dem Zimmer zu schleichen, das sie sieben Jahre lang bewohnt hatte. Es waren böse Jahre gewesen, Jahre, die ihre Selbstachtung zerstört hatten, aber sie hatten ihr nicht alle Hoffnung genommen. Das war erst jetzt geschehen. Mit erschreckender Klarheit sah sie das Schicksal vor sich, das sie erwartete. Ohne Empfehlung, ja sogar ohne Wohnadresse würde sie sich als Kindermädchen nirgendwo bewerben können. Ohne ein Zimmer mit Waschtisch konnte sie sich nicht sauber halten, sie konnte ihre Kleider nicht aufhängen, und innerhalb von Tagen würde man ihr ansehen, was sie jetzt war – eine von der Straße. Eine, die sich mit ehrlicher Arbeit nicht über Wasser halten konnte und der nichts zum Verkaufen blieb als das bisschen, was Hector Weaver von ihrer Jugend und ihrer Schönheit übriggelassen hatte.
Während sie ihre Tasche durch die Halle schleifte, folgten ihr Blicke, die wie Schläge brannten. All ihre Beherrschung brauchte sie, um aus der Tür zu treten, als ginge sie nur, um Nora aus dem Garten zu holen. Sie hatte sich eingebildet, es werde regnen, aber der Juniabend war makellos. Drei Schritte ging sie noch auf dem frisch gepflasterten Gehsteig entlang, dann blieb sie stehen, weil sie die Kräfte verließen und weil, wer kein Ziel hatte, schließlich nicht fröhlich drauflosstapfen konnte.
Ein Einspänner kam ihr entgegen, das Pferd im munteren, wie sie verhöhnenden Trab. Es war kein Hansom Cab, sondern eins jener kleinen Gefährte, die ihre Besitzer selbst fuhren, weil sie sich keinen Kutscher leisten konnten. Den Mann, der sich, sobald er sie sah, vom Bock herunterbeugte, erkannte sie sofort. »Guten Abend, Miss Ralph«, grüßte Victor März in seiner stillen, höflichen Art und zog

die Zügel an. »Ist Mr Weaver drinnen? Ich bräuchte von ihm rasch zwei Unterschriften.«

»Ich arbeite nicht mehr für Mr Weaver«, murmelte Sukie tonlos. Sie hatte nur einen Blick auf ihn geworfen und starrte jetzt auf den Boden. Er sah gut aus. Einen neuen dunklen Anzug trug er und dazu eine Weste in gewagtem Rot. Offenbar war ihm der Aufstieg beschieden, den er sich redlich verdient hatte. Sie dagegen hatte nichts als Verachtung verdient.

»Miss Ralph?« In seiner Stimme schwang jenes Erstaunen, das sie vom ersten Tag an für ihn eingenommen hatte. Wenn es so etwas überhaupt gab, war er ein Mann ohne Arg. »Sie arbeiten nicht mehr bei Mr Weaver? Wie schade. Ich hoffe, es ergeht Ihnen in der neuen Stellung gut.«

»Ich hab keine neue Stellung«, murmelte Sukie mit dem Blick zum Boden, und dann erzählte sie ihm alles – dass sie hinausgeworfen worden war, dass sie keinen Ort hatte, an den sie gehen konnte. Was sie von ihm wollte, wusste sie nicht. Seine Hilfe? Ein Nachtquartier?

»Sie kommen zu mir«, sagte er. »Ich weiß, es ist nicht schicklich, aber ich habe ein großes Haus für mich allein, und tagsüber kommt die Aufwarterin. Sie müssen sich nicht fürchten.«

Um ein Haar hätte Sukie aufgelacht. Wenn er so weitermachte und sich das herrenlose Kroppzeug von der Straße auflas, würde er bald kein großes Haus mehr für sich allein haben. »Ich gehe nur schnell und spreche mit Mr Weaver«, sagte er und sprang vom Bock. »Wenn Sie wollen, steigen Sie schon auf. Ich beeile mich.«

Sukie sah ihm nach, wie er mit seinem Schlüssel das Tor öffnete und den Weg entlangrannte. So gut geschnitten sein Anzug auch sein mochte, an ihm wirkte Kleidung grundsätzlich, als würde sie den schönen Körper einengen. Dass sie solche Gedanken hegte, beschämte Sukie nicht länger. Das schamhafte Mädchen aus Havant gab es nicht mehr. Sie schulterte ihre Tasche. So sehr sie sich wünschte, sein Angebot anzunehmen, so wenig war sie in der Lage dazu. Von Victor

März hatte sie sich anderes gewünscht als Mitleid. Ich bin in ihn verliebt, gestand sie sich jetzt, da die Erkenntnis keinen Sinn mehr hatte. Müde ging sie die sonnige Straße entlang, um außer Sicht zu sein, ehe er zurückkam. Lieber würde sie hungern, frieren und sich aufs Tiefste erniedrigen, als dem Mann, den sie liebte, eine Last zu sein.

Kapitel 18

Herbst

Kann ich Sie sprechen?« Mitten unter den hustenden, stöhnenden Patienten am Empfang hatte Louise Vernon gestanden, eine kleine, auf rührend altmodische Weise elegante Frau, die häufig hier auf ihren Mann gewartet hatte, Hyperion jetzt jedoch erschien wie aus einer anderen, verlorenen Welt. Er hatte sie seit dem Begräbnis nicht gesehen. Sie abzuweisen kam nicht in Frage, auch wenn er dem Zeitplan wie üblich hinterherhinkte. Kurzerhand übergab er Lawleigh die Verantwortung für den Empfang und ging mit ihr ins Büro des Klinikleiters, in dem die Präsenz ihres Mannes noch immer spürbar schien. Kaum saß sie ihm gegenüber, öffnete sie ihre Handtasche, entnahm ihr ein Bündel Banknoten und legte sie vor ihn auf den Tisch. »Fahren Sie nach London«, sagte sie. »Fassen Sie es nicht als Geschenk auf, sondern als einen Gefallen, den Sie mir tun. In Fergus' Namen. Sie wissen, er hätte gewollt, dass Sie fahren.«

»Das kann ich nicht annehmen«, stammelte Hyperion, in dessen Kopf sich Gedanken überschlugen. In London stand der erste internationale Kongress der Kontagionisten bevor. Mediziner aus dem Süden Europas, wo die Ansteckungstheorie längst als gesichert galt, würden ihre Erkenntnisse vorstellen, und es stand zu erwarten, dass die Theorie im eigenen Land endlich einen Schritt vorankam. Bisher war Pacinis Entdeckung des Cholera-Erregers in England ungehört verhallt. Wenn sich jetzt aber anerkannte Wissenschaftler aus aller Welt dafür starkmachten – wie viele Leben mochte das retten? Hyperion war sicher gewesen, die Einladung ausschlagen zu müssen. Wie hätte er vier Wochen lang Portsmouth den Rücken kehren sollen, wie Reise und Aufenthalt finanzieren, wie vor allem seinen Verdienstausfall abdecken? Dass Mildred zu dem Unternehmen ihre Zustimmung gab, war undenkbar, und dass er etwas ohne Mildreds Zustimmung tat, noch undenkbarer.

»Sie müssen es nehmen«, sagte Louise Vernon. »Was soll ich sonst damit tun, wie Fergus' Andenken am Leben halten? Er fehlt mir, Hyperion. Fehlt er Ihnen nicht?«

»Doch«, erwiderte Hyperion. »Jeden Tag.« Seit sein Doktorvater nicht mehr am Leben war, hatten seine Zweifel sich zu Dämonen ausgewachsen. Dennoch geschah es ihm, dass er über den Verlust des Freundes geradezu erleichtert war. Zumindest bestand keine Gefahr, dass Fergus Vernon je erfahren würde, wie schändlich sein Protegé Werte, die sie geteilt hatten, mit den Füßen trat.

»Fahren Sie für ihn.« Louise Vernon sah ihm ins Gesicht. »Tragen Sie dem Kongress vor, was Sie beide erarbeitet haben. Es war sein Lebenswerk. Wer, wenn nicht Sie, könnte es der Welt übergeben?«

Hyperion zwang sich ein Lächeln ab, von dem er spürte, wie falsch es geriet. »Wenn ich tatsächlich Zeit finde, zum Kongress zu reisen, dann nicht mit Ihrem Geld, Louise.«

»Sie haben doch keines!«, rief sie. »Nein, versuchen Sie nicht, mir etwas vorzugaukeln. Glauben Sie, ich wüsste nicht, dass Ihre Schwägerin Ihnen den letzten Tropfen Blut abpresst? Ganz Southsea weiß es, und schämen müssen Sie sich vor mir dafür nicht, mir tut es aus tiefstem Herzen leid um Sie. Wenn ich einen Weg wüsste, Sie und Daphne von dieser Fuchtel zu befreien, dann würde ich nicht zögern, ihn zu gehen.«

»Sie dürfen das so nicht sehen«, wandte Hyperion lahm ein. »Wir verdanken Mildred unendlich viel. Die Stadt tut ihr Unrecht – sie liebt Daphne über alles und täte ihr nie ein Leid.« Es sei denn, ein Mann, der tierischer ist als der letzte Dreckskerl aus Londons Gosse, verführt sie dazu, fügte er im Stillen hinzu.

»Darüber kann man geteilter Ansicht sein«, bemerkte Louise spitz. »Meiner Meinung nach fügt man einer Frau durchaus ein Leid zu, wenn man ihren Mann von ihr fernhält und ihr einredet, sie sei nicht in der Lage, für ihre Familie zu sorgen. Daphne ist zart, aber sie ist keine Invalidin. Im Gegenteil, als sie bei uns lebte, erschien sie mir trotz der überstandenen Krankheit zäher als manch stark gebautes Weibsbild. Ist Ihnen wirklich nie in den Sinn gekommen, dass es Mildred sein könnte, die Sie hindert, mit Ihrer Frau und Ihren Kindern glücklich zu sein?«

»Dass Sie so von ihr sprechen, erlaube ich nicht«, protestierte Hyperion. »Nicht einmal Ihnen. Mildred täte alles für Daphne.«

»Und für Sie?«

Er schwieg.

Sie schob ihm das Geld zu. »Fahren Sie auf den Kongress. Ihre Begabung stellt eine Verpflichtung dar. Und vielleicht verhilft Ihnen ein wenig Abstand vom häuslichen Leben ja zu neuen Erkenntnissen.«

Der Gedanke war verlockend. Liebend gern hätte er das unlösbare Dilemma, die immer tiefere Verstrickung in Schuld vier Wochen lang hinter sich gelassen, um sich allein seinem Beruf zu widmen. Womöglich würde es ihm wirklich neue Erkenntnisse bescheren, einen Weg, dem Kreislauf des Unheils zu entkommen. Die Sehnsucht nach dem Leben, das er mit Daphne und Louis geführt hatte, nahm ihm zuweilen den Atem. Gab es eine Möglichkeit, dieses Leben zurückzugewinnen, trotz all der Schuld, die er auf sich geladen hatte? Er sah, wie seine Hand sich nach dem Geld streckte, zog sie im letzten Moment aber wieder zurück. »Es ist nicht machbar, Louise. Ich kann mir nicht leisten, meine Patienten zu verärgern, indem ich vier Wochen lang nicht erreichbar bin.«

»Ich finde einen Ersatz«, erwiderte Louise ungerührt. »Und ich komme auch für Ihren Ausfall auf. Suchen Sie nicht nach Ausreden, Hyperion, Sie wissen, dass Sie fahren müssen. Um Fergus' willen, um der Kranken und um Ihrer selbst willen – aber auch für Daphne und Ihre Kinder. Reisen Sie nach London und nutzen Sie die Zeit, sich über Ihr Leben klarzuwerden. Sie haben nicht verdient, dass man es Ihnen wegnimmt. Und Daphne und die Kinder haben das erst recht nicht verdient.«

Er kam früher als gewöhnlich nach Hause und fand Mount Othrys in Stille. Mildreds letzte Gäste waren abgereist, und das Kindermädchen hatte die kleine Esther schon zu Bett gebracht. Dennoch ging Hyperion an diesem Abend ins Kinderzimmer und küsste seine schlafende Tochter, die Daphne so ähnlich sah – blond und zu zart zum Leben. Louis, so erklärte ihm das Mädchen, habe den Morgen mit Mildred verbracht, doch am Nachmittag darauf bestanden, seine Mutter zu besuchen. Auf Zehenspitzen schlich sich Hyperion hinüber in das Schlafzimmer, das er für viel zu kurze Zeit mit Daphne geteilt hatte.

Die beiden Menschen, die er über alles liebte, lagen schlafend auf weißen Kissen, ihre Köpfe einander zugewandt, so dass die Stirnen sich berührten. Hyperion setzte sich auf den Bettrand und strich sachte erst seiner Frau, dann seinem Sohn das Haar aus den Gesichtern. Friedlich wirkten die beiden, so, als wären sie noch immer behütet, als wäre ihre Welt noch heil. Er wollte gehen, doch vermochte nicht, sich loszureißen. Als er sich endlich erhob, erwachte Daphne, schlug die Augen auf und sandte ihm ein Lächeln. Hyperions Herz zog sich zusammen.

»Liebling«, sagte sie und streckte die Hand nach ihm aus.

Zögernd setzte er sich wieder und spürte, wie ihre zarten, kühlen Finger ihm über die Wange strichen. »Es ist so schön, dass du da bist. Bleibst du bei uns? Du siehst müde aus.«

Er musste auch lächeln, nahm ihre Hand und küsste die Innenfläche. »Ich habe noch zu arbeiten, aber vorher wollte ich nach euch sehen. Hattet ihr einen guten Tag, Daphne? Wie geht es mit den Schmerzen?«

»Es war heute ein anderer Arzt da«, sagte Daphne. »Dr. Ackroyd, er war ganz wundervoll zu mir, und er hat gesagt, ich solle ruhig aufstehen und an den Krücken gehen üben, es werde mir nicht schaden. Im Gegenteil, durch das viele Liegen verlieren meine Muskeln die Kraft, und es wird immer schwieriger, das Bett zu verlassen.«

Was sie erzählte, klang überzeugend. Er kannte den jungen Ackroyd, der ein begabter Arzt war, und den Rat hätte auch er einem Patienten geben können. Aber Daphne war kein Patient. Sie war seine Frau, und dass sie das kleinste Risiko einging, durfte er nicht gestatten. »Ich weiß nicht, Daphne …«, murmelte er.

Sie lachte leise. »Aber ich weiß. Ich habe es ausprobiert, Liebster, und mir ist nichts geschehen. Stattdessen haben Louis und ich eine schöne Stunde verbracht, und er hat gesagt, er kann nicht warten, bis es wieder Sommer ist und seine kleine Mutter mit ihm über Priele springt.«

Vor seinem geistigen Auge tauchten Bilder aus dem Sommer vor der unseligen Geburt von Esther auf, von seiner Frau, die mit roten Wangen ins Haus stürmte, den kleinen Sohn an ihrer Seite, den sie aufhob und um ihre Achse wirbelte, als hätte er kein Gewicht. War es wirklich möglich, dass diese Zeit noch einmal wiederkam? Er sah in ihr abgezehrtes Gesicht, das der Tod schon mit seinen Händen umfangen hatte, und konnte es nicht glauben. »Du musst dich schonen, Liebstes«, bat er.

»Aber das tue ich doch!«, rief sie. »Ich tue den lieben langen Tag nichts anderes, und wohin hat es mich gebracht?«

»Du bist krank, Daphne.«

Das bisschen Glanz in ihren Augen erlosch. »Und weißt du, wie schwer es ist, ewig krank zu sein, während um dich dein Leben verstreicht?«

Hyperion betrachtete den schlafenden Jungen, die rosige Wange und den dichten Kranz der Wimpern. Das Bild rührte an eine Erinnerung, die so schmerzlich war, dass er sie abschütteln wollte. Er sah sich neben seiner Mutter liegen, obgleich die Großmutter es ihm verboten hatte, er sah seine kleine Hand, die mit den wirren Locken der Mutter

spielte, und spürte noch einmal den innigen Wunsch, sie möge aufstehen und gesund sein, um jauchzend mit ihm in den Garten zu laufen.
»Hyperion«, hörte er seine Frau flüstern, wandte den Kopf und sah, dass sie ihm die Arme entgegenstreckte. »Komm zu mir. Ich sehne mich so sehr nach dir.«
Er liebte sie. Er hatte nie eine Frau geliebt wie sie, und der Wunsch, ihrem Drängen nachzugeben und sich in ihre Arme zu werfen, drohte ihn zu überwältigen. Aber es war dieser Wunsch, das tierische Verlangen, das sie dorthin gebracht hatte, wo sie war. Ihr Mann, der geschworen hatte, sie zu schützen, hatte ihre Gesundheit zerstört. Er fing ihre Hände ab und küsste eine nach der anderen. »Versuch zu schlafen, Liebstes. Ich trage Louis hinüber in sein Bett, damit du zur Ruhe kommst.«
»Nein!«, rief sie, entriss ihm ihre Hand und breitete den Arm um den Jungen. »Wenn du nicht zu mir kommen willst, kann ich dich nicht zwingen. Aber Louis lass mir. Nimm mir nicht auch noch mein Kind.« Ihre Stimme bebte vor Tränen. Sie drückte den Kopf ins Kissen, wieder dicht an das kleine Gesicht.
Mit bleischwerem Herzen stand Hyperion auf. »Ich fahre bald weg«, sagte er unvermittelt. »Auf einen Kongress nach London. Ich werde mindestens vier Wochen fort sein.« Es war gut so, dachte er. Solange er in London war, bestand keine Gefahr, dass er dem tierischen Trieb nachgab und ihr noch einmal Schaden zufügte. Sie antwortete nicht. Zum ersten Mal, seit er sie kannte, schien sie ihm zu zürnen. »Ich liebe dich«, sagte er und verließ mit schleppenden Schritten den Raum.
Unten setzte er sich in sein Arbeitszimmer und versuchte sich auf die Dokumente zu konzentrieren, die er für den Kongress vorbereiten wollte, Texte von Vernon, die aufbereitet werden mussten, und seine eigenen Notizen, die er in vortragsfähige Form zu bringen hatte. Die Buchstaben verwischten vor seinen Augen, und aus der Druckerschwärze manifestierte sich Daphnes Gesicht. Irgendwann öffnete

sich die Tür, ohne dass jemand angeklopft hatte, und Mildred trat ein.
»Du bist zurück?«, fragte sie.
Er hob den Kopf, und ihre Blicke trafen sich. Ihre Wangen waren gerötet, wie immer, wenn sie im Galopp geritten war. Den Versuch, ihr Haar in einer Haube zu bändigen, hatte sie seit langem aufgegeben. Sie machte einen Schritt auf ihn zu, dann noch einen und einen dritten, ehe er sich erhob und ihr um den Schreibtisch herum entgegenging. Ich will das nicht tun, hallte seine Stimme in seinem Kopf. Ich will nicht meine geliebte Frau mit ihrer eigenen Schwester betrügen, ich will ein Mensch sein, kein Tier! Mildred machte noch einen Schritt, und Hyperion machte auch noch einen, dann standen sie voreinander und rissen einander in die Arme.

Kapitel 19

Beginn eines langen Winters

Alle Zeit, die er entbehren konnte, verwandte Hector darauf, Victor März zu beobachten, aber an diesem Abend fuhr er nicht in dieser Absicht zum Milton's Court, sondern weil er mit dem Deutschen sprechen wollte. Der hatte das Flittchen Sukie bei sich aufgenommen, nachdem sie so tief gesunken war, wie eine Frau nur sinken konnte. So tief wie Polly Pierson.

Hector hatte März gesagt, er solle sich der Person entledigen, er dulde keine solchen Subjekte in seinem Haus. Es war das erste Mal gewesen, dass der Deutsche sich ihm widersetzt hatte. »Das kann ich nicht, Sir«, hatte er erwidert. »Miss Ralph wollte ja nicht zu mir kommen, aber am Ende hatte sie doch keinen Ort, an den sie gehen konnte. Wäre meine Schwester in eine solche Lage geraten, hätte ich mir gewünscht, dass jemand sie aufnimmt, damit sie auf anständige Weise leben kann.«

»Das Weibsstück ist aber nicht Ihre Schwester! Und wenn an Sukie Ralph etwas anständig ist, dann ist die Mörderin Manning eine Heilige. Glauben Sie mir, März, ich kenne das Früchtchen weit besser als Sie.«

»Daran zweifle ich nicht, Sir«, sagte März, und zum ersten Mal fragte sich Hector, ob in den Worten seines Deutschen kein zweideutiger Unterton mitschwang.

»Sie setzen sie also vor die Tür, verstanden?«

»Nein, Sir, das kann ich nicht tun.«

»Haben Sie schlechte Ohren? Ich sagte, in meinem Haus will ich solchen Schmutz nicht haben.«

Zu seiner Verblüffung hatte März ihn – wenn auch in unterwürfiger

Weise – darauf aufmerksam gemacht, dass das Verwalterhaus von Milton's Court vertraglich ihm gehörte. Hector hatte angedroht, sein Kapital aus dem Hotel zu ziehen und damit Victor in den Bankrott zu treiben, doch bisher war Sukie Ralph noch immer nicht ausgezogen. »Es tut mir leid, Sie zu verärgern«, war alles, was März dazu zu sagen hatte.

An diesem Abend war er zu ihm gefahren, um ihn schmeichelnd oder drohend umzustimmen. Im Grunde konnte ihm gleichgültig sein, ob das Flittchen dort wohnte. Es war die Niederlage, die an ihm nagte, das Gefühl, dem Deutschen gegenüber, der ihm völlig ergeben hätte sein müssen, an Boden zu verlieren. Vor der Abzweigung in den Milton's Court ließ er seinen Kutscher halten und ging zu Fuß weiter. Es war ein düsterer, nasskalter Abend mit Windböen, die kleine Salven von Schneeregen trieben. Hector schlug den Mantelkragen hoch. Als er durch die enge Zufahrt des Verwalterhauses trat, sah er im Unterstand den zierlichen Fuchs, der seinem Bruder gehörte, den aber seit längerem Mildred Adams im Galopp durch die Straßen hetzte. Seine üble Laune verflog. Sukie Ralph war so gut wie vergessen.

Seinen Schlüssel zu dem unschönen rußgrauen Gebäude hatte Hector nie abgegeben, und auf die Kunst, sich lautlos einzuschleichen, verstand er sich. Er hatte den finsteren Flur kaum betreten, als er aus dem großen Raum, der als Salon diente, ihre Stimmen hörte.

»Sprich leiser, Mildred«, sagte März. »Miss Ralph hat sich hingelegt.«

»Was schert mich deine Miss Ralph!«, rief Mildred. »Ich bin es, die Hilfe braucht, ich, ich, ich!«

»So habe ich es ja nicht gemeint«, versuchte März zu besänftigen. »Ich dachte nur, du möchtest nicht, dass Miss Ralph uns hört.«

»Glaubst du, ich habe für solche Albernheiten Zeit?« Mildred schrie immer noch. Schier hysterisch klang sie. »Ich bekomme ein Kind, Victor, hast du gehört? Ich bekomme ein Kind!«

Schwach vor Enttäuschung musste Hector sich an der Wand abstützen. War das das Ende seines privaten Melodramas, hatte die wundervoll hochnäsige Mildred, die er für uneinnehmbar gehalten hatte, sich von März schwängern lassen und würde nun einwilligen, seine Frau zu werden? Wie konnte etwas, das so voll Feuer, Tragik und Intrige begonnen hatte, so banal enden?

Aber es endete nicht banal. »O mein Gott, Mildred!«, rief März außer sich. »Von wem denn nur, von wem?« Dass er den Namen Gottes im Mund führte, erlebte Hector zum ersten Mal.

»Von wem wohl?«, fuhr Mildred ihn an. »Sehe ich aus wie eine, die beliebig die Beine spreizt wie deine Miss Ralph?«

»Nicht doch, Mildred. Aber ich hatte gedacht ...«

Du hast gedacht, sie würde irgendwann für dich die Beine spreizen, frohlockte Hector. Aber das hat sie nicht getan. Das Geheimnis um den Kindsvater, das sich uns gleich lüften wird, dürfte exquisit wie kein zweites sein.

»Dein Denken spar dir. Damit ist mir nicht geholfen.«

»Ich will dir ja helfen«, stammelte März noch immer erschüttert. »Ich will dir immer helfen, Mildred, das musst du mir glauben.«

»Dann sag mir endlich, was ich tun soll, verdammt noch mal.«

Hector glaubte zu spüren, wie März unter dem Fluch zusammenzuckte. »Du wirst den Vater heiraten müssen«, murmelte er, die Stimme wie erloschen. »Ist es ein guter Mann, Mildred? Wird er für dich sorgen?«

»Ist es ein guter Mann, Mildred?«, äffte sie ihn nach. »Was denkst du denn? Dass ich mich mit weniger als dem Besten zufriedengebe?«

»Nein, Mildred.« Zweifellos hielt er den Kopf gesenkt. »Ich wünsche euch Glück. Dir und dem Kind und dem Vater. Du hast Glück verdient.«

»Hör endlich auf zu schwafeln! Wenn ich für das Kind einen Vater hätte, der mich heiraten könnte, was täte ich dann wohl hier bei dir?«

Ohne Vorzeichen kippte die harsche, hochmütige Stimme um, und Mildred, die Unbezwingbare, brach in Schluchzen aus. »Du musst mir helfen, Victor. Ich halte das alles nicht aus.«

Zweifellos nahm er sie in die Arme und ließ sie weinen, bis sie sich beruhigte. »Mildred«, sagte er irgendwann leise, »warum kann der Vater deines Kindes dich nicht heiraten?«
»Weil er verheiratet ist.«
»Ach, mein Kleines«, sprach Victor traurig vor sich hin. »Ach, mein armes Kleines.«
Wer ist es? Nur mit Mühe konnte sich Hector daran hindern, von einem Fuß auf den anderen zu treten. Wer ist es?
Als hätte sie ihn gehört, sprach Mildred in Victors Gemurmel: »Es ist der Mann meiner Schwester.«
Was immer Hector sich versprochen hatte, dies übertraf seine kühnsten Erwartungen. Zu seinem grenzenlosen Vergnügen entblödete sich der verstörte März zu fragen: »Welche Schwester?«
»Bist du nicht bei Trost?«, fuhr Mildred auf. »Ich habe auf der Welt nie mehr als eine Schwester gehabt. Keinen Menschen hatte ich, nur Daphne, sie war alles für mich.«
»Aber Mrs Daphne … Mrs Daphne ist doch die Frau von Mr Weavers Bruder!«
Hector in seinem Versteck presste sich die Hand auf den Mund, um nicht aufzulachen.
»Hör auf, dich wie ein Idiot zu benehmen!«, schrie Mildred. »Was glaubst du denn, von wem wir sprechen? Ich bin keine, die sich mit Kerlen einlässt. Von den Kerlen und ihren ekelhaften Trieben habe ich da, wo ich herkomme, für mein Leben genug gesehen, die sind mir alle miteinander so widerlich wie Vieh. Nur Hyperion nicht. Hyperion ist der einzige Mann auf der Welt, an dem etwas zart und sanft und edel ist.«
Der heilige Hyperion! Hector entfuhr ein Laut. Hyperion, der Unfehlbare, hatte seiner Schwägerin ein Balg gemacht, während seine Seele von Frau auf den Tod lag. An dem Skandal würde er sich den Hals brechen. Der Moment war da, in dem die Stadt Hyperion Weavers wahres Gesicht in seiner ganzen Hässlichkeit erkennen würde.

»Aber …«, stammelte März, der Trottel, der an das Gute im Menschen glaubte und hoffnungslos überfordert war.
Wenn Hector die Ohren spitzte, hörte er, dass Mildred weinte, aber nicht laut und heftig wie zuvor, sondern still und für sich. Offenbar wollte März sie tröstend in die Arme schließen, doch dem Klatschen nach fing er sich für seine Güte eine Backpfeife ein. »Rühr mich nicht an!«, rief sie. »Bildest du dir ein, du könntest mit Hyperion mithalten? Kein Mann kann das – kein Mann ist auch nur seinen kleinen Finger wert.«
Wohl bekomm's, dachte Hector. Dann lass nur den einzigartigen Hyperion dir aus der Patsche helfen und sieh zu, wohin dich das bringt. Die erhabene Mildred Adams mochte sich schneller, als sie es sich versah, in einem Straßengraben mit der verachteten Sukie Ralph wiederfinden, und wen sie dann noch zu Hilfe rufen wollte, hätte Hector gern gewusst.
März vermutlich. Den Idioten März, der sich von ihr ohrfeigen ließ und treuherzig erklärte: »Ich weiß, ich kann nicht mit ihm mithalten, Mildred. Ich habe das ja nie gesagt.«
»Na also.«
»Aber das mit dir, das hätte Mr Weaver nicht tun dürfen. Es ist an dir und an Mrs Daphne nicht recht getan.«
Es klatschte noch einmal. Scharf wie ein Peitschenhieb.
»Sprich nicht von Dingen, von denen ein Klotz wie du nichts versteht.« Mildred schrie jetzt nicht mehr, aber ihre Stimme war ätzender als der Schlag, den sie dem armen März verpasst hatte. »Hyperion und ich, wir lieben einander. Weißt du, was Liebe ist? Glaubst du, wenn du mit deiner Miss Ralph oder mit Gott weiß wem unter verschwitzte Betttücher kriechst, hat das auch nur das Geringste mit Liebe zu tun?«
»Ich krieche mit Miss Ralph nirgendwohin«, erwiderte März. »Miss Ralph wohnt bei mir, weil sie sonst keine Bleibe hat, das ist alles.«
»Und wie oft habe ich dir schon gesagt, dass du mir damit gestohlen bleiben kannst?«

»Oft«, antwortete März geschlagen.
»Willst du mir jetzt helfen oder nicht?«
»Ich will dir helfen. Sag mir, was ich tun kann, und ich tue es.«
»Ich weiß es nicht«, entgegnete Mildred, auf einmal so mutlos, wie es ihrer Lage zukam. »Sag du mir, was ich tun soll.«
»Ich habe doch von alldem keine Ahnung«, erwiderte er. »Ich kann mit Mr Weaver reden, wenn du willst. Mr Weaver war immer nett zu mir, aber ob er mich in dieser Sache anhören wird, weiß ich nicht. Und was soll denn überhaupt geschehen? Wird Mr Weaver seine Frau verlassen und die zwei Kinder auch?«
»Um Gottes willen!«, rief Mildred. »Das würde Daphne umbringen. Sie ist doch krank, sie hält ohnehin nichts aus.«
»Aber was ist mit dir? Und mit deinem Kind?«
Bitter lachte Mildred auf. »Ich war ja immer die Starke. Die, die es aushalten musste.«
»Wenn du Geld brauchst …«
»Pah«, fiel sie ihm ins Wort. »Wie viel Geld, meinst du, braucht es, um allein ein Kind aufzuziehen? Wie viel Geld braucht es, um den Skandal zu verschmerzen, die Ächtung, die Einsamkeit? So viel Geld kannst du im Leben nicht zusammenkratzen, und wenn du dir hundertmal einbildest, dass du hier in deiner Bruchbude auf einer Goldgrube sitzt.«
»Es ist keine Bruchbude«, begehrte März auf. »Es ist ebenso ein Hotel wie deines – nur nicht für betuchte Herrschaften, die überall auf der Welt logieren können, sondern für meinesgleichen. Hätte es so etwas damals gegeben, hätten meine Schwester und ich in solchem Hotel ein paar Tage Ferien machen können. Vielleicht wäre alles anders gekommen.«
»Bist du fertig?«, versetzte sie kalt. »Glaubst du, in meiner Lage habe ich für dein ewiges Geschwafel von deiner Schwester Zeit?«
»Natürlich nicht. Ich wollte ja nur …«
»Mir ist einerlei, was du wolltest. Ich brauche deine Hilfe.«

Eine Zeitlang schwiegen beide, so dass Hector in der Finsternis des Flurs seinen Herzschlag und seinen Atem hörte. Dann vernahm er, wie März sich mit mehrmaligem Räuspern die Kehle reinigte. »Mildred«, sagte er, »ich weiß, du magst mein Haus und mein Hotel nicht, und ich kann dir nicht das Leben bieten, das einer Frau wie dir gebührt. Aber wenn du jemanden brauchst, der für dich eintritt und deinem Kind ein Vater ist, dann will ich, dass du weißt: Es wäre mir eine Ehre, dieser Mann zu sein, ich würde für dich sorgen und es dir nie an etwas fehlen lassen.«

Noch einmal lachte Mildred auf, diesmal verloren, nicht bitter. »Soll das die Wahl sein, die ich habe?«, murmelte sie. »Mit einem Navvy von der Hand in den Mund zu hausen, und das nach all den Kämpfen, die ich ausgestanden habe? Ich wollte, dass meine Tochter ein Klavier bekommt. Ich wollte, dass mein Sohn so umsorgt und behütet aufwächst wie der kleine Louis. Ich wollte, dass für meine Kinder selbstverständlich ist, was ich nie kennenlernen durfte – Sicherheit, Liebe und Glück.«

Wieder breitete sich Schweigen aus, bis März' Stimme fremd und belegt in die Stille schnitt. »Ich kann ein Klavier kaufen«, sagte er. Als wäre es damit getan. Aber dass es das nicht war, wusste vermutlich sogar der deutsche Einfaltspinsel.

»Tu, was du willst«, erwiderte Mildred tonlos. »Mir bleibt ohnehin nichts anderes übrig, als dein Angebot anzunehmen. Versteh mich nicht falsch. Ginge es um mich, dann würde ich lieber der Schande entgegensehen, als mit dir in dieser scheußlichen Höhle zu hausen. Aber es geht um meine Schwester. Daphne darf von alldem nie erfahren, oder es brächte sie um. Deshalb muss ich mich opfern. Das habe ich mein Leben lang getan.«

Arme Mildred, dachte Hector geradezu zärtlich. Ist es nicht unendlich schade, dass dein Opfer umsonst sein wird?

»Hast du mich gehört, Victor? Daphne darf nie davon erfahren.«

»Ja«, sagte März, »ich habe dich gehört.«

Aber Daphne wird davon erfahren. Was glaubt ihr zwei Hübschen eigentlich? Dass ihr die einzigen Spieler auf diesem Brett seid, dass ich euch das Feld überlasse?

»Hyperion fährt morgen auf einen Kongress«, sagte Mildred. »Er wird bis kurz vor Weihnachten fort sein. Ich werde die Zeit nutzen, um meine Sachen zu packen, und du nutzt sie besser, um aus diesem Stall eine halbwegs menschliche Behausung zu machen.«

»Alles, was du willst, Mildred. Du musst mir nur sagen, was du gern hättest, und ich lasse es liefern. Ich habe ja mein Sparkonto, ich habe es gerade erst aufgefüllt.«

»Spar dir die Prahlerei. Schaff einfach das Nötigste an, so dass ich hier hausen kann, ohne mich allzu sehr zu schämen. Ich lasse mein Lebenswerk zurück, ist dir das klar? Das Hotel Mount Othrys, das ist mein Lebenswerk.«

Schüchtern lachte März auf. »Aber du bist noch so jung, Mildred! Du könntest ein anderes Lebenswerk beginnen. Wir könnten aus dem hier etwas machen, wenn du willst. Ich bin Mr Weavers Teilhaber, nicht sein Angestellter, ich darf genauso bestimmen wie er. Und mein Ziel ist es, ihm seine Hälfte abzukaufen. Dann könnten wir auch ein vornehmes Hotel daraus machen, wenn es das ist, was dir gefällt.«

»Ein vornehmes Hotel!«, barst es aus Mildred heraus. »Auf der Gewürzinsel! Wovon träumst du eigentlich, wenn du schläfst? Sei so gut und verschone mich mit deinen Phantastereien. Ich verliere alles, was ich liebe, ich muss ertragen, dass sich Weiber wie Maria Lewis und Bernice Weaver über mich die Mäuler zerreißen, also brauche ich nicht noch deinen Hohn obendrein.«

»Ich würde dich nie verhöhnen, Mildred. Und wenn dir an dem Hotel etwas liegt, solltest du, denke ich, einen Anteil bekommen.«

»Soso, das denkst du. Und wen kratzt, was du denkst? Wer klagt mir den Anteil ein? Ich bin eine Frau, falls du das vergessen haben solltest.«

»Ich habe gerade einen Artikel von einem Mann namens John Stuart

Mills gelesen«, erwiderte März. »Darin wird sogar das Wahlrecht für Frauen gefordert, kannst du dir das vorstellen? Frauen sind nicht rechtlos – und als dein Mann werde ich für deine Rechte eintreten.«
In dem kurzen Schweigen, das verstrich, mochte in Mildred ein Funke Hoffnung aufglimmen und gleich wieder verlöschen. »Vergiss es«, sagte sie müde. »Kümmere dich lieber darum, dass unser Aufgebot bestellt wird, denn ich möchte nicht erst heiraten, wenn ich aus allen Nähten platze. Und keine Einladungen, kein Drumherum. Ein Schaf, das zur Schlachtbank geht, gibt dazu kein Fest.«
Arme Mildred. Glaubte sie, es sei Balsam auf ihre Wunden, wenn sie Victor März weh tat, wie Hyperion ihr weh getan hatte? Hector verstand sie. Sooft er seinem tumben Sohn eine Tracht Prügel verabreichen ließ, sooft er den Deutschen demütigte, sooft er grundlos Männer aus dem Gaswerk entließ, linderte der Schmerz, den er zufügte, für kurze Zeit den Schmerz, den er ertrug. Aber der Schmerz kehrte immer zurück. Er würde sich erst beruhigen, wenn seine Rache nicht Horatio, März oder die Arbeiter im Gaswerk traf, sondern den Schuldigen, Hyperion selbst. Mildred erging es ebenso. In gewissem Sinn bin ich dein Werkzeug, dachte er. Ich fechte deinen Kampf aus wie meinen, ich trete für deine Rechte ein, wie der arme März es nie könnte.
Im Salon schickte sich Mildred an zu gehen. Widerstrebend zwang sich Hector, ebenfalls seinen Aufbruch vorzubereiten. Am liebsten wäre er stehen geblieben und hätte sie in seinen Armen aufgefangen. Wir sitzen in einem Boot, meine Süße. Wir haben denselben Feind, und gemeinsam dürften wir unschlagbar sein. Natürlich würde er nichts dergleichen tun. Sie hätte es fertiggebracht und ihn geohrfeigt wie den Trottel März, und allein bei dem Gedanken hielt Hector sich für fähig, einen Mord zu begehen. Also würde er, sobald der heilige Hyperion bei seinem Kongress weilte, seine Schwägerin aufsuchen und sie – ganz der besorgte Schwager – von dem Gehörten in Kenntnis setzen. Dass er damit nicht nur seinen Bruder vernichtete, sondern zugleich Daphne, die er aufrichtig schätzte, und Mildred, der er die

Bewunderung nicht versagen konnte, ließ sich nicht ändern. Womöglich würde der so reichlich zugefügte Schmerz seinen eigenen heilen oder zumindest auf Jahre betäuben.

»Soll ich in dein Haus kommen, Mildred?«, fragte März. »Soll ich Mr Weaver um die Heiratserlaubnis bitten?«

»Mr Weaver ist nicht mein Vormund«, erwiderte sie patzig. »Und du kommst nirgendwohin. Mit Hyperion und Daphne spreche ich selbst.«

»Wann sehe ich dich wieder?«

»Das wirst du dann schon erleben.«

»Mildred?«

»Was ist noch?«

»Darf ich dir sagen, dass ich trotz allem glücklich bin?«

»Wenn es dir gefällt, dein Glück auf meinem Elend zu bauen, dann sag, was du willst«, versetzte sie und ging.

Nach einem Tag voller Arbeit war Mildred in die Stadt geritten, um Samt in der Farbe heller Rosen zu kaufen. Sie hatte Bänder für alle Vorhänge in den Hotelzimmern daraus nähen wollen. Genau wie im vergangenen Winter barst sie auch in diesem vor Plänen, um die Räume zu verschönern, den Ausbau voranzutreiben und ihren Gästen mehr Luxus zu bieten. Erst als sie vor dem Tor von Mount Othrys vom Pferd stieg, fiel ihr wieder ein, dass sie im nächsten Frühjahr nicht hier sein würde, um Gäste zu empfangen, dass vielleicht niemand Gäste empfangen würde und dass das Hotel, das unter ihren Händen stetig gediehen und gewachsen war, verschwinden würde, ohne dass je jemand erfuhr, was daraus hätte werden können. Sie hätte den rosenfarbenen Samt in den Rinnstein werfen und in die schlammigen Schneereste treten mögen.

Wenn sie das Haus betrat, tollten ihr gewöhnlich Louis und Pebbles, der wollige Retrieverwelpe, den sie ihm geschenkt hatte, entgegen und überschütteten sie mit feuchter Zärtlichkeit. Heute aber blieb alles still. Nicht einmal Sarah und Priscilla verursachten bei der Hausarbeit den üblichen Lärm. Die kalte Angst, die sie sonst in solchen Augenblicken befiel, der Gedanke, Daphne oder dem kleinen Jungen könnte etwas zugestoßen sein, blieb aus. Was sollte noch geschehen, was hätte das, was ihr bevorstand, schlimmer machen können?

Sie ging ein paar Schritte in Richtung Salon, noch immer auf die vertrauten Geräusche lauschend, als eine Stimme sie herumfahren ließ.

»Ich habe alle weggeschickt. Ich wollte allein mit dir sprechen.«

Mildred drehte sich um und sah Daphne auf dem marmornen Treppenabsatz stehen. Sie war vollständig angekleidet, trug das schwere grüne Kleid, das sie älter machte, und hatte sich das Haar zu streng aus dem Gesicht frisiert. Als hätte sie sich bewusst ihrer Lieblichkeit berauben wollen, und auch in den kantig abgezehrten Zügen war nichts Liebliches mehr. Ihre Haut schien noch bleicher geworden – gespenstisch bleich.

»Warum bist du nicht im Bett?«, fragte Mildred mechanisch.

»Wäre ich im Bett besser aufgehoben? Wäre ich im Bett niemandem im Weg?« Es war Daphnes Stimme, die sprach, aber der Ton, der darin schwang, war Mildred fremd.

»Bitte komm nach oben, Mildred«, sagte Daphne, als Mildred ihr keine Antwort gab. Weshalb nannte sie sie nicht Milly? Weshalb sprach sie mit einer Bestimmtheit zu ihr, die sie nicht einmal bei den Dienstboten an den Tag legte? Mildred trottete die Stufen hinauf, so langsam, als würde sie eine Last schleppen. Noch ehe sie den Absatz erreicht hatte, drehte Daphne sich um und ging in eines der kleinen Teezimmer, das über einen entzückenden Erker mit Blick über den jetzt kahlen Garten verfügte. Wie so oft ertappte sich Mildred bei dem Gedanken, wie hübsch sich dieser Raum in einer Gästesuite ausmachen würde. Der Charme, der das Haupthaus auszeichnete, ließe sich im Altenteil nie erreichen, und auch das Cathedral und sogar das Victoriana konnten damit nicht aufwarten.

»Bitte setz dich«, sagte Daphne.

Mildred erschrak und blickte auf. Im Licht der Gaslampe sah sie, dass ihre Schwester geweint hatte. Jetzt packte die eisige Angst doch zu und erschien Mildred lähmender als je zuvor. Sie setzte sich in einen Sessel, ohne dass Daphne sie aus den Augen ließ.

Die Schwester blieb stehen und lehnte sich neben dem Fenster, vor dem der blasse Wintertag sich schlafen legte, an die Wand. Es hätte ein behaglicher Abend werden können, mit einem Feuer, das im Kamin hoch prasselte, und einem cremigen Sherry aus zerbrechlichen Gläsern. Aber es würde kein solcher Abend werden. Jäh begriff Mildred, dass es einen solchen Abend zwischen ihnen nie mehr geben würde.

»Ich will nur eines wissen«, sagte Daphne. »Ist es wahr?«

»Ist was wahr?« Sie konnte ja nicht das Schlimmste meinen, es war unmöglich, dass sie davon wusste.

»Hast du ein Verhältnis mit meinem Mann?«

Mildreds Herz begann wie der Schlegel einer Pauke zu hämmern. Wer hatte geredet? Der verfluchte Victor? Er musste es ja gewesen sein, da sonst niemand ihr Geheimnis kannte – nur Hyperion, von dem sie immer befürchtet hatte, dass er eines Tages schwach werden und mit allem herausplatzen würde, aber Hyperion war schon seit zehn Tagen in London. Sie würde Victor zur Rechenschaft ziehen, wenn sich herausstellte, dass er sie verraten hatte. Sie würde ihn in einer Weise bestrafen, die er nie vergaß.

»Ich habe dich etwas gefragt, Mildred. Hast du ein Verhältnis mit meinem Mann?«

»Das ist doch Unsinn«, murmelte Mildred gegen die tonlose Stimme an. In den schwärzesten Nächten, in denen sie keinen Schlaf gefunden hatte, war ihr der Gedanke zuweilen in den Sinn gekommen: Was tue ich, wenn Daphne mir je diese Frage stellt? Ich streite es ab, hatte sie sich gesagt. Daphne vertraute ihr, sie hatte ihr solange sie lebte jede Wahrheit und jede Lüge geglaubt. Hyperion liebt dich, hatte sie ihr sagen wollen, und: Für mich gibt es keine Männer. Für mich gibt es immer nur dich.

»Ist es Unsinn?«, fragte die gespenstisch bleiche Daphne und verschränkte die Arme vor der Brust. »Ist es wirklich Unsinn, Mildred?«

Jetzt mussten die vorbereiteten Sätze kommen. Mildred räusperte sich und schloss die Augen. Sie wollte wie so oft die Bilder der kleinen Daphne sehen, die sie auf schwachen Beinchen laufen gelehrt, an deren Bett sie gewacht und die sie mit all ihrer Liebe ins Leben zurückgepflegt hatte. Stattdessen sah sie den Mann in ihren Armen. Hyperion. Die schweißnass schimmernde goldene Haut der Schultern, den schlanken Hals, an dem die Adern heraustraten, wenn er sich über sie beugte, das Gesicht mit den Regenaugen, aus denen sprach, wie sehr er sich nach ihr verzehrte. Es ist ja kein Verhältnis, keine billige Liebschaft, durchfuhr es sie. Ich liebe ihn. Ich habe ihn lange vor dir geliebt, und nicht ich habe ihn dir weggenommen, sondern du ihn mir. Erst als Daphne aufschrie, bemerkte sie, dass sie die letzten Worte laut ausgesprochen hatte.

»Ist das dein Ernst?«, flüsterte ihre Schwester und schlug beide Hände vor den Mund. Ihre Augen waren vor Schreck geweitet.

Mildred sprang auf. Es war einer dieser Momente, in denen Daphne zusammenbrechen konnte, einer dieser Momente, in denen die Angst um Daphne sie überrollte. »Nicht doch!«, rief sie und wollte die Schwester am Arm packen. Hatte sie es nicht Hunderte von Malen getan? Sie befahl ihren Armen, sich nach Daphne zu strecken, aber diese versagten ihr den Dienst. »Ich habe immer verzichtet«, sagte sie und traute kaum ihren Ohren. »Auf alles. Für mich selbst habe ich nie etwas verlangt, alles nur für dich. Wie hätte ich denn an mich denken können, wo doch du immer die Schwache warst, die, die mit einem Bein im Grab stand und auf die ich Rücksicht nehmen musste?« Sie schrie jetzt. Sah in die blauen Augen der Schwester und schrie, und keine Macht der Erde hätte sie aufhalten können. »Hyperion war das Einzige, was ich je für mich wollte, er hat mir zu Weihnachten ein Geschenk geschickt, und dann hast du ihn mir weggenommen! Hast verlangt, dass ich auch diesmal verzichte, und weil ich es dieses eine Mal nicht getan habe, machst du eine Teufelin aus mir!«

Daphne, die noch immer die Hände vor den Mund hielt, wandte den Blick nicht von ihrem Gesicht. »Und er, Mildred?«, stammelte sie kaum verständlich. »Hyperion? Er liebt dich auch?«

»Ja, er liebt mich«, erwiderte Mildred. »Wenn du es genau wissen willst, wir lieben uns so sehr, dass wir die Hände nicht voneinander lassen können, sobald wir in einem Raum alleine sind. Aber was nützt uns das? Du warst eben schneller und hast deine Schäfchen ins Trockene gebracht. Du bist die Zerbrechliche, der man nicht weh tun darf, und Mildred und Hyperion müssen tapfer sein und verzichten.«

»Nein, Mildred«, flüsterte Daphne. »Nein, das müsst ihr nicht. Du hast recht. Ich war eine untragbare Last für dich, aber das werde ich nicht länger sein. Ich werde gehen und euch endlich euer Leben führen lassen.«

Eine Hoffnung wallte in Mildred auf, die ihr für Augenblicke die Kehle zuschnürte. In dieser winzigen Zeitspanne begriff sie, dass sie das Angebot – wäre es gültig gewesen – angenommen hätte, dass sie bereit gewesen wäre, Daphne zu verlieren, um Hyperion zu gewinnen. *Hyperion und Louis.* Daphne konnte ihre Tochter mitnehmen, und finanziell würde für beide gesorgt werden. Das Hotel hatte in diesem Sommer erstaunliche Gewinne eingefahren, es ließe sich spielend vergrößern, und nach dem Kongress konnte Hyperion mehr Patienten aufnehmen. Hyperion war zu gut für die Welt, er brauchte eine feste, zuweilen harte Hand, die ihn lenkte. Mildred war es, die er brauchte. Vereint würden sie ein Gespann bilden, das die Welt in Schranken wies.

Gleich darauf lösten sich die Schleier, die ihr den Blick vernebelt hatten, sie sah wieder klar, und die Hoffnung zerstob. Es würde niemals möglich sein, sie würde niemals etwas für sich haben dürfen, das Daphne begehrte. Daphnes Zustand würde sich verschlimmern, Hyperion würde an der Schuld zerbrechen und reumütig zu ihr zurückkehren, und sie selbst stünde allein da, hätte beide verloren und ihre trübe Heiratsaussicht obendrein. Das Kind, das ihr im Leib saß, erschien ihr unwirklich, und dass sie es jemals lieben könnte, wie sie Louis liebte, lag außerhalb aller Möglichkeiten, aber das Kind würde da sein und sich nicht wegreden lassen. Sie konnte sich auf kein Risiko einlassen, so übermächtig der Wunsch danach auch war.

»Mach dir keine Sorgen«, sagte sie zu Daphne. Wie oft hatte sie der Schwester diese Worte gesagt, auch wenn sie selbst vor Sorgen weder ein noch aus wusste? Wenn ich erst König bin, dilly dilly, wirst du meine Königin – dass ich selbst eine Frau bin und Königin hätte werden können, habe ich dir nie gesagt. »Mach dir keine Sorgen«, wiederholte sie. »Ich habe einen Heiratsantrag erhalten und angenommen, ich werde dir nicht länger zur Last fallen. Eigentlich hatte ich hierbleiben wollen, bis die Bruchbude, in der ich hausen werde, einigermaßen hergerichtet ist, aber ich denke, ich werde schon heute packen und dein Haus verlassen.«

Dein Haus, das im Grunde meines ist. Hast du einen Handschlag getan, um es zu erhalten? Hast du je eine schlaflose Nacht verbracht aus Angst, es zu verlieren?

»Von mir aus brauchst du nicht zu gehen«, erwiderte Daphne kühl, als spräche sie zu einer Fremden. »Das Haus ist ja groß genug.« Wer der Mann war, den ihre Schwester ihr zuliebe heiraten würde, fragte sie nicht, sondern wandte sich ab, als wäre die Angelegenheit für sie erledigt.

War sie das? Hatte sie, Mildred, ihre Schuldigkeit getan und konnte gehen? Sie warf einen Blick auf den Rücken ihrer Schwester, die grüne Seide um die schmalen, nach vorn gekrümmten Schultern. Was wollte Daphne ihr sagen? Dass ihr gemeinsames Leben beendet war, dass alles, was Mildred für sie getan hatte, nicht mehr zählte und sie einander nicht wiedersehen würden? Sie konnte hier nicht stehen bleiben, als würde sie um ein Wort, einen Blick betteln – ihr Stolz zwang sie, den Raum zu verlassen. Wie benommen, auf fühllosen Beinen trat sie aus der Tür.

In ihrem Zimmer begann sie wahllos Dinge in einen Koffer zu werfen, während ihre Gedanken wie Pfeile kreuz und quer durch den Kopf schossen. Als Frau von Victor März würde sie nicht in denselben Kreisen verkehren wie Daphne und Hyperion, und auch wenn die Stadt nicht groß war, würde sie Daphne, die das Haus nie verließ, kaum über den Weg laufen. War der schmale Rücken in der grünen Seide also tatsächlich das Letzte, was sie von ihrer Schwester zu Gesicht bekommen hatte? Aber wie soll ich leben ohne sie, was ist mir mein Leben ohne sie wert?

Sie hatte auf diese Frage nie eine Antwort gewusst, und jetzt folgte die zweite Frage mit noch viel größerer Gewalt. Wie soll ich leben ohne Hyperion? Sie erschrak bis ins Innerste vor der Leere, die sich auftat, und vor der Gewissheit: Hätte sie von beiden nur einen wählen und behalten dürfen, sie hätte den Mann gewählt. Alles in ihr schrie: Ich kann nicht ohne ihn sein! Sie sah sein Gesicht vor sich und hätte auf der Stelle aufbrechen mögen, in das verhasste London fahren und zu ihm sagen: Geh nicht zurück. Bleib bei mir. Lass uns irgendwo unterkriechen, von der Hand in den Mund leben, einerlei, wenn ich dich nur bei mir habe. Und das war Mildred Adams geschehen, die für die Heldinnen aus Romanen und Liedern, die aus Liebe Armut und Not auf sich nahmen, nur Verachtung übrig hatte. Es war nicht zu fassen. Aber noch weniger war es zu ändern.

Mit nur einem Koffer wie ein entlassenes Dienstmädchen verließ sie das einzige Zuhause, das sie je besessen hatte, und trat hinaus in die Schwärze des Winterabends. Schneeregen trieb ihr entgegen, peitschte in Böen ihr Gesicht. Ihre Schritte taumelten, als wüsste sie nicht, wohin sie ihre Füße setzte. Aber es gab ja nur einen Weg, der ihr einzuschlagen blieb, nur einen Ort, an den sie gehen konnte, so verhasst er ihr war und so sehr sie sich schämte, dass sie dorthin zurückkehrte – Milton's Court. Victor März stand in der Tür, als hätte er sie erwartet. Er breitete die Arme aus und fing sie darin auf. Mach mich wieder betrunken, dachte sie. Jeden Tag, jede Nacht aufs Neue. Gib mir heißen Wein, der mir die schreckliche Kälte ausbrennt und mich vergessen lässt, was ich verloren habe.

Kapitel 20

Tiefer Winter

Magst du nicht mehr spielen, kleine Mutter? Bist du zu krank?« In der Bewegung hielt ihr Sohn inne, dass ihm die hölzerne Giraffe aus den winzigen Fingern glitt, und sah angsterfüllt zu ihr auf. Das hatte Mildred ihm eingeredet: Deine Mutter ist zu krank zum Spielen. Geh nicht zu ihr, du schadest ihr.

Louis aber hatte sich davon nie abhalten lassen. Er brauchte sie, wie sie ihn brauchte. Was die anderen auch unternahmen, um sie zu trennen, sie fanden immer wieder zueinander. Jetzt knieten sie auf dem Teppich vor dem Bett und spielten mit der Arche Noah, die Hyperion aus London geschickt hatte. Immer zu zweit marschierten die schön geschnitzten Tiere in den bauchigen Schiffsrumpf – zwei Pferde, zwei Elefanten, zwei Bären, zwei Giraffen, und am Ende, Hand in Hand, zwei Menschen. So zu zweit ließ sich der Sintflut trotzen. Solange man nicht verlassen, nicht der Letzte seiner Art war, schien nichts zu hart, nicht einmal der Tod.

Die Arche war als Geschenk für Weihnachten gedacht, aber Daphne hatte die Kiste einfach geöffnet und das Boot samt der Tiere vor Louis hingestellt, der hell darüber jauchzte. Er liebte Tiere. Der cremefarbene Welpe, den Mildred ihm gekauft hatte, lag zur Kugel gerollt an seiner Seite und schlief. Dass die Arche ein Geschenk seines Vaters war, hatte Daphne ihm nicht gesagt.

»Kleine Mutter, was ist dir?«

»Nichts, kleiner Louis.« Sie strich ihm über das Haar, hob die Giraffe auf und legte sie ihm wieder in die Hand. »Ich bin nur ein wenig müde. Vielleicht lege ich mich nachher, wenn wir gespielt haben, hin, und du gehst ins Kinderzimmer und schaust deine Bücher an, bis

Großmutter Nell mit Anne und Esther wiederkommt, ja?« Sie hatte Nell gebeten, mit dem Kindermädchen und ihrer Tochter nach Petersfield zu fahren und einen Arzt aufzusuchen, der ihr für Gedeihstörungen bei Kindern empfohlen worden war. In Wahrheit glaubte sie nicht, dass irgendein Arzt Esther besser helfen konnte als Hyperion. Sie wollte nur allein sein. Deshalb hatte sie Sarah und Priscilla freigegeben, den heutigen Samstag und den morgigen Adventssonntag gleich mit. So blieb ihr ein wenig Zeit mit Louis, zu zweit wie die Tiere vor der Arche – zwei Rehe, zwei Löwen, zwei Zebras, und am Ende der Reihe, Hand in Hand, zwei Menschen.

»Du weinst, kleine Mutter!« Sie spürte die Kinderhand auf der Wange, vernahm das erschrockene Stimmchen. »Bist du doch krank?«

»Nein, kleiner Louis. Ich habe nur nachgedacht.«

»An den Vater? Hast du an den Vater gedacht, der nicht da ist? Aber du hast doch mich!« Geradezu empört plusterte er sich auf und schmiegte sich an sie, wie um ihr für seine Gegenwart einen Beweis zu liefern.

Wie oft hatte Daphne über solche Gesten lachen müssen, nicht, weil sie die Liebe des Kindes komisch fand, sondern weil sie sie so sehr berührte. Sie legte den Arm um ihn und hielt ihn so fest, wie ihre Erschöpfung es erlaubte. »Vermisst du den Vater, Louis?«

Der Junge überlegte, runzelte die kleine Stirn und sagte nach einer Weile: »Nein, ich glaub nicht. Ich hab ja dich.«

»Und Tante Mildred? Du hast sie ja seit Tagen nicht gesehen.«

Louis schüttelte den Kopf. »Wenn der Vater und Tante Mildred nicht da sind, darf ich zu dir. Ich möcht immer bei dir sein, kleine Mutter.«

Es schnitt ihr ins Herz. So tief und schmerzhaft, dass sie sich vornüberkrümmte. Drei Ansätze brauchte sie, ehe die Worte aus ihr herausfanden: »Aber wenn ich nun lange verreisen müsste, Louis, dann hättest du es doch beim Vater und Tante Mildred schön, nicht wahr?«

»Nein!«, rief Louis wütend und klammerte sich an ihr fest. »Verreisen kann der Vater. Du darfst von mir nicht weg.«

»Aber wenn es doch nun sein muss?«
»Dann komm ich mit!«, rief er aus. Ob der Freude über seinen Einfall verflog seine Wut, und strahlend blickte er zu ihr auf.
Es schnürte Daphne die Kehle zu, auf einmal erschien ihr ihre Brust zu eng zum Atmen. »Das geht nicht, mein Herz«, stieß sie hervor. »Die kleine Mutter muss allein gehen.«
Unbeirrt schüttelte er den Kopf und verkündete: »Der kleine Louis kommt mit!«
»Aber die Reise ist weit, mein Herz. Zu weit für einen kleinen Jungen.«
»Dann auch zu weit für eine kleine Mutter«, erwiderte er triumphierend. Mit einer herrischen Handbewegung wischte er alle aufgereihten Tiere von der Rampe hinunter und stellte die beiden Menschenfiguren an deren Fuß. Stolz wies er darauf. »Da, schau! Der kleine Louis und die kleine Mutter verreisen.«
Es tat so weh, dass ihr schwarz vor Augen wurde. Er war doch ihr Kind, das schönste und begabteste, das je geboren worden war, er musste doch glücklich sein und in eine strahlende Zukunft gehen. Um ihren ausgemergelten Leib, der vor Kälte zitterte, spürte sie seine Arme. Nein, dachte sie, er hat recht. Er braucht mich, und ich brauche ihn. Zurücklassen, in all der Kälte und Einsamkeit, kann ich ihn nicht.
Er drückte sein Gesicht an ihren Bauch. Seine Finger gruben sich in sie, als wollten sie ihre Rippen durchbohren. Leise hörte sie ihn weinen. Sie schloss die Arme um ihn, senkte ihren Kopf auf seinen und weinte mit. »Willst du das wirklich, kleiner Louis? Mit der kleinen Mutter verreisen, auch wenn es weit ist und wir für lange Zeit nicht zurückkommen?«
»Für wie lange Zeit, kleine Mutter?«
»Das weiß ich nicht, mein Herz.«
»Mir ist's einerlei«, sagte er, schon wieder ganz getröstet.
»Auch wenn du die anderen, den Vater und die Großmutter und Tante Mildred, nicht mehr siehst?«

Er brauchte nicht einmal zu überlegen. »Das macht nicht viel aus. Ich habe doch dich.« Dann unterbrach er sich und streckte eine Hand nach dem Hund aus. »Aber Pebbles muss mit!«

Durch Tränenschleier sah Daphne auf das ahnungslos schlafende Tier. Das ist nicht möglich, wollte sie sagen, doch Louis drückte ihre Hand, und ihre Blicke trafen sich, der des Kindes flehentlich, so dass sie ihm nicht widerstehen konnte. Louis war kein Kind, das durch Greinen und Betteln seinen Willen durchzusetzen suchte. Er tat überhaupt nie etwas aus Berechnung, sondern alles gerade so, wie es seinem Herzen einfiel. »Nun gut«, sagte Daphne und küsste seine Hand. »Wenn Pebbles mit muss, dann reisen wir eben zu dritt. Lass uns noch ein Weilchen still hier spielen, dann wird die kleine Mutter einen Brief schreiben, damit die anderen wissen, wo wir hingegangen sind, und dann legen wir uns nieder, damit wir für die Reise frisch und ausgeruht sind.«

»Müssen wir keinen Koffer packen wie der Vater?«

»Nein, mein Herz. Dort, wo wir hingehen, haben wir alles, was wir brauchen.«

Es dauerte nicht lange, dann hatte Louis sich nach Kinderart in die neuen Gedanken hineingefunden und spielte so hingebungsvoll mit seinen Tieren wie zuvor. Daphne sah ihm zu. Sie strengte sich nicht länger an, die Tränen zurückzuhalten, sondern ließ sie laufen. An die Tanne dachte sie, die im Salon darauf wartete, dass sie Geschenke für ihren Jungen in die Zweige hängte, und danach an den Frühling, an den Duft der Kirschblüten und das lange Gras, durch das ihr Kind auf seinen festen, stampfenden Beinchen gelaufen war. Auch an den Sommer, an ihre Picknicks am Strand, vier bloße Füße, die in die flache Gischt des Meeres hineingelaufen waren, an die gerade erst reifen Äpfel, die sie geteilt hatten, und an ihre Lieder. Lavendel ist blau, dilly dilly. Als Louis sich umdrehte und sie fragte, warum sie weine, lächelte sie und erklärte, so sei es eben. Wer auf eine Reise gehe, der müsse weinen, um Abschied zu nehmen, ehe er bereit sei, sich auf den neuen Ort zu freuen.

Sie ließ ihn spielen, während sie ihren Brief schrieb. An Hyperion und Mildred gemeinsam. Sie wollte nichts schreiben, das Schmerz bereitete, nur ihnen beiden für ihre Liebe danken, für ihre Fürsorge und ihr Opfer, das jetzt ein Ende haben würde. Den letzten Abschnitt schrieb sie an Hyperion allein. »Quäle Dich nicht, mein Liebster, wenn ich Dich bei diesem Namen noch einmal nennen darf. Ich weiß, es ist Deine Natur, Dir für das Leid der Welt die Schuld zuzusprechen, doch ich bitte Dich: Sprich Dir für mein Leid nicht die Schuld zu. Du bist ein guter Mensch, Hyperion, der beste, den ich je gekannt habe, und wen wir lieben, liegt nicht in unserer Hand. Nicht einmal in Deiner. Ich danke Dir für das Glück, das Du mir geschenkt hast. Es war das Schönste in meinem Leben.«
Louis war zu ihr gekrochen und sah zu, wie die Buchstaben sich auf dem Papier formten. Er war so klug, seinem Alter so weit voraus. Gewiss hätte er bald lesen lernen wollen. Sie faltete den Bogen, ohne die Tinte zu löschen, und schob ihn in einen der zartblauen Umschläge, die Hyperion ihr geschenkt hatte. »Bist du bereit, kleiner Louis?«, fragte sie.
»Bereit, kleine Mutter!«, rief er voller Vorfreude.
»Dann komm.«
Als sie sich erhoben, sprang auch der kleine Hund auf die Beine und tollte ihnen hinterdrein. Daphne weinte unentwegt weiter, und in ihrer Brust wühlte brennender Schmerz, aber sie wusste, sie würde dieses Mal nicht umkehren oder nach jemandes Hilfe rufen. Dieses eine Mal würde sie stark genug sein.

Kapitel 21

Advent

Sie verachtete ihn. Er war ein Navvy ohne Manieren, sein Haus war ein Exempel des schlechten Geschmacks, und sein zu breiter, zu muskelbepackter, viel zu männlicher Körper machte sie nervös. Dennoch musste Mildred eingestehen, dass nie ein Mensch so gut zu ihr gewesen war wie Victor März und dass sie sich nie irgendwo so beschützt und umsorgt gefühlt hatte wie in seiner Obhut.

Er schirmte sie ab. Er brachte ihr, was immer sie sich wünschte, Wein, bis sie schlafen konnte, dampfende Brühe, um ihr die Kräfte zu erhalten, Decken, wenn ihr die Zähne klapperten. Solange sie wollte, blieb er bei ihr, sprach oder schwieg mit ihr, und sobald sie ihn fortschickte, ging er ohne Widerspruch. Ihr Zimmer war das bequemste im ganzen Haus. Es besaß einen großen Kamin und Fensterläden, durch die die Welt sich ausschließen ließ. Am Abend des vierten Tages, als alles, was geschehen war, mit ganzer Gewalt auf sie einstürzte, bat sie ihn, bei ihr zu bleiben, weil sie das Alleinsein mit den eigenen Gedanken nicht ertrug.

In seinen Armen weinte und redete und schlief sie, schreckte immer wieder auf und redete weiter, und er zog die Decken fester um sie und sang ihr leise ein paar Zeilen von seinem Lied. Als endlich der Morgen graute, fragte sie ihn: »Was soll ich nur tun? Muss ich damit leben, dass ich sie beide verloren habe, muss denn ich allein für alles büßen?«

»Willst du hören, was ich dazu denke?«, fragte er sacht.

»Wozu habe ich dich sonst wohl gefragt?«, fauchte sie ihn an, und dann durchfuhr sie ein Anflug von Dankbarkeit, weil er es ihr erlaubte, all den Schmerz und den Zorn an ihm auszulassen. Sie hob die Hand und strich ihm flüchtig über die Wange. Er hielt ganz still, schloss halb in Träumen die Lider. Sie musste daran denken, wie Hyperion manchmal in ihren Armen still gelegen hatte, erschöpft von der Liebe und erfüllt vom Sehnen, und von neuem bildete sich ein Knoten in ihrem Hals. »Sag mir, was ich tun soll«, krächzte sie. »Ist es gerecht, dass ich allein bestraft bin?«

Sie konnte sehen, wie er sich zur Ordnung rief. »Nein«, erwiderte er schnell und schlug die Augen auf. »Das ist nicht gerecht. Ich finde, wenn so etwas geschieht, dann ist der Mann mehr schuld als das Mädchen.«

»Willst du etwa Hyperion die Schuld zuteilen?« Sie rückte von ihm ab. »Das erlaube ich nicht. In meiner Gegenwart wird von Hyperion nicht schlecht gesprochen, lass dir das gesagt sein. Hyperion ist kein Tier, das Frauen hinterhergiert und kaum die eine von der anderen kennt. Was wir getan haben, Hyperion und ich, das haben wir aus Liebe getan. Muss Liebe bestraft werden? Wenn Liebe nichts als falsch und sündig ist, weshalb hat Gott sie dann so unausweichlich gemacht?«

Als sie den Kopf hob, traf sie sein Blick. Seine Augen waren voller Traurigkeit. »Das weiß ich auch nicht, Mildred«, sagte er. »Ich weiß nur, dass du ein guter Mensch bist. Wenn dir richtig erschien, was ihr getan habt, dann wird es auch richtig gewesen sein.«

»Und was soll ich jetzt tun?«

»Ich ginge zu Mrs Daphne«, sagte Victor. »Ich würde es ihr erklären, wie du es mir erklärt hast, und ich bin sicher, sie wird es verstehen. Sie wird froh sein, dich wiederzuhaben, Mildred. Ihr seid doch Schwestern.«

Ja, wir sind Schwestern, dachte Mildred. So viel Unsinn er sonst schwatzte, erschien ihr das eine, das er gesagt hatte, treffend. Sie musste mit Daphne sprechen. Im ersten Schrecken hatten sie beide Dinge gesagt, die sie unmöglich ernst meinen konnten, doch was zählten Worte, was zählte ein unbedachter Augenblick gegen die Jahre, in denen sie einander alles gewesen waren? Ihr Problem ließ sich nicht aus der Welt schaffen, aber gab es keinen Weg, sich ihm gemeinsam zu stellen? Sie mochten beide ihre Liebe verlieren, wenn es denn wahr war, dass auch Daphne Hyperion liebte und nicht nur nach Kinderart von Liebe träumte, aber dass sie obendrein einander verloren, war zu viel.

Wir können unseren Schmerz teilen, wie wir alles geteilt haben. Wir können auch die Kinder teilen. Der Junge mit seinem Temperament ist gut an meinem straffen Zügel aufgehoben so wie das schwache Mädchen in Daphnes sachter Hand. Mildred riss sich zusammen und setzte sich auf. Bei dem Versuch spürte sie die bleierne Müdigkeit, die sie in die Kissen zwingen wollte. Für das Gespräch mit Daphne würde sie wach sein müssen. »Ich bin erschöpft«, sagte sie. »Ich muss mich ausruhen.«

»Allein, Mildred?«

»Ja. Allein. Fährst du mich nachher nach Mount Othrys?«

»Natürlich«, erwiderte er. Sie rollte sich zusammen, er zog ihr die Decke bis ans Kinn und schloss den Fensterladen. »Schlaf dich aus.«

Am frühen Abend, als sie in seinem zugigen Wagen aufbrachen, fiel in dichten Schwaden Schnee. Mildred wickelte sich in den Mantel, den Victor ihr gekauft hatte. Zwar hatte sie geschworen, das hässliche Ding nie zu tragen, doch gegen die Kälte war es eine Wohltat. Es kam ihr vor, als hätte sie in ihrem Leben nie so gefroren wie in diesem Winter. Zweimal stellte Victor ihr eine Frage, dann begriff er, dass sie nicht reden wollte, und schwieg.

Mount Othrys zu sehen versetzte ihr einen Stich. So still lag ihr Haus, wie verlassen, hinter den Scheiben brannte kein Licht, und es war doch Advent und jemand hätte mit Louis bei Mince Pies und Tee sitzen sollen. War niemand zu Hause? Aber Daphne war ja zu schwach, um auszugehen, ihr Knochenbruch war schlecht verheilt und ihre Blutarmut schlimmer denn je. Wie auch immer, erfahren würde sie nur etwas, wenn sie das Haus betrat. »Möchtest du, dass ich mit dir komme?«, fragte Victor scheu.

»Um Gottes willen!«, rief Mildred. »Ich kann doch dich nicht mit nach Mount Othrys nehmen.«

Die Geste, mit der er Kopf und Schultern wie unter einem Schlag duckte, hatte sie schon häufig an ihm wahrgenommen. Unterwürfig, fand sie. Rückgratlos. »Soll ich hier auf dich warten?«

Sie nickte. »Es kann lange dauern.«

»Mach dir um mich keine Sorgen«, murmelte er.

Sie machte sich um ihn keine Sorgen. Von dem Moment an, in dem sie vor dem Tor von Mount Othrys aus der Kutsche stieg und bis zum Knöchel im Schnee versank, war es, als hätte er aufgehört zu existieren. Stattdessen begann ihr Herz zu rasen. Schlug es um Daphnes willen so hart und hoch? Mildred schloss das Tor auf und ging den ersten Schritt auf das Haus zu. Ein wenig Schnee zierte das Fries mit dem sterbenden Titanen, und unwillkürlich dachte sie, dass der Nackte doch frieren musste. Wie töricht das war, aber das, was sie empfand, während sie weiter das Haus anstarrte, war nicht töricht. Es war etwas, das sie gern vergessen hätte, aber nicht vergessen würde – sie liebte dieses Haus. Es war das Haus aus ihrem Traum, und es würde sich, solange sie auch suchte, durch kein anderes ersetzen lassen.

Obwohl der Schneefall heftiger wurde und unter das Vordach wehte, hielt sie vor der Tür kurz inne. Wie oft hatte sie das Haus betreten, nicht selten gebeugt von Sorgen oder krank vor Angst. Sobald sie aber einen Fuß über die Schwelle gesetzt hatte, war alle Last leichter geworden. Der Charme und die Wärme des Hauses hatten sie umfangen, und sie hatte bei sich gedacht: So schlimm ist es doch nicht. Mein Haus nimmt mir keiner – und für mein Haus und meine Familie werde ich es schon schaffen.

Heute war alles anders, und dass es so, wie es gewesen war, nie wieder sein würde, erfasste sie beim ersten Schritt durch die Tür. Es war nicht der Geruch, der ihr entgegenschlug, denn der war hier, in der Halle, schwach und fiel ihr erst auf, als sie schon fast die Treppe und die Tür, die zum Gang in den Küchentrakt führte, erreicht hatte. Es waren die

Kälte und die Stille, eine Finsternis, die sie in Mount Othrys nie gekannt hatte, und eine Leere, die verriet, dass in diesem Haus nichts lebte. Mildreds Herz schlug ihr wie mit Hämmern bis in die Kehle, und in den Ohren begann ihr Blut wie das winterliche Meer zu rauschen. Ihre forschen Schritte verlangsamten sich, wurden zaghaft und starr. »Daphne«, rief sie mit schwachem Stimmchen, das unmöglich ihr gehören konnte. Die Schwester gab keine Antwort. »Priscilla?«, rief Mildred ein wenig lauter. »Sarah? Anne?« Wieder kam keine Antwort. Hatten sie alle miteinander Ausgang? Daphne hatte ja ein Herz wie Butter und schickte sie womöglich zum Adventssonntag heim. Aber wer kümmerte sich dann um die kränkliche Esther, doch wohl nicht die alte Nell?

Mildreds hämmerndes Herz schien abrupt zu erstarren. Wo war Nell? Wo waren Pebbles und Louis? Für die Stille der Dienstboten mochte es eine harmlose Erklärung geben, aber dass die herrschsüchtige Alte, das Kind und der Welpe nicht in der Halle auftauchten, ließ sich nicht verharmlosen. Etwas ging vor in den schweigenden Räumen, etwas, das unheilvoll und beklemmend und nicht mehr zu ändern war. Mildred brauchte all ihren Mut, um in Richtung Küchentrakt weiterzugehen. Vielleicht war dies der Moment, in dem sie den Geruch bemerkte. In viel schwächerer Form hatte sie ihn schon häufig wahrgenommen, doch die ätzenden Schwaden, die mit jedem Schritt dichter wurden, hatten damit nichts zu tun. Ehe sie husten musste, schlug sie sich ihr Schultertuch vor den Mund.

Der Drang, umzukehren, aus dem Haus zu fliehen und in Victors Kutsche im Galopp davonzufahren, war schier übermächtig. In ihrem ganzen Leben aber hatte Mildred der Wahrheit nie ausweichen können. Kannte sie sie schon, als sie die Hand auf die Klinke senkte? Im Gang, der zur Küche führte, schlugen die Schwaden sie blind. Nach Atem röchelnd stolperte sie weiter, erreichte die Tür der Hauptküche und riss sie auf.

Nein, sie hatte die Wahrheit nicht gekannt, es war keine Wahrheit, die man hätte kennen können. Das Bild, das sie trotz der betäubenden Wolken glasklar sah, schnitt sich in ihr Gedächtnis, wo es für immer bleiben und alle anderen Bilder überlagern würde. Nichts, was sie vorher gesehen hatte, hatte sie darauf vorbereitet, und alles, was sie später sehen würde, sollte dagegen verblassen. Es war der Anblick, der ihr Leben prägte.

Ihrer starken Natur war es zu verdanken, dass sie nicht das Bewusstsein verlor, sondern die Kraft fand, zu schreien und davonzulaufen, durch den Gang und die Halle und hinaus ins Freie. Sie schrie immer weiter, schrie und rannte, bis wie ein Baum Victor vor ihr aufragte und sie in seine Arme riss. Er fragte sie nichts, er hielt sie nur fest und gab ihr wieder und wieder dieselben Worte zur Antwort: »Aber ja, ich helfe dir, mein Geliebtes, natürlich helfe ich dir.«

Es dauerte endlose Momente, bis Mildred so weit gefestigt war, dass sie gehen konnte. Es half nichts, sie wussten es beide. Sie mussten ins Haus zurück. Schweigsam und Hand in Hand traten sie den Weg an, wie zwei Kinder, die eine Missetat begangen hatten und schlichen, um ihre Strafe zu empfangen. Welche Tat aber hatten sie begangen? Und welche Strafe konnte es geben, um das Getane auszulöschen? Mit jedem zitternden Schritt auf das Grauen zu wurde klarer, dass ihre Strafe lebenslang und das Grauen unauslöschlich war.

»Wir müssen sie fortschaffen«, flüsterte Mildred. »Sie können hier nicht bleiben. Hilfst du mir?«

»Aber ja doch«, flüsterte Victor noch einmal zur Antwort. »Ich helfe dir, mein Geliebtes. Natürlich helfe ich dir.«

Mehr sprachen sie nicht, und es war, als würden sie nie wieder sprechen. Über seine Wangen rannen Tränen, und sie neidete sie ihm, weil sie keine hatte.

TEIL II

Mildred

»Who told you so, dilly dilly,
Who told you so?
T'was my own heart, dilly dilly,
That told me so.«

Kapitel 22

Portsmouth, April 1866

Sukie sah die Frau nicht zum ersten Mal. Sie ging immer denselben Weg, die Hauptstraße von Southsea entlang und hinein nach Portsmouth, ein Stück die Einkaufsstraße hinunter und auf den Platz mit der Kathedrale. Dort setzte sie sich, sofern das Wetter es erlaubte, auf eine Bank und packte aus dem Korb, der am Griff des Kinderwagens baumelte, zwei Sandwiches aus. Eines aß sie selbst, das zweite teilte sie zwischen den Kindern. Das kleine Kind in seinem Wagen war zu jung für Sandwiches, es hatte kaum Zähne und verschluckte sich, was es aber nicht hinderte, auch den nächsten Bissen hinunterzuschlingen. Das größere Kind, ein bedauernswert schmächtiges Ding, hielt seinen Anteil in der Hand, ohne abzubeißen, bekam einen Katzenkopf und begann daran zu nagen, ließ das Brot schließlich wieder sinken und hielt es von neuem in der Hand, bis der nächste Katzenkopf es aus seinen Gedanken riss.

Es war ein beträchtlicher Weg, um ihn mit dem Kinderwagen zu gehen. Der Wagen war aus Rosenholz, kein neues, aber ein wunderschönes Modell mit hohen Rädern und einem Griff aus Keramik. Als Kinderfrau hätte Sukie über das Gewicht gestöhnt. Noch schwerer jedoch war der Weg für die kurzen Beinchen des Kindes, das die Frau an der Hand führte und unerbittlich mit Katzenköpfen bedachte, wenn es sich nicht schnell genug vorwärts zerren ließ.

Einmal stolperte das schmächtige Ding und fiel vornüber in eine Pfütze, dass das weiße Kleid vor Nässe triefte. Die Frau riss es am Arm in die Höhe und versetzte ihm einen Klaps aufs Hinterteil. Vor Empörung schüttelte sich Sukie. Natürlich brauchten Kinder Zucht, aber das Mädchen, das keine drei Jahre alt sein konnte, schien so brav darauf bedacht, alles recht zu machen. Tapfer schweigend stapfte es seines Weges, während das Kleine im Wagen munter krakeelte.

Hatte das Mädchen sein Kleid beschmutzt, ging die Frau nicht zum Platz, um im Schatten der Kathedrale Brote zu essen, sondern kehrte auf der Stelle um und ging ohne Pause den Weg zurück.

Sukie bekam die Frau so häufig zu Gesicht, weil sie mehrmals in der Woche bei einem Metzger am Rand von Southsea Fleisch einkaufte. Fleischabfälle zwar, aber von erlesener Qualität. Dem Eintopf, den sie daraus kochte, merkte kein Gast an, dass er nicht aus den Stücken erster Wahl bereitet worden war. Es gab eine Menge Gäste, die jetzt, ehe die Saison begann, ans Meer reisten, um reduzierte Preise zu nutzen, und so wie Sukie wirtschaftete, machten sie auch von denen, die sich wenig leisten konnten, noch Gewinn. Wenn sie Victor vorrechnete, was sie ihm eingespart hatte, lobte er sie, und obwohl er geistesabwesend blieb und sie kaum ansah, freute sie sich. Davon, dass sie so oft der Frau mit den zwei Kindern zusah, sagte sie ihm nichts, denn dafür hätte er sie nicht gelobt.

Ein einziges Mal hatte sie ihn etwas über die Frau gefragt, und er hatte ihr ins Gesicht geschrien, der Name dieser Person werde in seinem Haus nicht genannt und kein Mitglied seines Haushalts verkehre mit ihr. Wenn sie sich daran nicht halte, solle sie zum Teufel gehen. Dass Victor, der sanfteste Mann, den sie kannte, sie derart behandelte, erschreckte sie so tief, dass sie nie wieder versuchte über die Frau mit ihm zu sprechen.

Sie schämte sich ja selbst, weil sie ihre Neugier nicht bezähmen konnte, sondern ihr wie unter Zwang hinterherschlich. Sooft sie sich aber vornahm, sie künftig nicht mehr zu beachten, so oft scheiterte sie. Wenn ich ihn fragen dürfte, was ihn und sie verband, bräuchte ich ihr nicht nachzusteigen, dachte sie trotzig, während sie sie trotz des windigen, nasskalten Wetters zügig die Straße heraufkommen sah. Wie immer waren sowohl sie selbst als auch die Kinder tadellos ausstaffiert, die Kleinen in hellen Farben, die Frau im eleganten dunklen

Cape. Sukie wollte sie samt ihrer Aufmachung abscheulich finden, schließlich behandelte sie das kleine Mädchen schlecht, und außerdem verabscheute Victor sie. Aber Sukie konnte sich nicht helfen, je länger sie ihr zusah, desto mehr faszinierte sie sie. Sie vergaß ihren Einkauf und ging ihr auf der anderen Straßenseite hinterher.

Die Zeile mit den schönen Geschäften hinunter kamen ihr zwei Frauen entgegen, auch diese damenhaft gekleidet mit den breitkrempigen Hüten der Frühlingssaison. Die eine war dick wie aufgepumpt, die andere schlank, mit dichten Wellen schwarzen Haares und einem Gesicht, das schön war, ohne gefällig zu sein. Die Dicke schwatzte auf die Schöne ein, bis sie der Dame mit dem Kinderwagen ansichtig wurden. Abrupt blieben beide keine zwei Schritte vor dem Wagen stehen. Die Frau blieb ebenfalls stehen und hob eine Hand zum Gruß. Statt die Geste zu erwidern, kreischte die Dicke auf, schwang herum und überquerte in schnaufender Empörung die Straße. Kaum bekam Sukie ihr Gesicht zu sehen, erkannte sie sie: Es war Bernice Weaver. In den zwei Jahren, seit Sukie ihr Haus verlassen hatte, mochte sie an Umfang das Doppelte zugelegt haben.

Als Bernice bemerkte, dass die Schöne ihr nicht gefolgt war, rief sie zu ihr hinüber: »Nun komm schon, Maria! Willst du vielleicht, dass man annimmt, du stündest mit so einer auf gutem Fuß?«

Die Schöne warf den Kopf in den Nacken und verzog amüsiert den Mund. »Nun, zumindest ansehen will ich mir den Bankert«, rief sie ohne jeden Takt und spähte in den Wagen. »Wann bekommt man denn so etwas schon zu Gesicht, wenn man nicht gerade im Arbeitshaus von Portsea Island verkehrt?«

Sukie, die scharfe Augen hatte, sah, wie die andere vor Zorn erbebte, wie sie weitergehen und das Kindchen mit sich zerren wollte, wie aber die Scham es ihr verwehrte, auch nur einen Schritt zu tun. Stumm und zitternd musste sie dulden, dass die Schöne das Verdeck des Wagens zurückschob und das Kleinkind betrachtete wie eine der Missgeburten im Raritätenkabinett.

»Wie erstaunlich!«, rief sie aus. »Weshalb gedeihen eigentlich in Sünde geborene Bälger oft so viel besser als die eigenen Hätschelkinder? Schau dir das an, Bernice! Deine Nora ist ein Fall für die Armenspeisung gegen diesen Wonneproppen, und heller als dein kahler Schwachkopf wirkt das Balg allemal.«

Die Angesprochene wandte nicht einmal das Gesicht, das hochrot angelaufen war. »Ich schäme mich in den Boden«, stieß sie keuchend aus. »Wo noch nicht einmal feststeht, dass die da keine Mörderin ist!«

Ja, fand Sukie, von einer Mörderin hatte die Frau etwas an sich, auch wenn sie in ihrem Leben noch keine Mörderin gesehen und auch nie darüber nachgedacht hatte, wie sie sich eine vorzustellen hatte. Irgendwo in Wiltshire hatte eine Frau ihren kleinen Bruder erstochen, und ein Mensch, der das fertigbrachte, der so viel Eiseskälte in sich hatte, musste aussehen wie die Frau mit dem Kinderwagen.

Die Schöne namens Maria stierte unbeeindruckt weiter das Kind an, aber dessen Mutter hatte endlich ihre Starre überwunden. Mit einem Ruck stieß sie den Wagen vorwärts, so dass Maria beiseitegeschleudert wurde und sich an einem Laternenpfahl festklammern musste, um nicht aufs Pflaster zu stürzen. Mit langen Schritten, mit denen die Kleine unmöglich mithalten konnte, stürmte sie die Straße hinunter, ließ deren Hand kurz los und verpasste ihr grundlos einen Katzenkopf.

Sukie war schon auf dem Sprung, um ihr zu folgen, als ein Mann die Treppe vor dem Postamt hinuntereilte und die Frau damit zu einem jähen Halt zwang. Jenen Mann hätte Sukie unter Hunderten von Männern erkannt. Er überragte sie alle. Seine Schultern waren so breit, dass er, wie Hector Weaver einmal gespottet hatte, auf einer jeden einen Sarg hätte tragen können. Victor März. Sukie liebte ihn. Er hatte sie von der Straße aufgelesen, nachdem ein Kerl ihr das Gesicht zerschlagen hatte. Er hatte sie gesund gepflegt, ihr ein Heim und Kleidung gegeben und sie behandelt wie einen Menschen, der ein Recht auf Würde besaß. Sie hätte alles für ihn getan – und jetzt erwischte er sie ausgerechnet bei dem Einzigen, das er ihr verboten hatte, beim Verkehr mit der Frau?

Aber sie hatte ja nicht mit ihr verkehrt! Sie war nur die Straße entlanggegangen, wo sie wie immer Einkäufe für ihn erledigte, und dass ihr die Frau dabei über den Weg gelaufen war, war schließlich nicht ihre Schuld. Allem Anschein nach hatte sie jedoch ohnehin keinen Grund, sich zu sorgen, denn Victor schien sie nicht einmal wahrzunehmen. Er war im Schritt erstarrt, und sein Blick grub sich in das Gesicht der Frau. Sie sah ihn ebenfalls an, so gebannt, dass ihr die Hand des Kindes entglitt. Eine kleine Ewigkeit lang standen sie reglos einander gegenüber, ohne zu bemerken, dass Passanten gegen sie prallten, dass Händler mit Karren fluchten, weil sie ihnen den Weg versperrten, dass junges Volk sich neugierig und spöttisch um sie scharte. Anstatt sich unauffällig aus dem Staub zu machen, fühlte Sukie sich gezwungen, näher heranzutreten, bis sie alle Einzelheiten sah.

Warum quälte sie sich so? Sie hatte in Victors Augen noch nie solchen Hass gesehen, doch auch noch nie solchen Glanz. Sukie mochte vom Lande stammen, aber was Victor betraf, war ihre Beobachtungsgabe unschlagbar und ihr Gedächtnis fehlerlos. Sie hatte gesehen, wie er damals mit der Frau das Haus verlassen hatte, den Arm um ihre Taille gelegt, um sie vor allem Bösen der Welt zu schützen. Dass der Mann, nach dem sie sich sehnte, diese Frau mit solchem Feuer hasste, weil er sie einst mit demselben Feuer geliebt hatte, traf sie wie ein Schlag. Waren nicht er und sie von einer Art – getretene, verachtete Menschen, die ihre Kraft darauf verwandten, ein Leben in Anstand zu führen? Hätten nicht er und sie einander den Halt geben können, den sie von niemandem sonst bekamen?

Diese Frau hatte alles – Geld und Glanz, einen Mann und zwei Kinder. Auch wenn Bernice Weaver vor ihr die Straßenseite wechselte, wie sie es sonst nur vor Frauen wie Sukie tat, gehörte sie in jene andere Welt, in die weder Sukie noch Victor aufsteigen würden. Vor allem aber gehörte sie einer Familie an, vermutlich einer alten und weitverzweigten, die im Notfall ein Netz unter ihr spannte, während Sukie und Victor keinen Menschen hatten. Was wollte er von ihr? Sah er nicht, wie kalt sie würde, wie sie ihn kränken würde, während Sukie ihm den Respekt, den er verdiente, und alle Wärme der Welt geben würde?

Victor, der mit so viel Anstrengung auf tadelloses Betragen bedacht war, spuckte auf den Boden wie ein Gassenjunge. Dann wandte er sich ab und ging davon. Die Frau blieb kurz stehen, dann ging auch sie, manövrierte den Kinderwagen um die Spucke und kümmerte sich nicht darum, dass zwei Herren schimpfend aus dem Weg springen mussten.

An diesem Tag erledigte Sukie ihre Besorgungen langsam und unzuverlässig und kam erst nach Einbruch der Dunkelheit nach Milton's Court zurück. In ihr herrschte ein solcher Aufruhr, dass ihr der Gedanke, wie jeden Abend allein ihren Tee zu bereiten und sich schlafen zu legen, unerträglich war. Die Aufwarterin hatte eingelegtes Gemüse und kalten Braten beiseitegestellt, aber Sukie hatte keinen Appetit. Sie hätte gern Brandy getrunken, um sich zu beruhigen. Konnte sie Victor wohl bitten, ihr welchen zu geben?

Zögerlich ging sie die kurze Stiege hinauf zu seinem Arbeitszimmer. An der neuen Tapete hing der Stich eines Mädchens, den er vor kurzem erworben hatte. War das auch eine, die er geliebt hatte? Sie sah der Frau mit den Kindern nicht ähnlich, war zart und hatte feines Haar. Sukie klopfte an die Zimmertür. Als hätte er dahinter gewartet, drückte er die Klinke hinunter. So dicht standen sie auf einmal voreinander, dass er sie auf den Kopf hätte küssen können, wenn er es nur gewollt hätte.

»Sukie«, murmelte er, als müsste er sich ihren Namen ins Gedächtnis rufen. »Habe ich Sie gestört?«

»Aber nicht doch – womit sollten Sie mich gestört haben?«

»War ich nicht laut?«

Sie schüttelte den Kopf, dann wagte sie endlich, zu ihm aufzusehen. Sein Gesicht, das sie so sehr mochte, sah aus wie von Qual zerfurcht. Scharfe Falten um den Mund und auf der Stirn, schwarze Schatten um die Augen. Ohne nachzudenken fragte sie: »Kann ich Ihnen helfen?«

Erstaunen, ja Unverständnis glomm in seinen Augen auf. Dann verzog er den Mund zu einem Lächeln. »Sie sind sehr nett, Sukie. Ich fürchte aber, heute Nacht kann mir niemand mehr helfen, und wer es morgen kann, steht in den Sternen.«

»Manchmal hilft es, wenn man sich einer anderen Menschenseele anvertraut«, erwiderte Sukie, obwohl sie damit keine Erfahrung besaß und auch nichts hören wollte von seiner Hassliebe zu der Frau mit dem Kinderwagen.

Sie hatte es gesagt, weil sie es sich auf einmal selbst wünschte – nicht allein sein müssen in der Nacht, die für die Jahreszeit zu kalt und stürmisch war, bei ihm sitzen, Brandy trinken, mit ihm reden.

So hübsch, wie das Lächeln ihn machte, war es eine Schande, dass er es so selten nutzte. »Ja, vielleicht haben Sie recht«, sagte er. »Ich wollte mir gerade etwas zu trinken holen. Hätten Sie wohl Lust, mir Gesellschaft zu leisten?«

Sie gingen in den Salon, wo er mit geschickten Griffen das Feuer anfachte und Brandy aus einer Karaffe in zwei Gläser schenkte. »Ich fürchte, ich tauge nicht als Gastgeber. Haben Sie zu Abend gegessen?«

»Ich habe keinen Hunger«, erwiderte Sukie.

Er lachte erleichtert. »Ich auch nicht. Ich hoffe, es ist kein Kummer, der Sie vom Essen abhält.«

»Sie wollten mir von Ihrem Kummer erzählen«, entgegnete sie.

Er hob die Brauen. »Wollte ich das? Dann habe ich mich anders besonnen. Es wäre nicht recht, Sie mit diesen geschäftlichen Dingen zu belasten. Weshalb sollten Sie sich damit plagen?«

»Aber ich helfe Ihnen doch im Geschäft!«, protestierte Sukie, froh, dass er die Frau mit keinem Wort erwähnte. »Ich würde gern noch viel mehr tun. Wenn ich es dürfte, würde ich Ihr Geschäft betrachten, als wäre es mein eigenes.«

Seine freundliche Miene wurde auf einen Schlag hart. »Finden Sie es richtig, dass Frauen Geschäfte führen wie Männer?«, fragte er. »Glauben Sie, Frauen sind von ihrer Natur her dafür bestimmt?«

»So habe ich es doch nicht gemeint«, entgegnete sie. »Ich wollte sagen, ich könnte alles tun, was eine Geschäftsfrau täte – eine Frau, deren Mann ein Geschäft führt, meine ich …« Als ihr bewusst wurde, was sie gesagt hatte, schoss ihr die Hitze in die Wangen.

»Sie sind sehr nett, Sukie«, wiederholte er, als hätte sie nichts Anstößiges gesagt. »Aber Sie tun genug für mich. Wollen Sie sich wirklich obendrein anhören, was mich so zur Weißglut bringt, dass ich mit bloßen Händen jemanden erwürgen könnte?«

Heftig nickte sie. Ihr Blick fiel auf die Hände, die in seinem Schoß lagen. Sie waren groß und schwer, aber Sukie wusste, dass sie mit allem, was sie berührten, unendlich sacht umgingen, und dass er der Letzte war, der jemanden erwürgt hätte, so sehr er sich auch ereiferte.

»Sie geben mir keinen Kredit«, brach es aus ihm heraus. »Die Herren Bankiers auf ihren hohen Rössern, die von meiner Arbeit nichts verstehen, sie sagen, mir fehle der gute Name, der der Bank die Sicherheit verleihe! Verstehen Sie, wie sehr mich das verletzt, Sukie? Ich lebe in dieser Stadt seit neun Jahren, ich habe mir nie etwas zuschulden kommen lassen, und wer immer mit mir Geschäfte gemacht hat, der weiß, dass auf mein Wort Verlass ist. Mit welchem Recht behaupten diese Männer, die mich nicht einmal angehört haben, mein Name sei nicht gut genug!«

»Mit keinem«, antwortete Sukie eilig. Nur ein Mann, der so arglos und erfüllt vom Glauben an das Gute war wie Victor, konnte eine solche Frage stellen. »Sie wollen unter sich bleiben«, versuchte sie ihm zu erklären. »Dass unsereins den Kopf und gar noch den Hals aus dem Sumpf recken könnte, das schmeckt ihnen nicht. Aber wozu brauchen Sie denn die Banken und ihren Kredit? Kommen Sie nicht ohne deren Wohlwollen bestens aus?« Sie verstand nichts von Buchhaltung, hatte in den paar Schuljahren, die ihr Vater ihr abverlangt hatte, gehörig geschlampt, aber um zu erkennen, dass das Hotel wie am Schnürchen lief, brauchte man keine Lektionen, sondern nur gesunden Menschenverstand.

»Ich will Mr Weaver seine Hälfte abkaufen«, sagte Victor. »Ich will hier schalten und walten können, wie ich es für richtig halte.«

Sukie hielt den Atem an. Wie seine Beziehungen zu Weaver aussahen, hatte sie nie recht begriffen, sondern einfach angenommen, er sei eine Art Geschäftsführer mit Gewinnbeteiligung. Jetzt aber begriff sie auf einen Schlag: Er, der einstige Laufbursche, der noch immer mit schwerem Akzent sprach und vergaß, auf welche Seite des Tellers das Messer gehörte, hatte wahrhaftig geglaubt, sich unter die Reichen und Schönen mischen zu können, die die Herrschaft in der Stadt wie einen Teekuchen unter sich aufteilten. Er hatte gehofft, er könne ein Hotelier werden wie Frederic Ternan vom Victoriana, ein vornehmer Mann, bei dem die Weste zum Rock passte und die Aussprache zum Schnupftuch in der Rocktasche. Eine Woge von Mitleid erfasste sie. Greif doch nicht nach den Sternen, brich dir nicht den Hals. Ist das, was wir haben, nicht genug?

Sie sah ihn sonst so gut wie nie Alkohol anrühren, jetzt aber trank er in großen Schlucken von seinem Brandy. Als er das Glas abstellte, griff sie nach seiner Hand, die er ihr willenlos überließ. »Mr Weaver hat mir ein Angebot gemacht«, sagte er niedergeschlagen. »Aber es gilt nur bis Anfang Mai, danach sucht er sich einen anderen Käufer, und es ist viel mehr, als ich aufbringen kann.«

Sukie streichelte seinen Handrücken. Aber was willst du denn mit dem ganzen Kasten?, hätte sie fragen wollen, doch sie war klug genug, ihn jetzt, da er sich ihr öffnete, einfach reden zu lassen.

»Auf der Post war ich auch«, fuhr er fort. »Ich habe mein Sparbuch dort, ich war einer der Ersten, die für dieses Sparbuch unterzeichnet haben. Auf der Post weiß man, dass ich einen guten Namen habe.

Monat für Monat habe ich in mein Buch eingezahlt, jeden Penny, den ich entbehren konnte, und nur, wenn das verfluchte Weib mich um Geld anging, habe ich etwas abgehoben. Ob man mir nicht auf mein Sparguthaben eine Summe leihen könnte, habe ich gefragt, und wissen Sie, was ich als Antwort erhielt? Ausgelacht hat man mich. Wie einen dummen Jungen, der keinen Hosenknopf in der Tasche hat. Ich soll ins Pfandhaus gehen, hat mir der Fatzke hinter dem Schalter geraten, oder meine Leiche zu anatomischen Zwecken verkaufen. Und dann hat er sich auf den Schenkel geschlagen, und das ganze Pack hat in sein Gelächter eingestimmt.«

So also erklärte sich die Szene vor dem Postamt, und die Frau mit dem Kinderwagen besaß überhaupt nicht die Bedeutung, die Sukie in ihrer Eifersucht ihr zugemessen hatte. Sie lehnte sich an ihn und streichelte seinen Arm. Nur einen Wunsch hatte sie in diesem Augenblick – ihn zu trösten, die Wucht der Demütigung zu mildern. »Sie brauchen doch deren Geld nicht«, murmelte sie zärtlich. »Soll Mr Weaver eben einen anderen Käufer finden. Sie sind auch so ein aufrechter Mann, der sein Auskommen hat und sich von niemandem beleidigen lassen muss.«

Er hatte ins prasselnde Feuer gestarrt, doch jetzt wandte er sich ihr zu. »Aber dann bleibt Milton's Court, was es ist«, sagte er. »Eine Billigpension für Arbeiter, die sich die Urlaubstage vom Mund absparen.«

»Ja, was soll es denn sonst sein?«, rief Sukie verblüfft.

Er sah sie an, in seinen Augen eine Entschlossenheit, die ihn ihr fremd machte. »Ein Grandhotel«, sagte er. »So ehrwürdig wie das Cathedral, so komfortabel wie das Victoriana und so chic und en vogue, dass Mount Othrys dagegen zum Schatten verblasst.«

Voller Hass schleuderte er die zwei Worte – Mount Othrys – heraus wie vorhin die Spucke, die aufs Pflaster klatschte. Sukie hob die Hand und legte sie an seine Wange. »Sch, sch«, machte sie, wie sie die Kinder in ihrer Obhut beruhigt hatte. Als seine Hand nach seinem Glas tastete, schenkte sie es ihm noch einmal voll und füllte auch ihr eigenes. Sie tranken beide. Dann streichelte sie ihn weiter, strich ihm das verschwitzte Haar aus der Stirne und fuhr mit einem Finger die Furchen entlang.

Irgendwann stöhnte er auf.

Irgendwann stellte er das Glas ab, nahm sie behutsam bei den Armen und sah ihr in die Augen.

»Sukie«, sagte er, »hast du je einen Mann geliebt?«

»Ja«, antwortete sie, ihre Stimme kaum noch ein Flüstern.

»Und er?«

»Er liebt eine andere.«

»Das tut weh, nicht wahr? Es brennt und hört nicht auf, auch wenn die Liebe aufhört.«

»Meine Liebe hört nicht auf«, sagte Sukie, streifte seine Hände ab und legte ihm die Arme um den Hals. »Mir ist egal, was die Leute auf der Bank und im Postamt reden«, flüsterte sie an seinem Ohr. »Für mich bist du der feinste Mann, der in dieser Stadt herumläuft, Victor, und das wird immer so sein, einerlei, was irgendwer dagegen sagt.«

Die Operation war missglückt, weil Hyperion sich zu spät dazu entschlossen hatte. Buchstäblich unter den Händen war ihm das Neugeborene erstickt. Ein Junge. Auf dem blau verfärbten Köpfchen verklebte Strähnen blonden Haars. Als wäre ein toter blonder Junge unerträglicher als irgendein anderes totes Kind. Die Mutter hatte schon drei Söhne, von denen sie keinen versorgen konnte. Sie würde, wenn sie überlebte, den Tod ihres Kindes kaum beklagen, aber das änderte nichts an dem entsetzlichen Gefühl, versagt zu haben.

»Ich finde, Sie haben sich nichts vorzuwerfen«, sagte der junge Ackroyd, der ihm assistiert hatte. »Ein anderer hätte die Sectio gar nicht mehr gewagt und Mutter und Kind verloren. Sie dagegen haben die Mutter gerettet. Ich bin sicher, sie wird leben, Dr. Weaver.«

Ja, bis sie sich vom nächsten Almosen zu Tode säuft, dachte Hyperion. Überleben würde die Frau vermutlich wirklich, nicht nur, weil die Blutung zum Stehen gebracht war, sondern weil er vor Beginn der Operation den Zerstäuber verwendet hatte, den der Chirurg Joseph Lister für die Vernebelung von Phenol empfahl. Dieser Lister war so praktisch wie genial. Phenol wurde im Kampf gegen den Gestank aus Abwasserkanälen verwendet, weshalb sollte es nicht auch taugen, um die Verschmutzung von Operationswunden zu verhindern? Auch diese Maßnahme, die Hyperion in seinem Operationssaal eingeführt hatte, wurde hinter seinem Rücken belächelt, aber er scherte sich darum nicht mehr. Gut, wenn eine Handvoll Menschen über mich lacht – zum Weinen bringe ich ja genug.

Sachte, wie er sein Kind zu Bett gebracht hatte, ließ er den toten Jungen in den Blechbehälter gleiten. Gute Reise, Kleiner, wohin immer du gehst. Und wenn es das Nichts ist – vielleicht ist es ja besser als das, was das Leben dir zu bieten hatte. Tränen hatte er schon lange keine mehr, doch gegen die würgende Verzweiflung kämpfte er noch immer an. Er würde nach London fahren und noch ein kombiniertes Seminar in Chirurgie und Geburtshilfe abhalten, es mochte ihn kosten, was es wollte. Weibliche Leichen waren praktisch nicht aufzutreiben, da nur selten Frauen hingerichtet wurden, aber eine andere Möglichkeit als immer wieder zu üben, Methoden zu verfeinern und frische Talente heranzubilden, gab es nicht. Zuweilen bemerkte er, dass er von dem Gedanken, das Leben von Frauen und Kindern zu retten, besessen war. Als brächte ihm, wenn er nur seine Kraft über jedes Maß hinweg ausbeutete, eine mitleidige Gottheit seine Frau und sein Kind zurück.

Mitunter, wenn er sich so wie an diesem Abend auf ganzer Linie als Versager fühlte, wünschte er sich, einem Kind zu begegnen, dessen Leben er gerettet hätte, einem gesunden, wohlgestalteten Kind, das ihm die Hand reichte und in munterem Ton zu ihm sagte: »Erinnern Sie sich nicht, Herr Doktor? Sie haben mir doch damals das Leben gerettet?«

Lydia Alexandrina Burleigh fiel ihm ein, das kleine Mädchen, dem er den Luftröhrenschnitt gesetzt und einen albernen Abakus geschenkt hatte. War sie der nächsten Diphtheriewelle erlegen oder den Torturen im Arbeitshaus?
Und die kleine Hatwick, die er zu den Waisen hatte schicken müssen, weil ihre Mutter am Fieber verreckt war und er vergessen hatte, ihren Vater zu suchen. Gewiss hatte auch sie Entbehrung und Hoffnungslosigkeit nicht lange überlebt. Wozu quälen wir die Leute überhaupt? Um ihnen das Sterben schwerer zu machen, als wäre ihr Leben nicht schwer genug?
»Haben Sie mich gehört, Herr Doktor?«, fragte der junge Ackroyd vorsichtig nach.
»O nein, bitte verzeihen Sie«, erwiderte Hyperion eilig. »Ich war wohl in Gedanken.«
»Sie brauchen mehr Ruhe«, bemerkte Ackroyd, der nicht nur ein begabter Arzt, sondern auch ein netter Mensch war, aber Menschen, die nett zu ihm waren, ertrug Hyperion noch schlechter als andere.
»Wollen Sie damit sagen, dass ich nicht imstande bin, meine Arbeit zu tun?«, herrschte er ihn an.
»Natürlich nicht.« Ackroyd zuckte zwar zurück, blieb aber bemerkenswert ruhig. »Und was Sie brauchen oder nicht, geht mich selbstredend nichts an. Ihre Schwägerin war hier, während Sie die Kniescheibenfraktur operierten. Sie bat mich auszurichten, dass sie Sie sprechen muss und dass Sie heute Abend nach Hause kommen sollen.«
Nach Hause – wo war das, wenn nicht hier? Der Operationssaal war der letzte Ort, an dem er sich nicht gänzlich fehl am Platze fühlte. In dem Haus, das noch immer als seines galt, war er ein Störenfried. Mildred und die Kinder kamen allein zurecht, und seine Großmutter behandelte ihn, als wäre er nicht vorhanden. Seit jenem Tag, an dem er aus London gekommen war und sie ihn schreiend gefragt hatte, ob er nicht wisse, wo Daphne und Louis seien, hatte sie mit ihm kein Wort

mehr gesprochen. Keinen Gruß, keinen Vorwurf, keine Klage. Sie selbst hatte samt dem Kindermädchen jenen fatalen Adventssonntag in einem Gasthaus in Petersfield verbringen müssen, da die kleine Esther einen Schwächeanfall erlitten hatte und nicht reisen konnte. Bei ihrer Rückkehr waren Daphne und Louis fort gewesen, und kein Mensch hatte sie seither gesehen.

Nein, Mount Othrys war nicht länger sein Zuhause, es war der Gerichtssaal, in dem aus jedem Winkel seine Anklage gellte. Auch wenn Mildred alles, was an seine Frau und sein Kind erinnerte, aus dem Haus geschafft hatte, war die Erinnerung überall lebendig. Hier hatte Louis auf dem Teppich gelegen und das hölzerne Pferdegespann hin und her geschoben, das er zu seinem ersten Weihnachtsfest bekommen hatte. Dort im Garten, bei der Mondrose, hatte Daphne gestanden und Louis die blauen Blüten gezeigt. Und oben, im Schlafzimmer, hatte sie ihm entgegengelächelt, nach jener Wundernacht, in der ihr Kind geboren worden war. Mildred mochte noch mehr Dinge aus dem Haus schaffen, sie mochte das ganze Haus verhüllen und konnte dennoch nicht auslöschen, was er mit jedem Schritt durch die Räume spürte: Er war hier glücklich gewesen, so glücklich, wie ein Mann nur sein konnte, und er hatte mit eigener Hand sein Glück zerstört.

»Klang es dringend?«, fragte er Ackroyd müde. Im Grunde war es ihm gleichgültig, er fragte nur, weil man es eben tat.

Der junge Mann verzog das Gesicht. »Wenn Sie mich fragen – ich an Ihrer Stelle würde mich auf den Weg machen.«

Das tat er eine Stunde später, nachdem die Frischoperierte fürs Erste versorgt war. Es war nicht Angst vor Mildred, wie seine Studenten sie ihm witzelnd nachsagten, die ihn nach Hause trieb. Was hätte sie ihm noch antun können, einem Mann, der vor Schmerz längst fühllos war? Was hätte sie ihm vorwerfen können, das er sich selbst nicht hundertmal vorgeworfen hatte? Warum er dennoch ging und nicht dem Wunsch nachgab, die Nacht im Spital zu verbringen, wusste er nicht. Vielleicht aus einem Rest von Pflichtgefühl, vielleicht, weil er zu schwach und müde war, um sich zu widersetzen. Der Vorgarten seines Hauses war so gepflegt wie kein zweiter, seit Wochen waren Mildred und Max am Werk, um ihn für die Saison in ganzer Pracht zu präsentieren. Die Arbeit, die Mildred wegschaffte, sparte drei Gärtner ein. Er hätte sich ab und an bei ihr bedanken sollen, aber er vergaß zumeist, wofür.

Sie kam aus der Bibliothek, sobald sie seinen Schlüssel im Schloss hörte. Am Ende der Halle stand sie und stemmte die Hände in die Hüften. »Ich hatte dich früher erwartet«, sagte sie.

»Es tut mir leid, mir kam ein Notfall dazwischen.«

»Was du nicht sagst. Ich wünschte, es gäbe Mittel, den Herrn Doktor daran zu erinnern, dass hier zu Hause unentwegt ein Notfall herrscht.«

Ohne auf eine Erwiderung zu warten, schwang sie herum und stapfte in die Bibliothek zurück. Von ihm wurde erwartet, dass er ihr folgte, dass er nicht protestierte, er müsse zu Abend essen oder sich der Straßenkleider entledigen, sondern sich fügte. Er tat es grundsätzlich. Nur die Hände wusch er sich. Dafür hatte er eine Waschschüssel und einen Zerstäuber mit Phenol in der Halle bereitgestellt, damit er nicht erst nach oben musste.

Mildred saß in dem Sessel, der Hyperions Vater gehört hatte. Ihm wies sie den Stuhl zu, auf den auch der Vater ihn zu zitieren pflegte. »Ich bin heute in der Stadt deiner Schwägerin begegnet«, warf sie ihm hin. »Deiner Schwägerin und der Schlange Maria Lewis. Mir zittern jetzt noch die Hände, wenn ich daran denke.«

Auch ihre Oberlippe zitterte. Hatte es wirklich eine Zeit gegeben, in der Mildreds Temperament ihn amüsiert hatte? Er wusste nicht, was er entgegnen sollte.

»Weißt du eigentlich, dass dieses Miststück es wagt, mich eine Mörderin zu nennen? Willst du das auch tatenlos dulden, wie du alles andere duldest? Ich führe deine Kinder spazieren, sorge dafür, dass sie frische Luft bekommen, und die beiden Nattern beschimpfen mich?«

Sind wir denn keine Mörder, Mildred? Haben wir nicht jede Beschimpfung verdient? »Nein«, murmelte er. Mehr fiel ihm nicht ein.
»Was heißt nein? Behauptest du etwa, ich lüge!«
»Keineswegs«, erwiderte er und hob die Hände. »Ich meinte, nein, ich will das nicht dulden. Ich rede bei nächster Gelegenheit mit Hector, ja?«
»Soso«, machte Mildred, lehnte sich zurück und breitete die Arme über die Sessellehne. »Du redest also bei nächster Gelegenheit mit deinem Bruder. Nun, wenn du ausnahmsweise daheim gewesen wärst, hättest du heute schon Gelegenheit gehabt, mit ihm zu reden, er war nämlich hier und fand es äußerst bedauerlich, dich nicht anzutreffen. Mir ist der Kerl zuwider, Hyperion. Sag ihm, er soll seine Händel mit dir im Spital austragen, mein Kind und ich haben damit nichts zu tun.«
Hyperion nickte, obgleich er Hector von alldem nichts sagen und vermutlich überhaupt nicht mit ihm sprechen würde.
Mildred zog den Teewagen zu sich und schenkte sich aus der einzigen Karaffe einen Drink ein. Kaum hatte sie davon getrunken, sprang sie auf. »Ist das wieder einmal alles, was du dazu zu sagen hast?«, schrie sie. »Ist es dir einerlei, was man mich schimpft, glaubst du es am Ende selbst?«
Sie stieß ihr Glas beiseite und baute sich vor ihm auf. »Na los, sag's schon – ist es das, was du in all dieser Zeit geglaubt hast, dass ich meiner Schwester und meinem Neffen, die ich über alles liebte, etwas angetan habe? Meidest du mich deshalb, als hätte ich Pest und Cholera? Ach nein, wenn ich Pest und Cholera hätte, wäre ich dir vermutlich einen Blick wert – eine Gnade, die weder mir noch den armen Würmern, die du in die Welt gesetzt hast, zuteilwird.«
Hyperion, der aus Gewohnheit den Kopf geduckt hatte, blickte auf und sah sie an. »Es tut mir leid, Mildred.«
»Und das, meinst du, ist wie immer genug?«
Er schüttelte den Kopf. »Ich werde Hector sagen, dass er Bernice zu-

rechtweisen soll. Sie hat so etwas nicht zu dir zu sagen, und natürlich glaube ich kein Wort davon.«

»Dann beweise es«, sagte sie, ging zu ihrem Platz zurück und trank, ehe sie sich setzte.

Liebend gern hätte Hyperion auch einen Drink gehabt, aber dass sie ihm keinen anbot, gehörte zu den Demütigungen, die er klaglos zu schlucken hatte. Wenn er ihr sonst nichts zu geben hatte, sollte sie sich wenigstens daran gütlich tun. »Wie soll ich es dir denn beweisen? Genügt nicht, dass ich es dir sage?«

»Nein«, antwortete sie. »Dass du es mir sagst, bringt niemanden zum Schweigen, und dass du mit dem Teufel Hector sprichst, auch nicht, wenn du es überhaupt tust.«

»Southsea ist klein, Mildred. In kleinen Orten wird eben geredet. Du darfst es dir nicht zu Herzen nehmen.«

»Und deine Kinder?« Sie schrie jetzt wieder. »Deine Kinder, die ohnehin in Schande aufwachsen, sollen die sich auch nicht zu Herzen nehmen, dass man sie Kinder von Mördern schimpft?«

»Wenn es etwas gibt, das ich darüber hinaus tun kann, sag es mir«, murmelte Hyperion.

Mildred trank Whisky. »Heirate mich«, sagte sie.

Hyperion zuckte zusammen. Wich er ihrem Blick sonst aus, so starrte er ihr jetzt ins Gesicht, als stünde dort eine Erklärung für das Unglaubliche. Ihm war Hass nichts Fremdes. Sein Bruder hasste ihn, und seine Großmutter verachtete ihn, aber kein Mensch auf der Welt hatte ihn je so gehasst wie diese Frau. Er war der Mann, der ihr Leben zerstört hatte – sie gehindert, mit ihrer Schwester nach Australien zu gehen, sie in Schande gestürzt und ihr das einzige Wesen genommen, das sie je geliebt hatte. Daphne. Sie hatte ihm alles schon gesagt – dass sie ihm nicht den Tod, sondern ein langes Leben voller Qualen wünsche, dass sie Tag und Nacht darüber nachsinne, wie sie seine Qual vergrößern könne. Nichts davon wunderte ihn, nichts schien ihm unangemessen. Nur dieses –

dass sie ihm gegenüber im Sessel saß und zu ihm sagte: Heirate mich.
»Hör endlich auf, in dich hineinzuschweigen«, platzte sie los. »Habe ich nicht wenigstens darauf eine Antwort verdient?«
»Ich bin verheiratet«, presste er heraus. Von allen absurden Antworten, die er ihr geben konnte, schien diese die erträglichste.
Mildred ließ seinen Blick nicht los. »Lass Daphne für tot erklären«, sagte sie. »Sie ist seit anderthalb Jahren fort. Selbst du musst inzwischen begriffen haben, dass sie nicht zurückkommt.«
Zum ersten Mal an diesem Abend sagte er etwas, das er nicht zuvor bedacht hatte, sondern empfand, wie er es aussprach. »Ich werde das nie begreifen«, sagte er. Ich werde es nie akzeptieren, ich will bis an mein Lebensende Buße tun, damit sie noch einmal zurückkommt. Damit ich sie um Vergebung bitten kann.
»Du bist ja nicht bei Verstand«, schrie Mildred. »Ist dir noch immer nicht klar, dass das Leben weitergeht? Wir haben zwei Kinder großzuziehen, Kinder, an deren Existenz du schuld bist – dass du die beiden nicht wolltest, dass sie nicht das richtige Geschlecht haben, was können sie dafür? Hätte ich einen Sohn geboren wie Louis, hättest du mich längst geheiratet, um deinem Jungen die Schande zu ersparen.«
Was sie sagte, war so falsch wie nur möglich. Nicht dass Georgia und die arme Esther Mädchen waren, entfremdete sie ihm, sondern dass sie nicht Louis waren. Es gibt keinen Sohn wie Louis, hätte er erwidern mögen, aber sogar ihm war bewusst, wie grausam das gewesen wäre.
»Glaubst du, ich habe das nicht gewollt?«, schrie sie weiter. »Dir einen Sohn geben, wie du ihn dir so sehr gewünscht hast?«
Ich habe mir keinen Sohn gewünscht. Nur den Sohn, den ich hatte, zurück. Er hatte auf den Boden gestarrt. Als sie plötzlich vor ihm stand, fuhr er zusammen. Ihre Hand schoss auf sein Gesicht zu. Dass sie ihn ohrfeigen wollte, konnte er ihr nicht verdenken. Was hätte sie

auch sonst tun sollen, um einem gefühllosen Klumpen einen Bruchteil des Schmerzes zuzufügen, den er ihr zugefügt hatte? Aber sie ohrfeigte ihn nicht. Ihre Finger waren nicht kühl und sacht, wie Daphnes Finger gewesen waren, sie trafen heiß und verschwitzt auf seine Wange und strichen daran hinunter. Ein wenig zitternd und ein wenig zärtlich. So, wie es zu Mildred nicht passte. Hyperion blickte auf und sah in ihre Augen, die vor Nässe glänzten. »Ach, Mildred«, sagte er leise und öffnete die Arme.

Es war ihm zuwider, eine Frau zu halten, wie er Daphne gehalten hatte, und bei keiner Frau war es ihm so zuwider wie bei Mildred. Wenn er auch nie erfahren mochte, auf welche Weise Daphne ihn verlassen hatte, das eine wusste er: Sie musste von dem, was er mit ihrer Schwester trieb, erfahren haben. Andernfalls wäre sie nie von ihm fortgegangen. Er hatte ihre Liebe nicht verdient, er war ihr ein furchtbarer Mann gewesen, aber Daphne hatte ihn geliebt.

Dennoch hielt er Mildred. Ließ zu, dass sie ihn küsste, zuerst auf die Wangen und dann auf den Mund. Ein Mann konnte eine Frau, der er so viel angetan hatte, nicht auch noch von sich stoßen. Mechanisch strich er über ihr Haar, während ihre Arme sich um seinen Hals klammerten. »Ich hätte dir so gern einen Sohn geboren«, wisperte sie an seinem Ohr. »Es ist nicht meine Schuld, dass es ein Mädchen geworden ist, es ist verdammt noch mal nicht meine Schuld.«

»Natürlich nicht. Und es spielt auch keine Rolle.«

»Aber die Mädchen sind dir nichts wert. Du wünschst dir einen Sohn, der Arzt wird wie du.«

Hyperion hielt inne. Hatte er sich gewünscht, dass Louis Arzt werden sollte? Soweit er sich erinnerte, hatte er sich von Louis nie etwas anderes gewünscht, als dass er sei, was er war.

»Wenn ich einen Sohn hätte, würdest du mich heiraten.«

»Das ist doch Unsinn, Mildred. Ich heirate dich nicht, weil ich nicht kann. Meine Frau hat mich verlassen. Aber sie ist nicht tot.«

»Wäre dir das lieber?«, fragte sie. »Den Skandal einer Scheidung durchzumachen, statt sie für tot erklären zu lassen? Es hat in deiner Familie schon einmal einen gegeben, nicht wahr?«

»Das war vor meiner Geburt«, antwortete Hyperion. »Und nein, es wäre mir nicht lieber. Wenn mich Daphne je wissen lässt, dass sie es wünscht, werde ich mich scheiden lassen, aber aus eigenem Willen nie.«

Sie richtete sich auf und sah ihn wieder an. »Sie kommt nicht wieder, Hyperion. Sie liebt dich nicht mehr.«

»Das weiß ich«, entgegnete er. »Aber ich liebe sie, und das werde ich immer tun.«

Kapitel 23

Mai

Nur zu gern hätte Hector Weaver die ihm verbliebene Hälfte an der Pension Milton's Court an Victor März verkauft. Der Deutsche war gut in dem, was er tat, und er hatte zwei Kräfte, die ihn antrieben – seinen Wunsch, es zu etwas zu bringen, und seinen Hass auf Mildred Adams.

Mildred Adams hatte ebenfalls zwei Kräfte, die sie antrieben – ihren Wunsch, mit Fug und Recht Herrin auf Mount Othrys zu werden und zu bleiben, und ihren Hass auf Victor März.

Mit diebischem Vergnügen hätte Hector dabei zugesehen, wie diese Titanen zum Kampf antraten, wie sie sich gegenseitig zerstörten und einen Dritten, den, auf den es ankam, dabei mit ins Verderben rissen. Hector Weaver nämlich hatte auch zwei Kräfte, die ihn trieben: seinen Wunsch, alle anderen zu übertrumpfen, und seinen Hass auf seinen Bruder.

Dass März den Preis, den er so niedrig wie möglich angesetzt hatte, nicht zahlen konnte, bedeutete eine herbe Enttäuschung für ihn. Seit Monaten quälte ihn eine Unruhe, als hätten sich Ameisen seiner Blutbahnen bemächtigt und ließen ihm bei Tag und Nacht keinen Frieden. Er kannte dieses Gefühl, wenn auch nicht in solcher Heftigkeit.

Er hatte zu lange stillgehalten, zu lange nicht ausgeholt, um einen Coup zu landen. Die überwältigende Mischung von Erregung und Genugtuung hatte er zuletzt in der Winternacht am Strand verspürt, als er dem Boot zusah, das mit schwerfälligen Ruderschlägen hinaus aufs Meer trieb.

Wie lange war das her? Bald anderthalb Jahre? Schon damals hatte er gewusst, wie schwer es sein würde, den Rausch jener Nacht zu steigern. Natürlich würde er das unglaubliche Wissen, das er dort draußen erworben hatte, nutzen, doch zu früh verschießen durfte er das kostbare Pulver nicht. Der Verkauf der Pension hätte ein hübsches Zwischenspiel ergeben. Dem Duell der beiden zuzusehen hätte ihn über Monate unterhalten.

Da aber März ihn so bitter enttäuscht hatte, blieb ihm nichts anderes übrig, als sich so gut es ging bei Laune zu halten. Am Vormittag wohnte er der Züchtigung seines Sohnes bei, doch das Vergnügen daran war zweischneidig. Zwar geschah es dem nutzlosen Bengel, der die Mühe seines Vaters mit blödem Schweigen vergalt, nur recht, wenn er gehörig den Stock bekam, aber mittlerweile ließ sich nicht länger leugnen, dass bei Horatio selbst die gnadenlosesten Prügel nichts nützten. Der Junge war inzwischen fast acht Jahre alt und hatte bereits drei Erzieher verschlissen. Auch dieser neue, der ihm empfohlen worden war, schien nichts auszurichten. »Der junge Herr ist völlig verstockt«, hatte er bei seinem Einstand erklärt. »Dann nehmen Sie ihn härter her«, hatte Hector gebrüllt und zum Stock eine Peitsche angeschafft. Dem zum Trotz fürchtete er, dass das, was der Erzieher für Verstocktheit hielt, schlichte Idiotie war.

Äußerlich hatte Horatio sich verändert, doch hatte ihn das nicht ansehnlicher, sondern im Gegenteil noch hässlicher gemacht. Er war nicht länger kahl. Zu Hectors Entsetzen war das Haar, das ihm spitz in die Stirn wuchs, kohlschwarz wie sein eigenes. Das Fette, Aufgeschwemmte war verschwunden, stattdessen wirkte der Junge jetzt geradezu hager und hielt sich schlecht, auch wenn Hector ihn dafür in den Rücken schlagen und ihm Gewichte auf den Kopf legen ließ. Vermutlich würde er so gebeugt wie sein Vater enden. In seinem Gesicht war nichts Kindliches mehr, es wirkte auf Hector verschlagen und gemein. Die pfeifenden Hiebe steckte er ein, ohne mit der Wimper zu zucken. Nur der Schweiß, der ihm auf der Stirn ausbrach, verriet, dass er sie überhaupt spürte.

Sooft Hector sich dessen bewusst wurde, fragte er sich, ob es keine

Gerechtigkeit auf der Welt gab? Der einzige Trost war, dass sein Bruder seinen makellosen Sohn verloren hatte und stattdessen mit zwei Töchtern geschlagen war – einem bleichen Geschöpfchen, das kaum zehn Jahre alt werden würde, und einem derben, unhübschen Bankert. Hectors eigene Tochter Nora war ebenfalls unhübsch, aber sie würde ihren Ruf und ihre Mitgift haben, um das auszugleichen.

Hyperions Balg hingegen würde niemand ansehen. Das Verschwinden seiner allseits beliebten Frau und die Tatsache, dass er in wilder Ehe mit deren Schwester lebte, hatte das Ansehen seines Bruders zerstört. Soweit Hector wusste, hatte Hyperion keinen einzigen Patienten mehr, sondern arbeitete für einen Hungerlohn im Spital. Der ganze Haushalt lebte von der Hand in den Mund – von Mildreds Hand, der es gelungen war, aus ihrem winzigen Hotel einen Geheimtipp zu machen. Und zumindest diese Suppe konnte Hector ihr auch ohne Hilfe von Victor März versalzen. Mit den paar Zimmerchen konnte sie unmöglich genug einnehmen, um die Schuldscheine auszulösen, die sich auf seinem Schreibtisch stapelten. Vor zwei Wochen war er schon einmal da gewesen, um Mildred, die so gern die Unerschütterliche spielte, einen Schrecken einzujagen. Heute würde er seinen Bruder persönlich aufsuchen und ihm klarmachen, dass sein Lotterleben demnächst kein Dach mehr hätte, um es zu beherbergen.

Im Empfangsbereich des Spitals stank es beißender als in den Gassen der Gewürzinsel, und das Pack, das sich hier herumtrieb, machte das Gesindel um Milton's Court zu Ehrenmännern. Wieder einmal fragte sich Hector, was eigentlich mit seinem Bruder, diesem gehätschelten Götterliebling, nicht stimmte, dass er an solchem Ort sein Leben verschleuderte. War ihm nicht alles in den Schoß gefallen, was ein Mensch sich nur wünschen konnte? Was befiel einen Mann, damit er Harmonie und Frieden von Mount Othrys gegen diese stinkende, kreischende Hölle tauschte? Hector musste seinen Ekel überwinden, ehe er einen jungen Kerl im schmutzigen Mantel ansprach und nach seinem

Bruder fragte. Immerhin trug der Mann ein Stethoskop um den Hals und gehörte somit offenbar dem Ärztestab, nicht dem Haufen der Patienten an.

»Dr. Weaver ist im Operationssaal«, beschied ihn der Schmutzige und wollte weitereilen. »Von dort kann er jetzt nicht geholt werden.«

»Es ist dringend«, versetzte Hector und stellte sich ihm in den Weg.

»Das glaube ich Ihnen gern«, erwiderte der Schmutzige. »Aber Leben und Tod sind immer dringender, Sie verstehen? Ich werde dafür sorgen, dass Dr. Weaver informiert wird, sobald die Operation beendet ist.«

Hector unterdrückte einen Fluch. Ihm blieb nichts anderes übrig, als sich in einen Winkel zu zwängen, in dem ihm die stöhnenden Patienten nicht allzu nahe kamen, und zu warten.

Sein Bruder erschien eine gute halbe Stunde später. Hatte Hector den Mantel des anderen Arztes schmutzig genannt, so fehlte ihm jetzt ein Wort zur Beschreibung. Der Mantel, den Hyperion trug, war vom Saum bis zum Kragen blutverschmiert. Einige Spritzer zierten seine Wangen, und eine Strähne seines schönen Haars war schwärzlich verklebt. »Bitte entschuldige, Hector«, sagte er und hob die Hände, die als Einziges an ihm blitzsauber und wund gewaschen waren.

»Was hast du denn gemacht? Ein Schwein geschlachtet?«

»Eine Schilddrüse entfernt«, antwortete Hyperion. »Wie die Frau mit den Folgen leben kann, bleibt fraglich, aber an dem Knoten so knapp vor der Luftröhre wäre sie erstickt.«

Hector hatte das Gefühl, auch ihm schnüre ein Knoten die Luft ab. »Ich wäre dir dankbar, wenn du Einzelheiten für dich behalten könntest. Ich finde dieses Ambiente nicht eben appetitlich.«

»Das geht den meisten so«, sagte Hyperion. »Gehen wir in den Park? Dort fällt dir das Atmen leichter.«

Das, was er Park nannte, war eine zertrampelte Grünfläche zwischen zwei Gebäuden, auf der Frischverbundene und von Hustenanfällen Geschüttelte umhertaumelten. Immerhin war die Luft nicht mehr so

dick, und der Gestank ließ sich ertragen. »Schämst du dich eigentlich manchmal?«, fragte er seinen Bruder. »Für das, was aus dir geworden ist, nach allem, was aus dir hätte werden können?«
»Unablässig«, antwortete Hyperion. »Aber hier weniger als irgendwo sonst.«
»Das begreife, wer will«, brummte Hector. »Ich bin, wie du dir denken kannst, nicht ohne Grund in dein Prinzenschloss gekommen. Um nicht um den heißen Brei herumzureden – es geht um diese Kleinigkeiten hier.« Damit zog er die Schuldscheine aus der Aktenmappe und hielt sie Hyperion hin. »Du erinnerst dich? Ich habe dir geraten, vorbereitet zu sein, wenn ich damit vor deiner Tür erscheine. Ich hoffe, du hast dich an meinen Rat gehalten?«
Hyperion warf einen Blick auf die Scheine und sagte: »Nein, ich habe mich nicht daran gehalten. Wie lange gibst du mir, um dich auszuzahlen?«
Hector hatte vieles erwartet – Betteln, Flehen, Weinen, als wäre Hyperion noch immer der verzärtelte Liebling seiner Mutter, dem die Tränen schossen, sobald jemand ihn ausschimpfte. Nicht erwartet hatte er die völlige Gleichgültigkeit, mit der sein Bruder ihm die Frage stellte.
»Nicht lange«, knurrte er zurück. »Schließlich lebe auch ich nicht von Luft und Liebe, und die meisten dieser Schulden sind Jahre alt.«
»Natürlich.« Hyperion nickte. »Es tut mir leid, Hector. Ich werde mein Haus verkaufen müssen, und das dauert seine Zeit.«
Hector hielt den Atem an. Sein Bruder sprach vom Verkauf des Heiligtums, für das er einst alles gegeben hätte, als ginge es um ein nicht mehr benötigtes Kleidungsstück. »Mount Othrys?«, entfuhr es ihm. »Du willst das Haus deiner Mutter verkaufen?«
»Mir wird nichts anderes übrigbleiben«, erwiderte Hyperion noch immer in völlig unbeteiligtem Ton. »Ich kann nur hoffen, dass der Erlös es mir ermöglicht, Mildred, Nell und die Kinder angemessen unterzubringen. Aber das soll nicht deine Sorge sein. Du hast mich

gewarnt, und ich habe nichts daraus gelernt. Die Suppe, die ich mir eingebrockt habe, werde ich selbst auslöffeln müssen.«

»Deine Großmutter löffelt sie mit dir aus«, versuchte Hector ihn zu reizen. »Und das Kind, das deine Frau dir hinterlassen hat, nicht minder.«

»Ja«, sagte Hyperion. »Das tut mir in der Seele weh, und dasselbe gilt für Mildred und Georgia, die keine Menschen zweiter Klasse sind, nur weil ich sie schlecht behandelt habe. Im Übrigen wäre ich dir dankbar, wenn du deine Frau anweisen könntest, Mildred nicht mehr zu beleidigen.«

»Sie soll Mildred nicht beleidigen?« Hector war fassungslos. »Dass du nicht bei Trost bist, war mir ja seit langem klar, aber das geht zu weit. Diese Mildred kann man überhaupt nicht beleidigen. Was immer man sie schimpft, ist noch zu gut für sie. Du hast alles, was du besessen hast, deine Frau, deinen Sohn, deinen Ruf, an diese Mildred verloren und verteidigst sie? Und von mir und Bernice verlangst du, dass wir zu solchem bösen Spiel noch gute Miene machen? O nein, mein Bester, damit hast du dich geschnitten. Was glaubst du wohl, was wir uns von meinem Schwager, dem Port Admiral, anhören müssen wegen des Skandals, den du uns aufgehängt hast? Damit du es weißt: Zu dem bösen Spiel, das meine Mutter trieb, machte auch niemand gute Miene, und ich habe Jahre gebraucht, um mich aus diesem Sumpf herauszurackern. Das werde ich mir von dir und deiner Hure nicht kaputt machen lassen, und meiner Frau werde ich nicht den Mund verbieten, wenn sie sich darüber empört.«

»Mildred ist keine Hure«, sagte Hyperion ruhig. »Warum wird für das, was ein Mann ihr antut, immer die Frau bestraft? Dass ich meine Familie verloren habe, habe ich mir selbst zuzuschreiben, und dass ich jetzt mein Haus verliere, ebenfalls. Mildred trifft keine Schuld. Sie tut, was sie kann, um den Kindern ein Heim zu geben.«

»Das ihnen nicht mehr lange bleiben wird!«, höhnte Hector. Die

Ruhe seines Bruders brachte ihn so außer sich, dass er wie als Junge mit den Fäusten auf ihn hätte losgehen mögen.

»Nein, es wird ihnen nicht mehr lange bleiben«, sagte Hyperion. »Glücklicherweise ist für die Mitgift der Mädchen gesorgt. Kannst du mich jetzt bitte entschuldigen, Hector? Du hast gesehen, was am Empfang los ist. Wir haben zu wenig Leute, wir können niemanden entbehren.«

»Du willst dorthin zurück?« Hector starrte seinem Bruder in das vollkommen geschnittene Gesicht. »Du weißt, dass du in ein paar Tagen dein Haus verlierst, und dir fällt nichts Besseres ein, als zurückzugehen und noch mehr Säufer und Tagediebe aufzuschlitzen, ohne einen Penny zu verdienen?«

»Nein«, sagte Hyperion und wandte sich zum Gehen. »Mir fällt nichts Besseres ein. Auf Wiedersehen, Hector.«

»In vier Wochen will ich mein Geld«, schrie er und hasste sich, weil er es war, nicht sein Bruder, der sich hinreißen ließ.

»Du hast mein Versprechen«, sagte Hyperion und ging mit gesenktem Kopf zurück in das Gebäude.

Hector stand wie gebannt und starrte ihm nach. In seinem Rücken hörte er ein paar Frauen kichern. Er hätte sich umdrehen und einer von ihnen die Luft abdrücken mögen.

Mildred hatte ihn nicht erwartet. Selbst wenn sie ihm eine Nachricht sandte und ihn nach Hause beorderte, wagte sie nicht mehr damit zu rechnen, dass er kam. Sie hatte die Last des Alltags zu tragen, die plärrenden Kinder zu versorgen, die Rechnungen zu begleichen und der feindlichen Welt ihr Gesicht entgegenzuhalten, ohne auf Lohn zu hoffen, ein lobendes Wort oder auch nur ein Lächeln, geschweige denn eine Geste. Sie hatte einen Mann geliebt und ihn in den Armen gehalten, sie hatte diesem Mann ein Kind geboren und war nicht älter als fünfundzwanzig, doch an den Abenden, die sie allein in der Bibliothek verbrachte und auf die endlosen Reihen der Buchrücken

starrte, ohne etwas zu lesen, kam sie sich vor wie eine alte Frau, weggeworfen, allein, von niemandem geliebt.
Auch nicht von den Kindern. Die kleine Esther hatte Angst vor ihr, wie Daphne vor allem und jedem Angst gehabt hatte. Und Georgia war zufrieden, wenn sie etwas Essbares bekam, ganz gleich, wer ihr den Mund damit stopfte. Sie war ein plumpes, grobes Kind, ihrer Mutter aus dem Gesicht geschnitten, ohne eine Spur von der Schönheit des Vaters. An einem Klavier konnte man sie sich unmöglich vorstellen, weit eher Esther, die offenbar schnell lernte. Aber was ihre Tochter nicht bekam, würde Daphnes Tochter auch nicht bekommen. Mildred biss die Zähne zusammen, bis sie knirschten, und ballte die Hände zu Fäusten. Warum ist alles, was ich wollte, dir zugefallen, warum setzt es sich jetzt sogar bei unseren Töchtern fort?
Als sie hörte, wie die Räder des uralten Phaetons, den das Spital Hyperion zur Verfügung stellte, auf dem Pflaster knirschten, sprang sie auf und rannte in die Halle. Sie verachtete sich, weil sie nicht verbarg, wie bedürftig sie war. Sie würde ihn dafür büßen lassen, aber dass ihr Herz vor Freude hochschlug, konnte sie nicht verhindern. Er hatte einen abgetragenen Anzug an und sein Haar nicht gekämmt. Hätte er nicht Angst vor irgendwelchen Infektionen gehabt, hätte er vermutlich den verdreckten Operationsmantel anbehalten. An den eleganten Mann im Cutaway, der an Daphnes Seite im Portal gestanden hatte, durfte sie nicht denken. »Du siehst jämmerlich aus«, sagte sie, statt ihm guten Abend zu wünschen.
»Das scheint mir angemessen«, erwiderte er und strebte geradewegs auf die Waschschüssel zu.
»Statt dir die Haut von den Händen zu schaben, könntest du dich gelegentlich kämmen«, versetzte sie.
Er drehte sich im Händewaschen um und sandte ihr eines jener traurig-verlorenen Lächeln, für die sie ihn hätte ohrfeigen mögen, ohne den Wunsch bezähmen zu können, ihn zu küssen.

»Das Abendessen ist abgetragen. Aber du kannst ja mit Sarah reden, vielleicht richtet sie dir noch etwas.«
Hyperion schüttelte den Kopf. »Was ich dir zu sagen habe, verträgt kein Essen. Nur Whisky, wenn es dir recht ist. Gehen wir in die Bibliothek?«
Sie hätte es sich denken können. Er kam nicht zu ihr, weil er ihre Gesellschaft oder die seiner Kinder vermisste, er hätte Georgia vermutlich auf der Straße nicht erkannt. Er kam, um ihr schlechte Nachrichten zu bringen, aus keinem anderen Grund. Mit einem Schlag wusste sie, was er ihr zu sagen hatte, und begriff auch, dass sie es seit langem hätte wissen können. Seit Hector Weaver hier gewesen war und es mit seinen Blicken vorweggenommen hatte. In ihrer Brust und bis in ihre Eingeweide wurde alles kalt. Ich werde es dir nicht erlauben, war alles, was sie dachte. So, wie sie wusste, was auf sie zukam, wusste sie auch, was sie zu tun hatte.
Sie ging in die Bibliothek und schenkte sich ein Glas ein. »Nimm dir, was du willst«, sagte sie mit einem Kopfschwenk in Richtung Karaffe, als wäre er ein Diener, dem sie ausnahmsweise einen Drink erlaubte.
Er nahm sich nichts. Seine Feigheit war ohnegleichen. »Ich muss das Haus verkaufen«, sagte er. »Ich habe Schulden, die mein Bruder mir nicht länger stundet. Es tut mir leid, Mildred. Ich werde so gut ich kann dafür sorgen, dass du und die Kinder ein Auskommen haben.«
Mildred, die sich nicht gesetzt hatte, um auf Augenhöhe mit ihm zu bleiben, sah ihm kalt zu, wie man ein Tier beobachtet, ehe man es fängt und quält. »Und was ist mit deiner Großmutter?«, fragte sie, obgleich es nichts Übles gab, das sie der Alten nicht an den Hals wünschte. »Und wohin gehst du?«
»Ich kann ein Zimmer im Spital beziehen«, erwiderte er. »Und was meine Großmutter betrifft, so hoffe ich, dass mein Bruder sie aufnimmt. So wenig grün die beiden sich sind, findet mein Bruder wohl ebenso viel Genugtuung darin, mir Nell wegzunehmen wie das Haus. Es sei ihm gegönnt. Er hat hart genug dafür gekämpft.«

»Soso«, sagte Mildred und trank einen Schluck Whisky. »Er hat also hart dafür gekämpft. Was ist eigentlich hart daran, in einem Haus wie diesem aufzuwachsen, selbst wenn man nicht das verwöhnte Lieblingssöhnchen ist? Was ist hart daran, von einem Hauslehrer Unterricht zu erhalten und als Mitglied der Gesellschaft akzeptiert zu werden, ohne einen Finger zu krümmen? Ist es hart, vom Vater ein blühendes Unternehmen zu erben, das man schröpfen kann, bis es einem gefällt, es aus Rache an seinem Bruder in den Ruin zu treiben? Möchtest du vielleicht mit mir nach London reisen, nicht um an hochgestochenen Kongressen teilzunehmen, sondern um dir anzusehen, wo ich aufgewachsen bin? Ich könnte dir beibringen, wie man hart für etwas kämpft, aber du bist ja viel zu sehr in deinem Selbstmitleid gefangen, du hast nicht einmal einen Blick dafür.«

»Bin ich das?« Er stand hinter dem Stuhl, wie sie hinter dem Sessel stand, zwei Krieger, die sich in ihrer Deckung verschanzten. »Vermutlich hast du recht. Es tut mir leid, dir das Haus zu nehmen, Mildred. Du hast es mehr verdient als wir alle.«

»Gut, dass du das erkennst. Wäre ich nicht gewesen, hättest du es schon vor Jahren verloren. Es gehört mir, nicht dir.«

»Ja, das tut es. Aber es nützt nichts.«

»Doch«, fuhr sie ihn an, »mir nützt es, denn wenn es mir gehört, kann ich damit tun, was ich will, und das Letzte, was ich will, ist, es Hector Weaver zu geben.«

»Ich fürchte, wir haben keine Wahl. Mein Bruder hat von mir unterzeichnete Schuldscheine. Ich kann dafür ins Schuldgefängnis gehen, wenn dir das eine Befriedigung ist, aber das Haus erhält uns das noch lange nicht.«

»O ja, das wäre mir eine Befriedigung.« Tief in der Kehle lachte Mildred auf. »Es würde dir gut bekommen, weißt du das? Schlafen im Dreck, zum Trinken Wasser, das wie Hundepisse schmeckt, zum Frühstück Schläge und weit und breit nicht die kleinste Schüssel, in der du deine kostbaren Hände seifen kannst. Es würde dich womöglich lehren, mit dem, was andere Menschen sich bitter erarbeitet haben, nie mehr leichtfertig umzugehen. Womöglich würde es dich aber auch gar nichts lehren. Und womöglich würde ein Schwächling wie du nicht länger als vier Wochen überleben, wenn man ihm ein bisschen härter zusetzt.«

Sie umfasste sein Gesicht mit ihrem Blick, damit ihr nicht entging, wenn ihre Hiebe trafen, doch sein Gesicht verriet keine Regung.

»Ich will mich nicht davor drücken«, sagte er. »Aber letzten Endes fällt auch das wieder auf dich und die Kinder zurück. Ich verliere meine Ehrenrechte und meine Stellung im Spital, und aus dem Erlös des Hauses müssen wir noch die Kosten des Prozesses bestreiten. Ich hätte dann überhaupt keine Möglichkeit mehr, für euch zu sorgen.«

»Du könntest mir das Haus überschreiben«, sagte sie.

»Das darf ich nicht. Ich kann nicht Besitz weggeben, mit dem ich meinen Gläubiger auszahlen könnte.«

»Tu es trotzdem«, erwiderte Mildred. »Tu es zwischen uns. Ich werde das Dokument nur präsentieren, wenn ich dazu gezwungen bin, und keiner als wir beide wird wissen, dass das Haus dir nicht mehr gehört. Überschreib es mir, und ich rette es dir. Und das Schuldgefängnis erspare ich dir auch, selbst wenn du es hundertmal verdienst.«

Ihr Herz schlug. Wenn er jetzt einwilligte, hielt sie ihren Traum in der Hand, und niemand, weder der Teufel Hector noch die Nattern, die sich im Ort die Mäuler zerrissen, oder der Gernegroß Victor März konnte ihn ihr je wieder wegnehmen. Es bedurfte nur eines Wortes, und sie würde alles besitzen, wie sie es sich nächtelang erträumt hatte – und doch sah sie ihm in die Augen, verlor sich in dem schillernden Grau, der Schönheit, die immer traurig war, und verspürte von neuem das verhasste Begehren. Hatte sie sich jemals so machtlos gefühlt?

»Glaub mir, ich täte nichts lieber als das«, sagte er. »Wenn du willst, versuche ich das Haus noch einmal zu beleihen, aber ich nehme nicht an, dass das Aussicht auf Erfolg hat, und außerdem würde es uns höchstens über ein paar Wochen retten.«

Mildred sah von ihm weg und setzte sich, weil sie spürte, wie ihr die Beine schwach wurden. »Nicht du wirst das Haus beleihen«, sagte sie, »sondern ich. Und es wird auch kein Haus mehr sein, wenn ich morgen auf die Bank gehe und den Herren die Beteiligung an einem Geschäft anbiete, sondern das Grandhotel Mount Othrys. Nein, hol nicht Luft, um über die Entweihung aufzujaulen. Du bist nicht mehr in der Position, Wünsche zu äußern, mein Lieber. Stattdessen solltest du froh sein, wenn ich dafür sorge, dass wir im Altenteil komfortabel unterkommen. Ein Gebäude von der Größe würde in Whitechapel viermal so viel Menschen Unterschlupf bieten, also wage nicht, dich zu beklagen. Nachdem du im Schuldgefängnis gesessen hättest, wärst du nämlich nichts Besseres mehr als die Leute aus Whitechapel.«

»Ich beklage mich nicht«, sagte Hyperion. »Und ich habe, ob du es glaubst oder nicht, nie angenommen, etwas Besseres als irgendein anderer zu sein. Das, was du vorhast, funktioniert trotzdem nicht, weil die Banken nicht mit dir verhandeln werden.«

»Du wirst mir Vollmachten ausstellen«, erwiderte sie. »Überhaupt will ich, dass du mir jeden Fetzen Papier, der unsere Finanzen betrifft, übergibst. Auch das Testament deines Vaters und die obskuren Verfügungen, die Fergus Vernon aufgesetzt hat. Alles andere kannst du mir überlassen. Geh in dein Spital und suhle dich in den Ausdünstungen, die du so sehr liebst. Um unser Leben zu ordnen, brauche ich dich nicht.«

»Aber du bist doch eine Frau!«, stammelte Hyperion verblüfft.

Mildred lachte auf. »Bin ich das tatsächlich? Und ist es dir tatsächlich aufgefallen?«

»Mildred, ich …«

Sie blickte auf. Er stand noch immer hinter dem Stuhl und sah zu ihr hinunter. Seine Lider mit den aufgebogenen Wimpern flatterten. »Du magst für uns alle nichts empfinden«, sagte sie, »aber ich habe immerhin die Pflicht, diesen beiden Mädchen eine Zukunft zu sichern. Der einen, die ich geboren habe, ob ich es wollte oder nicht, und der anderen, die ich als das Letzte betrachte, was mir von Daphne geblieben ist.«

Diesmal hatte sie getroffen. In seinen Augen zuckte es, doch der Triumph, den sie sich ausgemalt hatte, blieb aus. Noch immer konnte sie sich nicht helfen – sie tat ihm weh, weil sie ihn nicht liebkosen durfte, und ihn leiden zu sehen presste ihr das Herz zusammen. »Sprich mit mir«, herrschte sie ihn an.

»Was soll ich denn sagen, Mildred?«

»Dass du einverstanden bist. Dass du mir freie Hand lässt.«

»Das habe ich doch schon einmal getan. Natürlich hast du freie Hand. Wie du richtig bemerkst, bin ich nicht mehr in der Position, gegen irgendetwas Einspruch zu erheben. Ich gehe dann und bereite die Papiere vor, ja? Da ich selbst von der Materie so erschreckend wenig verstehe, habe ich einiges Raymond Nettlewood, dem Buchhalter meines Vaters, übergeben. Ich werde ihn morgen früh bitten, dich in alles einzuweisen.«

Noch einen Herzschlag lang sah er sie an, dann wandte er sich zum Gehen. In dem einen Moment aber glaubte sie, in seinem Blick ein Bitten zu erkennen. Sie sprang auf. »Bleib!«, rief sie ihm nach.

Er drehte sich um. Mit schweren, langsamen Schritten ging sie auf ihn zu. Er hielt ihr die Hände entgegen, die nach oben gedrehten Gelenke, als wäre sie gekommen, um ihn seiner Bestrafung zuzuführen. Mildred sah auf die blau sich zeichnenden Adern, in denen sein Blut klopfte. In einem Gefängnis hätte all das binnen Tagen seinen Zauber verloren – die zarten, exquisiten Gelenke, die eleganten, wenn auch wund gewaschenen Hände, das herzzerreißend schöne Gesicht. Ich lasse es niemals zu, begehrte eine Stimme in ihr auf. Sooft ich dich kränke, ich werde nie erlauben, dass ein anderer es tut. Sie nahm seine Hände in die ihren und führte sie an ihre Lippen, küsste die offenen, blutigen Stellen. Dann zog sie sein Gesicht so nah an ihres, dass ihre Stirnen sich berührten.

»Mildred«, flüsterte er gequält.

Beschwor er, bat er sie? Wieder einmal schien alles andere ausgelöscht, nur der Wunsch, es ihm zu sagen, loderte in ihr auf. Ich liebe dich, Hyperion, ich habe dich immer geliebt. Unter all deinen Schwächen und Fehlern sehe ich noch immer einen Mann, der für die Niederungen der Welt zu edel, zu empfindsam und zu kostbar ist.

»Mildred«, wiederholte er, jetzt ohne Zweifel bittend.

Nein, ich werde es dir nicht sagen. Nie wieder, solange du es mir nicht sagst. Sie legte die Arme um ihn und küsste ihn auf den Hals. Ich werde dir gar nichts sagen. Nur dich dazu bringen, mir ein Kind zu machen. Wenn ich deinen Sohn in mir trage, wirst du dich zu mir bekennen, und wenn sich das Klatschvolk der Stadt die Mäuler zerreißt, stelle ich mich vor dich und schütze dich. Wir können nichts ungeschehen machen, Hyperion, aber wir können noch immer manchmal vergessen. Glücklich sein. Einander geben, was uns die Welt verwehrt.

Ehe er noch einmal Mildred sagen konnte, presste sie ihre Lippen auf seine und küsste ihn. Mit einem Auge schielte sie dabei nach dem Whisky, der ausreichen würde, um seine Skrupel zu ertränken.

Kapitel 24

Juli

Dass ihr Hotel erst bezugsfertig wurde, als einer der einträglichsten Monate der Saison verstrichen war, bedauerte Mildred, doch es ließ sich nicht ändern. Dass sie mit geradezu phänomenaler Schnelligkeit gehandelt hatte, würden selbst ihre Feinde ihr zugestehen müssen.

Schon in den ersten Tagen der Zimmervermietung hatte sie ihr Talent für Zahlen entdeckt. Es fiel ihr leicht, auszurechnen, wie viel sie für welchen Zweck benötigte und welchen Preis sie verlangen musste, um es einzuspielen. Ihre Gäste gehörten nicht zu denen, die auf den Penny achteten, sondern zu denen, die das Besondere wollten. Kein aus dem Boden gestampftes Quartier, sondern Geborgenheit, Charme und verschwenderischen Luxus eines eingesessenen englischen Heims. Wer in diesem Geschäft ein Gewinner werden wollte, musste das Wesen der Reiselust begreifen, wie Victor März es ihr in einer Regennacht erklärt hatte. Von einem Hotel wünschten sich die Besucher Urlaub von sich selbst. Die Flucht aus einer Welt, in der selbst den Reichsten Sorgen quälten, ein Zauberland der Unwirklichkeit, das man betrat, um sich neu zu erfinden. Behandelt werden wollten sie wie die königlichen Hoheiten gegenüber auf der Isle of Wight, und Mildred war entschlossen, dies einem jeden, der dafür bezahlte, zu verschaffen.

Sie hatte den Bankier nicht nur mit ihrer Unverfrorenheit, sondern auch mit ihrer Kenntnis überrumpelt, so dass er ihr die Zusage gab, noch ehe ihm selbst vermutlich klar war, worauf er sich einließ. Für alle Buchungen hatte sie einen Satz im Voraus berechnet, und am Ende blieb ihr genug, um die Eröffnung des Grandhotel Mount Othrys mit einem grandiosen Fest zu begehen.

Dass die selbsternannten Honoratioren der Stadt der Veranstaltung naserümpfend fernblieben, musste sie schlucken. Den Touristen kam die Abwechslung wie gerufen, und Touristen waren zahlende Gäste der Zukunft. Auf ihrer Reitbahn ließ sie ein Dampfkarussell auffahren und veranstaltete Kinderritte auf Louis' Shetlandpony, die sie die Saison über anbieten wollte. Es gab ein Büfett, einen Eisverkauf und eine Blaskapelle, und nach Einbruch der Dunkelheit tanzten die Besucher auf der hinteren Terrasse zwischen schillernden Papierlaternen, deren Lichter wie Glühwürmchen durch die Sommernacht flimmerten.

Sie hatte Hyperion gezwungen, anwesend zu sein. Ihm war anzumerken, wie er sich innerlich krümmte, doch seine tadellosen Manieren, sein Liebreiz und seine Grazie machten ihn zu einer Zierde, die dem Fest Glanz verlieh. Während des Tanzes holte sie die Kinder, die in Spitzenkleidern so herausstaffiert worden waren, dass weder Esthers Blässe noch Georgias Grobheit allzu sehr ins Auge sprangen. So standen sie am Rand der Tanzfläche, die distinguierte, attraktive Familie der Hoteliers, und gaben ein herzwärmendes Bild ab. Dass Mildred nicht Hyperions Frau und dass Georgia in Schande geboren worden war, wusste von den Gästen kein Mensch, und keiner würde es erfahren. Ohnehin war dies die Nacht, die dem unhaltbaren Zustand ein Ende machen würde.

Nachdem der letzte Gast gegangen war und aller Trubel sich gelegt hatte, sagte sie es ihm. Diesmal stellte sie ihn nicht in der Bibliothek, die sie zu privaten Zwecken nicht mehr aufsuchten, sondern schlich sich in die einstige Dienstbotenkammer des Altenteils, die er sich als Schlafraum erbeten hatte. »Hyperion«, flüsterte sie. Wie lange hatte sie ihn nicht mehr beim Namen genannt?

Er hatte nicht geschlafen. Mit einem Ruck setzte er sich auf. So achtlos, wie er mit allem umging, das ihn selbst betraf, hatte er sich nicht die Mühe gemacht, sich ein Nachthemd überzustreifen. Die Haut seiner Schultern schimmerte im Licht des vollen Mondes, das ins Fenster

fiel. Mildred kroch zu ihm, ehe er protestieren konnte. Sie wollte ihn halten, während sie es ihm sagte. Ob er heute Nacht mit ihr Liebe machte oder nicht, war Nebensache.
»Woran denkst du?«, fragte sie ihn. In ihren Armen erschien er ihr starr und seine Haut für die schöne Sommernacht zu kalt.
»Das willst du nicht wissen.«
»Doch.« Wenn er mir sagt, er schäme sich, wenn er sagt, er hasse das Hotel, den Trubel, die Fremden in seinem Haus, dann tröste ich ihn. Ich erkläre ihm, er soll sich nicht sorgen, er soll es mir überlassen, und es wird schon werden. »Sag es mir.«
»An Daphne«, erwiderte er und starrte in den dunklen Raum. »Ich habe diesem Londoner Detektiv geschrieben, der wegen des Mordfalls in Road aus dem Polizeidienst ausgeschieden ist. Er befasst sich mit der Auffindung verschwundener Menschen. Ich habe ihn gebeten, mich zu treffen, wenn ich wieder in London bin.«
Sie packte sein Gesicht und zwang es zu sich herum. »Schreib diesem Mann, du hast kein Interesse mehr«, sagte sie. »Du hast Daphne mehr als ein Jahr lang suchen lassen und jede Menge Geld dafür verschleudert. Einmal muss Schluss sein. Ich bin schwanger von dir. Willst du mir zumuten, noch ein Kind in Schande zu bekommen?«
Obwohl sie ihn nicht länger umarmte, spürte sie, wie er zusammenzuckte. So feige er sonst war, wich er ihrem Blick nicht aus, sondern ließ sie das pure Entsetzen, das sich in seinen Augen spiegelte, sehen. Hast du Daphne so angesehen, als sie dir sagte, sie sei schwanger mit Louis? Wie wirst du mich ansehen, wenn dein neuer Sohn geboren ist? Das unirdische Lächeln, die überbordende Zärtlichkeit, mit der er Daphne und ihr Neugeborenes bedacht hatte, würde sie nie vergessen. Dass einmal das, was Daphne gegolten hatte, all die Liebe und die Dankbarkeit, ihr gelten konnten, war unvorstellbar, und doch würde es so sein. Ich schenke dir zurück, was du verloren hast. Zum Lohn will ich nichts, nur dass du einmal Mildred sagst, wie du noch immer, hundertmal, Daphne sagst.

»Mildred«, sagte er. So, wie sie es nie mehr hören wollte, gepresst und zerquält. »Es kommt mir wie Hohn vor zu sagen, es tue mir leid, denn was nützt dir das? Ich begreife nicht, wie ich dir das noch einmal antun konnte.«

»Du begreifst nicht, wie du mir das antun konntest? Ich denke, du bist Arzt.«

»Ja«, murmelte er zerstreut und stützte die Stirn in eine Hand. »Ja, natürlich. Ich habe sagen wollen: Ich begreife nicht, warum ich mich noch mal dazu habe hinreißen lassen.«

Weil du kein Heiliger bist, dachte Mildred. Laut sagte sie: »Weil du mich willst, so sehr du dich dagegen wehrst. Meinst du nicht, es wäre an der Zeit, das anzuerkennen?«

»Ach, Mildred.« Er seufzte. »So ist es doch nicht. Du und ich, wir teilen das, was wir mit keinem anderen teilen können – die Erinnerung an Daphne, die Liebe, den Verlust und die Schuld. Aber das ist kein Fundament, auf dem ein Haus gut steht. Kannst du mir glauben, dass ich dir so viel Besseres gewünscht hätte? Einen Mann, der dir Liebe und Respekt erweist und dir das Leben bietet, das du verdienst.«

Sie musste mit all ihren Kräften an sich halten, um ihn nicht zu schlagen. »Spar dir dein ewiges Gerede«, bellte sie. »Wie du selbst bemerkt hast, kann ich mir von den schönen Worten, die irgendwann nur noch hohl klingen, nichts kaufen. Du wirst handeln müssen, mein Lieber, so sehr es dir widerstrebt.«

»Ja, das muss ich wohl. Was willst du, das ich tue?«

»Musst du wirklich mich danach fragen? Hast du keine Ehre?« Ihre Lautstärke erschreckte sie. So dicht, wie sie jetzt alle aufeinanderwohnten, bestand ständig die Gefahr, dass Nell etwas hörte, das ihrem Schlangenherzen einen billigen Triumph bescherte.

Hyperion starrte ins Leere und sagte nichts.

»Du musst mich heiraten«, zischte sie und kam sich entsetzlich erniedrigt vor.

Er senkte den Kopf. »Aber ich kann doch nicht Daphne …«
Mit Mildreds Beherrschung war es vorbei. Sie schlug ihn auf den Mund, dass es klatschte, und es verschaffte ihr Erleichterung. »Daphne ist nicht mehr da, lass das endlich in deinen Kopf! Es widert mich an, wie leicht du es dir machst. Eine Verschwundene zu vergöttern kostet dich kein bisschen Mühe, aber wenn es darum geht, dich um die Lebenden zu kümmern, ziehst du den Schwanz ein und bist nicht Manns genug.« Er biss sich auf die Lippen, dass sie nicht mehr zu sehen waren. Sie sah zu, wie sein Gesicht sich vor ihr verschloss, und hätte die Zeit zurückdrehen, alles ungeschehen machen wollen. »Hyperion!«, rief sie ihn. Mein Liebster. Warum sperrst du dich dagegen, zu begreifen, was ich dir geben könnte? Ihr Finger zitterte, während sie ihm über die zerbissenen Lippen strich. Er hielt still, reagierte nicht, bis sie ihre Hand zurückzog.
Dann sagte er: »Du hast in allem recht. Ich gehe morgen aufs Rathaus und erkundige mich, wie ich der Todeserklärung wegen vorgehen muss. Ich verspreche dir, wir heiraten so schnell, wie es juristisch möglich ist, und ich werde keinerlei Rechte daraus ableiten.«
»Was meinst du damit?«
Sein Blick traf sie. »Du musst mich nicht berühren, Mildred. Und es ist auch nicht deine Pflicht, des Nachts in mein Zimmer zu kommen. Wir haben uns tief genug entwürdigt, wir können uns das zumindest ersparen.«

Immer am Freitag war Sukies Waschtag, an dem sie des Morgens mit den beiden Zimmermädchen alle Schmutzwäsche der Pension einsammelte und den Tag damit verbrachte, jedes Stück zu waschen und es auf Leinen kreuz und quer im Hof aufzuhängen. Es war ein außergewöhnlicher Service, den sie den Gästen bot, jeden Freitagabend sauber bezogene Betten, denn dort, wo die Gäste herkamen, wechselte niemand die Wäsche wöchentlich. Aber das, so hatte ihr Victor erklärt, war das Geheimnis des Hotelwesens: Das Leben, das die Gäste daheim führten, verschwand, und stattdessen erstand ein anderes, in dem jeder sein durfte, was er sich erträumte. Ein Prinz in seinem Schloss, wenn auch das Schlossfenster Ausblick auf einen Hof voller Wäscheleinen bot. Umsorgt wurde der prinzliche Gast, als würde sich die Welt um nichts als seine Wünsche drehen. So wollte es Victor. Und was Victor wollte, war Sukie Befehl.

Meist bekam sie ihn den ganzen Tag nicht zu Gesicht, weil er so viel Arbeit hatte. Er machte alles selbst, holte Gäste vom Bahnhof ab, nahm Reparaturen am Gebäude vor, erledigte die gesamte Buchhaltung und handelte Bedingungen mit Lieferanten aus. Für den Empfang hatte er ein frisch und adrett wirkendes Mädchen eingestellt, doch um spezielle Wünsche seiner Gäste kümmerte er sich persönlich. Darüber hinaus übernahm er noch immer Aufträge für Hector Weaver und zahlte den Lohn in sein Sparbuch ein. Kam er nach Hause, so wirkte er grimmig und in sich gekehrt und war sichtlich froh, wenn Sukie ihm seine Ruhe ließ. Nach ein paar gemurmelten Worten des Lobes zog er sich in sein Büro zurück, wo er über Papieren oft bis in die frühen Morgenstunden saß.

Sukie machte sich Sorgen um ihn, aber sie konnte ihm nicht helfen. Sie wusste, dass sein geplatzter Traum vom Grandhotel noch immer an ihm nagte und dass er sich davon durch nichts auf der Erde abbringen ließ. Zweimal hatte sie versucht ihm zu erklären, dass ein Schuster besser bei seinen Leisten blieb und dass es andere Dinge gab, um davon zu träumen. Er war dabei von einem Fuß auf den anderen getreten, als könnte er es nicht erwarten, dass sie fertig war und ihn entkommen ließ. Sie hatte es aufgegeben. Während sie die Wäsche aus Leibeskräften wrang und knetete, dachte sie unentwegt darüber nach, was sie sonst noch tun könnte, doch ihr fiel nichts ein. Er war wie ein Tier, das sich in etwas verbissen hatte und sich lieber totprügeln ließ, als es loszulassen.

Und dann kam er an jenem Freitag nach Hause, während sie noch im Waschkleid im Hof stand und trockene Stücke in einen Korb sammelte, schwenkte fröhlich den Hut, um die Gäste an den Fenstern zu grüßen, und stürmte Sukie entgegen. Der Korb war fast voll und bereits so schwer, dass sie ihn kaum noch auf der Hüfte tragen konnte, doch er riss ihn ihr weg, als hätte er kein Gewicht, und setzte ihn ab. »Sukie, Sukie!«, rief er, packte sie in der Taille und warf sie wie ein Kind in die Luft. Als er sie wieder auffing, gab er ihr übermütig einen Kuss auf die Wange, und dann lächelte er sie auf so bezaubernd zerknirschte Weise an, dass sie ihm unmöglich böse sein konnte. Alles Niedergedrückte, Erbitterte schien aus seiner Miene verschwunden. Sie war sicher, sie hatte ihn nie so ausgelassen und nie so unwiderstehlich erlebt. »Wir gehen feiern, willst du?« Er strahlte sie an. »Du schuftest dir tagaus, tagein den Rücken krumm, du hast es redlich verdient.«

Sie hätte jauchzen und ihm vor den Gästen, die Beifall klatschten, den Kuss zurückgeben mögen. »Und was feiern wir?«, fragte sie.

Seine Augen leuchteten. »Mr Weaver hat mir die Hälfte der Pension verkauft. Wir haben heute die Verträge unterzeichnet.«

»Aber woher nimmst du denn das Geld?«

»Ha!«, rief er, packte sie noch einmal und schwang sie im Kreis um sich selbst. »Du meinst, weil die vernagelten Bankiers lieber einer verschuldeten Aufschneiderin Kredit für ihre größenwahnsinnigen Pläne gewähren, als einem ehrlichen Mann unter die Arme zu greifen? Nun, Mr Weaver denkt anders darüber. Er weiß, dass er sich auf mich verlassen kann, und hat mir heute mitgeteilt, dass er keinen anderen Käufer für Milton's Court möchte. Es ist ja ein wenig sein Lebenswerk, verstehst du? Er will, dass ich es weiterführe, und deshalb hat er mir angeboten, mir den Kaufpreis zu stunden. Die monatlichen Raten sind zwar etwas höher als bei der Bank, aber wenn die Saison so weiter für uns läuft und wir für den Winter noch Dauergäste bekommen, sollten wir es schaffen.«

Sukies Heiterkeit verflog. Sie hatte zu lange in Hector Weavers Dienst gestanden, um nicht zu wissen, dass all das, was Victor von ihm erzählte, erlogener Unsinn war. Wenn es überhaupt etwas gab, das Weaver als Lebenswerk betrachtete, so war es die Gasanstalt, und selbst die hätte er morgen verscherbelt, wenn er sich davon einen Vorteil versprochen hätte. Wenn Weaver einem anderen ein so großzügiges Angebot machte, steckte ohne Frage eine unheilvolle Absicht dahinter, die zu durchschauen Victor März und Sukie Ralph nicht gewieft genug waren. »Was ist, wenn wir es nicht schaffen?«, wagte sie ihn zu fragen und bereute es gleich darauf. Warum war sie so dumm, sich den Augenblick der Freude zu verderben, was kümmerte es sie, was morgen geschah?

»Weshalb sollen wir es denn nicht schaffen?«, fragte Victor zurück und lachte ihr in die Augen. »Gib mir zehn Jahre, kleine Sukie, und du wirst meinen Namen auf der Liste der reichsten Männer dieser Stadt finden. Und dir selbst wird es dann auch wohlergehen, das verspreche ich dir. Keine endlosen Waschtage mehr.« Er nahm ihre Hand, die vom Waschwasser verschwollen und rot war, und gab ihr einen flüchtigen Kuss darauf. »Jetzt lass mich dich ausführen. Nicht ins Dog and Donkey oder einen von den anderen dreckigen Pubs, sondern in ein richtiges Restaurant.«

Er bestand darauf, dass Sukie ihr gutes Kleid anzog, und wechselte selbst in seinen dunklen Abendanzug, der ihm stand wie auf den Leib geschneidert. Sie nahmen einen Wagen, und als sie ausstiegen, spürte Sukie die Blicke, die ihnen folgten. Wir sind ein schönes Paar, dachte sie mit einem Anflug von Traurigkeit.

Im Cathedral behauptete man, es gebe keinen Platz, obgleich die Hälfte der Tische unbesetzt war. Dass Victor an der Kränkung schluckte, war nicht zu übersehen, aber er schien entschlossen, sich den Abend nicht vergällen zu lassen. Nachdem man sie aus zwei weiteren Restaurants hinauskomplimentiert hatte, endeten sie in einem kleinen Gasthaus nicht weit von der Gewürzinsel. Victor bestellte französischen Wein, und als der Wirt bedauernd erwiderte, er habe keinen im Haus, schickte er ihn mit barschen Worten los, um welchen zu kaufen. Taten das alle Menschen, selbst Victor? Einen anderen treten, wenn sie getreten worden waren?

Nachdem der Wein serviert worden war, fand er jedoch zu seiner Ausgelassenheit zurück. In schönsten Farben malte er ihr aus, wie er den neu erworbenen Flügel der Pension umgestalten wollte, wie aus dem tristen Innenhof ein blühender Garten zum Flanieren und Verweilen werden sollte, wo er eine Terrasse und einen Wintergarten anzubauen hoffte, und was für Personal nötig wäre, um den Gästen jeglichen Komfort zu bieten. Sukie erschien sein Gerede wie ein Märchen, von dem kein Wort sich je als wahr erweisen würde. Sie gehörten einer Klasse an, die man selbst in ihren besten Kleidern in keinem guten Restaurant zu sehen wünschte. Wie sollten sie ein Hotel leiten, in dem eben diese Leute, die über sie die Nase rümpften, Urlaub machten?

»Natürlich wird es Jahre dauern«, sagte Victor. »Aber wir haben auch Jahre Zeit, oder nicht? Nur eines kann nicht länger warten, es hat schon viel zu lange gewartet und muss endlich getan werden. Ich habe dir nie von meiner Schwester Annette erzählt, nicht wahr? Ich will es jetzt tun, Sukie. Ich glaube, wenn ich je einen Freund hatte, dann bist du es, und deshalb will ich, dass du von Annette weißt.«

Sein Ton änderte sich, wurde starr, fast ausdruckslos. Zwischen den Sätzen trank er Wein, wie er neulich den Brandy in sich hineingeschüttet hatte, und während der gesamten Erzählung sah er den Tisch an, als läse er die Worte von dort ab. Annette war seine jüngere Schwester, die er nach dem Tod seiner Eltern umsorgt und behütet hatte. Kaum war er in die Lehre getreten, hatte er sie aus dem Waisenhaus zu sich geholt. »Wir waren lachhaft bescheiden«, sprach er hinunter auf den Tisch. »Hätte man uns nur die Kammer, um darin zu hausen, gelassen und das bisschen, was wir zum Essen brauchten, wir wären glücklich gewesen.«

So wie ich, dachte Sukie. Hätte Hector Weaver mich nicht mit seinen

dreckigen Händen zur Hure gemacht, ich hätte meine Arbeit getan und nichts weiter verlangt.
Hector Weaver aber hatte sie zur Hure gemacht, und die hohen Herren hatten Victor und seiner Schwester ihre Kammer und ihr bisschen Glück nicht gelassen. Er war im Gefängnis gewesen. Während er tonlos weitererzählte, umfasste sie sein Gelenk und streichelte die geschwollene Ader, in der sein Leben pochte. Als er seine Strafe abgesessen hatte und zu seiner Schwester nach Hause gehen wollte, wohnte in dem kleinen Zimmer ein anderer und Annette war nicht mehr dort. Sukie glaubte die Einsamkeit, die ihn befallen haben musste, am eigenen Leib zu spüren. Es war die Einsamkeit von jenem Abend, als Hector Weaver sie aus seinem Haus geworfen hatte, ehe Victor gekommen war, um ihr zu helfen. Ihm selbst aber hatte niemand geholfen. So sehr er bettelte, fluchte und drohte, man hatte ihm nicht erlaubt, Annette wiederzusehen.
Er zog ihr die Hand weg und stützte seinen Kopf darauf. Sie beugte sich vor und streichelte sein Gesicht. Sie las gern Romane, die in einzelnen Folgen in Zeitungen erschienen, und wenn dem Helden ein unverdientes Leid widerfuhr, weinte sie heimlich in ihr Taschentuch. Auch wenn sie von traurigen Schicksalen las – Frauen, denen ihre Kinder am Hunger starben, junge Liebende, die widrige Umstände trennten –, kamen ihr die Tränen. Sie war nah am Wasser gebaut, wie man sagte, doch noch nie hatte ihr ein Mensch so leidgetan wie der Mann, der vor ihr saß. Sie wollte ihm den Schmerz abnehmen und selbst tragen, sie wollte ihn wissen lassen, dass die Qual seiner Einsamkeit vorbei war, dass sie bei ihm bleiben würde, solange er es ihr erlaubte.
Endlich hob er den Kopf. Seine schwarzen Wimpern glänzten. »Bitte verzeih mir«, sagte er. »Du bist immer so nett zu mir, Sukie.«
»Ich tue das gern für dich«, sagte Sukie und streichelte ihn weiter. »Ich tue alles gern für dich.«
»Ich werde es dir vergelten, das verspreche ich.«

Dazu bräuchtest du nicht wieder mit deiner Aufschneiderei vom Grandhotel anzufangen. Du bräuchtest nicht mehr, als den Kopf zu neigen, so nahe zu mir, dass ich dich auf die Lippen küssen kann.

»Sag, kennst du dich aus? Weißt du vielleicht, wie man vorgeht, wenn man jemanden suchen lassen will?«

»Wenn man jemanden suchen lassen will?«, wiederholte sie verständnislos. »Woher soll ich das denn wissen, ich suche ja keinen.«

»Du hast recht. Die Frage war dumm. Woher solltest du so etwas auch wissen?« Er rückte mit dem Stuhl nach hinten, so dass sie ihn nicht länger berühren konnte, und sah aus, als zöge er sich in sich zurück.

Sukie begriff. Er wollte seine Schwester suchen, und wenn er weiterhin spüren sollte, dass sie für ihn da war, musste sie über diese Schwester mit ihm sprechen. Ein Einfall kam ihr. In einem der Zeitungsromane hatte sie davon gelesen, gerade kürzlich, in einer der spannendsten Folgen. »Hm«, machte sie, als würde sie angestrengt über seine Frage nachdenken. Dann hob sie wie in einem jähen Einfall den Kopf. »Ich glaube, mit einem solchen Problem wendet man sich am besten an einen Detektiv«, sagte sie. »Hast du darüber schon einmal nachgedacht, kennst du dich mit Detektiven aus? Es sind eigens ausgebildete, mit allen Wassern gewaschene Beamte der Polizei, die im ganzen Land Verbrecher und vermisste Personen aufspüren. Was denkst du, wäre das vielleicht etwas für deine Suche nach deiner Schwester?«

In seinen Augen blitzte Interesse auf. »Und du meinst, einen solchen Detektiv kann jeder beauftragen, der es sich leisten kann?«

»Warum nicht?«, erwiderte Sukie, darum bemüht, sich den Anschein zu geben, als würde sie sich mit der Materie seit langem beschäftigen. »Wenn du einen für deinen Fall interessieren kannst?«

»Sukie, du bist Gold wert!«, rief er und hob sein Glas. »Ach was, wer würde Gold haben wollen, wenn er einen Freund wie dich haben kann?«

Sukie nahm ebenfalls ihr Glas und nippte daran. »Ich bin eigentlich kein Freund«, sprach sie über den Glasrand vor sich hin. »Eine Freundin schon eher. Es ist übrigens nicht sehr schmeichelhaft für ein Mädchen, wenn von ihr gesprochen wird wie von einem Mann.«

Er schlug sich die Hand vor den Mund. »Es tut mir leid«, murmelte er. »Ich wollte dir etwas Nettes sagen, und stattdessen beleidige ich dich.«

»Dir liegt eben doch nicht so viel an mir, wie du sagst.«

»Doch, Sukie, doch!« Er sprang halb vom Stuhl auf, besann sich und setzte sich wieder. »Du glaubst, ich achte dich gering, weil du …« Er rieb sich die Stirn und rang nach Worten, doch er fand keine.

»Weil ich mich an Männer verkauft habe?«, half sie ihm weiter. Sie würde es niemals auslöschen können. Es waren nur ein paar Wochen ihres Lebens, aber sie hingen ihr wie ein Stigma für immer an. Und von den Jahren mit Hector Weaver wusste er nicht einmal etwas. Wie hätte er sie achten oder gar lieben sollen, ein bis ins Mark verdorbenes Mädchen, wie hätte sie ihm je bedeuten können, was die Frau, deren Namen er nicht nannte, ihm bedeutet hatte?

»Glaubst du das wirklich von mir?«, fiel seine Stimme in ihr Schweigen. »Stell dir einmal vor, dieser Detektiv, zu dem du mir geraten hast, würde meine arme Schwester bald finden, aber er würde mir sagen müssen, dass Annette, um nicht am Hunger zu verrecken, sich so wie du verkaufen musste? Meinst du, ich würde sie dann weniger lieben? Im Gegenteil, Sukie. Ich würde alles tun, damit sie das Schreckliche, das sie erlebt hat, vergisst, und dasselbe täte ich auch gern für dich.«

»Annette ist deine Schwester«, erwiderte Sukie. »Ich bin es nicht.«

»Ich weiß«, sagte er. »Aber wenn du es möchtest, dann hätte ich gern, dass du dich wie meine Schwester fühlst. Du bist so gut zu mir, wie Annette es gewesen ist, und wenn wir sie finden und zu uns holen – meinst du nicht, wir könnten zu dritt wie eine Familie miteinander leben? Annette und ich hatten nie eine Familie. Ich stelle es mir ein bisschen wie den Himmel vor, eine zu haben.«

Sukie warf ihre Serviette auf den Tisch und schob den halb geleerten Teller beiseite. Es war sinnlos. Er würde sie nie so sehen, wie sie von ihm gesehen werden wollte, und dass daran das Leben, das sie geführt hatte, schuld war, wusste sie, was immer er beteuerte. Es war wie die Flecken, die Wein und Bratensauce auf dem Tischtuch hinterlassen hatten – sie mochten beim Waschen blasser werden, aber sie waren immer noch sichtbar und kündeten von dem, was am Tisch verzehrt worden war. »Ich möchte gern nach Hause«, sagte Sukie. »Mir ist der Appetit vergangen.«

»Habe ich dich verärgert?«, fragte er.

Sie sah ihm in die schönen schillernden Augen. »Vielleicht schon. Aber das lässt sich nicht erklären.«

»Versuch es«, bat er sie.

Einen Herzschlag lang überlegte sie. »Dieser Frau würdest du nicht anbieten, deine Schwester zu werden«, sagte sie dann.

»Welcher Frau?«

»Mildred«, erwiderte Sukie.

Victor zuckte zusammen. Seine Hände ballten sich zu Fäusten, und an seiner Schläfe trat eine Ader hervor. »Ich habe dir gesagt, in meinem Haus wird der Name dieser Person nicht genannt«, presste er heraus.

»Wir sind aber nicht in deinem Haus. Außerdem hast du mich gebeten, dir zu erklären, warum ich verärgert bin, und so habe ich es dir eben erklärt. Besser kann ich es nicht.«

Er griff nach seinem Glas und leerte es in einem Zug. Als er es nachfüllen wollte, entdeckte er, dass die Flasche leer war, und winkte damit so ungehobelt wie ein Navvy, um eine neue zu verlangen. »Woher weißt du das?«, fragte er, und seine Augen wurden schmal.

»Was?«

»Das von ihr – und mir.«

Sukie zuckte mit den Schultern. »Um das zu wissen, braucht man nicht schlau und gebildet zu sein. Du bist ein gutaussehender Mann, Victor, du bist liebenswürdig und verdienst gutes Geld. Du könntest manche Frau für dich gewinnen, aber du schaust nicht nach Frauen. Für dich gibt es in Wahrheit nur eine, auch wenn du es hundertmal bestreitest. So sehr, wie du sie beschimpfst, so sehr begehrst du sie auch.« Ein Mädchen von Anstand nahm ein Wort wie Begehren nicht in den Mund, aber Sukie war kein Mädchen von Anstand mehr. Es hatte auch sein Gutes, es machte frei, weil man nichts mehr zu erhoffen hatte.

Durchdringend sah Victor sie an. Die Wärme, die sie an seinen Augen vom ersten Tag an geliebt hatte, war gänzlich daraus verschwunden. Ohne zu sprechen hielt er ihren Blick, bis der Wirt mit der bestellten Flasche kam. Dann wandte er sich ab, riss dem Mann die Flasche aus der Hand und sagte: »Sparen Sie sich das Einschenken und bringen Sie mir die Rechnung. Die Flasche nehme ich mit.« Kaum hatte er bezahlt, stand er auf. Immer wieder aufs Neue überraschte es Sukie, wie groß und wie breit in den Schultern er war. »Also los, gehen wir«, sagte er und war schon auf dem Weg. Durch den lauen Sommerabend stampfte er ihr voraus, ohne sich nach ihr umzudrehen, ohne einen Mietwagen anzuhalten, vielleicht ohne die Welt um ihn überhaupt wahrzunehmen. Er ging nicht ins Verwalterhaus, das ihr Zuhause war, sondern hinüber in die Pension, und Sukie folgte ihm. Im Empfang setzte er sich an einen der kleinen Tische, lud sie nicht ein, sich zu ihm zu setzen, aber protestierte auch nicht, als sie es tat. Das erste Glas, das er sich eingeschenkt hatte, leerte er in einem Zug. Seine Augen waren noch immer kalt, und genauso klang seine Stimme. »Du glaubst also, ich kann keine Frau begehren, ja? Nur Mildred Adams, die mit einer Frau so viel gemein hat wie eine Wölfin mit einem treuen Hund?«

Seine Kälte machte Sukie Angst, doch tapfer nickte sie.

Victor leerte noch ein Glas, dann stand er auf und trat um den Tisch herum zu ihr. »Ich werde dir zeigen, dass ich eine Frau begehren kann.« Er packte sie bei den Oberarmen und riss sie zu sich hoch. Ein Schmerzenslaut entfuhr ihr, dann verschloss er ihr die Lippen mit seinen, und seine Zunge öffnete ihr den Mund.

Kapitel 25

Southsea bei Portsmouth, 1867

Am zweiten Tag des neuen Jahres wurden Daphne Rose Weaver, geborene Adams, und ihr Sohn Louis Fergus Weaver auf dem Standesamt in Portsmouth offiziell für tot erklärt. Vier Wochen später schlossen Hyperion Weaver und Mildred Adams die Ehe. Am nächsten Tag verließ der frisch vermählte Ehemann die Stadt, um in London einen Vortrag über die Verbreitung der Cholera durch Trinkwasser zu halten. Während seiner Abwesenheit überwachte seine Frau eine Erweiterung ihres Wintergartens, in dem Gäste zwischen Palmenkübeln ihren Tee einnehmen sollten, wann immer es zu kühl für den Garten war. Das Hotel war bereits für die gesamte kommende Saison ausgebucht. Die frischgebackene Mrs Weaver zahlte den von der Bank gewährten Kredit auf einmal zurück und sparte damit einen Teil der Zinsen. Zum ersten Mal fand sie sich in einer Lage, in der sie sich um Geld nicht die geringste Sorge machen musste.

Statt sich ein wenig Luxus zu leisten, trug sie jeden überschüssigen Penny in die neu gegründete Portsea Building Society, in der selbst kleine Sparguthaben erhebliche Gewinne versprachen. Und Mildreds Erspartes, so war sie entschlossen, sollte nicht klein bleiben. Vorübergehend aber wurden ihre Gedanken vom Gelderwerb abgelenkt. Am Morgen des 1. März, dem Tag, an dem der Herr des Hauses aus London zurückerwartet wurde, setzten bei Mildred die Wehen ein.

Sie hatte Georgia, die ein ungewöhnlich schweres Kind gewesen war, innerhalb von drei Stunden geboren. Bei den ersten Schmerzen, die waren, als wollte der Kopf des Kindes sie von innen zerreißen, hatte sie sich gefragt, wie die zerbrechliche Daphne diese Tortur überlebt hatte, aber mit der nächsten Wehe hatte sie sich darauf konzentriert, das Kind aus sich hinauszupressen, und damit war der Schmerz erträglich geworden. Sie war entschlossen, es diesmal auf dieselbe Weise hinter sich zu bringen, und dennoch würde dieses Mal etwas Besonderes sein. Als sie schweratmend das Altenteil betrat, das sie noch immer so nannten, obwohl schon bald ein Jahr die Familie darin lebte, fragte Priscilla, ob sie einen Arzt rufen solle, aber Mildred lehnte ab. »Nur den Herrn schick mir, sobald er heimkommt«, wies sie das Hausmädchen an.

Für einen Arzt zum Gebären würde sie kein Geld vergeuden, niemand in Whitechapel hätte dazu einen Arzt gebraucht. Sie stieg aufs Bett, drehte sich auf den Rücken und kämpfte mit angewinkelten Beinen mit den Wehen. Das Bett war zu groß für das kleine Zimmer, aber sie hatte eines gewollt, das Hyperion mit ihr teilen würde, nachdem der Sohn geboren war. Einmal hatte sie von jener schwarzen Nacht auf dem Meer geträumt, war vor Entsetzen aus dem Schlaf geschnellt und hatte einen Vorwand erdacht, um zu ihm hinüberzulaufen. Seine Tür war verriegelt gewesen, und auf ihr Klopfen war keine Antwort erfolgt.

In jener Nacht hatte sie die Sache auf sich beruhen lassen, doch wenn die Schwangerschaft überstanden war, würde sie ihn zu sich holen. Gewiss saß ihm noch in den Knochen, was ihn in der Zeit mit Daphne gequält hatte – die Angst, mit einer weiteren Schwangerschaft seiner Frau den Tod zu bescheren. Eine Angst, die du in ihm geschürt hast, wisperte eine Stimme in ihrem Kopf, während eine Wehe wie eine Welle anrollte und sich ihr in den Leib wühlte. In dem kurzen Augenblick, in dem der Schmerz den Raum um sie verschwimmen ließ, sah sie Daphnes Gesicht vor sich und hörte ihre Stimme, die flehte, man möge ihren Mann zu ihr lassen, ihr Mann werde ihr niemals schaden, und sie vermisse ihn. So deutlich glaubte sie Daphne zu hören, dass sie selbst laut schrie: »Geh weg, zum Teufel! Lass mich allein!«

Dann ebbte die Wehe ab, Mildred kam zu sich und schüttelte sich,

um Bild und Stimme loszuwerden. Sie versuchte an Hyperion zu denken, an sein geliebtes Gesicht, das vor Freude leuchten würde, wenn sie ihm seinen Sohn in die Arme legte, an das Leben, das dem Haus bevorstand, frei von Geldsorgen und geprägt von Kinderlachen, derweil die quälende Erinnerung allmählich verblasste. Die nächste Wehe kündigte sich durch leichtes Ziehen, das sich rasend steigerte, an. Mildred sah Daphne und Louis an der Treppe stehen, zwischen ihnen der Picknickkorb, auf ihren Gesichtern die Sommersonne, die durchs Fenster fiel. Der Schmerz drängte ihr das Becken auseinander, ihr wurde schwarz vor Augen, und in die Schwärze ragte Louis' Hand, die den angebissenen Apfel hielt. »Nimm mir doch meinen Mann und mein Kind nicht weg!«, schrie Daphne, und Mildred schrie auch, so laut, dass Priscilla an die Tür klopfte. »Ich rufe jetzt den Arzt, Madam.«
»Geh weg!«, schrie Mildred, während die Wehe ihren Griff um sie löste und verebbte. »Ich brauche keinen Arzt«, rief sie hastig hinterher, während sie auf das Bett zurücksank. Durch den kurzen Gang entfernten sich Priscillas Schritte.
Wie lange die Folter dieser Geburt dauerte, wusste sie nicht, jedes Zeitgefühl hatte sie verlassen. Nicht die Schmerzen trieben sie über ihre Grenzen und versetzten sie in helle Panik, sondern die Bilder, die sie auf dem Zenit jeder Wehe sah, die Stimmen, die sie hörte, und die Hände, die nach ihr griffen. Zuletzt sah sie sich und Victor wieder in dem Boot, vor sich der zugeschnürte Sack und um sich die schwarze, windige Nacht. Keine Stimme hörte sie mehr, sondern das Plätschern, mit dem die Ruderblätter ins Wasser schnitten, und dann den saugenden Laut, mit dem das Meer den Sack verschlang. Sie presste sich die Hände auf die Ohren. Als sie es nicht mehr ertrug, brüllte sie nach Priscilla. »Hol den Arzt!«, schrie sie in das Gesicht, das sich über sie beugte, wild vor Angst um ihr Leben. Erst als das Gesicht sich entfernte, begriff sie, dass es nicht Priscilla, sondern Nell gehörte, doch selbst das war ihr gleichgültig, wenn nur jemand kam und ihr half.

Der Arzt war noch nicht bei ihr, da bemerkte sie, dass der Kopf des Kindes aus ihr hinausdrängte. Sie kannte das Gefühl von Georgia, es hatte sie erschreckt, doch im nächsten Moment war der glitschige Brocken schon aus ihr ins Leben geglitten. Dieser schien festzustecken, ihr die Knochen zu brechen, und über ihr schwebte Daphnes Gesicht, öffnete sich Daphnes Mund, aus dem ein Schrei waberte: »Gib mir meinen Mann und mein Kind zurück!«

Ihr eigener Schrei geriet zum Kreischen, spitz vor Todesangst. Sie krallte sich in die Laken, rang nach Luft und versuchte noch einmal um Hilfe zu rufen. Die Tür wurde aufgerissen, und eine dunkel gekleidete Gestalt erschien. »Mrs Weaver? Hören Sie mich? Ich bin Will Ackroyd, ein Kollege Ihres Mannes. Wie ich sehe, haben Sie es auch ohne mich geschafft.«

Er legte ihr die Hände auf die Schenkel und bog sie auseinander, dann griff er zwischen ihre Beine und zog etwas heraus, das wie ein toter goldener Hund aussah. An den Beinen hob er die Hundeleiche hoch und schlug sie, woraufhin sie rot anlief und in Gebrüll ausbrach. Erst jetzt bemerkte Mildred, dass der lodernde Schmerz zwischen ihren Beinen sich beruhigt hatte und dass die Beine zitterten, weil die Anspannung nachließ. Ihr Kopf sank zurück, und sie holte Atem. Was der Arzt jetzt hinüber zum Waschtisch trug, war kein toter Hund. Es war ihr Sohn, der am Leben und gesund war, nicht straßenköterblond wie sie selbst, sondern golden wie ihr Liebster. Wie Louis. Er hörte zu brüllen auf.

Die Illusion hielt einige selige Augenblicke lang, und sie war so süß, dass Mildred sich nicht einmal an Priscilla störte, die hereinkam, um ihren Jungen zu waschen und anzukleiden. Im Gegenteil. Im Triumph hätte sie dem Hausmädchen zurufen mögen: Ist er nicht herrlich? Ist er nicht ebenso schön oder schöner als der, den wir verloren haben? Der Erbe von Mount Othrys – dass sie sich je eine Tochter gewünscht hatte, war unvorstellbar. Beinahe bedauerte sie, dass sie Priscillas Gesicht mit dem unirdischen Lächeln nicht sehen konnte.

Aber das Lächeln ihres Mannes, der gleich nach Hause kommen musste, würde sie dafür entschädigen.
Für die Bilder und die Stimmen wie aus Alpträumen. Nichts davon würde sie wieder erleben. Sie schloss die Augen und gab sich einzig den schönen Bildern hin, dem Gefühl, einen Kampf gewonnen zu haben, der ihr Leben lang gedauert hatte.
Und dann war es vorbei. Die Tür ging auf, und Hyperion erschien, der Arzt nahm Priscilla den in weiße Spitze gekleideten Sohn ab, um ihn Mildred zu bringen, und Priscilla wandte sich der Tür zu. »Guten Abend, Sir«, sagte sie so spitz, wie sowohl sie als auch Sarah jetzt immer mit Hyperion sprachen. »Meinen Glückwunsch. Ihnen ist eine dritte Tochter geboren.«
Nein, keine dritte Tochter! Ein Sohn, ein Sohn!
Aber Mildred wäre nicht Mildred gewesen, wenn sie nicht im selben Atemzug begriffen hätte, dass sie versagt hatte. Ihr Traum war zerplatzt. Der Arzt trat dümmlich lächelnd auf Hyperion zu und zeigte ihm das Kind. Der warf kaum einen Blick darauf. »Guten Abend«, sagte er von der Tür her. »Ist denn alles gut verlaufen?«
»Bestens«, erwiderte Ackroyd strahlend. »Ihre Frau ist wirklich zu bewundern.«
»Ja, ja«, murmelte Hyperion und hob mühsam den Kopf. »Geht es dir gut, Mildred? Hast du alles, was du brauchst?«
Nein, wollte sie schreien. Ich brauche dich, und ich hätte einen Sohn gebraucht, um dich zu bekommen. Auf einmal spürte sie, dass ihr Tränen über das Gesicht rannen und dass sie unmöglich sprechen konnte.
Hyperion zuckte mit den Schultern. »Wenn du einen Wunsch hast«, begann er, brach aber ab und ließ in der Luft hängen, was er hätte tun wollen, wenn Mildred einen Wunsch gehabt hätte.
Sie wollte, dass alle gingen, dass sie sie allein ließen, damit sie schreien und auf die Kissen einschlagen konnte. War das die Strafe, die Gott ihr sandte, hatte er ihr ihren Sohn genommen und durch ein weiteres unnützes Mädchen ersetzt? Aber wofür hatte sie Strafe verdient? Ich

habe Daphne nichts angetan. Ich habe sie geliebt, auch noch, als sie mich betrogen und mir Hyperion weggenommen hatte. Wenn mir eine Strafe gebührt, dann habe ich sie längst bekommen. Ich habe Daphne verloren.

»Wie soll die Kleine denn heißen?«, fragte Ackroyd noch immer so beschwingt, als stünde in dem engen Zimmer alles zum Besten und sogleich werde Champagner serviert.

Den Namen Georgia hatte Mildred ausgewählt, weil sie sich George für einen Sohn vorgestellt hatte. Auch bei Georgias Geburt war sie enttäuscht gewesen und hatte sich einsam und verraten gefühlt, doch in ihr war noch Hoffnung gewesen. Vielleicht würde sich Hyperion mit der Zeit an seiner Tochter freuen? Und wo eine gesunde Tochter zur Welt kam, würden Söhne folgen, schließlich war Mildred nicht schwach wie Daphne, sondern steckte Schwangerschaft und Geburt mit Leichtigkeit weg. Diesmal aber wollte sich keine Hoffnung einstellen. An seiner reglosen Miene prallte sie ab wie an seiner verschlossenen Zimmertür. Bitte gib doch dem Kind einen Namen, flehte sie stumm. Zeig mir, dass sie dir nicht völlig gleichgültig ist.

Ackroyd drehte sich zu ihr und legte ihr das weiße Bündel in die Arme. Es hatte ein rotes, verschwollenes Gesichtchen, wie Georgia es gehabt hatte, aber es war weder so feist noch so grob wie die Ältere, und das bisschen Haar auf dem Köpfchen war tatsächlich heller. »Wie wird sie heißen?«, wiederholte Ackroyd seine Frage.

Mildred schluckte den Klumpen in der Kehle hinunter und sagte trotzig: »Das soll ihr Vater entscheiden.« Er hat für Louis den Namen ausgesucht, er hat ihn nach irgendeinem verfluchten Wissenschaftler, den er bewundert, benannt, er kann verflucht noch mal auch meiner Tochter einen Namen geben.

Hyperion zuckte noch einmal mit den Schultern. »Ich fürchte, meiner Familie fehlt für die Namensgebung das Talent.«

»Finden Sie?«, fragte Ackroyd. »Da bin ich anderer Ansicht. Wenn

Sie verzeihen – ich habe immer gedacht, Hyperion sei als Name wundervoll. Gestatten Sie, dass ich einen Vorschlag mache?«
»Nur zu«, murmelte Hyperion. »Wie Sie sehen, tun wir uns eher schwer.«
»Phoebe«, sagte Ackroyd.
Vage bekannt kam Mildred der Name vor, aber sie war sicher, dass sie niemanden kannte, der Phoebe hieß. Es gefiel ihr sofort. Es klang außergewöhnlich, gebildet und elegant. »Was bedeutet das?«, fragte sie den Arzt.
»Hell und leuchtend«, erwiderte Ackroyd. »Phoebe ist eine Mondgöttin der Titanen. So wie Selene, was ebenfalls trefflich als Name taugt, wenn Sie mich fragen. Hieße ich Hyperion, so würde ich meine Tochter Phoebe oder Selene nennen, denke ich.«
Und würdest du deine Tochter in der Welt begrüßen, würdest du ihr zumindest einen Blick schenken und dich bei der Frau, die sie dir geboren hat, bedanken? »Mir gefällt Phoebe«, sagte sie fest und drückte Phoebe, auch wenn sie sie nicht länger ansah, an ihre Brust. Du wirst glücklich werden, schwor sie dem winzigen Bündel. Dafür sorge ich. Du bist meine Helle, meine Leuchtende, eine vom Schlag der Titanen nicht weniger als dein Vater. Du wirst Klavier spielen, du wirst einen Hund und ein Pony haben, und auf dich wird in dieser Stadt kein Mensch herabsehen, und wenn ich ihn eigenhändig erwürgen muss.
»Ich hätte noch zu arbeiten«, begann Hyperion zaghaft, aber Mildred hörte ihm schon nicht mehr zu. Sie wiegte Phoebe in den Armen und begann leise zu singen:
»Lavendel ist blau, dilly dilly,
Lavendel ist grün.
Wenn ich erst König bin, dilly dilly,
Wirst du meine Königin.«

Knappe drei Monate später, gerade zu Beginn der Saison, kam im Verwalterhaus von Milton's Court Charles Ferdinand Ralph zur Welt.

Sukie, die Wäsche gefaltet hatte, als die Wehen einsetzten, lief hinüber zu Victor ins Büro und ließ ihn wissen, dass die Geburt bevorstand. Er tat, was er ihr gelobt hatte, als sie ihm gesagt hatte, dass sie sein Kind im Leib trug: »Ich kann dich nicht heiraten, Sukie. Ich kann niemanden heiraten. Aber ich werde für dich und das Kleine da sein, es wird euch an nichts fehlen.«

Er schloss das Büro ab, folgte ihr ins Haus und wies auf Sukies Bitte hin das Hausmädchen an, für warmes Wasser und Tücher zu sorgen. Alsdann wartete er im Salon all die Stunden, bis das Mädchen ihm die Nachricht brachte, dass ein Sohn geboren war. Daraufhin, kurz bevor die Händler ihre Läden schlossen, zog er los und kaufte Geschenke – einen Korb mit Früchten und Pralinen für die frischgebackene Mutter und für das Kind einen Satz Zinnsoldaten, den man ihm in einem Spielzeuggeschäft als ideales Geschenk für einen Jungen aufschwatzte.

Sukie lag wach und in Tränen, als er mit seinen Gaben zu ihr kam, der Junge, für den eine Wiege bereitstand, schlief in ihrem Arm. Sie war nie zuvor so froh gewesen, ihn zu sehen. Würde am Ende ein Wunder geschehen, würde er auf seinen schönen, kräftigen Sohn einen Blick werfen und erkennen, dass er das andere nicht brauchte – weder die besessene Suche nach der verschollenen Schwester noch die viel dunklere Besessenheit von Mildred Adams –, dass alles Glück, was ein Mann sich wünschen konnte, in seiner Familie lag?

Er beugte sich über sie, warf einen Blick auf das Kind und sagte: »Du hast es sehr gut gemacht, Sukie. Es muss hart gewesen sein.«

»Nicht so hart, wie man sagt«, erwiderte sie und versuchte sich an einem Lächeln. »Der Junge war es wert.«

Victor warf noch einen raschen Blick auf das Kind und murmelte: »Ja. Ja, natürlich. So ein Kleines ist es ja wert.«

Als sie ihn fragte, ob er einen Wunsch für seinen Namen habe, überlegte er lange und antwortete dann zögernd: »Vielleicht Ferdinand?«

»Ist das ein Verwandter von dir?«, fragte sie voll Hoffnung. »Dein Vater oder ein Pate?«

Er schüttelte den Kopf. »Es war ein Mann, der in Deutschland einen Verein gegründet hat, um für die Rechte der Arbeiter zu kämpfen. So wie wir es einst wollten, aber es scheint, wir haben es falsch angepackt, während dieser Mann es richtig gemacht hat. Oder die Zeit ist jetzt reif und damals war sie es nicht. Auch hier soll ja künftig den Arbeitern das Wählen erlaubt sein, solange sie über ausreichend Einkommen verfügen.«

Es war kaum zu ertragen, sie hatte ihm einen Sohn geboren, und er redete von irgendwelchen Arbeiterrechten am anderen Ende der Welt.

»Versteh mich nicht falsch«, sagte er.

Dann erklär mir, wie ich dich richtig verstehe.

»Ich habe mit alldem ja nichts mehr zu tun, ich kämpfe für mich selbst, und die Rechte der Arbeiter können mir gestohlen bleiben. Aber vielleicht ist es für den Kleinen nicht schlecht, den Namen von diesem Ferdinand Lassalle zu tragen. Vielleicht gibt es ihm etwas von seinem kämpferischen Geist.«

Es war sinnlos, weiterzuhoffen, aber Sukie konnte sich nicht hindern. Als er den Korb und die Schachtel mit den Zinnsoldaten auf den Nachttisch stellte, griff sie nach seiner Hand. »Wirst du ihn lieben, Victor? Wirst du ihm ein Vater sein?«

Zum dritten Mal warf Victor einen Blick auf das Kind. Lüg mich an, fuhr es Sukie durch den Kopf, doch ihr stummes Flehen wurde nicht erhört.

»Ich werde immer für ihn sorgen«, sagte Victor und strich ihr fahrig über den Kopf. »Und für dich auch. Das verspreche ich dir.«

»Warum nicht?«, schrie sie ihn an. Sie wusste, sie würde ihn nie wieder fragen, nur dieses eine Mal, weil sie nach der Anstrengung der Geburt keine Kraft mehr hatte, die Frage zu schlucken. »Warum kannst du uns nicht lieben, warum zählt nicht, was ich für dich bin, sondern nur, was ich ein paar Wochen lang war?«

Noch einmal strich er ihr übers Haar und stand dabei schon auf. »Es

zählt doch nicht, was du warst«, sagte er. »Für mich bist du eine Dame, feiner und nobler als eine, die die Nase hoch trägt und hofft, durch Überheblichkeit vergessen zu machen, aus welchem Dreck sie stammt. Es liegt nicht an dir. Ich kann niemanden lieben, nur Annette, und dass ich sie nicht finde, bringt mich um den Verstand.«
Sie sagte nichts, und er sagte auch nichts, bis er an der Tür stand und sich abrang: »Ich muss jetzt gehen.«
Sukie nickte. Als er sie am nächsten Tag fragte, unter welchem Namen er den Jungen auf dem Standesamt eintragen lassen solle, kritzelte sie auf einen Zettel: Charles Ferdinand. Charles war der Name ihres Vaters, mit dem sie sich nie verstanden hatte, aber sie fand, ihr Sohn habe mehr verdient als den Namen irgendeines Ausländers, als wäre er nichts wert und würde keiner Familie angehören.

Kapitel 26

Portsmouth, Januar 1868

Hyperion schlug den Mantelkragen bis an die Wangen hoch, doch das hielt Kälte und Nässe nicht ab. Es gab wenig Schnee in diesem Winter, dafür umso mehr Regen und Wind, Tage, die nicht hell wurden, sondern von grauer Düsternis in schwarze Düsternis hinüberstarben. Bei jedem Schritt sank er bis zu den Knöcheln in schlammigen Grund. Hier draußen, hinter den Mauern der Garnisonsstadt, wo die letzten verstreuten Häuser sich verloren, verriet das sumpfige Land noch, dass Portsmouth eine ins Meer hineingebaute Stadt war und dass man einst durch Furten hatte waten müssen, um sie zu erreichen.

Ein einzelnes schwaches Licht glomm durch Schwärze, ein wenig Feuerschein, der durch ein Fenster fiel, ohne Wärme zu versprechen. Das Gasthaus, das in vergangenen Jahrhunderten Durchreisenden Obdach geboten hatte, diente jetzt dunkleren Zwecken, doch für Hyperions Vorhaben war der Ort geeignet wie kein zweiter. In diese Gegend, nach Sudewede, wo Schmuggler, Huren und Ganoven hausten, würde Mildred sich im Leben nicht verirren, so wie sie niemals nach Whitechapel fahren würde.

Wo er sich die Schuhe verdorben hatte, würde sie ihn allerdings fragen, nagelneue Halbstiefel aus weichem Leder, die sie ihm gekauft hatte, weil er so abgerissen, wie er herumlief, die ganze Familie blamierte. Sie würde außer sich sein. Wenn sie ihn ausschimpfte, hatte er zuweilen das Gefühl, in seine Kindheit zurückzusinken und vor seiner Großmutter zu stehen, die ihn zusammenstauchte, weil ihm dieses oder jenes missglückt war. Nur hatte die Großmutter stets darauf geachtet, bei der Abstrafung mit ihm allein zu sein, während es Mildred einerlei war, ob die drei kleinen Mädchen dabei waren.

Es gibt noch einen Unterschied, dachte Hyperion. Damals tat es mir weh, weil ich mir so sehr wünschte, alles richtig zu machen, und verzweifelte, wenn es mir wiederum misslang. Heute perlte Mildreds Geschimpf an ihm ab wie Regen an Entengefieder, weil ihm schon alles misslungen war. Welche Untat er jetzt auch beging, sie wog nichts gegen die namenlose Untat, die er schon begangen hatte. Auch die Predigt wegen der verdorbenen Schuhe würde er gleichgültig über sich ergehen lassen, und dennoch verschwieg er ihr, wen er hier draußen traf. Er wollte nicht mit ihr darüber sprechen, es gehörte ihm allein, war das Letzte, was ihm allein gehörte.

Der Funke Hoffnung.

Durchgefroren stieß er die Tür des Gasthofs auf. Der Schankraum war vernebelt vom Rauch, wenngleich nur halb gefüllt. Durch die Schwaden sah er seinen Gast, der bereits an dem Tisch saß, an dem Hyperion ihn bei früheren Treffen empfangen hatte. Als er das erste Mal vorgeschlagen hatte, dieses Etablissement aufzusuchen, hatte der andere gelacht. »Offen gestanden hätte ich von Ihnen nicht erwartet, dass Sie Detektivromane lesen, die in dunklen Spelunken spielen«, hatte er gesagt.

Hyperion mochte den Mann. Es war nicht der, den er sich gewünscht hatte, aber einer, den dieser ihm empfohlen hatte und der ausschließlich Aufträgen von Privatpersonen nachging. Der Beruf des Detektivs, des Ermittlers, der durch seine Klugheit Verbrechen aufklärte und verstreute Puzzleteile zusammenfügte, war noch jung, und doch schien das Land sich in einer Art Detektivfieber zu befinden. Romane, in denen ein solcher Mann die Hauptrolle spielte, erschienen in steter Folge in den Zeitungen. Hyperion allerdings hatte nie einen gelesen. Für ihn gab es nur ein Rätsel, das er gelöst sehen wollte, das Rätsel, um das sein Leben kreiste, und das taugte für keinen Roman.

Sie begrüßten einander geradezu freundschaftlich. Gleich darauf, noch im Setzen, sagte der Detektiv, der Wolfe hieß und in Hyperions Alter war: »Ich lasse Sie besser sofort wissen, dass ich Sie wiederum enttäuschen muss. Alle Spuren, über die wir das letzte Mal sprachen, führten ins Leere. Wenn ich ehrlich sein soll, gibt es jetzt kaum noch eine, die Erfolg verspricht.«

»Heißt das, Sie geben den Fall auf?«, fragte Hyperion und hatte das Gefühl, ihm werde die Luft zum Atmen entzogen.

»Es heißt, ich rate Ihnen, ihn aufzugeben, ja«, erwiderte der Detektiv. »Ich habe gern für Sie gearbeitet, und ich habe auch bis zum Schluss daran geglaubt, dass Ihre Frau und Ihr Sohn zu finden sind. Jetzt aber glaube ich nicht mehr daran. Ich möchte nicht, dass Sie Ihr Geld verschwenden. Noch weniger möchte ich, dass Sie Ihre Kraft und Ihre Hoffnung verschwenden.«

»Aber sie müssen doch zu finden sein!«, rief Hyperion. »Eine Frau und ein lebhaftes Kind können ja schlecht vom Erdboden verschluckt sein, ohne dass irgendein Mensch sie gesehen hat.«

»Wollen Sie nicht etwas trinken?«, fragte Wolfe. »Warum lassen Sie mich nicht von der Bar etwas holen?«

Ehe Hyperion ablehnen konnte, war er gegangen und kehrte mit zwei hohen, mit grünlichem Getränk gefüllten Gläsern und einem Wasserkrug zurück.

»Was ist das?«

Wolfe lächelte. »Absinth. Passt zu Ihren Detektivromanen und irgendwie zur Örtlichkeit.«

»Das trinke ich nicht. Ich bin Arzt.« Er hatte Absinth-Opfer behandelt. Der bittere, mit Anis versetzte Wermut führte zu Sucht, Verelendung und Tod.

Der Detektiv lächelte immer noch. »Medizin schadet auch, wenn man sie in hohen Dosen zu sich nimmt. Einmal eingenommen, kann sie jedoch Wunder wirken.«

»Und Sie meinen, ich habe Medizin nötig?«

»Vielleicht habe auch ich es nötig, dass Sie trinken«, erwiderte Wolfe. »Ich muss Ihnen sagen, was ich denke, und der Gedanke, dass Sie es in nüchternem Zustand hören, verursacht mir Übelkeit.«

»Sagen Sie es«, versetzte Hyperion und nahm das Glas. Der hochprozentige Alkohol roch tatsächlich nach Medizin und schmeckte auch so.

»Ich denke, Ihre Frau und Ihr Kind sind tot«, sagte Wolfe.

Hyperion musste schnell schlucken, um das Getränk nicht von sich zu geben. Sie waren tot vor dem Gesetz. Er selbst hatte vor dem Standesbeamten zu Protokoll gegeben, dass er Daphne Rose Weaver und Louis Fergus Weaver für tot hielt. Aber wirklich für tot gehalten hatte er sie nie. Von allen Möglichkeiten war diese eine nie in Frage gekommen.

»Kein Mensch hat gesehen, wie sie die Stadt verließen. Keinem Menschen haben sie anvertraut, wo sie hinwollten, und bei keinem Menschen sind sie angekommen. Ich war in Whitechapel, ich habe die Eltern Ihrer Frau ausfindig gemacht. Ihre Mutter lebt nicht mehr, und ihr Vater hat seit Jahren nichts von seinen Töchtern gehört. Ihre Frau hatte kein Geld bei sich. Sie hätte jemanden um Hilfe bitten müssen, und diesen Menschen hätte ich über kurz oder lang aufgetrieben. Meine Vermutung, dass sie nicht weit gekommen ist, sondern sich in einem der umliegenden Dörfer aufhält, hat sich nicht bestätigt. Niemand weiß von ihr oder dem kleinen Jungen. Von allen Verschwundenen findet sich früher oder später eine Spur, selbst dann, wenn der Vermisste nicht gefunden werden möchte. Wenn es so wie bei Ihrer Frau keine einzige Spur gibt, lässt das nur einen Schluss zu: Wir können Ihre Frau nicht finden, weil sie nicht mehr am Leben ist.«

Hyperion war jetzt froh, den Absinth getrunken zu haben, denn anders hätte er die Frage nicht stellen können. Und er musste sie stellen. Sie hämmerte in seinem Kopf. »Wenn Daphne und Louis tot sind – wo sind dann ihre Leichen?«

»Die Frage ist berechtigt«, erwiderte Wolfe. »Ich könnte ihr nachgehen, aber es wäre nicht, was Sie wollten.«

»Ich will, dass Sie weiter für mich arbeiten«, sagte Hyperion. »Wenn

Sie nach zwei Toten suchen, soll mir das recht sein, weil ich sicher bin, dass sie zwei Lebende finden werden.«

»Mir kommt es vor, als würde ich Ihren Kummer ausnutzen«, sagte Wolfe. »Nun gut, weil Sie es so sehr wünschen, werde ich die Suche gegen meine Überzeugung fortsetzen. Ihr Geld aber werde ich nicht länger nehmen.«

Die Ausgabe, die er vor Mildred geheim hielt, einzusparen wäre eine Erleichterung gewesen. Dennoch widersprach er: »Sie können unmöglich diesen Aufwand ohne Entlohnung betreiben. Wovon wollen Sie denn leben?«

»Nun, einer jener seltsamen Zufälle, die das Leben uns hinwirft, will es, dass man mir einen anderen Fall in dieser Gegend übertragen hat. Ich denke, ich kann immer dann in Ihrer Sache ermitteln, wenn ich ohnehin hier unterwegs bin. Und wissen Sie, was ich noch denke? Dass Sie mir bei der Suche nach der anderen Person sozusagen im Gegenzug behilflich sein könnten. Es ist nämlich denkbar, dass Sie diese Person gesehen haben oder dass Sie jemanden kennen, der sie gesehen hat.«

Hyperion hatte von keinem anderen Fall etwas hören wollen, er wollte, dass es für Wolfe wie für ihn keinen anderen Fall gab. Jetzt aber packte ihn die Neugier. »Weshalb sollte ausgerechnet ich sie gesehen haben – wer ist denn diese Person?«

»Sie ist nicht hier geboren«, antwortete Wolfe. »Eine Ausländerin, darin besteht die Schwierigkeit. Ich habe Wochen gebraucht, um herauszufinden, wann sie in England angekommen ist. Anschließend ist sie wohl in eine Unterkunft für Emigranten gezogen, in der es ihr nicht sonderlich gut ergangen ist.«

»Sagen Sie nicht, in Milton's Court.« Hyperion stöhnte. Noch immer hatte er die Mahnungen seines Doktorvaters im Ohr. Die Epidemien, die sich von Milton's Court aus verbreitet hatten, hätten sich eindämmen lassen, wenn er mit Hector gesprochen hätte, statt tatenlos zuzusehen. Er war unendlich erleichtert gewesen, als ihm zu Ohren kam,

sein Bruder habe Milton's Court aufgegeben und es dem sanftmütigen Deutschen, Victor März, überlassen.
»Milton's Court«, sagte der Detektiv. »Sie nehmen mir das Wort aus dem Mund.«
»Es ist möglich, dass Sie mich verwechseln«, erklärte Hyperion eilig. »Das Emigrantenheim gehörte meinem Bruder, nicht mir. Vielleicht sollten Sie mit ihm sprechen? Er hat das Geschäft allerdings inzwischen aufgegeben.«
»Oh, das ist mir bekannt«, erwiderte Wolfe. »Mit Ihrem Bruder habe ich bereits gesprochen – er sagt, sein Name sei Hase. Also habe ich meine Hoffnung auf Sie verlegt. Sie sind als Geburtshelfer tätig, nicht wahr? Ich muss davon ausgehen, dass die Gesuchte, als sie hier ankam, hochschwanger war.«
Warum saß er hier? Warum ließ er sich von einer fremden Frau erzählen, die ihn nichts anging, einer der zahllosen Frauen, denen er nicht hatte helfen können? »Wenn sie schwanger war und in Milton's Court wohnte, ist sie höchstwahrscheinlich tot«, sagte er. »Nur die Zähesten überleben, und als Ausländerin hätte sie vermutlich keine Hilfe gehabt.«
Wolfe nickte langsam. Er hatte das Gesicht in Falten gelegt, als nähme die Sorge um die fremde Frau ihn mit. Das hatte Hyperion an ihm gemocht – dass er sich um Daphne und Louis zu sorgen schien wie um eigene Verwandte. »Wann müsste die Entbindung denn gewesen sein?«, fragte er gegen seinen Willen.
»Vor etwa sechs Jahren. Im Winter.«
Hyperion rechnete nach. Vor sechs Jahren hatte Daphne ihm gesagt, dass sie ein Kind erwartete, und darauf gefolgt war die glücklichste Zeit seines Lebens. Aber begonnen hatte sie nicht glücklich. Auf einmal glaubte er das Gesicht der Frau vor sich zu sehen, die in jener Nacht nach einem Kaiserschnitt gestorben war. Er hatte das Richtige getan, davon war er bis heute überzeugt, und doch hatte er der Frau nicht helfen können. Die kleine Hatwick fiel ihm ein und der Mann

Hannes, den er nicht gesucht hatte. Waren die beiden auch tot, oder war es Hannes, der den Detektiv mit der Suche beauftragt hatte?

»Eine Ausländerin, sagen Sie?«, fragte er.

»Ja. Eine Deutsche.«

»Ich muss nachdenken. Falls mir etwas einfällt, sage ich es Ihnen bei unserer nächsten Zusammenkunft.« Wenn es wirklich Hannes war, der seine Frau suchte, dann war grausam, was er tat. Wie konnte er dem fremden Mann die Hölle zumuten, durch die er selbst ging, wie konnte er ihm Informationen vorenthalten? Er wusste, warum er es tat. Er fürchtete Wolfe zu verlieren, sobald dieser die Antworten aus ihm herausgeholt hatte. Und mit Wolfe hätte er auch seine Hoffnung verloren – ohne den Detektiv fiel ihm nichts mehr ein, das er noch hätte tun können.

»Lassen Sie sich Zeit«, erwiderte Wolfe freundlich und erhob sich. »Ich sende Ihnen wie immer eine Nachricht, einverstanden?«

»Ins Spital, nicht nach Mount Othrys.«

»Natürlich. Es ist bemerkenswert, dass Sie Ihr Haus stets beim Namen nennen. Ein anderer würde einfach nach Hause sagen.«

Hyperion zuckte mit den Schultern. Mount Othrys war kein Haus, sondern ein Grandhotel, und es war nicht sein Zuhause, sondern das von Mildred, aber nichts davon ging den Detektiv etwas an.

Auf dem Rückweg durch das verschlammte Land kam sein Leben ihm so leer vor wie nie zuvor, und in der Nacht konnte er, in der Leere wie in einem Käfig gefangen, nicht schlafen. Noch früher als sonst stand er auf. Als er das Altenteil, an dem gebaut wurde, verlassen wollte, kam ihm von der Kinderstube her eine kleine Gestalt mit wippenden Zöpfen hinterher. Wenn eins der Kinder versuchte mit ihm Kontakt aufzunehmen, tat er so, als würde er es nicht bemerken. Es war ihm unerträglich, mit ihnen umzugehen, und mit diesem, das vor ihm stand, war es am unerträglichsten. In ihrem Gesicht sah er Louis. Aber die knapp Vierjährige baute sich nun einmal so ernst und wichtig vor ihm auf und ballte die Fäuste in den Hüften, dass er sie unmöglich ignorieren konnte.

Sie trug ein weißes Kittelkleid, ordentliche Schnürstiefel und am Arm ein Kinderhandtäschchen. »Vater«, sagte sie entschlossen wie eine Erwachsene, »ich komme heute mit dir.«

Er wollte sie nicht ansehen. Wie sie die Stirn in Falten legte, wie das Licht des Wandarms sich in ihrem Haar fing, wollte er nicht bemerken. »Das geht nicht, Esther«, sagte er. »Da, wo ich hingehe, ist kein Platz für Kinder. Und du hast es hier ja auch schöner.«

Die Kleine schüttelte den Kopf, dass die Zöpfe flogen. »Hier hab ich's nicht schön«, verkündete sie. »Ich gehe lieber mit dir und helfe dir, Leute gesund machen.«

Um ein Haar hätte er aufgelacht. »Ich mache nur wenige Leute gesund«, entfuhr es ihm. »Den meisten sehe ich beim Sterben zu.«

Um zu überlegen, stützte sie ihr Kinn auf eine Faust. »Dann komme ich auch und sehe beim Sterben zu«, sagte sie schließlich. »Will Sterben sehen. Ist Sterben schön?«

Jäh erinnerte er sich, wie reif Louis für sein Alter gesprochen hatte. Dieses Kind sprach auch reif für sein Alter, es sprach, wie Louis mit vier Jahren gesprochen haben mochte, und jetzt war Louis bald sechs. Ob er sich noch an seinen Vater erinnerte? »Es geht nicht«, wies er die Kleine unwirsch zurecht. »Jetzt geh und spiel, bis Mildred kommt und euch zum Frühstück bringt.« Ich muss Mildred vorschlagen, eine Kinderfrau zu engagieren, dachte er. Er hatte es schon einmal getan, woraufhin sie sich ereifert hatte, sie wolle die Erziehung der Mädchen keinem hergelaufenen Ding überantworten. Es war gut von ihr, und dass sie Daphnes Kind nicht anders behandelte als ihre eigenen, war mehr als gut, aber jetzt, zu Saisonbeginn, war sie mit drei Kindern überfordert.

Daphnes Kind. Mit ein paar Herzschlägen Verspätung traf ihn der Gedanke wie ein Hieb.

»Ich komm doch mit, ja?«, piepste Esthers Stimmchen.

Wie von selbst ging Hyperion in die Hocke. »Warum willst du denn nicht hierbleiben und mit Mildred und deinen Schwestern spielen?«, fragte er. »Wenn es nicht regnet, geht Mildred gewiss mit euch zum Clarence Pier und du kannst das Meer sehen.«

»Will nicht!«, rief das kleine Mädchen, und sein blasses Gesicht lief vor Anspannung rot an. »Lieber beim Sterben zusehen.«

»Aber mit Mildred hast du es doch viel netter.«

»Nein. Nicht nett.« Sie schüttelte den Kopf. »Ich bin schmutzig. Ich sage schlechte Dinge. Ich mache Mildred böse.«

»Aber nicht doch.« Er versuchte zu lachen. »Du bist ein sauberes, artiges Mädchen, und du machst Mildred bestimmt nicht böse.«

»Doch, doch, doch!«, rief das Kind. Statt mit dem Fuß zu stampfen, schlug es sich auf den Hinterkopf. Dann streckte es den Arm aus und schloss seine kleine Hand um seine. »Bitte lass mich mitkommen. Bitte, bitte, bitte!«

Hyperion seufzte. Um Probleme wie dieses zu lösen, war er nicht geboren. Halbherzig erhob er sich, ohne die Hand der Kleinen loszulassen, aber auch ohne ihr in die Augen zu sehen. »Also komm.« Er würde mit Mildred sprechen müssen. Vielleicht war sie mit dem zarten Kind zu streng. Für den Augenblick aber war es das Einfachste, Esther mitzunehmen. Vielleicht konnte er im Spital eine Schwester bitten, sich um sie zu kümmern.

Kapitel 27

Southsea bei Portsmouth, Mai 1868

Mildred schnitt Rosen. Max taugte als Gärtner weit weniger als bei den Pferden, und sie hätte jemanden einstellen müssen, doch eine letzte Saison lang verschob sie es. Der Ausbau des Altenteils hatte Unsummen verschlungen, weil es ihr widerstrebte, an dem Haus zu sparen, in dem Phoebe aufwachsen würde. Phoebe war nicht der ersehnte Sohn, ihr Haar war zu einem blassen Braun gedunkelt, und Hyperion beachtete sie so wenig wie Georgia, aber Mildred häufte all ihre Liebe auf sie. Sie ertrug sowohl Esther als auch Georgia nur mit Mühe, weil Esther aussah wie Daphne und Georgia aussah wie sie, nur fehlte beiden der Reiz. Phoebe hingegen war leicht zu ertragen. Ich werde für dich sorgen, mein Mädchen, ich werde dir den Weg bereiten. Aus dieser verfluchten Familie soll einmal eine glücklich sein.

Dafür lohnte es sich, die Plage des Rosenschneidens auf sich zu nehmen. Ziel war es, die Rosenstöcke, die jetzt, Anfang Mai, bereits voller Knospen standen, so zurückzustutzen, dass sie auf das Rondell, auf dem an schönen Tagen Tee serviert wurde, keine Schatten warfen. Sie hätten früher beschnitten werden müssen, behauptete Max. »Jetzt, wo sie blühen, tut der Rose jeder Trieb, den man ihr nimmt, weh«, hatte der sonst wortkarge Mann gesagt. »So wie es dem Menschen weh tut, der sie aufgezogen hat.«

Pah! Mildred schnaubte. Max war der gute Geist des Haushalts, doch er sollte sich hüten, sich aufzuspielen. Zornig säbelte sie erst mit der Schere, dann mit dem Messer an einem Ast des größten Rosenstocks herum. Sie mochte diesen Stock ohnehin nicht. Seine Zweige erinnerten an gekrümmte Glieder, die Stiele der Blüten waren so missgebildet, dass man sie unmöglich in einen Strauß einbinden konnte, und

die verholzten, unschönen Äste ragten weit über das Rondell. An manchen prangte zwar eine sich öffnende Knospe, aber kein einziges Blatt. Blauer Mond hieß die Sorte, die schwere bläulich blasse, an den Tod gemahnende Blüten zeugte. Daphne hatte sie geliebt.
Warum behalte ich ihn? Ist es nicht mein Garten, kann ich nicht darin tun, was ich will?
Wenn sie den Stock entfernen würde, bekämen die properen Teerosen links und rechts davon mehr Licht. Kurzerhand warf sie das Messer beiseite und stapfte zum Schuppen, um einen Spaten zu holen. Die Axt gleich dazu. Die Wurzeln der Rose hatten sich tief ins Erdreich gebohrt, aber Mildreds Spatenhiebe schlugen die längsten Triebe mit Wucht entzwei. Es war eine Wohltat, die eigene Kraft zu spüren, die unverwüstlich war wie eh und je. Sie hatte keines ihrer Kinder genährt, um diese Kraft nicht zu vergeuden, sie hatte Hyperion Glasflaschen aus dem Spital bringen lassen und hatte ihnen die Milch fetter Kühe gefüttert.
Es war ein Triumph, als die Rose hintenüberkippte. So wie dieses vielarmige Gewächs würde sie alles aus dem Weg schlagen, das Schatten auf ihr Leben warf. Mit der Axt zerteilte sie die Pflanze in Stücke, die Max nachher auf den Abfall werfen konnte.
Von neuem holte sie aus, als das Getrappel kleiner Schritte und Geschrei sie herumfahren ließ. Sie hatte den Mädchen befohlen, unter dem Birnbaum zu bleiben und auf Phoebe, die noch nicht laufen konnte, zu achten. Priscilla hatte behauptet, was Mildred tue, gefährde das Leben der Kinder, aber in Whitechapel tat es jeder, die Frauen hatten Geld heranzuschaffen, und eine Vierjährige war durchaus in der Lage, ein Kleinkind im Auge zu behalten.
Nicht so Esther! Sie war eine fahrige Träumerin, die keine Anweisung im Kopf behalten konnte. Mildred wusste, dass ihr zu oft und aus nichtigem Anlass die Hand ausrutschte, aber das Wesen des Kindes brachte sie um den Verstand. Was rief sie jetzt wieder, das kleine Gesicht einmal mehr gerötet und die großen Augen schon in Tränen

schwimmend? »Doch nicht die blaue Mondrose, Mildred! Du darfst doch dem blauen Mond nichts tun!«

Sie wollte Esther nicht hassen. Man hasste kein Kind, das einem knapp bis zur Hüfte ging, aber das weinerliche Stimmchen trieb sie zur Raserei. Eine Zeitlang hatte Hyperion sie mit ins Spital genommen, und so ungern Mildred es sich eingestand, sie hatte die Stunden ohne Esther genossen. Geduldet hatte sie es natürlich trotzdem nicht lange. Zum einen war das Pack im Spital kein Umgang für ein Kind aus Mount Othrys, und zum anderen war es nicht gerecht, dass Esther den Tag mit ihrem Vater verbrachte, während Mildreds Töchter ihn kaum zu sehen bekamen.

»Die blaue Mondrose«, rief Esther heulend. »Der arme blaue Mond!«

»Was hast du damit zu schaffen?«, herrschte Mildred sie an. »Habe ich dir nicht gesagt, du sollst auf Phoebe achten?«

»Hab ja geachtet!«, verteidigte sich Esther. »Aber dann hab ich gesehen, dass du den blauen Mond totmachst, und das darfst du nicht. Das ist mein blauer Mond!«

»Dein ist, was der Hund macht«, blaffte Mildred und schämte sich ihrer Gossensprache. Das Kind war schuld! Sie packte es am Arm und verpasste ihm einen Klaps. Gleich darauf schämte sie sich noch mehr und ließ die Hand wieder sinken. Esther war so schmächtig, sie würde nicht lange leben. »Geh zurück zu deinen Schwestern und misch dich nicht in Dinge ein, die dich einen Dreck angehen«, gebot sie ihr.

»Der blaue Mond ist kein Dreck! Der blaue Mond geht mich an!«, widersprach Esther mit einem seltsamen Trotz, der nie laut wurde, aber umso sturer war. Tränen begannen ihr über die Wangen zu laufen, doch sie sprach unbeirrt weiter: »Er gehört mir, und du hast ihn totgemacht.«

»Und weshalb soll der wohl dir gehören?«

»Weil ihn die Mutter gepflanzt hat! Für mich!«

Die Mutter. Daphne. In der Maisonne spürte Mildred ein kaltes Gerinnsel, das ihr den Rücken hinunterkroch. Aber die langen Wurzeln der Rose bewiesen doch, dass der Stock seit Jahrzehnten hier stand, und Daphne hatte zur Gartenarbeit keine Kraft gehabt. »Du lügst«, sagte sie zu Esther. »Und wer lügt, bekommt Strafe.«

»Ich lüge nicht. Die Mutter hat den blauen Mond für mich gepflanzt!« Mit nassem, verschlossenem Gesicht baute sie sich vor Mildred auf.

»Jetzt hör auf zu heulen!«, schrie Mildred.

Esther schüttelte den Kopf. »Kann ja nicht.«

»Herrgott, so schlimm war es doch nicht.«

»Doch«, sagte Esther. »Du hast meinen blauen Mond totgemacht.«

»Jetzt gib Ruhe, du Plage. Ich brauche den Platz für die Gäste, und hier sind Rosen ohne Ende, oder nicht? Wer in drei Teufels Namen hat dir eingeredet, dass ausgerechnet diese deine Mutter gepflanzt hat?«

»Die Mutter hat ihn gepflanzt«, beteuerte das Mädchen. »Die Großmutter Nell hat's erzählt.«

Nell! Die Teufelin, die für Phoebe nie einen Blick übrig hatte, geschweige denn für die arme Georgia. Mildred biss die Zähne zusammen. Dann beugte sie sich zu Esther hinunter. »Hör zu«, sagte sie, »deine Großmutter ist alt, und alte Leute erzählen Kindern dumme Geschichten. Die Rose hat der Gärtner gepflanzt, sie war krank, und deshalb habe ich sie zerhauen. Jetzt geh und pass auf deine Schwestern auf. Und wenn nachher der Naschwagen kommt, kaufen wir Sahnebonbons für euch alle drei.«

Esther sah sie lange an, so dass Mildred glaubte, sich unter dem Blick der blauen Augen zu winden. Schließlich drehte Esther sich um und lief davon, wie Mildred es ihr befohlen hatte. Kurz vor dem Baum, unter dem Phoebe und Georgia warteten, drehte sie sich im Laufen um. »Will keine Bonbons«, rief sie leise, das Gesicht noch immer verweint.

Schon oft hatte Mildred sich vorgenommen, Nell zur Rede zu stellen. Das Haus gehörte ihr. Sie hatte keinen Grund mehr, sich vor irgendwem darin zu fürchten. Im Gegenteil. Hätte sie gewollt, so hätte sie alle Übrigen, auch die Alte, das Fürchten lehren können. Dennoch ließ sie sich von ihr mehr gefallen als von jedem anderen, womöglich, weil ihr ein Instinkt verriet, dass sie in ihr einen Gegner hatte, der ihr gewachsen war. Gewiss hätte sie sie auch diesmal davonkommen lassen, wenn sie ihr nicht über den Weg gelaufen wäre, solange ihr Zorn noch lichterloh brannte.

Nell, die alt wie die Sünde war und hilflos auf dem Tagesbett vor sich hin hätte röcheln sollen, trat kerzengerade und tadellos gekleidet aus dem Haus und trug einen schmiedeeisernen Tisch vor sich her. Priscilla folgte ihr mit dem dazugehörigen Stuhl und einem Sonnenschirm. Mildred hatte die Reste der Rose zusammengefegt und hielt inne. Bei der hohen Goldlackhecke, die wie Honig duftete, stellte Nell den Tisch ab. Priscilla rückte den Stuhl so davor, dass der Blick des Sitzenden auf den Springbrunnen traf, den Mildred im hinteren Teil des Gartens hatte errichten lassen. Aus dem Mund eines tanzenden Fauns sprudelte eine Wasserfontäne. Mildred war stolz auf den Brunnen, weil er, wie sie fand, ausgezeichnet zu dem Titanen-Fries über dem Portal passte. Sie hatte ein Vermögen dafür ausgegeben.

»Stellen Sie den Stuhl dort hinüber, Priscilla«, sagte Nell. »Auf dieser Seite kann ich nicht sitzen.«

»Aber auf der anderen Seite bekommen Sie die Sonne ins Gesicht«, gab Priscilla zu bedenken.

»Lieber lasse ich mir den Teint von der Sonne verderben als den Appetit auf meinen Tee von diesem Ausbund an Scheußlichkeit.« Sie wies auf den Springbrunnen und schüttelte sich pikiert.

»Sehr wohl, Madam.« Priscilla schob den Stuhl auf die andere Seite.

Mildred wartete, bis das Mädchen den Tee serviert und sich getrollt hatte, ehe sie den Kehrbesen zu Boden warf und an den Tisch stürmte.

»Was fällt dir ein?«, schrie sie sie an. »Den Kindern, für die ich verantwortlich bin, solche Ammenmärchen zu erzählen?«

»Muss ich wissen, wovon du sprichst, Mildred?« Die Alte, die mit geziert gespreiztem Finger an einem Scone geknabbert hatte, blickte flüchtig auf.

»Von der verdammten Rose! Von dem total verwachsenen Stock, dem ich heute den Garaus gemacht habe und von dem Esther behauptet, ihre Mutter habe den eingepflanzt.«

Nell wandte den Kopf und sah in die Richtung, in die Mildreds Finger wies. »Erstaunlich«, bemerkte sie. »Ich hätte gewettet, dass selbst das primitivste Gemüt zu einer so barbarischen Tat nicht in der Lage ist, aber du hast es tatsächlich fertiggebracht. Du hast eine Rose in der Blüte zerhackt.« Sie sagte dies in einem Ton, den Menschen im Raritätenkabinett anschlagen, wenn der Anblick einer Missgeburt sie zwar ekelt, doch zugleich fasziniert.

»Die Rose war krank!«, schrie Mildred.

Die Alte hustete. »Natürlich war sie das nicht, das weißt du so gut wie ich.«

»Und überhaupt – was schert es dich? Es ist mein Garten, ich kann darin tun, was ich will.«

»Soso«, erwiderte Nell und nahm einen lächerlich winzigen Biss von ihrem Teekuchen.

»Ich verbiete dir, Unsinn über meine Schwester zu verbreiten und Esther Flausen in den Kopf zu setzen«, herrschte Mildred sie an. »Das Kind hat Unarten genug.«

»Hat es das deiner Ansicht nach? Nun, wir werden uns in diesem wie in den meisten Fällen darauf einigen müssen, uneinig zu sein.«

»Esther ist eigensinnig, ungehorsam und faul.«

»Interessant. Mir scheint sie verständig, bemüht und ein entzückendes Geschöpf zu sein, Gaben, mit denen ihre illegitimen Halbschwestern ja leider nicht gesegnet sind.«

»Phoebe ist …«

»Ja, ja, ich weiß.« Nell winkte ab. »Aber eine Ehe ohne Segen ist in unseren Kreisen nun einmal überhaupt keine Ehe.«

Sie hatte es Hyperion mehr als einmal gesagt: »Ich will in Sankt Thomas getraut werden wie jede Braut unseres Standes. Ohne kirchliche Trauung erkennt man unsere Ehe hier nicht an – und habe ich vielleicht weniger Recht darauf als andere?« In diesem Punkt aber blieb er stur, so wie er sein Schlafzimmer verschloss und sich von ihr nicht berühren ließ. »Herrgott, du glaubst doch ohnehin an keinen Gott«, hatte sie ihn angefahren, und er hatte, wie es ihr verhasst war, mit den Schultern gezuckt und sie gefragt: »Weiß man immer so genau, was man glaubt? Ich kann nicht noch einmal in einer Kirche getraut werden, Mildred, das ist das Einzige, was ich weiß.«

Das größte Ärgernis war, dass er sich nicht mehr erpressen ließ. Wenn sie ihm sagte, sie würde von dem geheimen Dokument Gebrauch machen, falls er sich ihrem Wunsch nicht füge, erwiderte er: »Dann wirst du das tun müssen, Mildred. Verdenken kann es dir kein Mensch.«

Sie hasste ihn mehr denn je. Sie liebte ihn mehr denn je. Der Kampf, den die beiden Leidenschaften sich unentwegt in ihrem Inneren lieferten, kostete sie jeglichen Frieden. Vielleicht war Hyperion vor den Augen anderer Menschen nicht einmal mehr schön, so übermüdet und ungepflegt, wie er herumlief. Für Mildred aber blieb er das schönste, begehrenswerteste Objekt auf der Welt. Er war ihr schöner, unnahbarer Eisblock. In einem Moment wollte sie die Axt in ihn hineinschlagen wie in den Stamm der Rose, und im nächsten wollte sie ihren warmen Leib an ihn schmiegen, um ihn zu schmelzen.

»Meine Ehe und meine Töchter gehen dich nichts an«, warnte sie Nell viel schwächer als beabsichtigt.

»Darin dürften wir endlich einmal einer Meinung sein«, entgegnete diese und nahm zwischen zwei Finger ein mit Gurke belegtes Butterbrot, das Brot wie Papier geschnitten und die Gurke so dünn, dass sie sich wellte. »Um ehrlich zu sein, deine Ehe und deine Töchter interessieren mich in etwa so sehr wie aller Reis in China. Meine bedauernswerte Urenkeltochter ist darin allerdings nicht eingeschlossen.«

Sie sind alle drei deine Urenkeltöchter, wäre Mildred um ein Haar herausgeplatzt. Zorn auf sich selbst verschnürte ihr die Kehle. So sehr sie die Hexe in ihre Schranken verweisen und von ihren Kindern fernhalten wollte, so sehr sehnte sie sich danach, sie möge ein einziges anerkennendes Wort über die Mädchen sagen. Gab Mildred sich nicht alle Mühe? Sie hatte ein Cembalo gekauft, sie hatte einen Lehrer engagiert und suchte bereits nach einem französischen Fräulein. Sie hütete die Kinder wie ihre Augäpfel, stattete sie aus wie Prinzessinnen und ließ sie nach den neuesten Erkenntnissen ernähren. »Wie Esther erzogen wird, bestimme ich«, sagte sie. »Deine Einmischung ist dabei nicht vonnöten.«

Nells scharfe Schneidezähne trennten eine Krume von der Brotscheibe. »Und darin sind wir wieder einmal einig, uneinig zu sein. Ich habe sehr wohl vor, mich in Esthers Erziehung einzumischen, und ob du dazu deine Zustimmung gibst, bedeutet mir, mit Verlaub, wiederum nicht mehr als Chinas Reis.«

»Ich warne dich! Du weißt nicht, wozu ich in der Lage bin.«

Die Alte tat etwas, das man bei ihr höchst selten sah – sie lächelte, was ihren winzigen Mund in ein Spinnennetz aus Falten senkte. »Arme Mildred«, sagte sie. »Ist zu so vielem in der Lage und doch völlig machtlos. Ich bin alt, meine Liebe. Weißt du eigentlich, was das für eine Freiheit verleiht? Was könntest du einer, die mit einem Bein im Grab steht, schon antun? Spiel dich nur auf, spreiz dein Gefieder wie ein Hähnchen, es rauscht an mir vorbei wie eure Eisenbahn, die sich irgendwann erledigt haben wird. Mir geht es allein um das Kind. Dass du es ständig in seiner Würde verletzt, kann ich nicht verhindern, aber es scheint mir eine Natur zu besitzen, die daran nicht zerbricht. Die feine Empfindsamkeit und den Liebreiz hat sie von ihrer Mutter und Amelia, doch von meiner Seite kommt eine gewisse Unverwüstlichkeit hinzu. Wenn ich ihr ein wenig das Rückgrat stärke, wird sie lernen, deine Schikanen wegzustecken.«

Mildred musste nach Atem ringen. Dass Nell Weaver ein Biest war, wusste sie seit langem, aber dass sie es offen eingestand, schlug dem

Fass den Boden aus. »Hast du ihr deshalb eingeredet, ihre Mutter habe die gottverfluchte Rose gepflanzt?«, fragte sie.

»In der Tat.« Nell lächelte noch immer.

»Aber das ist eine Lüge!«

»Was du nicht sagst. Entspricht es vielleicht nicht der Wahrheit, dass Esthers Mutter eine zärtliche, vornehme Dame war, die ihr Kind liebevoll aufgezogen hätte, wäre ihr die Möglichkeit dazu nicht geraubt worden.« Mit einem Schlag schrumpfte das Lächeln ein. Der Blick, der Mildred traf, war prüfend und kalt, so dass sie hätte schreien mögen: Was unterstellst du mir? Aber eben das durfte sie nicht, es sei denn, sie wollte die Antwort hören. »Ich will, dass Esther um die Liebe ihrer Mutter weiß«, fuhr Nell mit stählerner Stimme fort. »Es wird sie stärken, so dass sie auf deine Zuneigung nicht länger angewiesen ist. Dass du meinen Enkelsohn im Inneren zerstört hast, habe ich hinnehmen müssen. Dass du meiner Urenkelin dasselbe antust, lasse ich nicht zu.«

Bis zu diesem Augenblick hätte Mildred geschworen, dass Nell nicht nur gleichgültig war, was mit Hyperion geschah, sondern dass sie sich sogar daran freute, wenn er gedemütigt wurde, weil sie ihn aus tiefstem Herzen verachtete. Wie konnte ausgerechnet sie Mildred vorwerfen, sie habe ihn zerstört – Mildred, die alles tat, um ihm ein Heim zu schaffen, ihm Kinder zu geben, auf die er stolz sein konnte, Mildred, die ihn mit einer Leidenschaft liebte, wie sie die arrogante Alte nie erlebt hatte. Auch all die blassen Amelias, Daphnes und Esthers hatten solche Leidenschaft nie erlebt, weil es dazu eines starken Herzens bedurfte. Von Mildred hätte Hyperion geliebt werden können, wie er nie geliebt worden war, unbedingt und allumfassend, so dass dieses Mal sein Göttergeschlecht nicht in Schönheit hätte sterben müssen, sondern als Sieger aus dem Kampf hervorgegangen wäre.

»Hat es dir die Sprache verschlagen?«, fragte Nell. »Dabei hätte ich gedacht, es ist unmöglich, dieses Mundwerk von dir, das man mit Seife hätte auswaschen müssen, zum Schweigen zu bringen.«

»Das ist es auch, du hässliche Vettel!«, zischte Mildred. »Du neidische Kröte! Du in Seide gewickelte Trockenpflaume!« Sollte die Alte doch gehen und sie bei Hyperion anschwärzen. Mildred würde alles abstreiten und beteuern, die arme Greisin verliere allmählich den Verstand.
Nell spitzte die Lippen, um Tee zu trinken. »Es ist ja nicht so, dass du mir nicht leidtust«, sagte sie, wandte langsam den Kopf und wies auf den plätschernden Springbrunnen. »Wie könnte einem jemand, der eine seltene Rose zerhackt und stattdessen den Garten mit einem solchen Monstrum verschandelt, nicht leidtun?«
»Was ist falsch an meinem Springbrunnen?«, hatte Mildred gefragt, ehe sie sich auf die Zunge beißen konnte.
»Alles, meine Liebe.« Wieder lächelte Nell. »Oder auch nichts, je nachdem, ob man ihn von oben oder von unten betrachtet. Er ist ein prächtiger Beweis für das Vorhandensein von reichlich Geld und völligem Mangel an Geschmack.«
»Du bist ein Snob!«, schrie Mildred.
»In der Tat«, erwiderte Nell. »Und du wärst auch gern einer. Leider wird man zum Snobismus geboren. Kaufen lässt er sich nicht, und wenn man noch so penetrant mit der Geldbörse klappert.«
»Wer hat die verdammte Rose gepflanzt? Meine Schwester nicht, also die heilige Amelia?«
»Mein Sohn«, erwiderte Nell. »Als Amelia mit Hyperion in der Hoffnung war. ›Ich habe nach den Sternen gegriffen und den Mond noch dazubekommen‹, hat er gesagt und die Mondrose gepflanzt, damit das himmlische Glück seines Hauses nie verlorenginge. Du hast sie ausgerissen. Du wirst schon wissen, warum.«

Mildred war keine Idiotin. Natürlich wusste sie, dass Nells Gerede dazu diente, ihr weh zu tun. Dennoch hatte ihr Hieb sie so tief getroffen, dass sie tagelang herumlief wie verletzt.
Es waren nicht wirklich die Worte der Alten, die den höllischen

Schmerz verursachten, es war das Verhalten der Welt, das die Worte bestätigte. Hatte Mildred nicht alles getan, um die Anerkennung der Stadt zu erringen, hatte sie nicht gebuhlt und gebettelt, damit ihre Kinder den Platz in der Gesellschaft erhielten, der ihnen von Geburt her zustand? Sie hatte stolze Summen für den Hilfsfonds der Werftarbeiter und die neueröffnete Bücherei von Portsea gestiftet. Sie gab Feste im herrlichen Saal ihres Hotels, zu dem sie die Crème de la Crème einlud. Sie ritt nicht mehr im Herrensattel, nahm Sprechunterricht und führte die Kinder zur Kirche, aber die Stadt honorierte ihre Mühe mit Missachtung, zu ihren Festen erschienen nur Zugereiste und Touristen, und die Geselligkeiten in angesehenen Häusern blieben ihr verschlossen. Eine Einladung zum Geburtstagsfest von Nora Weaver erging allein an Esther. Gegen Tränen der Wut kämpfend, hatte Mildred sie ausgeschlagen.

Sie hatte Portsmouth von dem Moment an geliebt, in dem sie das erste Mal ihren Fuß auf seinen Boden setzte. So freundlich und im Handumdrehen zu erobern hatte die kleine Stadt auf sie gewirkt, doch unter der lächelnden Oberfläche besaß sie einen Kern aus Eisen, an dem Mildred sich die Stirn blutig schlug.

Sie hatte auch Hyperion beinahe vom ersten Moment an geliebt. Sie hatte ihm alles geopfert, und er lächelte freundlich und gab sich wie Wachs in ihren Händen, doch in seinem Inneren besaß er einen Kern aus Eisen, an dem Mildreds blutig geschlagene Stirn allmählich zerbrach. Sie taten beide dasselbe, Hyperion und seine Stadt: Sie zeigten Mildred auf ihre snobistische Weise, die nie fluchte und nie aus der Rolle fiel, dass sie auf ihre Liebe keinen Wert legten. Ich kann tun, was ich will, für die beiden wird es nie genügen. Ich gebe alles, und für sie ist es nichts. Sie lassen mir keine Chance.

An diesem Abend ging sie noch einmal ins Kinderzimmer und stand lange am Bett der schlafenden Phoebe, betrachtete das kleine, ein wenig nichtssagende Gesicht auf dem Kissen und schwor ihr: Was ich nicht haben kann, wirst du bekommen. Wenn sie es mich nicht erobern lassen, werde ich es für dich kaufen. Ich werde Geld wie Heu scheffeln, bis es nichts mehr gibt, das ich dir nicht kaufen kann – Anerkennung, Respekt, Würde. Und jeden verfluchten Mann, der dir gefällt.

Sie ließ den Springbrunnen herausreißen. Diskret erkundigte sie sich nach einer Beratung in Stilfragen und wählte künftig nicht mehr selbst aus, wenn sie Neuanschaffungen für das Hotel machte, sondern konsultierte ihren Berater. Die Saison des Jahres 1868 sollte den Erfolg der Vorjahre in den Schatten stellen. Jede Suite, jedes Zimmer hätte sie zweimal vermieten können, und viele der Gäste buchten für das kommende Jahr im Voraus. »Wir hatten das Victoriana im Auge, weil es für geschmackvolle Ausstattung bekannt ist«, vertraute ihr die Gattin eines Londoner Handelsmagnaten an. »Sie wissen schon, jene Art von Stil, die man nicht kaufen kann. Da wir mit unserer Buchung zu spät kamen, wichen wir zu Ihnen aus und wurden nicht enttäuscht. Ich wage sogar zu behaupten, an Erlesenheit und Klasse vermag Ihr Haus das Victoriana noch zu übertreffen.«

Erzählt mir nur immer weiter, dass man euren ach so einzigartigen Stil nicht kaufen kann, triumphierte Mildred im Inneren. In der Zwischenzeit nehme ich euch Geld ab und kaufe mir Berge davon. Sie würde wiederum anbauen müssen, sie würde die Reitbahn verkleinern und einen Tennisplatz anlegen lassen. Wenn die letzten Gäste abgereist wären, hätte sie Arbeit genug, um jeden Schmerz in ihr im Keim zu ersticken.

Kapitel 28

Portsmouth Dockyards, Herbst 1868

Wenn er Zeit abzweigen konnte, was nicht oft vorkam, verbrachte Hector sie in den Docks. Je häufiger er sich dort aufhielt und sah, wie rasant der Fortschritt, der sich anderswo schleppte, voranpreschte, desto heftiger verspürte er den Wunsch, seine Hand mit im Spiel zu haben, an dem Getriebe zu drehen, das hier die Weltgeschicke bewegte. Durch Portsmouth zuckelte die neue Tram, die von Pferden gezogen wurde und deshalb eher wie ein Relikt aus vergangenen Zeiten denn wie eine brandneue Erfindung anmutete, und der Eisenbahnbau ging nicht wie erhofft voran. Hinter den Mauern, auf dem Trockendock, auf dem demnächst mit dem Bau des neuesten englischen Kriegsschiffs begonnen werden würde, hatte sich das Leben um hundertachtzig Grad gedreht. Die Werkstätten sahen aus, als hätte es die Zeit, in der Windjammer aus Holz den Erdball umsegelten, nie gegeben, und doch war diese Zeit kein Vierteljahrhundert her. Hector hatte weiterhin Zugang zu den Docks, weil er offiziell noch immer als Zulieferer eingetragen war, auch wenn der Holzhandel seit Jahren ruhte. Holz hatte seine besten Tage hinter sich. Eisenverkleidung hieß im Schiffsbau die Parole der Zukunft. Aber das war beileibe nicht die einzige Neuerung. Durch seinen Schwager, den Port Admiral, wusste Hector, was es mit dem Schiff, dem die Betriebsamkeit im Dock galt, auf sich hatte. Es würde ohne Masten segeln. Es würde überhaupt nicht segeln. Die Ära des im Wind geblähten Leinens war ebenso zu Ende wie die der aus Latten gezimmerten Planken. Die neuen Schiffe würden hart, schnell und seelenlos sein, zu höchster Leistung fähige Maschinen. Devastation sollte das erste heißen, das hier vom Stapel lief. Zerstörung.

Einen treffenderen Namen hätte man kaum finden können, dachte Hector. Britische Truppen waren im Frühling nach Äthiopien aufgebrochen, um den dortigen Kaiser für die Misshandlung britischer Geiseln zu bestrafen. Sie hatten die biblische Stadt Magdala in Schutt und Asche gelegt, sie hatten der Welt gezeigt, dass das britische Imperium kein Zagen und Erbarmen kannte. So wie ich, dachte Hector und lächelte sich zu, obwohl er keinen Spiegel bei sich trug. Zagen und Erbarmen kannte die königliche Marine nicht, wohl aber besonnenes Warten auf den richtigen Augenblick, in dem ein Sieg sich umso vollkommener auskosten ließ. Der Augenblick für die Devastation war jetzt gekommen, alles war vorhanden – das beste Material, die neuesten Kenntnisse und mit Edward Reed ein genialer Konstrukteur. Auch für meine Devastation wird der richtige Augenblick kommen, versicherte er sich und trat aus der Halle ins Freie, um auf das vom Herbstwind aufgepeitschte Meer zu sehen.

Unbändig war seine Gier, endlich die ersten Früchte dieser Saat zu kosten, das so lange gehütete Wissen enthüllen und sich am Entsetzen der Opfer weiden zu dürfen. Um Geduld zu bewahren, um seine Kiellegung zu einer gewaltigen, alles niedermähenden Devastation auszubauen, brauchte er Beschäftigung. Die Gasanstalt lief wie am Schnürchen, wenn man von gelegentlichen Protesten der Inspektoren wegen obskurer Unfälle absah. Dort fiel nur noch Routinearbeit an, die Hector zu Tode langweilte. Milton's Court hatte er an März verkauft. Das war ein Teil der Kiellegung – ehe seine Devastation feuerte, wollte er zusehen, wie seine Opfer einander die Köpfe blau schlugen. Das Ganze ließ sich verheißungsvoll an, und nur die Geduld war ein Problem – die ewige Geduld!

Er hatte erwogen, sich an Frederic Ternans Victoriana zu beteiligen. Damit hätte er zwei Fliegen mit einer Klappe geschlagen. Er bekäme seinen Einstieg ins Hotelgeschäft, und indem er Geld in das renommierte Haus pumpte, waren Erweiterungen möglich, die sowohl Victor März als auch Mildred Adams das Wasser abgruben. Im Auge hatte er eine Vergrößerung des Haupthauses und den Anbau eines Flügels für Billigurlauber, wie Thomas Cook sie in Scharen durchs Land karrte. Zu seiner Verärgerung aber hatte Ternan rundheraus abgelehnt.

Sein Geschäft laufe ausgezeichnet, ließ er Hector wissen. Wer behauptet habe, er suche einen Teilhaber, der habe Hector einen Bären aufgebunden. »Mir hat niemand etwas aufgebunden«, setzte Hector sich zur Wehr. »Ich dachte eher an eine Art Bund der Giganten – Ihr Ruf und mein Geld. In ein paar Jahren könnten uns sämtliche Hotels von Southsea gehören.«

»Ich bin mir keinesfalls sicher, ob das wünschenswert wäre«, hatte Ternan erwidert. »Um ehrlich zu sein, bleibe ich gern mein eigener Herr, und um meine Finanzen ist es nicht schlecht bestellt.«

Das war die Untertreibung des Jahrhunderts. Ganz Portsmouth wusste, dass Ternan, der von beiden Elternseiten reichlich geerbt und sich mit dem Victoriana eine Goldgrube verschafft hatte, vor Geld geradezu überquoll. Außerdem hatte er einen Sohn, der in Frankreich das Hotelgeschäft erlernte und so wohlgeraten war, wie ein Vater es sich nur wünschen konnte. Hector verfluchte die Ungerechtigkeit, mit der das Leben manche Leute überschüttete, während sich andere jeden Krumen erkämpfen mussten. Die Idee, ein eigenes Grandhotel zu begründen, verwarf er. Er hätte sich gegen zwei mächtige Konkurrenten durchsetzen müssen, und anders als Mount Othrys, wo die tollkühne Mildred auf schwankendem Seil tanzte, war das Victoriana auf soliden Grundfesten erbaut. Auch hatte er sich mit der Gasanstalt bereits bewiesen, dass er ein Unternehmen allein aufbauen konnte. Jetzt wollte er sein Geld in etwas stecken, das bereits wuchs und schnelle, erregende Erfolge versprach.

In den Bau von Kriegsschiffen. Wozu lebte er in einer Garnisonsstadt? Das Königreich brauchte Feldzüge wie den in Äthiopien, um sich seine Stärke zu beweisen, und zudem war die neue Art des Schiffsbaus weniger auf Manneskraft angewiesen als die Kleinarbeit der Vergangenheit. Gerade waren anderthalbtausend Werftarbeiter aus den Docks entlassen worden, und das in einer Zeit, in der ohne Unterlass gebaut wurde.

Ja, er würde die Sache in Erwägung ziehen, sie mochte seinem Leben neuen Pfiff verleihen. Vielleicht würde er sogar schon heute Gelegenheit erhalten, sondierende Gespräche zu führen. Es war einer der wenigen Abende, den er Bernice versprochen hatte, und sie hatte sich einen Besuch im Theater ausbedungen. »Es ist notwendig, sich dann und wann gemeinsam der Öffentlichkeit zu präsentieren«, hatte sie spitz bemerkt. »Ich jedenfalls wünsche nicht, dass meine Ehe den Klatschmäulern der Stadt Gesprächsstoff liefert, wie es die deines Bruders tut.«

Hector verkniff sich ein Grinsen, denn die ungekrönte Königin der Klatschmäuler war ohne Zweifel Bernice, aber er orderte folgsam eine Loge im Prince's Theatre und lud seinen Schwager ein, ihn samt der bissigen Maria zu begleiten. Henry Lewis stöhnte auf, wie es die meisten Männer taten, wenn es um derlei Unterhaltung ging, doch er willigte ein. Auch wenn Hector in sein Stöhnen einstimmte, verlustierte er sich auf solchen Veranstaltungen recht gern. Dank zahlreicher neu gegründeter Vereine, die die unteren Klassen in die Theater bringen sollten, fand sich nirgendwo ein bunter gemischtes Gewimmel an Volk ein. Die Gegensätze waren belebend und inspirierend. Hier strömte zusammen, was nicht zusammengehörte, und wie in der Wissenschaft war auch im Leben allgemein zuweilen genau das erforderlich, um auf bahnbrechende neue Gedanken zu kommen.

Bernice empfing ihn in einer ihrer großen Toiletten, die von Jahr zu Jahr diesen Namen mehr verdienten. Wenn es zutraf, dass der Wohlstand eines Mannes sich am Umfang seiner Frau ablesen ließ, dann war er bald der reichste Mann der Stadt. Sie würden nach dem Theater mit den Lewis essen gehen, und so hatte Bernice lediglich einen kleinen Imbiss im Morgenzimmer servieren lassen, aber bei den Mengen,

die sie sich davon einverleibte, hätte Hectors Magen rebelliert. »Gibt es Neues von den Kindern?«, fragte er, um Interesse zu heucheln.
»Allerdings«, erwiderte sie gewichtig. »Horatio hat in der Schule einen Preis gewonnen.«
»Einen Preis?«, fragte Hector verdutzt. Sein missratener Sohn besuchte seit kurzem die neue Portsmouth Grammar School, auf der er sich fraglos so wenig mit Ruhm bekleckern würde wie bei seinem Hauslehrer, den Hector behielt, damit er den Bengel nicht selbst prügeln musste.
Bernice sandte ihm einen vernichtenden Blick. »Ich weiß, du traust deinem eigenen Fleisch und Blut nichts zu«, sagte sie, »aber Horatios Lehrer halten ihn für begabt. Er erhält einen Förderpreis der Schule für eine Arbeit, die er zur Sternenguckerei verfasst hat.«
Hector musste lachen. »Ja, das kann ich mir vorstellen. Ein Sternengucker ist der Bengel immer gewesen.«
Der nächste Blick seiner Frau hätte vermutlich nicht nur töten, sondern Hector aus der Geschichte der Menschheit ausradieren können. »Es gibt Männer, die befassen sich mit mehr als Zahlenkolonnen auf Bilanzbögen«, bemerkte sie. »So haben diese Sternengucker beobachtet, wie sich Planeten am Himmel bewegen, und aus den Beobachtungen konnten sie schließen, dass es dahinter noch weitere Planeten geben muss. Darüber hat Horatio geschrieben. Der Direktor der Schule ist beeindruckt von ihm, auch wenn sein Vater seine Leistung mit billigem Sarkasmus abtut.«
»Nun mal langsam.« Hector langte hinüber und klopfte ihr den fetten Arm. »Gib Frieden und iss noch ein Würstchen im Schlafrock, ich habe es ja so nicht gemeint. Das, was du meinst, heißt nur nicht Sternenguckerei, sondern Astronomie.«
Bernice schnaufte und würdigte ihn keiner Entgegnung.
»Woher weißt du das im Übrigen alles – doch wohl nicht von Horatio?« Dass sein minderbemittelter Sohn mehr als zwei Sätze am Stück sprach, vermochte Hector sich unmöglich vorzustellen.

»Von seinem Direktor«, antwortete Bernice. »Horatio wird sich hüten, etwas, das ihn betrifft, daheim zu erzählen, denn was hätte er dafür schon zu erwarten? Vermutlich befindest du, er müsse künftig mit Balken geprügelt werden, um seine Begabung angemessen zu fördern.«
Wider Willen fühlte Hector sich getroffen. Beschuldigte sie ihn, ein schlechter Vater zu sein? Ja, in der Tat, er erzog seinen Sohn mit gnadenloser Härte, aber was wollte er denn mehr, als dass der Bengel ihm ein wenig Ehre machte, statt ihm dem Gespött der Stadt auszusetzen? Ein Mann konnte Erfolge ohnegleichen feiern, wenn seine Brut missriet, zeigte man mit dem Finger auf ihn. Und auch wenn Hyperion seinen Wundersohn verloren hatte, würde das Pack sich zeitlebens daran erinnern, dass jener ein kleines Genie gewesen war, während Hectors Sohn einem Idioten glich.
»Wegen Noras Magenleiden werde ich nach London fahren müssen«, bekundete Bernice. »Es gibt einfach keine anerkannten Spezialisten hier.«
Hector stöhnte. Seiner Ansicht nach waren Noras Arztkosten Geldverschwendung. Nur weil ein Mädchen nicht mit Bernices Fettmassen mithielt, hatte es noch lange kein Magenleiden, und seine Tochter war eine Bohnenstange, seit sie auf der Welt war. Aber darum stritt er sich nicht. Wenn es ihr Vergnügen bereitete, die Tochter von einem Quacksalber zum nächsten zu schleppen, sollte sie es mit seinem Segen tun.
Sie erhob sich, dass das Polster des Lehnstuhls ächzte. »Wir müssen gehen.«
Er erhob sich ebenfalls und tätschelte ihr noch einmal den Arm. »Tu wegen Nora, was du für richtig hältst. Ich vertraue dir völlig.«
»Du willst sagen, es interessiert dich nicht, ob deine Tochter vor vollen Tellern verhungert«, entgegnete sie und stampfte aus dem Raum.
Schnell wurde klar, dass der Theaterabend nicht dazu angetan war, ihre Laune aufzubessern. Zunächst war es das Kleid von Maria Lewis,

das sie bereits im Foyer so gehässig musterte wie eine Hündin mit Futterneid. Hätte sie selbst sich in einem so hellen Gelb gezeigt, hätte sie ausgesehen wie ein glasiertes Törtchen, und hätte sie eine derart das Gesäß betonende Krinoline angelegt, so hätte sie anderen Besuchern den Eingang versperrt.
Anschließend empörte sie sich über Hectors Wahl der Aufführung, obgleich Hector überhaupt nicht gewählt, sondern einfach die nächste verfügbare Loge gebucht hatte. Dargeboten wurde kein klassisches Drama und auch keine moderne Komödie, sondern eine sogenannte Music Hall, eine Art Varieté ohne Niveau. Albern aufgemachte Sänger gaben derbe Spottliedchen zum Besten, knapp bekleidete Exotinnen, die in Wahrheit von der Gewürzinsel stammten, tanzten mit Schlangen, Feuerschlucker tranken Glut aus Damenschuhen, und ein paar Dummköpfe brachten das Volk auf den Rängen dazu, vor Lachen zu brüllen, indem sie sich gegenseitig Dessertschüsseln in die Gesichter warfen. Solche Aufführungen zogen die Massen an wie ein Abort die Fliegen. Hector hatte verstohlen sein Vergnügen daran. Dass man die armen Teufel, die nicht in der Lage waren, sich um einen speckigen Kragen einen Binder zu legen, neuerdings an die Wahlurnen ließ, erfüllte ihn mit Grusel und Faszination.
Dass Maria die versammelte Plebs zwar mit vernichtenden Scherzen bedachte, sich aber in Bernices Entrüstung nicht hineinziehen ließ, erzürnte jene noch mehr. Henry Lewis hingegen gähnte herzhaft, und Hectors Bemühungen, ihn in ein Gespräch über Schiffsbau zu verwickeln, verliefen im Sand. Stattdessen entdeckte Hector, während sie an der Bar Champagner tranken, etwas anderes, das ihm den Abend versüßte – Victor März. Er trug einen Anzug, dem man den hohen Preis so deutlich ansah, als befände sich ein Etikett am Revers, was dessen Stil jedoch nicht aufhalf. An seinem Arm hing ein Weibchen, das die Geschmacklosigkeit des Anzugs noch übertraf – Sukie Ralph. Noch immer wurmte es Hector, dass der Deutsche sich über seine Anordnung hinweggesetzt hatte, und doch hatte er weit eher Grund,

sich über den Kerl zu amüsieren. Offenbar klebte Sukie, die ihm inzwischen einen Bastard angehängt hatte, an ihm wie ein schlechter Ruf – wie man sich wand oder zappelte, man wurde ihn nicht los. März sah allerdings aus, als wäre ihm nach Zappeln und Winden zumute. Wie so oft, wenn er dem Mann zusah, um sich über ihn lustig zu machen, traf Hector seine Schönheit wie ein Schlag. Unter dem Stoff des scheußlichen Anzugs befanden sich die Schultern eines Herkules, aus denen wie bei den Statuen der klassischen Antike säulengleich der Hals wuchs. Dass etwas so Schweres beseelt von so viel Anmut sein konnte, jagte ein Kribbeln durch seine Glieder und machte den Zwang, still zu stehen, zur Tortur. »Was ist dir denn, Hector?«, erkundigte sich Maria, deren Augen so scharf wie ihre Zunge waren. »Wäre es nicht unschicklich, derlei auch nur zu denken, nähme ich an, du hättest ein unaufschiebbares Bedürfnis.«

Schockiert sog Bernice Luft ein. Dann verlagerte sie mit einem Rauschen des Kleides ihre Fülle nach links. »Wenn wir dem Krawall wirklich beiwohnen wollen, brechen wir besser auf«, sagte sie.

Die Übrigen folgten, Maria nicht ohne einen weiteren Blick auf Hector, dem es noch immer in den Gliedern kribbelte. Er musste etwas tun, brauchte ein neues Spielzeug, um sich abzulenken. Jetzt sofort. Nicht erst in Jahren. Sein Blick fiel auf seine Finger, die auf die Luft wie auf ein unsichtbares Klavier eintrommelten. Wer ihm zusah – und Maria tat es –, musste seinen Geist für krank halten. Fieberhaft dachte er nach, während sie hintereinander den Gang zu ihrer Loge durchquerten.

Er hatte sein Geld kürzlich neu angelegt, in der Portsea Building Society, einer vor ein paar Jahren gegründeten Institution, die angeblich dazu dienen sollte, den Empfängern kleinster Einkommen zu Vermögen zu verhelfen. In Wahrheit ließen sich mit etwas Glück die Horden mit ihren Kleinsteinkommen von ein paar wenigen Großanlegern schröpfen. Über seine Einlage konnte er jederzeit verfügen. Er würde die Hälfte auf seinem Konto belassen und die andere in den Schiffsbau investieren. Ein Schiff zu bauen bedeutete von alters her, sich zu befreien, sich von der Ankerkette der Vergangenheit loszureißen und neuen Ufern entgegenzusegeln. Unter diesen Vorstellungen vergaß er das Kribbeln in seinen Blutbahnen eine kurze Gnadenfrist lang. Bis er die Loge betrat und Bernice zu kreischen begann.

Die nimmermüde Maria hatte sich schon neben sie gedrängt, und Henry Lewis wendete sich kopfschüttelnd ab. Bernice stand an der Brüstung und wies quer durch den prunkvoll überladenen Theatersaal zu den gegenüberliegenden Logen. »Habe ich es euch nicht gesagt!«, rief sie klagend, als wäre sie keine Besucherin, sondern die Diva, die tragisch dahinstarb. »Habe ich es euch nicht gesagt, es war ein Fehler, zu diesem Schweinemarkt von Vorstellung zu gehen? Jetzt sitzt man den gesamten Abend lang eingepfercht mit dieser Ausgeburt!«

»Ich weiß nicht, was du hast«, erwiderte Maria. »Wenn du mich fragst, hat dieses kleine Familientreffen durchaus seinen Charme. Es dürfte reizvoller zugehen als vorn auf der Bühne.«

»Ich verbiete dir, dieses Weib meiner Familie zuzuzählen«, keifte Bernice. »Und um Mörderinnen zu begaffen, bin ich nicht hier.«

»Tatsächlich nicht?« Maria legte den Kopf schräg, dass der Spitzenschleier an ihrem zartgelben Hütchen ihr halb übers Gesicht fiel. »Ich habe mich oft gefragt, warum Leute ins Theater gehen, und ich glaube, sie tun es aus genau diesem Grund: um zu begaffen, was ihre Mütter ihnen streng verboten haben.«

»Manchmal beträgst du dich, als hättest du gar keine Mutter gehabt«, entgegnete Bernice angewidert. Sie wies noch immer hinüber zu den anderen Logen. »Hector! Hast du nicht gesehen, was los ist, oder teilst du etwa Marias bizarre Ansicht, man müsse nichts dagegen tun?«

»Was ist gegen die Frau eigentlich vorzubringen?«, erkundigte sich Henry Lewis. »Sie ist zweifellos ein wenig gewöhnlich und in einen eher unappetitlichen Vermisstenfall verwickelt, aber sie ist doch nicht die einzige Person, mit deren Existenz man sich nun einmal abfinden muss.«

»Ich kann nicht glauben, dass ich meinen eigenen Bruder so reden höre.« Bernice fasste sich an die Stirn, als wäre sie einer Ohnmacht nahe, die die Loge ins Wanken bringen mochte. Hector sah unverwandt in die Richtung, in die bis eben ihr Arm gewiesen hatte. In seinen Adern begann erneut das Kribbeln, das ihm keine Ruhe lassen würde. Ihnen schräg gegenüber, in einer der höher gelegenen Logen, saß Victor März. Ein Stück darunter, in der Loge, die wie ihre eigene der Bühne am nächsten lag, saßen sein Bruder und Mildred Adams. Das Kleid, das Mildred trug, war so rot wie das Feuer der Hölle und so eng wie deren Schlund.

Aber das war noch nicht alles. Hätte er seinen Blick dort belassen, wo er sich festgesaugt hatte, auf der roten Seide, die sich um Mildreds Brüste spannte, so hätte er womöglich den Abend über gegen das Kribbeln in seinen Gliedern gekämpft, am Morgen Schiffsbauanteile gekauft und auf seinen großen Coup in Frieden weitergewartet. Warum sein Blick sich löste und weiterwanderte, wusste er nicht. Vielleicht hatte er keine Wahl, vielleicht hielt die verfluchte Frau, die er aus seinem Leben nicht ausstreichen konnte, seinen Blick an einer unsichtbaren Kette. Auf dem obersten Rang, in derselben Farbe wie Mildred und von einem Mann begleitet, der nicht einmal nüchtern wirkte, saß Polly Pierson.

Hectors Herz schlug ihm wie der Schlegel einer Glocke in die Kehle. Die Schläge waren schlimmer als das Kribbeln, sie fielen laut und hart und ohne Unterlass.

»Sie zeigt mit dem Finger auf mich. Was muss ich mir noch gefallen lassen, was noch?«

»Es lässt sich doch jetzt nicht mehr ändern«, erwiderte Hyperion matt. »Setz dich hin, Mildred, ich bitte dich. Du wolltest die Vorstellung doch so gern sehen, warum versuchst du nicht, sie zu genießen?«

Die Vorstellung war Mildred gleichgültig. Sie war hier, weil vornehme Menschen nun einmal ins Theater gingen und weil Eheleute zumindest hin und wieder ihre Abende gemeinsam verbrachten. Hyperion trug den Abendanzug, den sie für ihn bestellt hatte, und hätte er nicht wie am Fleischerhaken darin gehangen, hätte er gut ausgesehen. Sie selbst hatte für ihr Kleid mehr Geld ausgegeben als für die Garderobe der vergangenen Saison zusammen, und die Loge, die sie gebucht hatte, war die teuerste des ganzen Theaters.

Das Geld war Teil ihres Einsatzes in einem Spiel, das nur die Zähesten gewannen. Den ganzen Winter mit seinen Bällen, Dinners und Theaterpremieren würde sie wiederum darum kämpfen, Einlass in die ersten Häuser der Stadt zu erhalten, so zermürbend dieser Kampf auch war. Als sie an Hyperions Seite das Foyer betrat, hatten die Herren Ternan – der Vater und der aus Paris auf Besuch befindliche Sohn – sie mit gezogenen Hüten gegrüßt. Das war ein Fortschritt, wenn auch nur ein kleiner. Mildred war zufrieden gewesen, bis Bernice Weaver aufgetaucht war und mit dem Finger auf sie gezeigt hatte.

Noch als die Lichter gelöscht wurden, hatte sie das Gefühl, das gesamte Publikum starre nicht auf die Bühne, sondern ihr ins Gesicht. Nicht bewundernd oder neidisch, sondern voller Hohn. »Wenn du es noch immer nicht kannst, tue ich es«, zischte sie Hyperion zu. Der Vorhang teilte sich und gab eine orientalische Marktszene frei. Goldgelbe Gewürze quollen aus Jutesäcken, und in den Winkeln dösten zwei beladene Maulesel.

»Was tust du?«

»Dieses Weib in die Schranken weisen.«

»Ich bitte dich, Mildred.«

»Wenn du wüsstest, wie satt ich deine Bitten habe, würde dir übel.« Aus dem Parkett blickte ein kahlköpfiger Mann missbilligend zu ihnen auf. Vor Erregung hatte sie vergessen zu flüstern.

Hyperion legte seine Hand auf ihre. Tag und Nacht sehnte sie sich nach einer solchen Geste, jetzt aber hätte sie die Hand am liebsten weggestoßen. Die Vorstellung begann. Auf die Bühne trippelten ein halbes Dutzend Haremsdamen, die in weiße Pluderhosen gehüllt waren und an den Füßen riesenhafte Holzschuhe trugen. Der Lärm, den die hölzernen Sohlen bei jedem Tanzschritt verursachten, war ohrenbetäubend. Mildred kam es vor, als würden sie auf ihre Schädeldecke einhämmern. Anschließend erschien ein Mann mit Turban, der das Schwert verschluckte, das Mildred sich gewünscht hätte, um Bernice Weaver zu köpfen. Die Maulesel sahen dem Spektakel ungerührt zu und rupften Strohhalme aus aufgetürmten Ballen.

Als Nächstes wurde ein Klavier auf die Bühne gerollt, und hinterdrein lief ein Mädchen und sang. Es war ein komisches Lied, zu dem vier als Matrosen gewandete Kerle das Mädchen umsprangen und alberne Verrenkungen machten. Aber Mildred fand es nicht komisch. Sie heiße Ellie und sei die Schönheit der Allee, sang das Mädchen mit seiner nicht ganz reinen Stimme. Ihr Liebster werde kommen und sie holen, geradewegs in ihrer beider Paradies.

Die Traurigkeit, die Mildred überfiel, musste sie um jeden Preis ersticken, denn diese alles verzehrende Traurigkeit drohte sie niederzuwerfen. Wann immer sie sie befiel, sie mit Bildern überschüttete, ihr die alten Lieder und Koseworte ins Ohr säuselte, bäumte sie sich dagegen auf. Zorn war besser. Sie steckte sich die Finger in die Ohren und sah von der Bühne fort in die Loge gegenüber. Bernice, ein Berg in Stahlblau, starrte sie an, als hätte sie den Blick keinen Moment lang abgewandt.

Sobald die Glocke zur ersten Pause klingelte, sprang Mildred auf und stürmte aus der Loge, ehe Hyperion auch nur versuchte sie aufzuhalten. Im Rennen hörte sie seine Schritte, die ihr folgten, und sein vergebliches Rufen. Wer ihr den Weg versperrte, den stieß sie zur Seite. Der Gang mündete in einen breiten, von gleißenden Kronleuchtern erhellten Korridor, in dem eine Treppe nach unten zur Bar und nach oben zu den höheren Logen führte. Sie hatte die Treppe fast erreicht, als ein Mann schier vor ihr aus dem Boden

wuchs und sich durch ihren rasenden Lauf nicht bewegen ließ, zur Seite zu springen.
Der Mann war so groß und breit, dass sie weder über ihn hinweg noch an ihm vorbeischauen konnte. Mildred schwang zur Seite und versuchte ihn an seiner Linken zu umrunden, er aber trat nach links und schnitt ihr den Fluchtweg ab. Abrupt blieb sie stehen und sah ungläubig zu ihm auf.
Victor März. Wie lange hatte sie ihn nicht gesehen? Obwohl das Licht des Kronleuchters mit blendender Kraft von der Decke herabprallte, schien es auf einmal dunkel, und im Saal breitete sich eine Kälte aus, die Mildred frösteln ließ. Dezemberkälte. Schneeregen. Wie winzige Eiszapfen waren ihr die Tropfen in den Nacken gefallen, und noch kälter erschienen ihr die Tränen, die ihr übers Gesicht strömten, als wollten sie nie mehr versiegen. »Ist ja gut, mein Kleines«, rief ihr Victor, der ebenfalls weinte, durch den tosenden Wind zu. Immer wieder, mit jedem Schlag der Ruderblätter, die durch die Schaumkronen schnitten. »Ist ja gut.«
Irgendwie gelang es ihnen, das Boot ans Ufer zurückzurudern, obwohl sie blind vor Tränen waren. Victor wickelte sie in seinen Mantel, schloss den Arm um sie und führte sie über den Deichhügel zu seinem hinter Bäumen verborgenen Wagen. Er hielt sie fest bis zum Morgen. Wickelte sie in Decken, flößte ihr Tee mit Rum ein, weinte mit ihr und sang ihr sein Lied, bis sie sich in der eisgrauen Morgenkälte aufrappelte und vor den Waschtisch trat, um sich die verschwollenen Augen zu kühlen.
Einen Moment lang hatte sie sich gewünscht, bei ihm zu bleiben, in seinen Armen, die sie vor allem Bösen schützten. Sich in seinem Haus zu verbergen und ihr eigenes Haus nie mehr zu betreten, ihr Haus, in das im Lauf der nächsten Tage die Bewohner zurückkehren würden – die alte Nell, das schwächliche Kind, die Dienstboten und Hyperion. Halt mich fest, hatte sie zu Victor sagen wollen, schließ alle Türen ab, und wenn jemand nach mir fragt, schick ihn weg.

Stattdessen spritzte sie sich Wasser ins Gesicht und sagte: »Ich muss gehen.« Sie war sicher, dass es das Letzte war, was sie je zu ihm sagen würde. Wenn sie überleben wollten, versuchen zu vergessen, was kein Mensch vergessen konnte, dann durften sie einander nicht mehr sehen, sondern mussten in der Stadt wie Fremde aneinander vorüberlaufen.
»Aber du kannst doch jetzt nicht gehen«, hatte er gesagt. »Lass mich mit Mr Weaver sprechen, lass mich alles regeln. Du bist zu schwach. Du musst dich ausruhen.«
Liebend gern hätte sie es ihn regeln lassen, aber das war nicht möglich. Sie hatte zur Tür gehen wollen, da war er ihr in den Weg gesprungen, und sie hatte begriffen, dass selbst der größte Wahnsinn, der einem Menschen widerfahren konnte, sich steigern ließ. Nach allem, was geschehen war, nach allem, was sie getan hatten, glaubte er noch immer, sie werde ihn heiraten, sie werde bleiben, um mit ihm zu leben und mit ihm als Vater ihr Kind aufzuziehen. Hyperions Kind.
Weil das Ganze so völlig absurd war und weil sie all ihre Tränen geweint hatte, hatte sie lachen müssen, so wild, dass es ihren Körper schüttelte. Victor hatte sie angeschrien. Dann hatte er sie geohrfeigt. Sie aber hatte nicht aufhören können, sondern immer weitergelacht.
Jetzt lachte sie nicht. Stattdessen erinnerte sie sich plötzlich daran, wie er sie in jener Nacht angesehen hatte, wie er sie damals, nach Daphnes Verlobungsfeier, in dem kleinen Hotel angesehen hatte, wie er sie schon am ersten Tag auf dem Platz vor dem Bahnhof angesehen hatte, nachdem sie dem Betrüger aufgesessen war. Er hatte die wärmsten Augen von der Welt, fiel ihr ein, und sie verstand nicht, warum sie es vorher nie bemerkt hatte. Jetzt waren alle Wärme, alle Fürsorge und Zärtlichkeit aus seinen Augen verschwunden. Der Mann, der auf sie hinabblickte, sah aus, als wollte er die riesigen Hände heben, um sie um ihren Hals zu legen und ihr die Luft abzudrücken.
Mildred schauderte. Sie war nie eine Frau gewesen, die sich einschüchtern ließ. Verhalten wie das von Bernice Weaver schürte ihren

Zorn, bis sie sich vor sich selbst fürchtete. Jetzt aber, vor diesem Mann, der nur still in ihrem Weg stand, hätte sie sich am liebsten geduckt oder wäre davongelaufen.

Sie war daran gewöhnt, verachtet und gehasst zu werden, doch der Hass des Mannes, der stumm und ungreifbar blieb, drohte ihr Schlimmeres an, als sie sich auszumalen wagte. Er wollte sie vernichten. An jenem Morgen, als sie mit letzter Kraft aus seinem Haus geeilt war, hatte sie sich einen Todfeind gemacht.

Kam nicht Hyperion ihr nach? Konnte er nicht einmal zur Stelle sein, wenn sie ihn brauchte, an ihre Seite treten und ihr wie ein gewöhnlicher Ehemann den Arm reichen? Sie wagte nicht, sich umzudrehen, und die Stimmen, die sich aus dem Gewirr schälten, kamen von der falschen Seite. Keine davon gehörte Hyperion.

»Ach, sieh an – guten Abend, meine Liebe!«, rief Maria Lewis, die Frau des Port Admirals, von der es hieß, sie könne mit ihrer Zunge ein Kriegsschiff bewaffnen. »So trifft man sich also. Und Ihrem Bekannten bin ich doch auch schon begegnet – wo war das gleich? Helfen Sie mir auf die Sprünge?«

»Im Haus Ihres Schwagers«, erwiderte Victor an Mildreds Stelle. »Ich war Mr Weavers Laufbursche, was bedeutend ehrenvoller ist, als der Bekannte dieser Dame zu sein.« Er zeigte mit dem Finger auf Mildred wie zuvor Bernice Weaver. Eine größere Schmähung war kaum möglich. Hyperion müsste ihn zum Duell fordern, durchfuhr es Mildred, wobei sie sich nicht sicher war, ob Männer das wirklich taten – aufeinander schießen, um die Ehre einer Frau zu verteidigen –, oder ob es eine Erfindung aus Daphnes Romanen war. In jedem Fall würde Hyperion es nicht tun. Nicht für Mildred.

»Du wirst dich entscheiden müssen, ob du mit dieser Person sprichst oder mit mir, Maria«, kreischte Bernice. Mildreds Blick glitt zur Seite. Sie sah Hector, der schräg hinter Maria stand, und das blaugekleidete Monstrum von Frau, das an seinem Arm zerrte.

»Ich an Ihrer Stelle gäbe Mrs Weaver den Vorzug«, bemerkte Victor.

»Der echten Mrs Weaver, meine ich. Nicht der, die sich lediglich so nennt, weil sie sich alles nimmt, was ihr gefällt.«

Selbst der boshaften Maria entfuhr ob der Unverfrorenheit ein erschrockener Laut. Mildred stockte der Atem. Hatte sie sich eben noch an die Wärme dieses Mannes erinnert und sich kurz darauf vor ihm gefürchtet, so obsiegte jetzt der Zorn. Sie sprang auf ihn los, die Hände vorgestreckt, die Nägel auf seine Augen gerichtet. Es war Hyperion, der sie packte und zurückriss. Es überraschte sie, dass er die Kraft besaß, sie zu bändigen.

»Nicht doch, Mildred. Ich bitte dich. Und Sie, März, entschuldigen sich.« Bei meiner Frau, fügte er nicht hinzu.

Ein Tumult entstand, in dem alle Stimmen auf Mildred einzudringen schienen. Bernice versuchte ihre Gruppe zum Weitergehen zu bewegen, der Port Admiral bemühte sich um Beschwichtigung, und seine Frau und Hector riefen irgendetwas Spitzes, Amüsiertes wie bei einem Ringkampf auf dem Clarence Pier. Hinzu kam das Gemurmel der Schaulustigen, die sich in einem immer fetter werdenden Gürtel um sie schlossen. Deutlich zu verstehen war nur, was Victor sagte. Er neigte ein wenig den Kopf, eine Geste scheinbarer Demut, die das Ganze noch unverschämter machte. »Nein, Mr Weaver«, sagte er.

Einen Herzschlag lang herrschte Schweigen. »Nun gut denn«, entgegnete Hyperion dann.

Maria Lewis entfuhr ein schrilles Gelächter, Mildred ein heiserer Schrei. Sie hatte Victor schlagen wollen, sie fuhr herum und schlug Hyperion. Das klatschende Geräusch schnitt in ihr Trommelfell, und das Geschrei verschwamm in ihren Ohren zum Rauschen. Was sie in Jahren in mühevoller Kleinarbeit aufgebaut hatte, jeden winzigen Fortschritt, hatte sie mit einem Schwung ihres Arms zerstört. Und wer war schuld daran? Bernice Weaver und Maria Lewis, doch keiner so sehr wie Victor März.

Ich zahle es dir heim. Wie du mich hasst, war mir bis heute nicht einmal bewusst, doch von jetzt an hasse ich dich mit derselben Kraft.

»Allerliebst«, bemerkte eine Frauenstimme in den Aufruhr hinein. »Darf man sich dieser Familienzusammenkunft anschließen?«

Mildred fuhr herum. Ihr gegenüber, bei Hector Weaver, stand eine Frau, deren Aufmachung meilenweit anzusehen war, welchem Gewerbe sie nachging. Ihr Gesicht war so dick mit billiger Schminke bedeckt, dass die Schicht auf den Wangen Risse warf und der Mund wie eine blutige Wunde leuchtete. Dass eine solche Person sich an ehrbare Mitglieder der Gesellschaft heranschlich und versuchte mit ihnen zu sprechen, war derart skandalös, dass Bernice der Schlag treffen mochte. Mildred hingegen hatte unter solchen Frauen gelebt. Erschrocken war sie nur, als sie an ihr hinuntersah. Das Kleid der alten Hure, das aufreizend und schäbig zugleich war, hatte dieselbe Farbe wie ihr eigenes.

»Dass meine Schwiegertochter oder mein Sohn mir guten Abend wünschen, darf ich wohl kaum hoffen«, flötete die Frau.

Mildred glaubte sich verhört zu haben. Am liebsten hätte sie die Hure gebeten, ihre Worte zu wiederholen. Dann aber blickte sie von ihrem zerstörten Gesicht in das Gesicht von Hector und begriff – es war die Wahrheit. Die beiden waren blutsverwandt. Mutter und Sohn. Der ewig überlegene Hector sah aus, als wünschte er sich einen Boden, der aufriss und ihn verschlang. Neben ihm stand Maria Lewis, ohne sich das Lächeln zu verkneifen, und einen Schritt weiter der Port Admiral, der sich angeekelt zur Seite drehte. Mildred war nicht länger die Einzige, deren Kartenhaus heute Abend zerbrach.

Auf einmal kam ihr Hector Weaver so durchschaubar vor, als wäre er aus Glas. Hier, vor ihnen, lag die Wurzel seiner Bosheit, die von Hyperions Edelmut so weit entfernt war wie Portsmouth von Australien. Hier lag die Wurzel seines Hasses auf den Bruder, dem die Schande solcher Abstammung erspart geblieben war.

Hector schien zu spüren, dass sie ihn anstarrte, und senkte den Blick auf die Marmorkacheln des Bodens. »Ich wäre dir dankbar, wenn du uns allein lassen könntest«, murmelte er.

»Das Wort *Mutter* kommt dir nicht über die Lippen, was?« Die Hure, die Hectors Mutter war, verzog den knallroten Mund. »Aber wie gesagt, ich habe es aufgegeben, mir von dir etwas Sohnesliebe zu erhoffen. Du gestattest, dass ich unsere Verwandten begrüße? Hyperion, richtig? Das letzte Mal, als ich Sie sah, lagen Sie, glaube ich, noch in einem Riesenungetüm von Kinderwagen, aber seitdem sind Sie höchstens hübscher geworden – wenn man von der geröteten Wange einmal absieht.«

Augenblicke zuvor hätte Mildred Hyperion für seine ewige Feigheit zum Teufel wünschen wollen, jetzt aber war er der Einzige, der Statur und Mut besaß. Dort stand er, füllte den schönen grauen Anzug plötzlich aus und gab der Frau die Hand. Er war Hyperion Weaver, Herr von Mount Othrys und Sohn einer Aristokratin, und er hielt der abgetakelten Dirne wie einer Gleichgestellten die Hand hin. »Guten Abend, Miss Pierson«, sagte er und sandte ihr ein Lächeln.

Selbst die Person schien verblüfft. Eine Zeitlang betrachtete sie Hyperions Hand, ehe sie sie geradezu behutsam ergriff. »Eine feine Kinderstube macht sich eben bezahlt, was?«, nuschelte sie.

Hyperion lächelte noch immer. »Das entzieht sich meiner Beurteilung. Ich vermute, uns allen bekäme jetzt ein Drink nicht schlecht. Kommen Sie mit uns zur Bar, Miss Pierson? Sie und Ihre Begleiterin auch, Mr März?«

Erst jetzt sah Mildred die verhuschte Frau, die sich hinter Victors Rücken drängte. Es war Sukie Ralph, ebenfalls eine Hure, die er damals bei sich aufgenommen hatte. Offenbar wurde er das Strandgut, das ihm an den Füßen klebte, nicht los, so großspurig er sich auch gab. Gleich und Gleich gesellt sich gern.

Maria Lewis legte Hyperion die ringgeschmückte Hand auf die Schulter. »Sie sind einzigartig, Hyperion, wissen Sie das? Der letzte edle Ritter des Planeten. Wenn wir Sie nicht hätten, müssten wir Sie erfinden, und wir haben Sie viel zu selten. Also gehen wir, gönnen wir uns ein Gläschen in illustrer Gesellschaft. Langweilen können wir uns schließlich alle Tage lang.«

Es war die Glocke, die ihnen weitere Peinlichkeiten ersparte. Maria Lewis bettelte geradezu, man möge sich den Rest der Vorstellung schenken und sich stattdessen an der Bar verlustieren, aber die Übrigen einschließlich Hectors Mutter entschieden, auf ihre Plätze zurückzukehren.

Mildred und Hyperion gingen über den Gang, ohne ein Wort oder auch nur einen Blick zu wechseln. Während auf der Bühne das Programm vorbeirauschte, sah Mildred verstohlen zu ihm hinüber. Er saß reglos, die grauen Augen ins Leere gerichtet. So sehr sie ihn liebte, so sehr hatte sie ihn verachtet, weil er ihr schwach und ohne Stolz erschien. Heute aber glaubte sie einen Mann, dem mehr Achtung gebührte, nie zuvor erlebt zu haben. Als Einziger von ihnen allen hatte er in dem grauenhaften Tumult seine Würde bewahrt, und das, obwohl er mehr als sie alle entwürdigt worden war.

Es entfernte ihn noch weiter von ihr. Auch wenn er neben ihr saß und sie nur die Hand hätte ausstrecken müssen, um ihn zu berühren, kam er ihr unerreichbar vor.

Am Morgen wusste Hector nicht, wie er die Nacht überstanden hatte. Sein dröhnender Kopf und die Whiskyflasche, die leer über den Boden des Herrenzimmers rollte, kündeten von einem Gelage ohne Sinn und Verstand. Er zog sich zur Arbeit in sein Büro zurück und sagte Nettlewood, er wolle nicht gestört werden. Die Zahlenreihen verschwammen vor seinen Augen. Täuschte er sich, weil die ganze Welt ihm an diesem Morgen elend schien, oder gingen die Gewinne der Gasanstalt leicht zurück? Die verfluchten Wegerechte waren schuld, die immer teurer wurden, als wollte die Stadt im Dunkel der Vorzeit steckenbleiben. Grund zur Panik aber gab es nicht. Er würde sich umgehend seinen Einstieg in den Schiffsbau sichern, dann mochten die Stadtväter in ihrer Betulichkeit befinden, was sie wollten. Er schließlich war noch immer Hector Weaver mit dem untrüglichen Sinn für Gelegenheiten.

Allein, seine Sinne schienen ihm aufgepeitscht und stumpf zugleich. Alles, was er deutlich wahrnahm, waren die Bilder aus dem Theater, Mildred im roten Hurenkleid, Victor März, der sie ansah, wie kein Mensch je Hector ansehen würde, Mildred, die herumfuhr und Hyperion mit der Naturgewalt der verschmähten Liebenden backpfeifte, all die Leidenschaft, die seinem eigenen banalen Leben fehlte. Dazu roch er das süßliche Parfum von Polly Pierson, die ihn vor seinen Feinden bloßgestellt hatte, und hörte ihr galliges Lachen.

Quäl dich nicht damit herum. Lenk dich ab.

Aber die Gedanken an Schiffsbau verfehlten ihre Wirkung. Es gab nur eines, das half: Bilder von jener Dezembernacht am Meer zu beschwören und sich auszumalen, was geschehen würde, wenn er sein Wissen endlich nutzte. Würden die beiden, die sich hassten, weil sie von einer Art waren und voneinander nicht lassen konnten, sich gegenseitig zerfleischen, statt auf den loszugehen, der ihre wahre Nemesis war?

Er wollte sich beherrschen. Hundertmal hatte er sich gesagt, dass der Moment noch nicht gekommen war, auch wenn er einer Ermutigung noch so sehr bedurfte. Dann aber war der Detektiv gekommen. Nettlewood hatte sich an Hectors Anweisung wieder einmal nicht gehalten, und so stand der Kerl namens Wolfe schließlich in seiner Tür. Er war im Sommer schon einmal da gewesen. Damals hatte Hector ihm einen Haufen Zeug erzählt und seinen Spaß mit ihm gehabt.

»Ich halte Sie nicht lange auf«, versprach Wolfe. »Ich bin nur vorbeigekommen, um mich noch einmal für die Zeit zu bedanken, die Sie meinem Anliegen geopfert haben. Ich fand, es stünde Ihnen zu zu erfahren, dass ich fündig geworden bin.«

»Was meinen Sie? Haben Sie diese Annette May oder wie sie heißt etwa aufgetrieben?« Daran, dass es nicht um seine Schwägerin Daphne, sondern um den anderen Fall ging, hegte Hector keinen Zweifel, denn wo Daphne war, wusste er.

»Annette März«, berichtigte Wolfe. »Aufgetrieben habe ich sie nicht, aber ich habe Zeugen gefunden, die sie nach der Beschreibung einwandfrei erkannt haben. Sie müssen sich geirrt haben, Mr Weaver. Annette März hat doch mehrere Tage in Ihrer Herberge gewohnt, während sie auf die Geburt ihres Kindes wartete. Ihr Bruder war damals bereits in Ihrer Gasanstalt tätig, andernfalls wäre ihm seine Schwester über den Weg gelaufen. Ist das nicht eine traurige Geschichte, die beiden Geschwister, die sich so knapp verpassen? Annette wurde auf die Straße gesetzt, weil sie mit der Miete im Rückstand war. Zu diesem Zeitpunkt stand die Geburt unmittelbar bevor.«

Hector schluckte. Was wollte der Mann? »In meiner Herberge haben Tausende gewohnt«, brummte er. »Ich kann nicht jeden im Kopf behalten, und ich kann auch nicht jedem die Miete stunden. Was glauben Sie, was ich bin? Ein Wohlfahrtsinstitut?«

»Nein, das glaube ich nicht«, erwiderte Wolfe. »Natürlich kann Ihnen niemand einen Vorwurf machen, wenn Sie sich an eine einzelne Schwangere, die kein Englisch sprach, nicht erinnern. Einen Vorwurf könnte man Ihnen nur machen, wenn Sie wissentlich etwas unterschlagen und damit die Qual eines Menschen vergrößert hätten. Aber wer würde schon etwas so Grausames tun? Man kann sich schließlich lebhaft vorstellen, wie es schmerzen muss, nicht nur eine geliebte Person zu verlieren, sondern nicht einmal zu ahnen, welches Schicksal ihr beschieden war.«

In Hectors Kopf begann ein Mühlrad sich zu drehen. »Ich weiß beim besten Willen nicht, was Sie sagen wollen.«

»Nichts, Mr Weaver. Absolut nichts.« Der Detektiv hob die Hände. »Ich will Sie auch nicht länger von der Arbeit abhalten, aber da ich nun einmal hier bin, kann ich auch noch fragen, ob Ihnen zum Verschwinden Ihrer Schwägerin vielleicht etwas eingefallen ist?«

»Herrgott, meine Schwägerin ist seit vier Jahren fort. Ich begreife nicht, warum mein Bruder nicht endlich aufgibt.«

»Soweit ich es beurteilen kann, wird Ihr Bruder nie aufgeben«, entgegnete Wolfe. »Er hat seine Frau und seinen Jungen über alle Maßen geliebt, und ich denke, er wird erst dann eine Art Frieden finden, wenn er weiß, was ihnen zugestoßen ist. Deshalb habe auch ich beschlossen, die Sache nicht aufzugeben, selbst wenn sie mir bisweilen vorkommt, als würde man die Stecknadel im Heuhaufen suchen – in einem schweigenden Heuhaufen, der sein Geheimnis nicht preisgeben will. Einen schönen Tag, Mr Weaver.«

Der Blick, den der Detektiv ihm sandte, war direkter als jeder Vorwurf. In diesem Moment beschloss Hector, die beiden Briefe zu schreiben. Zwei kleine Briefe mit kleinen Forderungen, nur einen winzigen Vorgeschmack auf kommende Freuden. Er brauchte eine Stärkung, die ihn wieder auf die Beine brachte, und hinterher konnte er ja Jahre warten, ehe er den nächsten Schritt unternahm.

Der erste Brief kam drei Tage nach der Nacht im Theater, inmitten der morgendlichen Geschäftigkeit zwischen Kindern, die gefüttert werden, Lieferanten, die Listen erhalten, und Bauarbeitern, die eingewiesen werden mussten. In der Dezembernacht, vor Nässe triefend auf dem Kieselstrand, hatte Mildred Victor gefragt: »Was, wenn uns jemand gesehen hat?«

»Nicht doch, mein Kleines«, hatte Victor sie beruhigt. »Wer soll uns denn gesehen haben?«

Sie wollte mit Victor sprechen. Die Last, die sie trug, war zu erdrückend, um sie allein zu schleppen. Das hier, der Brief, der bestätigte, dass sie in jener Nacht nicht allein gewesen waren, überstieg ihre Kraft. Flüchtig verschaffte ihr die Aussicht, das Entsetzen zu teilen, Erleichterung. Dann fiel ihr ein, dass es den Victor, der den schlimmsten Moment ihres Lebens mit ihr verbracht hatte, nicht mehr gab.

Sie war einsamer als je zuvor. Der Victor, der sie im Theater gestellt

hatte, war kein verständnisvoller Verbündeter mehr. Er war ihr Todfeind und der letzte Mensch, mit dem sie sprechen konnte.
Mildreds Herz klopfte langsam und laut wie ein Uhrwerk, während sie Priscilla zurief, sie solle auf die Kinder achten, und dem Schließfach ihres Sekretärs den Vertrag der Building Society entnahm. Sie würde den Mitwisser bezahlen. Geld abheben, in den beigelegten Umschlag füllen und auf dem Postamt aufgeben. Die Summe war nicht hoch. Es bestand noch immer Hoffnung, dass der Erpresser sich damit zufriedengab und aus ihrem Leben wieder verschwand.
Aber Mildred wäre nicht Mildred gewesen, hätte sie daran auch nur einen Herzschlag lang geglaubt.

Kapitel 29

Portsmouth, April 1869

Es war einer dieser Tage gewesen. Sie hatten beim Frühstück gesessen – selten genug kam es vor, dass Victor mit ihr und Charles frühstückte –, er hatte die Post durchgesehen, war jäh aufgesprungen und hatte verkündet, er müsse fort. Seufzend hatte Sukie das Mädchen gerufen und es gebeten, das Gedeck des Herrn abzuräumen.

Sie hatte kein Recht, ihn mit Genörgel zu quälen. Er hatte ihr nie etwas vorgeheuchelt. Letzten Endes hielt er sie wie eine Fürstin, und von dem Leben, das sie führte, konnten die meisten Ehefrauen nur träumen. Allein wenn sie ihr Kind sah, brach es ihr das Herz. Der kleine Charles war so reizend, so zauberhaft, er hätte seinen Vater gewiss für sich gewonnen, wäre der Vater nur je da gewesen, hätte er sein Kind auch nur eines Blickes gewürdigt.

Erneut aufseufzend wollte Sukie sich an ihre Arbeit machen. Sie hatten jetzt auch im Winter Gäste, meist Angehörige der in Portsmouth stationierten Soldaten. Mit ersten Versuchen, einen Luxusflügel auszubauen, war Victor gescheitert. Während der Ansturm auf die billigen Betten beständig anschwoll, blieben die mit allem Komfort versehenen Suiten leer. Wer sich ein solches Quartier leisten konnte, der nahm es nicht auf der Gewürzinsel. Der Misserfolg nagte an Victor, doch die Pension hätte besser nicht laufen können. Sukie wusch längst keine Wäsche mehr, sondern führte wie eine Herrin die Aufsicht über das Personal.

Der Mann war im Empfang vorstellig geworden, und das Mädchen hatte ihn hinüber ins Verwalterhaus geschickt. »Mein Name ist Wolfe. Mr März erwartet mich.«

»Er musste dringend weg«, erklärte Sukie.

»Sie meinen, er hat vergessen, dass er mit mir verabredet ist?«
Und warum wohl nicht?, hätte Sukie am liebsten gefragt. Über diesen seltsamen Briefen vergaß Victor alles, sogar sein eigenes Kind. »Das ist nicht weiter verwunderlich«, erwiderte sie kühl. »Mr März ist ein vielbeschäftigter Mann.«
Wolfe überlegte kurz, dann schüttelte er den Kopf. »Nein, Miss, mich hätte er nicht vergessen. Er weiß, dass ich eine Nachricht für ihn habe, auf die er seit Jahren gewartet hat.«
»Die kann auch ich in Empfang nehmen«, sagte Sukie. »Ich bin keine Miss. Mr März ist mein Mann.«
»O verzeihen Sie, er hat nie …« Wolfe hob entschuldigend die Hände. Er hat nie erwähnt, dass es uns gibt, ich weiß. Vielleicht gibt es uns ja gar nicht, zumindest nicht im Universum von Victor März. Wen gab es dort überhaupt außer ihm selbst und Mildred Weaver?
Wolfe sagte es ihr. »Es geht um seine Schwester Annette.«
Um ein Haar hätte Sukie das Klemmbrett mit den Geschirrlisten fallen lassen. Dabei hätte sie es sich denken können. Ging es nicht um Mildred und die Weaver-Brüder, so ging es um Annette. Nur um sie und Charles ging es nie. »Sagen Sie bloß, Sie haben sie gefunden?«
»Sie sind also eingeweiht?«, fragte Wolfe.
»Ich bin seine Frau«, bellte Sukie zurück. »Was denken Sie – dass mein Mann Geheimnisse vor mir hat?«
»Bitte entschuldigen Sie, Mrs März. Leider ist die Geheimniskrämerei ein Standbein meines Berufs. Um aber auf Ihre Frage zurückzukommen. Nein, leider habe ich sie nicht gefunden. Ich habe im Gegenteil eine schmerzliche Nachricht für Ihren Mann. Seine Schwester Annette ist im Winter 1861 vermutlich im Kindbett gestorben. Vielleicht hat es sein Gutes, wenn nicht ich, sondern Sie es ihm beibringen. Zweifellos wissen Sie, wie sehr er seine Schwester geliebt hat. Aber es gibt in all dem Dunkel auch einen Lichtstreif. Soweit ich weiß, ist nämlich gut möglich, dass die Kinder seiner Schwester überlebt haben. Der erstgeborene Sohn ist aus der Waisenpflege in

Deutschland inzwischen entlassen und dürfte schwerlich aufzutreiben sein, aber wenn Mr März es wünscht, werde ich alles tun, um das in England geborene zweite Kind zu finden und in seine Obhut zu bringen.«

In Sukies Kopf überschlugen sich die Gedanken. Nur mit Mühe fasste sie sich und setzte eine unbeteiligte Miene auf. »Wir lassen von uns hören«, sagte sie zu Wolfe. »Ich nehme an, mein Mann weiß, wie er Sie erreichen kann?«

Der Detektiv gab ihr eine gedruckte Karte. »Ich habe die Adresse gewechselt. Bis Ende der Woche bin ich noch in Portsmouth. Bitte sagen Sie Ihrem Mann, ich logiere im Hotel Solent und bin jederzeit für ihn zu sprechen.«

»Ich werde es ausrichten«, erwiderte Sukie, die nicht vorhatte, auch nur ein Wort auszurichten, und die Karte in der Tasche ihres Rocks zerdrückte. Sie hatte an ihr Kind zu denken. Schlimm genug, dass es seinen Vater mit einer Schimäre von einem Luxushotel und einer verzehrenden Hassliebe teilen musste. Für das Kind einer Fremden war nicht auch noch Platz – schon gar nicht, wenn Victor diesem fremden Kind womöglich die Liebe entgegenbrachte, die er seinem eigenen vorenthielt.

»Vielen Dank«, murmelte Wolfe, offenbar unschlüssig und an der Tür noch einmal zögernd.

»Ich bitte Sie, mich jetzt zu entschuldigen«, sagte Sukie, ganz Dame des Hauses. »Nicht nur Sie, auch ich habe Pflichten.«

Sobald die Tür hinter ihm ins Schloss fiel, atmete sie tief und erlöst auf.

Die meisten Tage waren hart und dunkel. Zu Hyperions Verwunderung gab es jedoch noch immer Tage, die Hoffnung verliehen, obgleich er nicht wusste, worauf. Stets hingen diese Augenblicke der Hoffnung mit dem Spital zusammen. Daheim führten Mildred und er ihren Zermürbungskrieg, er, indem er schwieg und ihr auswich, und sie, indem sie ihn angriff, wo sie nur konnte. Sie hatte Sarah entlassen und statt ihrer eine Französin eingestellt. Als er sie anflehte, die altgediente Köchin zurückzuholen, fragte sie ihn: »Welches Recht hast du eigentlich, mir vorzuschreiben, wie ich mein Haus und mein Hotel führe?«

Die Frage stellte Hyperion sich selbst. Welches Recht hatte er auf irgendetwas? An manchen Tagen im Spital aber, wenn etwas gelang, was zuvor hundertmal misslungen war, wenn ein Mensch überlebte, der noch im Jahr zuvor gestorben wäre, trat er für einen Augenblick ins Freie, sog die salzige Luft in die Lungen und spürte, dass er ein Recht zu leben hatte. An manchen dieser Tage stellte er sich vor, wie er Daphne wiedersehen und was er zu ihr sagen würde. Was ich dir angetan habe, kann kein Mensch verzeihen. Aber ich habe mit dem Rest meines Lebens versucht dafür Abbitte zu leisten. Ich habe dein Leben und meines zerstört, aber ich habe danach nichts mehr gewollt, als Leben zu retten.

Einer jener Tage, der hellste von allen, war der erste Tag des Mai. Am Morgen hielt er vor Studenten eine Vorlesung über die Theorie eines deutschen Arztes namens Virchow. Dieser vertrat die Ansicht, Krankheiten würden durch Störungen in den Körperzellen verursacht werden, nicht durch ein Ungleichgewicht von Säften, wie Menschen seit zwei Jahrtausenden angenommen hatten. Es war wundervoll zu erleben, dass ein Umdenken tatsächlich stattfand, dass eine revolutionäre, mutige Vision begann sich durchzusetzen und neue Wege der Heilkunst zu eröffnen. Es war wundervoll, unter jungen Menschen zu stehen, die darauf brannten, sich auf diesem Feld zu beweisen. Dem Tod einen Kampf zu liefern. Hyperion war fünfunddreißig Jahre alt und fühlte sich nicht im mindesten mehr jung, aber die Zeit, in der er selbst so gedacht hatte, war ihm noch nah.

Anschließend rief ihn Ackroyd zu einem Notfall, dem Sohn einer Witwe, der sich vor Leibschmerzen krümmte, so dass die Witwe schrie, das Kind werde ihr in den Armen sterben. Als er im Laufschritt den Saal verlassen wollte, sah er in einen Winkel hinter die Bankreihen gedrückt seine Tochter Esther.

Er hatte Mildred versprechen müssen, das Kind nicht mehr mit ins Spital zu nehmen, er hatte ihr auch versprechen müssen, es streng zu bestrafen, wenn es auf eigene Faust das Haus verließ. Esther aber ließ sich von Strafen nicht schrecken. Es war nicht das erste Mal, dass sie sich in seinem Phaeton versteckte, um unbemerkt ins Spital zu gelangen.

»Bestraft werde ich sowieso«, bekundete sie gleichgültig, »ob nun Phoebe etwas Böses tut oder Georgia. Da kann ich es genauso gut selbst tun.«

»Ist das denn so?« Hyperion ging vor ihr in die Hocke. »Bestraft dich Mildred für Dinge, die die anderen tun?«

»Georgia ist lieb«, erwiderte Esther. »Immer sagt sie zu Mildred: Ich hab's getan. Aber Mildred will das nicht hören. Darf ich hierbleiben, Vater? Nur heute, nur heute!«

Es ihr abzuschlagen und jemanden zu suchen, der sie nach Hause brachte, würde kostbare Zeit in Anspruch nehmen, also gab er nach. Mit seiner Tochter im Schlepptau eilte er in den Empfang.

Mildred hatte recht, das Kind sollte hier nicht sein. Erst kürzlich hatte es wieder etliche Fälle von Diphtherie und zwei von Typhus gegeben. Das Spital war ein Seuchenherd, eine Brutstätte der Gefahr. Andererseits waren hier überall Mütter mit Kindern, sogar solche, die ihre Säuglinge vor der Brust trugen und zwei, drei größere Geschwister an der Hand hielten. Mütter, die keine Wahl hatten, für die das Spital keine Quelle des Übels, sondern die letzte Hoffnung auf Rettung darstellte. Waren die Kinder dieser Mütter weniger schützenswert als sein eigenes?

»Sieh nur, Vater!«, rief Esther, als würde sie seine Gedanken teilen. »Hier ist ja doch ein Ort für Kinder – überall sind welche.«

Verwundert sah er auf sie hinunter, ehe er vor den kranken Jungen trat, den die Mutter, umringt von weiteren Patienten, auf die Kacheln des Bodens gebettet hatte. Das Kind war höchstens zwei Jahre älter als Esther. So alt wie Louis. Es krümmte sich und röchelte vor Schmerz. Hyperion ging in die Knie, befühlte die Stirn des Jungen und tastete seinen Leib ab, wobei der Kleine wimmernde Laute wie ein gequälter Hund ausstieß.

»Wie lange geht es ihm schon so schlecht?«, fragte er die Mutter, die auf der anderen Seite kniete.

»Ach, seit drei Tagen«, jammerte die Frau.

»Und weshalb bringen Sie ihn erst jetzt?«

»Ach«, wiederholte die Frau. »Man braucht ja doch einen Einweisungsschein oder Geld, und wir haben beides nicht.«

»Hören Sie«, befahl ihr Hyperion, »sagen Sie allen Leuten, die Sie kennen, sie sollen ihre kranken Kinder ins Spital bringen. Warten Sie nicht auf eine Einweisung. Kommen Sie hierher. Es gibt nicht viel, das wir tun können, aber das mag besser sein als nichts.«

Sie hatten noch immer für jedes Bett fünf Patienten, die darauf warteten. Wenn die Sponsoren Wind davon bekamen, dass er das Einweisungsprinzip überging, würde man ihm die Leitung entziehen, aber für derlei Sorgen hatte er jetzt keine Zeit. »Hat Ihr Sohn sich erbrochen?«, fragte er die Frau, die von neuem zu weinen begonnen hatte und nickte.

»Und war er noch auf dem Abort?«

Die Mutter schüttelte den Kopf.

Mehr brauchte er nicht zu wissen. Eine eindeutige Diagnose war unmöglich, aber in diesem Fall war er sicher. Der Junge hatte eine Appendizitis, und um auf eine Heilung durch althergebrachte Mittel zu hoffen, war die Krankheit zu weit fortgeschritten. Binnen kurzem würde der Schmerz verstummen und Mutter und Sohn in der Hoffnung wiegen, das Schlimmste sei überstanden, während die Pause in Wahrheit bedeutete, dass das entzündete Organ aufgebrochen war und der Eiter in die Bauchhöhle quoll. Im Handumdrehen käme der Schmerz zurück, und mit ihm träte der Tod in den Raum, um den Jungen in die Arme zu reißen.

Der Junge war so alt wie Louis. Er würde nicht älter werden.
»Robert ist doch mein Einziger«, sagte die Frau weinend. »Er geht zur Schule. Er lernt so gut.«
Robert würde nicht weiter lernen, und sein Tod, den seine Mutter miterleben musste, würde qualvoll sein.
Es sei denn, ich schneide ihm den Appendix heraus.
Hyperion wusste, was Kollegen von ihm sagten: »Hüte dich vor Dr. Weavers Skalpell!« oder: »Der Weaver ist vom Schneiden so besessen wie vom Waschen.« Manchmal übte er nächtelang an Puppen, Blutbahnen abzuklemmen, Schnitte zu setzen und beim Vernähen Blutungen zu stoppen. Solange wir nichts haben, um die Krankheit zu heilen, bleibt uns nur, das Organ zu entfernen, ehe uns der Körper stirbt. Noch immer hatte die Chirurgie nicht die Anerkennung gefunden, die ihr gebührte, aber es gab Ärzte, die anders dachten. Der junge Ackroyd zum Beispiel. Er würde ihm assistieren. In Deutschland hatte ein Chirurg eine Niere entfernt, damit ihm an einer Fistel kein ganzer Mensch starb. Die Schilddrüse ließ sich aus der Kehle lösen und der Uterus aus der Tiefe des Frauenleibes. Warum nicht ein Appendix, den der Körper zum Leben gar nicht brauchte? Zumindest theoretisch war der Schnitt beschrieben worden, er stellte nicht einmal eine besondere Schwierigkeit dar.
»Ich muss Ihren Sohn operieren«, hörte er sich sagen und sah sich dabei schon nach Ackroyd um.
Vielleicht hätte er die Operation nicht gewagt ohne Listers Karbolsäure, die er inzwischen bei jedem Eingriff einsetzen ließ. In seinen Augen war die Flasche mit der Säure, die Lister nach den Erkenntnissen von Pasteur und dem Ungarn Semmelweis entwickelt hatte, ein größeres Weltwunder als alle Pyramiden Ägyptens. Sie tötete Keime. Sie rettete Leben. Als er mit Ackroyd den Operationssaal betrat, den die Maisonne in gleißendes Licht tauchte, war Hyperion seiner selbst so sicher, wie er es außerhalb dieses Raums niemals war. Was er tat,

war richtig. Dem Tod die Stirn bieten. Um ein Leben kämpfen bis zu dem Augenblick, in dem es verlosch.
Hatten Chirurgen vor der Erfindung der Narkose ihre Schnitte innerhalb von Sekunden setzen müssen, so hatten sie jetzt Zeit, mit Sorgfalt und Bedacht zu arbeiten. Der menschliche Körper kam Hyperion jedes Mal, wenn er die Hände darauf legte, noch immer wie der einzige Tempel vor, dem er zu huldigen vermochte. Er hatte die Bauchhöhle kaum geöffnet, als er sah, dass der Junge Glück gehabt hatte. Das befallene Organ war nicht aufgebrochen. Und kein Tropfen Eiter ausgetreten. Alles lag so heil und wohlgestaltet an seinem Platz wie bei einem gesunden Kind. Er hatte eine Chance. Wenn jemand dieses Husarenstück von einer Operation überleben konnte, dann der Junge, der Robert hieß, gut lernte und so alt wie Louis war.
Er überlebte sie. Als eine Stunde später die Naht gesetzt war, atmete er zwar noch flach, aber gleichmäßig, und das Fieber war nicht gestiegen. Die Nacht würde zeigen, ob er es endgültig schaffte – darüber befanden nicht die Ärzte, die ihr Möglichstes getan hatten, sondern eine andere Instanz. Mit geradezu seligem Lächeln ergriff Will Ackroyd seine Hand. »Das war großartig, Dr. Weaver«, sagte er. »Ein Meisterwerk.«
Hinter seinem Bein drückte sich ein kleines Gesicht mit leuchtenden Augen hervor. »Um Gottes willen!«, entfuhr es Hyperion.
»Ich bitte um Entschuldigung«, murmelte Ackroyd. »Sie hat sich irgendwie eingeschlichen, und als ich es bemerkte, war es zu spät, sie nach draußen zu bringen.«
»Nicht Sie trifft die Schuld, sondern mich.« Ratlos sah Hyperion hinunter auf seine Tochter. Kaum zu glauben, dass sie eine Operation am offenen Menschenkörper mit angesehen hatte, ohne zu schreien oder auch nur ein Wort zu sagen. Er wusste, er hätte sie bestrafen müssen, aber etwas in ihren Augen, das Leuchten, hielt ihn zurück. Er vermochte nicht, sie anzurühren, da er die Erregung, die er an ihr wahrzunehmen glaubte, allzu gut kannte.

Weil Ackroyd und Esther ihn drängten, überließ er den Jungen den Pflegerinnen und ging mit den beiden in die Kantine. »Wir haben etwas zu feiern«, sagte Ackroyd. Vor allem hatten sie dem Kind etwas zu essen zu beschaffen, aber was aß ein Kind dieses Alters? Hyperion hatte keine Ahnung. Zu seiner Erleichterung wollte Esther überhaupt nichts essen, sondern war glücklich, weil sie Limonade trinken und von Robert schwatzen durfte, der bald wieder spielen und lernen würde. »Weil du ihn heilgemacht hast, Vater.«
»Ich bin kein Gott, Esther. Ich kann Kranke behandeln, nicht sie heilmachen.«
»Wenn ich groß bin, mache ich auch Kranke heil«, erwiderte Esther ungerührt.
Ackroyd lachte. »Wirklich schade, dass Ihre Tochter kein Junge ist. Der würde in Ihre Fußstapfen treten.«
Wäre Louis in seine Fußstapfen getreten? Die Sehnsucht nach seinem Sohn überfiel ihn einmal mehr mit einer Macht, die solche Gedanken lächerlich unwichtig machte. Ackroyd hatte offenbar bemerkt, an welche Wunde er gerührt hatte, denn er verstummte und senkte beschämt den Kopf.
»Dürfen nur Jungen Arzt werden, Vater?« Esthers Augen waren weit aufgerissen und die kleine Stirn in Falten gelegt.
»Ja«, antwortete Hyperion unwirsch, weil er das Gespräch kaum ertrug. »Und das ist auch gut so. Von jetzt an bleibst du zu Hause, verstanden?«
Esther öffnete den Mund. Sie wollte gerade zu einer Antwort ansetzen, als eine der Schwestern in die Tür trat, sich umsah und auf ihren Tisch zusteuerte. »Ah, Dr. Weaver.« Hyperion wurde kalt. Sie würde ihm sagen, dass Robert gestorben war, dass ihre eitle Freude nur ein Hohn gewesen war.
Die Schwester lächelte. »Sie haben Besuch«, sagte sie und winkte eine zweite Person, die noch in der Tür stand, herein. Die zweite Frau, die in die schlecht ausgeleuchtete Kantine trat, war klein und

hatte dichtes braunes Haar, das in Wellen unter ihrer Haube hervorfiel.

Mit einer leisen Art von Grazie trat sie vor den Tisch und knickste. Jetzt erst erkannte Hyperion, dass sie keineswegs eine Frau, sondern ein Mädchen von höchstens zwölf Jahren war. Sie trug einen der Körbe am Arm, in denen sonst der Bursche des Metzgers ihnen Wurst brachte. »Das Spital gehört ab heute zu meiner Schicht«, sagte das Mädchen. »Also dachte ich, ich schaue einmal, ob ich Sie finden und mich bedanken kann. Das wollte ich nämlich schon lange tun.«

Sie war von außergewöhnlicher Schönheit, fand Hyperion. Nicht, weil etwas an ihr spektakulär war, sondern weil ihr Gesicht eine innere Ruhe und Stärke ausstrahlte, wie er sie nie zuvor bei einem Kind gesehen hatte. Ihre Stimme war auch schön, und sie sprach wie ein Mensch, der seiner selbst ganz sicher ist. Der grobe Dialekt, der zu den schäbigen Kleidern gepasst hätte, fehlte, und beim Lächeln entblößte sie zwei Reihen makelloser Zähne, wie man sie bei Menschen ihres Standes kaum je fand.

Zweifellos erwartete sie eine Entgegnung von ihm. Als ihm keine einfiel, lachte sie auf. »Erkennen Sie mich nicht wieder?« Sie streckte ihm die Hand hin. »Ich bin Lydia Burleigh. Sie haben mir in den Hals geschnitten und mich von der Bräune gerettet.«

Hyperion konnte nicht glauben, was er hörte, und noch weniger, was er sah. »Du … du hast überlebt?«, stotterte er, was so albern klang, dass sogar die ernste kleine Esther lachen musste.

»Aber ja doch«, erwiderte Lydia Burleigh fröhlich und fischte etwas aus dem Korb. »Das musste ich ja, ich hatte doch meinen Abakus.«

Noch immer ohne Fassung nahm Hyperion das alte Spielzeug in die Hand. Von den hölzernen Perlen war die Farbe fast völlig heruntergeschabt, als hätte sie ihn ständig benutzt.

»Im Arbeitshaus haben mich alle Kinder darum beneidet«, erzählte sie. »Und ich habe mir fest vorgenommen, nie wieder krank zu wer-

den, damit ich in die Schule gehen und lernen kann, wie man ihn richtig benutzt.«
»Und hast du dein Ziel erreicht?«
Sie nickte. »Meine Mutter hat uns aus dem Arbeitshaus herausgeholt. Sie hat eine Stellung im Haushalt gefunden, und dann haben wir beide jeden Penny gespart und jede Woche mit dem Abakus ausgerechnet, wie viel wir schon haben. Jetzt gehe ich auf Pounds' Armenschule. Jeden Tag, wenn ich kann. Nur am Abend trage ich Lebensmittel aus.«
Bisher hatte Hyperion geglaubt, in dem einstöckigen Gebäude, in dem John Pounds seine Schule für die Kinder der Armen begründet hatte, würden nur Jungen unterrichtet. An Entschlossenheit nahm es dieses Mädchen jedoch spielend mit jedem Jungen auf. Unbändige Freude packte ihn, ein tief verschüttetes Gefühl. Er hob das Glas, das Ackroyd ihm hingestellt und das er nicht hatte trinken wollen. »Mein Kollege hat recht«, erklärte er, »wir haben wohl wirklich etwas zu feiern.«
»Danke, Herr Doktor«, sagte das Mädchen.
»Danke, dass es dich gibt«, erwiderte Hyperion.

Die Dunkelheit war schon hereingebrochen, als er mit der schlafenden Esther im Phaeton nach Mount Othrys fuhr. Das Mädchen Lydia war leichtfüßig nach Hause zu seiner Mutter gelaufen, und der Junge Robert war noch am Leben, und sein Fieber sank. War dieser Tag nicht zu reich, um wahr zu sein, konnte ein solcher Tag wirklich ihm gehören? Im Licht der Gaslaternen sah er einen Mann die Straße hinuntergehen, den er kannte. Selbst von hinten war seine Statur nicht zu verkennen. Es war Victor März.
Wie ein Schlag traf ihn die Erinnerung an das, was er dem Mann getan hatte. Vielleicht lag es an dem Wiedersehen mit Lydia Burleigh, dass ihm so plötzlich das alles wieder einfiel. März hatte auch jemanden wiedersehen wollen. Seine Schwester, die tot war. Seine Schwester, die

ein Kind geboren hatte. Dass März nach dem Kind nicht suchen konnte, war Hyperions Schuld. Weil er an nichts als seinen eigenen Schmerz hatte denken können, wussten diese beiden – Onkel und Nichte – voneinander nicht einmal, dass sie existierten. Ohne nachzudenken zog er die Zügel straff und sprang vom Bock, ehe das Pferd stand. »Mr März!«, rief er dem Hünen hinterher. »Auf einen Augenblick – ich muss Sie sprechen!«

Der Deutsche blieb stehen und wandte den Kopf. Unschlüssig machte er einen halben Schritt weiter.

»Es geht um Ihre Schwester«, sagte Hyperion.

Victor März drehte sich um und kam ihm die Straße hinunter entgegen.

Kapitel 30

Mai

Die Ufer des verschlammten Weihers hinter dem Clarence Pier waren begradigt und ordentlich befestigt worden. Als neueste Attraktion der Saison war daraus ein See entstanden, an dessen Ufer die Urlauber Tret- und Paddelboote mieten konnten. Jedes Jahr sah Mildred zu, wie Southsea sich für den Ansturm der Touristen rüstete, und ließ sich von der freudigen Erregung anstecken. Wie eine Schöne war die Stadt, die sich den Staub aus dem Haar strich und ein neues Kleid anlegte, um ihren Liebsten zu empfangen. Und dieser Liebste würde kommen. Er war kein unerreichbarer Stern, nach dem Mildred vergeblich langte, sondern die irdische, greifbare Wirklichkeit.

Mount Othrys hatte bereits seit März Gäste, ältere Leute, die nicht zu baden wünschten, sondern die Beschaulichkeit der Vorsaison genossen. Dennoch ließ Mildred es sich nicht nehmen, das Haus für den Beginn der Saison herauszuputzen. Für alle Zimmer hatte sie neue leichte Decken bestellt, in die sich die Gäste hüllen konnten, wenn sie an kühlen Abenden auf ihren Balkonen sitzen und die würzige Brise vom Meer atmen wollten. Gegen die Decken konnte nicht einmal Nell etwas vorbringen. Sie waren von feinster Qualität, gefärbt im zartesten Rosé und dezent bestickt mit dem Emblem des Hotels, dem sterbenden Titanen vom Portal und dem geschwungenen Namenszug Mount Othrys.

Heute würden die Decken geliefert werden, und damit war alles bereit für die Eröffnung der Saison, die sie morgen auf ihrem Frühlingsball feiern würde. Ihre Tanzfeste hatten in kürzester Zeit bereits Berühmtheit erlangt – man sprach davon, betrachtete sie als Höhepunk-

te der Urlaubswochen. Auch diesmal würde Mildred keine Mühe sparen, um den Abend für ihre Gäste unvergesslich zu machen.
Es war ein sonniger Tag. So schön sah der Garten im gerade erwachten Licht aus, dass die Eile, die Mildred sonst antrieb, von ihr abfiel. Sie blieb stehen, um den Kindern zuzusehen. Die große Schiffschaukel bei den Magnolienbäumen hatte sie einem Schausteller auf dem Clarence Pier abgekauft. Sie war geschmückt mit tanzenden Seejungfrauen, und Nell durfte sie, wenn es ihr Spaß machte, vulgär schimpfen. In ihrer vulgären Pracht war sie trotzdem unwiderstehlich. Vielleicht lieben meine Gäste ja gerade das an Mount Othrys, dachte sie. Die Vollkommenheit, den Stil ohne Makel – und den kecken, eigenen Farbtupfer, den ich ihm aufsetze.
Sie hatte die Schaukel für die Gäste angeschafft, aber die weißgekleideten Kinder in dem bunten Schiffsrumpf sahen so reizend aus, dass sie sie nicht ausschimpfen konnte. Esther hatte die kleine Phoebe fürsorglich auf die mittlere Bank gesetzt und stand daneben, um sie wenn nötig festzuhalten. Georgia, die für ihre vier Jahre unglaublich kräftig war, zog an dem Seil, das die Schaukel bewegte. Sooft Mildred über Esther auch in Wut geriet, sie war den Kleinen eine gute Schwester, das musste sie ihr lassen. Sie war überhaupt ein gutes Kind, begabt und fleißig, dazu so still und bescheiden, wie die Gesellschaft es von einem Mädchen forderte. Dass Mildred sie gern weniger perfekt gehabt hätte, damit ihre eigenen Töchter daneben nicht verblassten, war letztlich nicht ihre Schuld.
Georgia arbeitete sich in Schwung, und immer höher flog die Schaukel. Nach einem heftigen Ruck am Seil stürzte Phoebe nach vorn. Sofort griff Esther zu, doch selbst das Federgewicht der Kleinen war für ihre schwachen Kräfte zu viel, und sie landeten beide auf dem Boden der Schaukel.
Georgia, die eindeutig an dem Unfall schuld gewesen war, grinste ohne jede Spur von Reue. »Was verloren?«, fragte sie die Schwestern und klang dabei nicht wie ein Kind von vier Jahren, sondern wie eine

komische Alte in der Music Hall. Esther lachte. Georgia ließ das Seil los, und gemeinsam halfen sie Phoebe wieder auf den Sitz. Erstaunlich, fand Mildred. Dieses unschöne, reizlose Mädchen besaß etwas, das Mildred weder an sich selbst noch an Hyperion oder gar Daphne je bemerkt hatte – Humor. Nicht weniger erstaunlich war, dass die Schwestern einander sichtlich gern mochten, obgleich sie so unterschiedlich waren und das Verhalten ihrer Eltern dazu angetan war, sie gegeneinander aufzuhetzen.

Reflexe von Sonnenstrahlen fingen sich in Esthers Locken, mit denen der Wind ein Spiel trieb. Wenn Mildred von ihr zu Phoebe sah, hätte sie Esther die goldene Fülle am liebsten abgeschnitten. Ihre Tochter war es, die solches Haar hätte haben sollen. Phoebe war zwar nicht hässlich wie Georgia, aber mit ihren stumpfen Strähnen und den unklaren Zügen fiel sie niemandem auf. Jedes Mal, wenn Mildred ihre jüngste Tochter betrachtete, überkam sie eine Woge von Liebe, die drohte, sie hinwegzuschwemmen. Sie hätte diesem Kind alles geben wollen, was es sich jemals wünschte, die ganze Welt sollte ihr Kind beneiden, und die, die es jetzt kaltherzig aus ihren Kreisen ausschlossen, sollten um seine Gunst buhlen.

Von den Kindern weg sah sie auf ihr Hotel, das schneeweiße Gebäude, das ihr in ihren Träumen begegnet war, noch ehe sie es kannte. Ja, sie war auf dem richtigen Weg. Was immer ihr versagt blieb, was immer sie verloren hatte – sie war dabei, ein Imperium aufzubauen, das in der Stadt seinesgleichen suchte. Sie würde ihrem Kind das Glück schenken können, um das sie selbst vergeblich gekämpft hatte.

Das Leben war im Lot. Es war nicht das Paradies, es war an keinem Tag schmerzlos, aber sie hatte gelernt, es in Würde zu tragen. Sie hatte noch immer ein Ziel. Wie einst Daphne, so wollte sie jetzt Phoebe ein Königreich zu Füßen legen. Vom Lieferanteneingang hörte sie die Glocke und machte sich auf den Weg. Die Qualität der Waren, die für das Hotel geliefert wurden, begutachtete sie gern mit eigenen Augen.

Es war kein Lieferant, der geklingelt hatte, sondern der Postbote, der neuerdings auf einem bemerkenswerten Gefährt durch die Straßen kurvte. Er saß in einem Sattel, der auf ein riesiges Rad montiert war, und trat in Pedalen, die sowohl das Riesenrad als auch ein viel kleineres, dahinter befestigtes in Fahrt setzten. Die Fortbewegung auf dem seltsamen Gebilde wirkte lebensgefährlich, aber der Postbote schien sich völlig sicher zu fühlen und pfiff beim Treten einen Ohrwurm der Music Hall.

Mildred sah den Brief sofort, als sie den Stapel entgegennahm. Der letzte war im April gekommen. Sie hatte geglaubt, danach eine Zeitlang Ruhe zu haben, gerade jetzt, da durch die Neuanschaffungen für das Hotel das Geld knapper war, aber sie hatte sich in zu viel Sicherheit gewiegt. Ihr Herz verfiel in den lauten, verlangsamten Schlag, der nicht mehr nach etwas Lebendem, sondern starr wie ein Uhrwerk klang. »Priscilla, achten Sie auf die Kinder«, sagte sie mechanisch. »Ich habe etwas zu erledigen.« In Ihrem Zimmer schloss sie sich ein, ehe sie den Umschlag aufriss.

Es war schlimmer, als sie befürchtet hatte. Der Erpresser war weit davon entfernt, sich zufriedenzugeben, im Gegenteil, er forderte doppelt so viel wie zuvor. Während ihr Herz überlaut weiterklopfte, glaubte Mildred eine Schlinge zu spüren, die sich um ihre Kehle schloss. Zum ersten Mal begriff sie, dass sie in einer Falle saß, die sie nicht wieder freigeben würde. Dies hier war erst der Anfang, und wie das Ende aussah, vermochte sie sich nicht einmal vorzustellen.

Wie die übrigen Male forderte der Erpresser sofortige Zahlung, andernfalls würde er sein Wissen »an geeigneter Stelle« preisgeben. Was würde dann geschehen? Würde sie Mount Othrys, würden die Kinder ihr Heim verlieren, war das das Schlimmste, das man ihr antun konnte? Es war nicht das Schlimmste, sie wusste es. Bilder der Mörderin Manning, die man in schwarzem Satin gehängt hatte, waren durch sämtliche Zeitungen gegangen und hatten sich Mildred ins Gedächtnis geprägt. Sie hatte keine Wahl. Sie musste zahlen. Auf schwachen Beinen trat sie vor ihren Sekretär, um das Geld zu zählen, das sie dort für die Bezahlung der Decken aufbewahrte.

Es genügte nicht. Sie musste den Betrag von ihrem Konto abheben, und außerdem musste sie sich beeilen, damit sie zurück war, ehe der Lieferant mit den Decken kam. Sie sagte Priscilla Bescheid, sie habe eine dringende Besorgung zu machen, und ließ ihrem Pferd den Herrensattel auflegen. Darum, was die ewigen Naserümpfer dachten, konnte sie sich heute nicht kümmern.

Die seltsamen Hochräder waren offenbar der letzte Schrei. Gefährlich schwankend schaukelten sie durch die Straßen, so dass Mildred Mühe hatte, den Wallach beizeiten aus dem Weg zu lenken. Ebenso lästig waren die Scharen von Zeitungsjungen, die an jeder Ecke herumlungerten und Extrablätter der *Portsmouth Times* ausriefen. Was war der Provinzzeitung ein Extrablatt wert? Wurden schon wieder Regimenter erwartet, die an irgendeinem Ende der Welt eine Landzunge für die Krone Britanniens erobert hatten? Mildred lenkte ihr Pferd in knappster Biegung um einen der Jungen, hörte, wie sein Ständer umstürzte, und erntete einen deftigen Fluch. Einerlei! Sie konnte nur hoffen, dass sie das Gebäude der Building Society erreichte, ohne jemanden zu treffen, den sie kannte.

Den Tumult sah sie, sobald sie vor der Waverley Road um die Häuserecke bog. Vor dem hohen Backsteinbau, in dem ihr Geld verwahrt lag, standen zwei Polizisten mit Knüppeln und hielten eine wütende Menschenmenge davon ab, das Portal zu stürmen. Die Versammelten – vornehmlich Männer – brüllten und drohten mit erhobenen Fäusten, aber im Näherreiten erkannte Mildred, dass weitere Polizisten bereitstanden, um einzugreifen, falls jemand dem Gebäude zu nahe kam. Sobald sie vom Pferd sprang, trat einer der Uniformierten auf sie zu. »Aufsteigen und weiterreiten«, befahl er. »Hier können Sie sich nicht aufhalten.«

»Was erlauben Sie sich?«, bellte Mildred zurück. »Ich bin nicht hier, um mich aufzuhalten, sondern um Geld abzuheben, das ich mit Fug und Recht mein Eigen nenne.«

»Ob mit Fug und Recht oder nicht, Lady – Geld gibt's hier keins mehr«, brummte der Polizist ungerührt.

»Gehen Sie mir aus dem Weg«, fuhr Mildred ihn an und wollte den Wallach weiterführen. »Was ich mit meinem Geld tue, geht Sie einen Dreck an!«

Der Mann hob den Schlagstock, dass das Pferd zurückscheute. »Leben Sie hinter dem Mond?«, fragte er Mildred. »Lesen Sie keine Zeitung?«

Einer der Männer, die versuchten die Stufen des Gebäudes zu erstürmen, drehte sich nach ihr um. Es war ein zierlicher Mann in abgetragenem Anzug, vermutlich ein Kleinhändler, der sich mit Müh und Not ein schmales Polster ersparte. »Wissen Sie es nicht, Madam?«, fragte er Mildred mit bebender Stimme. »Sie nehmen uns unser Geld weg, sie haben uns das Blaue vom Himmel versprochen, und jetzt machen sie Bettler aus uns!«

»Ruhe geben«, knurrte der Polizist und drohte mit dem Schlagstock. »Müsst ihr eben nicht auf jeden Salm, den man euch einschwatzt, reinfallen. Hier rumzustehen und zu greinen hilft jetzt auch nicht mehr.«

Er wollte den Mann zurückdrängen, aber Mildred packte ihn am Ärmel. »Augenblick!«, rief sie. »Ich habe das Geld meines Unternehmens auf dieser Bank. Ich verlange auf der Stelle zu erfahren, was hier los ist.«

»Was hier los ist, Lady? Das hat Ihnen Ihr Leidensgenosse doch gesagt. Euer Geld ist futsch. Die Hohlköpfe, die Bankiers spielen wollten, haben's verbraten und vergeigt.«

Mildred hatte das Gefühl zu versteinern, Zoll um Zoll, Glied um Glied. Wie eine Puppe, die auf einer Spieluhr befestigt war, drehte sie den versteinerten Körper um und sah nach dem Zeitungsjungen, der an der Häuserecke stand und seine Ware anpries. »Extrablatt!«, brüll-

te er, »Portsea Building Society zusammengebrochen, Anleger stehen vor dem Nichts!«
Auf dem Ständer, den sie vorhin umgestoßen hatte, stand in pechschwarzen Lettern dasselbe: »Portsea Building Society muss Konkurs erklären.« Als Letztes versteinerte ihr Atem. Dass ihr die Zügel aus der Hand glitten, bemerkte sie noch, dann stürzte sie hintenüber, in die Arme des Polizisten. Zum ersten Mal in ihrem Leben fiel Mildred in Ohnmacht.

Als sie zu sich kam, lag sie rücklings auf der Straße. Im Aufblicken sah sie in die Gesichter bestürzter Passanten, die wie hirnlose Rinder auf sie niederglotzten. Vor ihr kniete der Polizist und schlug sie im Wechsel auf beide Wangen. Wütend stieß sie seine Hand beiseite. Ihre Bewusstlosigkeit konnte nicht länger als ein paar Augenblicke gedauert haben, und sie war sogleich wieder in der Lage, scharf und klar zu denken. Auf ihrem Konto bei der Building Society lag alles Geld, das sie besaß. Auch die Beträge, die mehrere Gäste im Voraus für ihren Aufenthalt bezahlt hatten, während die Übrigen erst zahlen würden, wenn ihr Urlaub beendet war. Das bedeutete, dass sie eine gesamte Saison über ein Luxushotel führen musste, ohne einen Penny dafür in der Kasse zu haben. Es bedeutete, dass sie ihr Hotel verlor. Man würde sie vor Gericht zerren. Jahrelang hatte sie alles getan, um einen Skandal auszulöschen, nur um jetzt vor einem neuen zu stehen, der die Zukunft ihrer Tochter vernichten würde.
Augenblick, mahnte sie sich selbst. Mit Panik kommst du nicht weiter. Natürlich konnte ihr die Building Society ihr Geld nicht ewig vorenthalten, es war schließlich ihr Eigentum, und es würde nur ein paar Tage dauern, bis dieser Wirrwarr sich auflöste. Wichtig war, dass sie das Geld für den Erpresser auftrieb, alles andere würde sich finden. Noch einmal stieß sie die Hand des Polizisten weg und rappelte sich auf. »Lassen Sie Ihre Finger von mir.«
»Ein Dankeschön wär angebrachter, Lady«, brummte der Mann.

»Aber euch Pinkeln wird das Naseheben noch vergehen. Mein Kollege hat sich die Mühe gemacht, Ihren Gaul einzufangen. Vielleicht bedanken Sie sich ja wenigstens bei dem.«
Er wies auf die andere Straßenseite, wo ein weiterer Uniformierter mit ihrem Wallach stand. Hastig murmelte Mildred einen Dank und eilte hinüber, um das Pferd zu holen. Ihre Beine zitterten ein wenig, doch ansonsten fühlte sie sich stark genug, um zu handeln. Schließlich war diese weder die erste noch die schwerste Krise, die sie gemeistert hatte. Genug Geld für den Lieferanten hatte sie daheim in ihrem Schreibtisch, es war allein die Summe für den Erpresser, die sie herbeischaffen musste.
Während sie das Pferd aus der überfüllten Straße führte, schoss ihr eine Frage durch den Kopf, die sie sich längst hätte stellen müssen: Wer war der Erpresser? Wer trieb sich in einer feuchtkalten Dezembernacht hinter dem Deichhügel herum, beobachtete etwas, das er für ein Verbrechen hielt, und wartete vier Jahre ab, ehe er aus seiner Beobachtung Nutzen zog? Der Uhrwerktakt ihres Herzens beschleunigte sich. Es gab nur einen Menschen, auf den all dies passte.
Flüchtig glaubte sie wieder im Korridor des Theaters zu stehen und in zwei hasserfüllte bierbraune Augen zu starren. Deshalb hatte er so lange gewartet. Er hatte nicht vorgehabt, sein Wissen auszunutzen, vielleicht war es ihm zu riskant gewesen, doch bei jener Begegnung war sein Hass auf sie neu aufgeflammt. Warum? Weil er sie mit Hyperion sah und glaubte, dass sie glücklich war? Auf jeden Fall hatte er an diesem Abend beschlossen, sie mit seinen Briefen zu zerstören. Es gab keinen Zweifel, der Erpresser war Victor März.
Sie würde ihn zur Rede stellen. Jetzt gleich würde sie in sein Drecksloch von Pension reiten und ihm ins Gesicht schleudern, was sie über ihn wusste. Wut schüttelte ihren Körper, wenn sie an die Tat des Mannes dachte. Und ich habe dir vertraut! Ich habe geglaubt, du seist der einzige Mensch, dem ich vertrauen kann!
Der Gestank der Gewürzinsel stieg ihr bereits in die Nase, als sie

innehielt und den Wallach zügelte. Was war, wenn sie März nicht antraf, wenn er in zwei Tagen das Geld nicht erhielt und wahrhaftig »an geeigneter Stelle« verriet, was er wusste? Sich selbst würde er damit ebenso in den Abgrund reißen wie Mildred, aber einem Menschen, der vom Hass verblendet war wie er, mochte das gleichgültig sein. So hart es sie ankam, wenn sie nicht wollte, dass alles über ihr zusammenbrach, würde sie Victor noch ein letztes Mal bezahlen müssen.

Sie würde dem Geld einen Brief beilegen, aus dem hervorging, dass sie ihn entlarvt hatte. Dass dies ihre letzte Zahlung war und dass er sich hüten sollte, sie noch einmal zu behelligen. Ein Mann wie er ließ sich am ehesten durch Drohungen einschüchtern, denn das war die Sprache, die er selbst sprach. Womit sie ihm drohen konnte, blieb fraglich, aber wenn sie ihn richtig einschätzte, mochte allein die Geste genügen.

Mildred wendete ihr Pferd. Ihr war eingefallen, woher sie das Geld für Victor nehmen konnte – und von dort würde sie auch Kapital bekommen, um die paar Tage zu überbrücken, bis die Building Society ihr Guthaben freigab. Sie unterhielten noch immer ein Konto beim Bankhaus Lloyd, und sie besaß eine Vollmacht dafür. Es war das Konto, auf das Hyperion Vernons Erbe eingezahlt hatte, um es als Mitgift für die Mädchen zu bewahren.

Vernon hatte verfügt, dass das Geld nicht angerührt werden durfte, und Mildred und Hyperion hatten geschworen, sich daran zu halten. Aber im Grunde rührte sie das Geld ja nicht an. Sie lieh es sich nur aus, bis sie über ihr eigenes wieder verfügen konnte, und würde es umgehend zurückzahlen. Sie hatte keinen Grund, sich bei dem Gedanken unwohl zu fühlen. Es war das Geld ihrer Töchter, und Mildred war die Letzte, die ihre Töchter um etwas betrogen hätte.

Die Abhebung gestaltete sich komplizierter als erwartet. Der Angestellte gebärdete sich, als wäre das Geld sein Eigentum, und bat sogar den Direktor der Bank herbei, weil er nicht wagte, ihr die Summe auszuzahlen. Vor Anspannung entfuhr Mildred ein Fluch. Der Bankdirektor hob die Brauen und blätterte erneut die Papiere durch. Schließlich fragte er, ob es möglich sei, Mr Weaver in der Angelegenheit zu sprechen. Mit Mildreds Beherrschung war es vorbei. Blind vor Zorn schrie sie dem Mann ins Gesicht, was sie von ihm hielt. Nach ihrem Ausbruch herrschte in der Halle ein Schweigen, in dem jeder Atemzug zu hören war. Sie suchte nach Worten, um sich zu entschuldigen, als der Direktor ein Dokument heranzog und es mit einem schnellen Schriftzug unterschrieb. »Folgen Sie mir«, sagte er knapp und ging in den Tresorraum, um ihr das Geld vorzuzählen.

Schwer atmend verließ Mildred die Bank. Um zu sich zu kommen, beschloss sie, über den Umweg am Meer entlang zurückzureiten. Für den Lieferanten kam sie ohnehin zu spät, und so aufgelöst, wie sie war, würde sie zu den Vorbereitungen für den Frühlingsball nicht zu gebrauchen sein. Seit der Dezembernacht konnte sie die Nähe des Meeres nicht mehr genießen. Sie ritt auch nicht nahe heran, sondern blieb hinter der Esplanade, und doch verschaffte es ihr noch immer das Gefühl, einen Freund zu besitzen, eine Kraftquelle, auf die sie sich verlassen konnte.

An einem klaren Tag wie heute zeichneten sich die Landmassen der Isle of Wight scharf gegen den blauen Himmel ab. Daran vorbei glitt ein Schiff mit schwarzem Rumpf, das trotz des Dampfbetriebs seine vollen weißen Segel hisste. Mildred wusste, was dieses Schiff transportierte – Emigranten, die seit neuestem nicht mehr nach Southampton reisen mussten, sondern sich in Portsmouth nach Australien, Kanada oder Südamerika einschiffen konnten. Wären wir heute, nicht vor neun Jahren, angekommen, hätten wir dann unseren Traum verwirklicht? Einen Augenblick lang war die Vorstellung, auf dem schnell entgleitenden Schiff mit Daphne nach Australien zu segeln, so verlockend, dass ihr schwindlig wurde. Dann aber rief die Wirklichkeit sie zurück, sie wandte sich ab und trieb das Pferd in Trab. Ihr Leben war diese Stadt. Und Daphne war nicht mehr da.

Es dauerte mehrere Wochen, bis Mildred begriff, dass sie sich geirrt hatte und dass das, was ihr geschah, jeden Alptraum übertraf. Die Portsea Building Society war zahlungsunfähig, das Geld ihrer Anleger verloren. Um zumindest die nötigsten Kosten zu decken, war Mildred gezwungen, noch einmal eine erhebliche Summe von dem Konto bei Lloyds abzuheben und von der Mitgift ihrer Töchter ihre Gäste zu verpflegen. Ich zahle es zurück, beschwor sie sich, sooft ihr Gewissen sie nicht schlafen ließ. Ehe die Mädchen es brauchen, zahle ich jeden Penny zurück.

Es gab nichts, an dem sie sparen konnte. In einem Luxushotel durfte man nicht sparen, sondern musste den Gästen das Gefühl geben, dass alles in verschwenderischem Überfluss vorhanden war. Das Schlimmste, was der Besitzer eines Luxushotels tun konnte, war, zu zeigen, dass er Sorgen hatte. Jeder Tag musste in Heiterkeit und perfekter Harmonie verlaufen, denn die Welt des Urlaubs war eine Märchenwelt abseits der Wirklichkeit, und die Gäste bezahlten dafür, in dieser Welt ungestört zu bleiben. Mildred entwickelte in dieser Kunst der Verstellung wahre Meisterschaft. Sie erntete zahllose Komplimente dafür. »Bei Ihnen spürt man, dass Sie dieses Hotel mit Herz und Freude führen«, sagten die Gäste, und: »Mrs Weaver, Sie sind ein Sonnenschein.«

Sie sehnte sich nach Hyperion, der noch mehr Zeit im Spital verbrachte und häufig dort schlief. Aber sie war auch erleichtert, dass er sein Zuhause mied, denn sie fürchtete, er könne nach den Bankbriefen fragen und entdecken, was sie getan hatte. Natürlich stellte er solche Frage nie, er hatte den Kopf in den Wolken und interessierte sich für nichts, was den Haushalt und das Hotel betraf, aber die Angst ließ nicht nach. War er zu Hause, so behandelte sie ihn so höflich, dass er verwundert die Brauen hob. Ich wünschte, ich könnte dir die Wahrheit sagen, wie du sie mir gesagt hast, als du das Erbe deines Vaters vergeudet hattest. Die eine Wahrheit zog jedoch andere nach sich – auch die, von der er im Leben nie erfahren durfte.

Der Druck, der sich in ihr staute, musste sich irgendwo entladen, und sie wusste, dass sie ihn viel zu häufig an den Kindern ausließ. An Esther und Georgia. Nie an Phoebe. Dennoch war es vor allem die kleine Phoebe, die haltlos weinte und nicht zu beruhigen war, wenn Mildred mit ihren Schwestern schimpfte. Ausflüge zum Clarence Pier, wie sie sie im Vorjahr mit den Kindern unternommen hatte, Karussellfahrten und Hokey Pokey beim Eiscremestand mussten in diesem Jahr unterbleiben. Da die Kinder von ihrer Not nichts merken sollten, erzählte sie ihnen, sie seien nicht brav genug gewesen, um solche Belohnungen zu verdienen. Phoebe, die sich unmöglich an Vergnügen des letzten Jahres erinnern konnte, war untröstlich darüber und weinte bitterlich.

Im Nu war Esther bei ihr und schloss sie in die Arme. »Ist ja gut, kleine Lerche, ist ja alles gut.« Während sie die Schwester wiegte, blickte sie zu Mildred auf. »Geh doch mit ihr zum Pier«, bettelte sie. »Sie ist so klein und hat ja nichts getan.«

Mildred hatte das Gefühl, ihr werde das Herz in der Brust gedreht. »Ihr wart so schlecht, dass ich alle drei bestrafen muss«, wies sie Esther eilig zurecht. »Sonst ist es nicht Strafe genug.«

Esther überlegte, während sie der weinenden Phoebe übers Haar strich. »Ich könnte im nächsten Jahr daheimbleiben, wenn ihr zum Clarence Pier geht«, sagte sie schließlich. »Und im Jahr darauf, und in jedem Jahr, bis ich zu groß bin fürs Karussell. Wäre es dann genug?«

»So viel würdest du für Phoebe aufgeben?«, fragte Mildred verblüfft.

Esther nickte heftig. »Nur Phoebe nicht traurig machen, bitte. Nicht Phoebe.«

Das kleine Mädchen, das vermutlich nicht einmal wusste, wovon die Rede war, schluchzte auf. Esther zog sie an sich und wiegte sie. »Lavendel ist blau, dilly dilly«, sang sie. »Lavendel ist grün.«

An diesem Nachmittag pfiff Mildred aufs Geld und ging mit ihren Mädchen zum Clarence Pier. Sie ließ jede eine Runde mit dem Karussell fahren, kaufte ihnen eine Muschel voll Vanilleeis und sich selbst einen eingelegten Aal, den sie mit den Fingern aß. Georgia riss ihre frechen, unkindlichen Witze, Esther tanzte mit Phoebe an der Hand im Kreis, und Mildred freute sich an den Mienen der Leute, die beim Anblick der Schwestern unweigerlich zu lächeln begannen. Es war eine der wenigen Stunden in diesem Sommer, in denen sie ihre Sorgen vergaß.

Die Saison übertraf jede Erwartung. Das Restaurant im Pariser Stil, das Mildred im Wintergarten eröffnet hatte, lief renommierten Häusern den Rang ab, und noch Anfang Oktober war ihr Hotel voll belegt. Wäre die Building Society nicht zusammengebrochen, so hätte sie zu Saisonende die Hände in den Schoß legen und sich zu den reichsten Frauen der Stadt zählen können. Stattdessen war sie erschöpft bis auf die Knochen, schlief noch immer schlecht und kam über die Runden, indem sie jeden Penny umdrehte. Wenn die letzten Gäste bezahlt hatten, würde sie die geliehene Summe ersetzen können. Sie musste in diesem Winter auf Neuerungen am Hotel verzichten und darauf hoffen, dass ihr Restaurant auch außerhalb der Saison gut lief, dann wäre der Bestand von Mount Othrys gesichert. Und im nächsten Frühling, wenn die ersten Vorauszahlungen eintrafen, würde sie wieder beginnen schwarze Zahlen zu schreiben.

Während sie Möbel abdeckte und Räume für den Winter verschloss, wurde ihr einmal mehr bewusst, wie sehr sie Mount Othrys liebte. Der erlittene Schrecken hätte sie beinahe aus der Bahn geworfen, doch für Mount Othrys hatte sie ihre Schwäche bezwungen. Sie würde weiterkämpfen, und eines Tages wäre der Bankrott der Building Society nicht mehr als eine Randnotiz in der Geschichte eines großen Hotels.

Das Leben war hart und tückisch, aber es ließ denen, die stark genug waren, eine Chance. Einen Augenblick lang erlaubte Mildred sich innezuhalten und sich verstohlen auf die Schulter zu klopfen.

Kapitel 31

Herbst

Er hatte sich verändert. Seit er wusste, dass dieses Kind existierte, war er wie verwandelt. Als hätte man einer Maschine, die lediglich funktionierte, Leben eingehaucht. Seine Augen glänzten, und selbst die Farbe seiner Haut hatte einen gesunden Ton angenommen, der ihn in Sukies Augen noch begehrenswerter machte. Zu Saisonbeginn hatte er ein leeres Lagergebäude gekauft, das er seiner Billigpension angliedern wollte. »Wenn sich hier kein Luxusflügel angliedern lässt, schlage ich eben aus meinem Geschäft, was herauszuschlagen ist, und irgendwann verscherbele ich den Plunder und kaufe mir das schönste Grandhotel von Southsea.«

Dass er Mount Othrys damit meinte, wusste Sukie, auch ohne dass er den Namen aussprach.

Jetzt redete er anders. »Ist es nicht gleichgültig, mit welcher Art von Hotel ich mein Geld mache?«, fragte er Sukie. »Wichtig ist nur, dass ich Geld genug habe, um Hedwig zu mir zu nehmen. Sie prüfen derzeit noch meine Papiere, und wenn sie feststellen, dass bei mir alles in Ordnung ist, kann sie vor Weihnachten hier sein. Sie hatte ein so furchtbares Leben bisher – sie soll von jetzt an eine schöne Zukunft haben. Alles, was ich für Annette nicht mehr tun kann, will ich jetzt für Hedwig tun.«

Hedwig. So hieß sie. Ein achtjähriges Kind aus der Waisenpflege des Arbeitshauses, das zweifellos rachitisch, verdreckt und gänzlich ohne Erziehung war. Victor ging sie besuchen. Ließ seine Arbeit stehen, um mit Hedwig einer Messe für Waisen beizuwohnen und neben dem Kinderstimmchen »Herr, groß ist Deine Treue« zu schmettern. Derselbe Victor, der seinen wohlerzogenen Sohn, um den so mancher

Mann ihn beneidet hätte, behandelte, als wäre er Luft. Hörte man je, wie er den Namen Charles nannte? Hedwig, Hedwig, Hedwig ging es stattdessen, und wenn auf Sukies Drängen überhaupt von ihrem Sohn die Rede war, so hieß es »der Junge« oder »dein Kleiner«.
Die Gewalt, mit der sie ein achtjähriges Kind zu hassen vermochte, erschreckte Sukie. Aber so war es nun einmal. Sie hasste das Balg mit dem unaussprechlichen Namen Hedwig so sehr, wie sie Mildred Weaver hasste. Schimären waren sie beide. Victors Schimären, die mit seiner Wirklichkeit nichts zu tun hatten. Und dann wurde das Mädchen Hedwig Wirklichkeit. Drang eines Abends Ende Oktober einfach in ihrer aller Leben ein und ließ sich nicht mehr daraus entfernen.
Wie jetzt jeden Sonntag war Victor zur Waisenfürsorge gefahren, um das Kind zu besuchen, wie jeden Sonntag trug er seinen besten Anzug und war frisch rasiert, als führe er zu einer Liebsten. Sukie kochte Charles, der keinen Tee mochte, heiße Schokolade und bereitete ihm Rührei und geröstete, gebutterte Brotscheiben zu. Das Wetter war scheußlich, schwarz und nass, und das hohe Feuer wie der Duft der Schokolade erfüllten den Raum mit Heimeligkeit. Warum Victor nicht wünschte, diese Geborgenheit mit ihr und ihrem Sohn zu teilen, würde Sukie ein Rätsel bleiben.
Sie hörte die eisernen Räder seines Wagens auf dem Holperpflaster, hörte seinen Schlüssel im Schloss und lauschte auf seine Schritte im Gang. Sie musste lange warten. Offenbar verbrachte er einige Zeit damit, sich seines regennassen Mantels zu entledigen. Seine Stimme hörte sie. Mit wem sprach er? War das Hausmädchen aus der Pension herübergekommen, um ihn zu empfangen?
Kurz darauf stand er in der Zimmertür, trug den triefenden Mantel noch über den Schultern und hielt die Person, mit der er gesprochen hatte, vor seinen Leib, seine Hände auf ihren Schultern.
Die Person war ein Mädchen im grauen Kleid. Viel zu klein und zu mager für acht Jahre, im Gesicht aschfahl und mit Augen wie Wagenräder. Nicht schmutzig, vielleicht nicht einmal rachitisch und den-

noch schlimmer, als Sukie es sich vorgestellt hatte. Unter der Haube lugte kein Haar hervor, und das Kind tat den Mund nicht auf, als könnte es nicht sprechen. Victor hingegen sah aus wie das blühende Leben, die Wangen gerötet, die Augen leuchtend vor Glück. »Das ist Hedwig. Sie bleibt jetzt bei uns«, sagte er. Dann hob er den Kopf, ohne die Hände von Hedwigs Schultern zu lösen, und rief: »Charles!« Es war das erste Mal, dass Sukie hörte, wie er ihren Sohn beim Namen nannte.

»Charles?«

Der kleine Junge sprang auf und nahm vor dem Stuhl Haltung an wie ein Miniatursoldat.

»Charles, das ist deine Base Hedwig. Ist es nicht schön, eine Base zu haben und eine Familie zu sein? Wenn du willst, kannst du mir helfen, Hedwig zu beschützen. Wir wollen ihr gute Beschützer sein, nicht wahr? Wir wollen sie hüten wie unseren Augapfel.«

Nur einen Herzschlag lang zögerte Charles, sah von seinem Vater auf das fremde Mädchen und rang die kleinen Hände. Dann lief er auf seinen kurzen Beinchen dem Vater entgegen, wie er es viele Male getan hatte, um ins Leere zu rennen und unbeachtet zu bleiben. Diesmal blieb er nicht unbeachtet. Der Vater ging in die Hocke, umfasste die Handgelenke des Mädchens und öffnete mit ihr die Arme. Mit Hedwig dazwischen umarmte er seinen Sohn. Schmerz und Zorn pressten Sukie das Herz zusammen, und das Schlimmste von allem war der Ausdruck auf Charles' Gesicht. Das selige Lächeln, das sie hinderte, auch nur ein Wort zu sagen.

Sie war nicht mit Geistesgaben gesegnet, ihr Vater hatte sie dümmer als eine Wanze genannt, aber dies erkannte sie sofort: Wenn Charles' Weg zum Herzen seines Vaters über dieses Mädchen führte, so würde er ihn gehen. Und ihr, seiner Mutter, blieb keine Wahl, als ihn gewähren zu lassen und das Mädchen zu dulden, wenn sie ihr Kind nicht zerreißen wollte.

»Guten Abend, Hedwig«, sagte Sukie und fand, dass sie wie die Puppe eines Ventriloquisten aus der Music Hall klang. »Sei willkommen in unserem Haus.«

Charles drehte sich um, und die beiden anderen hoben die Köpfe. Victor sandte ihr ein dankbares Lächeln, und Charles strahlte in ahnungsloser Seligkeit. Einzig Hedwig verzog nicht den Mund. Mit ihren riesigen runden Augen starrte sie Sukie an, und ihre Schultern zitterten. Vielleicht war sie im Kopf nicht richtig. Vielleicht waren sie mit einem Balg geschlagen, das beim Essen sabberte und keinen menschlichen Laut hervorbrachte.

»Ich schüre das Feuer höher«, murmelte Sukie. »Hedwig muss sich aufwärmen.« Sie wandte sich ab und blickte in die blakenden Flammen, bis deren Rot ihr die Sicht nahm und das Bild des Mädchens verschwamm.

Um sich am Bau der Devastation zu beteiligen, war Hector zu spät gekommen. Edward Reed jedoch war ein Genie, das vor Ideen barst, und bei einem einzigen Schiff wollte er es auf den Docks von Portsmouth keineswegs belassen. Eine ganze Flotte von Schiffen musste her, um auszuprobieren, was mit den neuen Techniken machbar war. Nur der Himmel war die Grenze. Hector investierte Geld in ein flugs gegründetes Unternehmen, das ein Panzerschiff namens Captain finanzierte. Die Kontrollbehörde hatte gegen Reeds Pläne Einspruch erhoben, aber etwas anderes war bei der revolutionären Bauweise auch kaum zu erwarten. War das Schiff erst fertig, würde die Marine es mit offenen Armen aufnehmen, daran hegte Hector nicht den geringsten Zweifel.

Anders als die Devastation würde die Captain mit Masten ausgestattet sein, doch zum Ausgleich besaß sie eine Anzahl Neuerungen, die noch gänzlich unerprobt waren: Sie verfügte über drehbare Schießtürme, wodurch sie weit weniger schwere Geschütze brauchte als herkömmliche Schiffe. In Gänze aus Eisen gebaut, benötigte sie keine Wanten und Stagen, die sie stützten und beim Feuern hinderlich waren, sondern lediglich zwei eiserne Seitenstreben. Hector verliebte sich in das Schiff, noch ehe es fertiggestellt war. Die Captain war, wie er sich das Leben wünschte – stark und unerschrocken und von einer Schönheit, die schwache Naturen nicht zu ertragen vermochten.

Gerade erst war er beim feierlichen Stapellauf des Schiffs als Finanzier genannt worden, als die Portsea Building Society kollabierte. Kein Mensch erwartete, dass ein Mann wie er sein Geld in einer Bausparkasse für arme Schlucker hatte, und das ersparte ihm die Schande. Er behielt seine Bonität. Der Geschichte von einer vorübergehenden Kapitalbindung, die er Geschäftspartnern erzählte, wurde Glauben geschenkt. Der Verlust war erheblich, aber er brach ihm nicht den Hals. Es war nicht das verlorene Geld, das ihm zusetzte, sondern die Niederlage. Sein Nervenleiden, das unsägliche Kribbeln in den Gliedern und ein Gefühl, von seinem Versagen am ganzen Leib beschmutzt zu sein, quälte ihn über Wochen. Er hatte sich fest vorgenommen, mindestens ein Jahr lang abstinent zu bleiben und keine Briefe zu schreiben. War die Kuh ausgemolken, ehe der Höhepunkt erreicht war, hätte er das köstlichste Vergnügen seines Lebens verspielt. Den Sommer über blieb er standhaft. Bis die Nachricht aus Spanien eintraf.

Mit Wimpeln geschmückt und von begeistert johlenden Zuschauern verabschiedet, war die HMS Captain im August zu ihrem ersten Flottenmanöver vor der spanischen Küste ausgelaufen. Dass der Kontrollausschuss noch immer wegen der angeblich zu großen Wasserverdrängung herumnörgelte, verhallte im Glanz jenes triumphalen Tages ungehört. Keine drei Wochen später löschte die Hiobsbotschaft den Jubel aus. In einer stürmischen Nacht war das Prachtschiff bei Cap Finisterre von einer Bö getroffen worden und wie ein Stein gesunken. Ganz Portsmouth schien von nichts anderem zu sprechen. Ein Untersuchungsausschuss wurde eingesetzt, der gravierende Fehler beim Bau des Schiffs für den Tod von fast fünfhundert Seeleuten verantwortlich machte. Hector hatte ein Gefühl, als würden sich Blicke und ausgestreckte Finger in sein Fleisch bohren, sooft er einen Fuß auf die

Straße setzte, und in seinen Ohren hallte ein beständiges Getuschel: Seht ihr den? Das ist Hector Weaver, der am Bau der Captain beteiligt war. Entweder der Mann hat kein Verantwortungsgefühl, oder er ist ein Idiot …

Hector stiftete Geld für einen Fonds, der für die Witwen und Waisen der Opfer errichtet wurde. Aber das half ihm nicht, zumal die Summe, die er sich leisten konnte, kaum der Rede wert war. Er wohnte der Züchtigung seines Sohnes bei, die er nicht länger für Dummheit, sondern für Frechheit durchführen ließ, doch das half ihm noch weniger. Bei dem Burschen war Hopfen und Malz verloren. Verstockt, wie er war, schrie er nicht einmal auf, wenn Stock oder Peitsche auf seinen Hintern niedersauste, was dem Vorgang das Vergnügen raubte. Hinterher stand er mit schweißnasser Stirn da wie ein zum Tode verurteilter Rebell. Hatte Hector jahrelang unter Angst gelitten, Horatio könne schwachsinnig sein, so fürchtete er jetzt, der Sohn, der in der Schule als unlenkbares Genie galt, werde als Verbrecher enden.

Gar nichts half ihm. Bis er die Briefe schrieb. Ohne darüber nachzudenken, setzte er eine Summe ein, wie er sie nie zuvor gefordert hatte. Einen solchen astronomischen Betrag konnten die beiden Vögel in ihrem Käfig nicht einfach begleichen, zumal es Gerüchte gab, auch Mildred habe Geld in der Building Society verloren. Diesmal musste es zu einer Eskalation kommen, und wenn sie stattfand, wenn die Leiber der Titanen zusammenprallten, würde er zur Stelle sein.

Vielleicht würde es ihm dann gelingen, sein Leben zurück in seine Bahn zu lenken. Vielleicht konnte er dann, nach all den Monaten, endlich wieder tief und erholsam schlafen.

Kapitel 32

Winter

Wie lange war die Nacht im Dezember her? Fünf Jahre? Jetzt war wieder Dezember, wieder fiel Schneeregen, und wieder zitterte Mildred an allen Gliedern, während sie durch die schwarze Nacht nach Milton's Court ging. Zu Fuß, einen Schleier vorm Gesicht, um nicht erkannt zu werden. Dieses Mal zitterte sie jedoch weder vor Angst noch vor Kälte, sondern vor Zorn, der alle anderen Gefühle erstickte.

Sie hatte sich den Tag über beherrschen müssen. Die Kinder versorgen, ihnen die gelassene Mutter vorspielen. Als sie ihnen gute Nacht wünschte, die kleine Phoebe auf ihrem weißen Kissen liegen sah, schwoll ihr Zorn, bis sie sich zu allem fähig glaubte. Sie würde ihn töten. Dass Menschen zu Mördern wurden und am Ende ihr Bild in der Zeitung und ihren Hals in der Schlinge fanden, erschien ihr auf einmal begreiflich. Dieser Mann wollte sie zerstören, doch damit nicht genug. Er wollte die Zukunft ihrer Kinder zerstören. Hatte er etwas Milderes als den Tod verdient?

Vielleicht war sie von Sinnen, vielleicht hatte sie in dem Moment, in dem sie den Umschlag aufgerissen und die Zahl auf dem Briefbogen gelesen hatte, den Verstand verloren. Vielleicht empfand sie aber auch nur, was etliche Frauen in Jahrhunderten vor ihr empfunden hatten, wenn etwas abgrundtief Böses ihre Kinder bedrohte und ihnen keinen anderen Ausweg ließ. Was immer aus ihr wurde, es war ihre Pflicht, ihre Kinder zu beschützen. Ehe sie in die Schwärze der Nacht hinauslief, steckte sie sich in ihre Rocktasche, zwischen Schlüssel und Börse, ein Messer. Dass sie nicht wusste, wie man einen Menschen damit tötete, spielte keine Rolle. Wenn sie erst vor ihm stand, wenn er sich weigerte, sie aus seinem Würgegriff zu entlassen, würde sie es wissen.

Der Weg durch die Nacht kam ihr endlos vor. Jäh erinnerte sie sich, wie oft sie in ebensolchem Dunkel die verdreckte Straße entlanggelaufen war, um nach Hause zu Daphne zu gehen, wie oft sie Angst gehabt hatte, Daphnes Krankheit könne sich verschlimmert haben, wie oft sie ihr hatte sagen müssen, dass sie auch an diesem Tag keine Arbeit und keinen Penny aufgetrieben hatte. War das ihr Leben gewesen? Sie war mit leeren Händen gekommen, und auf der Treppe hatte Victor sie abgefangen, um ihr Brot und Tee zuzustecken und ihr zu versichern: »Nur keine Sorge, Miss Mildred. Die Miete ist bezahlt.«

Durch die Silberfäden des Schneeregens sah sie das massige Gebäude. Der Mann, der sie damals gerettet hatte, der sie in jener Nacht vor dem Wahnsinn bewahrt hatte, hielt jetzt die Hand erhoben, um sie zu vernichten. Einen Herzschlag lang hatte sie in jener Nacht, beim Blick in seine Augen, erkannt: Er liebt mich. So wie er wird nie wieder ein Mensch mich lieben. Immer war es Daphne gewesen, der eine solche Liebe hätte gelten sollen, die bedingungslose, zu jedem Opfer bereite Liebe, wie sie in Romanen vorkam. Dieses eine Mal aber galt sie Mildred – und einen weiteren Herzschlag lang erfüllte es sie mit Bedauern, dass diese Liebe zu nichts nütze war, dass sie Victor nicht wiedersehen und sich nie wieder von ihm beschützen und umsorgen lassen durfte.

Was war mit dieser Liebe geschehen, welches Grauen war daraus geworden?

Mildred hastete weiter. Wie weißer Rauch schnitt ihr Atem durch die Nacht. Sie erreichte das Tor des Gebäudes, über dem jetzt das alberne Schild der Pension hing. Immer hatten die beiden Flügel weit offen gestanden, im Durchgang hatten Huren ihre Freier und Hehler ihre Kunden empfangen, jetzt aber fand sie sie fest verschlossen vor. Sie rüttelte am Knauf, sie brüllte und fluchte, hob Steine auf und schleuderte sie gegen das Holz. Es dauerte eine Ewigkeit, bis hinter den

Türen Schritte zu hören waren. Mit lautem Ratschen wurden Riegel zurückgeschoben, und dann öffnete ein Flügel des Tors sich um einen Spalt.

Wen hatte sie erwartet? Einen Hausdiener oder Sukie Ralph? Er selbst war es, der den Kopf in den Spalt steckte. Victor. Ihr Todfeind. Kaum erkannte sie ihn, begann sie wieder zu schreien. Was sie ihm ins Gesicht schleuderte, wusste sie nicht – alle Beschimpfungen ihres Wortschatzes und neue, von denen sie nicht geahnt hatte, dass sie sie kannte.

Geschmeidig schlüpfte er durch den Spalt, packte sie und presste ihr die Hand auf den Mund. Sie zappelte mit Armen und Beinen, versuchte ihn in die Hand zu beißen, schlug nach seinem Gesicht. Sie war eine starke Frau, und Not und Wut steigerten ihre Stärke um ein Vielfaches, er aber hielt sie mit einer Leichtigkeit, die sie rasend machte.

»Entweder du hältst jetzt den Mund, oder ich werfe dich vorn an der Straße in die Jauchegrube«, zischte er gefährlich leise. »Was immer du hier willst, ich lege keinen Wert darauf, dass meine Kinder oder meine Gäste behelligt werden.«

Sie nickte, um ihm zu bedeuten, dass sie schweigen würde. Kaum lockerte er den Griff, riss sie sich los, schlug ihm ins Gesicht und schrie von neuem: »Was hast du wohl im Winter für Gäste? Emigranten? Nimmst du sie aus und vergiftest sie mit Seuchen, wie du es mit Daphne und mir getan hast?«

Er packte sofort wieder zu, und diesmal war sein Griff so hart, dass sie vor Schmerz zusammenfuhr. Ehe sie sich's versah, hatte er sie in die Höhe gehoben und trug sie die Straße hinunter, ohne sich um ihr Zappeln und Treten zu scheren. Entsetzt bemerkte sie, wie der Gestank von der Grube, in die die Fisch- und Viehhändler ihren Dreck schütteten, mit jedem Schritt schärfer und beißender wurde. Er eilte voran, als hätte Mildred kein Gewicht. Erst an der Grube gelang es ihr, ihren Mund zu befreien. »Nicht!«, rief sie geradezu flehend.

Er senkte die Arme. »Versprichst du mir, jetzt still zu sein?«

Mildred konnte nur nicken. Victor stellte sie unsanft auf die Füße, drehte sich um und ging zurück zu seinem Haus. Nach wenigen Schritten wandte er noch einmal den Kopf. »Von mir aus kannst du gehen, woher du gekommen bist«, sagte er. »Ich habe geglaubt, ich hätte nur noch einen Wunsch – dich zu zerstören. Aber das ist vorbei. Es gibt Wichtigeres. Geh nach Hause zu deinen Kindern, Mildred. Ich habe mit dir nichts mehr zu schaffen.«
»Du hast mit mir nichts mehr zu schaffen?«, schrie sie ihm hinterher. »Du bist es doch, der mir diese Briefe schreibt, der mir alles zerschlägt, was ich mir aufgebaut habe! Ein Erpresser bist du, ein Blutsauger, der sich vom Leid von Menschen nährt.«
Er fuhr herum und vollführte einen Satz auf sie zu, doch bevor er sie erreichte, hatte sie das Messer in der Hand. Er sprang, und sie streckte den Arm aus und zielte in der Dunkelheit nach seinem Kopf. Als die Klinge auf Widerstand traf, entfuhr ihnen beiden ein Laut. Das Messer fiel zu Boden. Victor sandte einen Fluch hinterdrein und fasste sich ans Gesicht. Blut lief in einem breiten Rinnsal seine Wange hinunter. Mildred erschrak. Dann wurde ihr übel. Sie musste sich an der Bretterwand vor der Grube festhalten, um nicht zu stürzen.
»Glaubst du das wirklich?«, schnitt seine Stimme durch die Stille. »Dass *ich* es bin, der diese Briefe schreibt – glaubst du das?«
»Das habe ich dir doch geschrieben!«, fuhr sie auf, doch ihre Stimme war schwach und brach. »Mit dem letzten Geld habe ich dir geschrieben, dass ich nicht mehr zahle, und du hast trotzdem weitergemacht!«
Wieder herrschte eine Zeitlang Stille. »Komm mit«, sagte er dann in einem Ton, den sie nicht zu deuten wusste. »Wenn du Lärm machst, bringe ich dich um, darauf kannst du Gift nehmen.« Damit drehte er sich um und ging den Weg zurück zur Pension. Mildred stolperte hinterdrein, fuhr einmal herum, weil sie den Eindruck hatte, dass ihnen jemand folgte, und schleppte sich dann, als niemand zu sehen war, weiter.
Sie durchquerten das Tor und den Hof, der in völligem Dunkel lag.

Statt auf das Verwalterhaus, in dem sie in jenem Dezember mit ihm gewohnt hatte, steuerte er auf das hufeisenförmige Gebäude der Pension zu. »Studenten«, zischte er, ehe er den Schlüssel ins Schloss einer Hintertür schob. »Studenten und Angehörige der Marine habe ich als Langzeitmieter. Keine Emigranten. Meine Zimmer sind sauber, und was ich meinen Gästen vorsetze, ist von bester Qualität.«
Auf eine Entgegnung wartete er nicht, sondern schob die Tür auf und ließ Mildred in die dunkle Halle. Dann schritt er nahezu geräuschlos auf eine schmale Tür zu, zog Mildred in den Raum, verschloss hinter sich die Tür und steckte eine Kerze an. Die enge Kammer war auf spartanische Weise als Büro eingerichtet, doch an der Längsseite stand eine Pritsche, auf der Bettzeug lag. Erst jetzt bemerkte Mildred, dass sie bis auf die Haut durchnässt war. Jähe Kälte ließ sie schaudern. Victor schloss einen eisernen Schrank auf, zog einen Packen Papier heraus und warf ihn auf den Schreibtisch. »Da, sieh dir die an. Habe ich mir selbst etwa auch Briefe geschrieben?«
Fassungslos trat Mildred vor den Tisch und blätterte die Papiere durch. Zweifel gab es nicht. Es waren die gleichen Briefe, die sie erhalten hatte, verfasst in derselben ungelenken Handschrift und versehen mit derselben Forderung nach Geld und immer mehr Geld. Sie ließ einzelne Bogen fallen und starrte auf die schiefen Buchstaben, die im Kerzenschein zu Linien verschwammen.
Endlich schaute sie auf. Drei Schritte von ihr entfernt stand Victor. Ihre Blicke trafen sich, und ihre Lippen formten ein Wort, das er verstand, obwohl kein Laut aus ihrer Kehle kam: Wer?
Er schüttelte den Kopf. »Es kann jeder sein. Irgendein Schwein, das uns beobachtet hat und sich die Hände reibt. Ich habe versucht es herauszufinden, aber wer immer es ist, er hat seine Spuren gekonnt verwischt. Ich habe auch überlegt, einen Detektiv, den ich kenne, zu beauftragen, doch wenn der Erpresser davon Wind bekommt, macht er womöglich seine Drohung wahr und läuft zur Polizei.«
»Du könntest sagen, du hast es getan, um mir zu helfen«, entfuhr es

Mildred. Es war töricht, ihn auf eine solche Idee zu bringen. Aber es traf zu. Wenn er die Wahrheit sagte, würde man sie des Verbrechens anklagen, während er glimpflich davonkam. Warum ließ er sich dennoch erpressen, warum ging er nicht zur Polizei, zog seinen Kopf aus der Schlinge und vernichtete zugleich die Frau, die er aus tiefstem Herzen hasste?

Unverwandt sah Victor sie an. Seine Wange hinunter sickerte noch immer Blut und tropfte auf das leuchtende Weiß seines Kragens. Dass sie ihn verletzt hatte, war unbegreiflich, umso mehr, als er schuldlos war. Sie schlang die Arme um den Leib, doch das nützte nichts, es presste die klammen Kleider nur dichter auf ihre Haut.

»Zieh den Mantel aus, Mildred«, sagte er, »sonst holt dich der Tod.«

»Sonst holst du dir den Tod«, verbesserte sie.

»Nein. Der Tod holt die Leute.«

Vor der Erinnerung erstarrte sie. In seiner lautlosen Weise trat er auf sie zu und zerrte ihr den Mantel von den Schultern. »Warum?«, flüsterte sie. »Warum gehst du nicht zur Polizei?«

Er wandte sich ab, trat zum Bett und hob eine Decke auf. »Das Risiko ist mir zu groß«, sagte er. »In den Augen der Leute bleibe ich ein Navvy, ein Ausländer, dem niemand Erfolg gönnt. Einen Skandal kann ich mir nicht erlauben. Ich habe das Kind meiner Schwester zu mir genommen, und die Kleine ist mein Leben. Wenn ich um ihretwillen diesem Schwein das, was er verlangt, in den Rachen werfen muss, dann muss es eben sein.«

»Heißt das, du zahlst?«

Er nickte, kam zu ihr und legte ihr, ohne sie zu berühren, die Decke um die Schultern.

»Aber ich kann nicht zahlen!«, platzte Mildred heraus. »Ich habe mein Geld verloren, ich habe mich krummgelegt, um mich wieder hochzurappeln, und jetzt kommt dieser Dreckskerl und bricht mir das Genick!« Sie zog die Decke um sich, doch ihre Zähne klapperten weiter.

Er musterte sie, als würde er in ihrem Gesicht nach etwas suchen, das ihm bei der Entscheidung half. Mildred wollte stillhalten, warten, obwohl sie nicht wusste, worauf, aber auf einmal ertrug sie das Blut auf seiner Wange nicht länger. Sie packte die Spitze am Bund ihres Ärmels, hob die Hand und wischte es ihm ab. Erst so grob, dass er zusammenzuckte, dann sachter. Zuletzt drückte sie die Spitze, die sie nie mehr sauber bekommen würde, auf die Wunde, bis die Blutung zum Stehen gebracht war. Der Schnitt war nicht lang, aber er würde vermutlich nicht spurlos abheilen, sondern eine Narbe hinterlassen. Es tut mir leid, wollte sie sagen, bekam jedoch kein Wort heraus. Ihre Finger ließen die Spitze los und strichen über den unverletzten Teil seiner Wange, spürten den Knochen unter rauer Haut.

Er stand völlig still. »Hör damit auf, Mildred«, sagte er. »Es ist gut. Ich zahle für dich. Dieses eine Mal lege ich das Geld hin, weil ich mich dazu entschlossen habe, nicht, weil du versuchst mich zu bezirzen. Wenn ich es nötig hätte, mir eine Hure zu kaufen, dann nähme ich eine mit sanfteren Händen.«

Bei dem Wort holte sie automatisch aus. Victor regte sich nicht, und Mildreds Hand schoss nach vorn, hielt aber inne, ehe sie sein Gesicht traf. Sie schlug ihn nicht. Als wäre sie ein Wesen mit eigenem Willen, schmiegte die Hand sich um seine Wange. Sie hatte ihn nicht gestreichelt, damit er für sie bezahlte, sie hatte an solche Möglichkeit nicht einmal gedacht. Ohne Grund liebkoste sie den Mann, der sie eine Hure schimpfte, strich ihm das feuchte Haar hinters Ohr, fuhr mit den Fingerspitzen über seine Schläfe.

»Hör damit auf«, murmelte er noch einmal.

Mildred legte die freie Hand auf seine Schulter und zog sich auf die Zehenspitzen. Lichter von der flackernden Kerzenflamme tanzten über sein Gesicht. Er schloss die Augen und stöhnte.

Durch seinen Leib fuhr ein Beben, dann schlang er die Arme um sie. In dem einen Moment, in dem ihre Lippen und seine sich trafen, glaubte sie den ganzen Schmerz zu fühlen – den Schmerz, von ihrem

Mann verstoßen zu sein und sich Nacht für Nacht nach ihm zu sehnen, den Schmerz, eine ungewollte Frau zu sein, ein Werkzeug, das zu funktionieren hatte, für Kinder, Gäste und Dienstboten, ein Gaul, der nicht mehr brauchte als eine volle Raufe und ab und an ein Tätscheln der Schulter. Sie hatte diesen Schmerz mit Macht erdrückt, und jetzt war er überall in ihr, so dass sie sich an Victor festklammern musste und ihre Lippen auf seine pressen. Tränen strömten ihr die Wangen hinunter. Victors großer, fester Körper in ihren Armen bäumte und neigte sich, als gäbe er all seine Kraft, um sie zu küssen.

Durch Mildreds Leib schossen Ströme, die die Kälte schmolzen. Sie versuchte ihn noch dichter an sich zu ziehen, da hob er den Kopf und löste sich von ihr.

»Du musst jetzt gehen, Mildred. Wir sollten das nicht tun.«

Sie war so außer Atem, dass sie nur den Kopf schütteln konnte. »Gib mir einen Drink«, war alles, was sie herausbrachte.

Er ging zum Schrank, nahm eine Flasche Gin heraus und goss ein Glas zu einem Viertel voll. Im Begriff, den Schrank zu schließen, überlegte er es sich anders, holte ein zweites Glas und füllte es ebenso.

»Mehr«, sagte Mildred.

Er sandte ihr einen Blick. Dann goss er beide Gläser voll bis zum Rand und gab ihr eines. Der Gin war abscheulich, und genau das wollte sie. Er erzeugte Wärme in ihr und sofort wieder Kälte. »Gib mir noch einen.«

»Geh nach Hause.«

»Ich kann nicht.«

Er füllte die Gläser neu. »Das Spiel, das du treibst, ist gefährlich, Mildred. Und ich glaube nicht, dass ich es mitspielen will.«

»Ich auch nicht«, sagte Mildred. »Ich will nicht spielen.« Dass du mich liebst, will ich. Weil sie helle, zierliche Männer begehrte, nicht dunkle, die Kraft und Gefahr ausstrahlten, hatte sie nie bemerkt, wie schön er war, wie ebenmäßig dieser mächtige Körper gebaut war und mit welcher Geschmeidigkeit er sich bewegte. Ein schönes, gefährliches Tier war er, und sie wollte, dass dieses Tier sich ihr ergab. Sie fühlte sich schwach und ausgelaugt, gescheitert und geschlagen, sie wollte, dass er sie hielt und ihr sagte, für ihn sei sie die einzige Frau auf der Welt.

Er machte einen Schritt auf sie zu.

Sie trank ihr Glas leer, fühlte, wie der Gin in ihrem Kopf rumorte, und nahm ihm die Flasche ab. Als sie ihnen beiden nachgeschenkt hatte, war die Flasche leer. Sie streckte die Hand aus und berührte mit zwei Fingern seinen Hals, fühlte sein Blut, das heftig pochte. Im Kerzenlicht sah sie den Schweiß, der in Perlen auf seine Stirn trat. Sie tranken beide, als würde der Gin ihren Durst löschen, obgleich er in Wahrheit ihre Kehlen ausbrannte.

Noch einmal stöhnte Victor auf, dann konnte er nicht mehr. Statt ihr weh zu tun, wie er es vielleicht gewollt hätte, warf er das Glas zu Boden, wo es zerschellte. Sie ließ ihres ebenfalls fallen, und im nächsten Augenblick lag sie in seinen Armen. Sie hatte keinen Wunsch mehr, als all den nassen Stoff von ihrer Haut hinunterzuzerren und stattdessen seine Wärme zu spüren. Es ging schnell. Auf dem Bett zog er eine Decke über sie beide, aber Mildred fror nicht mehr. Sie schrie, weil sie ihn so sehr wollte, griff in sein Fleisch, in die eisenharten Stränge der Muskeln, und schrie noch einmal, als er in ihr kam. Sein Körper war ein starkes, schönes Tier, und ihrer war auch eines, und was die Tiere wollten, das nahmen sie sich, ohne sich darum zu scheren, was die Welt von ihnen hielt.

Sie hatte nicht gewusst, dass Lieben so sein konnte. So, dass nichts anderes daneben vonnöten oder auch nur denkbar war.

TEIL III

Esther

»Lavender's green, dilly dilly,
Lavender's blue.
If you love me, dilly dilly,
I will love you.«

Kapitel 33

Portsmouth, Frühling 1882

Du musst mitkommen, Lydia, ich flehe dich an. Wenn du nicht mitkommst, gehe ich auch nicht hin.«

Lydia musste lachen. »Auf gar keinen Fall!«, rief sie in den von stürmischen Böen gepeitschten Regen. »Ich habe nicht einmal ein Kleid, das ich auf solch illustrem Anlass anziehen könnte.«

»Ich auch nicht«, erwiderte Esther gleichmütig. »Das heißt, ich habe den ganzen Schrank voller Kleider, weil Mildred immer neue hineinstopft, aber ich vergesse grundsätzlich, mich umzuziehen. Außerdem ist es kein illustrer Anlass, sondern Noras Geburtstag. Ich habe Nora schon gesagt, dass du kommst, und sie freut sich so.«

»Du bist unmöglich.« Trotz des Regens, der ihre einzige Haube durchweichen würde, blieb Lydia stehen. »Nora kennt mich doch gar nicht. Weshalb sollte sie sich freuen, wenn ich auf ihrem Geburtstag auftauche?«

»Weil die arme Nora niemanden kennt«, gab Esther zurück. »Nur alte, langweilige Bekannte ihrer Eltern wie Andrew Ternan und Philip Lewis. Sie ist selig, wenn ein bisschen Leben ins Haus kommt.« Kurzerhand packte Esther Lydia am Ärmel und zog sie unter das Vordach des Schulgebäudes. Diese Schule – die Portsmouth High School for Girls – war vor drei Jahren gegründet worden und stellte eine kleine Sensation dar. Sie war die erste weiterführende Schule für Mädchen in ganz Hampshire. Lydia unterrichtete hier, und Esther hatte es ihrer Familie abgetrotzt, die Schule besuchen zu dürfen. Sie war so klug, wie sie fleißig war, und wollte Medizin studieren. Eine Schande, dass sie in diesem Land kaum die Möglichkeit dazu erhalten würde, sondern nach Kanada oder in die Vereinigten Staaten auswandern musste.

Schon jetzt, anderthalb Jahre vor ihrem Abschluss, sparte Esther jeden Penny, um sich die erträumte Zukunft leisten zu können.
Für Lydia war sie mehr als eine Lieblingsschülerin – trotz der sieben Jahre Altersunterschied betrachtete sie Esther als ihre Freundin. Seit sie einander im Sankt-Joseph-Spital begegnet waren, hatten die beiden sich nie wieder aus den Augen verloren. Den hingerissenen Ausdruck auf dem Gesicht des Kindes, das von einer Entfernung des Appendix berichtete, würde Lydia für immer im Gedächtnis bleiben. Wenn je ein Mensch für den Arztberuf geboren worden war, dann war es Esther Weaver.
Ihre Pause hatten die beiden im Hof verbracht, um zum hundertsten Mal über den Tanztee bei Esthers Base zu streiten. Es rührte Lydia, dass Esther so viel daran lag, sie in ihre Familie einzuführen. Die Freundin wollte einfach nicht einsehen, dass Lydia zu dieser Familie nicht passte. Von Esthers Angehörigen, die sie höchstens flüchtig kannte, mochte sie nur ihren Vater, und der mied solche Feste, wo er nur konnte. Hyperion Weaver verbrachte jeden wachen Augenblick seines Lebens im Spital.
»He, hörst du mir überhaupt zu?« Esther zupfte sie am Ärmel. »Ich habe dich gefragt, ob du das verantworten kannst, dass die arme Nora an ihrem Geburtstag zwischen alten, langweiligen Krautern sitzt.«
»Ich bin auch ein altes, langweiliges Kraut«, gab Lydia zu bedenken.
»Du doch nicht!«, protestierte Esther. »Du bist weder langweilig wie Noras Vetter Philip, der nur von seinem Regiment schwatzt, noch uralt wie Andrew Ternan, der vermutlich überhaupt nicht schwatzen kann.«
Noch einmal musste Lydia lachen. »Die beiden tun mir beinahe leid. Wissen sie, wie vernichtend dein Urteil über sie ausfällt?«
»Ach wo!«, antwortete Esther. »Ich sage das nur hier, wo es niemandem weh tut, versprochen. Außerdem fällt ihr Urteil über mich bestimmt nicht besser aus. Ich kann es förmlich hören: Esther Wea-

ver? Meinst du den hässlichen Blaustrumpf, der nicht weiß, wie man sich die Haare kämmt, und eine Schuluniform für ein Ballkleid hält?«

Sie lachten beide. Auch wenn Lydia Esther gern gesagt hätte, dass sie alles andere als hässlich war. Ihr Äußeres, auf das andere Mädchen so viel Mühe verwandten, schien ihr völlig gleichgültig. Sie lief in der Tat ungekämmt und in der achtlos übergeworfenen Schulkleidung umher, aber das nahm ihrer Erscheinung nicht den Zauber. Im Gegenteil. Es war bei weitem nicht nur das herrliche Haar oder die graziöse Figur des Mädchens, nach denen Männer wie Frauen die Köpfe verdrehten. Esther besaß eine Ausstrahlung, die man bei so jungen Menschen selten fand. Vielleicht war ihre Schönheit gerade deshalb so fesselnd, weil sie selbst sich ihrer gänzlich unbewusst war.

»Wir müssen zurück«, ermahnte Lydia die Freundin und verzog das Gesicht, während sie in den strömenden Regen wies.

»Ich bleibe hier, bis du mir versprichst, dass du mit mir zu Nora kommst«, beharrte Esther. »Bitte, Lydia, ich will dir doch endlich all die Leute vorstellen, von denen ich dir erzählt habe – Tante Bernice, aus der du vier Tanten machen kannst, und die arme Nora und meinen Cousin Horatio, das Genie.«

»Den will ich ganz sicher nicht kennenlernen!«, begehrte Lydia auf. Esthers Cousin, der in Oxford Physik und Astronomie studierte und als Jahrgangsbester abgeschlossen hatte, galt nicht nur als Genie, sondern vor allem als unersättlicher Frauenverführer. In Fratton sollte sich eine Sechzehnjährige seinetwegen aufgehängt haben, und unter Lydias Kolleginnen wurde gemunkelt, er habe ein Verhältnis mit seiner eigenen Tante, der rassigen Maria Lewis. Lydia war keine Frau, die etwas auf Klatsch gab. Aber sie war eine, die für die Rechte von Frauen eintrat, gegen frauenfeindliche Erlasse kämpfte und forderte, dass kluge Mädchen ebenso studieren durften wie kluge Männer. Horatio Weaver war ihr zuwider, weil er in einem Kommentar in der *Portsmouth Times* geschrieben hatte, Frauen an Universitäten trügen zwar zum Amüsement der Studenten, aber keineswegs zum Fortschritt des Landes bei.

Aus Esthers Gesicht wich die Heiterkeit. »Horatio ist nicht der Satan, den alle in ihm sehen«, murmelte sie mit Trotz in der Stimme. »Er lässt nur keinen nah an sich heran und hat diesen Zwang in sich, Menschen gegen sich aufzubringen – aber vielleicht wäre bei einem solchen Vater ja jeder so. Ich habe einmal erlebt, wie Onkel Hector Horatio prügeln ließ. Ich war elf und Horatio sechzehn. Er hat den Gärtnern befohlen, ihn auf den Schreibtisch niederzudrücken, und dem Erzieher, ihm drei Dutzend Schläge mit dem Stock und einen Hieb mit der Kutscherpeitsche zu geben. Georgia, Nora und ich mussten dabei zusehen. Ich glaube, wenn ich Horatio wäre, ich hätte meinen Vater umgebracht.«

Lydia fand die Vorstellung, wie dem arroganten Frauenhasser der Hintern ausgedroschen wurde, ziemlich erfreulich, so pervers ihr solche Methode der Erziehung auch erschien. »Ich will das nicht hören«, erklärte sie der Freundin. »Ich mag dich, Esther. Deine Familie mag ich nicht.«

»Das ist Unsinn! Hast du nicht gesagt, solche Vorurteile seien intelligenter Menschen nicht würdig? Meine Familie, das sind doch nicht nur Horatio und Onkel Hector. Weshalb solltest du Georgia nicht mögen? Es gibt niemanden auf der Welt, der so witzig ist! Und die arme Nora, was hat die irgendwem getan? Mildred ist eben Mildred – es gibt etliche, die sich über sie die Mäuler zerreißen, aber vielleicht sollten die erst einmal zustande bringen, was Mildred geschafft hat. Mich hat sie aufgezogen, nachdem meine Mutter mich verlassen hat, und das vergesse ich ihr nicht. Wer Mildred nicht mag, mag mich auch nicht, und wer die Kleinen nicht mag, ist nicht ganz bei Trost.«

»Das denkt so mancher von mir«, erwiderte Lydia, nahm Esther beim Arm und zog sie mit sich in den Regen. »Jetzt komm, du Starrkopf. Für den Nachmittag steht Geschichte auf dem Plan, das ist nicht eben deine starke Seite. Wenn du mir die Abfolge der napoleonischen Krie-

ge fehlerfrei herbeten kannst, komme ich in Gottes Namen mit zu deinem Tanz.«
»Ha!«, rief Esther vergnügt. »Das wäre doch gelacht!«
Ja, dachte Lydia. Das wäre doch gelacht. Sie kannte Esthers Entschlossenheit und wusste, dass sie an Weihnachten und Ostern eher vorbeikommen würde als am Tanz im Haus von Hector Weaver.

Hätte es eine Wahl zum unbeliebtesten Mann der Stadt gegeben, so hätte Weaver sie zweifellos gewonnen. Er war der Inhaber der Gasanstalt. Wer in Portsmouth nicht bei Kerzenschein hocken wollte, war auf Weaver angewiesen, und wer mit der Zahlung seiner Wucherpreise auch nur eine Woche im Rückstand war, dem kappte er kurzerhand die Leitung.
Lydia und ihre Mutter konnten ein trauriges Lied davon singen. Der Lohn, den Lydia in der Schule bezog, war kaum mehr als ein Almosen – nicht zu vergleichen mit den Gehältern an Knabenschulen. Ihre eigenen Bedürfnisse waren mehr als bescheiden, doch ihrer Mutter sollte es an nichts fehlen. Die Mutter hatte sich den Rücken krumm geschuftet, um der Tochter den Weg zu ebnen, und jetzt sollte sie in der kleinen Wohnung, die Lydia für sie beide gemietet hatte, den Rest ihres Lebens genießen. Wer ihrer Mutter das Gas abstellte, der machte sich Lydia zum Feind.
Das Haus der Weavers – größenwahnsinnig Mount Olymp getauft – erhob sich als protziger Palast. Hätte Esther sie nicht am Arm gezerrt, hätte Lydia kehrtgemacht. Drinnen war es nicht besser. Inmitten von überladenem Zierrat kam sie sich vor, als wäre sie ins Sommerhaus der Königin geraten, und die aufgesetzte Vornehmheit erschien geradezu grotesk. Esthers Tante, die ihr hoheitsvoll die behandschuhte Hand entgegenhielt, war tatsächlich die dickste Frau, die sie je gesehen hatte. Wie viele Menschen hätte man von den Bergen, die Bernice Weaver vertilgte, ernähren können? »Noch Kuchen übrig, Tantchen?«, fragte Georgia, die mit den jüngeren Schwestern im Schlepp-

tau folgte. Der giftige Blick, den der Fleischberg ihr zuwarf, imponierte ihr nicht.

Die Geburtstagsgesellschaft saß im Salon um weißgedeckte Tische, zwischen denen Hausmädchen mit beladenen Teewagen hin und her hetzten. Lydia kam es falsch vor, dass Frauen im Alter ihrer Mutter diese Backfische, die niemandem von Nutzen waren, bedienen mussten. »Danke, ich kann das allein tun«, erklärte sie deshalb der Bediensteten, die zum Büfett eilen wollte, um einen Ständer mit Teekuchen für sie zu holen. Die Frau sah sie an, als wäre sie nicht bei Verstand.

Die Kapelle, die sich um einen Flügel gruppierte, spielte dezente Klänge zur Untermalung. Dass hier später getanzt werden sollte, erschien Lydia unvorstellbar, so steif, wie die Versammelten auf ihren Stühlen hockten. Esther und Georgia hatten den jüngeren Schwestern geholfen, an einem langen Tisch Platz zu nehmen, der offenbar der Jubilarin und ihren Verwandten vorbehalten war. Auch das kam Lydia falsch vor – dass sich Esther und Georgia um ihre Schwestern, die vierzehn und elf Jahre alt waren, kümmerten wie um zwei Wickelkinder. Die Jüngste litt an krankhafter Schüchternheit und bekam auch jetzt den Mund nicht auf. Ein paar Jahre in einer öffentlichen Schule hätten sie davon kuriert, befand Lydia, aber so etwas kam für die Töchter von Mildred Weaver natürlich nicht in Frage. Stattdessen wurde der älteren Phoebe erlaubt, in dasselbe Verhalten zu verfallen. Verängstigt, als hätte man sie in einen Karzer gesperrt, kauerten beide vor vollgehäuften Kuchentellern.

Die Jubilarin auf dem Ehrenplatz in der Mitte sah nicht glücklicher aus. Ihr hellblaues, mit einer Unzahl von Rüschen und Spitzen besetztes Kleid betonte ihre unnatürliche Blässe, und der Blumenkranz drohte aus ihrem farblosen Haar zu rutschen. Als sie die Hand nach ihrer Teetasse ausstreckte, erschrak Lydia. Nie zuvor, nicht einmal im Arbeitshaus, hatte sie ein so mageres Geschöpf gesehen. Nora Weavers Hand glich dem Porzellan der Tasse – bei einer festen Berührung würden beide zerbrechen.

Lydia fand die meisten Männer, aber nur die wenigsten Frauen hässlich, und auch Nora Weaver hätte schön sein können. Sie hatte ein streng und klar geschnittenes Gesicht, reine Haut und mandelförmige Augen. Sie wäre schön, wenn sie es sich erlauben würde, durchfuhr es Lydia.

Neben Nora saß ein dunkelhaariger Mann im schwarzen Cutaway, der seinen Teller mit einer Geste von solcher Verachtung von sich schob, als hätte man ihm keine sahnigen Teekuchen, sondern Würmer und Milben vorgesetzt. Er lehnte sich zurück, kreuzte die Arme vor der Brust und schloss die Augen. Was dachte sich der Kerl? Wollte er den Ehrenpreis für die schlechtesten Manieren gewinnen? Verärgert bemerkte sie, dass sie ihn anstarrte. Er hatte lange, wie Muscheln geformte Lider und Wimpern wie in schwarze Tinte getaucht.

»He, Horatio, auf mit dir!«, rief Georgia. »Ehe dir ein Zacken aus der Krone fällt, sag deinen Untertanen zumindest guten Tag.«

Lydia sandte ihr ein anerkennendes Grinsen. Sie mochte Georgia, die mit ihrem stämmigen Bau, dem strohigen Haar und dem breiten Mund jedem Schönheitsideal widersprach.

Wie ein schönes träges Tier erhob sich der Mann vom Stuhl. Erst jetzt begriff Lydia. Das also war der berüchtigte Horatio, dem sein Vater den Hintern offenbar nicht kräftig genug versohlt hatte. Wütend sah Lydia zu, wie er die drei jüngeren Basen begrüßte, ohne ihnen auch nur die Hand zu geben, und sich dann mit lässigem Schwung der Schultern zu ihr und Esther umdrehte. »Lydia, das ist mein Cousin Horatio«, rief Esther geradezu stolz. »Es gefällt ihm, sich wie die Axt im Walde zu benehmen, aber wenn es ihm nicht so peinlich wäre, wäre er ein netter Kerl.«

Horatio hob eine teuflisch schwarze Braue, die sich zum perfekten Bogen krümmte. »Was soll mir bei der Verwandtschaft noch peinlich sein?«, entgegnete er trocken und schob hastig die Hand auf seinen Rücken, als Esther danach greifen wollte. Sein Blick traf Lydia.

»Das ist meine Freundin, Miss Lydia Burleigh«, murmelte Esther,

dann ließ etwas sie verstummen. Lydia, der eine pfeilspitze Bemerkung auf der Zunge lag, sagte kein Wort.
Sie wollte dem Mann nicht in die Augen sehen. Seine Augen waren braun und arrogant und schön. Als er sich nicht abwandte, senkte sie den Blick. Gleich darauf wurde sie noch wütender. War es nicht das, was sie ihren Schülerinnen predigte: Nie, nie, nie hat ein Mädchen Grund, vor einem Mann den Blick zu senken. Sie zwang sich, wieder aufzuschauen. Der Mann sah sie noch immer an. Die blasierte Langeweile auf seinem Gesicht war fortgewischt, doch was jetzt darauf lag, vermochte sie nicht zu deuten. Etwas Erschrockenes, Verstörtes – aber was sollte den Widerling verstört haben? Er öffnete den Mund und stieß zwei Worte aus: »Verzeihen Sie.«
Hatte er das je zuvor getan, jemanden um Verzeihung gebeten? Er senkte den Kopf, dass ihm sein schweres Haar in die Stirn fiel und verriet, wie jung er war. Lydia zwang sich, die Schultern zu straffen.
»Ich wüsste nicht, was ich Ihnen zu verzeihen hätte«, versetzte sie kühl. »Ich habe mit Ihnen nämlich nichts zu schaffen.«
In seiner Wange zuckte ein Muskel. »Doch«, sagte er.
Georgia kicherte.
»Wie bitte?«, entfuhr es Lydia.
»Doch, Sie haben mit mir zu schaffen«, entgegnete Horatio Weaver, drängte sich zwischen seiner Schwester und einem älteren Gast hindurch und kam zu ihr. Lydia sah alles, was sie nicht sehen wollte – breite Schultern, schlanke Hüften, lange Beine, die sich geradezu graziös bewegten. Warum durfte Verdorbenes so schön sein? Bevor er sich vor ihr verbeugte, gab er der Kapelle ein Zeichen. So nah war er ihr jetzt, dass sie seinen Duft wahrnahm. Sie mochte den Duft von Frauen, der von Männern war ihr zu beherrschend, zu herb, zu intensiv. Die Kapelle begann, einen langsamen Walzer zu spielen. Horatio Weaver reichte ihr den Arm.
»Habe ich zugesagt, mit Ihnen zu tanzen?«
Er nickte.

»Das wäre mir neu«, sagte Lydia und wandte sich ab. Er umfasste ihren Oberarm und drehte sie zu sich zurück, legte die Arme um sie und begann mit ihr zu tanzen. Lydia hatte nie tanzen gelernt, sie hatte für derlei Nichtigkeiten weder Zeit noch Geld. Der hingegen, der Horatio Weaver tanzen gelehrt hatte, war ein verteufelt guter Lehrer gewesen. Die sanfte Gewalt, mit der er sie in jede Schwingung der Musik hineinwiegte, versetzte sie in Zorn. Er überragte sie um einen knappen Kopf und tanzte mit ihr wie ein Mann, der eine Frau durchs Leben tragen wollte. Aber Männer trugen Frauen nicht durchs Leben, sie brachten sie höchstens ins Straucheln und brachen ihnen das Genick.

Zwei, drei Paare hatten sich auf die Tanzfläche gesellt. Was taten die Übrigen? Blieben sie auf ihren Plätzen sitzen, um Lydia anzuglotzen und einander zuzutuscheln: Habt ihr's gesehen? Horatio hat ein neues Opfer gefunden, er vernascht jetzt Esthers fade kleine Lehrerin.

»Lassen Sie mich los«, sagte sie.

Er sah sie an und erwiderte: »Nein.« Etwas Dringliches lag in dem Wort. Etwas Unerwartetes.

»Wenn Sie es nicht tun, gebe ich Ihnen eine Ohrfeige«, sagte Lydia. »Zwar hätte ich mir dazu lieber ein Paar Handschuhe geborgt, aber zur Not mache ich mir auch die Finger schmutzig.«

Er sah sie immer noch an. Flüchtig schien es, als würde sich sein Griff lockern, dann fasste er nach und führte sie in den Erker mit der Glastür, die auf die Terrasse hinausging. »Verzeihen Sie«, sagte er noch einmal. »Ich fürchte, ich muss das riskieren.«

Die Angst, die sie packte, stand in keinem Verhältnis zu dem, was geschah. »Sie sind feige!«, herrschte sie ihn an. »Los, tanzen Sie in die Mitte, wo uns alle sehen, oder wagen Sie nur in dunklen Ecken einer Frau Gewalt anzutun?«

Er zuckte zusammen, als hätte sie ihn tatsächlich geohrfeigt. Mit einer weichen Wendung führte er sie in die Mitte des Saals zurück und gab sie frei. »Ich habe noch nie einer Frau Gewalt angetan«, sagte er verletzt.

»Eine Frau, die nicht mit Ihnen tanzen will, zu zwingen, ist Gewalt.« Verstört furchte er die Stirn und grub eine Hand in sein Haar, so dass der scharfe Ansatz sich zeigte. »Ich hatte nicht den Eindruck, dass Sie nicht mit mir tanzen wollten«, bekannte er.

»Ach!«, rief sie höhnisch. »Sind Sie derart von Ihrer Unwiderstehlichkeit überzeugt, dass Sie meinen, jede Frau müsse sich nach einem Tanz mit Ihnen verschmachten?«

»Nein«, sagte er, »das meine ich nicht.«

»Aber die meisten tun es, oder etwa nicht?«

»Ja«, antwortete er, »die meisten tun es.«

»Dann gehen Sie und machen Sie die meisten selig. Mir sind halbgare Schnösel mit schlechten Manieren ein Gräuel.«

»He!« Über sein Gesicht flog die Spur eines Lächelns, und eine Faust schloss sich um Lydias Herz. »Das ist ein bisschen hart, finden Sie nicht? Eine Ohrfeige, haben Sie gesagt. Nicht drei hintereinander.«

Sie wollte alles, aber nicht lachen. Nicht in seine Augen sehen, die sie blitzend und funkelnd zum Lachen verführten. »Lydia«, murmelte er wie in Träumen. »Der Name passt zu Ihnen.«

»Und wie vielen Frauen erzählen Sie das?«

»Keiner«, erwiderte er wie aus der Pistole geschossen. »Andere Frauen dürfen nicht Lydia heißen. Lydia sind Sie.«

»Für Sie bin ich Miss Burleigh«, wies sie ihn zurecht.

»Sie haben wilde Gerüchte über mich gehört, nicht wahr?«

»Ja«, sagte sie. »Und wenn Sie mir gleich erzählen, sie seien alle erlogen, werde ich Ihnen kein Wort glauben.«

»Sie sind nicht erlogen«, entgegnete er und senkte den Kopf, so dass sie statt seines Gesichts den dichten schwarzen Haarschopf sah.

»Sie widern mich an«, sagte sie, um den Wunsch, die Hand nach diesem Haar auszustrecken, zu ersticken. »Sie brüsten sich mit Taten, für die ein Mann von Charakter sich schämen würde.«

»Schämen?«, wiederholte er, als hätte er das Wort nie gehört.

»Allerdings. Aber was geht es mich an? Tun Sie, was Sie wollen, Mr Weaver, nur lassen Sie mir meine Ruhe.«
Es kostete unendliche Anstrengung, sich umzudrehen und zwischen den Gaffern hindurch zum Tisch zurückzugehen. Bei jedem Schritt war sie sich ihrer selbst bewusst – des billigen Kleides, das sie wie üblich ohne Korsett trug, ihres Haars, das geschnitten gehörte, ihres Gangs, der ihr eckig und unbeholfen vorkam. Inzwischen waren mehr Gäste auf die Tanzfläche geströmt. Am Tisch saß allein Nora Weaver und starrte in ihren Tee. Wie herzlos, das Mädchen an ihrem Geburtstag einsam sitzen zu lassen – wie herzlos von ihrem Bruder, den die Schwester offenbar nicht scherte.
Er hatte sich rasch getröstet und beglückte jetzt eine Schönheit im zartgrünen Spitzenkleid. Dass er besser tanzte als jeder Mann im Saal und sich hielt, als ließe sein Rücken sich nicht beugen, machte ihn ihr umso hassenswerter. Seltsam war allerdings, dass seine Fingerspitzen auf dem Arm der Tänzerin kaum auflagen, als würde er tatsächlich vor Berührung zurückscheuen.
Esther tanzte mit dem älteren Gast, der neben Horatio gesessen hatte, und Georgia amüsierte ihre jüngeren Schwestern mit einer komischen Schrittabfolge. »Ich hoffe, Sie langweilen sich nicht«, vernahm Lydia kleinlaut die Jubilarin neben sich. »Mochten Sie nicht mit meinem Bruder tanzen? Wie schade. Alle anderen, die kommen, streiten sich darum.«
Lydia schreckte auf. »Wollen Sie mit ihm tanzen?«, fragte sie. »Er sollte sich schämen zu vergessen, dass seine Schwester Geburtstag hat.« Es war das zweite Mal, dass sie erklärte, Horatio Weaver solle sich schämen, obgleich er gewiss kein Schamgefühl besaß.
»Horatio?« Nora lachte traurig. »Er bestürmt mich immer, ich solle mit ihm tanzen, aber ich kann es doch nicht.«
Sie konnte nicht tanzen? Lernten diese höheren Töchter nicht Walzerschritte, ehe sie ihren Namen schreiben konnten? Nora vollzog offenbar ihre Gedanken nach. »Gelernt habe ich es schon«, berichtig-

te sie sich. »Aber ich habe eine Störung im Blut, mir wird schwindlig und schwarz vor den Augen dabei.«
Das würde es mir auch, wenn ich so verhungert wäre wie du, dachte Lydia. Laut sagte sie: »Das tut mir leid.« Mehr fiel ihr nicht ein.
»Oh, das muss es nicht. Mir tut leid, Sie damit zu langweilen. Als ich Sie mit meinem Bruder sah, hatte ich gehofft …«
»Was hatten Sie gehofft?«
»Dass Sie Vergnügen haben. Dass Sie wiederkommen. Esther erzählt immer so nett von Ihnen.«
»Ich würde gern wiederkommen«, sagte Lydia, obwohl sie entschlossen war, nie wieder einen Fuß in dieses Haus zu setzen. »Aber zu Ihnen, nicht zu Ihrem Bruder.«
Verwundert blickte Nora auf. In diesem Moment verstummte die Musik, die Tänzer strömten zurück an ihren Tisch und ersparten Lydia damit eine Frage, die sie nicht beantworten wollte. Kaum entdeckte sie Esther, packte sie sie am Arm. »Lass uns nach draußen gehen, wenn du nicht willst, dass ich ersticke«, zischte sie.
Ohne viel Federlesen lief Esther in den Erker, öffnete eine der Glastüren und zog Lydia ins Freie. Es begann gerade zu dunkeln, und die plötzliche Kühle war erlösend. »Du bist ein Engel.« Esther stöhnte. »Hätte ich auch nur einen Augenblick länger mit Andrew Ternan zubringen müssen, wäre ich im Stehen eingeschlafen.«
Fragend runzelte Lydia die Stirn.
»Ich weiß, ich bin gehässig«, gestand Esther zerknirscht. »Der Ärmste kann ja nichts dafür, dass er alt ist und die Kiefer nicht auseinanderbekommt, aber warum muss er ausgerechnet mich auffordern?«
»So sonderlich alt ist er doch gar nicht«, warf Lydia ein.
»Mindestens dreißig! Aber bitte, sprechen wir von etwas anderem.« Esther hielt inne und suchte Lydias Blick. »Das sah schön aus«, sagte sie.
»Was sah schön aus?«
»Du und Horatio.«

»Wie meinst du das?«, fragte Lydia, obwohl sie es nicht wissen wollte.
»Ihr habt euch angeschaut, als wäre euch nie zuvor ein Mensch begegnet.« Esther sagte solche Dinge, ohne zu grinsen. Sie beschrieb, was sie wahrnahm, wie sie als Kind die Entfernung des Appendix beschrieben hatte, und traf damit ins Schwarze. In Lydias Magengrube. Um sich zu beherrschen, ballte sie die Hände zu Fäusten.
»Er ist mir zuwider«, begann sie schleppend. »Und das sollte er dir auch sein. Wenn du ihm erzählen würdest, dass du Ärztin werden willst – was glaubst du, würde er dazu sagen?«
»Ich habe es ihm erzählt.«
»Und was hat er gesagt?«
»Dass ich so hässlich doch nicht wäre – wenn ich mich ein bisschen zurechtmachen würde, fände sich sicher ein Bräutigam für mich.«
»Und solche Kanaille verteidigst du?«, brach es aus Lydia heraus. »Weißt du, wo der dich und mich gern sähe? Unter der Fuchtel, als ergebene Weibchen, die einem Männchen ein süßes Heim bereiten. Und wenn du dazu nicht taugst, kannst du vor die Hunde gehen wie seine Schwester, die vor vollen Tellern verhungert, ohne dass es ihn kratzt.« Sie biss sich auf die Lippe. Vor Empörung hatte sie nicht bemerkt, wie laut sie geworden war.
»Vorurteile.« Esthers Stimme klang traurig. »Ich habe immer gedacht, du seist der einzige Mensch, der keine hätte. Wie sollen eigentlich Männer wie Horatio lernen, anders zu denken, wenn Frauen wie du sie als Kanaillen abtun und sich weigern, mit ihnen zu sprechen? Übrigens, Horatio liebt Nora. Er konsultiert einen Arzt nach dem anderen, er hat sich ihretwegen sogar mit seinem Vater angelegt.«
»Wie mutig«, bemerkte Lydia höhnisch. »Inzwischen wird ihm sein Vater ja wohl kaum mehr den Hosenboden dafür strammziehen.«
Esther wandte sich ab. »Ich hätte nicht gedacht, dass du so gemein sein kannst«, sagte sie.
»Esther!« Lydia legte den Arm um sie. Sie stellte es nicht zum ersten Mal fest: Das Mädchen war zu gut für diese Welt, sie vermochte ein-

fach nicht in einem Menschen das Schlechte zu sehen. »Lass uns bitte nicht um diesen Kerl streiten, ja?«

»Dieser Kerl ist mein Cousin«, erwiderte Esther. »Ja, er geht hässlich mit Frauen um, er nimmt sie und wirft sie weg, und deswegen habe ich ihm mehr als einmal den Kopf zurechtgesetzt. Aber das ist nicht der ganze Horatio. Weißt du, wie klug er ist? Wie seine Professoren von ihm schwärmen?«

»Ich bin zwar kein Professor, sondern nur eine mickrige Lehrerin, aber ich schwärme lieber von dir. Was Klugheit betrifft, so kannst du es mit diesem Prahlhans zehnmal aufnehmen.«

»Horatio prahlt nicht«, entgegnete Esther. »Über seine Arbeit spricht er kein Wort, und an Klugheit nimmt es niemand mit ihm auf.«

»Es gibt auch eine Klugheit des Herzens«, sagte Lydia. »Menschen, die wirklich klug sind, wollen anderen nicht weh tun.«

Endlich wandte Esther sich ihr wieder zu. »Und wer sagt dir, dass Horatio jemandem weh tun will? Vielleicht braucht er ja all die Frauen, die ihn vergöttern, weil sein Vater ihn immer nur verachtet hat. Im Übrigen sah er nicht aus, als wollte er dir weh tun, Lydia.«

»Mir?« Ihr Lachen geriet nicht echt. »Dazu wird der werte Herr keine Gelegenheit erhalten. Ich gehöre nämlich nicht zu den Scharen, die ihn vergöttern, sondern schließe mich in dem Fall der Meinung seines Vaters an.«

Unverwandt sah Esther sie an. »Weißt du, was ich glaube?«

»Woher soll ich das wissen?«

»Ich glaube, du lügst«, sagte Esther. »Ich bin keine Romanleserin, ich verstehe von alldem nichts, aber es war etwas Besonderes zwischen dir und Horatio, und es war so schön, dass nicht mal Georgia einen Witz gerissen hat. Du möchtest es klein und schmutzig reden, doch das gelingt dir nicht. Du bist keine mickrige Lehrerin, und Horatio ist keine Kanaille, und das, was mit euch geschehen ist, ist weder schmutzig noch klein. Horatio, und wenn er noch so viele Frauen verführt, hat Angst, dass Menschen ihn berühren. Ich habe

noch nie gesehen, dass er sich wünschte berührt zu werden wie von dir.«
Lydia schwieg. Gern hätte sie Esther gesagt, dass sie Unsinn schwatzte, aber ihre Kehle weigerte sich. Eine seltsame Traurigkeit befiel sie. Sie wollte fort aus dieser künstlichen, kalten Welt, zu ihrer Mutter, zu Dünnbier und Schwarzbrot. »Sei mir nicht böse«, sagte sie zu Esther und stand auf. »Ich will nach Hause. Nein, mach kein Aufhebens, lass mich einfach gehen, ich bitte dich.«
Esther war anzusehen, dass sie mit sich kämpfte, doch am Ende gab sie sich geschlagen. Es gelang Lydia, von einem der Hausmädchen ihren Mantel zu ergattern und sich unbemerkt aus dem Haus zu schleichen. Auf dem Gartenweg begann sie zu laufen, eilte durchs Tor und die Straße hinunter und blieb hinter der Häuserecke stehen. Sie war eine gute Läuferin, doch jetzt war sie von den paar Schritten außer Atem und musste sich an der Mauer abstützen. Über ihr Gesicht rannen Tränen.
Als sie die Schritte hörte, war es längst zu spät. Sie hob den Kopf, und er stand schon vor ihr. Schwarzes Haar, schwarze Brauen, das weiße Plastron um seinen Kragen gelöst. Nicht seine Schönheit berührte sie, sondern das Verlorene, Bittende in seinem Gesicht, das zu der blasierten Schönheit nicht passte.
Er sagte nichts, hielt ihr nur etwas entgegen. Einen Damenhandschuh, der zwischen seinen Fingerspitzen baumelte.
»Was soll das?«
»Damit Sie sich die Finger nicht schmutzig machen müssen«, antwortete er und streifte ihr den Handschuh über. »Ich habe Sie belauscht, Miss Burleigh. Ich schäme mich.«
Ungläubig starrte sie erst auf ihre Hand und dann in sein Gesicht.
»Bitte«, sagte er, »geben Sie mir eine Ohrfeige oder meinetwegen so viele Sie wollen, und dann erlauben Sie mir, Sie wiederzusehen. Ich verspreche, ich tue nie wieder etwas, das Sie nicht wollen. Ich will Sie nur kennenlernen. Mit Ihnen sprechen. Ihnen so lange einreden, dass ich mich bessern könnte, bis Sie es mir glauben.«

»Glauben Sie es?«, entfuhr es Lydia.
»Ich weiß es nicht«, sagte er, und seine Ehrlichkeit zerbrach ihren Widerstand. »Aber ich will es um jeden Preis glauben.«
Sie tat es. Holte aus und schlug ihm so hart, wie sie konnte, auf die Wange. Sie hatte nie zuvor einen Menschen geschlagen. Als sie die Hand hinuntersacken ließ, sah er sie immer noch an. Auf seiner Haut zeichneten sich rot die Spuren ihrer Finger ab, und auf seine Stirn trat ein Rinnsal Schweiß. Er hielt sich an sein Versprechen. Schob die Hände auf den Rücken und rührte sie nicht an. Nur sein Mundwinkel zuckte, ein verlegenes Zugeständnis an den Schmerz. »Morgen?«, fragte er rau.
Sie schüttelte den Kopf. Gegen ein Zittern kämpfend, zog sie den Handschuh aus, legte einen Finger in seinen Mundwinkel und spürte die Regung unter der Haut.

Kapitel 34

Herbst

Mildred saß unter dem größten der Zwetschgenbäume und zählte Geld. Schon lange versetzte es sie nicht mehr in Erregung, die Einnahmen der Saison zusammenzurechnen und in die Spalten des Bilanzbuchs einzutragen, aber beruhigend wirkte es noch immer auf sie. Sie hatte vieles erreicht. Wäre der Erpresser nicht gewesen, hätte sie ihr Hotel erweitern können wie das Victoriana, dessen eindrucksvolle Riesenfront sich wie ein Wahrzeichen des Badeorts Southsea ausnahm. Der Mensch war ein seltsames Tier – er gewöhnte sich selbst ans Ungeheuerlichste. Was den Erpresser betraf, der sie fast um den Verstand gebracht hatte, dachte Mildred inzwischen wie andere über ihre Gemeindesteuer. Sie legte stets eine Summe zurück, um nicht von Forderungen überrascht zu werden, aber schlaflose Nächte bereiteten die Briefe ihr schon lange nicht mehr.

Natürlich gab es Momente, in denen sie zornbebend auf das imposante Victoriana blickte und auf die Unsummen fluchte, die die Ternans einnahmen, weil Mount Othrys ihnen keine Konkurrenz machen konnte. An den meisten Tagen aber betrachtete sie mit Stolz, was sie besaß. Ihr Mount Othrys war das kleinste unter den Grandhotels und würde es bleiben, aber es war zugleich das exklusivste, das die Gäste für seinen einzigartigen Stil, seine Gediegenheit und seine Tradition lobten. »Das Victoriana ist komfortabel und gesellig«, hatte ein Reporter der Londoner *Times* geschrieben. »Aber Mount Othrys verzaubert und öffnet ein Tor in eine andere Welt.«

Das war es, was Mildred für ihre Gäste gewollt hatte, und das war es, was sie ihnen bot. Darüber hinaus hatte sie allen Grund, stolz auf ihre Familie zu sein. Ihre Töchter – bis auf die jüngste, die noch nicht alt genug war – waren in die Gesellschaft eingeführt. Heute Abend waren sie sogar zum Herbstball in die Admiralität geladen, und damit stand ihnen ein glanzvoller Winter bevor. Nur ungern gestand Mildred ein, dass sie dies vor allem Esther zu verdanken hatten. Das Mädchen, das aussah wie ein Engel, aber den Starrkopf eines Teufels besaß, hatte sich standhaft geweigert, ihre Weaver-Verwandten zu besuchen, wenn die Schwestern nicht eingeladen wurden. Bernice und Hector hatten zweifellos Gift und Galle gespuckt, aber letzten Endes hatten sie nachgegeben: Weil ihre Kinder auf Esther nicht verzichten wollten, wurde schließlich das ganze Quartett geduldet, und bald darauf standen den Schwestern auch die übrigen Häuser offen.

Von Hectors Kindern hielt Mildred nicht mehr als von Ratten und Steuereintreibern. Nora litt an irgendeiner scheußlichen Form von Hysterie, und Horatio war der berüchtigtste Wüstling der Stadt. In diesem Punkt aber konnte sie den beiden nur applaudieren – sich gegen die Verbohrtheit ihrer Eltern durchzusetzen war keine Kleinigkeit, und so wenig liebenswert Horatio und Nora waren, bestand zwischen ihnen und ihren Basen ein eigentümlicher Zusammenhalt.

Wer Mildreds Töchter sah, wäre nie und nimmer darauf gekommen, dass in ihrem Elternhaus Geld nicht im Überfluss vorhanden war. Für ihre Phoebe war Mildred kein Schneider, kein Putzmacher und kein Juwelier zu teuer, und da die anderen nun einmal Phoebes Schwestern waren, mussten auch sie wie Prinzessinnen ausgestattet sein. Vom Klavierspiel bis zu Tennis und französischer Konversation wurden die vier Mädchen in allem ausgebildet, was eine junge Dame von Stand zu beherrschen hatte, und für ihre Tanzlehrer gab Mildred ein Vermögen aus. All die Jahre hindurch hatte sie sich einen Traum bewahrt, der sie gestützt hatte, wenn ihr die Kräfte schwanden und Verzweiflung die Oberhand gewinnen wollte: Aus dieser verfluchten Familie soll einmal eine – meine Phoebe – glücklich sein.

So vielversprechend, wie die neue Saison begann, mochte die Erfüllung ihres Traums nahe sein. Mit ihren fünfzehn Jahren war Phoebe noch jung, aber einer Verlobung mit einem geeigneten Herrn hätte nichts im Weg gestanden. In ihren kühnsten Phantasien malte Mildred sich einen Mann von Adel aus, der um Phoebes Hand anhalten würde, und sah die Gesichter der anderen Mütter vor Neid und Missgunst erblassen.

Und warum auch nicht? Adlige Militärangehörige gab es in Portsmouth zuhauf, und sie alle brachten zur Saison ihre Familien herüber. Phoebe mochte nicht sonderlich hübsch sein, aber das war schließlich nicht alles, worauf ein Mann, der die Mutter seiner Kinder suchte, Wert legte. Phoebe war tugendhaft, folgsam und hervorragend erzogen. Wer wollte eine Schönheit wie Esther, wenn diese für die Führung eines Haushalts kein Interesse zeigte und sich die teuersten Kleider wie Lumpen überwarf? Zudem würde Phoebe eine ordentliche Mitgift bekommen. Mit eiserner Sparsamkeit hatte Mildred im Lauf der Jahre das Konto für die Mädchen wieder aufgefüllt. Esther legte auf eine Heirat keinen Wert, und die arme Georgia würde wohl kaum einem Mann einen zweiten Blick entlocken. Somit fiele den beiden übrigen Schwestern das Doppelte zu.

Bei dem Gedanken wandte Mildred den Kopf. Am Fenster der Schlafkammer sah sie das Gesicht ihrer Jüngsten, die zum Ball nicht mitkommen würde. Sie solle französische Vokabeln lernen und zeitig zu Bett gehen, hatte Mildred angeordnet, und das Mädchen hatte sich nicht widersetzt. Es widersetzte sich nie. Dieses Kind, von dem Mildred bis heute wünschte, ihm wäre sein Leben erspart geblieben, tat zumindest, was man ihm sagte, wenn es auch bei allem linkisch und unzulänglich blieb. Dass das arme Ding in zwei Jahren ebenfalls in Ballsälen tanzen würde, vermochte Mildred sich nicht vorzustellen, geschweige denn, dass jemand um ihre Hand anhielt. Vom Augenblick ihrer Geburt an hatte sie gedacht: Ich bin schuld daran, dass du existierst, und zur Strafe bin ich bis an mein Lebensende geschlagen mit dir. Sie dachte noch immer nicht anders. Ihre Jüngste, Chastity, würde im Elternhaus bleiben und ihren Schutz benötigen, und Mildred würde ihr den Schutz, den sie ihr schuldig war, geben. Für Phoebe aber stünde eine Mitgift zur Verfügung, mit der sich ein Traum verwirklichen ließ.

Sie schlug das Bilanzbuch zu und stand auf. Die Sonne begann schon zu sinken, und sie musste sich an ihre Toilette machen, wenn sie rechtzeitig fertig werden wollte. Daran, dass Hyperion im letzten Augenblick kommen und keine Zeit haben würde, sich das Haar zu richten, hatte sie sich gewöhnt wie an den Erpresser. Das Leben war kein Paradies, von dem Ellie, die Schönheit der Allee, ihre Liedchen trällerte. Es war ein zäher Brocken, der gekaut werden musste, und von Glück konnte sagen, wer wie Mildred ein treffliches Gebiss besaß.

Als sie ihr Haus betrat, kam ihr Phoebe entgegen. Sie trug ein Brokatkleid in einem Fliederton, der ihre sanfte Mädchenhaftigkeit betonte, und mit ihrer Frisur hatte Priscilla sich besondere Mühe gegeben. »O Mutter«, murmelte Phoebe und senkte hastig den Blick. Zu Mildreds Leidwesen war sie beinahe so schüchtern wie Chastity.

Zum Teufel, sei stolz auf dich, hätte Mildred sie anherrschen mögen. Wer soll eine strahlende Rose in dir sehen, wenn du selbst dich für ein Mauerblümchen hältst? Stattdessen lächelte sie. »Schon fertig, Liebchen? Du siehst wunderhübsch aus.«

»Ach nein«, entgegnete Phoebe. »Du solltest Esther sehen, sie sieht aus wie Cinderella mit den gläsernen Schuhen.«

Wieder einmal fühlte Mildred sich vom Zorn auf Esther gepackt, von dem sie wusste, wie ungerecht er war. Dass der Vergleich so treffend war, machte nichts besser. Ja, Esther war Cinderella, die Stieftochter, etwas anderes in ihr zu sehen war Mildred nie gelungen. »Mädchen wie Esther gefallen Männern nicht«, wies sie ihre Tochter zurecht.

»Wenn ich ein Mann wäre, mir würde Esther gefallen«, erwiderte Phoebe einfältig.

»Du bist aber kein Mann!«, keifte Mildred und bereute den scharfen Ton sofort, als sie sah, wie Phoebes Augen sich mit Tränen füllten.

»Du musst dein Licht nicht unter den Scheffel stellen, Liebchen«, fügte sie rasch hinzu und tätschelte der Tochter die Wange. »Auf deine eigene Art bist du genauso hübsch wie Esther. Sogar hübscher, wenn du mich fragst. Dieser goldblonde Typ kommt nachgerade aus der Mode, weißt du? Heutzutage schauen die Herren nach Mädchen, die mehr Farbe und Charakter zeigen. Du wirst einen Mann bekommen, nach dem andere sich die Finger lecken, das verspreche ich dir, so wahr du meine und deines Vaters Tochter bist.«

»Aber Horatio sagt …«, begann Phoebe, kam jedoch nicht weiter, weil Mildred ihr ins Wort fiel.

»Was Horatio Weaver mit seinem dreckigen Mundwerk sagt, wird in diesem Haus nicht wiederholt, hast du verstanden?«

Der weidwunde Blick, den Phoebe ihr zuwarf, sprach Bände. Mildred stöhnte. Etwas Dümmeres, als dass ausgerechnet Phoebe ihr Herz an den dämonischen Horatio verlor, hätte ihr kaum passieren können. Mildred war nie eine Frau gewesen, die sich ins Bockshorn jagen ließ, aber dieser Kerl mit seinen fast schwarzen Augen trieb ihr Schauder über den Rücken. Höchste Zeit, dass die Saison begann und Phoebe andere Gesellschaft bekam. »Horatio Weaver mag etwas an sich haben, das Frauen blind macht«, sagte sie. »Aber das ist so hohl, wie wenn man eine Schweinsblase aufbläst. Einen wie den nennt man einen Blender, und die Frau, die sich mit einem Blender einlässt, kann genauso gut ins Wasser gehen.« Unter dem grimmigen Blick, mit dem sie ihre Worte untermalte, zog Phoebe den Kopf ein. Dass sie noch etwas sagen wollte, sah Mildred ihr an, doch ein erhobener Finger brachte sie zum Schweigen. »Kein Wort mehr von diesem Taugenichts, oder ich gehe mit dir ins anatomische Museum und zeige dir, wie eine Frau aussieht, der solcher Dreck die Syphilis anhängt.«

Vor Entsetzen schlang Phoebe die Arme um den Leib. Natürlich sprach man von derlei Dingen nicht mit unschuldigen Mädchen, und das anatomische Museum, in dem die Gräuel ausgestellt sein sollten, war für Frauen verboten, aber dies war eine Notlage, und Notlagen erforderten drastische Mittel. Mildred schickte ihren Worten noch einen scharfen Blick hinterdrein, dann rauschte sie an der Tochter vorbei in ihr Ankleidezimmer. Sie hatte sich einmal geschworen, Phoebe jeden Mann, den sie sich wünschte, zu kaufen, und mit derselben Inbrunst schwor sie sich jetzt: Der Mann, den Phoebe sich wünschte, würde nicht Horatio Weaver sein.

»Ich muss gehen«, sagte Hyperion und zwang sich, aufzustehen. »Meine Frau erwartet mich. So leid es mir tut, wir müssen heute Abend auf den Ball der Admiralität.«
Sein Gegenüber lachte. »Vermutlich sind Sie der einzige Mensch in dieser Stadt, dem eine solche Einladung leidtut.«
»Das mag sein.« Dankbar erwiderte Hyperion das Lachen. »Wenn Sie das nächste Mal hier sind – darf ich Sie wieder zu einem Glas einladen?«
Leicht hilflos zuckte der andere mit den Schultern. »Ich habe eigentlich keinen Grund mehr, herzukommen«, sagte er. »Um ganz offen zu sein, ich komme nur noch Ihretwegen.«
»Aber ich bezahle Sie doch nicht«, stammelte Hyperion.
»Nein«, erwiderte der andere ein wenig traurig, »und ich fürchte, ich kann es mir auch nicht länger leisten. Man wird älter. Auch wenn man selbst der Ansicht ist, man gewinne an Gefühl und Erfahrung dazu – in meiner Branche sind jetzt die Jungen gefragt, die sich auf moderne Methoden verstehen.«
Hyperion fiel keine Erwiderung ein. Zu sagen, es tue ihm leid, erschien ihm lächerlich. Seit Jahren traf er sich mit Wolfe hier in Sudewede, auch wenn längst keine Hoffnung mehr bestand, dass dieser in seiner Sache noch etwas ausrichten konnte. Es tat ihm gut, die ein, zwei Stunden mit dem Mann zu verbringen und über Daphne zu sprechen. Außer Wolfe gab es niemanden mehr, der mit ihm über Daphne sprach, und Wolfe sah er vermutlich heute zum letzten Mal.

Der Detektiv lächelte, während er ebenfalls aufstand. »Wenn es Ihnen auf der Zunge liegt, fragen Sie ruhig.«
»Was soll ich denn fragen?«
»Ob es Sinn hätte, auch nach Ihrer Frau und Ihrem Sohn mit Hilfe moderner forensischer Methoden suchen zu lassen. Und ob ich nicht einen jungen Kollegen wüsste, der solchen Auftrag übernähme.«
Hyperion stockte nur kurz, dann schüttelte er den Kopf. »Wenn ich es mir leisten könnte, täte ich vielleicht sogar das«, sagte er. »Auch wenn Sie wahrlich Besseres um mich verdient haben. Aber der Beitrag, den ich zu meinem Haushalt leiste, ist ohnehin lächerlich genug. Es erschiene mir Mildred gegenüber nicht recht, davon noch etwas abzuzweigen. Ich kann von Glück sagen, dass für die Mitgift meiner Töchter gesorgt ist.«
Der Detektiv nickte. Hyperion legte das Geld für die Getränke auf den Tisch, und gemeinsam verließen sie das Lokal. Es war einer jener schönen Oktoberabende, die weich und melancholisch noch einen Abschiedsgruß vom Sommer in sich trugen. »Ich habe immer gehofft, Sie würden eines Tages darüber hinwegkommen«, sagte Wolfe. »Sie sind ein Mann von so außergewöhnlichen Talenten – ich habe Ihre Arbeiten zur Cholera und zur Kaiserschnittgeburt gelesen und bei mir gedacht: Hier ist einmal ein Mann, der seinen Platz im Leben gefunden hat. Sie haben vier wohlgeratene Töchter, und Ihre Frau – nun, sie ist ein außergewöhnlicher Mensch, nicht wahr? Aber Sie nennen sie ja nie Ihre Frau. Wenn Sie von Ihrer Frau sprechen, meinen Sie immer Daphne.«
»Ja«, erwiderte Hyperion. »Und ich werde nie darüber hinwegkommen. Es ist seltsam, das zu sagen, aber ich werde Sie vermissen. Haben Sie Dank für alles, was Sie für mich getan haben.«
»Ich habe ja nichts für Sie getan«, bemerkte Wolfe bedauernd. »Nicht das zumindest, was Sie sich so sehr erhofft haben. Ich werde Sie auch vermissen, Doktor. Was ich Ihnen zum Abschied wünschen soll, weiß ich nicht.«

»Dass ich irgendwann erfahre, was mit ihnen geschehen ist«, sagte Hyperion. »Bitte wünschen Sie mir das. Mein Sohn Louis, dessen winzige Hand ich in meiner immer noch zu spüren glaube, muss inzwischen ein Mann von zwanzig Jahren sein, und das Haar des süßen Mädchens, das ich geheiratet habe, ergraut vielleicht schon so wie meines. Wissen Sie, wie unvorstellbar das ist, wie absurd es alles macht? Erst recht einen Ball in der Admiralität, bei dem man darüber palavert, ob der Champagner zu warm und die Gurkensandwichs dünn genug geschnitten sind.« Er reichte Wolfe die Hand. »Es war nicht recht, danach noch einmal Kinder zu haben, eine Frau, ein Leben. Verstehen Sie das?«

Wolfe schlug ein und nickte. »Ich hoffe nur, Ihre Töchter verstehen es auch«, sagte er.

Für gewöhnlich fühlte Esther sich in prunkvollen Ballsälen verloren und fehl am Platz. Heute Abend aber schienen das verschwenderische Licht der Kronleuchter, der Glanz des Kristalls und das Schimmern der Roben den rechten Rahmen für ihre Stimmung abzugeben, und den schwungvollen Walzer, den die Kapelle spielte, hätte sie am liebsten mitgesungen. Esther war glücklich. Sie tanzte mit Noras langweiligem Vetter Philip und sogar mit Andrew Ternan, ohne sich zu beklagen, und ehe sie sich erschöpft zwischen Georgia und Phoebe auf einen Stuhl plumpsen ließ, versprach sie dem Hotelerben einen weiteren Tanz am Ende des Balls.

»Sie machen mich sehr froh«, sagte Ternan, ehe er von dannen zog. Es sei dir gegönnt, dachte Esther. Jemand, dem in einer einzigen Woche so viel Glück widerfuhr wie ihr, hatte allen Grund, zu anderen großzügig zu sein.

Zuerst hatte sie die Ergebnisse ihrer Jahresexamen erhalten, die sämtlich besser ausgefallen waren als erwartet. Ihrem Ziel, dem Abschluss, der sie zum Studium berechtigte, kam sie damit einen mächtigen Schritt näher. Nur noch ein Jahr, ein Jahr, ein Jahr. Vor Aufregung hätte Esther sofort wieder aufspringen und sich frei von männlicher Führung zur Musik bewegen mögen, bis ihr schwindlig wurde. Ihre Eltern würden ihr keine Steine in den Weg legen, dessen war sie gewiss. Ihren Vater interessierte nur seine Arbeit, und Mildred würde froh sein, sie loszuwerden, solange sie für die Überfahrt selbst bezahlte.

Das Geld dazu – und das war der Höhepunkt des Glücks – würde sie tatsächlich zusammenbekommen. Mit dem bisschen Schreibarbeit, die Lydia ihr vermittelt hatte, war kaum etwas zu verdienen gewesen, aber jetzt hatte sie eine richtige Stellung, und dazu an genau dem Ort, an dem sie Tag und Nacht sein wollte. Im Spital!

Ihr Vater sah sie nicht gern dort. Unzählige Male hatte sie versucht ihm ihre Hilfe anzubieten – ohne Bezahlung, nur um von ihm zu lernen und Erlerntes anzuwenden. Es gab kein medizinisches Lehrbuch im Haus, das sie nicht gelesen hatte, es gab keine Schnitt- oder Nahttechnik, die sie nicht an ihren Puppen geübt hatte. Ihr Vater hatte sie dennoch rundheraus abgewiesen. Das Spital sei kein Aufenthaltsort, den er für seine Tochter verantworten könne, behauptete er. In Wahrheit, so wusste Esther, hatte er sie schlicht nicht gern um sich. Er hatte keine von ihnen gern um sich. Das einzige Kind, das er gern um sich gehabt hatte, war Louis, ihr verschollener Bruder, Mildred hatte es ihr oft genug gesagt. Die vier ungewollten Mädchen erinnerten ihn an das, was er verloren hatte, und rissen kaum verheilte Wunden auf. Esther wollte nicht die Wunden ihres Vaters aufreißen.

Alles, was sie wollte, war, Geld zu verdienen, um nach Kanada zu gehen und Medizin zu studieren. Und jetzt hatte Will Ackroyd ihr dazu diese wundervolle Möglichkeit eröffnet. Will Ackroyd, Freund und Kollege ihres Vaters, war fast so etwas wie ein Pate für sie – er hatte sie unter seine Fittiche genommen, solange sie denken konnte. Somit gehörte er – neben Lydia, Georgia und Horatio – zu den Menschen, die sie in ihre Pläne eingeweiht hatte, und daran hatte sie gutgetan. An diesem Morgen, auf dem Weg zur Schule, hatte er sie abgefangen und gefragt, ob sie sich als seine Assistentin bei anatomischen Studien ein wenig Geld verdienen wolle. Noch immer vermochte Esther ihr Glück nicht zu fassen. Sie brannte darauf, Lydia davon zu erzählen.

Die Freundin würde sich für sie freuen. In all den Jahren, die sie einander kannten, hatte Lydia sich über jeden Schritt, den Esther tat, gefreut. Als sie ihr erzählt hatte, dass Mildred für ihren Schulbesuch nicht bezahlen würde, hatte sie Esthers Testergebnisse geschönt, damit sie ein Stipendium erhielt, und im Unterricht förderte sie Esther vor allen anderen. Natürlich hätte Lydia sie gern hier in Portsmouth behalten und gesehen, dass sie für das Recht der Frauen auf ein Studium kämpfte. Aber sie verstand auch, dass Esther weder Kraft noch Zeit darauf verwenden konnte, sondern nach Kanada musste, wo Frauen sich die Ausbildung nicht erst mühsam zu erstreiten brauchten. »Ich habe gegen den Tod zu kämpfen«, hatte Esther zu ihr gesagt, und Lydia hatte erwidert: »Dann machst du besser schnell. Wann hat der Tod schon mal Zeit?«

Stets hatte Lydia an allem, was sie betraf, Anteil genommen, als besäße sie kein eigenes Leben. Das aber hatte sich geändert. Esther hob den Kopf, sah über die Tanzfläche und musste lächeln. Einerlei, was böse Zungen schwatzten, die beiden waren das schönste Paar im Saal. Lydias rotes Kleid floss weich bis zum Boden, und dass sie kein Korsett darunter trug, gab ihren Formen etwas Sinnliches, Echtes, das so verboten wie hinreißend war. Horatio, der sie im Arm hielt, tanzte Walzer, als hätte er es erfunden. Wie Horatio tanzte, hatte Esther unzählige Male gesehen, aber die Spur von Demut hatte sie nie zuvor an ihm bemerkt, und die Scharen, die Horatio einen schönen Mann nannten, hatten jetzt erst recht.

Unter den Rippen, dort, wo ihr Herz saß, verspürte Esther einen Stich. Wie es war, einen Mann zu lieben, wusste sie nicht, und dass Lydia stets an erster Stelle sie geliebt hatte, hatte ihr gutgetan. Ich werde ja nur noch ein Jahr hier sein, sagte sie sich. Dann wird Lydia mich vermissen, aber weil sie Horatio hat, wird sie mich weniger vermissen, und das muss mich für sie freuen. Die Musik setzte aus. Applaus brandete auf, ein paar Gläser stießen klirrend aneinander. Dann strömten die Tänzer in kleinen Wellen an ihre Tische zurück.

Nora kam keuchend mit Philip Lewis, Phoebe mit einem seiner Regimentskameraden. Georgia zockelte ohne Tänzer hinterdrein, und erst einige Zeit später kamen Lydia und Horatio. Sie betrugen sich tadellos. Er rückte ihr den Stuhl ab und verneigte sich mit starrem Rücken, und sie setzte sich, ohne ihn zu berühren, und doch taten ihre Blicke alles, was ihre Hände nicht taten, und nur an das zu denken, was sie hätten tun wollen, verursachte Esther ein Kribbeln im Bauch.

Sie wusste nicht, wie es sich anfühlte, einen Mann zu lieben. Sie hatte nie Zeit gehabt, um Romane zu lesen, hatte nie einen anderen Wunsch gehabt, als Ärztin zu werden, und wenn sie die Ehen, die sie kannte, betrachtete, wollte sie um jeden Preis ledig bleiben. Wenn sie aber Lydia und Horatio zusah, durchzuckte sie scharf der Gedanke, dass es schön sein musste. Schön, einen Mann so anzusehen. Und schön zu spüren: Ein Mann sieht mich so an.

Horatio, der Frauen verführte, ohne sie zu berühren, und zitterte, wenn er jemandem die Hand geben musste, verkrampfte seine eleganten Hände ineinander, damit sie Lydia nicht streichelten. Einen Herzschlag lang ließ er seinen verlangenden Blick auf ihr ruhen, dann setzte er sich, beugte den starren Rücken und verschwand zur Hälfte unter dem Tisch. Als er mit zerrauftem Haar wieder auftauchte, hielt er eine Kiste in den Händen, die er über den Tisch zu Esther schob.

»Hier. Für dich. Vielleicht kannst du etwas davon brauchen.«

Verwirrt starrte Esther auf die Kiste, die bis an den Rand mit Büchern gefüllt war. Sie nahm einen schmalen, in Leder gebundenen Band heraus und las den Titel auf dem Einband: David Brewster, *Polarisation des Lichts.* Noch verwirrter blickte sie auf. Horatio wirkte merkwürdig verlegen.

»Was ist das?«

»Meine Bücher aus Oxford«, murmelte Horatio. »Ich habe mir sagen lassen, physikalische Kenntnisse seien für Mediziner nachgerade unentbehrlich.«
Vor Verblüffung entglitt ihr das Buch. »Du gibst mir deine Bücher zum Studieren? Aber du denkst doch, Frauen, die studieren, tragen zum Verfall der Sitten bei und kosten unnütz Geld ...«
Georgia grinste und zwinkerte Lydia zu. »Ich glaube, neuerdings handelt er sich mächtig Ärger ein, wenn er in der Gegend herumposaunt, was er so denkt.«
Ein wenig gequält erwiderte Horatio das Grinsen. »Es ist nicht gerade nett, einem Mann das dumme Zeug, das er irgendwann von sich gegeben hat, vorzuhalten. Man darf seine Meinung ändern, oder nicht?«
Lydia hatte die ganze Zeit über still dagesessen und ihn keines Blickes gewürdigt. »Hast du deine Meinung geändert?«, fragte sie jetzt, noch immer ohne ihn anzusehen.
Sie sollte das nicht tun, dachte Esther. Es ist eine noble Geste von ihm und ein großer Schritt – sie sollte ihn nicht noch zwingen, vor allen Leuten sein Gesicht zu verlieren.
Horatio sah Esther, nicht Lydia an. »Ich bin Naturwissenschaftler«, sagte er. »Die sind dafür bekannt, dass sie erst Hunderte von Versuchsreihen absolvieren, ehe sie ein festgefahrenes Urteil über den Haufen werfen. Ich habe beschlossen, die Versuchsreihe Esther Weaver aufmerksam zu verfolgen. Genügt das für den Anfang?«
»Aber ja!«, rief Esther und hätte ihm gern applaudiert.
»Glück gehabt«, brummte Lydia. »Machen wir Frauen es den Männern nicht himmlisch einfach?«
Sie war ungerecht. Wenn er jetzt aufbegehrte und ihr eine seiner ätzenden Antworten gab, konnte sie ihm keinen Vorwurf machen.
Er nahm ihre Hand und senkte die Lippen darauf, ohne die Haut zu berühren, und doch so, dass seine Sehnsucht für niemanden zu übersehen war. »Nein«, sagte er, »ihr macht es uns nicht einfach. Aber wer will es schon einfach haben, wenn er es himmlisch haben kann?«

Esther war bei weitem nicht das einzige Mädchen am Tisch, das lächeln musste, aber Lydia lächelte nicht. Immerhin wandte sie Horatio ihr Gesicht zu. »Ist es dir ernst?«, fragte sie ihn. »Meinst du dann nicht, Esther könnte diese Schrift besser gebrauchen?« Sie zog aus ihrer Tasche ein Heft und schob es ihm hin. Es war die zerlesene Ausgabe eines Magazins, dessen Titelblatt eine Frau in einem chemischen Labor zierte. Als Schlagzeile stand darunter: »Frauen im Studium der Naturwissenschaften«. Ein wenig erschrocken las Esther den Namen der Verfasserin. Nein, einfach machte Lydia es Horatio wahrhaftig nicht. Wenn er auf eine goldene Brücke gehofft hatte, so hatte er sich getäuscht.

»Das kann ich nicht beurteilen«, sagte Horatio. »Ich habe es ja nicht gelesen, aber Esther unterrichtest du, nicht ich.« Damit schob er das Heft über den Tisch zu Esther.

Ehe sie danach greifen konnte, schnappte es sich der blonde Offizier, der mit Phoebe getanzt hatte. »Lydia Becker«, las er, als spräche er den Namen eines Kriechtiers aus. »Ist das nicht dieses Mannweib, das fordert, wir sollten Frauen an die Wahlurnen lassen? Sie heißen doch auch Lydia, oder? Sagen Sie bloß, Sie sind nach dieser Xanthippe benannt? Einen Mann hat die natürlich nicht abbekommen, und wenn Sie nicht aufpassen, geht es Ihnen am Ende ebenso.«

Esther sah, wie Lydia vor Zorn erbleichte, doch ehe sie den Mund öffnete, sprach Horatio. »Wenn Sie nicht aufpassen, bekommen Sie am Ende ab, was Sie nicht wollen«, sagte er ruhig, aber in einem Ton wie geschliffenes Glas.

»Wie meinen Sie das?«, platzte der Offizier heraus. Er musste in Horatios Alter sein, wirkte jedoch jäh um Jahre jünger.

»Miss Burleigh könnte mehr Männer bekommen, als Theben Tore hat«, versetzte Horatio schneidend. »Wenn die Männer von ihr gewogen und zu leicht befunden werden, liegt es an den Männern, nicht an ihr.« Geschmeidig erhob er sich und verneigte sich vor Lydia. »Ich würde gern mit dir tanzen.«

Lydia war noch immer bleich vor Zorn. »Ich kann mich allein verteidigen«, schnauzte sie ihn an. »Verdammt, warum bildet ihr euch nur ein, dass jede Frau einen Ritter braucht?«
»Das ist ungerecht«, fuhr Phoebe dazwischen, die sonst in Gesellschaft wie ein Mäuschen schwieg. »Es war doch Sergeant Redknapp, der Sie beleidigt hat. Horatio ist für Sie in die Bresche gesprungen, und dafür bezieht er die Schelte, die einem anderen gebührt.«
Esther, der klar war, dass von allen Tischen, auch von dem ihrer Familien, Leute zu ihnen herüberstarrten, zog den Kopf ein. »Wie reizend!« Lydias Stimme klang vor Wut unnatürlich hoch. »Statt sich zur Seite zu stehen, fallen Frauen einander in den Rücken. Erst recht, wenn es gegen einen Mann geht, der nicht eben wie ein Nachtwächter aussieht und ein bisschen billigen Charme versprüht.«
Unwillkürlich flog Esthers Blick zu ihrer Schwester. Mit nach vorn gebeugten Schultern saß Phoebe auf ihrem Platz und schaute von unten herauf nach Horatio.
Mit einer weichen Bewegung wandte Horatio sich ihr zu. »Nein, Phoebe«, sagte er und lächelte sie an, »nein, ich bin nicht für Miss Burleigh in die Bresche gesprungen. Ich habe mein bisschen billigen Charme versprüht, um sie zu überzeugen, dass sie zwar keinen Ritter, aber um jeden Preis einen Physiker braucht. Tja, wie wir sehen, bin ich gescheitert. Ich denke, ich ziehe mich in meine Kemenate zurück, stelle ein paar Versuchsreihen auf und suche nach einem neuen Weg zum Erfolg. Erfreulichen Abend allerseits.« Er verneigte sich noch einmal, schenkte Lydia einen Blick wie ein Streicheln und ging.
Am Tisch ihrer Eltern war Onkel Hector aufgesprungen. Seinem Gesicht war anzusehen, was er gern mit seinem Sohn getan hätte.
Geh ihm hinterher, beschwor Esther die Freundin. Sie hatte nie zuvor gesehen, wie ein Mann einer Frau seine Liebe erklärte, schon gar kein zynischer, stolzer Mann wie Horatio, und sie fand es atemberaubend und unglaublich schön.

»Nicht übel«, brummte Georgia. »Wenn es Ihnen als Lehrerin mal zu langweilig wird, sollten Sie's als Raubtierdompteuse versuchen.«
Lydia schien sie nicht einmal zu hören. Sie sah Horatio nach.
»Das ist nicht zum Lachen, Georgia«, tadelte Phoebe. »Horatio ist kein Tier. Und er hat nichts Falsches getan.«
»Das hat ja auch niemand gesagt«, erwiderte Georgia beschwichtigend. »Ich wollte nur Miss Burleigh ein Kompliment dafür machen, wie sie diesen Wildhengst zähmt.«
Endlich drehte Lydia sich zu ihnen um. Ihre Augen waren trocken, dennoch sah sie aus, als hätte sie geweint. »Ich mag nicht, dass Sie so reden, Georgia«, sagte sie. »Ich weiß, Sie machen nur Spaß, aber wer einen Menschen zu zähmen versucht, nimmt ihm seinen Zauber. Wir Suffragetten wollen den Spieß nicht umdrehen, auch wenn unsere Gegner nicht müde werden, dies zu behaupten. Wir wollen, dass Männer und Frauen einander respektieren. Dass sie einander auf Augenhöhe gegenüberstehen.«
Der blonde Offizier stöhnte und erhob sich. »Wenn jetzt noch über diese hirnverbrannten Suffragetten palavert wird, vergeht mir alles. Da schwinge ich lieber das Tanzbein. Miss Weaver, darf ich bitten?«
Er verbeugte sich vor Esther, die liebend gern abgelehnt hätte, doch das verbot die Höflichkeit. Während sie sich auf die Tanzfläche führen ließ, hörte sie noch, wie Georgia fragte: »Was sind Suffragetten?«, und wie Lydia zur Antwort gab: »Frauen, die für ihre Rechte kämpfen. Als Erstes für das Recht zu wählen.« Lydia hatte ihr von der neu gegründeten Vereinigung, der sie beigetreten war, erzählt. In London gingen die Mitglieder auf die Straße und brüllten Parolen, bis Polizisten sie auseinandertrieben. Lydia Becker war eine von ihnen, eine begabte Naturwissenschaftlerin, der ein Studium verwehrt geblieben war und die gegen derlei Unrecht in den Kampf zog.
Sergeant Redknapp, Esthers Tanzpartner, strahlte ihr entgegen, als hätte er die Vorfälle am Tisch schon vergessen. »Sie sind also die älteste Mount-Othrys-Tochter, richtig?«, erkundigte er sich.

So hatte Esther sich noch nie betrachtet. »Ich bin die Mount-Othrys-Stieftochter«, berichtigte sie unwillkürlich. Sie war eine der Töchter von Mount Othrys, aber keine, die dazugehörte, sondern die überzählige, der niemand nachweinen würde. Eigentlich war auch Chastity eine solche Tochter. Immer im Weg, immer fehl am Platz, so sehr sie sich bemühte zu tun, was Mildred von einer Tochter erwartete. Aber Chastity war doch Mildreds Tochter! Vermutlich bildete Esther sich nur ein, dass die Kleine eine ähnliche Stellung einnahm wie sie, denn einen Grund dafür gab es nicht.

Sergeant Redknapp war so taktlos, nachzufragen, und so knapp wie möglich antwortete Esther ihm. Sie stamme aus ihres Vaters erster Ehe, die Schwestern dagegen aus der zweiten.

»Aber die Erbin sind doch Sie, oder?«, ließ Redknapp nicht locker.

Die Erbin? Ohne rechtes Verständnis sah sie Redknapp an. Mit seinem rosigen blond und lockig umrahmten Gesicht galt der junge Offizier zweifellos als attraktiv, und andere Tänzerinnen warfen ihr neidische Blicke zu. In Esthers Augen wirkte er hingegen dümmlich, und seine Fragen berührten sie unangenehm. Heilfroh kehrte sie nach dem Tanz an ihren Tisch zurück, wo sie Lydia allein vorfand.

»Du warst ziemlich grob zu Horatio«, sagte sie, ehe die Übrigen wiederkamen.

»Er wird es verschmerzen«, erwiderte Lydia, mit den Gedanken meilenweit weg.

Esther schwieg. Was wusste sie schon davon? Sie fühlte sich im Operationssaal zu Hause, nicht auf dem glatten Parkett, auf dem Männer und Frauen einander umschlichen. Während des nächsten Tanzes, den sie mit einem weiteren Offizier absolvierte, sah sie, dass Lydia sich mit Nora unterhielt und dass Nora aufgeblüht wirkte und sogar lachte. Dann kam Andrew Ternan, um den versprochenen Walzer einzufordern. Der arme Tropf hatte dem Anschein nach den ganzen Abend mit keiner anderen getanzt. Er hatte braune Augen, aber seine sprühten keine Funken wie die von Horatio, sondern glichen eher denen des alten Wallachs, auf dem Esther sich manchmal den Strand entlangschaukeln ließ.

Ich will nett zu ihm sein, beschloss sie, erwiderte sein schüchternes Lächeln und dachte erneut an ihre Examen, an ihre Arbeit bei Will Ackroyd und an Kanada. Mit den schwelgenden Klängen des Walzers schlichen sich jedoch unweigerlich Gedanken an Lydia und Horatio ein, an Blicke, die grobe Worte Lügen straften, und an Hände, die mühsam stillhielten.

»Darf ich Ihnen das sagen, Miss Esther?«, fragte Andrew Ternan. »Sie sehen sehr schön aus heute Abend.«

Sie hatte nicht richtig hingehört und erschrak. Was hatte er gesagt?

»Bitte entschuldigen Sie«, murmelte er und senkte verlegen den Blick. »Ich habe mich wohl nicht gerade geschickt ausgedrückt.«

Kapitel 35

Southsea bei Portsmouth, Frühling 1883

Sir?« Raymond Nettlewood schob sein bebrilltes Gesicht in den Spalt, um den er die Tür zu Hectors Arbeitszimmer aufgeschoben hatte. »Ihr Sohn ist jetzt da.«

Das will ich ihm auch geraten haben, wäre es Hector um ein Haar herausgerutscht. Sein Methusalem von Buchhalter brauchte jedoch keineswegs zu wissen, dass er wie ein Wasserkessel kurz vorm Überkochen stand. »Schicken Sie ihn rein«, knurrte er und beugte sich über die Papiere auf dem Schreibtisch, von denen er an diesem Vormittag keines bearbeitet hatte.

Nettlewoods Eulengesicht verschwand aus dem Spalt, und kurz darauf trat Seine Hoheit persönlich in den Raum. Horatio Weaver. Der Sohn, den er über den erhabenen Fleischmassen von Bernice, geborene Lewis, gezeugt hatte. Für die Erziehung dieser Ausgeburt hatte er ein Vermögen in den Wind geschrieben und Nächte schlaflos verbracht. Das debil wirkende Schwammgesicht des Kindes würde er nie vergessen. War er nicht der Einzige gewesen, der diesen Witz von einem Sohn nicht aufgegeben hatte? Selbst die prachtvolle Haltung des Kerls war sein Verdienst. Beim ersten Verdacht, der Junge könne den Krummrücken seines Vaters geerbt haben, hatte er ihm Gewichte auf den Kopf legen lassen, wo er ging und stand. In den straffen Schultern und dem stolz gereckten Hals zeigte sich der Erfolg. Der verfluchte Bengel hätte ihm ohne Ende dankbar sein sollen.

Mein Fleisch und Blut, versuchte Hector sich begreiflich zu machen, aber die Botschaft kam nicht an. Hatte er sich nicht einen Sohn gewünscht, der licht war wie der Tag, hatte er nicht aus eben diesem Grund die unsägliche Bernice geheiratet? Sein Sohn hatte ein Paar

Brauen wie der Teufel, Haar wie mit Tinte gefärbt, und in den spöttisch gekräuselten Lippen, die Weiber sinnlich nannten, erkannte Hector das tückische Erbe von Polly Pierson.

»Du wolltest mich sprechen«, sagte sein Sohn so herablassend, als würde er einem Nichts eine Audienz gewähren.

»In der Tat, das wollte ich. Setz dich.«

»Ich bin gut zu Fuß«, erwiderte Horatio und blieb stehen.

»Ist es eigentlich niemals möglich, mit dir wie mit einem vernünftigen Menschen zu reden?«

»Das käme auf einen Versuch an«, antwortete Horatio, der noch immer unbewegt vor dem Schreibtisch stand. »Allerdings erschließt sich mir nicht, wozu es nutzen soll.«

»Dir erschließt sich nicht, wozu ein Gespräch mit deinem Vater nutzen soll?« Hector sprang auf. Zorn auf sich selbst packte ihn, weil er schrie und sich hinreißen ließ, während sein Sohn sich ein Stäubchen vom Revers wischte, als hätte er keine Sorge auf der Welt. »Dann werde ich es dir sagen, mein Bester. Mir ist zugetragen worden, dass du dich mit übelstem Gesindel herumtreibst. Im Stadtgefängnis bist du gesehen worden, und zwar nicht von irgendwem, sondern von einem meiner wichtigsten Kunden!«

»Ach.« Horatio verzog die Lippen. »Treibt sich dein wichtigster Kunde etwa auch mit übelstem Gesindel im Stadtgefängnis herum?«

»Halt deinen Mund!« Hinter dem Schreibtisch hervor schoss Hector auf ihn zu. Er hatte es nie getan, sich nie von ihm in Wut bringen lassen, sondern dafür gesorgt, dass er in Kühle und Besonnenheit abgestraft wurde, dass er Zeit hatte, die Strafe zu fürchten und seine Untat zu bereuen. Der Mann, der vor ihm stand, fürchtete und bereute nichts. Er hob nur die Hand, so dass sein Vater die Wahl hatte, stehen zu bleiben oder gestoßen zu werden und womöglich hintenüberzufallen. Er blieb stehen. Die erhobenen Arme sackten an seinen Seiten hinab. »Es heißt, du hast eine Kaution bezahlt, um ein kriminelles Subjekt auszulösen«, brachte er heraus. »Eine Straßendirne.«

»Falls du mich mit deinem Schimpfwort reizen möchtest, spar dir die Mühe«, sagte Horatio. »Du weißt doch immer über alles Bescheid, deine wichtigen Kunden flitzen doch quer durch die Stadt und hören das Gras für dich wachsen. Also weißt du so gut wie ich, dass Lydia Burleigh keine Dirne ist. Was man von der Dame, die dich geboren hat, nicht mit derselben Gewissheit sagen könnte, oder doch?«

Hector krümmte sich wie unter Schmerzen. Polly Pierson war tot, sie musste ja tot sein, denn sie suchte ihn schon seit Jahren nicht mehr heim, aber noch immer ließ sie ihn nicht aus ihren Klauen. Er starrte in die bald schwarzen Augen des Mannes, den er seinen Sohn nennen musste, und erkannte die erschreckende Wahrheit. Das Blut der Hure war es, was diese Missgeburt so verderbt machte, und alle Versuche, ihm das Schlechte auszuprügeln, waren vergebens gewesen. »Das Weib, mit dem du dich gemeinmachst, ist keine Hure?«, höhnte er in einem ebenso vergeblichen Versuch, den Sohn zu treffen. »Sie ist Arm in Arm mit den dreckigsten Hafenschlampen durch die Straße gezogen, als man sie verhaftet hat!«

»Und sie würde es wieder tun«, entgegnete Horatio. »Was geht es dich an? Willst du ihrer Vereinigung eine Spende zukommen lassen?«

Nichts wünschte Hector sich mehr, als dieses kühle, glatt rasierte Gesicht zu ohrfeigen. Was dachte sich ein höhnischer Gott dabei, einen Mann wie ihn einen Kopf kleiner zu schaffen als die eigene Leibesfrucht? »Mich geht an, dass mein Sohn in diese Schweinerei verwickelt ist«, schrie er. »Dass du meinen Namen durch den Dreck ziehst, ohne dir zu überlegen, was das für mein Geschäft, für deine Mutter und für deine Schwester bedeutet.«

Horatio lachte auf. »Nora lass besser aus dem Spiel«, sagte er. »Glaubst du im Ernst, irgendwer nähme dir ab, dass du dich um Nora scherst?«

»Du hast kein Recht, so mit deinem Vater zu sprechen!«

»Kein Recht und auch kein Interesse«, erwiderte Horatio. »Kann ich jetzt gehen?«

»Ha!«, rief Hector aus, während sein Sohn schon zur Tür herumschwang. »Du bleibst brav hier, Bürschlein, und du wirst den Kontakt mit kriminellen Elementen künftig unterlassen. Ich sage dir jetzt nämlich, was ich andernfalls mit dir mache.«
Horatio drehte sich nicht zu ihm zurück, sondern blickte lediglich über seine Schulter. »Sprichst du mit mir?«
»Allerdings. Mit wem wohl sonst?«
»Was weiß ich.« Horatio zuckte mit den Schultern. »Mit deinem wichtigsten Kunden vielleicht.«
Außer sich sprang Hector noch einmal auf ihn zu und holte aus. Ehe er zuschlagen konnte, umfasste Horatio sein Gelenk so hart, dass er vor Schmerz stöhnte. Horatio rührte sich nicht von der Stelle und verzog keine Miene. »Das lass besser bleiben«, sagte er, gab Hector frei und wischte sich die Hand an der Hose ab.
»Ich enterbe dich!«, schrie Hector. »Die Papiere sind fertig. Sobald ich meine Unterschrift daruntersetze, hat es für dich ein Ende mit dem Wohlleben, dem feinen Zwirn und dem Hurenvolk.«
Eine Zeitlang schwieg Horatio. Hector glaubte schon, ihn endlich getroffen zu haben, da wandte sein Sohn sich ihm noch einmal zu. »Es könnte mir beinahe leidtun«, sagte er. »Du hast dir so viel Mühe gegeben, und jetzt verderbe ich dir den Spaß. Du kannst mich nicht mehr enterben. Ich habe mich gestern selbst enterbt. Die Dokumente stellt dir der Notar in den nächsten Tagen zu.« Wieder wandte er sich zur Tür, und diesmal ging er tatsächlich. »Und ehe du mir androhst, mich aus dem Haus zu werfen«, fügte er mit der Klinke in der Hand hinzu, »ich wohne ab heute nicht mehr hier. Keine Sorge, von der Fülle deiner Besitztümer habe ich nichts mitgenommen.«
Sein Leben mit dem Sohn lief in so rasender Folge vor Hector ab, dass Wirklichkeit und Wunsch sich vermischten. All die hochfliegenden Träume, die er bei der Geburt des Stammhalters gehegt hatte, verschwammen mit der Kälte und Leere, die ihm entgegenschlugen. Sein Vater hatte ihm nie Beachtung geschenkt. Er hingegen hatte alles ge-

tan, um seinem Sohn den Weg zu ebnen, und doch besaß er den Sohn so wenig, wie er den Vater besessen hatte. Keiner von beiden erwies ihm auch nur eine Spur von Dankbarkeit. Von Respekt. Von Liebe. Wenn das dein Ernst ist, werde ich dich zerstören, schwor er sich und ballte die Fäuste, bis seine Nägel sich ins Fleisch der Handballen bohrten. Ich werde zwei Briefe mit Forderungen schreiben, mich ein wenig schadlos halten, um zu Kräften zu kommen, und dann werde ich einen Weg ersinnen, um dir den Garaus zu machen. Ich habe Macht. Ich habe Geduld. Wer immer mir Unrecht getan hat, dem vergebe ich nie. Meinem Bruder Hyperion nicht und der dreisten Mildred nicht, dem Verräter März nicht und schon gar nicht dir. Horatio drückte die Klinke hinunter. »Wohin willst du denn gehen?«, hörte Hector sich stammeln.

»Das soll nicht deine Sorge sein«, erwiderte Horatio.

»Und wovon willst du leben?«, brach es noch einmal aus Hector heraus. »Vielleicht von deiner kindischen Sternenguckerei?«

»Aber nicht doch.« Horatio verzog den Mund zum Lächeln. »Sterne begucke ich mir lediglich zum privaten Vergnügen. Beruflich habe ich mich seit geraumer Zeit auf ein anderes Gebiet der Physik verlegt.«

Hector wollte nicht fragen. Er kannte die Antwort, ehe er die Frage aussprach, und spürte, wie Übelkeit ihm in die Kehle stieg. »Auf was für ein Gebiet der Physik?«

Horatios Lächeln entblößte zwei Reihen bemerkenswert schöner Zähne. »Elektrizität«, sagte er, nickte ihm zu und ging.

Kapitel 36

Southsea bei Portsmouth, früher süßer Sommer

Sein Vater besaß mehrere Wagen und Pferde, die Horatio jederzeit hätte nutzen können, aber er kutschierte nicht gern. Im Mai des Jahres 1883 kaufte er einen schönen stämmigen Grauschimmel und lud Lydia ein, mit ihm aus der Stadt hinauszureiten und die herrlichen Tage auszukosten.

Lydia war nie zuvor geritten, sie fand Pferde furchteinflößend. Horatio half ihr, sich vor ihn auf den Rücken des Grauschimmels zu setzen, und als sie aufschrie, weil sie fürchtete, abzurutschen, lachte er und sagte, sie kämpfe für die Gleichberechtigung der Frau, also solle sie sich gefälligst das Recht herausnehmen, zu Pferd zu sitzen wie ein Mann.

Sie schalt ihn aus. Dass er leichtfertig Witze über einen Kampf riss, für den eben erst eine Frau gestorben war, wollte sie ihm nicht erlauben, und außerdem war es dekadent, so viel Geld für ein Pferd auszugeben. Aber die Tage, an denen sie schließlich hintereinander auf dem Pferd aus der Stadt zockelten, waren süß und unwiederbringlich, und so sehr Lydia sich sträubte, in ihrem Herzen bewahrte sie jedes Bild, jedes Flüstern und jeden Geruch.

Sie ritten an der Garnisonskirche und an der Ruine aus der Zeit der Tudor-Könige vorbei, ließen die quirligen Strände, an denen sich erste Badegäste tummelten, hinter sich und tauchten in den Wald ein, wo Mücken die Luft zum Sirren brachten und Kuckucke die Stunden zählten. Farne und Fichtenzweige filterten das Gleißen der Sonne, und auf einer Lichtung machten sie Rast. Horatio knotete den Zügel des Pferds an einen Baumstumpf, während Lydia sich rücklings ins lange feuchte Gras legte, und als er fertig war, kniete er nieder und

bettete ihren Kopf in seinen Schoß. Sie hätte es ihm verbieten sollen, aber die köstliche Schwere, die über sie kam, überwältigte sie.
»Was möchte dein Mund am liebsten?«, fragte er und spielte mit ihrem Haar. »Einen Becher roten Wein, ein Stück zerschmolzenes Konfekt oder einen Kuss?«
»Erst den Wein«, antwortete sie. »Dann vielleicht das Konfekt.«
»Schade«, bekannte er, und sein Bedauern zupfte ihr am Herzen.
Er hob ihr Kinn und träufelte den Wein, der sämig und zu warm war, aus einem Zinnbecher zwischen ihre Lippen. Sie musste lachen, weil er so sorgfältig jeden Tropfen, der ihr den Hals hinabrann, abtupfte. Als der fingerhohe Becher leer war, schob er die weiche Schokolade hinterdrein, sie murmelte »Mehr«, und er schenkte den Becher wieder voll.
Sie hatte schlimme Tage hinter sich. Gegen die schändlichen Parlamentserlasse, die es Polizisten in Hafenstädten erlaubten, Prostituierte festzunehmen und in Spitäler für Geschlechtskranke zu sperren, waren sie auf die Straße gegangen und von Polizeieinheiten eingekesselt worden. Mit Schlagstöcken hatten die Männer Demonstrantinnen niedergeknüppelt, und eine der Frauen, Harriet, die ihren sechzig Jahre alten Körper noch immer feilbieten musste, war dabei gestorben. Lydia trug eine Beule an der Schläfe und die erschütternde Erfahrung davon, von anderen Menschen geschlagen zu werden. Sie hatte sich nie in ihrem Leben so gedemütigt gefühlt.
Mit fünfzehn anderen wurde sie in eine nach Urin stinkende Zelle gesperrt. Eine Frau geriet, nachdem die Eisentür sich schloss, in Panik, warf sich zu Boden und krümmte sich wimmernd die endlose Nacht hindurch. Am Morgen war Horatio mit Geld und einem Anwalt gekommen, aber die Nacht in der Zelle konnte Lydia nicht vergessen. Sie hörte noch immer ihre Mutter im Schlaf vor Angst um sie weinen, während sie selbst sich von einer Seite auf die andere wälzte und vergeblich gegen das Gefühl der Ohnmacht kämpfte.

Es erschien ihr falsch, auf dem Schoß dieses vom Leben verhätschelten Adonis in der Sonne zu liegen und sich mit Wein und Pralinen füttern zu lassen, nachdem sie am eigenen Leib erfahren hatte, was Männer Frauen antaten. Etwas in ihr mahnte, sie müsse den Mann, der sie mit seiner Zärtlichkeit einlullte, als Feind betrachten, aber etwas anderes brachte es nicht fertig. Horatio schüttete ihr den letzten Tropfen in den Mund, rollte eine Strähne ihres Haars um seine Finger und saß lange mit ihr still. Um sie sang und zirpte das verlockende Lied des Sommers und verhieß ihr Geschenke, die sich beim nächsten Regen in Luft auflösen würden.

»Lydia?«, fragte er irgendwann. Ihren Namen sprach er noch immer aus wie am ersten Tag, als er ihr gesagt hatte, der Name passe zu ihr. »Bist du ganz sicher, dass du keinen Kuss willst?«

»Hör damit auf«, fuhr sie ihn an, weil sie ganz sicher war, dass sie einen wollte – seine Lippen auf ihren, die nass vom Wein waren, seinen Atem kitzelnd auf ihrer Haut. »Warum kannst du mir nicht einfach meinen Frieden lassen? Was willst du von mir?«

»Soll ich darauf antworten?«, fragte er zurück.

»Spiel nicht den Einfaltspinsel. Warum hätte ich sonst gefragt?«

Er ließ ihr Haar los. »Ich will dich heiraten«, sagte er.

Mit einem Ruck setzte sie sich auf. »Bist du verrückt? Ich heirate nicht, und wenn doch, dann gewiss nicht dich.«

»Wen dann? Sag mir, wer der Kerl ist, und ich bringe ihn um.«

Sie hob den Kopf und beging einen Fehler. Sie hätte alles tun, aber nicht ihn ansehen dürfen. Er kniete vor ihr im Gras, hatte Rock und Weste beiseitegeworfen und das Hemd am Kragen geöffnet. Der Wind hob sein Haar, sein Lächeln verkroch sich, und seine Augen leuchteten und liebten sie.

»Hast du es deinem Vater schon erzählt?« Ihre Stimme triefte vor Hohn. »Ich wette, er war außer sich vor Begeisterung. Und was machen wir mit meiner Mutter? Geben wir die im Arbeitshaus ab, wo sie hergekommen ist?«

»Wir nehmen sie zu uns«, sagte Horatio.
»Ach, und davon ist dein Vater auch begeistert?«
»Was geht es meinen Vater an?«
»Nun, du wohnst in seinem Haus und nährst dich von seinem Geld, oder nicht? Ich zumindest, wenn ich dein Vater wäre, fände, es ginge mich etwas an.«
»Ich wohne nicht mehr bei ihm«, erwiderte Horatio. Er hatte sich aufgesetzt, kreuzte die Beine und sah dazwischen ins Gras. »Ich habe eine Wohnung in Portsmouth gemietet, hinter der Commercial Road. Es ist kein Palast, aber es ist völlig in Ordnung, und das zweite Schlafzimmer, das deine Mutter nehmen könnte, geht auf einen Gemeindegarten hinaus.«
Sie musste sich verhört haben. Horatio Weaver, der seine Anzüge maßschneidern ließ und im Theater eine Loge mietete, war in zwei Schlafzimmern mit Blick auf den Gemeindegarten schlicht nicht vorstellbar. »Wie lange wohnst du schon dort?«
»Seit April.«
Also war es ihre Schuld. Und er hatte ihr kein Wort davon gesagt. »Dein Vater hat dich aus dem Haus geworfen, ja? Weil du mich aus dem Gefängnis geholt hast? Ich habe dir gesagt, du hättest das nicht tun dürfen. Deine und meine Welt gehören nicht zusammen. Warum weigerst du dich, das zu verstehen? Es war schön mit dir, das streite ich nicht ab. Ich habe es genossen, mit dir durch Theater und Tanzsäle zu ziehen, ich habe dein Pferd und unsere Ritte genossen, aber mein wirkliches Leben ist das alles nicht. Mein wirkliches Leben ist die Straße, auf der Frauen zusammengedroschen werden, weil sie sich Geld für Brot und ein Glas Gin verdienen. Es mag dir scheußlich erscheinen, und vielleicht ist es das auch, aber ich will es weder gegen deines noch gegen irgendein anderes tauschen.« Sie starrte auf den Boden, der vor ihren Augen verschwamm. »Rede mit deinem Vater, sag ihm, du bist zur Vernunft gekommen und er soll dich in Gnaden wieder aufnehmen. Ich wollte dir nicht schaden, Horatio. Dass du

aussiehst wie Gottes Geschenk an die Frauen, interessiert mich nicht, doch dass du allen Ernstes glaubst, du wolltest mit mir und meiner Mutter in einer Wohnung mit zwei Schlafzimmern hausen, rechne ich dir an. Geh zurück in dein Leben, Liebling, bring es wieder in Ordnung. Du und ich, das war eine schlechte Idee, aber du hast für immer einen Stein bei mir im Brett.«

»Lydia«, unterbrach er ihren Redefluss, den die Tränen davonschwemmten, legte den Arm um sie und verschloss mit seinem Kuss ihren Mund. Reglos ließ er seine Lippen auf ihren, bis das Beben, das sie schüttelte, nachließ. Dann hob er den Kopf. »Mein Vater hat mich nicht hinausgeworfen«, sagte er rau an ihrem Ohr. »Ich fand, ich sollte nicht länger bei ihm wohnen, also habe ich mir eine Wohnung gesucht und eine Stellung bei der Hartley Institution angenommen. Reich werde ich damit nicht, weil das Institut keinen Universitätsstatus hat, aber du würdest mir vermutlich vorhalten, von solchem Gehalt ernähren andere eine Großfamilie.«

»Die Hartley Institution? Aber die ist doch in Southampton!«

Horatio nickte. »Ich bin morgens ziemlich lange unterwegs, aber das gefällt mir. Reiten lüftet mir den Kopf aus.«

»Warum hast du denn keine Wohnung in Southampton genommen?«

Er zögerte, hob seinen Arm von ihrer Schulter und senkte die Lider. »Ich dachte, das wäre nicht praktisch für dich. Zwar fährt nach Portsmouth ein Zug, aber im Winter fällt der ständig aus, und wie sollst du dann zur Schule kommen? Von der Commercial Road dagegen sind es nur ein paar Schritte zu Fuß.«

»Augenblick!«, rief sie. »Du hast eine Wohnung mit zwei Schlafzimmern an der Commercial Road gemietet, um mit mir und meiner Mutter dort zu hausen, und obendrein dürfte ich als deine Frau noch weiter meine Arbeit tun?«

Verstört sah er auf. »Ist es nicht das, was du willst? Hast du nicht gesagt, es sei dir wichtiger, Kinder von anderen zu unterrichten, als eigene aufzuziehen?«

»Und das ist dir recht? Damit willst du leben?«
»Ich will mit dir leben«, sagte er.
»Du bist verrückt!«, schrie sie ihn an. »Du hast den letzten Rest Verstand verloren. Ich habe den Palast, aus dem du stammst, doch gesehen, ich habe die Kreise erlebt, in denen du verkehrst, und ich kann kaum drei Schritte in der Stadt tun, ohne dass eine Frau mich giftig anstiert, weil sie einmal deine Geliebte war. Wer sagt mir, dass du das Arme-Leute-Spiel mit mir nicht sattbekommst, sobald du dich lange genug damit vergnügt hast? Wer sagt mir, dass du mich nicht wegwirfst wie die anderen und meine Mutter obendrein?«
»Ich«, antwortete er. »Ich sage es dir.«
»Und das, meinst du, muss mir genügen?«
In seinen Augen zuckte es. Einen Herzschlag später hatte er sich wieder gefangen. Ohne sich abzuwenden, stand er auf und klopfte sich die Halme von den Schenkeln. »Ich weiß, ich bin der letzte Mann in dieser Stadt, der dich verdient hat«, sagte er. »Vermutlich gehöre ich gelyncht, weil ich mir eingebildet habe, du könntest mich lieben, ohne dass ich es verdiene, und ich könnte das mit dem Verdienen lernen. Aber nein, das muss dir nicht genügen, warum sollte es? Halbgare Schnösel mit schlechten Manieren sind dir ein Gräuel, das hast du mir schließlich unmissverständlich mitgeteilt.« Er drehte sich um, ging zu dem grasenden Pferd und zog den Sattelgurt fest. »Darf ich dich nach Hause bringen? Ich verspreche, ich lasse meine Finger von dir.«
Er machte sich weiter an den Gurten des Sattels zu schaffen, und sie sah seinem Rücken zu, den schmerzhaft gestrafften Schultern unter weißem Stoff. Als er zurückkam, um seine Kleider zu holen, hatte sein Gang das Federnde, das ihr wie Arroganz erschienen war, verloren.
»Horatio, versteh mich doch.«
»Das tue ich«, sagte er. »Glaub mir, ich würde mich an deiner Stelle auch nicht nehmen.«

In Fratton hatte sich ein Mädchen um seinetwillen umgebracht. In der Garnison hatte eine Offiziersgattin für ihn ihren Mann verlassen, und in den Bars um den Clarence Pier dichteten die Kellnerinnen frivole Lieder auf ihn. Er war ein gewissenloser Wüstling, er würde ihren Namen vergessen, ehe der Sommer vorbei war.
Er bückte sich, um Rock und Weste aufzusammeln. Lydia streckte die Hand aus und umfasste sein Gelenk. »Ich will nicht, dass es dir weh tut.«
»Das musst du mir überlassen«, sagte er stolz und entzog ihr seine Hand. »Du kannst mir alles verbieten, nur nicht, dich zu lieben.«
»Du liebst mich doch nicht!«
»Weil ich kein Herz habe, Lydia? Weil gewissenlose Lumpen nicht lieben können?«
Ihre Blicke trafen sich. Im nächsten Moment war sie aufgesprungen, und im übernächsten lag sie in seinen Armen. Dies war schlimmer als alles. Sie hatte sich geschämt, weil sie sich nicht von ihm trennte, sondern sein zärtliches Werben genoss, sie hatte sich nach seinen Küssen gesehnt und sich dafür verachtet, aber dies war das Schlimmste – dass sie ihn liebte. Nicht den genialen Physiker, dem die Wissenschaft zu Füßen lag, und erst recht nicht den schönen Verführer, dem keine widerstehen konnte, sondern den verstörten Mann, dem das Haar ins Gesicht fiel und der keine Hand frei hatte, um es wegzustreichen, der seinen Stolz dreingab und sich ihr wehrlos und verletzlich auslieferte.
Er hielt sie fest. Als sie wieder weinen musste, hielt er sie noch fester, und als sie ihn auch festhielt, spürte sie, wie sein Rücken zuckte, weil er weinte wie sie. Sie hatte das nie erlebt, einen Mann, der Mut genug zum Weinen hatte.
Vom Weinen atemlos hob sie den Kopf und stieß zwischen Schluchzern die Worte heraus: »Horatio, das schaffen wir doch nicht. Wie sollen wir beide das denn schaffen?«
Er hob ebenfalls den Kopf und nahm ihr Gesicht in seine Hände, zart,

wie einen Gegenstand aus Glas. Seine Wimpern, seine Wangen, alles glänzte nass. »Doch, mein Liebstes«, flüsterte er, beugte sich vor und tupfte ihr kleine lautlose Küsse um die Lippen. »Wir müssen es doch schaffen, denn wenn du und ich eine schlechte Idee sind, dann hat das Leben nie eine gute gehabt.«

Sie beugte sich vor, küsste ihm Nässe von der Wange und sah, wie er flüchtig und verzückt die Augen schloss. »Was willst du nur mit mir?«, fragte sie noch immer weinend. »Du kannst Hunderte haben, Reiche und Schöne, die darauf brennen, dir Kinder zu gebären und dich zu verzärteln, während du von mir nur Schelte bekommst.«

»Nein«, sagte er, beugte den Rücken und senkte seine Stirn auf ihre Schulter. »Ich kann niemanden haben. Das war schon immer so. Mir war nie ein Mensch nah. Nur du.«

Er sprach die Wahrheit. Sie hatte ein Jahr lang erlebt, wie er sich zwischen Menschen bewegte, wie er gläserne Wände um sich errichtete und alle daran abprallen ließ. Auch die, die er liebte. Nora und Esther. Nur sie nicht. Sie legte ihm die Hand in den Nacken. Seine Haut war heiß wie im Fieber. »Du darfst mich nie belügen, Horatio. Ich könnte es nicht ertragen, wenn all dies eines Tages zur Lüge wird. Wenn es niedrig und gemein wird, wie es zwischen Männern und Frauen überall ist. Wenn du versuchst mich kleinzumachen, um dich größer zu fühlen, und leugnest, dass wir uns nah waren und voreinander Achtung hatten.«

Er hob den Kopf und suchte ihren Blick. Ehe sie sich's versah, sank er vor ihr auf die Knie und legte sein Gesicht an ihren Leib. »Bitte lass es mich versuchen«, murmelte er. »Ich weiß, ich habe keinen Grund, auf etwas in meinem Leben stolz zu sein, und kein Recht, von dir Vertrauen zu verlangen, aber ich könnte auf der Welt keinen Menschen mehr achten als dich.« Er schob eine Hand in die Hosentasche, zog ein Stück Leder heraus und sah bittend zu ihr auf. »Für den Notfall behalten wir den hier, ja?« Er nahm ihre Hand und legte ihr seinen ledernen Reithandschuh hinein.

Lydias Kehle entwand sich ein Laut. »Nein«, sagte sie, knüllte den Handschuh zusammen und warf ihn über die Lichtung. Behutsam, mit bloßen Fingern, berührte sie seine Wange. »Wenn du wirklich glaubst, wir sollten diesen Wahnsinn wagen, dann nützt mir kein Handschuh. Dann muss ich dir vertrauen.«

Sehr langsam, den Blick voll seligem Unglauben, stand er auf. Als er sie küsste, begriff sie, dass sie ohnehin keine Wahl hatte. Sie war sein, sie war in seiner Gewalt, und dass er ebenso in ihrer Gewalt war, machte nichts leichter. Sie würde es nicht ertragen, wenn er ihr Schmerz zufügte, und wenn sie ihm Schmerz zufügte, würde sie es sich nicht verzeihen.

Ihrer Mutter sagte sie es am Abend in der winzigen Stube, die ihnen als Wohnraum und Küche diente. »Ich habe eingewilligt, Horatio Weaver zu heiraten.« Dann brach sie in Tränen aus.

Ihre Mutter stand auf, zog ihre Tochter in die Arme und ließ sie weinen. »Ach, mein Mädchen«, klagte sie und streichelte ihr Haar. »Ach, mein armes Mädchen.«

Als Lydia sich beruhigt hatte, versuchte sie sich an einem Lächeln. »Die meisten Mütter würden in hellen Jubel ausbrechen, wenn ihre Töchter ihnen sagten, sie wollten einen der reichsten Erben der Stadt heiraten.«

»Ich bin zu alt und zu müde, um in Jubel auszubrechen«, erwiderte die Mutter. »Mir liegt an deinem Wohlergehen, an sonst nichts, und einen Mann, der ein beherztes Mädchen wie dich zum Weinen bringt, den hasse ich schon jetzt. Die ganze Stadt hasst ihn. Von den beiden Weavers heißt es, der Vater sei ein harmloser Teufel gegen den Sohn.«

»Horatio ist kein Teufel«, sagte Lydia. »Den Hass der Stadt hat er sich redlich verdient, aber ein Teufel würde nicht darunter leiden.«

Prüfend sah die Mutter ihr ins Gesicht. »Du liebst ihn ja.«

Lydia entgegnete nichts, und die Mutter zog sie wieder in die Arme. »Ach, mein armes Mädchen.«

Sacht befreite sie sich. »Vermutlich begehe ich den größten Fehler meines Lebens«, sagte sie. »Vermutlich sollte ich mich auf dem nächsten Auswandererdampfer einschiffen und ans Ende der Welt flüchten. Aber kann ich denn meinen Schülerinnen predigen, sie sollen zu ihrem Wort stehen, wenn ich selbst es nicht tue?«

»Wenn du mich fragst, kannst du alles tun, was dich aus dieser Lage rettet«, erwiderte die Mutter. »Aber du wirst es nicht tun. Du warst schon als Kind mein viel zu tapferes Mädchen, das seine Versprechen hielt, und wenn dieser Kerl dir ein Leid zufügt, nehme ich den Schürhaken und schlage ihn tot.«

Lydia musste lachen, obwohl sie nichts daran komisch fand. In der Nacht ließ die Angst sie nicht schlafen, und am Morgen begann die Vorbereitung auf ihr Leben als verheiratete Frau.

Die Hochzeit sollte sein, wenn der Winter begann. Lydia wollte sie so still und unauffällig wie möglich, aber Horatio versteifte sich mit begeistertem Eifer auf ein Fest. »Wenn du einen Saal mieten und eins eurer Bankette abhalten willst, hättest du dir die passende Frau suchen müssen«, schalt sie ihn.

»Das will ich nicht«, erwiderte er. »Keinen Saal und kein Bankett, und vermutlich kommen keine drei Gäste, weil ich so beliebt bin wie ein Steuereintreiber mit Syphilis. Ich habe nie etwas feiern wollen. Auf den Gesellschaften meiner Eltern habe ich das Porzellan zerschlagen, und ihren Weihnachtsbaum habe ich in Brand gesetzt. Aber wie kann ich denn nicht feiern, dass du bei mir bleibst, Lydia? Dass ich in diesen Kerker, in dem ich allein war, nicht mehr zurückmuss?«

Es war, wie er sagte. Er hatte sich in einen Kerker gesperrt, in dem kein Mensch ihn erreichte, und jetzt war er frei und lächelte, wenn jemand ihn ansprach, überließ manchem sogar seine Hand und war reizend zu ihrer Mutter. Sie wollte den Tag, vor dem sie sich fürchtete, nicht feiern, aber sie konnte es ihm auch nicht verwehren. Ich begehe den größten Fehler meines Lebens, dachte sie wieder. Sie dachte es ständig. Und doch gab es Augenblicke, in denen etwas Neues in ihr laut wurde, ein wildes, fremdes Glück, anders als alles, was sie sich mit Fleiß und Vernunft erarbeitet hatte und so, als wäre nicht nur Horatio, sondern auch sie selbst nie zuvor einem Menschen nah gewesen.

Er habe ihr so gern etwas schenken wollen, sagte er und brachte ihr einen Handspiegel und eine Bürste mit wundervollen ziselierten Silberrücken. »Glaubst du wirklich, damit machst du mir Freude?«, fragte sie. »Bin ich eine Frau, die ihre Zeit mit Haarpflege vergeudet?«

Kleinlaut schüttelte er den Kopf. »Dein Haar ist so schön. Ich dachte, sie würden zu dir passen.«

»Zu mir passt kein sündhaft teurer Tand, für den Frauen und Kinder in Silberwerkstätten Schmutz, Maschinenlärm und giftigen Chemikalien ausgesetzt sind.«

»Es tut mir leid«, murmelte er, nahm den Spiegel und die Bürste weg und wollte sich trollen.

Seine Reue schnitt ihr ins Herz. »Ich wollte dir nicht weh tun, Horatio.«

Er drehte sich um. »Tu mir weh, wenn ich mich wie ein Idiot benehme«, sagte er. »Nur gib mich nicht auf, darum bitte ich dich.« Die Silberwaren verkaufte er und gab das Geld Esther, die im Herbst als Jahresbeste ihr Examen abschloss.

Wochen später bat er Esthers Vater um einen Termin zur privaten Konsultation. Lydia erfuhr davon, weil Esther sie fragte – ihr Vater wunderte sich, denn er behandelte schon lange keine privaten Patienten mehr, und mit seinem Neffen pflegte er keinen Kontakt. »Vater mag ihn nicht«, sagte Esther traurig. »Weshalb will Horatio ihn sprechen? Er ist doch nicht krank?«

Lydia wusste es auch nicht. Am Abend zwang sie ihn, ihr Rede und Antwort zu stehen. Er wand sich wie ein Aal. »Es war Noras wegen«, behauptete er schließlich.

»Du hast geschworen, mich nie zu belügen!«, herrschte sie ihn an.
»Ich lüge ja nicht. Mit Noras Krankheit wird es schlimmer. Sag, Liebste, würde es dir viel ausmachen, wenn sie zu uns käme? Natürlich können wir nicht alle in zwei Schlafzimmern hausen, aber du hast gesagt, du brauchst kein Geld für Personal, und die Bank würde mir einen Kredit einräumen. Wir könnten ein Haus kaufen, ein kleines nur, doch wir hätten alle darin Platz.« Bei dem ungewohnten Redefluss wirkte er so jung, wie er war. »Ich habe Angst, Nora stirbt, wenn sie bei meinem Vater bleiben muss.«
»Horatio«, rief Lydia scharf und wunderte sich, dass sie die Frage nie zuvor gestellt hatte, »was hat dein Vater mit euch gemacht?« Er schüttelte den Kopf, und für diesmal ließ sie ihn davonkommen, weil die andere Frage sie stärker bedrängte. »Natürlich ist es mir recht, dass deine Schwester zu uns kommt. Aber dass du mich belügst, ist mir nicht recht. Du warst nicht nur Noras wegen bei deinem Onkel.«
Als er den Kopf senken wollte, packte sie sein Haar und zwang ihn, sie anzusehen. Er errötete bis über die teuflisch geschwungenen Brauen. »Du wirst mich hassen, wenn ich es dir sage.«
»Das wirst du auf dich nehmen müssen. Sei kein solcher Feigling, Horatio.«
Er holte tief Atem. »Ich habe ihn gefragt, wie sich eine Ehe führen lässt, ohne Kinder zu zeugen. Bei meinem Lebenswandel hätte ich wohl zumindest darüber Bescheid wissen müssen, aber ich habe nie daran gedacht.«
Es war das Ausmaß seiner Liebe, das sie sprachlos machte. Das Opfer, das er ihr brachte und das er ihr hatte verschweigen wollen. »Nein«, sagte sie endlich, legte die Arme um ihn und küsste ihm die Schläfe. »Für das, was vergangen ist, hasse ich dich nicht. Du hast mir ja den Wind aus den Segeln genommen, und dabei habe ich nie geglaubt, dass Männer fähig sind zu lernen.«
»Das ist das Verdienst der Lehrerin«, raunte er ihr ins Ohr. »Hyperion kommt übrigens zu unserer Hochzeit. Freut dich das? Um mei-

netwillen hätte er sich dazu nicht durchgerungen, aber dich liebt er innig.«
»Weshalb sollte er nicht um deinetwillen kommen? Er ist dein Onkel.«
Horatio rieb sich die Stirn. »Er ist für mich nicht mein Onkel. Ich fürchte, bei uns ist nichts, wie es sein soll. Schau dir uns alle doch an – sieht so vielleicht eine propere, gewöhnliche Familie aus?«
»Woher soll ich das wissen?«, fragte Lydia zurück. »Meine Familie besteht aus meiner Mutter und mir.«
»Ein Grund mehr, dich zu lieben«, sagte Horatio. »Ehe ich mir noch mehr Familie auflüde, hätte ich lieber einen Kropf.«
»Zurück zu Hyperion. Warum sagst du, er ist für dich nicht dein Onkel?«
»Weil der Ärmste lieber der Onkel einer Kanalratte wäre. Ich bin ihm zuwider, und er ist ja auch nur zur Hälfte mit mir verwandt. Esther und ich haben denselben Großvater, aber zwei verschiedene Großmütter. Die von Esther war die engelhafte Tochter eines Baronets, während die meine eine sogenannte Hure war. Deshalb werden auf der einen Seite schöne, goldblonde Menschen geboren und auf der anderen hässliche, schwarze.«
»Du hältst dich doch wohl nicht ernsthaft für hässlich?«, unterbrach ihn Lydia. »Und du willst mir auch nicht ernsthaft erzählen, dass deine Großmutter eine Hure war?«
Er sah sie an, als wüsste er nicht, welche Antwort sie von ihm erwartete. »Macht es dir etwas aus?«, fragte er wie aus der Deckung.
»Horatio!«
»Nein, sie ist keine Hure«, sagte er. »Nur eine Frau, die eine ganze Stadt zur Hure erklärt hat. Sie wurde mit siebzehn an einen reichen Mann verhökert und beging die unverzeihliche Sünde, einen anderen zu lieben. Vielleicht hat sie ihn nicht einmal geliebt, sondern sich nach nichts als ein bisschen Wärme gesehnt.«
»Und der Mann?«

»Der war Offizier und wurde irgendwann versetzt. Sie dagegen war gezwungen zu bleiben. Es gab eine schmutzige Scheidung und einen prächtigen Skandal, in dem jeder wohlanständige Bürger nach Herzenslust die Nase rümpfen und mit dem Finger auf sie zeigen konnte. Polly Pierson landete ohne einen Penny auf der Straße und durfte ihren Sohn nicht mehr sehen. George Weaver heiratete die schöne Amelia, die ihm den noch schöneren Hyperion gebar. Wir verstehen uns darauf, eine Frau für einen Fehltritt zu bestrafen, oder nicht? Wir schlagen sie nieder und sorgen dafür, dass sie nie wieder auf die Beine kommt.«

Lydia brauchte einige Zeit, um sich von ihrer Erschütterung zu erholen. »Woher weißt du das alles?«, fragte sie dann. »Hat dein Vater es dir erzählt?«

»Gott bewahre.« Hämisch verzog er den Mund. »Mein Vater erlaubt nicht, dass der Name *der Hure* in seinem Haus genannt wird. Ich weiß es, weil ich sie ab und an besuche.«

»Und warum tust du das?«

»Anfangs, um meinen Vater zur Weißglut zu treiben.« Sein Grinsen wurde noch hämischer. »Aber inzwischen mag ich die Alte. Wir passen zusammen. Die Hure und der Satan, einer so schwarz und hässlich wie der andere.«

»Hör auf damit«, sagte Lydia. »So hart es dich ankommen mag, du bist nicht einmal halb so schlecht, wie du dich machst.«

Als sie ihn in die Arme nahm, ließ er sich regelrecht fallen. Lydia wollte sich um keinen Preis einer trügerischen Hoffnung hingeben, aber zum ersten Mal fragte sie sich, ob sie vielleicht doch nicht den größten Fehler ihres Lebens beging.

Er kaufte ein schmales Reihenhaus in einer Seitenstraße, deren Fahrweg Kastanienbäume säumten. Es besaß vier Schlafzimmer und einen Garten, in den ein Tisch, vier Stühle und eine Magnolie passten. So fremd es Lydia war, ihr Herz an Besitz zu hängen, so wenig konnte sie dem kleinen Haus widerstehen. In ihr lebte noch immer das zerrupfte

Kind aus dem Arbeitshaus, das außer einem Abakus nichts auf der Welt besaß. Sollte sie jetzt wirklich zu den Menschen gehören, die Abend für Abend in die Geborgenheit ihrer eigenen Wände heimkehrten und deren Leben hinter Riegeln beschützt war?
Horatio zog in das Haus, noch während es hergerichtet wurde, um die Miete für die Wohnung zu sparen. Vier Wochen vor der Hochzeit saß Lydia mit ihm in dem noch kahlen Raum, den sie Stube und er Salon nannte, über der Liste der Gäste. Zu Horatios Verblüffung hatten so viele zugesagt, dass das kleine Haus in allen Nähten ächzen würde. Hyperion und Mildred mit ihren Töchtern, Lydias Kolleginnen, ein paar Herren, die Horatio von der Universität kannte, und die Schar ihrer Kampfgefährtinnen, von denen die meisten nicht glauben konnten, dass es ihr mit dieser Hochzeit ernst war. An einem Namen blieb Lydias Finger hängen. »Wer ist Susan Ralph?«
Horatio vollführte eine Bewegung mit dem Kopf, die ihr inzwischen vertraut war. Als würde er sich ducken. »Mein Kindermädchen. Sie kommt mit einem Herrn namens March und zwei Kindern, und ich fürchte, eine ordentliche Heiratsurkunde besitzt keiner von ihnen. Stört es dich?«
»Natürlich nicht. Es wundert mich nur. Von dem Erbsohn eines Industriellen hätte ich anderes erwartet, als dass er sein Kindermädchen zu seiner Hochzeit einlädt.«
»Ich bin nicht der Erbsohn eines Industriellen«, protestierte er gekränkt. »Ich bin der blöde Kerl, der dich zum Wahnsinn treibt, weil er dich so sehr liebt.«
»Du treibst mich zum Wahnsinn, weil du mir ausweichst, du blöder Kerl. Warum lädst du dein Kindermädchen zur Hochzeit ein?«
»Das willst du nicht wissen«, sagte Horatio, und die gläsernen Wände schlossen sich um ihn.
»Ich pflege keine Fragen zu stellen, wenn ich etwas nicht wissen will«, versetzte Lydia.
»Nun schön. Aber ich will dir nichts darüber sagen.«

Die gläsernen Wände schwollen. Todesmutig rannte Lydia mit der Stirn dagegen an. »Ich denke, ich soll deine Frau werden. Habe ich kein Recht darauf, dich kennenzulernen? Ich habe mein Leben vor dir ausgebreitet wie ein offenes Buch …«
»Weil du nichts zu verbergen hast«, fuhr er ihr ins Wort. »Bei dir gibt es nichts Dunkles, Hassenswertes, du kannst auf dein Leben stolz sein.«
Sie ging zu ihm, sah, wie er zurückwich, und streckte dennoch die Hand nach der gläsernen Wand aus. »Solltest du mir nicht erlauben, darüber selbst zu entscheiden? Wenn du mich das Dunkle nicht sehen lässt, wie soll ich dann wissen, ob ich es ertrage?«
Er wich zurück, bis er mit dem Rücken zur Wand stand. »Ich bin als Idiot zur Welt gekommen«, sprach er ohne Ausdruck durch die gläserne Wand. »Ich konnte nicht sprechen und vermutlich auch nicht denken. Wäre es meinem Vater nicht so peinlich gewesen, hätte er mich in eine Anstalt gesperrt. Stattdessen hoffte er, es ließe sich zumindest eine Spur Verstand in mich hineinprügeln. Ich habe Sukie eingeladen, weil ich es ihr schulde. Sie hat einmal zu meinem Vater gesagt, er solle Erbarmen haben. Dafür hat mein Vater dem Erzieher den Stock weggenommen und nicht mich, sondern sie geschlagen.«
Lydia stand still und hörte ihrem Atem zu. Es ist noch nicht zu spät, beschwor sie eine Stimme in ihr. Dem hier bist du nicht gewachsen. Verlass das Haus und komm nie wieder. Lydia verließ nicht das Haus, sondern machte einen Schritt auf ihn zu. Zwischen ihnen erhob sich das Glas, und Horatio dahinter war so allein, dass es ihr das Herz zusammenzog. »Hatte er irgendwann Erfolg?«, fragte sie stimmlos. »Hat er dich zum Sprechen geprügelt?«
»Nein.«
»Wie hast du es gelernt?«
»Gar nicht, glaube ich. Ich habe irgendwann gemerkt, dass ich es konnte, wenn mein Vater nicht dabei war.«
»Und dein Vater? Er hat nicht aufgehört, nicht wahr?«

»Doch«, sagte Horatio und starrte an ihr vorbei. »Jetzt muss er aufhören.«
Das, was Männer Tapferkeit nannten und für das sie sich Orden an die Brust hefteten, war Lydia stets erbärmlich und hohl erschienen. Den Mann, der vor ihr stand, fand sie hingegen tapfer ohnegleichen. Er hatte als Kind gelernt, sich unantastbar zu machen, um ein Stück seiner Würde zu bewahren, und doch brachte er den Mut auf, sich ihr auszuliefern. Ob sie den größten Fehler ihres Lebens beging, war ihr einerlei.
»Ich will kein Mitleid von dir«, knurrte er.
»Keine Sorge«, sagte sie, »du bekommst auch keines.« Als sie den letzten Schritt auf ihn zumachte, glaubte sie Glas splittern zu hören, und als sie die Hände hob, um ihm die Schultern zu streicheln, war ihr, als würde sie Scherben von ihm abstreichen. Weil sie ohnehin dabei war und weil ihm Schweiß in Strömen die Stirn hinunterlief, öffnete sie ihm Binder und Kragen und strich auch den Stoff noch weg. Seine Schlüsselbeine, die jäh entblößt vor ihr lagen, jagten ihr ein Entzücken durch den Leib. »Horatio«, rief sie, umfasste sein Kinn und drehte sein Gesicht zu sich. »Hörst du mir zu? Ich liebe dich.«
Sie umarmte ihn, legte ihre Lippen auf seine und küsste ihn, bis er sie wiederküsste. In dieser Nacht hätte sie bei ihm bleiben wollen, was immer irgendwer darüber dachte und sogar, wenn er ihr ein Kind gemacht hätte. Er aber lachte und schickte sie nach Hause. »Lass mich doch einmal in meinem Leben ein Mann mit Anstand sein.«
Sie würden es nicht leicht haben. Das Gepäck, das andere ihnen aufgeladen hatten, würde schwer zu schleppen sein und sie manchmal niederdrücken, aber zum ersten Mal fand Lydia, dass es eine Sünde sei, es nicht zu versuchen. Als ihre Mutter an diesem Abend in ihre Litanei ausbrach und sie ihr armes Mädchen nannte, bat Lydia sie, aufzuhören. »Ich bin kein armes Mädchen, Mutter. Und ich wäre dir dankbar, wenn du Horatio zumindest die Chance gäbest, dich für sich zu gewinnen.«

»Ach, ich finde die ganze Familie zum Fürchten«, sagte ihre Mutter. »Da hast du diese Eltern, die zur Hochzeit des Sohnes nicht eingeladen werden und vor denen die Tochter aus dem Haus flieht. Da hast du diese unglaubliche Tante, von der es heißt, sie habe mit dem eigenen Neffen ein Verhältnis …«

»Das ist vorbei«, unterbrach Lydia sie scharf. Es war erst Stunden her, dass Horatio es ihr gestanden hatte, den Zwang, Maria Lewis zu unterwerfen und Liebesschwüre stammeln zu hören, Maria Lewis, die sich jahrelang am Treiben seines Vaters ergötzt und in der Stadt verbreitet hatte, Hector Weavers Sohn sei schwachsinnig. Ob er auf ewig so weitermachen werde, hatte Lydia ihn gefragt, ob er sich an jedem, der dieser Erziehung des Grauens beigewohnt hatte, rächen und damit sein Leben vergiften müsse? »Nein«, hatte er gesagt, »das ist vorbei. Was soll ich mit der Vergangenheit, wenn ich dich in meiner Zukunft habe?«

»Es ist vorbei«, wiederholte ihre Mutter, »also ist es wahr. Und was noch? Hatte er mit dieser entsetzlichen Mildred, die irgendwann deine Freundin Esther zerstören wird, auch ein Verhältnis? Dass Esthers Mutter sich einfach aus dem Staub gemacht hat, ist unverzeihlich, aber verdenken kann ich es ihr bei der Familie nicht.«

Ich auch nicht, dachte Lydia. Aber es ist ja nicht die Familie, mit der ich leben muss. Es sind die Menschen, die ich liebe. Horatio und Esther. Und Nora, fügte sie entschlossen hinzu. Horatio hatte zu ihr gesagt, sie habe Esther gerettet. »Von uns hat doch keiner Esther beigestanden, und ihr Vater mag ein Held der Heilkunst sein, aber um seine Kinder schert er sich bis heute nicht. Hätte sie dich nicht gehabt, dann hätte Mildred aus ihr gemacht, was sie aus Phoebe und Chastity gemacht hat – zwei Duckmäuser voller Angst vor dem Leben. Ich wünschte, du könntest auch Nora helfen. Du tust Menschen gut.«

Weil Menschen gut zu mir waren, dachte Lydia und schlang jäh die Arme um ihre Mutter. »Sei ein bisschen gut zu Horatio, ja? Ihr habt nämlich etwas gemeinsam – ihr beide liebt mich.«

»Wenn dieser Kerl mich je davon überzeugen sollte, dass wir das gemeinsam haben, bin ich von mir aus sogar gut zu ihm«, brummte ihre Mutter, küsste Lydia auf die Stirn und stand auf, um den Tisch abzuräumen.

In der letzten Woche vor der Hochzeit wurde das Haus fertig. Es war durchgehend mit Öllampen ausgestattet und an keine Gasleitung angeschlossen. Als Lydia Horatio fragte, ob er damit seinen Vater treffen wolle, schüttelte er den Kopf. »Ich halte Gas für gefährlich«, sagte er. »Zumindest in der Form, wie wir es heute nutzen. Hast du dich schon einmal gefragt, warum so viele Leute Dinge sehen, die es nicht gibt – weißvermummte Gespenster, Waldgeister, Nachtmahre? Wenn du mich fragst, sind all diese Leute nicht reif für die Anstalt, sondern leben in der Nähe einer Leitung, aus der Gas austritt. Ich bin benebelt genug von dir, ich brauche kein Gas, das mir das Hirn trübt. Wenn wir vorankommen wollen, tun wir gut daran, das Leben mit klarem Blick zu betrachten, nicht es in Schwaden zu hüllen.«
Es war eine Seite an ihm, die sie begeisterte, ein Feld, über das sie Hand in Hand gingen – sein Glaube an Fortschritt und Veränderung, an eine Gesellschaft, die sich zum Besseren wandelte. Sie führten lange Gespräche, in denen sie ihm von den Reformen des Schulsystems berichtete und er ihr von seinen Versuchen mit Elektrifizierung, mit der man bereits ein Fußballspiel in Sheffield unter strahlendem Flutlicht ausgetragen hatte und die gefahrloser, billiger und kraftvoller war als Gas. Manchmal gerieten sie dabei ins Schwärmen von einer Zukunft, in der jedem Menschen ein erfülltes Leben offenstand.
Auch wenn sie es selbst kaum glaubte, begann sie sich auf die Abende in ihrem Haus zu freuen, auf endloses Reden und Streiten, auf die Herausforderung, die ein kluger Mann einer klugen Frau bieten konnte, wenn er sie ernst nahm und achtete.
Die Nacht vor der Hochzeit verbrachte sie noch einmal in schlafloser Todesangst, als stünde ihre Hinrichtung bevor. Zur Kapelle fuhr sie

schreckstarr. Sie trug ein schmuckloses dunkles Tageskleid und Horatio den schwarzen Cut, in dem er überall hinging. Vaterlos, wie sie war, schritt sie allein durch den Gang, und der Mann, der der ihre werden sollte, stand allein vor dem Altar. Als sie ihm nahe kam, streckte er ihr beide Hände entgegen und atmete zutiefst erleichtert auf. Das trug sie durch die Zeremonie, die ihr fremd und bedrohlich erschien, und hinterher warteten auf den Stufen ihre Freunde, jubelten, als sie aus der Kirche traten, und Esther und Nora, ihre Brautjungfern, sprangen zu ihr und umarmten sie. »Wenn Sie meinem Mädchen ein Leid antun, bringe ich Sie um«, sagte ihre Mutter zu Horatio, statt ihm zu gratulieren.

»Ich bitte darum«, erwiderte Horatio. »Was glauben Sie, weshalb ich Sie im Haus haben wollte?«

Ihre Mutter sah ihn lange an, dann sagte sie zu Lydia: »Gott behüte dich. Dieser Mann ist gefährlicher als die Bräune, aber die hast du immerhin überlebt.«

Sie hatte sich gewünscht, für Flitterwochen kein Geld zu vergeuden und die Hochzeitsnacht in ihrem Haus zu verbringen. Nora und ihre Mutter sollten erst am Morgen einziehen. Ein Wolkenbruch ergoss sich, als sie die letzten Gäste ans Tor gebracht hatten und ihnen nachwinkten, bis sie hinter den Kastanien verschwanden. Horatio nahm ihre Hand, und gemeinsam liefen sie durch den strömenden Regen zurück zu ihrem Haus. Drinnen verschloss er alle Riegel, entzündete nur eine Lampe und wandte sich ihr zu. In seinem schwarzen Haar glänzten Tropfen, er lächelte nicht, nur in seinen Augen stand ein Leuchten. Lydia hatte sich vor diesem Moment gefürchtet, aber jetzt spürte sie, wie sehr sie ihn zugleich herbeigesehnt hatte. »Wir sind allein«, stellte sie fest.

»Nein«, sagte er, zog sie an sich und grub sein Gesicht in ihr Haar. »Nie mehr, Liebste. Wir sind nie mehr allein.«

Als sie in dieser Nacht in seinen Armen lag, begriff sie, dass sie nicht den größten Fehler ihres Lebens begangen hatte, einerlei, was ihr bevorstand. Sie begriff, dass Glück keine Errungenschaft war, die man sich durch Fleiß und Vernunft verschaffen konnte, sondern ein seltenes Geschenk, um es verwundert und demütig anzunehmen. Dass sie mit Horatio glücklich war, begriff sie, und dass ihr Glück sie ein Stück weit tragen würde, wenn der Weg steinig wurde oder Erschöpfung sie übermannte.

Kapitel 37

Winter

Lydias Hochzeit war das schönste Fest, das Esther je besucht hatte. Dass Menschen miteinander so ausgelassen feiern konnten, dass sie tanzten, lachten und alle durcheinanderredeten, nicht förmlich warteten, bis sie einander vorgestellt wurden, sondern sich selbst bekannt machten, war gänzlich neu für sie. Die Frauen aus Lydias Vereinigung hatten sie in ihren lärmenden, herzlichen Kreis gezogen, als wäre sie eine von ihnen. Rebecca, ihre Wortführerin, war eine herbe schwarzhaarige Schönheit, die in London Jura studierte. Jahr um Jahr musste sie aufs Neue um ihre Zulassung kämpfen.

»Glauben Sie wirklich, Sie tun das Richtige, indem Sie auswandern, statt Ihr Studium hier durchzufechten?«, fragte sie Esther, nachdem sie sich nach ihren Plänen erkundigt hatte. »Was soll aus der Sache der Frauen werden, wenn ihre besten Streiterinnen die Waffen strecken?«

»Wer streckt denn die Waffen?«

»Nun, Sie zum Beispiel gehen ins Ausland. Und eine strahlende Amazone wie Lydia Burleigh läuft den Feinden in die Falle und heiratet einen ihrer schärfsten Hunde.«

»Mein Bruder wird gut zu Lydia sein«, mischte sich Nora mit verhuschter Stimme ein. Sie war noch dürrer geworden und musste sich an der Wand abstützen. »Wirklich, das müssen Sie mir glauben. Er hat sie innig lieb – gerade so, wie sie ist.«

Dass er das tat, stand außer Zweifel, und ein schöneres Paar als Lydia und Horatio konnte es unmöglich geben.

Rebecca wandte sich Nora zu und musterte sie mit einem Interesse, wie es ihr selten zuteilwurde. »Sie müssen sich setzen«, sagte sie dann. »Statt um Ihren Bruder sollten Sie sich schleunigst um sich selbst sorgen.«

Esther hatte auch jemanden, um den sie sich schleunigst sorgen musste, so gern sie im Kreis der Frauen verweilt hätte – ihre Schwester Phoebe brauchte sie. Dass sie Horatio liebte, hatte sie Esther in der Nacht zuvor gestanden – unter solchen Tränenfluten, dass die kleine Chastity ebenfalls zu weinen begann und Georgias Versuche, dem Schmerz durch flapsige Bemerkungen die Schärfe zu nehmen, ungehört verhallten. Die Mutter habe ihr doch immer gesagt, sie werde eines Tages den Mann bekommen, den sie sich wünsche, schluchzte Phoebe, die Mutter habe alles dafür getan und werde furchtbar enttäuscht sein. »Sie hat gesagt, ich soll die eine von uns sein, die glücklich ist!«, rief sie und brach erneut in Tränen aus.

Inbrünstig versicherte sie, dass sie sterben wolle, und Esther glaubte ihr. Sie hatte noch nie einen Mann geliebt, aber sie wünschte sich etwas so innig, wie Phoebe sich Horatio wünschte. Wäre ihr Traum vom Medizinstudium, der kurz vor der Erfüllung stand, geplatzt, so wäre auch sie überzeugt gewesen, ihr Leben habe keinen Inhalt mehr. Auf die Hochzeit war Phoebe trotz des prachtvollen azurblauen Krinolinenkleides geschlichen wie ein geprügelter Hund. Ihre vom Weinen verschwollenen Augen und ihre zusammengesunkene Haltung sprachen Bände, und nach der Zeremonie, im Windfang von Lydias reizendem Haus, hatte Mildred sie deswegen ausgescholten. Esther lief durch alle Räume, an fröhlich schwatzenden Gästen vorbei und suchte nach ihrer Schwester. Sie fand sie nicht, stieß aber an der Tür auf Mildred, die das Haus gerade betreten haben musste. »Was willst du?«, herrschte sie Esther an.

»Ich suche Phoebe«, bekannte diese.

»Die wirst du auf dieser Farce von einer Hochzeit nicht mehr finden.«

»Aber wo ist sie denn? Ich habe sie eben noch gesehen!«

»Ich habe Max angewiesen, sie nach Hause zu bringen«, antwortete

Mildred eisig. »Was soll sie hier? Geeignete Herren, die als Bewerber in Frage kämen, werden ihr kaum vorgestellt werden.«
»Aber wir sind hier!«, rief Esther. »Ihre Familie. Wir könnten ihr helfen, über ihren Kummer hinwegzukommen.«
»Von Kummer will ich nichts hören«, erwiderte Mildred schneidend. »Phoebe ist ein Mädchen aus bester Familie und hat blendende Heiratsaussichten. Sie hat zu Kummer keinen Grund.«
»Aber sie ist doch …«, begann Esther, brach ab und schwieg. Mildred hatte oft genug wissen lassen, was sie von Horatio dachte. Auf seine Hochzeit ging sie nur, um Onkel Hector und Tante Bernice, die nicht geladen waren, eins auszuwischen. Besser, Esther ließ Phoebes unglückliche Liebe auf sich beruhen. Etwas anderes wollte sie Mildred jedoch sagen. »Ich glaube, Phoebe hat Angst, dich zu enttäuschen, weil du dir so sehr eine gute Partie für sie wünschst. Vielleicht wäre sie erleichtert, wenn du ihr sagtest, dass es damit nicht eilt und dass du sie gerade so lieb hast, wie sie ist.« Das hatte vorhin Nora über Horatio gesagt. Es musste schön sein, von einem Menschen so geliebt zu werden, es würde Phoebe trösten.
Mildred bedachte sie mit einem Blick, als wäre sie nicht sicher, um was für eine Art von Kreatur es sich bei Esther handle. Hoheitsvoll straffte sie den Rücken. »Ich habe immer nur das Beste für Phoebe gewollt«, sagte sie. »Was aber das Beste für Phoebe ist, entscheide ich, nicht du. Sie wird glücklich sein, das gelobe ich dir, und es gibt nichts, das ich nicht dafür täte.«
»Nein«, murmelte Esther und senkte den Blick, »natürlich nicht.« Zu ihrer Erleichterung steckte Lydia den Kopf aus der Tür und rief, Esther solle rasch kommen, man räume Stühle und Tische für einen Rundtanz beiseite.
Es war so schade, dass Phoebe den Rest des Festes nicht miterlebte, die Ausgelassenheit und das Gefühl, stark und jung zu sein und die Welt in den Armen zu halten. Schiere Lebenslust ergriff von Esther Besitz. Wo würde sie im nächsten Jahr um diese Zeit sein? Vielleicht

bald schon auf dem Weg nach Kanada? Sie hatte das Geld für die Reise längst beisammen und auch schon den ersten Grundstock für ihren Lebensunterhalt. Horatio hatte einen Professor in Toronto aufgetan, dessen Familie ihr beim Einleben behilflich sein wollte. So sehr sie Lydia und ihre Schwestern vermissen würde, so sehr lockte die Erfüllung ihres Traums, die auf der anderen Seite des Weltmeers wartete.

Unter den jungen Leuten, die durch die Räume tollten, waren nur zwei, die sich nicht amüsierten. Eine war die arme Chastity, die sich hinter Georgia versteckte, weil fremde Menschen ihr Angst machten, und die andere war ein blondes, kräftig gebautes Mädchen, das als Miss March vorgestellt wurde und sich scheu in der Nähe ihres Vaters und Bruders hielt. Als Mildred des Vaters ansichtig wurde, verließ sie schlagartig den Raum. Hätte Esther nicht gewusst, dass Mildred derlei Gefühle fremd waren, hätte sie geglaubt, sie ergreife in heller Angst die Flucht.

Hatte der Vater bisher nur Augen für seine Tochter gehabt, so starrte er jetzt Mildred nach wie vom Donner gerührt. Das Mädchen sprach ihn an, doch er hörte es nicht, es ergriff seinen Arm, er jedoch sah nach der Tür, durch die Mildred verschwunden war, und schien nichts zu spüren. Er war ein sehr großer Mann mit kraftvollen Schultern, die sich gegen den förmlichen Anzug wehrten. Trotz des einschüchternden Baus strahlte er etwas aus, das Esther hilflos und seltsam berührend fand. Für den Rest des Abends blieb er tief in Gedanken versunken, und der Bruder übernahm seine Rolle als Beschützer des Mädchens, was einigermaßen komisch wirkte, da er sowohl kleiner und schmächtiger als auch jünger war als sie. Das Mädchen aber versuchte regelrecht sich hinter dem Jungen zu verkriechen. Esther nahm sich vor, Lydia zu fragen, wer die drei waren, doch später vergaß sie es.

In der Nacht krochen alle vier Weaver-Schwestern zusammen in ein Bett. Zuerst stieg Esther zu Phoebe, die herzzerreißend weinte,

dann begann Chastity zu weinen, so dass Esther sie dazuholte, und zu guter Letzt kletterte Georgia ans Fußende und brummte: »Wenn's hier einen Volksauflauf gibt, will unsereins nicht Zaungast bleiben.«
»Phoebe«, sagte Esther zärtlich, »es gibt doch noch andere Männer als Horatio.« Sie kam sich grausam vor. Hätte man ihr gesagt, es gebe ein anderes Leben als das einer Ärztin, hätte sie ein Wort davon ertragen?
Phoebe weinte laut auf und klammerte sich an ihr fest, während Chastity sich in ihre Armbeuge drängte. »Aber die Mutter«, schluchzte sie, »die Mutter hat doch alle Hoffnung auf mich gesetzt, und ich bin zu hässlich und zu dumm, um ihr auch nur ein bisschen Freude zu machen.«
»Dumm bist du allerdings, wenn du meinst, dass ausgerechnet Horatio ihr Freude machen würde«, bemerkte Georgia. »Was glaubst du eigentlich, was die Mutter von dir will?«
Phoebe hielt inne und rieb sich die Augen trocken. »Dass ich glücklich bin«, erwiderte sie ernst. »Und das wollt ich doch auch sein, aber ich weiß ja nicht einmal, wie ich's anstellen soll.«
Es war wie in der Kindheit, wenn Mildred mit ihnen in den Süßwarenladen gegangen war. Chastity musste zur Strafe für irgendetwas daheimbleiben, Georgia und Esther bekamen ein Tütchen mit ein paar Rhubarb and Custards, und Phoebe wurde angewiesen, sich unter all den Herrlichkeiten auszusuchen, was immer ihr Herz begehrte. Sie hatte sich nie entscheiden können, hatte sich um und um gedreht, bald nach diesem, bald nach jenem geschaut, was die Schwestern ihr zeigten, bis sie in Tränen ausbrach und sich einen Katzenkopf von Mildred fing. »Beim Herrgott, da will man dem Kind eine Freude machen, und das ist der Dank!«, pflegte Mildred vor dem betretenen Ladenbesitzer auszurufen.
Erging es Phoebe jetzt ebenso? Hatte sie sich, während Mildred eifrig respektable Junggesellen vor ihr auf und ab paradieren ließ, auf Hora-

tio verlegt und wusste jetzt, da sie mit dieser Wahl gescheitert war, nicht weiter? »Vielleicht musst du erst einmal herausfinden, was dich glücklich macht«, schlug Georgia ihr vor.

»Was mich glücklich macht?«, fragte Phoebe verwundert. »Nun, ein Ehemann natürlich. Eine eigene Familie und ein eigenes Heim. Würde dich das nicht glücklich machen, Georgia? Hättest du es nicht gern?«

Ein wenig verlegen kratzte Georgia sich am Kopf. »Ich weiß nicht«, antwortete sie endlich. »Mein Heim ist Mount Othrys, denke ich.«

Das war eine sonderbare Antwort, aber Esther kam sie treffend vor. Von ihnen allen half nur Georgia Mildred im Hotel. Sie tat es nicht, weil Mildred es verlangte, sondern aus freien Stücken, weil sie sich in den weiten Sälen und verwunschenen Suiten des Hotels in ihrem Element fühlte. Etwas davon fühle ich auch, durchfuhr es Esther. Keine Verbundenheit mit Mildreds Hotel, aber ein Gefühl von Zugehörigkeit, wenn vier Schwestern in weißen Rüschenhemden wie Nachtgespenster auf einem Bett hocken. Es war still geworden. Nur Chastity wimmerte noch immer vor sich hin.

»Wünschst du dir denn keinen Mann?«, fragte Phoebe Georgia. »Und auch keine Kinder?«

Georgia zuckte mit den Schultern. »Ich denke, es lohnt sich nicht sonderlich, sich Dinge zu wünschen, die man sowieso nicht bekommt«, antwortete sie. »Und wie steht's mit dir, meine Grille? Wünschst du dir denn so herzzerreißend dringlich einen Mann?«

»Ich?« Phoebe überlegte und nagte auf ihrer Unterlippe. »Ich weiß nicht, aber die Mutter …«

»Die Mutter hat einen«, versetzte Georgia trocken. »Weshalb ich mich, um ehrlich zu sein, frage, warum sie ohne Unterlass darauf herumhackt, dass du glücklich werden musst.«

»Es soll eben einer in dieser Familie glücklich werden«, wiederholte Phoebe einfältig, was die Mutter ihr so häufig vorsprach.

»Und warum du? Warum nicht sie selbst?«
Darauf wusste Phoebe keine Antwort. »Sie ist es eben nicht«, beharrte sie.
»Aber sie hat doch Mount Othrys!«, entfuhr es Esther, weil sie so immer gedacht hatte. Mildred liebte und hätschelte ihr Hotel wie einen Menschen, sie streichelte seine Wände und wählte jedes Stück seiner Ausstattung selbst. Machte es sie nicht glücklich? Auf einmal musste sie an Lydia und Horatio denken, an ihre Blicke, ihr Flüstern und ihr Lächeln. Waren ihr Vater und Mildred je so glücklich miteinander gewesen, und wohin war dieses Glück verschwunden? An ihre Mutter zu denken wagte sie nicht. Wer immer hinter vorgehaltener Hand darüber sprach, fragte früher oder später dasselbe: Wie sterbensunglücklich muss eine Frau sein, um ihr eigenes Kind im Stich zu lassen? Esther, die dieses Kind gewesen war, hatte vor der Antwort auf die Frage Angst.
Durch die Stille der Nacht drang Chastitys Wimmern. Ruppig fuhr Georgia ihr durchs Haar. »Warum weinst du denn, Grasmücke? Du hast doch uns, du musst nicht ständig weinen.«
Chastity wimmerte weiter.
»Und warum gibst du deiner dicken Schwester keine Antwort?«, fragte Georgia.
Ohne mit dem Wimmern aufzuhören, hob Chastity ihr verweintes Gesicht. »Ich weiß nicht«, presste sie mit winzigem Stimmchen heraus. »Ich weiß doch nie was, und wenn ich doch was weiß, ist es falsch.«
Über den Kopf der Kleinen hinweg warf Georgia Esther einen komisch verzweifelten Blick zu. Esther zog Phoebe, die auch wieder weinte, näher zu sich und begann leise zu singen:
»Lavendel ist grün, dilly dilly,
Lavendel ist blau.
Wenn du mich liebst, dilly dilly,
Liebe ich dich auch.«

Am nächsten Morgen besuchte Esther, noch ehe sie zur Arbeit ins Spital fuhr, ihre Urgroßmutter. Die alte Frau bewohnte das letzte Zimmer auf dem Gang, um, wie sie sagte, von Mildred so weit wie möglich getrennt zu sein. Die Urgroßmutter konnte nicht mehr laufen, und eine Schwester aus dem Spital kam täglich zu ihrer Pflege, aber ihr Geist war scharf wie eine Speerspitze, und sie bestand darauf, am frühen Morgen besucht zu werden. Das, was man gleich besorgen konnte, schob man nicht auf, lehrte sie, schon gar nicht, wenn es um eine Frau ihres Alters ging. Urgroßmutter Nell war geboren worden, lange bevor Königin Victoria den Thron bestiegen hatte, ja sie hatte sage und schreibe die Regierung von vier Königen durchlebt, und in ihrer Jugend hatte es weder Gaslicht noch Eisenbahnen, weder Fahrräder noch Briefmarken oder Fotoapparate gegeben.

Vor allem keine Lister'sche Desinfektion und keine Anästhesie, dachte Esther. Chirurgen hatten innerhalb von Sekunden operieren müssen, weil ihnen sonst die Patienten an den Schmerzen starben, und der größte Teil der Überlebenden erlag später dem Fieber durch verschmutzte Wunden. Von sechs operierten Patienten blieb nur einer am Leben, während heute nur noch einer zu Tode kam. Noch immer einer zu viel, befand Esther und freute sich einmal mehr auf ihre Zukunft.

All diese Veränderungen hatte Urgroßmutter Nell, die älter als ein Jahrhundert war, miterlebt, und einmal hatte sie Esther gesagt, sie erkenne die Welt, in der sie geboren worden war, nicht wieder. In einer Welt, in der Frauen Ärztinnen wurden, wolle sie jedoch nicht länger leben. Seither hatte Esther mit ihr von ihren Plänen nicht mehr gesprochen. Sie mochte die alte Dame, die sich, so kühl sie sich gab, um ihr Wohlergehen immer gesorgt hatte, und wollte sie nicht verärgern. An diesem Morgen aber fing Urgroßmutter Nell von selbst mit diesem Thema an.

Wie immer tadellos gekleidet, saß sie in ihrem Lehnstuhl beim Kamin. Sie brauchte Stunden, um sich ohne die Pflegerin zurechtzumachen, aber sie hätte nie einen Gast empfangen, ohne sich zu präsentieren wie aus dem Ei gepellt.

»Wie ich sehe, bist du wieder einmal in Eile«, sagte sie. »Aber heute wirst du eine Unze deiner kostbaren Zeit erübrigen müssen. Es wird schon niemand dem Totengräber auf die Schaufel springen, nur weil sich neben dem Operateur kein naseweises Mädchen herumdrückt.«

Esther musste lachen, obwohl die Herabsetzung sie ärgerte. Will Ackroyd wurde nicht müde, ihren Fleiß und ihr Talent zu loben, doch in ihrer eigenen Familie galt ihre Begabung nichts. Nell riss boshafte Witze darüber, Mildred erwähnte das Thema höchstens naserümpfend, von den Schwestern interessierte es keine, und ihr Vater lebte in seiner eigenen Welt, zu der er Esther, so sehnlichst sie es sich stets gewünscht hatte, keinen Zutritt gewährte.

»Nun setz dich schon hin.«

Esther setzte sich der Urgroßmutter gegenüber auf den Schemel. Die Alte musterte sie. Ihre Augen waren scharf wie ihr Verstand. »Du warst auf der Hochzeit von Horatio Weaver, habe ich mir sagen lassen«, bemerkte sie.

»Von deinem Urenkel.«

»Halt den Schnabel. Wer mein Urenkel ist, bestimme ich, und ich erinnere mich, dir das nicht zum ersten Mal zu sagen.«

»Schon gut. Ich entschuldige mich.« Dass Nell Horatio und Nora so wenig als Urenkel anerkannte wie Georgia, Phoebe und Chastity, war lange ein Streitpunkt zwischen ihnen gewesen, doch inzwischen hatte Esther es aufgegeben.

»Ich werde nicht lange um den heißen Brei herumreden und mir dabei ansehen, wie du vor Ungeduld mit den Füßen scharrst«, fuhr ihre Urgroßmutter fort. »Es schmeckt mir nicht, dass du dich mit Hectors Apfel, der nicht weit vom Stamm fällt, abgibst, auch wenn es mir durchaus schmeckt, dass Hector sich darüber die Krätze an den Hals ärgert.«

Gelegentlich wunderte es Esther, dass Nell und Mildred einander so

spinnefeind waren. So sehr, wie ihre Gedanken sich glichen, hätten sie Busenfreundinnen sein müssen.
»Ich will nicht, dass der Kerl dir den Charakter verdirbt«, sagte Nell. »Hättest du deine Mutter bei dir, so könnte sie auf dich achten und dir notfalls den Kopf zurechtsetzen. Aber du hast niemanden.«
»Ich habe Mildred«, sagte Esther, weil ihr Gerechtigkeitssinn es so wollte.
Wie nicht anders zu erwarten, lachte Nell krächzend auf. »Das nenne ich den Teufel mit dem Beelzebub austreiben. Mildred Adams lassen wir bei dieser Angelegenheit besser aus dem Spiel, oder ich vergesse mich.«
Esther sagte nichts mehr. Ihre Urgroßmutter wies auf die aus Walnussholz geschnitzte Anrichte. »Nimm dir den Umschlag dort. Was darin steckt, ist für dich.«
Zögernd stand Esther auf und ging hinüber. Der Umschlag war bis zum Platzen gefüllt. Sie wagte nicht, ihn anzufassen.
»Nun nimm schon. Trotz der himmelschreienden Maßnahmen, denen Mildred diesen Haushalt unterzogen hat, ist es ihr nicht gelungen, sich mein gesamtes Witwenerbe unter den Nagel zu reißen. Der Rest war ohnehin für dich bestimmt, und da du von deinen haarsträubenden Plänen nicht abzubringen bist, ist es mir lieber, du nimmst das Geld und suchst jetzt gleich das Weite. Zumindest kann ich dann sicher sein, dass du nicht Hector, Horatio oder wie das Pack sonst heißt in die Fänge gerätst.«
Esther streckte die Hand nach dem Umschlag aus, zuckte aber zurück. »Du meinst, du willst mir dein Geld schenken, damit ich zum Studium nach Kanada gehen kann?«
»Habe ich das nicht gesagt? Soweit ich mich erinnere, neige ich nicht dazu, mich unklar auszudrücken.«
Esther musste sich beherrschen, um nicht laut herauszulachen. Selbst wenn der Umschlag mit kleinsten Noten gefüllt war, würde der Inhalt genügen, um sich mindestens ein Jahr lang über Wasser zu halten, und

das war alles, was sie wollte. Was danach kam, würde sich finden, so weit vertraute sie ihrem Glück und ihren Fähigkeiten. Sie würde nach Kanada gehen. Nicht in ein oder zwei Jahren, sondern jetzt, sobald der Winter vorüber war. Sie musste es jemandem sagen, oder ihr Herzschlag würde ihr die Rippen sprengen. Dann aber meldete sich ihr Gewissen. »Sollten wir es nicht teilen?«, fragte sie hastig. »Ich meine, es ist doch nicht gerecht, dass ich es allein bekomme – ein Teil davon steht Georgia, Phoebe und Chastity zu.«

»Wem mein Geld zusteht, bestimme ich«, bellte Nell. »Zu meiner Zeit hat sich ein junges Ding übrigens bedankt, wenn es von seiner alten Urgroßmutter ein Geschenk bekam.«

»Danke«, murmelte Esther und senkte den Blick, derweil ihr vor Freude Hitze in die Wangen stieg.

»Und jetzt ab mit dir, bevor noch der gesamte Betrieb dieses Spitals zum Teufel geht, weil Esther Weaver ihm fehlt.«

»Du bist die Beste, Urgroßmutter«, rief Esther, nahm den Umschlag und wirbelte herum. »Die Allerbeste.«

»Das ist stark übertrieben, doch dein Kinderglaube sei dir ungenommen«, murmelte Nell und verzog ihren alten Mund zu einem schwachen Grinsen.

Im Winter fuhr Esther mit dem Pferdebus zur Arbeit, aber heute rannte sie trotz des Schneetreibens den ganzen Weg. Sie hätte unmöglich still im Bus sitzen können. Sie musste einen Menschen sprechen, und Will Ackroyd war der Richtige dazu. Er wechselte gerade den Verband eines Metallarbeiters, der sich bei einem Arbeitsunfall mehrere Knochenbrüche zugezogen hatte, und wies Esther an zu warten. Bei weiblichen Patienten ließ er sie seit langem assistieren, damit sie übte, nach der Lister'schen Methode desinfizierende Binden anzulegen, doch Männer waren für sie tabu. Sie half den Schwestern beim Reinigen des Chirurgenwerkzeugs, bis Will kam, um sie zur Untersuchung eines magenkranken Mädchens zu holen.

»Sie hat den Blähbauch, vom Hunger«, klagte die Mutter des noch nicht vierzehnjährigen Mädchens. »Sie wird sterben.«

Ackroyd und Esther tauschten einen Blick. Sie hatten beide mit bloßem Auge gesehen, was die Untersuchung bestätigte. Das Mädchen würde nicht sterben und hatte nicht den aufgeblähten Leib, den man bei unterernährten Kindern häufig sah. Sie würde ein Kind zur Welt bringen, die Geburt war bereits im Gange. Hatte sich jemand an dem Mädchen vergangen, hatte es sich hingegeben, hatte gar ihre Familie sie für ein bisschen Brot und Gin verkauft? All das kam vor, und an Esther und Ackroyd war es weder, das Geschehen aufzuklären, noch, darüber zu richten. Alles, was sie tun konnten, war, schleunigst das Nötige für die Entbindung bereitzulegen und die schmächtige Gebärende zu unterstützen, damit sie nicht an Entkräftung starb.

Für Esther war es die erste Entbindung, die sie begleitete. Es dauerte drei Stunden, bis das Kind – ein winziger blau verfärbter Knabe – unter Einsatz der Zange zur Welt kam, und hinterher fühlte sich Esther so erschöpft, als hätte sie selbst den Kleinen zur Welt gebracht. Es war nicht die körperliche Anstrengung, die sie aus der Fassung brachte, sondern das Wunder des Lebens, dessen Zeugin sie geworden war. Nach wenigen Herzschlägen hatte das zuvor wie tot wirkende Neugeborene sich aus Leibeskräften in die Welt gebrüllt, als sollte noch die Königin in London erfahren, dass ein neuer Untertan geboren war.

Ackroyd wies eine der Schwestern an, Mutter und Kind zu versorgen, und führte Esther zu einer Atempause in sein Zimmer. »Einen Kognak?«, fragte er fürsorglich. »Nein, lehnen Sie nicht ab, Sie haben ihn nötig. Das erste Mal geht an die Nieren, nicht wahr?«

»Ja«, stimmte sie zu. »Aber ganz anders als der erste Tote.«

»Für mich macht es kaum noch einen Unterschied«, gestand er und schenkte ihnen beiden ein. »Wenn man bedenkt, was dem kleinen Burschen bevorsteht, ist der Tote womöglich besser dran.«

»Das klingt so zynisch«, sagte Esther. »Müssen alle Ärzte, die in Spitälern arbeiten, irgendwann zynisch werden?«

»Nein«, antwortete er. »Die meisten werden es, aber Ihr Vater ist es nie geworden. Wissen Sie was? Er hat sich gerade einem Komitee angeschlossen, das ein neues Spital für Portsmouth auf die Beine stellen will. Drüben in Milton – es soll allein für Infektionskranke ausgestattet sein, die man damit von den übrigen Patienten isolieren könnte. Er ist Feuer und Flamme. Gott weiß, woher er die Kraft dazu nimmt.«

Das Gehörte versetzte Esther einen Stich. Wie üblich hatte ihr Vater ihr kein Wort davon gesagt. Dass sie die Leidenschaft seines Lebens teilte, nahm er nicht wahr, wie er sie und ihre Schwestern überhaupt nie wahrnahm. Für ihn gab es nur Louis, den verlorenen Sohn. Hätte ihre Mutter sie mitgenommen und ihm den Sohn gelassen, wäre ihr Vater dann glücklich geworden, hätte er das Leben seiner Familie geteilt?

»Ich wünschte, Sie würden nicht nach Kanada gehen«, platzte Will Ackroyd in ihre Gedanken. »Sie haben die Entschlossenheit Ihres Vaters geerbt. Wir könnten Sie hier gut brauchen.«

»Sie wissen, dass das nicht geht«, entgegnete Esther. »Ich bekäme keine Zulassung zum Studium.«

»Sie könnten sich zur Schwester ausbilden lassen«, schlug er zaghaft vor.

»Das ist wohl kaum dasselbe«, fuhr sie empört auf und kam sich vor wie Lydia. Dabei fühlte sie sich zum Kampf für Frauenrechte keinesfalls berufen, sondern wollte lediglich tun, wozu sie geboren war. »Entschuldigen Sie«, fügte sie rasch hinzu, denn es war schließlich nicht Will Ackroyds Schuld, dass man ihr Steine in den Weg legte. Im Gegenteil, keiner half ihr so unermüdlich, sie aus dem Weg zu räumen, wie er.

Will Ackroyd hob abwehrend die Hände. »Sie müssen sich nicht entschuldigen. Es ist ja nicht so, dass ich Sie nicht verstehe. Seit damals, als Sie sich in unseren Operationssaal schlichen, um einen frisch entfernten Blinddarm zu bestaunen, wussten Sie, was Sie wollten. Das ist bewundernswert, und ich bin froh, dass Sie Ihrer Bestimmung folgen, auch wenn Sie mir, wenn es denn einmal so weit ist, fehlen werden.«

»Will«, sagte Esther, »es ist schon bald so weit. Meine Urgroßmutter hat mir heute früh ein Geschenk gemacht, von dem ich gut und gerne ein Jahr lang leben kann. Ich werde eine Passage buchen und im Frühling reisen.« Nach der Arbeit würde sie zu Lydia und Horatio gehen und es ihnen erzählen, beschloss sie. Es war ein Fest wert. Einen Freudentanz.

»Ich gratuliere«, sagte Will Ackroyd. »Portsmouths Verlust ist Torontos Gewinn. Haben Sie es Ihrem Vater schon gesagt?«

Esther schüttelte den Kopf. »Und wenn ich es ihm gesagt hätte, hätte er es vermutlich nicht gehört.«

Ohne Heiterkeit lachte Ackroyd auf. »Ich hoffe nur, Ihre Kinder werden nicht eines Tages Ähnliches von Ihnen sagen.«

»Ich werde keine Kinder haben«, erwiderte Esther und stand auf. »Eine Frau muss sich eben entscheiden.« Und ein Mann sollte es auch, dachte sie flüchtig, ehe sie ihm voranging, um nach den Patienten im Empfang zu sehen.

Kapitel 38

Februar 1884

Was Frederic Ternan sich für sein Grandhotel Victoriana bauen ließ, war an den sonnigen Küsten von Frankreich und Italien der letzte Schrei – eine Dachterrasse. Ternans Sohn, der im Auftrag des Vaters jene Länder bereiste, hatte Zeichnungen mitgebracht, und der Vater hatte beschlossen, seinen Gästen ein solches mediterranes Paradies in Southsea am Solent zu bieten. Es gab genügend Stimmen in der Stadt, die höhnten, Ternan verliere nachgerade den gesunden Menschenverstand und glaube, er könne englischen Regen in italienisch blauen Himmel verwandeln. Der alte Fuchs aber hatte mit dem Wetter so sehr gerechnet wie mit der Statik und dem Kostenaufwand. Seine Gäste würden zwischen Palmen unter einem Himmel sitzen, der ewige Trockenheit garantierte. Auf das Dach seines ohnehin gigantischen Hotelkomplexes setzte er eine schillernde gläserne Kuppel.

Der Anblick war atemberaubend. Hector, der derlei nach den Sternen greifende Projekte liebte, hatte Ternan gefragt, ob er sich die Bauarbeiten ansehen dürfe, und Ternan hatte ihn auf einen Sherry eingeladen. Natürlich gab es einen anderen – handfesten – Grund, dessentwegen er Ternan sprechen wollte, aber die Dachterrasse war der Spritzer Sahne auf der Suppe.

Die Kuppel der Vorderfront war bereits komplett errichtet, und Ternan hatte Pflanzkübel, Tische und Stühle aufstellen lassen, damit Hector sich ein Bild machen konnte. Das in den Boden eingelassene Mosaik in Blautönen beschwor einen sanften Nachmittag im Schatten des Vesuv, und die Palmwedel schwangen sachte wie im südlichen Wind, während sich hinter dem Glas das eisengraue, sturmgepeitschte

Meer erstreckte. Der Kontrast war überwältigend. Hector war dermaßen hingerissen, dass er sich wünschte, er hätte die tollkühne Idee gehabt und in die Tat umgesetzt. Der Bau musste ein Vermögen verschlungen haben, und die Werbeplakate, die Ternan überall auf der Insel aufhängen ließ, kosteten noch einmal das ihre, aber war ein solcher Triumph des Wagemuts nicht allen Aufwand wert?

Hector war glänzender Laune. »Sehr schön, bester Ternan«, lobte er großmütig, »das nenne ich einmal einen Einfall.«

»Es freut mich, wenn es Ihnen gefällt«, erwiderte Ternan, von jeher ein reichlich blutleerer Stoffel. Der Mann war gelb im Gesicht. Es hieß, er sei nicht gesund.

»Wissen Sie, was Sie hier oben noch brauchen?«, begann Hector, denn deshalb war er gekommen. »Sanften Lichtschein wie von den Lampions eines südlichen Festes. Sie brauchen eine durchgehende Gaslichtanlage, und ich kann Ihnen dafür eine maßgeschneiderte Ausrüstung liefern. Große Architektur erfordert große Technik. Wo beides zusammenkommt, entsteht Kunst.«

Er freute sich noch am Nachhall seiner Rede, als der Sohn kam, Andrew. Der letzte Mensch, den er hier sehen wollte. In letzter Zeit ertrug er Väter und Söhne nicht mehr, ihm wurde von deren Anblick geradezu übel. Womit hatte dieser bessere Zimmerwirt einen derart wohlgeratenen Sohn verdient? Andrew, der Mitte dreißig sein musste, war seinem Vater treu ergeben, machte sich prächtig im Geschäft und betrug sich höflich und gesittet, wie es nur Menschen mit hervorragender Erziehung taten. Hatte nicht Hector seine Kinder so erziehen wollen? Stattdessen waren sie ihm beide missraten, lebten mit Volk von der Straße und gaben ihren Vater der Lächerlichkeit preis. Dass der Sohn ihm noch die Tochter verdorben hatte, Nora, das bleiche, willenlose Ding, würde er ihm eines Tages heimzahlen.

Alles würde er ihm eines Tages heimzahlen, selbst Bernices Geheule wegen der verwünschten Hochzeit, und sich am Leid des Sohnes weiden, bis die Wunde in seinem Innern nicht länger brannte. Wie viele Wunden in seinem Innern konnte sich ein Mann eigentlich zuziehen, ehe er verblutete? Sein Bruder, der Quacksalber, hätte darauf gewiss eine Antwort gewusst.

Um seiner Wut Luft zu machen, strafte er Ternans Sohn mit Nichtachtung. Dieser blieb höflich und gelassen. »Wir waren bei Ihrer Gasleitung«, nahm Hector den Faden wieder auf. »Die müsste natürlich grundlegend erweitert werden. Mir schwebt da ein ganz neues Prinzip vor …«

»Bitte entschuldigen Sie, Mr Weaver«, unterbrach ihn der Sohn. »Wir dachten, wir begnügen uns hier oben erst einmal mit Öl, sehen, wie die Gäste die Einrichtung annehmen, und warten ab, was die neuen Technologien bringen.«

»Ich rede mit Ihrem Vater«, blaffte Hector, dann aber hielt er inne. »Was für neue Technologien?«

Über das Gesicht des jüngeren Mannes ging ein Leuchten, und der ältere gab für ihn die Antwort: »Andrew schwört auf die Zukunft der Elektrizität«, erklärte Ternan senior blutleer, doch nicht ohne Stolz. »Das ist so, nicht wahr, Andrew?«

Der Sohn, als wäre er nicht gewohnt, dass der Vater ihn ansprach, fuhr zusammen. »Ja, so ist es«, bestätigte er. »An der Hartley Institution machen sie hochinteressante Versuche. Einen Raum von dieser Größe mit Generatoren auszuleuchten ist im Grunde kein Problem mehr.«

»Neumoderner Unsinn«, schnitt ihm Hector das Wort ab und konnte nicht glauben, dass wirklich er das gesagt hatte. War er nicht Anbeter und Diener des Fortschritts gewesen, solange er lebte, war er es nicht noch immer? Wütend betrachtete er Andrew Ternan. Hatte der Kerl überhaupt eine Ahnung, wovon er sprach? Elektrizität war ein komplexes Feld, auf das sich selbst Physiker zumeist nur unzureichend verstanden. Sein Sohn hatte dafür bereits zu Schulzeiten Preise gewonnen, Andrew Ternan hingegen glotzte vor sich hin wie ein Rindvieh. Sein Gesicht – weder hässlich noch schön – war so nichtssagend, dass man es gleich wieder vergaß, und seine Stimme war das reinste Schlafmittel. Jäh überfiel Hector ein Gefühl, das er nicht beim Namen kannte, das aber so stark war, dass er nach seinem Glas griff und den blassen Sherry in einem Zug hinunterstürzte.

Auf dem freien Stuhl neben dem Langweiler Andrew hätte sein Sohn sitzen sollen, eine satanisch schwarze Braue wölben und eine unverschämte, aber ins Schwarze treffende Bemerkung fallenlassen. Glaubst du, ich würde meinen missratenen Sohn tauschen gegen deinen Waschlappen?, hätte er Ternan ins Gesicht werfen mögen.

Ehe die Wucht des Gefühls ihn übermannte, fiel ihm die Gasleitung wieder ein. »Vielleicht könnten wir jetzt zum Geschäftlichen kommen«, wandte er sich an den Senior, als wäre der Junior noch ein Kind und bei dieser Zusammenkunft fehl am Platz. »Wenn Sie die Beleuchtung bis zum Saisonbeginn installiert haben wollen, werden wir uns besser schnell über die Einzelheiten einig, denn derzeit werde ich wieder einmal mit Aufträgen überschüttet.« In Wahrheit ging die Zahl seiner Aufträge zurück, und was sich erhöhte, war nur der Preis für das ewige Wegerecht.

»Ich gratuliere«, sagte Ternan. »Dass es den Unternehmern unserer Stadt wohl ergeht, hört man gern.«

»Ich habe wahrlich keinen Grund zur Klage«, erwiderte Hector bescheiden. »Aber für einen treuen Kunden wie Sie schaufle ich natürlich etwas frei.«

»Danke, doch das ist nicht nötig«, mischte der Sohn sich ein. »Wir begnügen uns vorerst mit dem, was wir haben.«

»Wenn ich die Meinung eines grünen Jungen hören will, frage ich meinen eigenen!«, platzte Hector heraus. Der hat mehr Hirn und mehr Biss als du, verkniff er sich mit Mühe. Und wenn er hundertmal verstockt, unlenkbar und dem Wahnsinn nahe ist.

»Hören Sie, Mr Weaver, es liegt uns fern, Sie verärgern zu wollen.« Ternan senior war aufgestanden. »Aber Sie sehen ja, wir haben uns ordentlich verausgabt. Da ist jetzt erst einmal Sparsamkeit vonnöten, wie Sie verstehen werden …«

»Ach was, die paar Kröten spielt Ihnen Ihr Glaspalast doch im Handumdrehen wieder ein!« Hector sprang ebenfalls auf. »Wozu haben Sie denn nach beiden Seiten erweitert, wenn nicht, um in dieser Saison das Geschäft Ihres Lebens zu machen?«

»Wir hoffen darauf. Aber die Konkurrenz schläft bekanntlich nicht, Mr Weaver.«

»Konkurrenz, papperlapapp, wer soll denn der Pracht hier Konkurrenz machen? Mount Othrys etwa? Dass ich nicht lache! Es würde mich nicht wundern, wenn es, sobald Ihre Werbung einmal greift, überhaupt kein Mount Othrys mehr gibt.«

»Im Hotelgeschäft regieren eigene Gesetze«, erwiderte Ternan knapp. »Treue zum Beispiel. Da muss man jetzt erst einmal abwarten. Ich bitte, uns zu entschuldigen. Wir haben ein Treffen mit unserem Bauleiter.«

Warf der Kerl ihn etwa hinaus? Hector schnappte nach Luft. »Sie sollten über diese Sache nicht leichtfertig entscheiden«, warf er hastig hin, während Vater und Sohn schon zur Treppe strebten. »Wie wäre es, wenn wir einen neuen Termin ausmachen würden, um in Ruhe über alles zu reden?«

»Meinen Sie, das ist notwendig?«, fragte Ternan nebenher. »Wir sehen uns doch sicher in vier Wochen auf dem Frühlingsball in Mount Othrys. Falls es bis dahin etwas zu besprechen gibt, können wir es ja dort erledigen.«

»Auf was für einem Frühlingsball?« Natürlich wusste Hector nur allzu gut, worum es sich handelte, die ganze Stadt sprach ja von nichts anderem. Die formidable Mildred gab einen Ball für ihre Tochter Phoebe. Je farbloser das Mädchen, desto aufwendiger die Maßnahmen, um es an den Mann zu bringen. Hector hätte über so viel Einfalt lächeln mögen, doch der Versuch dazu blieb ihm im Halse stecken. Die Frau, die sich seine Schwägerin nannte, hatte die Frechheit, jeden

einzuladen, der in der Stadt einen Hosenknopf besaß, aber den eigenen Schwager zu übergehen.
Früher hätte die gute Gesellschaft von Portsmouth solchen Affront nicht geduldet. Aber wo war sie, die gute Gesellschaft von Portsmouth, wo gab es die denn noch? Sein Sohn hatte es vorgemacht, und mittlerweile war es offenbar salonfähig geworden, Hector Weaver zu düpieren. Und das, wo noch immer die lukrativsten Geschäfte zwischen Ballsaal und Rauchzimmer abgeschlossen wurden!
»Nun, in Mount Othrys«, hatte Ternan längst geantwortet, doch erst jetzt war Hector fähig, zu reagieren.
»Sie haben doch wohl nicht ernsthaft vor, sich dort sehen zu lassen?«
»Warum denn nicht?« Ternan schien verwundert. »Ich mache mir aus solchen Tanzvergnügen ja wenig, aber es gehört nun einmal zum guten Ton, und außerdem würde ich schon um meines Sohnes willen gehen.«
Dort also lag der Hase im Pfeffer! Abfällig betrachtete Hector noch einmal den jungen Andrew, der weder wirklich jung noch in der Lage war, das Herz eines Mädchens in Flammen zu setzen. Dazu braucht es einen Kerl wie meinen Horatio, eine Prise schwarze Verdorbenheit. Offenbar spekulierten Ternan und Mildred darauf, das Sauerbier Andrew und das Mauerblümchen Phoebe zu verbandeln. Wenn das gelang, wenn Mount Othrys sich mit diesem Giganten vereinte, hätte Mildred ihre Schäfchen im Trockenen. Aber es würde nicht gelingen, dafür würde Hector sorgen. Wozu war Portsmouth schließlich Garnisonsstadt, wozu liefen hier in Scharen Offiziersanwärter herum, die das Geld für ihre Patente verspielten und in ihren Uniformen viel mehr hermachten als Andrew Ternan? Auf einmal hatte Hector es mindestens so eilig, das Victoriana zu verlassen, wie seine Gastgeber ihn loswerden wollten.
Die Kommandantur der Marine gehörte zu seiner Kundschaft. Er hatte Kontakte dort, die bis in die Zeit des Holzhandels zurückreichten. Es würde nicht schwer sein, einen geeigneten Kandidaten ausfin-

dig zu machen. Noch weniger schwer war es, den Mann auf Mildreds Ball einzuschleusen, und wenn er dazu seinen Schwager Lewis um Hilfe bitten musste. Auf der Fahrt nach Portsmouth arbeitete er seinen Plan aus. In ein, zwei Gesprächen hätte er seine Bombe bereitet und würde nur noch zu warten haben, bis sie zündete.

Zuvor wollte er noch etwas anderes tun. Dass er wieder einmal einen Brief schreiben würde, war ihm bei den Ternans klargeworden, als er den Blick von Andrews dümmlichem Gesicht nicht hatte abwenden können. Wenn Ternans Dachterrasse erst anfing Mount Othrys Gäste abzuziehen, würde der Druck, der auf Mildred lastete, beträchtlich wachsen, und Hector hatte vor, dem noch eine Kleinigkeit hinzuzufügen. Mildred war vieles, aber eines war sie nicht, eine beherrschte Frau. Sobald sie sich in die Ecke gedrängt sah, würde sie eine Dummheit begehen, und er hätte ein wenig Genugtuung davon.

Die Gewürzinsel stank wie eh und je. Schalentiere, die im Hafenschlamm schwappten, Kadaver von Geschlachtetem und Ausscheidungen von Mensch und Tier vereinigten sich zu dem Aroma, das Hector nie reizlos gefunden hatte, weil es verriet, wie die sich zierende Welt wirklich war – hässlich, verkommen und gemein. Eine Brutstätte von Seuchen und Verbrechen. In London musste es noch schlimmer sein, denn es gab Londoner, die hierher in den Urlaub reisten. Eines Tages wollte Hector hinfahren, heimlich, ohne dass eine Seele etwas ahnte, und bei Nacht und Nebel durch das berüchtigte Whitechapel streifen. Das Sodom und Gomorrha der modernen Welt, die Büchse der Pandora, der alle Hoffnung entflogen war.

An der Rezeption der Pension ließ er sich anmelden. Das appetitliche Mädchen, das März hier platziert hatte, war in die Jahre gekommen. Wie wir alle. Wo war das Gefühl der Jugend und der Spannkraft hin, das er vor kurzem noch verspürt hatte? Seine Kinder hatten es geraubt und mitgenommen. Es dauerte eine Ewigkeit, bis März auftauchte. Hector hatte ihn eine Zeitlang nicht gesehen. Der Deutsche war auch gealtert und wirkte übernächtigt, doch noch immer versetzte seine Schönheit ihm einen Stich. »Oh, Mr Weaver«, murmelte März, der sich jetzt March nannte. »Es tut mir leid, dass ich Sie habe warten lassen. Miss Ralph – Sie erinnern sich doch an sie? – Miss Ralph ist nicht gesund. Schon seit Weihnachten nicht.«

Das Letzte, über das Hector sprechen wollte, war die kleine Schlampe, mit der März seit einer Unzeit in wilder Ehe lebte, und das teilte er ihm auch unmissverständlich mit. »Ich bin gekommen, um Ihnen ein Angebot zu machen – eine Gelegenheit, wie man sie nur einmal bekommt. Packen Sie sie beim Schopf oder lassen Sie sie verstreichen, das liegt allein bei Ihnen. Waren Sie schon drüben beim Victoriana, haben Sie das gläserne Elysium gesehen, das dort entsteht? Was meinen Sie, welches Hotel in Portsmouth kann damit in Zukunft mithalten?«

»Mich betrifft das nicht«, erwiderte März. »Wer bei mir logiert, kann sich das Victoriana nicht leisten.«

»Und das soll immer so bleiben, März? Wollen Sie sich bis ans Ende Ihrer Tage krumm schuften, um ein paar Hungerleidern Pennys abzunehmen? Sie sind doch ein Mann mit Ideen, ich habe immer gedacht, Sie machen eines Tages Mount Othrys Konkurrenz. So was wie diese Dachterrasse – das hätte im Grunde von Ihnen kommen müssen.«

»Auf mein Haus passt keine Dachterrasse«, entgegnete März, als wäre er in Gedanken weit fort. »Abgesehen davon habe ich auch nicht die Mittel, mir eine zu bauen.«

»Sie haben recht, auf dieses Haus passt keine. Aber passen Sie denn noch zu diesem Haus? Haben Sie sich nicht allmählich ein anderes verdient?«

»Ich bin zufrieden«, murmelte März, und Hector erkannte, dass er im falschen Augenblick gekommen war, dass die verfluchte Ralph oder wie sie hieß die Gedanken des Deutschen mit Beschlag belegte. Aber das würde nicht lange dauern. Dass es höchstens Gewohnheit und Mitleid, nicht aber Liebe und Leidenschaft waren, die ihn an das Flittchen banden, wusste keiner besser als Hector. Wenn sie starb, würde er sie vergessen und sich erinnern, dass es drüben in Southsea noch immer Mildred Adams gab. Nicht mehr jung, aber von einem Feuer, das die meisten der Jungen niemals kennenlernen würden. Frauen wie Mildred konnten noch so eifrig die biedere Matrone spielen, das Herz einer Straßendirne brach sich immer wieder Bahn. Das war der Grund, weshalb man Frauen wie Mildred im Blut sitzen hatte bis zum Tod.

Victor März würde sich darauf besinnen, dass er in Wahrheit keine als Mildred wollte. Mildred besitzen oder Mildred vernichten, dazwischen gab es nichts. Wenn es so weit war, würde Hector wiederkommen. Bis dahin hatte er anderes zu tun.

Kapitel 39

Frühling

Der junge Mann, mit dem Phoebe tanzte, gefiel Mildred. Sie hatte ihn schon einmal gesehen, beim Ball der Admiralität, und bereits damals hatte sie gedacht: Was für ein reizendes Gesicht. Wie schade, dass er nicht mit Phoebe tanzt, aber Phoebe ist selbst schuld, wenn sie wie ein Schluck Wasser neben Esther hockt und Löcher in den Tunichtgut Horatio stiert.

Heute stierte Phoebe keine Löcher in Horatio. Mildred hatte ihn und seine skandalöse Frau, die gerade wieder irgendwo verhaftet worden war, eingeladen, weil es ihr Spaß machte, Hector zu brüskieren, aber sie hatte sie nicht am Ehrentisch ihrer Tochter platziert. Immerhin wurde dieser Ball, das prachtvollste Fest, das Mount Othrys' Geschichte je gesehen hatte, in Phoebes Namen abgehalten. Zu ihrem Tischherrn hatte Mildred daher Philip Lewis, den Sohn des Port Admirals, bestimmt, der eine Traumpartie war. Seine Mutter Maria, die Giftnatter von Portsmouth, hätte der Zorn über eine solche Verbindung vermutlich ins Grab gebracht. Dass aber Phoebe sich weniger für Philip als für dessen Regimentskameraden interessierte, konnte Mildred ihr nicht verdenken.

Ich in ihrem Alter hätte dasselbe getan.

Es war lange her, unendlich lange, dass Mildred sich zuletzt so gelöst, ja geradezu beschwingt gefühlt hatte. Sie hatte keine gute Woche hinter sich. Zum ersten Mal in der Geschichte des Hotels war die Zahl der Buchungen zurückgegangen, und zum ersten Mal hatte sie so kurz vor Saisonbeginn noch freie Zimmer anzubieten. Woran es lag, ließ sich nicht erklären, und das war das Schlimmste. »Vielleicht müssen Sie mit den Preisen nachgeben«, hatte Max gesagt, der inzwischen zu so etwas wie einem Vertrauten avanciert war. »Weniger Luxus, mehr Standard. Wer sich die oberste Preisklasse leisten kann, denkt heutzutage an regenfreie Ferien im Süden.«

Mount Othrys ohne Luxus? Nicht im Traum hätte Mildred daran gedacht, und heute Abend war sie froh darüber. Mount Othrys war Luxus pur, war die selige Verschwendung, die sorgenfrei und gedankenlos machte. Ihr Ballsaal war ein Sinnbild nie endenden Überflusses, wie ihn die Menschen im Reich der Königin Victoria genossen. Das war es, was ihre Gäste unter ihr Dach lockte, und es würde sie auch in diesem Jahr locken. Vermutlich trafen die letzten Buchungen einfach mit ein wenig Verspätung ein.

Mildreds Sorgen verschwammen im Rot ihres Weins. Dank ihres Beraters hatte sie einen exzellenten Tropfen aus der Vulkanerde Siziliens aufgetan. Sonne schien darin gefangen, eine Sonne, von der sie geträumt und die sie fast völlig vergessen hatte. Vor den Fenstern ihres Ballsaals fiel Regen, aber das Feuer des Weins vertrieb ihn. Die Musik tat ein Übriges. Sie war langsamer geworden, lasziver, gab den Tänzern mehr Zeit, beieinander zu verharren, verbotenes Streifen von Gliedern zu spüren, sich in eine Drehung zu legen, wie um sich vereint zu Boden zu werfen. Etwas Verruchtes haftete dieser Art zu tanzen an. Mildred war dreiundvierzig Jahre alt und hatte heiratsfähige Töchter, aber etwas in ihr mochte sich in diese Rolle nicht fügen.

Habe ich vielleicht genug getanzt, habe ich genug geliebt, bin ich genug geliebt worden?

Sie sah ihre Tochter, die heute das weiße Kleid einer Debütantin trug und im Arm des bezaubernden Sergeanten vorbeischwebte. Auf ihren Wangen blühten Flecken hektischer Röte, die man von fern jedoch als Rosenwangen deuten konnte. Ihr schlanker, fast zierlicher Tänzer mit den hellen Locken war eine Augenweide. Er wertete sie auf. Männer wie Frauen drehten sich nach ihnen um.

Also war die Horatio-Krise überstanden, und das, nachdem Mildred befürchtet hatte, sie müsse einen Arzt hinzuziehen, weil das Mädchen vor ihren Augen verfiel. Mildred genoss ihren Wein und schloss halb die Augen. Gut gemacht, meine Phoebe, meine titanische Sonnengöttin. Habe ich es dir nicht versprochen? Zur Belohnung kaufe ich dir alles, was du dir wünschst.

Mildreds Blick glitt zur Seite. Neben ihr saß der Mann, um den sie gekämpft hatte, bis sie wie ausgeblutet am Boden lag. Die Idee, sie zum Tanz zu bitten, kam ihm nicht. Die Idee, sein Glas zu erheben und ihr zuzuprosten, gar ein paar preisende Worte auf die Herrin seines Hauses zu sprechen, kam ihm erst recht nicht. Er sah sie nicht einmal an und nahm daher auch nicht wahr, dass sie ihn ansah. Ach, Hyperion. Was hätten wir besitzen können? Noch einmal verspürte sie den alten Drang, die Hand auszustrecken und ihn zu berühren. War es nicht ihr Recht? Hatte sie sich nicht diesen Mann für den höchsten Preis erkauft, damit er ihr gehörte? Aber der Drang war schon so abgenutzt, dass es ihr leichtfiel, ihm standzuhalten und die Hand zurückzuziehen.

Ihre Tochter würde mehr Glück haben. Der junge Mann, der jetzt schon den dritten Tanz mit ihr begann, wirkte in seiner Uniform schneidiger und entschlossener, als Hyperion je gewesen war. Da er mit dem jungen Lewis befreundet war, stammte er zweifellos aus guter Familie und würde, sobald er an die Gründung einer Familie dachte, sein Patent erwerben. Als Infanterieoffizier der Marine hatte er in diesen Tagen, in denen das Empire durch leicht gewonnene Feldzüge dem Globus seinen Stempel aufdrückte, schier unbegrenzte Aufstiegsmöglichkeiten. Wer weiß, vielleicht wurde er eines Tages Port Admiral, und ihre Phoebe säße auf dem hohen Ross, von dem Maria Lewis bis dahin gestürzt wäre. Dann wird alle Welt sehen, wie glücklich sie ist.

Als der Tanz zu Ende war, konnte Mildred nicht länger an sich halten und lief quer über die Tanzfläche zu dem strahlenden Paar.

»Phoebe, mein Zuckertäubchen!«, rief sie. »Wie hübsch du aussiehst! Und wir, mein Herr, sind einander wohl noch nicht vorgestellt worden …«

»Andernfalls würde ich mich erinnern. Ich mag meinen eigenen Namen vergessen, aber niemals eine schöne Frau.« Der junge Mann sandte ihr ein hinreißendes Lächeln und verbeugte sich. »Sie gestatten? Sergeant Granville Redknapp, Portsmouth Division der königlichen Marine.«

»Sehr erfreut. Ich bin Mildred Weaver, Phoebes Mutter.«

Er hatte helle Augen. Nicht grau wie Hyperions, sondern wasserblau. Sein Blick flirtete mit ihrem, dass es in ihren Eingeweiden kribbelte.

»Natürlich wusste ich, wer Sie sind. Wer würde die Königin von Mount Othrys nicht kennen?«

Wenn ich erst König bin, dilly dilly, wirst du meine Königin.

»Darf ich die beiden Damen auf ein Gläschen Champagner an die Bar bitten?« Charmant und mit tiefem Blick in ihre Augen bot er Mildred seinen Arm. Warum, durchfuhr es sie, warum konnte Hyperion nicht einen Tag lang so mit mir sein? Für einen Herzschlag gab sie sich hin, dann zwang sie sich zu Beherrschung und einem mütterlichen Lächeln. »O nein, mein lieber Sergeant. Wo die Jugend sich vergnügt, kann das Alter nichts anderes sein als ein Störenfried.«

»Das Alter vielleicht, aber nicht Sie, Mrs Weaver.«

Sein Blick unter goldenen Wimpern ließ den ihren nicht los. Sie faltete ihren Fächer und schlug ihm weich auf die Wange. »Jetzt ist es genug, Sie Charmeur. Vernachlässigen Sie über der Mutter die Tochter nicht.« Aufmunternd lächelte sie Phoebe zu und beschwor sie zugleich: Lass dir um Himmels willen dieses Juwel nicht entgehen. Halt ihn nur fest, für den Rest sorge ich. Dann wirbelte sie auf dem Absatz herum und ging, um Erkundigungen über Sergeant Granville Redknapp einzuziehen. Schon jetzt war sie sicher, dass sie zu ihrer Zufriedenheit ausfallen würden.

»Ist dein Vater daheim, Charles?«

Kaum merklich schüttelte der Junge den Kopf. Er hatte ihr einen Brief mitgebracht, den sein Lehrer geschrieben hatte. Den zog er jetzt, da er merkte, dass sie kein Interesse daran zeigte, verlegen wieder weg. Sofort schmerzte Sukie das Herz. Einen besseren Sohn als Charles hätte keine Mutter, nicht einmal die Königin, sich wünschen können. Dass sie ihn missachtete, hatte er wahrlich nicht verdient.

»Soll ich gehen und den Vater suchen?«, fragte er.

Jetzt war es an Sukie, den Kopf zu schütteln, was nahezu all ihre Kraft kostete. »Er wird eben zu arbeiten haben. Und ich habe ja dich bei mir. Sag, was steht in diesem Brief, was schreibt dein Lehrer?«

Charles schluckte. »Er empfiehlt mich zum Studium«, antwortete er mit gepresster Stimme. »Zur Universität. Ich hab das Zeug dazu, sagt er.«

Um höher zu schlagen, war Sukies Herz bereits zu schwach. Die ewigen Schmerzen, das Würgen, Erbrechen und Gallespucken hatten sie von innen ausgehöhlt. Zitternd tastete ihre Hand über die Bettdecke und umfasste das Gelenk des Sohnes. »Charles«, flüsterte sie, »mein kleiner Charles.« Spürte er, welche Freude er ihr bereitet hatte, obgleich ihrer Freude alle Kraft fehlte? Sie war ein dummes Mädchen gewesen, das wenig nachgedacht und sein Leben verpfuscht hatte, aber sie hatte dieses eine richtig gemacht. Sie hatte einen wundervollen Sohn geboren und ihn mit aller Hingabe aufgezogen. Dass sein Vater ihn höchstens als Beschützer für seine angebetete Hedwig wahrnahm, dass ihm der Makel der unehelichen Geburt anhaftete und der Vater ihm nach den neuen Gesetzen nicht einmal ein Erbteil zahlen musste, all das hatte Sukie nicht von ihm nehmen können. Aber sie war ihm eine gute Mutter gewesen, und jeder Tag mit dem Sohn hatte sie dafür belohnt.

Das ihre war ein trauriges, kleines Leben voll vergeblicher Liebe gewesen, und doch hätte sie es um Charles' willen gegen kein anderes getauscht. Sie drückte sein Gelenk. Siebzehn Jahre lang hatte sie ihn wachsen sehen dürfen, und bevor sie starb, schenkte er ihr noch diesen letzten Triumph. Messerscharf fuhr ihr die Erkenntnis in den ausgebrannten Leib: Sie durfte nicht sterben! Nicht ehe sie Victor gesagt hatte, dass er ihr dieses schuldig war, dass er diese Vaterpflicht erfüllen und den Jungen auf die Universität schicken musste. Sie krümmte sich und schlang die Arme um den Leib. Der Schmerz war überwältigend. Kein Tier hätte man auf solche Weise leiden lassen, nur beim Menschen hielt man eisern daran fest, dass jeder elende Rest von Leben unantastbar sei. »Charles«, flüsterte Sukie unter Qualen, »du musst mir doch den Vater suchen. Und schnell!«

Durch die Schleier, die der Schmerz ihr vor die Augen trieb, sah Sukie ihren Jungen zögern. Etwas in ihr selbst zögerte, wollte noch einmal die Hand ausstrecken und ihn festhalten. Wenn sie ihn jetzt fortschickte, mochte sie ohne ihn sterben, die letzte Möglichkeit vergeuden, ihn bei sich zu spüren, wie sie ihn als Kind gespürt hatte, wie sie ihn zu sich in ihr Bett geholt hatte, sooft die Einsamkeit unerträglich wurde. Hielt sie ihn fest, so konnte sie noch einmal, wenn auch nur im Geist, ihre kleinen Lieder mit ihm singen, noch einmal Kosenamen in sein Ohr wispern, ihm noch einmal sagen: Mein Söhnchen, mein Sonnenschein, ich hab dich so lieb.

»Ich mag dich nicht allein lassen, Mutter«, stammelte ihr Sohn, der so selten widersprach. »Es geht dir doch nicht gut.«

»Es geht mir schon besser«, krächzte Sukie. Sie musste ihn doch schicken! Er musste doch die Chance bekommen, ein studierter Mann zu werden und sein Glück zu finden. »Ich glaube, ich will ein wenig schlafen. Du hol mir den Vater. Bis bald, Charles.«

»Bis bald, Mutter.«

Noch einen zweifelnden Blick warf er ihr zu, dann ging er mit schleppenden Schritten. Als hätte ihr Leib sich mit letzter Not zusammengerissen, bis die Tür hinter ihrem Sohn ins Schloss fiel, brachen gleich darauf die Krämpfe wieder los. Als würden Sprengkörper in ihren Eingeweiden explodieren und sie in Fetzen reißen. Sukie wollte sich zur Kugel rollen, den Kopf in ihren Armen bergen, bis die Raserei des Schmerzes vorüber war, doch nicht einmal dazu besaß sie noch Stärke. Mit einem röchelnden Laut rann etwas aus ihrem Mund. Blut und

Speichel. Dann sah sie nichts mehr, schmeckte auch nicht das Metall des Blutes, hörte es aber in ihren Ohren rauschen und spürte, wie ihr der Kopf ins Kissen sackte. Als würde er nicht mehr zu ihr gehören. Als wäre er nicht mehr von Nutzen.

Esther saß unendlich gern in dem kleinen Garten bei Lydia und Horatio und schwatzte über Gott und die Welt. So oft wie möglich ging sie nach der Arbeit dort vorbei, wenn Lydia aus der Schule kam. Nora gesellte sich still hinzu. Oft war auch Rebecca da, Lydias Jura studierende Kampfgenossin, die Esther auf der Hochzeit kennengelernt hatte. Lydias Mutter stellte ihnen einen Krug Limonade hin, und wenn Horatio aus Southampton kam, mixte er für alle ein Getränk mit Gin, frischen Erdbeeren und Gurkenscheiben, das köstlich schmeckte. Lydias zusammengewürfelter Haushalt war gewiss nicht einfach zu führen, häufig gerieten die aufbrausenden Temperamente aneinander, und doch hatte Esther nie ein Familienleben erfahren, das sie als harmonischer empfand.

Es wurde viel geredet in dem Haus hinter den Kastanien, erörtert, gestritten und gelacht. Esther würde die Abende bei der duftenden Magnolie vermissen. Weil Phoebe und Chastity so sehr gebettelt hatten, hatte sie ihre Abreise noch einmal verschoben, doch für Ende Juni endgültig eine Passage angezahlt. Jetzt war schon Mai. Sie hatte einen Überseekoffer gekauft und begonnen ihre Habseligkeiten auszusortieren und Fehlendes zu besorgen. Praktische Kleidung brauchte sie. Die von Mildred angeschafften Kleider taugten weder für die Reise noch für das Leben als Studentin. Esther wollte sie unter ihren Schwestern verteilen, aber Georgia winkte ab: »Wie viel von mir soll denn in die Wespentaille passen, Libellchen? Ein Arm?« Letzten Endes gab sie alle Kleider Phoebe, denn Chastity wären sie zu groß gewesen, aber Mildred warf sie aus Phoebes Schrank wieder hinaus und wetterte, ihre Tochter habe keine abgelegten Lumpen nötig.

An diesem Abend überreichte Lydia ihr ein aus grauer Wolle gefertigtes Kleidungsstück mit an den Ellbogen aufgenähten Lederflicken. Es sei einer von Horatios Jerseypullovern, erklärte sie, er werde Esther in der Kälte Kanadas warm halten. Horatio und Lydia trugen häufig Kleidung, die Esther nirgendwo zuvor gesehen hatte. So saß Lydia in einem von Horatios Hemden ohne Kragen und in seiner burgunderroten Weste da, und Horatio hatte sich einen Rock mit seidenen Revers machen lassen, dem die Schöße fehlten und der bequem und aufreizend zugleich wirkte. Man sah diesen beiden und ihrem Kreis an, dass sie Menschen eines neuen Zeitalters waren. Esther wollte werden wie sie. Unter Gelächter ließ sie sich von Rebecca in den Pullover helfen.

Als es dunkel wurde, rollte Horatio eine fast mannshohe, wie eine Konserve geformte Maschine in den Garten, befestigte einen Scheinwerfer, wie er im Krieg benutzt wurde, daran und setzte das Gerät, das leise schnarrte, in Betrieb. Im Nu war der kleine Hof überflutet von Licht. Die Versammelten johlten und klatschten, nur Lydias Mutter zeterte: »Nimm sofort dieses Ding weg, oder glaubst du, ich will in deinem Höllenfeuer aufgehen?«

Horatio lachte. »Solche Generatoren können wir im Prinzip schon seit fünfzig Jahren bauen. Und wenn wir es nicht bald im großen Stil tun, statt uns weiter über Formalitäten zu streiten, laufen die Amerikaner und die Deutschen uns damit davon.«

»Besser als dass einer wie du uns ganz Portsmouth in Brand setzt«, schimpfte die Mutter, und an ihrem Ton erkannte Esther, dass sie ihr Herz für Horatio entdeckt hatte, all ihrem Sträuben zum Trotz.

Horatio schaltete den Generator ab und rollte ihn wieder nach drinnen. Als er zurückkam, setzte er sich auf Lydias Armlehne, schlug ein langes Bein über das andere und spielte mit ihrem Haar. Lydia schob den Arm unter seinen Rock ohne Schöße und strich über seinen Rücken. War es das, was die Mutter sich so sehnlichst für Phoebe wünschte? Wenn es das war, dann wünschte Esther es ihr ebenso.

»Welch tiefer Seufzer«, sagte Rebecca. »Woran hast du denn dabei gedacht, an dein Kanada?«
Esther lachte. »Nein, an meine Schwester, um ehrlich zu sein.«
Horatio merkte auf und hob den Kopf, und Lydia merkte im selben Moment auf und hob ebenfalls den Kopf. »Phoebe?«, fragten beide wie aus einem Mund.
»Ja, Phoebe«, erwiderte Esther verwirrt. »Ist etwas nicht in Ordnung?«
Lydia und Horatio sahen erst einander und dann wieder Esther an. »Wir wollten ohnehin mit dir darüber sprechen«, begann Lydia drucksend. »Über diesen Sergeanten, mit dem Phoebe herumzieht. Horatio mag ihn nicht.«
»Warum nicht?«, mischte sich Rebecca ein. »Vielleicht, weil er nicht nur mit Esthers Schwester herumzieht? Wer im Glashaus sitzt, wirft besser nicht mit Steinen, dachte ich.«
Manchmal fand Esther, Lydia solle ihrer Freundin verbieten, so mit ihrem Mann zu sprechen. Horatio hatte schließlich bewiesen, dass seine wüsten Tage hinter ihm lagen, aber Lydia verbot Rebecca nichts, und Horatio gab sich nie gekränkt. »Wer im Glashaus sitzt, versteht sich auf Scherben«, erwiderte er ruhig. »Die Damen, mit denen Granville Redknapp womöglich herumzieht, sind das kleinste Problem. Ein weit größeres sind die Herren.«
»Was für Herren?«
»Er hat Spielschulden«, sagte Lydia.
»Haben nicht alle Soldaten welche?«, versetzte Rebecca. »Wenn ihr mich fragt, sollen die sich lieber gegenseitig das Geld aus der Tasche ziehen, als Frauen nachzustellen.«
»Das sieht von uns niemand anders«, stimmte Horatio zu. »Nur stellt Redknapp eben Esthers Schwester nach. Wenn zudem alle Soldaten Schulden in solcher Höhe haben, erklären wir besser die Armee für bankrott.«
Esther fühlte ein Grollen in der Magengegend. Dass sie selbst Ser-

geant Redknapp nicht sonderlich anziehend fand, war ihr zweitrangig erschienen – sie hatte ihn mit offenen Armen empfangen, weil die arme Phoebe endlich wieder aufblühte. An seiner Seite wirkte sie geradezu hektisch entschlossen, sich ins Leben zu stürzen – alles andere als bedrückt und teilnahmslos wie in den Wochen des Winters. Einmal war sie nach einem Tanztee in der Garnison geradezu berauscht erschienen. »Geht es dir gut, Grillchen?«, hatte Georgia gefragt, und aus Phoebe war es herausgesprudelt: »Und wie gut es mir geht, Borkenkäfer! Mutter freut sich so – jetzt sieht sie doch endlich, dass ich glücklich bin!«

Mildreds Freude war nicht zu übersehen. Was sie Phoebe in Sergeant Redknapps Gesellschaft gestattete, verblüffte Esther. Zwar schickte sie der Form halber eine der Schwestern mit, wenn Phoebe mit ihrem Galan unterwegs war, doch das war alles, was sie für die Sittsamkeit der Tochter tat. Jedes Mal, wenn Esther die beiden begleitet hatte, hatten sie sich ihrer über kurz oder lang entledigt. Zuweilen fragte sich Esther, ob sie die Schwester deswegen zur Rede stellen sollte, doch dazu durchringen konnte sie sich nie. Phoebe war offensichtlich verliebt und Sergeant Redknapp ein höchst charmanter Mann. Weshalb sollte sie ihrer Schwester ihr Glück missgönnen?

Rebecca nahm inzwischen von neuem Horatio aufs Korn. »Mir ist noch immer nicht klar, was dieser Redknapp tut, das andere nicht tun. Du zum Beispiel. Sollte nicht eine Krähe der anderen kein Auge aushacken?«

»Horatio spielt nicht, Becky«, sagte Nora.

Rebecca zuckte mit den Schultern. »Vielleicht nicht mit Würfeln oder Karten.«

»Wenn Redknapp vorhat, um Phoebes willen sein Leben zu ändern, bin ich der Letzte, der ihm etwas aushackt«, sagte Horatio. »Im Augenblick hat es jedoch eher den Anschein, als täte er, was immer er vorhat, um Mount Othrys' willen. Jedenfalls ist er bestens darüber

informiert, dass Esther nach Kanada geht und dass sowohl Georgia als auch Chastity kein Erbrecht besitzen.«
»Wie bitte?« Esther sprang auf. »Ich weiß, Georgia ist nicht ehelich geboren, aber weshalb soll denn Chastity kein Erbrecht besitzen? Und was will Sergeant Redknapp mit Mount Othrys?« Im selben Atemzug wurde ihr klar, wie töricht ihre zweite Frage klang. Von Männern, die Frauen um ihres Erbes willen heiraten wollten, hörte man an jeder Straßenecke.
»Ich weiß es nicht.« Horatio wandte sich ihr zu. »Ich denke nur, wir haben besser ein Auge darauf, wenn wir nicht wollen, dass Phoebe zu Schaden kommt. Ich hatte schon angeboten, mir den Menschen zur Brust zu nehmen, aber Lydia meint, ich soll mich nicht aufspielen wie ein Pascha, der seinen Harem bewacht.«
»Damit hat Lydia ganz recht«, bemerkte Rebecca spitz. »Du hast mit deiner eigenen Besserung genug zu tun, ohne dass du uns Frauen ins Handwerk pfuschst.«
Lydia sollte es ihr nicht erlauben, dachte Esther. Sie wusste, es war nicht halb so grob gemeint, wie es ausgesprochen wurde, aber es klang wie ein Peitschenhieb, und wenn Horatios Stolz irgendwann gegen die Hiebe aufbegehrte, konnte man ihm keinen Vorwurf daraus machen. Im Augenblick aber sah er nicht aus, als wollte er aufbegehren, sondern streichelte Lydia, deren Kopf an seiner Schulter lehnte.
»Vielleicht sprichst du einmal mit Phoebe, Esther«, sagte Lydia friedfertig. »Wir wollen keine Gerüchte in die Welt setzen, aber ich gebe zu, mir ist der Mann so angenehm wie ein Tiegel Wagenschmiere. Mir wäre wohler, wenn wir Phoebe wenigstens gewarnt hätten.«
Esther wollte noch fragen, was denn Horatio und Lydia genau gegen Sergeant Redknapp vorzubringen hatten, und auch, was es mit Chastity und ihrem Erbrecht auf sich hatte. Gleich darauf geschah jedoch etwas, das allen Gesprächen darüber den Faden abschnitt. Den Abend über hatte Esther keinen Anlass gesehen, sich Sorgen um Nora zu machen. Im Gegenteil. Sie schien sich mit Rebecca angefreundet zu

haben und beteiligte sich sogar ab und an am Gespräch. Jetzt aber begann sie auf einmal am ganzen Leib zu schlottern und mit den Zähnen zu klappern. »Dir ist kalt«, bemerkte Rebecca. »Ich hole dir eine Decke.«

»Nein, lass nur«, erwiderte Nora, und ihre Stimme klang nicht klar. »Das kann ich doch selbst tun.« Mit einem Lächeln erhob sie sich und schwankte drei Schritte in Richtung Haus. Dann warf sie die Arme um den Leib, krümmte sich und brach zusammen. Mit einem Satz waren Horatio und Rebecca bei ihr, fielen auf die Knie und beugten sich über sie.

»Ein Arzt!«, rief Esther, drängte sich zwischen sie und tastete nach Noras Puls, der so schwach war, dass sie Mühe hatte, ihn zu finden. Sie war nicht völlig bewusstlos, bewegte krampfend die Kiefer, schien jedoch nichts, was Esther zu ihr sagte, zu hören. Obwohl ihre Haut eiskalt war, brach ihr der Schweiß aus den Poren. »Wir müssen aus dem Spital einen Arzt holen.«

Horatio sollte gehen, er besaß ein Pferd und ritt wie ein Berserker. Er aber weigerte sich stur wie ein Kind, seine Schwester zu verlassen, bis Lydia ihn bei den Schultern packte und schüttelte. »Komm doch zu Verstand! So hilfst du ihr nicht!« Er wirkte wie in Trance, doch indem sie ihn nicht losließ, gelang es ihr, ihn zu sich zu bringen. Endlich rannte er los, zäumte das Pferd nur auf und ritt ohne Sattel in die Nacht.

Rebecca, die fieberhaft über Noras blutleeres Gesicht strich, blickte auf. »Was war los?«, fragte sie mit bebender Stimme. »In dem verfluchten Haus, in dem dieses Mädchen aufgezogen wurde – was zur Hölle war da los?«

Esther fiel nichts ein, als hilflos mit den Schultern zu zucken. »Genau weiß ich es auch nicht, keine von uns war gern dort. Onkel Hector war wohl mit seinen Kindern ungewöhnlich streng …«

»Nein«, sagte Lydia, »das ist keine Strenge. Eltern, die zu ihren Kindern streng sind, versuchen sie zu lebensfähigen Menschen zu erziehen, aber Hector Weaver hat versucht die Lebensfähigkeit in seinen Kindern zu zerbrechen. Er hat Horatio nicht erzogen, Esther, er hat ihn misshandelt, und ich bin mir nicht sicher, ob ich wissen möchte, was er mit Nora gemacht hat.«

Ich auch nicht, durchfuhr es Esther, die die Hand ihrer Base drückte. Sie hatte ihr den Kragen geöffnet und ihr den Kopf auf Horatios Jerseypullover gelagert. Mehr konnte sie nicht für sie tun. Nur beten, dass ihr Vater es konnte. Und dass er bald kam.

»Ich will es wissen«, sagte Rebecca.

»Dann wirst du Nora fragen müssen, nicht uns«, entgegnete Lydia. »So wie ich Horatio gefragt habe.«

Esther war zu verängstigt, um sich über diese Gesprächsfetzen zu wundern. Sie gingen ihr erst später im Kopf herum, lange nachdem ihr Vater und Will Ackroyd gekommen waren und sie Nora ins Haus geschafft hatten, wo ihr Vater versuchte, ihr in Wasser gelösten Zucker einzuflößen. »Was hat sie?«, fragte Esther, als ihr Vater sich und Nora eine Atempause gönnte. »Einen Schock?«

Nicht ohne Erstaunen blickte er auf und nickte. »Das Problem ist, dass wir sehr vieles Schock nennen, von dem wir in Wahrheit nicht wissen, was es bewirkt.«

»Und weißt du, was den Schock bei Nora bewirkt hat?«

»Ich kann es nur vermuten«, erwiderte ihr Vater. »Meiner Ansicht nach leidet Noras Körper an lebensbedrohlicher Unterzuckerung. Ich kann hier nichts mehr für sie tun. Sie hat das Bewusstsein verloren, und wenn ich weiter versuche, ihr noch etwas einzuflößen, erstickt sie.«

»Du musst es ihr injizieren! Sonst stirbt sie doch!«

Noch einmal nickte er mit einer Art Erstaunen. »Ich muss sie ins Spital schaffen. Sag Horatio, er soll sie hinunter zum Wagen tragen.«

Sie fuhren alle mit ins Spital. Auf stickigen, überfüllten Gängen warteten sie, bis in der ersten grauen Morgenstunde Will Ackroyd sie wissen ließ, dass Nora auf die Glykose-Injektion reagierte und überleben würde. »Sie ist sehr schwach und sollte jetzt nicht transportiert werden. Aber wenn sich ihr Zustand stabilisiert hat, kann sie nach Hause.« Er wandte sich an Horatio. »Ihre Schwester ist schwerkrank. Wenn sie nicht in Behandlung kommt, bringt der nächste Schock dieser Art sie um.«

»Meine Mutter ist mit ihr von Arzt zu Arzt gelaufen«, fuhr Horatio auf. »Es ist nie etwas dabei herausgekommen, immer hieß es, mit Nora stehe alles zum Besten, sie müsse nur gezwungen werden, ordentlich zu essen.«

»Ich hoffe, niemand hat sie gezwungen«, bemerkte Ackroyd.

Horatio senkte den Kopf und schwieg.

»Sie müssen mit mir sprechen«, sagte Ackroyd. »Kein Arzt kann Ihrer Schwester helfen, wenn er nicht weiß, was ihr zugestoßen ist.«

»Doch«, erwiderte Horatio hart, die Augen zu Schlitzen verengt. »Wir haben sie gezwungen. Wir haben das ganze Zeug genommen, fette weiße Fischleiber, gepökelte Zunge, in Sahne triefende Kuchen, und es ihr in den Mund gestopft, bis sie es wieder erbrochen hat. Wir haben sie mit dem Kopf in das Erbrochene gedrückt. Und liegen lassen.«

Lydia ging zu ihm. »Nicht du«, sagte sie und schob ihm den Arm unter den Rock ohne Schöße. »Nicht du hast deiner Schwester das angetan. Auch wenn dein Vater dich gezwungen hat, dabei zuzusehen.«

Ackroyd sandte ihr ein dankbares Lächeln. »Ich weiß, man hört so etwas nicht gern«, begann er. »Aber Sie sollten mit Ihrer Schwester einen Spezialisten aufsuchen. Sie braucht dringend kundige Hilfe.«

»Einen Spezialisten?«, bellte Horatio. »Was meinen Sie damit? Einen Irrenarzt? Einen dieser Psychiker, die Kranken die Seele aus dem Leib peitschen, sie auf Drehstühlen zu Tode kurbeln oder in Zwangsjacken ersticken?«

»Scht«, machte Lydia und streichelte seinen Rücken. »Lass den Doktor ausreden, ja? Nora lebt jetzt bei uns, und wir werden niemandem erlauben, sie zu quälen. Meiner Mutter sage ich, dass es in unserem Haus keinen Weißfisch, keine Pökelzunge und keinen Kuchen in Sahne mehr gibt.«

Noch einmal lächelte Ackroyd ihr dankbar zu. »Ich weiß, die Psychiatrie hat einen schlimmen Ruf, und die meisten Anstalten haben ihn mehr als verdient«, sagte er. »Aber Sie sollen doch Ihre Schwester in gar keine Anstalt einweisen lassen. Sie ist nirgendwo so gut aufgehoben wie unter Menschen, die sie lieben. Ich würde Ihnen lediglich jemanden empfehlen, der nach modernen sozialpsychiatrischen Gesichtspunkten praktiziert und sich mit dem Leiden Ihrer Schwester auskennt.«

»Was ist es?«, fragte Horatio tonlos.

»Die Psychiater nennen es nervöse Anorexie«, antwortete Ackroyd. »Die Sucht, den eigenen Körper auszuhungern bis zur Unsichtbarkeit. Die Erscheinung ist bereits seit dem Altertum bekannt, aber dennoch wagt kaum ein Arzt, sich damit zu befassen.«

»Ist es heilbar?«

Ackroyd verzog den Mund zu einem kleinen Lächeln und nickte ihm zu. »Wenn ein Mensch von so viel Liebe umgeben ist wie Ihre Schwester, lassen sich die Schmerzen, die zu diesem Leiden führen, lindern.«

Esther sah die Bewegung, die durch Horatios Körper stob und ein Zeichen von Erlösung war. Nora würde Hilfe bekommen. Sie würde aus dem Alptraum, in dem sie gefangen war, eines Tages befreit werden. Übernächtigt, wie sie waren, gerieten sie alle in ein Hochgefühl, das anhielt, bis sie Nora abholen und nach Hause bringen durften. Zum Sprechen war sie noch zu schwach, doch ihr wie geschrumpftes Gesicht schien entspannt. Rebecca weinte vor Freude. Esther glaubte ihren Augen nicht zu trauen, als sie Horatio, der Nora trug, beim Arm nahm und ihn flüchtig an sich drückte.

Es war ein Tag von Wundern und Zeichen. Ihr Vater kam hinunter, um sich von ihr zu verabschieden. »Ich hätte mich um Nora kümmern müssen, nicht wahr?«, fragte er, erwartete aber keine Antwort.

»Du warst gut gestern Nacht. Besonnen. Vielleicht tust du ja recht daran, dieses Studium in Kanada zu verfolgen.«
Vermutlich wäre dies der Augenblick gewesen, ihm zu sagen, dass er sich um Phoebe kümmern musste, dem Verdacht gegen Redknapp nachgehen und mit Mildred reden. Aber das, was er als Letztes gesagt hatte, tat Esther so wohl, dass sie darüber Phoebe und Redknapp und sämtliche Sorgen vergaß. Sie wollte mit ihren Freunden heimfahren, sich schlafen legen und von einer seligen Zukunft als Ärztin träumen. Vielleicht sogar als Psychiaterin. In einer neuen Welt, in der jede Krankheit des Körpers und jedes Leid der Seele geheilt werden konnten.

Kapitel 40

Regensommer

Den Stapel Briefe nahm Mildred mit in ihr Zimmer und schloss sich ein. Schon lange hatte sie es aufgegeben, Priscilla zu sagen, sie wolle nicht gestört werden. Diese hielt sich doch nie daran, sondern machte, so alt und krumm, wie sie war, was ihr in den Sinn kam. Liebend gern hätte Mildred sie gefeuert, aber Priscilla gehörte zur Textur des Hauses, sie war zu sehr verwoben mit dem Gespinst der Familie und hätte an einem Faden ziehen können, um es aufzulösen. Man würde sie wie eine Mähre füttern müssen bis zum Tod.
Längst hatte Mildred sich abgewöhnt, sich auf das Öffnen von Briefen zu freuen. Die, die in diesem Sommer kamen, waren nicht erfreulich – Rechnungen, die höher als erwartet ausfielen, Absagen von Gästen, die seit Jahren unter ihrem Dach logierten. Es war die verfluchte Dachterrasse des Victoriana, die ihnen die Luft abschnürte. Wer es sich leisten konnte, wollte unter der Glaskuppel in den grauen Himmel glotzen und sich das Blau des Südens dazu einbilden. Mount Othrys würde auch eine brauchen, daran führte kein Weg vorbei. Sobald diese flaue Saison überstanden, Esther abgereist und Phoebes Hochzeit unter Dach und Fach war, würde sie sich darum kümmern. Sie musste sich um einen Kredit bewerben, was in Anbetracht ihrer sinkenden Einnahmen kein Kinderspiel war. Wenn aber der Erpresser sie für den Rest des Jahres verschonte und Granvilles Familie für den größten Teil des Hausstands aufkam, würde es zu schaffen sein.
Und Granvilles Familie würde ja für den größten Teil aufkommen. Zwar sollten die Einzelheiten erst heute Abend besprochen werden, wenn Granville in aller Form um Phoebes Hand anhielt, doch bei

dem festlichen Souper im Cathedral, zu dem Granville vor einigen Tagen geladen hatte, waren deutliche Hinweise gefallen. Mildred musste sich mit der Post beeilen, um Granvilles Ankunft nicht zu versäumen. Zwar war dies offiziell Hyperions Aufgabe, und Mildred hatte ihn eigens angewiesen, zeitig nach Hause zu kommen, doch zog sie es vor, zugegen zu sein. Hyperion verstand von alldem schließlich nicht das Geringste, er brachte es fertig und verdarb kurz vor dem Ziel den ganzen Coup.
Mildred hielt inne und lauschte. Geräusche zur Linken verrieten, dass Hyperion sich tatsächlich in dem zum Herrenzimmer deklarierten Raum auf Granvilles Besuch vorbereitete. Geräusche von oben, aus dem Zimmer oder dem Bad der Mädchen, waren schwerer zu deuten. War jemandem übel? Chastity? Das fehlte noch, dass das hysterische Ding in den großen Tag mit einer Krankheit pfuschte. Wieder einmal dachte Mildred, was sie seit Chastitys Geburt allzu oft gedacht hatte: Wo der Tod sich so viele Kinder holt, wieso lässt er eines zurück, das sich selbst und andern eine Last ist?
Aber sie wollte jetzt an Phoebe denken, an den Moment des Glücks, der ihr bevorstand. Wie sie es sich erträumt hatte, würde Phoebe einen Mann von Adel heiraten. Granville war zwar nur der drittgeborene Sohn eines Barons, doch eine bessere Partie hatte in ihren Kreisen niemand vorzuweisen. Schon gar nicht Bernice, dachte sie und hätte um ein Haar aufgelacht.
Sie nahm sich die nächsten Briefe vor und riss sie auf. Wie als Zeichen, dass dieser ein Glückstag war, enthielten sie keine Hiobsbotschaft, und bei dem letzten Schreiben musste es sich um einen Irrtum handeln. Es war eine Rechnung über mehrere Abendessen im Cathedral, jeweils zu fünf Gängen, mit Wein und Aperitif. Mildred las die Zahlenkolonnen wieder und wieder, bis sie begriff, dass die Soupers, die hier aufgelistet waren, nicht sie, sondern ihr künftiger Schwiegersohn genossen hatte.
Fühlte sich Granville bereits so sehr als Mitglied der Familie, dass er

sich Rechnungen nach Mount Othrys schicken ließ? Vielleicht waren ihm die Ausgaben vor den schlechter gestellten Kameraden peinlich – immerhin wurde es höchste Zeit, dass er sein Patent erwarb und ein Quartier für Offiziere bezog. Aber nein, es musste sich um ein Versehen handeln – auf dem Briefkopf stand Mildreds Name, und die Rechnung enthielt den Vermerk »mit höchster Dringlichkeit«. Offenbar war also bereits eine erste Rechnung nicht bezahlt worden, weil Granville sie nicht erhalten hatte. Nun, Mildred würde dafür sorgen, dass er diese erhielt. Sie legte sie zur Seite und lauschte noch einmal in die Stille.

Vorn im Hotel saßen die Gäste inzwischen beim Abendessen, vergnügten sich beim Billard oder hatten sich in ihre Zimmer zurückgezogen. Wenn jemand über den Gartenweg kam, würden Mildreds scharfe Ohren es hören, doch kein Schritt wurde laut. Es sah Granville gar nicht ähnlich, sich zu verspäten. Die arme Phoebe! Gewiss hielt sie es vor Ungeduld kaum noch im Zimmer aus, doch so war es nun einmal in den Kreisen, in die Mildred so mühsam hineingefunden hatte – ein zu verlobendes Mädchen hatte auszuharren, bis der Vater und der Bräutigam sich einig waren.

Endlich ertönten Schritte auf dem Gang – aber es waren nicht die schweren Tritte von Soldatenstiefeln, sondern die leichten von Mädchenschuhen. Esther, die wie immer zu spät nach Hause kam. Sie hatte ihre Abreise noch einmal verschoben, angeblich, weil Nora eine Krise hatte, aber Ende des Monats, ehe der Herbst begann, wollte sie endgültig fort. Mildred war erleichtert darüber, so sehr sie sich ihrer Gefühle schämte. Esther war und blieb eine lebende Anklage – erst wenn sie fort war, würde die Vergangenheit endgültig begraben sein.

Sie hörte sie an die Tür ihres Vaters klopfen. Herrgott, hatte sie ihr nicht gesagt, dass sie hier heute niemanden stören durfte? Unwirsch stieß sie die Briefe beiseite und eilte hinaus in den Gang. Hyperion hatte die Tür geöffnet und sprach mit Esther. Jetzt, da sie die Köpfe zusammensteckten, sprang wieder einmal ins Auge, wie ähnlich sie sich sahen. Keine der anderen hatte von dieser zerbrechlichen Schönheit auch nur eine Spur geerbt. »Was soll der Lärm?«, fuhr sie sie schärfer als beabsichtigt an.

Die beiden wandten sich nach ihr um. »Phoebe geht es nicht gut«, sagte Esther.

»Nur eine Magenverstimmung«, murmelte Hyperion.

Sein weibliches Ebenbild aber fuhr ihm ins Wort: »Das glaube ich nicht.«

»Wo ist Granville?«, unterbrach Mildred den albernen Disput. »Ich meine natürlich Sergeant Redknapp?«

»Nicht da«, erwiderte Hyperion dümmlich.

»Was soll das heißen, nicht da?«

»Er ist nicht gekommen«, mischte Esther sich ein. »Und Vater sollte besser nach Phoebe sehen, der es wirklich elend ergeht.«

Was war mit Phoebe? Was sollte das alles? »Dein Vater bleibt hier«, kommandierte Mildred. »Nach Phoebe sehe ich selbst.«

In Windeseile war sie im Zimmer der Mädchen. Chastity lag, wie nicht anders zu erwarten, auf dem Bett und wimmerte. Mildred beachtete sie nicht, sondern stürmte ins angrenzende Bad, in dem Phoebe, gestützt von Georgia, vor der Wanne kniete und sich jämmerlich erbrach. Ihr Kleid aus altrosa Seide, das eigens für den Anlass gefertigt worden war, hatte sie bereits verdorben. Sie würde sich, ehe Granville kam, umziehen müssen.

»Was treibst du denn?«, rief Mildred, bevor Hilflosigkeit sie übermannte. »Weißt du nicht, wie spät es ist?«

»Sie kotzt, egal, wie spät es ist«, erwiderte Georgia, und ehe Mildred ihr dafür eine gebührliche Entgegnung verpassen konnte, brach die kotzende Phoebe zu allem Unglück in Tränen aus.

»Zum Teufel, gib Ruhe!«, brüllte Mildred und presste sich die Hände auf die Ohren. Es dauerte dennoch eine Weile, bis Phoebe sich so weit beruhigt hatte, dass sie den Kopf heben und ihrer Mutter ihr ver-

schmiertes, verschwollenes Gesicht zuwenden konnte. Sie musste sich schleunigst herrichten – wenn sie dem Bräutigam so vor die Augen kam, würde er auf dem Absatz kehrtmachen.
»Ist Granville da?«, stammelte Phoebe mit dem zerdrückten Stimmchen, das Mildred hasste.
»Er hat sich wohl etwas verspätet«, sagte sie. »Was dein Glück ist, denn so, wie du aussiehst, willst du dich ihm ja wohl kaum präsentieren. Los, wasch dir das Gesicht, beeil dich. Georgia, kannst du ihr beim Umkleiden helfen? Ich gebe dem Vater Bescheid, dass er sich mit dem jungen Herrn Zeit lassen soll.«
Statt etwas zu sagen, begann Phoebe neuerlich zu heulen. Georgia klopfte ihr auf den Rücken, erhob sich und wandte sich Mildred zu. »Wie es aussieht, braucht Vater sich mit dem jungen Herrn keine Zeit zu lassen. Es scheint nämlich kein junger Herr zu kommen, andernfalls würde die Braut wohl kaum als Häuflein Elend auf dem Badezimmerboden hocken.«
Es dauerte eine Ewigkeit, bis Mildred ihren Töchtern entlockt hatte, was geschehen war. Phoebe hatte sich am Morgen noch einmal mit Granville treffen wollen, obwohl sie keine Erlaubnis dazu hatte. Granville war zum vereinbarten Zeitpunkt jedoch nicht erschienen.
»Nun, es wird eben eine Verschiebung in seinem Dienstplan gegeben haben«, mutmaßte Mildred, um gegen eine nachtschwarze Ahnung anzukämpfen.
»Das hat Phoebe auch gehofft«, brummte Georgia. »Aber gefunden hat sie ihn bei den Kasernen nicht.«
»Du willst doch wohl nicht sagen, sie hat sich dazu erniedrigt, ihm hinterherzulaufen?« Vor ihr stiegen Bilder der jungen Mildred auf, die ins Spital rannte, um Hyperion zu suchen – Demütigungen, vor denen sie Phoebe hatte schützen wollen.
»Ich will gar nichts sagen«, erwiderte Georgia. »Aber ich fürchte, ich muss.«

Phoebe schluchzte laut auf. Ehe ihr der Kopf platzte, floh Mildred aus dem Raum und die Treppe hinunter, in der Hoffnung, Granville sei inzwischen eingetroffen. Beim ersten Schritt in den Gang verpuffte die Hoffnung zu Rauch. Hyperion und Esther standen noch immer in der Zimmertür und debattierten.
»Wie geht es Phoebe?«, rief Esther, da ertönte im Durcheinander das rettende Läuten der Türglocke. Sofort war Mildred zur Stelle und riss die Tür weit auf.
»Mein bester Sergeant Redknapp, wir hatten Sie allerdings früher erwartet. Pünktlichkeit ist die Höflichkeit der Könige …« Im nächsten Augenblick war sie schon bereit, ihm alles zu vergeben – sein Gesicht war verborgen hinter dem größten Aufgebot weißer Rosen, das Mildred je gesehen hatte. »Aber nun herein mit Ihnen. Phoebes Vater erwartet Sie.«
»Ich bitte um Entschuldigung, Madam«, stammelte eine Stimme hinter dem enormen Blumenstrauß. »Ich soll nur dieses Bukett ausliefern, für Miss Esther Weaver.«
Nicht zum ersten Mal in ihrem Leben beneidete Mildred die Frauen, denen die Kraft fehlte, auf ihren beiden Beinen stehen zu bleiben, und die in gnädige Ohnmacht sinken konnten. Mechanisch nahm sie dem Lieferjungen die Blumen ab, die sie in einem Arm kaum halten konnte. Auf der Karte, die zwischen den Blüten steckte, stand Esthers Name. Nicht der von Phoebe. Und der Absender hieß nicht Granville Redknapp. Die Rosen waren von Andrew Ternan.

»Du hast meine Familie zerstört, du, du, du!« Mit einem Satz, den dem fetten Berg von Frau niemand zugetraut hätte, schoss Bernice auf den Schreibtisch zu, packte den Briefbeschwerer, eine Weltkugel aus Kristall, die einem Stück aus Mount Othrys nachgebildet war, und schleuderte ihn zu Boden. Das Klirren, mit dem das Kleinod zerschellte, gellte Hector in den Ohren. Sein Vater hatte sein Exemplar des Briefbeschwerers immer »die Welt auf meinem Schreibtisch« genannt. Er, Hector, hatte die Welt auf seinem Schreibtisch verloren.

»Du hast meine Kinder aus dem Haus getrieben! Meinen klugen Sohn, dem du die Seele aus dem Leib geprügelt hast, und meine liebe Tochter, die du krank gemacht hast, krank, krank, krank!«

Dass Bernice heulte und zeterte, war er gewohnt, aber jetzt schien sie vollends den Verstand zu verlieren. Im ganzen Haus hatte sie Bilder der Kinder aufgestellt, versehen mit dem schwarzen Trauerflor, den die Mütter von Gefallenen verwendeten. Außerdem hätte sie sich für ihren Ausbruch keinen schlechteren Zeitpunkt aussuchen können. Hector kam von einer Unterredung mit Nettlewood. Der Alte, den er seit langem entlassen wollte, hatte selbst um seine Entlassung gebeten. »Was immer Sie sonst noch sind – Sie sind der Sohn von George Weaver, den ich bis an mein Ende hochachten werde. Zu erleben, wie sein Lebenswerk zugrunde ging, war hart genug. Ich möchte nicht noch erleben, wie Sie mich eines Tages bitten, Ihnen mein Gehalt zu stunden.«

Er hätte dem verwitterten Eulengesicht gern entgegengeschleudert, wie zuwider ihm dessen betuliche Wohlanständigkeit war, doch er war zu erschüttert dazu. Solange niemand etwas aussprach, besaß es keine Wirklichkeit, sondern konnte sich noch immer als Traum entpuppen. Nettlewood aber hatte es ausgesprochen. Mit der Gasanstalt ging es rapide bergab. Den Betrag, den er Victor März für den Kauf eines zweiten Hotels geliehen hatte, hätte er sich bereits nicht mehr leisten können. Zurückfordern konnte er das Geld aber auch nicht – im Vertrag war festgelegt, dass März erst in der nächsten Saison mit der Rückzahlung beginnen musste. Er konnte nur eines, einen Brief schreiben und diesmal mehr fordern als je zuvor. Der Gedanke übte keinen Reiz mehr auf ihn aus. Er tat es nur noch, um seinen Hals zu retten, um Geld in die Hand zu bekommen, das er Bernice geben konnte, damit sie endlich still war.

Bernice war nicht still. Sie brüllte wie aufgespießt. »Meine Kinder, meine Kinder, meine Kinder! Immer hast du geprahlt, was du aus deiner Familie machen wirst – und was hast du daraus gemacht? Einen Scherbenhaufen! Die Bälger, die dein Bruder von einer Londoner Straßendirne hat, machen mehr her als das, was von meinen Kindern übrig ist!«

Das war zu viel, mehr als irgendein Mann sich in seinem Haus gefallen lassen musste. Hundertmal hatte er sich ausgemalt, wie er dieses Weibsbild packte, herumdrehte und ihr mit lautem Klatschen den Hintern versohlte, den sie sich auf seine Kosten angefressen hatte. Er wusste, dass es Männer gab, die es taten, aber er hatte immer zu viel Respekt vor ihrer Herkunft gehabt. Jetzt holte er aus und ohrfeigte sie. Das Geräusch tat ihm wohl. Er atmete auf.

Im nächsten Moment klatschte ihm ihre Hand mit einer Kraft ins Gesicht, dass ihm schwarz vor Augen wurde und er hintenüber an die Wand taumelte. Er hatte vergessen, dass sie gut und gern doppelt so schwer war wie er. Als er zu sich kam, brannte seine Wange wie Feuer, ihm war schwindlig und die Schmach raubte ihm die Stimme. Seine eigene Frau hatte es gewagt, ihn wie einen dummen Jungen zu ohrfeigen. Sie stand vor ihm und stemmte die Hände in die fetten Hüften. »Das überlegst du dir besser zweimal«, zischte sie. »Du hast wohl vergessen, was meine Familie in dieser Stadt gilt. Glaubst du, mein Bruder weiß nicht längst, wie ich es mit dir getroffen habe? Mein Bruder holt mich morgen von hier weg, wenn ich es will – und mit mir die saftige Mitgift, die mein Vater dir gezahlt hat. Solltest du das Geld, das mir zusteht, mit deinem sogenannten Geschäftssinn verpulvert haben, wirst du eben dein Haus verkaufen müssen. Mount Olymp! Habe ich dir eigentlich je gesagt, wie lächerlich das klingt?«

Einen Brief schreiben, sprach sich Hector im Geiste vor, immer wieder dieselbe Formel, wie er sich als Junge Formeln vorgesprochen hatte, wenn sein Vater ihn abgekanzelt hatte. Eines Tages werde ich mich rächen. Eines Tages werde ich mich rächen. Eines Tages werde ich …

»Gute Nacht, Hector«, sagte Bernice. »Hab viel Vergnügen über deiner Korrespondenz.«
Einen Brief schreiben. Wenn sie weg ist, werde ich einen Brief schreiben. So viel Geld fordern, dass Mildred Adams der Atem stockt. Dass sie das Haus meines Bruders unter den Hammer bringen muss. Dass ihre Bälger, die mehr hermachen als meine, wie meine Mutter auf der Straße enden. Gleich wenn Bernice weg ist, werde ich einen Brief schreiben …
»Ach, eines noch«, sagte Bernice. »Zur Teeparty in der Admiralität brauchst du mich nicht zu begleiten. Mein Bruder legt auf deine Anwesenheit keinen gesteigerten Wert.«

So war es ihr Leben lang gewesen. Sobald Mildred sich von einem Schock erholte und begriff, wie die Dinge lagen, handelte sie. Zwei Tage war es her, dass ihr erneut ein Kartenhaus zusammengestürzt war, und jetzt stand sie hier, in dem engen, fensterlosen Empfangsraum des New Goal – des erst vor zehn Jahren fertiggestellten Gefängnisses von Portsmouth. Sie trug ein zweiteiliges Kleid aus schwarzem Satin. In ihrer Jugend hatte man den Stoff mit der Mörderin Manning verbunden, heute hingegen gab sie in dieser Bekleidung samt bis zur Kehle geschlossener Bluse ein Inbild bürgerlicher Wohlanständigkeit ab.
Sie hielt die Hände über einem Täschchen aus Samt gefaltet und hoffte, dass der Uniformierte, der mit einer Mappe unter dem Arm zurückkehrte, nicht bemerkte, wie sie zitterten. Mit einem Kopfschütteln setzte sich der Mann, der keinen Bart, aber dichte, lockige Koteletten trug. »Ich fürchte, ich kann nichts für Sie tun, Madam.«
Er war noch jung, nicht älter als dreißig, und dass ihre Erscheinung ihn beeindruckte, entging ihr nicht. »Sie werden etwas für mich tun müssen«, erwiderte sie firm. »Nach dem Gesetz dürfen Sie den Verlobten meiner Tochter nämlich überhaupt nicht festhalten. Ich habe

mich erkundigt. Inhaftierung von Schuldnern ist bereits seit 1869 unzulässig.«

»Das stimmt nicht ganz«, wandte er zögerlich ein und zog einen Bogen aus der Mappe. »Ein Schuldner darf auch heute noch bis zu sechs Wochen inhaftiert werden, wenn das Gericht überzeugt ist, dass er über die Mittel, seine Schulden zu begleichen, verfügt.«

»Aber der Verlobte meiner Tochter verfügt über keine Mittel!«, entfuhr es Mildred. Wer sollte es wissen, wenn nicht sie? Fieberhaft hatte sie in den vergangenen Tagen nach solchen Mitteln gesucht, doch jede Hoffnung war zerplatzt. Redknapps Familie hatte sich von ihm losgesagt und war nicht bereit, noch einen Penny für ihn springen zu lassen. Vorgesetzte, die als Bürgen hätten aushelfen können, winkten sämtlich ab. Allzu oft schon hatten sie guten Willen bewiesen und sich von vollmundigen Versprechen täuschen lassen.

»Bei den von uns befragten Zeugen rühmte sich der Verhaftete der Reichtümer, in deren Besitz er durch seine Verlobte gelange«, stellte der Uniformierte fest. »Das Gericht muss davon ausgehen, dass er aus bösem Willen seinen Gläubigern Gelder vorenthält.«

»Er hat gesagt, er kommt durch die Heirat mit meiner Tochter zu Geld?« Die Frage und das bedauernde Nicken, das er ihr zur Antwort gab, waren überflüssig. Mildred war nie naiv gewesen, auch wenn sie in einem Augenblick der Verblendung diesem Heiratsschwindler aufgesessen war. Dass Redknapp Phoebe nur benutzt hatte, war ihr klargeworden, sobald die Teile des hässlichen Bildes sich zusammenfügten. Und auch dass es jetzt zu spät war, um den Kerl zum Teufel zu schicken, dass sie ihn halten mussten, koste es, was es wolle, weil ihre vergötterte Tochter so dumm gewesen war, sich von diesem Tagedieb ein Kind anhängen zu lassen. Als sie Phoebe gefragt hatte, wie sie derart töricht hatte sein können, hatte diese geschluchzt: »Aber du hast doch gesagt, ich soll nett zu ihm sein und ihn mir nicht entwischen lassen.«

Wie konnte ein Kind von ihr mit solcher Einfalt geschlagen sein?

Alles Hadern war jedoch müßig. Wenn sie nicht wollte, dass Phoebe, das Liebste, was sie hatte, ihr Leben in Schande zubringen musste, brauchte sie all ihre Überzeugungskraft. »Falls das Geld sich tatsächlich aufbringen ließe«, begann sie lauernd, »wäre denn damit der Vorfall aus der Welt geschafft? Ich meine, es wäre für die Angehörigen ja kaum von Vorteil, sich um die Beschaffung der Summe zu bemühen, wenn Sergeant Redknapp hinterher in Unehren aus der Marine entlassen würde oder mit ähnlichen Schikanen rechnen müsste …«
Der Beamte war keiner, der sich auf Reden um den heißen Brei einließ. »Wenn Sie die ausstehenden Beträge begleichen, ist, was uns betrifft, die Sache erledigt«, sagte er und schob ihr einen eng beschrifteten Bogen zu. »Ich habe Ihnen die Aufstellung schon mitgebracht. Was allerdings die Marine tut, steht auf einem anderen Blatt. Ich kenne mich ein bisschen aus, ich habe einen Bruder dort. Entlassen wird man ihn nicht, doch dass er es aus eigener Kraft zum Offizier bringt, ist unwahrscheinlich. Also muss seine Familie ihm das Patent eben kaufen – das ist ja gang und gäbe.«
Mildred nickte tapfer. Die Summen auf der Liste verursachten ihr Übelkeit, doch sie hatte sich geschworen, mit dem Schlimmsten zu rechnen. »Darf ich die Aufstellung mitnehmen?«, fragte sie. »Ich komme morgen wieder. Mit dem Geld.«
»Gern, Madam. Es wäre durchaus auch möglich, eine Begegnung mit dem Häftling zu arrangieren, wenn Sie es wünschen …«
»Verschonen Sie mich«, versetzte Mildred, nicht länger um Beherrschung kämpfend. »Wir sehen uns morgen. Guten Tag.«
Als sie in Mount Othrys ankam, verließ Esther gerade das Haus. Sie wolle zu Lydia, sagte sie, Horatio habe noch ein paar kanadische Adressen für sie, und damit sprang sie in Richtung Pferdebus davon. Von all den Mädchen taugt nur Daphnes Tochter etwas, durchfuhr es sie. An ihrer verzweifelten Liebe zu Phoebe vermochte das nicht zu rütteln. Bin ich mein Leben lang dazu verurteilt,

Versager zu lieben?, fragte sie sich und verspürte den Drang zu weinen.
Wie üblich hatte sie dazu jedoch keine Zeit. Auf ihrem Schreibtisch, von irgendwem ordentlich aufgestapelt, lag die Post des Tages. Obenauf, an der Lasche zerrissen, prangte das schäbige Kuvert des Erpressers.

Kapitel 41

Herbst ohne Ende

Lydia hatte Esther, solange sie sie kannte, nie weinen sehen. Oft hatte sie gedacht, das Mädchen müsse doch weinen oder wenigstens wüten über die Ungerechtigkeit, mit der Mildred sie behandelte, über die Gleichgültigkeit ihres Vaters und über den Schlag, den ihre Mutter ihr zugefügt hatte, aber Esther hatte stets ihre Fassung bewahrt. Sie weinte auch jetzt nicht. Sie saß mit starrem, bleichem Gesicht auf dem Stuhl und berichtete, was man ihr angetan hatte, in stockenden, splitternden Worten.

»Ich bringe sie um«, sagte Lydia. »Ich gehe hin und bringe die verfluchte Mildred endlich um!«

»Nicht doch«, presste Esther hervor. »Bitte schimpf nicht auf Mildred. Was hätte sie denn anderes tun sollen?«

»Was weiß denn ich? Jedenfalls nicht dein Geld stehlen, um diesen Schweinehund als Mann für ihre Tochter zu kaufen!«

»Phoebe ist schwanger, Lydia.« Sie klang, als müsste sie weinen, aber es flossen keine Tränen.

»Das ist mir gleichgültig. Sie hat dich bestohlen. Sie hat das Geld genommen, für das du verflucht hart gearbeitet hast.«

»Einen Teil davon habe ich geschenkt bekommen. Von euch und von Nell …«

»Und wenn schon. Das Geld war dein Eigentum, es gehörte weder Phoebe noch diesem Dreckskerl und schon gar nicht Mildred!«

Als Lydia Atem holen musste, stand Horatio auf, ging vor Esther in die Knie und nahm ihre Hände. »Du fährst am Montag nach Kanada«, sagte er. »So wie du es geplant hast und wie du es verdienst. Wir geben dir das Geld. Ich gehe es morgen früh für dich holen, und jetzt

mische ich dir meinen Zaubertrank für die Nerven, und du versuchst dich zu beruhigen.«
»Du willst mir das Geld geben?«, rief Esther. »Aber ihr habt doch selbst nichts, ihr bezahlt Noras Arztkosten und die Raten für das Haus …«
Horatio winkte ab. »Das lass unser Problem sein. Wir beleihen das Haus eben noch einmal, mein Institut kann für uns bürgen. Wir verdienen ja beide Geld und haben für kein Kind zu sorgen, und wenn du eine berühmte Ärztin bist, zahlst du es uns mit Wucherzins zurück.«
Bei allen Himmeln, dachte Lydia. Welche Macht auch immer mir diesen verrückten, wundervollen Mann beschert hat, sie soll ihn mir ja bis an mein Lebensende erhalten. Sie ging zu ihnen und umarmte sie beide. »Genauso machen wir es, hast du gehört, Liebes?«
»Aber ich will nicht, dass ihr meinetwegen verarmt!«
»Wir sind steinreich«, sagte Horatio. »Wir haben nur kein Geld. Dafür kommen wir dich nächstes Jahr in Kanada besuchen und fressen dir die Haare vom Kopf.«
Jetzt weinte Esther. Weinte und lachte zugleich und hielt sich an ihnen fest. »Meint ihr, das geht wirklich? Ich sollte ein solches Geschenk eigentlich nicht annehmen, aber ich weiß einfach nicht, wie ich sonst leben soll …«
»Es ist doch gar kein Geschenk«,entgegnete Horatio. »Es ist unser Beitrag für die Wissenschaft – die Versuchsreihe Esther Weaver hat sich bewährt.«
Ohne dass Esther es sah, küsste Lydia seinen Nacken. Rebecca kam die Treppe hinunter und schimpfte: »Könntet ihr Goldkinder euch vielleicht ein bisschen leiser herzen? Nora ist gerade eingeschlafen!«
»Wir bitten untertänig um Entschuldigung«, sagte Horatio. Rebecca drohte ihm mit dem Finger und verschwand wieder nach oben.
»Müsste Rebecca nicht schon wieder in London sein?«, fragte Esther,

die sich die Tränen abwischte. »Das Semester hat doch begonnen. Wohnt sie denn jetzt bei euch?«
»Das ist so einfach nicht zu erklären«, begann Lydia, die sich vorgenommen hatte, dieser Frage, wer immer sie stellte, offen zu begegnen, und die es jetzt unerwartet schwierig fand.
»Rebecca unterbricht ihr Studium, bis es Nora bessergeht«, sagte Horatio. »Ja, sie wohnt bei uns. Bei Nora. Wenn Nora so weit ist, gehen beide zusammen nach London.«
Er nahm es hin, wie es war. Für einen, der sein Leben lang nach Liebe gehungert hatte, konnte Liebe offenbar kein Problem sein. Lydia wollte ihm nicht nachstehen. »Sie lieben sich«, fügte sie hinzu.
»Rebecca und Nora? Aber das ist doch verboten!«, brach es aus Esther heraus.
Horatio lächelte und schüttelte den Kopf. »Nur zwischen Männern. Von Frauen steht nichts im Gesetz.«
»Und warum nicht?«
»Weil unsere Gesetzgeber sich nicht vorstellen können, dass Liebe zwischen Frauen existiert«, antwortete Horatio. »Es ist in Ordnung für dich, oder nicht? Ich glaube, von der Tochter meines Vaters kann kein Mensch erwarten, einen Mann zu lieben.«
Noch einmal küsste Lydia seinen Nacken, dann stand er auf und mixte Gin, Limonade, Gurken und Zitronen, weil es keine Erdbeeren mehr gab. Sie tranken auf die Liebe, auf Esthers Zukunft in Kanada und auf Noras Zukunft in London. »Ich hoffe, wir sehen uns irgendwann alle hier wieder«, sagte Horatio. »Bei elektrischem Licht und Gesetzen, die etwas anderes als Liebe verbieten, und noch immer bei Gurken in Gin.«
»O ja!«, rief Esther und drückte ihn an sich. »Ihr seid die besten Freunde auf der Welt. Ich werde euch hundert Briefe schreiben, und ihr kommt mich besuchen, und ich …«
Lydia lachte. »Erst einmal wirst du vergessen, dass es uns gibt. Und das ist gut so.«

»Ist es nicht.« Sie lachten und steckten die Köpfe zusammen. Horatios ungehaltenes Haar kitzelte Lydia am Hals und machte ihr Lust.

»Jetzt geh und pack deine Koffer fertig«, sagte er zu Esther.

»Ich habe ja schon alles hundertmal ein- und wieder ausgepackt.«

»Dann tu es noch einmal. Wir sehen uns morgen früh.«

Sie standen in der Tür und winkten Esther nach. Horatio hatte den Arm um Lydias Hüften gelegt, und Lydia hatte den Arm um Horatios Taille gelegt, und wie sie so in der Tür ihres Hauses standen, sahen sie vielleicht aus wie eins jener Ehepaare, von denen Lydia nie ein Teil hatte werden wollen. Aber sie wollte es jetzt. Es war schon fast Herbst und wurde kühl, und Horatio schloss hinter ihnen den Riegel. »Wir sind allein«, sagte er und grinste hinreißend unverschämt.

»Nein«, sagte sie und hängte sich an seinen Hals. »Nein, mein Liebster, wir sind nie wieder allein, bei uns wohnt die halbe Welt, aber wir haben immerhin noch unser Bett für uns.«

»Stört es dich, dass die halbe Welt bei uns wohnt?«, fragte er und küsste sie.

»Nein«, sagte sie und küsste ihn wieder. »Mich stört gar nichts, erst recht nicht, dass du Geld, das wir nicht haben, an die halbe Welt verschenkst.«

Sie liefen die Treppe nach oben wie Kinder, ehe ihre Mutter sie erwischte. Anderntags bat er seinen Dekan um die Bürgschaft für einen Kredit, bekam anstandslos die Bewilligung und brachte Esther das Geld ins Spital. Lydia würde Esther vermissen, aber sie freute sich für die Freundin unbändig. Vor allem freute sie sich, dass es Mildred letzten Endes doch nicht gelungen war, ihrer Stieftochter die Zukunft zu zerstören. So wie es Hector nicht gelungen war, Horatio und Nora die Zukunft zu zerstören. Die neue Zeit gehörte ihnen. Sie konnten das, was die Alten angerichtet hatten, abschütteln, wie man nach dem Erwachen einen Traum abschüttelt, der Qual und Furcht bereitet hatte, aber keine Bedeutung mehr besaß.

Esther verabschiedete sich von Will Ackroyd, wie sie es versprochen hatte, dann traf sie Horatio, der ihr das Geld gab, in der Kantine. Ihr Gewissen plagte sie, er aber versicherte ihr noch einmal, dass er und Lydia das Geld mit Freuden wegschenkten. »Uns geht es gut, Esther. Dir soll es auch gutgehen.«

»Dass es dir gutgeht, sieht man«, sagte sie und musste lächeln.

In gespielter Panik griff er sich an die Taille. »Wie meinst du das? Findest du, ich setze Fett an?«

Sie grinsten sich an, umarmten sich und küssten einander auf die Wangen.

»Danke«, sagte Horatio.

»Habe nicht ich dir zu danken?«

»Nein, ich dir. Wenn ich dir Geld geben müsste, um Lydia zu entgelten, könnte ich ein Nabob sein und hätte doch nie genug.«

»Wenn du es so siehst – tust du mir dann noch eine Liebe? Geh zu Phoebes Hochzeit, auch wenn du Redknapp lieber durchprügeln möchtest, als ihm zu gratulieren. Hab ein Auge auf sie und schreib mir, wenn es ihr schlechtgeht. Sie tut mir so leid, Horatio.«

»Mir auch. Ich verspreche, ich habe ein Auge auf sie.«

Vermutlich war es nicht möglich nach allem, was geschehen war, Überschwang oder Leichtigkeit zu empfinden, aber als Esther nach Hause ging, begann sich die Freude auf das, was ihr bevorstand, sachte aufs Neue zu regen, und sie ließ es geschehen. Schließlich half sie Phoebe nicht, indem sie Trübsal blies, und was wäre das wundervolle Opfer, das Lydia und Horatio ihr brachten, dann wert? Zu ihrer Erleichterung fand sie das Mädchenzimmer leer vor. Die Schwestern mussten ausgegangen sein. Lediglich der Duft eines Rosenstraußes, den zweifellos wieder Andrew Ternan geschickt hatte, erfüllte den Raum.

Esther tat, was Horatio ihr geraten hatte, packte noch einmal Dinge aus dem Überseekoffer aus, sortierte sie und schichtete sie wieder hinein. Morgen früh würde sie die letzte Rate für die Passage ins Büro der Schifffahrtsgesellschaft bringen und dabei die Abholung des Gepäcks bestellen. Ihren Reisemantel hängte sie vor den Schrank und den Pullover von Horatio, der ihr auf der Überfahrt nützlich sein würde, daneben. Sechs Wochen auf einem Schiff – es war kaum vorstellbar. Sie nahm ein wollenes Tuch aus dem Koffer und faltete es neu.

»Du kannst das auspacken, Esther.«

Sie fuhr herum und sah Mildred, die sich gegen den Türrahmen lehnte. Ihr Gesicht war vor Erschöpfung grau.

»Ich packe nichts aus«, sagte Esther so fest wie möglich. »Ich fahre am Montag nach Kanada. Es ist nicht schlimm, dass du mein Geld genommen hast, um Phoebes Verlobten auszulösen. Du hattest ja keine Wahl, und ich brauche es nicht. Horatio und Lydia haben mir das Geld für die Überfahrt und die erste Zeit geliehen.«

Mildred sagte lange nichts. Dann: »Esther?« Verrückterweise fiel Esther nicht ein, wann Mildred sie je zuvor beim Namen genannt hatte. »Ich habe noch mehr Geld genommen. Alles Geld.«

»Was meinst du damit – alles Geld?«

»Geld, das für eure Mitgift angelegt war. Von einem Freund deines Vaters. Ich habe alles genommen und damit das Patent für Redknapp bezahlt. Was hätte ich sonst tun sollen? Der Mann hat ja sonst nichts, womit er Phoebe und das Kind ernähren könnte.«

»Ja, was hättest du sonst tun sollen?«, wiederholte Esther, ohne zu begreifen. Dass Mildred Geld genommen hatte, das für ihre Heirat bestimmt war, erschien ihr nur recht und billig. Schließlich war sie nicht Mildreds Tochter, und zudem hatte sie Geld von der Urgroßmutter bekommen, wenn sie es auch nicht mehr besaß. Wie aber stand es mit den Schwestern? »Was ist mit Georgia und Chastity?«, fragte sie leise. »Werden sie nichts brauchen, wenn sie heiraten wollen?«

»Georgia und Chastity können von Glück sagen, wenn es nur die Mitgift ist, die sie verlieren«, erwiderte Mildred in nicht zu deutendem Ton. »Wahrscheinlich ist allerdings, dass ihnen nicht einmal das

Dach überm Kopf bleibt. Ich will dich etwas fragen. Erinnerst du dich an unsere Ausflüge zum Clarence Pier, damals, in den ersten Jahren, bevor der Teufel uns das Kreuz Chastity aufgebürdet hat? Einmal wollte ich nicht mit euch gehen, vielleicht, um euch dafür zu bestrafen, dass mein Leben ein solches Elend war. Du hast gesagt, ich soll Phoebe verschonen, du würdest alles aufgeben und im Leben nie wieder Karussell fahren, wenn ich nur Phoebe nicht traurig mache. Erinnerst du dich daran, Esther?«

Esther tat es. Sie glaubte Phoebes Kinderkörper in den Armen zu spüren und sich singen zu hören: Lavendel ist blau, dilly dilly, Lavendel ist grün. »Warum willst du das wissen?«, fragte sie.

»Weil du es wieder tun musst«, antwortete Mildred. »Alles aufgeben, bis an dein Lebensende nicht Karussell fahren, damit Phoebe nicht traurig ist. Ich werde auch das Geld, das dein Cousin dir gegeben hat, brauchen. Wie es aussieht, hat dieser Mensch, der mein Schwiegersohn wird, in jedem Bordell und jeder Kaschemme der Stadt Schulden gemacht, und wenn ich will, dass die Gläubiger dichthalten, werde ich sie auszahlen müssen. Aber das ist nicht alles. Ich brauche mehr Geld. Viel mehr. Und ich kann dir nicht einmal sagen, wofür. Wenn du mir nicht hilfst, muss ich Mount Othrys verkaufen, und wo wir alle dann bleiben, weiß ich nicht.«

»Aber Mount Othrys …«

Mildred schüttelte den Kopf. »Nein, Mount Othrys gehört nicht deinem Vater, der mich mit dem ganzen Irrsinn allein gelassen hat. Es gehört schon lange mir und sollte eines Tages meinen Kindern gehören. Jetzt aber wird einer es uns nehmen, einer, von dem ich nicht einmal den Namen kenne, und nicht nur Phoebe, sondern auch Georgia und das arme Unglückswurm werden am Ende sein. Es sei denn, du hilfst uns, Esther.«

»Aber wie soll ich euch denn helfen?«

Mildred wies auf die Rosen, die auf der Anrichte standen. »Andrew Ternan hat um deine Hand angehalten. Als durch Heirat verbundenes

Hotel würde das Victoriana Mount Othrys unter die Arme greifen. Dein Vater wäre vermutlich dagegen, aber dein Vater ist ja nie hier, wenn seine Kinder ihn brauchen. Also habe ich mir erlaubt, seinen Antrag in deinem Namen anzunehmen.«

Einen Herzschlag lang glaubte Esther, der heisere, wie zerbrochene Schrei, der aufgellte, sei ihrer eigenen Kehle entsprungen. Erst als Mildred herumfuhr, begriff sie, dass er aus dem Gang gekommen war, dass jemand direkt hinter der Tür gestanden und das Gespräch mit angehört haben musste. »Du«, entfuhr es Mildred. »Hältst du noch immer nicht still, schleichst dich noch immer durchs Dunkel und steckst in alles deine knochigen Finger? Hast du noch immer nicht genug zerstört?«

»Ich?«, hallte die Stimme der Urgroßmutter zurück. »Ich habe genug zerstört? Und das sagst du mir, Mildred Adams, die meine Familie zerstört hat und sich jetzt noch an meiner Urenkelin vergreift? Wenn der verfluchte Horatio ihr Geld gegeben hat, dann segne ihn der Herrgott – dann hat er genauso begriffen wie ich, dass sie von hier fortmuss, bevor du sie dir einverleibst, wie du dir Hyperion einverleibt hast, um alles, was er hätte sein können, zunichtezumachen.«

Ohne Besinnung sprang Esther auf und lief zur Tür. Im Gang stand die Urgroßmutter. Sie musste sich mit letzter Kraft aufgerappelt haben, schwankte vor und zurück wie ein Geist und streckte die Arme aus, um das Gleichgewicht zu halten.

»O nein«, schrie Mildred, »nicht ich habe zunichtegemacht, was Hyperion hätte sein können. Ich werde dir sagen, wer das getan hat. Du und deine heilige Amelia! Die eine mit ihrem Verzärteln und die andere mit ihrem Verachten. Ihr seid schuld, dass aus dem Mann, den ich geliebt habe, überhaupt nie ein Mann geworden ist, sondern ein verzagtes Jüngelchen mit grauem Haar!«

Esther sah, wie die Urgroßmutter noch stärker schwankte, wie sie die Arme wie Flügel ausbreitete, um Halt zu finden, wie sie den Mund aufriss, um gegen die Beschuldigung anzugehen, und wie sie vornüber auf den Boden fiel. Hätte Mildred die federleichte Greisin auffangen können, wenn sie gewollt hätte? Die Frage war müßig. Es hätte nichts genützt. An Mildred vorbei trat Esther in den Gang und kniete vor Nell Weaver, die mehr als ein Jahrhundert in sich trug, nieder. Routiniert tasteten ihre Finger nach Herz und Puls, um zu bestätigen, was sie ohnehin wusste. »Lass Vater aus dem Spital holen«, sagte sie. »Die Urgroßmutter ist tot.«

TEIL IV

Chastity

»Let the birds sing, dilly dilly,
Let the lambs play.
We shall be safe, dilly dilly,
Out of harms way.«

Kapitel 42

Portsmouth, Ende September 1888

Mit den Attacken der Angst lebte Hedwig March, solange sie denken konnte. Sie wusste, sie war kein kleines, der Waisenpflege entronnenes Mädchen mehr, sondern eine erwachsene Frau von sechsundzwanzig Jahren, die gelernt haben sollte, ihre inneren Dämonen zu beherrschen, aber das nützte ihr nichts. Sobald man sie allein ließ, sobald sie spürte, dass niemand da war, der sie vor übergroßen Händen, die sie packten und fortschleppten, beschützen konnte, brach sie in haltlose Panik aus.

Onkel Victor hatte versucht dafür zu sorgen, dass sie nie allein gelassen wurde. Seit Sukies Tod war dies jedoch zunehmend schwieriger geworden, denn beschützt fühlte Hedwig sich nur, wenn ein Mitglied ihrer Familie bei ihr war. Ließ man sie in der Obhut eines Bediensteten, überfiel die Angst sie schlimmer denn je. Sie wusste, dass der Onkel gern Einladungen für sie wahrgenommen hätte, dass er sich ein gesellschaftliches Leben für sie wünschte, doch alle Bemühungen waren fehlgeschlagen. Weite, unübersichtliche Räume, Gesellschaft von Fremden und Lärm verwandelten die kräftige Hedwig in ein hilfloses Kind, ein Häuflein Elend, das oft auf Tage hinaus nicht zu beruhigen war.

Dabei wollte sie sich so gern überwinden und Onkel Victor und Charles nicht so schrecklich zur Last fallen. Der arme Charles hatte ihretwegen nicht studieren dürfen. Hedwig wusste, wie sehr er darunter litt, auch wenn er kein Wort darüber sagte. Jurist hatte er werden wollen, für Gerechtigkeit kämpfen. Es gab keinen gerechteren Menschen als ihren Vetter Charles, und klug genug war er auch, er las, wann immer seine Zeit es erlaubte, und trug mit seinen einundzwanzig Jahren bereits eine Brille, denn er hatte sich beim Lesen ohne Licht die Augen verdorben.

Statt aber im fernen Cambridge auf die Universität zu gehen, hatte er in Portsmouth bleiben müssen, weil Onkel Victor drüben in Southsea ein neues Hotel eröffnet hatte und zwischen beiden hin- und herpendelte. Ohne Charles hätte er Hedwig mitnehmen müssen, aber häufige Ortswechsel bekamen Hedwig schlecht. Am wohlsten fühlte sie sich daheim, im Verwalterhaus, wo sie in ihrem Schaukelstuhl saß und Stickarbeiten anfertigte. Charles erledigte die gesamte Schreibarbeit für erst zwei und dann drei Hotels, konnte auf diese Weise ständig in ihrer Nähe sein, und wenn er hinüber zu den Gästen gerufen wurde, beeilte er sich, zu ihr zurückzukehren. Zweimal war es geschehen, dass er sich verspätet hatte, und wie zur Strafe hatte er eine völlig aufgelöste Hedwig vorgefunden, die schrie und sich die Arme zerkratzte.

Ein drittes Mal aber war alles gutgegangen. Ein Gast war in seinem Zimmer bewusstlos geworden, und Charles hatte warten müssen, bis ein Arzt eintraf, doch diesmal war es Hedwig gelungen, sich zu beruhigen, sich zu versichern, dass Charles schließlich nur im Gebäude nebenan war und bei der geringsten Gefahr sofort zu ihr eilen würde. Als er zurückkam, dröhnte ihr zwar ihr Herzschlag in den Ohren, aber sie saß noch in ihrem Schaukelstuhl, hatte nicht geschrien und sich nichts angetan.

Wenn sie ein wenig stolz auf sich war, so war das nichts gegen Charles. Ihr Vetter brach in wahre Lobeshymnen aus, als hätte sie eine Weltumsegelung gemeistert. »Hedwig, Hedwig, du bist ja ein richtiges Löwenherz!«, rief er aus. »Meine kleine Jeanne d'Arc bist du. Meine Heldin. Sag, Hedwig, da du doch jetzt so viel Mut hast und es so gutgeht mit dem Alleinsein – meinst du, wir könnten das nächste Woche noch einmal versuchen? Und die Woche darauf auch? Ohne dem Vater etwas davon zu sagen? Es wäre unser Geheimnis, Hedwig, und du würdest mir so eine große Freude damit machen. Es sind nämlich zwei Herren vom Zentralen Kriminalgericht in London in Southampton. Sie halten eine Reihe von Vorträgen an der Hartley Institution über Straffälligkeit und die soziale Frage. Verstehst du, dass ich da gern dabei wäre, Hedwig? Meinst du, wir beide zusammen könnten das auf die Beine stellen?«

Bei der Vorstellung, einen ganzen Tag allein verbringen zu müssen, während Charles sich mit Dingen befasste, an die Hedwig nicht einmal denken mochte, wurde ihr übel. Wie aber konnte sie Charles einen derart bescheidenen Wunsch abschlagen? »Wollen wir es nicht mit Onkel Victor besprechen?«, wagte sie vorzuschlagen, verwarf die törichte Idee jedoch sofort. Was der Onkel tun würde, wenn er von Charles' Plänen erfuhr, konnte sie sich lebhaft vorstellen – Charles bei den Schultern packen und auf ihn niederschreien, er habe kein Gefühl für Verantwortung, er kenne keine Dankbarkeit und wisse nicht, auf wessen Kosten er lebe. Wer Onkel Victor mit Hedwig und wer ihn danach mit Charles erlebte, musste glauben, in demselben Mann steckten zwei Persönlichkeiten wie in der grausigen Geschichte, die Charles ihr erzählt hatte, von dem guten Dr. Jeckyll, der bei Tag Menschen heilte, und dem satanischen Mr Hyde, der bei Nacht Morde beging.

Auch in London beging jemand Morde. In den finsteren Gassen, in denen das Elend zu Hause war, schnitt eine Bestie, die sich Jack the Ripper nannte, Straßendirnen die Kehlen durch und zerfleischte sie. Hedwig wollte sich mit solchen Dingen nicht befassen, nicht die Zeitschriften aufheben, die Charles herumliegen ließ, aber sie tat es wie unter Zwang. Charles wiederum befasste sich damit, weil er etwas zu beweisen suchte: Wer aus menschenunwürdigen Verhältnissen stammte, war nicht in der Lage, sich menschenwürdig zu verhalten.

Ich stamme aus menschenunwürdigen Verhältnissen, dachte Hedwig, aber ich schneide niemandes Kehle durch, ich will niemandem ein Leid tun, nur unauffällig vor mich hin leben, in meinem schönen Zimmer mit dem Schaukelstuhl und den dichten Vorhängen, hier, wo ich genug zu essen habe, hier, wo mich niemand anschreit, packt, schlägt, in die Kälte stößt, an den Haaren reißt. Charles hatte in Wahrheit keine Ahnung von menschenunwürdigen Verhältnissen, das hatten nur die, die sie erlebt hatten. Aber Charles war ein guter Mensch. »Wenn du nicht willst, lassen wir es bleiben«, sagte er. »So wichtig ist es nicht.«

Hedwig riss sich zusammen. »Ich will es«, sagte sie. »Du fährst nach Southampton, und ich warte auf dich und sticke an meinem Schultertuch.«

»Aber dir wird doch bange …«

»Es wird schon gutgehen«, behauptete Hedwig und betete, das möge es tun.

Es ging nicht gut. Keine Viertelstunde, nachdem Charles in heiterster Stimmung das Haus verlassen hatte, wurde Hedwig klar, dass die Welle der Angst, die sich bereits auf sie zubewegte, sie überrollen würde. Ein paar Möglichkeiten gab es, um sie aufzuhalten. Onkel Victor hatte im Lauf der Jahre zahlreiche Ärzte aufgesucht, stets allein, weil Hedwig Angst hatte, die Ärzte könnten sich ihrer bemächtigen, sie zu Boden schleudern und an Stricken in eine Anstalt zerren. Deshalb hatte der Onkel den Ärzten lediglich geschildert, woran Hedwig litt, und war jedes Mal mit einem anderen Mittel heimgekehrt, von denen manche gar nicht, andere ein wenig halfen. Das, was am besten half, stand unter der Treppe in der Küche. Es hieß Geoffrey's Cordial und war ein Gemisch aus Sirup, Melasse und einem Wirkstoff namens Laudanum. Wenn sie einen ihrer Anfälle hatte, gab Onkel Victor ihr davon einen Löffel voll, und wenn sie Glück hatte, versetzte die dickliche Masse sie in Schlaf.

Sie musste von dem Stuhl aufstehen, ehe die Welle sie erfasste, sie musste hinunter in die Küche laufen und die Flasche mit Geoffrey's Cordial holen. Wenn der erste Löffel nicht half, könnte sie noch einen zweiten nehmen, der zweite half bestimmt, und sie würde wieder

Charles' Heldin sein. Keine Last, sondern eine vernünftige Person, auf die man sich verlassen konnte. Sie krallte die Hände um die Lehnen, sammelte all ihre Kraft, um sich hochzustemmen, aber so sehr sie auch stemmte, sie blieb stecken, wie an den Sitz des Stuhls geleimt.
Der Stuhl begann zu schaukeln wie von unsichtbarer Hand bewegt. Hedwig versuchte ihn zum Halten zu zwingen, aber der Stuhl schwang noch weiter aus, so dass sie sich festhalten musste, um nicht hinausgeschleudert zu werden. Und dann kamen die Bilder. Zwischen ihren Schläfen rasten sie einher – Bilder von dem Mann mit dem Messer, der durch einen Londoner Bezirk namens Whitechapel strich, um Frauen die Kehle und den Bauch aufzuschlitzen. Jetzt aber war er nicht mehr in Whitechapel. Er war hier. In ihrem Haus. Unten in der Küche wartete er darauf, dass sie kam, um ihr Geoffrey's Cordial zu holen. In dem Augenblick, in dem sie einen Fuß in die Küche setzte, würde sein Messer auf sie niedersausen. Hedwigs Hand fuhr an ihren Hals und fühlte Nässe, als flösse dort schon Blut.
Sie durfte hier nicht bleiben. Sobald der Mann in der Küche begriff, dass sie nicht kam, würde er sich die Treppe hinaufschleichen und im Haus nach ihr suchen. Er würde in ihr Zimmer springen und mit seinen riesigen Händen ihren Stuhl zum Stehen bringen. Hedwig blickte auf und glaubte die Klinge zu sehen, von der schon Blut auf ihr Gesicht tropfte. Erstickt schrie sie auf. Sie musste fliehen. Nirgendwo im Haus, in keinem Winkel war sie vor dem Mann in Sicherheit.
Die Anstrengung, mit der sie sich aus dem schwingenden Stuhl in die Höhe stemmte, überstieg ihre Kräfte. Hedwig wurde schwarz vor Augen, sie taumelte und stürzte, doch im nächsten Moment wuchs sie noch einmal über sich hinaus und rappelte sich auf. Jetzt nur laufen, fliehen, dem Haus entkommen. Während sie in rasender Angst durch den Gang jagte, hörte sie ihre Sohlen auf die Dielenbretter schlagen und dahinter die viel schwereren Sohlen des Mannes. Als ihre zitternden Finger es endlich schafften, die Riegel zurückzuschieben und die Tür aufzureißen, glaubte sie seine Hand auf ihrer Schulter zu spüren.

Regen schlug ihr entgegen und graues Zwielicht, doch zumindest die krumme Gasse kam ihr vage vertraut vor. Sie rannte weiter. Irgendwo in ihrem Hinterkopf hämmerte das Wort Southampton. Nach Southampton war Charles gefahren, ihr Charles, der sie vor allem Bösen auf der Welt beschützte. Wenn sie es bis dorthin schaffte, durfte sie sich in seine Arme fallen lassen und bekäme ihr Geoffrey's Cordial, damit sie schlafen konnte, tief und selig schlafen. Sie rannte bis ans Ende der Straße, aber dort tat sich auf einmal ein Platz auf, der zu einer Seite nicht einmal durch Häuser begrenzt war. Schreiend machte Hedwig kehrt, sah riesengroß den Mann mit dem Messer vor sich und schlug einen Haken, um in eine Seitenstraße zu entwischen.
Sie musste zum Bahnhof. Nach Southampton fuhr man mit dem Zug, also würde auch sie in einen Zug steigen müssen. Bei der Vorstellung schwanden ihr vor Angst die Sinne, aber alles war besser, als dem Mann in die Hände zu fallen, als mit aufgeschlitztem Bauch auf dem Pflaster zu liegen, bis die Nacht kam und Polizisten ihr mit Scheinwerfern in das grausig entstellte Gesicht leuchteten.
Hedwig würde nie wissen, wie sie schließlich zum Bahnhof gelangt war. In ihrer Erinnerung hatte sie Stunden gebraucht, in denen sie durch endlose Straßen rannte, vor offenen Plätzen zurückwich und im letzten Augenblick dem Messer des Mannes entkam. Als sie die gläsern überdachte Halle mit der Aufschrift Bahnhof erkannte, warf die Erleichterung sie um ein Haar nieder. Ihre Kraft war gänzlich verbraucht, ihre Lungen schmerzten wie zerfetzt, doch sie hatte es geschafft. Jetzt musste sie nur noch den Zug besteigen, der sie geradewegs in Charles' schützende Arme tragen würde. Nach links durfte sie nicht sehen, denn dort breitete sich die grenzenlose graue Fläche des Meers aus, doch mit dem nächsten Schritt tauchte sie in den Schlund der Halle und wiegte sich in Sicherheit.
Auf das neue Grauen war sie nicht vorbereitet. Menschenfluten. Eine tausendköpfige Masse umzingelte sie, und das Summen unzähliger Stimmen drang auf sie ein. In namenlosem Entsetzen sah sie den

Mann mit dem Messer, der durch den Koloss aus Leibern auf sie zustrebte. Nein, nicht einen, sondern zwei, drei, vier Männer, einen von jeder Seite. Hedwig schrie und versuchte sich blind ins Freie zu kämpfen, aber da vertrat ihr einer der Männer den Weg und umfasste ihren Hals. »Wohin so eilig, schönes Kind?«

Ein zweiter sprang dazu und packte ihren Arm. Sein Lachen hallte ihr mit schrillem Echo in den Ohren. Der erste stieß sie, der zweite fing sie, ein dritter riss sie an den Haaren zu sich. Hedwig sah Farben und Formen verwischen, fühlte, wie ihre Beine nachgaben und ihre Kampfkraft erlosch. Sie würde sterben. Sie würde in der kalten Morgenstille am Boden liegen, ihr Blut um sie vergossen, und niemand würde wissen, wer sie gewesen war.

»He, ihr Strauchdiebe, lasst die Frau in Ruhe.«

Durch das unkenntliche Gewirr von Stimmen drang die eine klar. Hedwig konnte ihr Glück nicht fassen. Charles war aus Southampton zurück, er war gekommen, um sie zu retten. Mit einem mächtigen Sprung teilte er die Menge, trieb die Männer in die Flucht und fing Hedwig in den Armen auf. Plötzlich war er nicht mehr der kleine Charles mit den schmächtigen Schultern, sondern größer und breiter als sie und stark genug, sie zu halten. Hedwig ließ sich fallen. »Ist ja gut«, sprach Charles besänftigend auf sie ein. »Die Bengel belästigen Sie nicht mehr. Nicht zu glauben, dass die Stadt nicht mehr Polizei einsetzt, damit Frauen unbehelligt mit dem Zug fahren können.«

Er hatte nicht mehr seine hohe Jungenstimme, sondern die tiefe, kraftvolle Stimme eines Mannes, und er stützte leichthin ihr Gewicht. Behutsam führte er sie durch die Menge, die eine Gasse bildete, und machte halt vor einer Bank. »Wollen Sie sich setzen? Soll ich Ihnen ein Glas Wasser holen?«

Sie klammerte sich an seinen Unterarm, damit er nicht ging und sie wieder allein ließ. Erst als er ihr auf die Bank geholfen hatte, als ihre schmerzenden Beine und Lungen zur Ruhe kamen, wurde ihr klar, dass er sie nicht beim Namen ansprach. Sie blickte auf. Dass er nicht

Charles sein konnte, begriff sie, ehe sie sein Gesicht sah. Aufschreiend wollte sie sich losreißen, doch ihr fehlte die Kraft, und dann traf sie der Blick des Fremden. Er hatte die wärmsten Augen von der Welt. »Aber wir kennen uns ja«, rief er geradezu erfreut. »Sie sind Sukie Ralphs Tochter, nicht wahr? Erinnern Sie sich? Sie waren auf meiner Hochzeit.«

Heftig schüttelte Hedwig den Kopf.

Der Mann lachte. Sein Lachen war ein zärtliches Rascheln. »Bitte verzeihen Sie. Mit meinen Manieren ist wie üblich kein Staat zu machen. Ich bin Horatio Weaver, ich kenne Ihre Mutter länger, als ich denken kann.«

Wieder schüttelte Hedwig den Kopf, ohne den Blick von seinen Augen zu lösen. »Sukie war nicht meine Mutter«, sagte sie. »Meine Mutter ist tot. Sukie ist auch tot.«

Der Mann senkte den Kopf. »Das tut mir leid. Ich wollte Ihnen nicht zu nahe treten. Kann ich Sie vielleicht nach Hause bringen? Ich bin zu Fuß hier, mein Pferd ist lahm, aber vorn an der Straße findet sich gewiss ein Hansom Cab.«

Zu Hause war niemand. Nur der Mann mit dem Messer, auch wenn Hedwig jetzt, da der Anfall verebbte, wusste, dass es dort keinen Mann mit dem Messer gab. Aber sobald ihr Retter sie allein ließ, würde es ihn unausweichlich geben. Er sah sie jetzt wieder an, und in seinen schönen Augen fand sie Sicherheit. Und noch einmal schüttelte sie so heftig, wie sie konnte, den Kopf. »Nicht nach Hause!« Dann versagte ihr endlich die Kraft, und gnädige Schwärze hüllte sie ein.

Nass bis auf die Haut, verfroren und bitter enttäuscht kam Lydia nach Hause. Zum dritten Mal war ihr Protest vor dem Bauplatz, auf dem das neue Rathaus in die Höhe wachsen sollte, ungehört verhallt. Lydia und ihre Gefährtinnen verlangten, dass die Stadt das Geld, das der Bau verschlang, nicht in ein nutzloses Prunkgebäude, sondern in Wohnungen für ledige Frauen mit Kindern steckte. Sie hatten Petitio-

nen bis hin zum Premierminister in London gesandt, doch überall ließ man sie abprallen.
Die Wohnungen, die sie forderten, waren ein Tropfen auf den heißen Stein, aber einer, der Leben retten konnte. Wer in diesem Land ledig ein Kind zur Welt brachte, bekam von niemandem einen Penny zu dessen Unterhalt. Die Erzeuger der Kinder durften sich ungestraft aus dem Staub machen, und auch der Staat war zu nichts verpflichtet. Mit solchem Unrecht wollte man Frauen zu einem untadeligen Lebenswandel zwingen, doch in Wahrheit zwang man sie dazu, ihre Kinder einer Baby-Farmerin zu geben, die Säuglinge für Geld in Pflege nahm und sie im besten Fall kläglich verhungern ließ.
Eine von Lydias Kameradinnen – Kate, eine junge Dockarbeiterin – hatte diesen Gedanken nicht ertragen und das Leben ihres Kindes beendet, ehe es begann. Auf der Demonstration heute hatte sie gefehlt, weil sie am Morgen verhaftet worden war. Wenn kein Wunder geschah, würde man sie für die verbotene Abtreibung mit vierzehn Jahren Zwangsarbeit oder mit dem Tod bestrafen, wobei das eine dem anderen gleichkam.
Tief bedrückt betrat Lydia ihr Haus. Kurz schnupperte sie, um den ersehnten Duft nach flackerndem Feuer und Fleisch, das in der Pfanne brutzelte, einzusaugen, doch es roch nur nach der Nässe ihrer Kleider. Ihre Mutter lag mit einer Erkältung danieder, aber Horatio war bereits zu Hause, stürmte die Treppe hinunter und wollte sie umarmen. Statt einer Begrüßung raunzte sie ihn an. War der Herr des Hauses sich zu fein, einen Topf Kartoffeln aufzusetzen und ein paar Lammkoteletts in die Pfanne zu werfen, wenn die Frauen, die ihn sonst verhätschelten, einen Tag lang verhindert waren? War es unter seiner männlichen Würde, einen Kamin anzuheizen, damit ihre kranke Mutter nicht erfror?
Noch immer zog er kurz, wie um sich zu ducken, den Kopf ein, wenn sie ihn ausschalt, doch er hatte sich gleich wieder in der Gewalt. »Hattest du einen schlimmen Tag?«, fragte er und legte die Arme um sie.

Sie wusste, sie ließ ihren Zorn und ihre Bitterkeit viel zu oft an ihm aus. Es war nicht seine Schuld. Er tat, was er konnte. »Ich habe Hunger«, blaffte sie und suchte sich zu befreien, ging dabei jedoch ziemlich halbherzig vor.
»Lass mich doch jemanden einstellen«, murmelte er und küsste ihr Haar.
»Wer sind wir? Das Prinzenpaar von Wales?«, fuhr sie ihn an. »Ich will keine Frau, die für mich schuftet wie für irgendeine Wohlgeborene aus deinen Kreisen. So ein Leben widert mich an.«
Seine Hände umfassten ihr Gesicht. Er roch gut, und in seinen Augen funkelte Wärme. »Es tut mir leid, dass ich mich um nichts gekümmert habe. Ich fürchte, ich kann einen kompletten Londoner Bezirk ausleuchten, aber ich habe keine Ahnung, wie man ein Kotelett brät.«
»Und darauf bist du auch noch stolz.«
»Nein, Lydia«, erwiderte er friedfertig. »Aber ich will mich auch nicht dafür teeren und federn lassen. Ich kann nicht kochen. Und ich habe vergessen, Feuer zu machen, weil mir auf dem Bahnhof Sukie Ralphs Stieftochter in die Arme gefallen ist, die vollkommen außer sich war, nachdem ein paar Rotzlümmel sie belästigt hatten. Bitte mach mich nicht zur frauenfeindlichen Bestie dafür. Wenn du eine halbe Stunde auf das Mädchen achten könntest, heize ich rasch ein und kaufe im Straßenverkauf die größten Pasteten der Stadt. Und einen roten Franzosen köpfe ich auch, und dann erzählst du mir, was dich so aufbringt, ja?«
»Du bringst mich auf«, versetzte sie, ließ aber zu, dass er sie an sich zog.
»Nur ich?«
»Nein, du und deinesgleichen. Vergiss die Pasteten, köpf den roten Franzosen. Ich glaube, wenn ich nicht sofort in einen Sessel komme und meine Füße hochlege, falle ich tot um.«
Er rückte ihr die Fußbank vor ihren Lieblingssessel, wickelte sie in eine Decke und brachte ihr ein bis zum Rand gefülltes Glas Wein.

Dann kniete er sich vor den Kamin und begann ein Feuer zu schüren, und sie sah seinem Rücken zu und spürte, wie die Lebensgeister in ihren Körper zurückströmten. »Lydia«, sagte er, mit dem Feuer beschäftigt.

»Was ist?«

»Auch wenn ich es mir gerade wieder mit dir verscherzt habe – ich liebe dich.«

Vielleicht könnte ich nicht weiterkämpfen, wenn du das nicht tätest, dachte sie. Vielleicht könnte ich die ständigen Niederlagen nicht wegstecken, die Raserei gegen Windmühlenflügel, die drei Schritte zurück für jeden halben voran, wenn ich das nicht hätte – unser Haus voller Wärme und deine Liebe, die mich erträgt. Sie hätte ihn bitten wollen, mit ihr nach oben zu gehen, ihr Schlafzimmer abzuschließen und sie zu lieben, bis sie nicht mehr fror. Ach, mein Liebster, dachte sie, warum mache ich uns nur das Leben so schwer? »Was ist das für eine Geschichte mit der Tochter von Miss Ralph?«, fragte sie.

»Sie liegt oben«, antwortete er. »Im Gästezimmer. Ein paar Jungen haben ihr am Bahnhof zugesetzt. Dass sie ihr wirklich etwas tun wollten, glaube ich nicht, aber das arme Mädchen ist vor Angst in Ohnmacht gefallen.«

»Woher willst du wissen, was sie ihr tun wollten? Wer bestimmt, was wirkliches Tun ist? Du?«

»Lydia.« Auf Knien drehte er sich nach ihr um. »Kannst du bitte nicht jedes Wort von mir auf die Goldwaage legen? Ich wäre ja gern der Sandsack, auf den du hemmungslos einprügeln darfst, aber in mir hockt dieser blöde Kerl, der dich bis zum Wahnsinn liebt, und der weigert sich.«

Sie war geschlagen. Er war ihr Mann, den sie mit jeder Faser ihres Daseins wollte, ob es politisch erwünscht war oder nicht. »Komm zu mir.« Als er sich zu ihr beugte, schlang sie die Arme um seinen Hals und küsste ihn, bis sie nicht mehr so hungrig war. Dann teilte sie noch ein Glas Wein mit ihm und erzählte ihm, was ihr den Tag über zugestoßen war. Er versprach, sie würden Kate einen Anwalt bezahlen. Sie bezahlten ständig irgendwem Anwälte. Horatio war längst zum Stellvertreter des Dekans aufgestiegen und arbeitete selbst an Sonntagen, aber sie kamen auf keinen grünen Zweig. Immer wieder versicherte er ihr, es mache ihm nichts aus, er sei glücklich so, wie es war. »Ich wette, deine Freunde sagen dir, ich nutze dich aus«, bemerkte sie dennoch.

»Wer sind denn meine Freunde?«, fragte er und küsste ihre Augen. »Wenn ich dir schwöre, ich lerne, Koteletts zu braten – kannst dann nicht du wieder mein Freund sein?«

»Genügt dir das wirklich?«

»Nicht ganz, muss ich kläglich gestehen. Wenn ich dir zudem schwöre, ich lerne, eine mindestens dreistöckige Torte zu backen und auf dem Kopf zu balancieren – kannst du dann bitte auch wieder meine Liebste sein?«

»Spar dir die Torte.« Sie biss ihm ins Ohr, schob die Hände unter sein Hemd und ließ sie über seine Schulterblätter gleiten. Sie waren beide mager geworden, weil sie vor Arbeit und Kampf und Liebe so oft das Essen vergaßen, und konnte ein Mensch, der im Kampf und in der Liebe sein Fleisch einbüßte, nicht von Glück sagen? »Was wird mit dem Mädchen?«, fragte sie ihn zwischen Küssen.

Er zuckte mit den Schultern. »Keine Ahnung. Sie konnte mir nicht einmal erklären, wo sie wohnt, nur, dass sie nicht nach Hause will.«

»Dazu wird sie wohl ihre Gründe haben.«

»Bescheid geben muss ich ihren Leuten trotzdem.«

»Morgen früh«, erwiderte Lydia und küsste ihn in die Grube zwischen Hals und Schulter. »Ich sehe nach ihr, soll ich?«

»Später«, sagte er, stand auf und verriegelte die Tür.

Es war eine jener Nächte, in denen sie zwischen seinen vom Reiten muskulösen Schenkeln lag und, während sie ihn liebte, glaubte, dass sie jeden Kampf gewinnen konnte. Er stieß sich mit aller Kraft in sie, von seinem Rücken troff Schweiß, und sie nahm ihn auf und gewann dabei das Frauenwahlrecht, die Straffreiheit für Abtreibungen und den Unterhalt für ledige Mütter. Manchmal, wenn sie in Pausen nach Atem rangen, blitzte die Frage auf: Wie konnte es recht sein, einem Mann die Schultern wund zu küssen und sich in der Nässe zwischen eines Mannes Schenkeln zu suhlen, während Frauen von Männern geschlagen, erniedrigt, vergewaltigt wurden, aber dann nahm ihr Mann sie wieder in die Arme, und sie küsste ihm die Schultern wund und suhlte sich in der Nässe zwischen seinen Schenkeln. Als er kam, rief er ihr ins Ohr, dass er sie liebe, und über sein Gesicht rannen Tränen, und sie liebte ihn so sehr, dass sie den Laut, mit dem ihr Herz zerriss, hören konnte.

Sie taten das oft – sich lieben, bis kein Funke Kraft mehr übrig war, und dann sich mit Armen und Beinen umschlungen halten, damit sie es wagten, einzuschlafen. Statt ihr gute Nacht zu wünschen, fragte er sie: »Bist du morgen noch bei mir?«, und statt einer Antwort strich sie ihm über die Wange und schloss ihm mit einer Liebkosung die Lider. Sie schliefen bis kurz nach Mitternacht, als das Mädchen Hedwig sie mit ihren Schreien weckte.

Sie schlug um sich und ließ sich erst beruhigen, als Horatio sich zu ihr setzte. Sobald er das Zimmer verlassen wollte, begann sie von neuem zu schreien und zu schlagen, so dass er schließlich bei ihr blieb und Lydia sich auf einen Stuhl ans Fenster setzte. Am Morgen waren sie beide wie gerädert. Lydia musste zur Schule, und Horatio war gezwungen, statt nach Southampton durch die Stadt zu fahren, um Hedwigs Familie zu suchen. »Lass sie nicht dort, wenn du Zweifel hast, dass sie ordentlich behandelt wird«, sagte Lydia, spürte aber, dass sie nicht meinte, was sie sagte. Sie wollte das Mädchen, wenn sie zurückkam, nicht mehr in ihrem Haus finden. Warum sie so fühlte, wusste sie nicht. Nie zuvor hatte sie Abneigung gegen eine Frau in Not empfunden, aber bei dieser tat sie es, und dem ließ sich mit aller Vernunft nicht beikommen.

In seiner Kindheit war Charles von seinem Vater kaum geschlagen worden. Zum einen hatte sich der Vater um das, was er tat, nicht gekümmert, und zum anderen war Charles gewesen, was man einen braven Jungen nannte. Duckmäuserisch, fand er. Ohne Mumm in den Knochen. Wenn er doch Schläge bekam, so war es immer Hedwig zu verdanken. Hedwig hatte sich das Knie aufgeschlagen, während er auf sie aufpassen sollte, Hedwig war schreiend aus dem Schlaf geschreckt, weil er ein Buch über Mordfälle auf dem Tisch vergessen hatte. Immer wurde er behandelt, als wäre er der ältere Bruder, der für die kleine Schwester Verantwortung trug. In Wahrheit war er zwei Jahre alt gewesen, als Hedwig, die acht war, ins Haus kam, und eine Schwester besaß er nicht.

Er hatte alles geschluckt. Vielleicht war ein saftloser Feigling wie er dazu gemacht, die Kröten eines ganzen Tümpels zu schlucken, doch als an jenem Abend sein Vater, der ihn um einen halben Kopf überragte, auf ihn zuschoss und ihm ins Gesicht schlug, blieb ihm vor Schmerz und Schreck die Spucke weg, so dass er überhaupt nichts mehr schlucken konnte.

Er war ein Mann, kein Junge mehr. Er hatte einen Tag unter Männern mit ähnlichen Interessen verbracht, an einem Institut, an dem er hätte studieren können, wenn sein Leben gerecht verlaufen wäre, und die gebildeten Herren hatten ihn behandelt wie ihresgleichen. Er stelle kluge Fragen, hatte der Inspektor von Scotland Yard bekundet, und für einen Laien sei er erstaunlich gut informiert. Er war kein dummer Bengel, der sich ohrfeigen ließ, und er hatte seines Vaters Zorn nicht verdient. Ja, er hatte Hedwig allein gelassen, aber mit ihrem Einverständnis und nur für einen Tag. Das Gefühl, das in ihm aufwallte, war ihm unbekannt. Es war Zorn. Der Wunsch, zurückzuschlagen. Seine Wange brannte. Der Vater holte von neuem aus. »Wo ist meine Hedwig, du Idiot? Was hast du mit ihr gemacht?«

»Ich gehe!«, rief Charles und hielt den zweiten Schlag mit seinen Worten auf. »Du kommst ohne mich sicher besser zurecht.« Er konnte nicht glauben, dass er es war, der dies tat. Er hob die Tasche, mit der er hereingekommen war und die nur wenig Geld, einen schrumpeligen Apfel und seinen Schal enthielt, vom Boden auf und verließ das Haus. Ehe er die Tür hinter sich schloss, hörte er den Vater seinen Namen brüllen. Gleich darauf umfingen ihn Kälte und Dunkelheit. Er hatte es tatsächlich vollbracht. Er hatte sein Elternhaus verlassen. Ohne Unterkunft für die Nacht, ohne Geld oder Wäsche zum Wechseln stand er auf der Straße. Aber die Pennys, die er übrig hatte, mochten für eine Fahrkarte nach Southampton genügen. War nicht Southampton seine Glücksstadt, die ihm Mut und Biss verliehen hatte? Warum nicht zum Bahnhof gehen und sehen, ob noch ein Zug fuhr? Er konnte tun, was er wollte. Zum ersten Mal war er frei.

Kapitel 43

Neujahr

Chastity stand hinter dem Türstock verborgen und lauschte. Sie war geübt darin. So dünn konnte sie sich machen und so leise atmen, dass kein Mensch, der durch den Gang kam, sie bemerkte. Entdeckt hätte sie nur jemand, der das Zimmer betrat, aber Georgia, mit der sie es teilte, staubte im Hotel Porzellan ab, was noch Stunden dauern mochte. Es gab kaum Wintergäste, aber Georgia betonte, selbst für einen einzigen müsse alles blitzblank sein. Jeder Gast in Mount Othrys solle sich fühlen, als wäre er der einzige, denn der Gast sei König, und jeden König gebe es schließlich nur einmal.

Lange hinter dem Türstock zu warten war Chastity gewohnt. Sie hatte auf diese Weise schon Stunden verbracht. Das, was sie hier tat, betrachtete sie als ihre Lebensaufgabe. Georgia putzte das Hotel für königliche Gäste, Phoebe war ein Engel und zog Kinder auf, Esther schenkte der halben Stadt Geld, und die Mutter hielt alles zusammen. Einzig Chastity war zu nichts nütze. Wenn sie fragte, ob sie bei diesem oder jenem helfen könne, bekam sie zur Antwort: »Ach, lass nur. Ohne dich bin ich schneller, und nichts geht zu Bruch.«

Wenn sie aber das, was sie seit Jahren vorbereitete, heute zu Ende brachte, würde keiner mehr so von ihr denken. Sie würde nützlich sein, die Retterin in der Not, deren Namen die Mutter aussprach, wie sie sonst Phoebe sagte – voller Wärme und Zärtlichkeit. An diesem Abend brauchte Chastity nicht lange zu warten. Es verging keine halbe Stunde, bis die Mutter, die mit einem Brief in ihr Büro hineingegangen war, ohne Brief wieder herauskam. An ihrem Gesichtsausdruck erkannte Chastity, dass sie richtig lag. Seit Jahren war dieser

leere Ausdruck ihr vertraut. Es war wieder ein Brief des Erpressers gekommen.
Chastity wartete, bis von den Schritten der Mutter nichts mehr zu hören war. Dann erst verließ sie ihr sicheres Versteck, huschte über den Gang und schlüpfte ins Büro der Mutter. Keine zwei Atemzüge später stand sie schon wieder hinter dem Türstock und zog mit spitzen Fingern den Brief aus dem zerrissenen Umschlag. Dass sie sich nicht getäuscht hatte, wusste sie ohnehin. In Jahren hatte sie gelernt, das schäbige Briefpapier, das der Erpresser benutzte, unter Stapeln von Post herauszukennen.
Es war einer von denen, die sie bei sich die bösen Briefe nannte. In manchen blieb der Erpresser geradezu höflich, entschuldigte sich, weil er die Mutter behellige, und schied mit besten Wünschen für ihr Befinden. In anderen, die er offenbar schickte, wenn die Mutter nicht schnell genug zahlte, jagte sein Ton ihr Schauder über den Rücken. »Ich schreibe es Ihnen nicht zum ersten Mal«, stand auf dem billigen Bogen, »aber vielleicht zum letzten. Haben Sie vergessen, dass es in Ihrem Leben mehr als nur den einen dunklen Winkel gibt, oder glauben Sie, mir wären die anderen verborgen geblieben? Sie machen sich besser daran, es zu lernen: Mir bleibt nichts verborgen, und wenn Sie es weiter darauf anlegen, mich zu reizen, werde ich nicht nur der Polizei etwas zu berichten haben.«
Chastity ließ den Brief sinken. Sie hasste den Erpresser, weil er es wagte, der Mutter zu drohen. Der Erpresser machte die Mutter, die sonst unverwüstlich ihren Mann stand, grau vor Sorge und raubte ihr Geld, das sie im Schweiße ihres Angesichts verdiente. Zudem schrieb er von Dingen, die er nie beim Namen nannte, von denen Chastity aber spürte, dass sie den innersten Kern ihrer Familie betrafen, jenen Kern, von dem sie sich ihr Leben lang ausgeschlossen fühlte. Stellte sie den Erpresser zur Rede und enthüllte den Kern, so wäre nicht nur die Mutter erlöst, sondern vielleicht auch sie selbst.
Eilig faltete sie den Bogen zusammen und schob ihn in den Umschlag,

dann lief sie auf Zehenspitzen noch einmal ins Büro und legte ihn zurück an seinen Platz. All diese Handgriffe verrichtete sie mit der Übung von Jahren. Ihr Plan, herauszufinden, wer der Erpresser war, ihn zu stellen und die Mutter von ihm zu befreien, war gereift, als sie kaum älter als zwölf war. Damals war sie so töricht gewesen, sich einzubilden, sie müsse sich einfach bei allen Leuten, die sie besuchten, das Briefpapier anschauen, und früher oder später werde sie auf den Erpresser stoßen. Ohnehin war sie ein beschämend törichtes Kind gewesen. Mit ihrer Torheit trieb sie die Mutter zur Verzweiflung, doch wenn sie dies hier vollbrachte, würde die Mutter wissen, dass sie zumindest zu etwas zu gebrauchen war.

Sie hatte unzählige Büros und Schreibpulte durchsucht, sie hatte harmlose Damen verdächtigt, weil sie billiges Papier in ihren Schüben aufbewahrten, und sie war mehr als einmal erwischt worden. Irgendwann war sie so weit gewesen, den Plan aufzugeben. Der Erpresser war zu klug für sie – wie hatte sie annehmen können, dass ausgerechnet sie ihn besiegen konnte, wenn selbst die Mutter sich ihm ergab? Wieder einmal unternahm sie Versuche, ihr auf andere Weise behilflich zu sein, aber jeder einzelne scheiterte. Trug sie Tee zu den Gästen, um der Mutter Zeit zu ersparen, verschüttete sie Milch über das Spitzendeckchen, und alles war verdorben. Noch lächerlicher waren Bemühungen, der Mutter ein Geschenk zu fertigen, eine Handarbeit, an der sie nächtelang bei Kerzenlicht saß und die am Ende schwarz von ihren schmutzigen Fingern und krumm vor Knoten war.

Ihr blieb nichts anderes übrig, als den Erpresser zu finden, zu allem anderen fehlte ihr doch der Verstand. Verzweiflung hatte sie überrollt, und sie hatte nicht mehr tun können, als tagelang weinen. Sie hatte sich wieder gewünscht, dass der Tod sie holte, wie die Mutter es ihr manchmal zugeflüstert hatte, wenn Chastity als Kind nicht schlafen konnte. »Ach, du armes, törichtes Ding«, hatte sie geflüstert, »kann ja nicht einfach sein, in deiner Haut zu stecken, und warum kommt nicht der Tod, der die Starken holt, und nimmt dich Wurm einfach mit?«

Damals hatte Chastity sich sehnlichst gewünscht, die Mutter möge einmal tun, was sie für Phoebe tat, ihr das Lied vorsingen, in dem sie König war und Phoebe Königin, in dem sie alle in Sicherheit waren und fern von jeder Gefahr. Und wenn das nicht möglich war, dann wünschte sie sich, dass der Wunsch der Mutter in Erfüllung ging, dass der Tod sie holte und die anderen von ihr befreite.

Jetzt aber hatte es ein Ende mit solchem Wunsch, denn der Zufall war ihr zu Hilfe gekommen. Tage und Nächte hatte sie über der hässlichen Schrift des Erpressers gesessen und hätte sie unter Hunderten erkannt. Hätte sie ein von dem Mann verfasstes Schriftstück besessen, so wäre sie ihm sogleich auf die Schliche gekommen, aber der Mann hatte ihr nie geschrieben. Einzig Esther hatte er geschrieben, einen kurzen Brief zum achten Geburtstag, dem offenbar ein Geldschein beigelegt gewesen war. Bei ihrem Auszug hatte Esther achtlos gepackt, und eine Reihe Dinge waren im Zimmer der Mädchen verblieben, doch dieser Brief lag hinter einer Lade verklemmt und wurde nie entdeckt. Vor Tagen hatte Chastity ihn gefunden, weil sie nach einer Haarspange suchte, und auf den ersten Blick hatte sie gewusst, von wem er stammte.

Von dem Erpresser. Er hatte seine Schrift verstellt, schrieb hier nicht hässlich und ungelenk, sondern im Gleichmaß, aber Chastity hatte die Buchstaben zu intensiv studiert, um sich täuschen zu lassen.

Der Erpresser war Onkel Hector.

Sie hatte vor dem Onkel immer Angst gehabt. Nie hatte sie ihn besuchen wollen, und die Angst quälte sie bis heute, aber Chastity würde ihr nicht nachgeben. Seit sie sein schwarzes Geheimnis kannte, hatte sie sich geschworen: Wenn der nächste Brief kommt, gehe ich zu ihm. Ich zaudere nicht. Ich bin die Retterin in der Not.

Auf leisen Sohlen zog Chastity sich ins halbdunkle Zimmer zurück, um sich das Haar zu richten. Sie war auch darin dumm und ungeschickt, aber heute wollte sie respektabel aussehen. Nicht wie ein törichtes Mädchen, sondern wie eine Frau von bald zwanzig Jahren, die ihr Gegner ernst zu nehmen hatte. Nicht ich soll vor ihm, sondern er vor mir zittern. Sie nahm ihren Mantel aus dem Schrank und schloss ihn sorgsam bis zum Hals. Das neue Jahr, das gerade begonnen hatte, würde auch eine neue Chastity bringen – eine, mit der keine der anderen, am wenigsten jedoch ihre Mutter gerechnet hatte.

»Wir haben Besuch.« Mit dem Staubfeudel wies Georgia auf ein Törchen im Zaun der einstigen Reitbahn, auf deren vorderer Hälfte ein Tennisplatz errichtet worden war. Mildred sah aus dem Erkerfenster und entdeckte durch die Silberfäden des Regens die verhärmte Frau, die am Zaun wartete, ein Kind auf dem Arm, zwei weitere an ihren Röcken. Wie eine Einundzwanzigjährige sah ihre Tochter nicht aus. Mildred zog es das Herz zusammen.

Sie hatte Phoebe verboten, das Haupttor zu benutzen, durch das die Gäste auf das Portal mit dem sterbenden Titanen zustrebten. Das Verbot auszusprechen war wie ein Stich in den Leib – hatte sie nicht dieses Portal unter Schmerzen bewahrt, damit ihre Phoebe als Königin davorstehen konnte? Aber sie hatte keine Wahl. So wie Phoebe sich hier zeigte, war sie kein Anblick, den Urlauber, die sich im Paradies wähnten, goutiert hätten. Hastig löste Mildred die Bänder ihrer Schürze und warf sich ihr Cape über. »Mach du allein weiter«, bat sie Georgia. »Ich komme zurück, so schnell ich kann.«

»Wenn's Ostern wird, bring frische Eier mit«, rief Georgia ihr hinterdrein.

Mildred konnte ihr die bissige Bemerkung nicht verdenken. Seit Tagen hatten sie sich vorgenommen, das Silber durchzusehen und zu notieren, was für die Saison ersetzt werden musste. Mildred hatte sich darauf gefreut. Georgia war der einzige Mensch, der ihre Begeisterung für Mount Othrys' Besitz teilte, für das schlichte Monogramm der Bestecke, das zierliche Teegeschirr mit dem Emblem, die Platten, auf denen ein Wildschwein im Ganzen serviert werden konnte. Anschließend hätte sie dem Wetter zum Trotz anspannen und hinüber zum Victoriana fahren müssen. Mildred hasste es, Esther um Geld anzugehen, doch der Erpresser verlor wieder einmal die Geduld.

All das hatte jetzt zu warten. »Phoebe!«, rief sie durch das Fauchen des Windes. »Habt ihr nicht wenigstens einen Regenschirm?«

Im Dunkeln sah sie Phoebe den Kopf schütteln. Erst jetzt erkannte sie, dass neben ihr und den Kindern ein Koffer am Boden stand, und stöhnte innerlich auf. Nicht das, beim Teufel, nicht obendrein noch das! Sie schob den Schlüssel ins Schloss und riss das Tor auf. »Gomutter!«, rief die kleine Sarah, die mit ihren fast vier Jahren noch immer nicht ordentlich sprechen konnte. Ihre Zwillingsschwester Miranda drückte sich furchtsam in die Röcke ihrer Mutter.

»Jetzt kommt schon ins Haus«, blaffte Mildred und wollte Phoebe am Ärmel auf das Grundstück zerren, aber die wies mit dem Kopf auf den Koffer. »Kannst du mir helfen? Ich bin so erschöpft.«

Mildred packte den Koffer und drängte ihre Enkelinnen weiter. »Wozu brauchst du den?«

Mildred wünschte, sie hätte nicht gefragt. »Ich habe Granville verlassen«, sagte Phoebe.

Durch Ströme des Regens kämpften sie sich zum Haus. Die ganze triefende Schar blieb im Windfang stehen. Tropfen aus Kleidersäumen fielen auf die Dielen. »Das kannst du nicht«, sagte Mildred. »Weißt du, was du uns damit antust? Mount Othrys hat keine Dachterrasse. Mount Othrys hat kein Hinterhaus für Thomas-Cook-Touristen. Alles, was Mount Othrys hat, ist sein makelloser Ruf. Wirst du je auch nur ahnen, was mich dieser Ruf gekostet hat, Phoebe, was er mich immer noch kostet?«

Der Junge auf Phoebes Arm begann zu weinen. »Gib ihn mir«, sagte Mildred und streckte die Arme nach ihrem Enkel aus. Sobald er bei ihr war, wurde das Weinen zum Jauchzen, das Gesicht verzog sich zum Strahlen, und eine winzige Hand betastete ihr Gesicht. Der kleine Peter war ein reizendes Kind. Wer nur flüchtig hinsah, nahm an, er habe die hohle Hübschheit seines Vaters geerbt, doch Mildred erkannte in den filigranen Zügen, was sie sich für ihre eigenen Kinder so sehnlichst gewünscht hatte: Peter sah aus wie Hyperion. Er sah aus wie Louis.

»Ihr müsst die nassen Sachen loswerden, oder euch holt der Tod.«

»Ihr holt euch den Tod«, verbesserte Phoebe.

Mildred sagte dazu nichts, sondern bugsierte die Tochter samt Enkel in das Zimmer der Mädchen, wo es Betten genug gab. Zu ihrem Glück war Chastity nicht da, so dass sie sich keine Erklärung aus den Fingern saugen musste. Wo ihre Jüngste, die nie irgendwo hinging, sein konnte, fragte sie sich nicht. Es dauerte eine Weile, bis sie alle drei Kinder in trockene Kleider verpackt und zu Bett gebracht hatten. Zuletzt half Mildred auch Phoebe aus dem nassen Stoff wie einem Kind. Ihre Tochter, die sie so gehätschelt und herausgeputzt hatte, trug geflickte Unterwäsche, die ihr um den Leib schlackerte. Wieder zogen Schmerz und Liebe ihr das Herz zusammen. So resolut, wie sie konnte, schob sie Phoebe aus dem Zimmer und löschte das Licht. »Heute Nacht könnt ihr bleiben«, sagte sie, während sie Phoebe in den Salon drängte. »Aber morgen erwarte ich, dass du das mit deinem Mann in Ordnung bringst.«

»Er hat mich wieder geschlagen«, sagte Phoebe, als bedürfte es dazu einer Erwähnung.

»Das ist sein Recht«, erwiderte Mildred, obwohl sie sich aus tiefstem Herzen wünschte, diesem Schwiegersohn eine Tracht Prügel zu verpassen, nach der er sich hütete, ihre Tochter noch einmal anzurühren. »Ich habe dich nicht gebeten, hinzugehen und dir von ihm Zwillinge anhängen zu lassen, Phoebe. Ich habe mir fürwahr ein anderes Leben für dich gewünscht, aber wie man sich bettet, so liegt man. Wenn du nicht willst, dass dein Mann dich schlägt, bring ihn nicht gegen dich auf. Junge Männer sind wie Tiere, aber die meisten beruhigen sich früher oder später.«

Ehe Mildred den Blick abwenden konnte, wandte Phoebe ihr das verschwollene Gesicht zu. »War Vater auch wie ein Tier, als ihr jung wart, Mutter?«

»Dass der eigene anders ist, hofft jede Frau«, versetzte Mildred kalt. »Aber was das betrifft, sind Männer alle gleich.« An den jungen Hyperion wollte Mildred um keinen Preis denken. Das, was hier durchzustehen war, war schwer genug.

»Mein Peter nicht!«, rief Phoebe und sprang auf, während ihr Tränen über das misshandelte Gesicht liefen. »Mein lieber kleiner Peter wird kein Tier, das seine Frau schlägt und Geld verspielt, das für den Tee seiner Kinder gedacht war. Andernfalls hätte ich ihn lieber nie geboren.«

Mildred ging zu ihr und drückte sie sachte auf den Stuhl zurück. Dann schlang sie jäh die Arme um sie. Etwas derart Entschlossenes hatte die Tochter nie zuvor gesagt. Wir werden alle stark, wenn es um unsere Kinder geht, mein Liebstes. Du so wie ich. Eines Tages wirst du dich wundern, was du um deiner Kinder willen ausgehalten hast.

»Lass mich hierbleiben, Mutter«, murmelte Phoebe. »Verlange von mir, was du willst, aber schick uns nicht zu Granville zurück.«

»Von dir verlangen?«, fuhr Mildred auf und riss sich von ihr los. »Habe ich im Leben je etwas von dir verlangt?«

Es dauerte lange, bis Phoebe den Kopf aus Mildreds Rockfalten hob und ihn langsam von einer Seite auf die andere wiegte. »Nein, Mutter.«

»Gut, dass du das einsiehst«, sagte Mildred. »Denn ich tue es jetzt.« War ihr Härte je so schwergefallen? Sie dachte an Hyperion und konnte nicht mehr verhindern, dass sie an Daphne dachte. Hätte sie Daphne gegenüber Härte walten lassen, was wäre aus ihnen allen geworden? Sie sah hinunter in Phoebes Gesicht. »Ich verlange, dass du morgen früh zu deinem Mann zurückkehrst und dich bemühst, mit ihm Frieden zu halten. Ich nehme an, ihr braucht wieder Geld?«

Phoebe nickte matt.

»Ich kann dir jetzt keines geben«, sagte Mildred, »ich muss noch einmal weg, aber morgen früh gebe ich dir, was mir möglich ist.«
»Mutter, ich will nicht …«
»Ich weiß«, schnitt ihr Mildred das Wort ab. »Du willst nicht, dass uns etwas abgeht, weil wir für dich und die deinen aufkommen müssen. Aber wir tun es ja gern. Wenn es dir dafür gutgeht, geben wir mit Freuden etwas auf. Nur musst du es dir eben auch gutgehen lassen. Wenn du partout mit der Ehe, die du selbst dir gewählt hast, nicht fertig wirst, wenn du deinen Ruf verschleuderst und das freudlose Dasein einer verstoßenen Frau anstrebst, dann tust du nicht nur mir, sondern auch deinen Schwestern weh. Verstehst du, was ich dir sagen will, mein Liebstes?«
Wieder dauerte es eine halbe Ewigkeit, ehe Phoebe nickte. »Ja, Mutter«, murmelte sie. »Ich gehe morgen zu Granville zurück und gebe mir Mühe, ihm eine gute Frau zu sein.«
»So ist es recht«, lobte Mildred und streichelte ihr Haar, das strohig war, als bekäme es keine Pflege. »Und jetzt richte ich dir in meinem Zimmer ein schönes Bett und eine heiße Wärmflasche – was hältst du davon, mein Schatz?«
Noch einmal nickte Phoebe, und Mildred atmete durch und half ihr auf. Diese Schlacht hatte sie hinter sich gebracht, doch damit war der Krieg noch nicht gewonnen. Noch stand ihr Esther bevor, und die Aussicht bereitete ihr mehr als Unbehagen.

Die langen, düsteren Winterabende, an denen er nicht genug Arbeit hatte, um sich über die Leere seines Lebens hinwegzutäuschen, ertrug Hector zunehmend schwerer. Umso froher war er, als die Türglocke ertönte, obwohl er nicht wusste, wer ihn besuchen könnte. Aber dass der Besuch ihm galt, wusste er, denn Bernice hatte darauf bestanden, die Räume des Hauses aufzuteilen und für ihren Bereich einen eigenen Eingang zu schaffen. Sie sei nicht länger gewillt, mit ihm Tisch und Bett zu teilen, hatte sie gesagt, obwohl vom Bett seit Horatios

Geburt keine Rede mehr war und Hector es auch vermieden hatte, ihren Fressorgien beizuwohnen. Er hatte ihr nachgeben müssen, weil sie drohte, andernfalls zu ihrem Bruder zu ziehen, und er sich einen weiteren Skandal nicht leisten konnte. Obwohl es darauf vielleicht auch nicht mehr ankam. Er hatte eine Hure zur Mutter, die Gott sei Dank endlich das Zeitliche gesegnet hatte, einen Hurenbock zum Sohn und eine Tochter, die es mit Weibern trieb. Wer wollte ihm noch etwas anhaben?

Dezent klopfte der Hausdiener an die Tür des Salons. »Besuch für Sie, Sir. Eine Dame.«

Hastig streifte Hector sich die Decke von den Beinen. Wie ein alter, saftloser Mann wollte er vor niemandem erscheinen. Wer mochte die Dame sein? Zuweilen hatte er sich ausgemalt, wie Mildred in sein Haus stürmte und ihm in ihrer prachtvollen Bierkutschersprache auf den Kopf zusagte, was er getan hatte. Die Vorstellung hatte ihn mit einer köstlichen Mischung aus Grauen und Erregung erfüllt, doch inzwischen glaubte er nicht mehr daran. Selbst seine Erpresserbriefe waren schlaff geworden, und der Höhepunkt, auf den er so lange hingearbeitet hatte, mochte sich niemals ereignen.

»Soll eintreten«, rief er und strich sich das Haar zurück. Als hätte er je darauf hoffen dürfen, einer Frau zu gefallen.

Das Geschöpf, das – aus allen Poren triefend – in seinen Salon trat, war keine Frau, geschweige denn eine Dame. Trotz der Haube, die sie tief ins Gesicht gezogen trug, erkannte er sie sofort. Er hatte über sie Bescheid gewusst, noch ehe sie auf der Welt war, und tat es noch jetzt, auch wenn er sich nicht mehr so viele Leute leisten konnte, die Erkundigungen für ihn einzogen. »Immer herein, meine Liebe«, forderte er das Mädchen auf und wies über den Tisch mit der Whiskykaraffe hinweg auf einen gepolsterten Stuhl. »Aber legen Sie doch den nassen Mantel ab.«

Umständlich und linkisch ließ sie sich von seinem Diener aus dem Mantel helfen. Sein Leben lang hatte sich Hector über die seltsamen

Wege gewundert, die die Natur einschlug. Anders als sein Bruder hatte er nie Zeit mit dem Lesen von Darwin vergeudet, doch dass der Mensch vom Affen abstammte, leuchtete ihm ein, so ähnlich wie er ihm war. Wie aber konnte dieses bedauernswerte Häuflein Mensch von dem kraftstrotzenden, bildschönen Burschen stammen, der sie ohne Zweifel gezeugt hatte? Sie hatte die einzigartigen Augen von ihm, wie ein Stigma, um ihre Herkunft der Schande zu besiegeln, doch ansonsten waren die beiden wie Feuer und Wasser, wie Farbe und Blässe, wie die Kraft eines Erdbebens gegen einen matten, kleinen Wind. »Nehmen Sie auch die Haube ab«, riet er ihr leutselig. »Von nassem Haar fängt man sich nur allzu leicht eine unschöne Verkühlung ein.« Ihre ungeschickten Finger zerrten an dem feuchten Stoff, bis er riss und ihr ein erschrockener Laut entfuhr. Auch Hector wäre um ein Haar ein Laut entfahren. Über ihre Schultern ergoss sich in weichen Wellen hellbraunes Haar, dessen Farbe der ihrer Augen glich. »Und nun setzen Sie sich«, forderte er sie auf. »Oder sollten wir bei der persönlichen Anrede bleiben? Immerhin gilt man ja als Onkel und Nichte, auch wenn ich euch Mädchen schon lange keinen Besuch mehr wert war.«
Die Kleine ging seitwärts bis zu dem angebotenen Stuhl, ohne ihn aus den Augen zu lassen. Zweimal stolperte sie. Was konnte dieser Tolpatsch sondergleichen von ihm wollen? »Ich bin nicht als Besucherin hier«, stotterte sie kaum hörbar, als sie endlich saß. Ihre Hände krampften sich im Schoß umeinander. Nicht einmal sein Hasenfuß von Tochter hatte derart von Angst besessen gewirkt.
»Nicht als Besucherin?« Hector hob fragend die Brauen und fing an, sich zu amüsieren.
Ihr Kehlkopf hüpfte auf und ab, während sie sich bemühte, sich den zurechtgelegten Satz abzuringen. Was für ein Vergnügen war es, ihr zuzusehen und noch einmal die alte Macht zu spüren, die er einst über Menschen besessen hatte. Die Kleine, die den lachhaften Namen Chastity trug, holte tief Luft, dann stieß sie es heraus: »Ich bin wegen der Briefe hier.«

»Wegen welcher Briefe?«, fragte Hector ehrlich verblüfft.
»Wegen der Erpresserbriefe!«, warf Chastity hinterdrein und sprang auf. Gleich darauf setzte sie sich wieder, und es herrschte Schweigen, in dem die Scheite im Feuer überlaut knisterten.
Fieberhaft arbeitete es hinter Hectors Stirn. Hatte Mildred dieses alberne Mädchen geschickt? Wusste sie alles, gab sie auf, war dies das Ende? Aber was bleibt mir denn dann?, schrie eine Stimme in ihm. Die Einkünfte aus der Gasanstalt deckten gerade eben die Kosten seines Haushalts, und die Bilanz wurde mit jedem Jahr schlechter. Die Stadtregierung hatte ihm mitteilen lassen, man werde die Liefermenge, die man von ihm bezog, einschränken, da man auf Portsmouths zentralen Plätzen Versuche mit Elektrizität wagen wolle. Victor März, dem er großzügig Geld geliehen hatte, verdiente sich eine goldene Nase mit Billighotels, statt Mount Othrys Konkurrenz zu machen, wie Hector es geplant hatte. Ihn konnte er nicht so hemmungslos wie Mildred ausnehmen, zu groß war die Gefahr, dass März irgendwann selbst zur Polizei ging. Was bleibt mir denn?, schrie die Stimme noch einmal. Er war ein Mann von sechzig Jahren, er hatte ein Haus gebaut, einen Sohn gezeugt und ein Imperium errichtet, und von alldem blieb ihm nur der Staub an seinen Händen übrig.
»Wegen der Erpresserbriefe«, wiederholte Chastity, als würde sie fürchten, er hätte sie nicht gehört. »Die sollen aufhören. Meine Mutter arbeitet hart für ihr Geld, und diese Briefe machen sie krank.«
»Aha«, bemerkte Hector, in dem eine Hoffnung aufflammte. »Sag, weiß deine Mutter, dass du deswegen bei mir bist?«
»Nein, sie weiß nichts!«, erwiderte das Mädchen voll Einfalt und Stolz. »Ich bin aus eigenem Willen gekommen, und ich habe selbst herausgefunden, wer diese scheußlichen Briefe schreibt.«
»Soso.« Hector hätte sich selbst auf die Schulter klopfen mögen. Zur Sorge bestand nicht der geringste Grund, im Gegenteil, seine Saat trug Früchte, wie er sie sich nicht einmal erträumt hätte. Er beugte sich vor und sah geradewegs in die goldbraunen Augen seines Gastes.

»Du hast dich also aus eigenem Willen aufgemacht, um mit mir über etwas zu sprechen, was du Erpresserbriefe nennst. Das ist sehr hübsch von dir, aber darf ich dich fragen, weshalb du es tust?«

Das Gesicht des Mädchens schien ganz spitz zu werden, so fest zog es alles zusammen. »Weil …«, begann es, brach ab und setzte noch einmal an: »Weil ich meine Mutter liebe, deshalb tue ich das!«

Hector, der sich seine nächsten Schritte bereits zurechtgelegt hatte, stockte der Atem. Weil ich meine Mutter liebe! Er wusste nicht, ob er lachen oder vor Empörung aufschreien sollte. Seine Frau hatte ihm ins Gesicht geschleudert, er könne nicht lieben, deshalb habe er seine Kinder verloren und werde niemals Liebe empfangen. Und hier saß dieses Mädchen und erklärte seine Liebe für Mildred, den Menschen, der ihm auf der Welt am ähnlichsten war. Mildred, die ihre Kinder morgen auf dem Wochenmarkt verkaufen würde, wie sie das Kind ihrer Schwester verkauft hatte, wenn es ihrem Mount Othrys dienlich war. Hatte vielleicht Mildred die Liebe ihrer Kinder mehr verdient als er?

Die verhasste Sehnsucht nach dem Sohn überfiel ihn. Hätte nicht sein Sohn die Pflicht gehabt, wie dieses Mädchen zu erklären: Ich tue es, weil ich meinen Vater liebe? Seine Fäuste verkrampften sich. Ich werde dich zerstören, schwor er sich, und wenn es die letzte Rache ist, zu der ich Kraft aufbringe, und wenn ich noch einmal wie ein Spion durch die Stadt streifen muss, um herauszufinden, wie du zu verwunden bist. Die Schwachstelle des Sohnes kannte er nur zu gut. Er würde ihm die Liebe seiner Hure nehmen, wie der Sohn ihm seine Liebe genommen hatte. Ohne die Liebe dieser Frau war der Sohn nur eine hohle Hülle, die in sich zusammenfallen würde. Vorerst aber würde sich Hector an Mildred und ihrer dummen Tochter schadlos halten. Er biss die Zähne zusammen und sandte der kleinen Chastity ein Lächeln. »Du liebst also deine Mutter, ja?«

Das Mädchen nickte. »Alle Kinder lieben ihre Mütter. Und meine Mutter hat mehr für uns getan als jede andere.«

Wieder traf es Hector wie ein Schlag ins Gesicht, aber diesmal hatte er den Gegenschlag vorbereitet. »Das ist sehr schön von dir, Chastity«, sagte er und lächelte weiter. »Und du bist sicher, dass deine Mutter deine Liebe verdient?«

»Natürlich tut sie das!«

Die bernsteinbraunen Augen wollten den seinen ausweichen, aber Hector ließ es nicht zu. »Du bist in der Tat eine brave Tochter. Und nun möchtest du zweifellos wissen, wie ich es fertigbringe, deiner so liebenswerten Mutter diese – wie sagtest du? – diese scheußlichen Briefe zu schreiben, nicht wahr?«

»Ja, das möchte ich!«, rief das Mädchen, das nicht wusste, was ihm blühte, mit frisch erwachtem Mut.

Hector lächelte noch immer. »Dann werde ich es dir sagen«, versprach er und versenkte seinen Blick in das leuchtende Braun ihrer Augen, wie er ihn einst in Victor März' Augen hätte versenken wollen. »Du hältst mich für einen Erpresser, weil ich von deiner Mutter Geld verlange. Gewiss, so könnte man die Sache betrachten. Ich aber betrachte sie anders. Ich halte mich für einen Richter, der Vergeltung für ein Unrecht fordert, das nie gesühnt worden ist. Natürlich könnte ich zur Polizei gehen, aber damit würde ich nicht nur deine Mutter, sondern zugleich meinen Bruder und meine Nichten bestrafen. Ich habe nach Wegen gesucht, nur die zu treffen, die das Verbrechen wider die Natur begangen hat.« Er machte eine genussvolle Pause und schloss halb die Augen, ehe er die letzten Sätze über seine Zunge rollen ließ. »Deine Mutter, Chastity, ist eine Mörderin. Sie hat ihre eigene Schwester und ihren kaum drei Jahre alten Neffen bei Nacht getötet und im Meer versenkt.«

Kapitel 44

Frühling nach hartem Winter

Chastity war ein dummes Mädchen, das unzählige Male gefragt worden war: Warum denkst du nicht nach? Warum tust du Dinge, ohne die Folgen zu erwägen? Sie hatte auch an jenem Tag Anfang Januar nicht nachgedacht und keine Folgen erwogen. Vor den entsetzlichen Worten hatte sie fliehen wollen, das war alles, was ihr den Kopf gefüllt hatte, für nichts anderes war mehr Platz.

Die entsetzlichen Worte waren nicht verstummt. Immer mehr und mehr waren aus dem Mund des Mannes gequollen, den sie nie wieder ihren Onkel nennen würde. Sie hatte keinen Onkel, keine Mutter, keine Familie mehr. Das Leben, in das sie sich eingegraben hatte wie ein Tier in sein Nest, war eine Lüge gewesen. Sie hatte sich immer gesagt, dass sie dieses Lebens unwürdig war und eines Tages eine Tat vollbringen musste, um ein so beneidenswertes Leben zu verdienen. Jetzt aber musste sie begreifen, dass das Leben so unwürdig war wie sie. Dass sie allein in der Welt stand. Als Kind einer Mörderin.

Wie sie aus dem Haus gelangt war, wie sie den Weg zum Bahnhof bewältigt hatte, wusste sie so wenig wie, warum sie überhaupt zum Bahnhof gelaufen war. Die Bahnhofshalle war fast menschenleer, nur zwei bunt gekleidete Frauen und ein betrunkener Soldat trieben sich dort herum und riefen sich Worte zu, deren Sinn ihr verborgen blieb. Der Soldat sprach sie an, doch als sie schrie, zog er sich zurück. Irgendwann verschwanden sie alle, und sie kauerte sich in einen Spalt zwischen zwei Bänke. Sie fror, wie sie nie zuvor gefroren hatte, so sehr, dass das Frieren alles andere auslöschte und sie sich wünschte, tot zu sein, um nicht mehr frieren zu müssen.

Im ersten Morgengrau waren Männer in Uniformen gekommen, die ihr ihre Stiefelspitzen in Arme und Beine bohrten, um zu prüfen, ob sie lebte. Sie war dessen nicht sicher, aber als die Schmerzen von den Tritten ihren starr gefrorenen Körper durchfuhren, schrie sie und kehrte ins Leben zurück. Die Männer fragten sie, wohin sie fahren wolle, und sie sagte »Southampton«, weil es das Einzige war, das ihr einfiel. Nach Southampton fuhren Leute zum Arbeiten oder zum Einkaufen, es musste also wie eine glaubhafte Antwort klingen. An den Gesichtern der Männer erkannte sie, dass sie dieses Mal nicht dumm gewesen war. Ihre gediegene, wenn auch durchnässte Kleidung tat ein Übriges. Die Männer zeigten ihr das Gleis, von dem ihr Zug abfuhr. Sie fragten sie nicht nach einer Fahrkarte.

So war sie an einem eisgrauen Januarmorgen nach Southampton gekommen. Die Tage und Wochen, die folgten, hätte sie gern vergessen, aber sie wusste, sie würde sie nie vergessen, so wie sie nie in der Lage sein würde, Worte zu finden und mit jemandem darüber zu sprechen. Die Worte waren Kälte, Hunger, Gewalt und Entsetzen, sie waren Schmerz, Scham und Schrecken, und wie sie zusammengehörten, konnte sie niemandem erklären, weil sie es nicht ertrug. Sie hatte nicht nachgedacht und keine Folgen erwogen. Jene Winterwochen in Southampton machten aus der dummen Chastity, die kein Recht auf ihr behagliches Leben hatte, aber doch immerhin ein Mensch war, ein Geschöpf, das weniger als ein Tier war und kein Recht auf irgendetwas hatte. Nicht einmal auf den Tod hatte eine wie sie ein Recht.

Wenn sie zurückdachte, konnte sie noch immer nicht glauben, was dann geschehen war. Sie war das Letzte, das auf der Erde herumkroch, der Abschaum, auf den propere Menschen mit dem Finger zeigten und den niemand, der etwas auf sich hielt, berührte. Aber jemand berührte sie. Jemand hob den Abschaum auf, schlang die Arme darum und machte ihn wieder zum Menschen. Nachdem sie bald drei Monate am Bahnhof von Southampton verbracht und vor Kälte und vor Hunger ihren Körper Männern überlassen hatte, war ihr an einem

Morgen im März, als der verdreckte Schnee zu tauen begann, ein Wunder geschehen.
Sie hatte unter dem Blechdach, wo tagsüber Pferde und Hochräder eingestellt wurden, ein Feuer entfacht und fand, solange es brannte, ein wenig Schlaf. Gin half, das hatte sie bereits gelernt, aber in den Pub wagte sie sich nicht, weil die Frauen dort ihr mehr als einmal Prügel angedroht hatten, wenn sie in ihren Gefilden wilderte. Als noch ein Mann kam und sie wollte, sagte sie nicht nein. Sie sagte nie etwas. Die Leute um den Bahnhof nannten sie die Stumme, und vielleicht war sie ja stumm geworden und würde ihre Stimme nie mehr hören.
Was sie tun musste, um die Männer zu befriedigen, wusste sie nicht. Die meisten taten einfach, was sie wollten, und ließen sie hinterher liegen. Dieser war anders. Als sie nicht tat, was er offenbar erwartete, beschimpfte er sie, und dann schlug er zu. Er schlug auf sie ein, bis sie nicht mehr war als ein Bündel Schmerz, das sich am Boden krümmte. In ihrem Mund war eine Woge mit dem metallischen Geschmack von Blut, und sobald sie die Kraft aufbrachte, sie zu schlucken, wallte sie von neuem auf. Irgendwann verschwand der Mann. Sie blieb liegen und hoffte zu sterben, aber zum Sterben war zu viel Schmerz da, zu viel Kälte und Blut, das ihr aus Mund und Nase rann.
Dann geschah das Wunder. Zuerst hörte sie nur eine Stimme, die dicht an ihrem Ohr rief: »Können Sie mich hören, Miss? Sie müssen mir sagen, wer Ihnen das angetan hat, Sie müssen es mir sagen!«
Sie sagte nichts. Sie krümmte sich nur noch mehr zusammen. Die Stimme entfernte sich, jedoch nicht weit genug. »Helfen Sie mir«, hörte sie den fremden Mann rufen. »Hier liegt eine verletzte Frau, ich brauche Hilfe!«
Plötzlich fühlte sie sich von Händen aufgehoben und verschleppt. Der Versuch, sich zu wehren, blieb sinnlos, zu wild wühlte der Schmerz bei jeder Bewegung in ihrem Leib. Eine Zeitlang verlor sie das Bewusstsein, und das Nächste, was sie spürte, war Wärme. Un-

endliche Wärme, die ihren Körper umflutete, ihn liebkoste und gleich wieder in den Schlaf sandte. Wie viel Zeit sie so verbrachte, aus dem Schlaf schreckend und in der Wärme von neuem darin versinkend, erfuhr sie erst später – drei Tage. Währenddessen hatte der Mann, der sie in sein Zimmer gebracht und einen Arzt gerufen hatte, sie bewacht und gepflegt. Als er schließlich aus dem Haus musste, bezahlte er seine Wirtin, damit sie sie bewachte und pflegte. Er hatte kaum Geld, lebte von seiner Arbeit als Straßenkehrer und bezahlte davon die Stunden, die er in einem Institut nahm, um Anwalt zu werden. Aber an ihrer Pflege sparte er nicht.

Ihr Körper genas. Bald war sie so gesund, dass sie alles, was ihr zuteilwurde, genoss. Die Wärme im Bett, unter weichen, duftenden Decken. Die Leckerbissen, die ihr Retter ihr einflößte – mit Sirup gesüßte Milch, zerdrückte Kartoffeln, heiße, würzige Brühe. Seine Stimme, mit der er immer wieder versuchte zu ihr durchzudringen. Es war die Stimme eines Mannes, doch sie war weicher und zarter als gewöhnliche Männerstimmen, eine Stimme, vor der sie sich nicht fürchten musste. Als er tagelang versucht hatte sie mit seinem Sprechen zu erreichen, hörte er zu sprechen auf und begann zu singen.

Die Sprache, in der er sang, verstand sie nicht, aber das Lied war das schönste, das sie je gehört hatte. Schöner als das Lied vom Lavendel und dem König und der Königin. »Mögen Sie das?«, fragte er erfreut. »Das hat mein Vater für meine Base gesungen, wenn sie vor Angst nicht schlafen konnte. Es ist ein Lied vom Mond, der nur halb zu sehen ist und dennoch schöner als alles, was wir fertigbringen könnten. Eigentlich ist es ein Gebet.«

Niemals hatte ein Mensch auf solche Weise mit ihr gesprochen, niemals hatte ein Mensch für sie gesungen. Irgendwann schlug sie, als er bei ihr war, die Augen auf, weil sie ihn sehen wollte. Er hatte dunkles Haar und helle Augen, die ihr vertraut erschienen. Er war weder groß noch breit. Sie fand ihn schön. Als er entdeckte, dass sie ihn ansah, lächelte er.

»Sie sind ja wach! Dem Himmel sei Dank. Können Sie sprechen, können Sie mir sagen, wie Sie heißen? Ich heiße Charles Ralph, bin Student der Rechte und wünsche mir nichts mehr, als zu hören, wer Sie sind.«
Wer war sie? Darüber musste sie nachdenken. Immerhin hatte sie drei Monate lang kein Mensch mehr danach gefragt. Ihr fiel ein, dass sie Chastity gewesen war, aber die konnte sie jetzt nicht mehr sein. All die Zeit über sah sie in sein Gesicht, das angespannt, ja geradezu ängstlich auf ihre Antwort wartete, und sie erkannte, dass sie ihm gefallen wollte. Er sollte die, die sie war, gern mögen und ihr erlauben, in dem warmen Zimmer mit der Honigmilch und seiner Stimme zu bleiben. Sie wollte ihm den schönsten Namen nennen, den sie kannte. Alle Namen überdachte sie, die sie in ihrem einstigen Zuhause gehört hatte, bis ihr der eine einfiel, der der richtige war. Sie bemühte sich um ein Lächeln, auch wenn es noch weh tat. »Amelia«, sagte sie.

Seit er frei war, hatte er manches Mal an Mädchen gedacht. Natürlich wusste er, dass die meisten seiner Kameraden Mädchen hatten, und es war auch nicht so, dass er sich selbst keines wünschte. Nur so, dass er Angst hatte. Er war niemandem gewachsen gewesen, wie sollte er einem Mädchen gewachsen sein? Er lernte gerade erst, sein Leben in die Hand zu nehmen, hatte eine Arbeit gefunden, wenn auch keine gut bezahlte, hatte sich ein Zimmer gemietet und war an der Hartley Institution, die seit neuestem Hartley College hieß und beständig an Ansehen gewann, angenommen worden. Damit wollte er sich zufriedengeben. Dass er sich nach einem Menschen sehnte, dass zuweilen in der Nacht die Einsamkeit die Kehle zuschnürte, stand auf einem anderen Blatt.
Und dann hatte er sie gefunden. Amelia. Dass sie ihm förmlich vor die Füße gefallen war und dass ausgerechnet er sie hatte retten dürfen, empfand er als Zeichen des Himmels. Ihm war verziehen worden,

dass er seinen Vater und Hedwig im Stich gelassen hatte. Sein Leben fing neu an.
Unter allen Mädchen, die anzusprechen er nie den Mut besessen hätte, war sie die Schönste. Die Einzige. Wenn er sie nicht bei sich haben konnte, wollte er keine. Sie schlief in seinem Bett, und er schlief am anderen Ende des Zimmers auf dem Boden. Er schwor sich, er würde sie weder anrühren noch im Schlaf betrachten, ohne dass sie es ihm erlaubte, und er hielt sich daran. Dennoch war sie die seine. Er hatte ihr das Leben gerettet.
In den ersten Tagen hatte er alles versucht, um der Verbrecher, die ihr das angetan hatten, habhaft zu werden. Bald schon musste er jedoch einsehen, was er ohnehin hätte wissen können – seine Bemühung war sinnlos. Für ein Mädchen von der Straße, das Prügel bezogen hatte, interessierten sich weder Polizei noch Justiz.
Dafür, dass eben dies sich änderte, lebte und lernte er. Seit er lesen konnte, hatte Charles sich mit Kriminalität beschäftigt, namentlich mit der Gewalt, die ein Mensch dem anderen zufügte, weil er selbst sich in höchster Not befand. Mord, Raub, Vergewaltigung, Totschlag – um die Verhältnisse umzukehren, die diesen Verbrechen einen Nährboden gaben, wollte er Jura studieren. Vorerst aber wollte er etwas anderes – Amelia gesund pflegen, Amelia über ihr Leid trösten und Amelia lieben.
Sie mochte Charles' Lied vom Mond. Wenn er es sang, entspannten sich ihre Züge, und auf ihre Lippen trat etwas wie ein Lächeln, wie es bei Hedwig gewesen war. Charles, der sich als Junge innig gewünscht hatte, jemand möge das Lied für ihn singen, sang es jetzt für sie beide. Irgendwann wagte er dabei seine Hand über ihre zu legen, und als er es das nächste Mal sang, schob sie ihre in seine. Er hätte jubeln mögen – sie begann ihm zu vertrauen. Erst nannte sie ihm ihren Namen, dann ließ sie ihn wissen, dass er die Wirtin nicht mehr bezahlen musste, um bei ihr zu wachen. Darin war sie anders als Hedwig, obgleich sie in ihrer Schutzbedürftigkeit so sehr an sie erinnerte. Solange sie

wusste, dass er am Abend zurückkam, war sie es zufrieden, in seinem Zimmer allein zu bleiben.

Die Freude auf den Abend beflügelte ihn. Einer seiner Dozenten wollte seine Abhandlung zum Ripper-Fall in ein Dossier aufnehmen und zahlte ihm ein Honorar dafür. Nach dem Unterricht kaufte er Schokolade, Portwein und ein Paar wollene Bettsocken, weil Amelia selbst in den dicksten Decken fror. Es war das erste Geschenk, das er ihr machte.

Sie begannen miteinander zu sprechen. Nie hatte Charles Gespräche genossen, wie er sie mit Amelia genoss. Sie sprach wenig, doch sie vermochte in einer Weise zuzuhören und hin und wieder eine Frage zu stellen, die ihm bewusst machte, dass sie das, was er sagte, wahrhaftig interessierte. Er erzählte ihr von seinen Studien, von Büchern, die er las, und von Gedanken, die ihm dazu kamen, und sie lag still da und sah ihn mit ihren schönen Augen an. Einmal, nachdem er ihr anhand der Londoner Kriminalstatistik erklärt hatte, wie Armut Menschen zu häuslicher Gewalt trieb, hob sie den Kopf und sagte: »Du bist so klug, Charles. Eines Tages wirst du ein großer Gelehrter sein, und dann wirst du nicht mehr mit einem dummen Mädchen hier leben wollen.«

Seine Mutter hatte ihm gesagt, er sei klug, und seine Lehrer hatten dasselbe gesagt, aber Charles war nie in der Lage gewesen, es zu glauben. Wie konnte ein Junge klug sein, von dem der eigene Vater nichts hielt? Jetzt, da Amelia es sagte, wurde es wahr. Für sie war er klug. Er war ihr Held, dem sie Wunder zutraute. Er drückte ihre Hand und sagte: »Du bist kein dummes Mädchen, sondern das klügste von allen.« Obwohl er kaum Mädchen traf, war er dessen sicher. »Ich will immer mit dir leben«, versprach er. Er kannte sie erst ein paar Wochen, und doch war es ihm, als hätte er ohne sie zu kennen nicht gelebt.

Auf manche Fragen wollte sie ihm keine Antwort geben. Wenn er sie nach ihrer Familie fragte, wich sie ihm aus oder schwieg, und eines

Abends sagte sie: »Ich will nicht davon sprechen, Charles. Es ist, als ob ich keine Familie hätte.«

Charles stellte fest, dass es ihm nicht anders ging. Von seinem Vater und Hedwig, die er im Stich gelassen hatte, wollte er nicht sprechen. »Wird denn auch niemand nach dir suchen?«, fragte er, weil die Vorstellung, jemand könne auftauchen und sie zurückfordern, ihn mit eisiger Furcht erfüllte.

»Ich glaub nicht«, erwiderte Amelia. »Ich bin ihnen furchtbar zur Last gefallen, und jetzt sind sie froh, mich los zu sein.«

Er atmete auf. Genauso würde sein Vater es auch empfinden – nur brauchte der Vater ihn vielleicht für Hedwig und suchte ihn am Ende doch? »Hör zu, Amelia«, sagte er. »Warum schreiben wir nicht beide unseren Familien, dass es uns wohl ergeht und wir nicht mehr zurückkommen? Dann brauchen wir uns nicht darum zu sorgen und können alles, was vergangen ist, vergessen.«

Amelia sträubte sich. Der Gedanke schien ihr geradezu Angst einzujagen. Letzten Endes überzeugte er sie aber, dass sie mehr Angst haben mussten, wenn ihre Familien sich auf die Suche machten, also willigte sie schließlich ein. Sie nahmen sich jeder einen Briefbogen vor, doch das Schreiben schoben sie noch tagelang auf. An dem Abend, nachdem er die beiden Briefe endlich abgesandt hatte, war ihnen zumute, als hätten sie etwas zu feiern. Es war der kälteste Winter in der Geschichte Hampshires gewesen, und im April gab es noch einmal Frost. Charles ließ von der Wirtin zwei Becher Tee mit echtem Rum bereiten, mit denen lagerten sie auf dem Bett und führten ihre Gespräche. Manchmal lachten sie auch, über kleine Dinge, über die wohl kein anderer gelacht hätte. Als das Feuer heruntergebrannt war, holte Charles die Decke, unter der er nachts schlief, und breitete sie über Amelia, und als das nicht genügte, drückte er sie an sich, um sie zu wärmen. Seine Zähne klapperten, und seine Finger waren vor Kälte steif, und dennoch genoss er die Nacht wie keine zuvor.

»Charles«, sagte Amelia, nachdem auch ihre Kerze heruntergebrannt war, »dir ist kalt. Komm unter die Decken.«

»Willst du das wirklich?«

Sie hob die Zipfel der Decken hoch. Er warf Schuhe und Jacke weg und kroch zu ihr. Es war, als stiege er neben ihr in eine Höhle, von der sonst niemand wusste. Sie schmiegte ihren kleinen warmen Körper an ihn, und er legte die Arme um sie und war still vor Glück. Von da an schliefen sie jede Nacht in ihrer Höhle, ihre Körper so vertraut wie ihre Seelen, und als sie einander schließlich die Liebe beibrachten, geschah es so selbstverständlich, wie sie begonnen hatten miteinander zu sprechen.

Es war nichts Schlechtes daran und nichts, das ihnen Angst machte. Sie waren wie ein einziges Wesen, und nur, dass sie sich am Morgen trennen mussten, bereitete ihnen Qual.

Kapitel 45

Saisonbeginn

Dass sie krank war, wusste Hedwig seit langem. Nach jenem Ereignis im Herbst aber erwachte in ihr der Wunsch, gesund zu werden. Zu sein wie andere Mädchen, die auf Gesellschaften gingen und Herren vorgestellt wurden, die auf neue Gesellschaften gingen und die Herren wiedersahen. Dabei war sie überhaupt kein Mädchen mehr. Sie war eine Frau von siebenundzwanzig Jahren, einem Alter, in dem andere verheiratet waren, Kinder hatten und in dem ihre Mutter schon tot gewesen war. Dass das alles für sie erreichbar war, hatte die kranke Hedwig nie in Erwägung gezogen, sondern Geoffrey's Cordial geschluckt und so still wie möglich vor sich hin gelebt. Drei Tage nach ihrer kopflosen Flucht zum Bahnhof, nach Charles' Verschwinden und ihrer Nacht im fremden Haus sagte sie jedoch zu ihrem Onkel: »Ich will gesund werden, Onkel Victor. Ich will leben wie andere Mädchen.«

Sukie hatte ihm zuweilen vorgeworfen, er behandle Hedwig falsch. Indem er sie in einen Kokon einspinne und vor dem Leben abschirme, mache er ihre Krankheit nur noch schlimmer. Stattdessen müsse er sie ermuntern, das Haus zu verlassen und sich unter Menschen zu begeben, damit sie lerne, dass ihr keine Gefahr drohe. Wann immer Sukie davon angefangen hatte, war Onkel Victor wütend geworden, bis sie es schließlich aufgab. Sie könne sich über das, was Hedwig durchgemacht habe, kein Urteil anmaßen, hatte er geschrien, und wenn sie nur im mindesten fähig zu Mitleid wäre, würde sie keinen grausamen Unsinn schwatzen, sondern wie er alles daransetzen, seine Kleine zu schützen.

Hedwig hatte sich während dieser Wortgefechte hinter seinem Rücken verkrochen und ihn im Stillen angefleht, Sukie nur ja nie nachzugeben und nie von ihr zu verlangen, was sie vorschlug. Jetzt aber fragte sie sich, ob die Stiefmutter nicht recht gehabt hatte. Hätte sie gelernt, sich Schritt um Schritt hinauszuwagen, hätte sie womöglich ein normales Leben führen können, doch sie war Onkel Victors Kleine geblieben und hatte ihre Welt auf die vier Wände des Hauses beschränkt.

Ja, auf jener Hochzeit war sie gewesen, doch an die Menschen erinnerte sie sich nicht. Nur an Angst. Daran, dass Onkel Victor auf einmal zu ihr gesagt hatte, er müsse nachdenken und Charles solle auf sie achten, daran, dass sie sich an Charles' Arm geklammert und versucht hatte, sich hinter seinem Rücken zu verbergen. Hätte sie als Kind gelernt, das Grauen der Vergangenheit zu überwinden, hätte sie auf jener Hochzeit womöglich tanzen können. Womöglich wäre es gar keine fremde Hochzeit gewesen, sondern ihre eigene. Sie wollte gesund sein. Sie wollte nicht länger Onkel Victors Kleine bleiben. Sie wollte, auch wenn es um Jahre zu spät war, aus dem Haus gehen und Horatio Weaver wiedersehen.

Als sie es Onkel Victor sagte, sah er sie an, als würde er seinen Ohren nicht trauen. Dann kam er zu ihr und schloss sie in die Arme. »Ich habe Angst um dich«, sagte er und presste sie an sich, bis es weh tat. »Ich wünsche dir nichts so sehr wie ein glückliches Leben, aber ich könnte es nicht ertragen, wenn dir etwas geschieht. Ich habe deine Mutter verloren. Du bist alles, was ich habe.«

Sie musste ihm versprechen, nichts zu tun, das sie in Gefahr brachte. Im Gegenzug versprach er ihr, noch einmal auf sämtlichen Wegen nach einem Arzt zu suchen, der ihr Leiden heilen könnte. Nur ans Asylum wollte er sich um keinen Preis wenden, und darin stimmte sie ihm zu. Das erst vor zehn Jahren errichtete Asylum, die Irrenanstalt von Portsmouth, war ihrer beider Schreckgespenst. Wer dort eingeliefert wurde, kam nicht mehr heraus, sondern wurde mit Zwangsjacken, Nesselpeitschen, Drehstühlen und Dunkelzellen so lange misshandelt, bis sein Geist gebrochen war. Onkel Victor würde sich privat nach einem Arzt umtun, wie er es in der Vergangenheit schon so oft getan hatte.

Wieder kamen und gingen die Doktoren, verschrieben Mittel, verordneten heiße Bäder, Wanderungen und Diätkuren, ohne aber Hedwig zu helfen. Sie versuchte es aus eigener Kraft. Stellte sich todesmutig der Angst und verließ das Haus. Es war sinnlos. Nach den ersten Schritten musste sie umkehren, weil die Angst über ihr zusammenschlug und ihr bisschen Mut unter sich begrub. Sie versuchte es wieder. Zwang sich, an Horatio Weaver zu denken, nicht an das Grauen, das hinter der Tür lauerte, doch es half alles nicht. Verzweiflung ergriff von ihr Besitz, und sie verfiel in Apathie. Nichts würde sie je gesund machen. Bis an ihr Lebensende würde sie überallhin mit Onkel Victor gehen müssen, dazu Geoffrey's Cordial schlucken, um den Tag zu überstehen, und den Mann, von dem sie träumte, vergessen.

Onkel Victor war nicht weniger verzweifelt. »Ich würde alles tun, um dir zu helfen«, schwor er ihr. Morgen für Morgen packte er fürsorglich die Tasche mit allem, was sie tagsüber brauchen könnte, und nahm sie mit auf seinen Weg. Er trennte sich nie von ihr, auch wenn die Leute sich wunderten. Und dann kam ihr der Zufall zu Hilfe und bescherte ihr, was sie sich von ganzem Herzen wünschte.

Es war Saisonbeginn. Nach der Arbeit im neuen Hotel musste Onkel Victor zum Bahnhof, um eine Handvoll Gäste abzuholen. In ihrer zweispännigen offenen Kalesche, auf der in roter Schrift der Name »March – Hotelpensionen« gemalt war, warteten sie in der Abendsonne. Dröhnend donnerte ein Zug ein, und gleich darauf folgte der Strom der Reisenden, der aus der Halle auf die Straße schwappte. Hedwig wollte nicht hinsehen, sie wusste aus Erfahrung, dass der Anblick von Menschenmassen einen Anfall auslösen konnte, doch auf einmal kam ihr der Gedanke, Charles könne unter den Heimkehrern sein. Sie hatte Onkel Victor mehrmals gefragt, ob er Charles nicht

vermisse, ob er ihn nicht suchen lassen wolle, und er hatte jedes Mal zur Antwort gegeben: »Ich vermisse gar nichts. Ich habe ja dich.«
Aber sie vermisste Charles. Dass er durch ihre Schuld sein Zuhause verloren hatte, quälte sie. War vielleicht dies der Tag, an dem er zurückkam, um sich mit seinem Vater auszusöhnen? Sie erhob sich halb aus dem Sitz, blickte hinunter auf die Menge und entdeckte ein bekanntes Gesicht. Nicht das von Charles, sondern das von Horatio Weaver.
Sie sprang auf und begann ihm zu winken, ehe sie sich dessen bewusst war. Sie musste auch etwas gerufen haben, denn er blieb stehen und blickte sich in der Menge um. Er war größer als die meisten, weil er den Rücken nicht krümmte – er sah aus wie einer, dem das Leben nicht die kleinste Spur von Furcht einflößte. Sein Anzug war schwarz wie an dem Tag, an dem er sie gerettet hatte. Sie erinnerte sich an die seidenen Revers, an denen ihr Gesicht gelegen hatte. »Mr Weaver!«, rief sie so laut, dass Köpfe sich drehten. Er durfte nicht weitergehen, ohne sie zu bemerken. Um keinen Preis durfte er ihr entwischen.
Endlich sah er sie. Kniff die Augen gegen die Sonne zusammen, und dann zog ein Lächeln über sein Gesicht. Wie schon einmal bewunderte sie seine Fähigkeit, sich einen Weg durch die Menge zu bahnen, ohne die Ellbogen einzusetzen oder jemanden zu stoßen. Mit einem kleinen Jauchzen sprang Hedwig vom Wagen. Es machte ihr keine Angst mehr. Von den fremden, bedrohlichen Gesichtern nahm sie kein einziges wahr.
»Miss March, wie nett, Sie zu sehen. Ich habe mich oft gefragt, wie es Ihnen geht.«
Er stand so nah vor ihr, wie sie es sich in ihren Träumen ausgemalt hatte. So nah, dass sie seinen Duft wahrnahm und seine kräftigen Atemzüge hörte. Hedwig biss sich auf die Lippe. Sie musste rasch etwas sagen, ihm deutlich machen, dass sie keine Kranke, sondern schlicht eine junge Frau war, wie sie Männern gefiel. Sie musste sicherstellen, dass sie ihn nicht sofort wieder verlor, jetzt, da sie ihn

endlich gefunden hatte. Konnte sie ihn einladen, mit zu ihr nach Hause zu kommen? Onkel Victor hatte seine Gäste gefunden und lud ihr Gepäck auf den Wagen. Auf den Sitzen würde kein Platz mehr für ihn sein. Durfte sie ihn bitten, ihnen zu folgen, verstieß es gegen die Sitte, wenn sie ihn begleitete?

»Ich muss weiter«, sagte er mit einer Spur Verlegenheit. »Meine Frau erwartet mich. Sie hat heute Geburtstag. Es war schön, Sie zu treffen.«

»Gehen Sie nicht weg!«, rief Hedwig und lief auf ihn zu. Sie hatte keine Angst mehr. Überhaupt keine Angst. Als er zurückwich, warf sie ihm die Arme um den Hals und verschränkte die Hände in seinem Nacken. »Bleiben Sie bei mir. Ich habe mich so nach Ihnen gesehnt.«

Zu Beginn der Saison arbeitete Andrew oft bis spät in der Nacht. Esther hatte auf diese Zeit mit Ungeduld gewartet. Über das, was ihr das Herz schwer machte, wollte sie nicht sprechen, wenn Andrew jeden Augenblick hereinplatzen konnte.

»Ich will nach Chastity suchen lassen.«

Lydia, die gedankenverloren in den Garten starrte, schrak zusammen.

»Chastity?«, murmelte sie. »Aber sie hat euch doch den Brief geschrieben.«

»Ich pfeife auf den Brief«, sagte Esther. »Was steht denn schon darin? Es gehe ihr gut, und wir sollten nicht nach ihr suchen. Kein Wort darüber, wo sie ist, warum sie so plötzlich verschwunden ist und warum wir sie nicht einmal besuchen dürfen. Sie ist meine Schwester, Lydia. Ich kann diese Sache doch nicht einfach so auf sich beruhen lassen.«

Fahrig griff Lydia nach einem Etui, dem sie eine Zigarette entnahm. Rauchen galt bei Frauen als Laster, dem höchstens Prostituierte frönten. Kürzlich war gar eine Frau für dreißig Tage ins Gefängnis geschickt worden, weil sie vor ihrer Tochter geraucht und damit deren

Moral gefährdet hatte. Gerade deshalb war das Rauchen in Lydias Kreisen zur Mode geworden. Flammen der Freiheit nannten sie die glimmenden Stäbe, an denen Lydia saugte, als würden sie Hunger stillen. Sie war dürr, stellte Esther fest. Nichtsdestotrotz blieb Lydia die schönste Frau, die sie kannte, weil ihr die Leidenschaft, die ihr Leben bestimmte, ins Gesicht geschrieben stand.

Sie saßen in ihrem Wintergarten, der beinahe so schön war wie der von Mount Othrys, in ihrem Haus aber der Familie vorbehalten war. Der Familie! Was für ein lächerlicher Ausdruck für nur mehr zwei Menschen! Esthers Schwiegervater war im ersten Jahr ihrer Ehe an seiner kranken Leber gestorben, und seither war das große Haus noch stiller geworden.

Still war auch die rauchende Lydia. »Sagst du nichts?«, fragte Esther. »Ich hatte gehofft, du könntest mir raten.«

»Raten?« Wieder schien Lydia tief aus Gedanken zu schrecken. »Bitte sei mir nicht böse, Esther. Ich muss gehen. Horatio besteht darauf, mit mir in irgendeiner albernen Klitsche zu feiern, auch wenn er weiß, dass ich auf meinen Geburtstag keinen Wert lege.«

»Für ihn ist der Tag, an dem du in die Welt gekommen bist, eben ein Feiertag.«

Einen Herzschlag lang wurden Lydias Züge weich. »Horatio mag den König der Technokraten mimen, aber er ist hoffnungslos sentimental.«

»Er liebt dich.«

Lydia zog an ihrer Zigarette. »Ich mag darüber nicht reden, Esther.«

»Und warum nicht?«, fragte Esther, obwohl sie den Grund nur allzu gut kannte. Weil du in deiner verrückten, turbulenten Ehe glücklich bist, und weil du weißt, dass es in meiner Ehe solches Glück nicht gibt. Weil du dich schämst und glaubst, was du hast, hätte jede Frau mehr verdient als du. Aber so zu denken ist Unsinn, und du könntest dein Glück zerstören, wenn du es dir und deinem Mann nicht endlich gönnst.

Lydia zuckte mit den Schultern. »Lassen wir das. Du wolltest mit mir über Chastity reden.«
»Und du wolltest gehen, weil dein Mann auf dich wartet.«
»Ich bin sowieso schon zu spät, auf die paar Augenblicke kommt es nicht an. Also erzähl, was willst du unternehmen, um Chastity zu finden?«
»Das weiß ich eben nicht«, erwiderte Esther. »Ich habe versucht, mich mit Mildred zu beraten, sie zu fragen, ob sie eine Ahnung hat, warum Chastity auf einmal fort wollte. Aber mit Mildred ist darüber kein Reden, sie lässt mich abprallen wie eine Wand. Man könnte meinen, sie sei froh, ihr Kind los zu sein.«
»Chastity ist kein Kind mehr«, fiel Lydia ihr scharf ins Wort. »Außerdem – bist du der Meinung, eine Frau hat kein Recht darauf, sich zu wünschen, dass sie ein Kind wieder loswird?«
Esther kannte den Ton und auch die jähe Härte in Lydias Blick. Beide hatten nichts mit ihr, mit Mildred und Chastity zu tun, sondern mit dem Kampf, den Lydia führte, mit einem der zahllosen Fälle, die sie keinen Moment lang vergessen konnte. Wäre Lydia nicht ihre liebste Freundin gewesen, hätte Esther vermutlich geschwiegen. So aber sprach sie. »Weißt du, dass ich manchmal Angst um dich habe? Du bist nicht mehr in der Lage, deine Arbeit loszulassen. Mein Vater ist so. Und wie die Ehe, die er führt, aussieht, weißt du.«
»Worauf läuft das hinaus?«, fuhr Lydia sie an. »Sprechen wir hier über meine Ehe oder was?«
»Nein«, sagte Esther. »Aber wir sprechen auch nicht über eine Frau, die wegen Abtreibung vor Gericht steht, sondern über Mildred, die es nicht schert, dass ihre Tochter seit einem halben Jahr verschwunden ist.«
Lydias Blick wurde bohrend. Ihre Fingerspitzen klopften auf die Tischplatte. »Gib mir noch einen Drink«, sagte sie und griff schon nach der Karaffe, in der Esther aus Gin und Gurken ihr Lieblingsge-

tränk hatte mixen lassen, wenn es auch nie so stark und wohltuend geriet wie bei Horatio. »Dir ist das zuwider, nicht wahr?«
»Was ist mir zuwider?«
»Über meine Frauen zu sprechen, die wegen Abtreibung vor Gericht stehen. Über all die widernatürlichen Frauen, die von ihrem Leben noch anderes wollen, als sich mit allem Sehnen und Flehen ein Kind zu wünschen.«
Esther musste schlucken, so hart war es, die Worte zu verdauen. Niemand wusste besser als Lydia, dass sie selbst zu den Frauen gehörte, die sich mit allem Sehnen und Flehen ein Kind wünschten. Was hätte sie sich sonst wünschen sollen als ein Geschöpf, das ihrem leeren Dasein Sinn gab? »Falls du mich verletzen wolltest, ist es dir gelungen«, bemerkte sie.
Lydia warf die Zigarette, die sie sich hatte anzünden wollen, weg, sprang zu ihr und nahm ihr Gesicht in die Hände. »Um Himmels willen, Liebes, bitte sei mir nicht böse! Ich wünsche dir so sehr, dass du endlich dein Kind bekommst, und ich weiß, ich bin ein unausstehliches Ekel, aber das ist nur, weil ich unentwegt an Kate denken muss. Sie hat sich umgebracht, Esther! Sie haben das Gnadengesuch unseres Anwalts abgelehnt, und gestern Nacht hat sie sich in der Zelle erhängt.« Lydias Stimme brach, sie ließ Esther los, und ihre Augen füllten sich mit Tränen.
Esther nahm ihre Hand. Was sie sagen sollte, wusste sie nicht, auch wenn die Stille quälte. Gleich darauf wurde sie durchbrochen. Irgendwer betätigte ungehörig heftig die Hausglocke. Dass ihr Hausdiener den Kopf zur Tür hereinsteckte und »Ihr Cousin« verkündete, war überflüssig, denn im selben Moment stürmte Horatio an ihm vorbei. Er war wie der Wind vom Solent, fand Esther, er machte, dass man in stickiger Luft wieder atmen konnte. Als er sah, was vorging, blieb er in vollem Lauf stehen. »Ach, mein Herz«, sagte er leise und traurig. »Also ist es abgelehnt?«
Er ging zu Lydia und zog sie in die Arme. Für kurze Zeit weinte sie,

dann bäumte ihr Körper sich auf, und ihre Fäuste trommelten gegen seine Brust. »Sie ist tot, Horatio!«, schrie sie. »Kate ist tot!«
Horatio stand still, bis sie sich verausgabt hatte. Dann schloss er die Arme fester um sie und küsste sie auf den Kopf. »Es tut mir so leid«, sagte er. »Es tut mir um die arme Frau so furchtbar leid.«
»Der Anwalt ist ein Idiot!«, fauchte Lydia.
»Er ist mir als der beste empfohlen worden, der sich für den Fall gewinnen ließ.«
»Ha!«, rief Lydia. »Dann möchte ich im Leben keinen schlechten sehen. Ein Mann, der zu Hause ein unterdrücktes Weib und drei Blagen sitzen hat, was ist von dem zu erwarten? Im Grunde seines Herzens war der doch froh, dass man Kate verurteilt hat, denn schließlich könnten brave Frauen wie seine ja auf dumme Gedanken kommen. Was würde wohl werden, wenn man Frauen als Anwälte zuließe? Glaubt ihr, eine wie ich ließe sich von einem Gericht aus lauter Männern ausbooten?« Horatio hob die Hand, um ihr Tränen vom Gesicht zu streichen, doch sie stieß ihn weg. »Mich müsste man aus dem Gerichtssaal fortschleppen, und dabei würde ich brüllen, dass es euch verdammten Kerlen in den Ohren gellt!«
Es waren Lydias Worte, die gellten, deren Echo das Schweigen füllte.
»He«, sagte Horatio leise und hob sacht ihr Kinn. »Ich bin dein Freund – schon vergessen? Ich mag nicht, dass du mich auf die andere Seite stellst.«
Hart schlug sie seine Hand weg. Dann besann sie sich. »Wir waren verabredet«, murmelte sie schuldbewusst.
»Macht nichts«, versicherte Horatio. »Solange Esther für ihren alten Cousin noch irgendwo ein Glas auftreiben kann.«
Erleichtert stand Esther auf, um dem Mädchen Bescheid zu geben. Sie brauchten alle einen Drink. Sie würde um Champagner bitten und um Cracker, Käse und geviertelte Trockenbirnen, damit der Alkohol keine Wellen schlug. Als sie zurück in den Wintergarten kam, fand sie Horatio und Lydia in einer Weise beieinander, wie sie es von keinem

Paar kannte. Sie küssten sich nicht und taten auch sonst nichts, das einen Dritten in Verlegenheit brachte, und doch teilten sie einen Raum, zu dem niemand sonst Zugang fand. Lydias Hand lag auf Horatios Hüfte, und Horatios Lippen ruhten auf Lydias Haar. Sie schwiegen.

Sie zu stören tat Esther weh, weshalb sie den Teewagen so leise wie möglich an ihnen vorbeilenkte. Horatio bemerkte sie dennoch und lächelte ihr über Lydias Kopf hinweg zu. Er sah abgekämpft aus. Lydia musste auf der Hut sein. Dass er ihr erlaubte, nach ihm zu treten, ehe die Woge des Zorns ihr die Brust sprengte, mochte angehen, aber allzu oft traf sie dabei sein Herz.

»Dürfen wir trotzdem auf dich anstoßen?«, fragte er in Lydias Haar. »Auf die beste Anwältin, die Frauen in Not sich wünschen könnten.«

»Dass ich nicht lache!« Sie ließ ihn los. »Was bin ich denn wirklich? Ein verwöhntes Luxusweibchen, das den Mund aufreißt und nichts erreicht.«

»Das ist doch nicht wahr, Lydia. Musst du so hart zu dir sein?«

»Hör auf zu schwatzen und schenk mir Champagner ein«, sagte Lydia mit funkelndem Blick. »Also los, trinken wir auf Lydia Alexandrina Burleigh, deren selbstloser Einsatz für die Rechte der Frau gestern Nacht ein weiteres Todesopfer zu beklagen hatte.«

Horatio nahm Esther die Flasche ab und schenkte Champagner in drei hohe Kelche. »Auf Lydia, die auch nur ein Mensch ist«, sagte er voll zärtlichem Bedauern. »Wenngleich der wundervollste auf diesem wie auf sämtlichen anderen Planeten.«

»Und wer entscheidet das? Du?«

Horatio nickte. »Ja, ich. Dass Männer arrogant sind und sich für allwissend halten, ist dir doch nichts Neues.«

Einen Augenblick lang konnte Lydia nicht anders, als zu lächeln. Sie nahm ihm das Glas ab und gab ihm einen Nasenstüber. In ihren Augen glitzerten noch immer Tränen.

»Auf dein neues Lebensjahr, Lydia«, sagte Esther. »Auf dass ihm noch viele folgen und dass uns nichts trennt.«
Die drei Gläser klirrten aneinander. »Tut mir leid wegen Chastity«, murmelte Lydia. »Ich fürchte, mit mir war heute einfach kein Reden.«
Horatio horchte auf. »Was ist mit Chastity? Hat sie sich gemeldet?«
Esther seufzte. »Nein, eben nicht. Chastity, die wie eine Klette an uns klebte, schickt uns in fünf Monaten nicht mehr als diesen dürren Brief – und dabei soll ich glauben, dass bei ihr alles zum Besten steht? Verzeih, dass ich jetzt dich damit belästige, aber wie es aussieht, bist du der Einzige, der sich dafür interessiert.«
»Deine Familie wird sich wohl interessieren«, wandte Horatio ein, aber Esther schüttelte den Kopf.
»Phoebe hat so viele eigene Probleme, dass man ihr nicht noch andere aufbürden darf, und Georgia sagt, die Tür von Mount Othrys stehe Chastity jederzeit offen, aber Reisende halte man besser nicht auf. Und bei Mildred habe ich den Eindruck, als wäre Chastity für sie gestorben, und als wäre sie darüber auch noch froh.«
»Habe ich dir eigentlich schon einmal gesagt, dass ich Mildred nie ausstehen konnte?«, fragte Lydia.
»Mehr als einmal.« Esther stöhnte. »Aber das nützt mir nichts.«
Sie spürte Horatios Blick auf sich, den ruhigen, klugen Blick eines Wissenschaftlers, der gewohnt ist, vor dem Sprechen zu denken. »Esther«, sagte er, »Phoebe, Georgia und Mildred sind nicht deine ganze Familie.«
»Nein, gewiss nicht, und ich weiß nicht, was ich ohne dich täte, aber …«
»Das meine ich nicht«, unterbrach er sie. »Hast du schon einmal versucht, mit deinem Vater über Chastity zu sprechen?«
»Nein«, gestand Esther ein. Sie hatte seit ihrer Hochzeit überhaupt nicht mehr versucht mit ihm zu sprechen, weil sie endgültig aufgehört hatte zu hoffen, er würde eines Tages aufstehen und sich schützend zwischen sie und Mildred stellen. Er hatte sein Ziel erreicht. In Milton

war ein Spital für Infektionskrankheiten eröffnet worden. Dass aus seinen Kindern erwachsene Frauen geworden waren, die ein Leben zu meistern hatten, war ihm vermutlich entgangen. »Um ehrlich zu sein, frage ich mich, ob mein Vater weiß, dass er eine Tochter namens Chastity hat.«

»Das dürfte er mit den meisten Vätern dieses Landes gemein haben«, warf Lydia ein. »Und wird es ihnen nicht leichtgemacht, sich um die Bälger, die sie zeugen, nicht zu scheren? Ihre Lust leben sie gerne aus, aber mit dem dicken Bauch und dem ewig plärrenden Bündel dürfen Frauen allein fertig werden.«

»Ich mag deine Darstellung von Kindern nicht«, sagte Esther und wünschte im nächsten Augenblick, sie hätte geschwiegen.

»Ich auch nicht«, stimmte Horatio ihr zu. »Sie kommt mir vor, als beschriebe jemand das Sonnenlicht als schweißtreibend.«

Lydia schoss herum. »Sag mir nicht, dass du ein Kind willst, Horatio! Sag mir um alles in der Welt nicht das.«

»Ich habe nichts dergleichen gesagt«, erwiderte er ruhig.

»Aber gedacht hast du es! Glaubst du, ich weiß das nicht längst? Du hast das ganze Aufpassen und Berechnen satt und willst einfach deinen Spaß wie alle Männer. Und die Schulterklopfer der Kumpane, wenn der Stammhalter da ist, hättest du gern obendrein.«

Sag nein, beschwor Esther ihn stumm, sag nein, du willst nichts davon, und mach dem Thema ein Ende. Lydia muss sich heute an jemandem schadlos halten, und die Schläge, die sie austeilt, sind keine harmlosen Maulschellen.

Aber Horatio war niemals feige gewesen, unter der Grausamkeit seines Vaters so wenig wie jetzt. »Wenn ich den Gedanken an ein Kind schön finde, dann, weil ich die Frau, die es bekäme, über alle Maßen bewundere«, sagte er. »Und weil es mir gefiele, wenn etwas von ihr in der Welt bliebe, nachdem wir gegangen sind. Aber das ist Theorie. Dass in unserem Leben kein Platz für ein Kind ist, habe ich immer akzeptiert.«

Flüchtig hielt Lydia inne. Vielleicht hatte etwas in ihr noch ein Ohr für die Zärtlichkeit, mit der ihr Mann ihr seine Liebe erklärte. Vielleicht erinnerte sich noch etwas in ihr daran, dass hinter Horatios beherrschter Fassade ein verletzlicher, selbstzweiflerischer Mann steckte, dem unendlich viel daran lag, keinen Fehler zu begehen. Der Rest von ihr aber war dafür taub und blind und konnte nur mehr das Leid sehen, das Männer Frauen zufügten und das nach Rache schrie. »Vielleicht ist der Plan gar nicht übel«, meinte sie.
Ein Wahnwitz von Hoffnung glitt über sein Gesicht, doch sofort holte ihr beißender Ton ihn in die Wirklichkeit zurück. »Du willst keine Kinder«, sagte er. »Lass uns das jetzt vergessen, Lydia.«
»O nein!«, rief sie wie gefangen in Raserei. »Vielleicht wäre es ja das Zeichen zur Umkehr, das wir brauchen. Behaupten nicht diese Richter, Abtreibung sei ein Problem der niedrigsten Klassen mit ihrer niedrigsten Moral? Deshalb kratzt es doch keinen, wenn eine mehr davon ins Gras beißt. Aber wenn eine respektable Frau sich dabei erwischen ließe, die Gattin des bewunderten Physikers Horatio Weaver, die der kostbaren Frucht edler Lenden den Garaus macht – womöglich würden sie dann begreifen, dass keine Frau der Welt eine Maschine zum Gebären ist!«
Horatios Körper hielt stockstill, der Rücken gerade, die Schultern gespannt. Nur ein Muskel in seiner Wange zuckte. Esther wünschte, sie hätte ihn berühren und es ihm erklären dürfen. Sie meint nicht dich. Sie schlägt um sich, weil sie vor Schmerz nicht anders kann. Sie wünschte, Lydia hätte es ihm erklärt, doch sie standen alle still da und schwiegen, bis Horatio seinen Hut vom Tisch nahm. »Ich gehe jetzt besser«, sagte er. »Gute Nacht, Esther. Chastitys wegen rate ich dir, mit deinem Vater zu sprechen. Ich werde das Gefühl nicht los, dass mein Vater mit ihrem Verschwinden zu tun hat, und wenn dem so ist, könnte dein Vater etwas davon wissen.« Er setzte den Hut nicht auf und nickte seiner Frau nur zu. »Gute Nacht, Lydia.« Dann ging er.
Die beiden Frauen schwiegen lange weiter. Dann trank Lydia ihr Glas

leer und griff nach ihren Zigaretten. »Nun sag's mir schon«, forderte sie Esther auf. »Du findest, ich bin eine widerliche Xanthippe, die ihren reizenden Mann schlecht behandelt, nicht wahr?«

»Nein«, sagte Esther. »Ich finde, ihr seid einer so reizend wie der andere und zusammen so reizend, als hättet ihr die Liebe erfunden.«

Lydia steckte die Zigarette an, musste weinen, musste lachen und verschluckte sich am Rauch. »Horatio hat einmal gesagt: Wenn wir beide eine schlechte Idee sind, dann hat das Leben nie eine gute gehabt.«

»Horatio ist ziemlich klug, weißt du das?«

»Ja.«

»O Lydia, musst du ihn denn unbedingt für das bestrafen, was andere Männer seit Jahrhunderten anderen Frauen tun?«

»Das verstehst du nicht.«

»Aber ich verstehe, dass ihr beide leidet und dass keiner von euch es verdient. Was soll Horatio denn machen – was willst du von ihm?«

»Dass er mich erträgt«, antwortete Lydia. »Hör auf, ihn vor mir zu beschützen, Esther. Wenn er das nötig hat, ist unsere Ehe nichts wert.«

»Aber kein Mensch ist aus Stahl«, konterte Esther. »Du hast ihm einen abscheulichen Hieb versetzt, Lydia, du hast gesagt, er soll dir ein Kind machen, damit du es zu politischen Zwecken abtreiben kannst. Muss er das wegstecken, ohne mit der Wimper zu zucken?«

»Was willst du? Soll ich mich entschuldigen?«

»Nein, nur ihm nachgehen und ihm sagen, dass er nicht alles falsch macht. Herrgott, Lydia, du liebst ihn doch!«

»Ja, ich liebe ihn. Er ist ein fabelhafter Kerl und das Beste, was mir im Leben passiert ist. Vielleicht ertrüge ich mich ohne ihn selbst nicht mehr.«

»Sagst du ihm das manchmal?«

»Nein. Davor habe ich Angst, und dir muss ich wie die undankbarste Frau der Welt vorkommen. Es tut mir leid, Liebes. Ich gehe nach Hause und heule mich aus.«

»Heul dich bei deinem Mann aus«, sagte Esther, begleitete sie durch das große Haus, in dem nur die Dienstboten schweigend umherstrichen, und sah ihr nach, bis sie verschwunden war. Ganz unrecht hatte Lydia nicht. In einem Winkel ihres Herzens fand sie die Freundin ein wenig undankbar, vor allem, wenn sie Stunde um Stunde sinnlos verstreichen sah und die Wände atmen hörte. Bis ins Letzte verstand sie tatsächlich nicht, warum Lydia ein Kind von dem Mann, den sie liebte, hätte loswerden wollen, während sie sich verzweifelt eines wünschte, obwohl ihr Mann ihr gleichgültig war. Aber vermutlich war sie schlicht zu dünnhäutig, wann immer ein Gespräch auf dieses Thema kam.

Der Wunsch nach einem Kind war bei ihr zur Besessenheit geworden, seit sie begriffen hatte, dass von ihrem Traum nichts übrig war. Sie würde nie Ärztin sein. Sie würde nie darum ringen, Leben zu retten. Alles, was ihr blieb, um die endlosen Tage zu füllen, war die Hoffnung auf ein kleines Geschöpf, das einen neuen Anfang bedeutete. Eine neue Chance. Ich habe aus meinem Leben nichts machen können. Aber ich könnte meiner Tochter oder meinem Sohn dabei helfen, es zu tun.

Andrew war ein rücksichtsvoller Mann, darum bemüht, ihr keinen Schmerz zu bereiten. Als er erkannte, dass sie nicht aufhören konnte, bei der Erfüllung der ehelichen Pflicht zu weinen, sagte er in seiner drucksenden, altmodischen Weise zu ihr: »Es tut mir leid, dass ich dir dabei kein Glück bereiten kann. Ich würde dir deinen Frieden lassen, aber ich wünsche mir so sehr ein Kind.«

Womöglich war Esther, die jedes medizinische Fachbuch gelesen und bei Geburten assistiert hatte, erst in dieser Nacht klargeworden, dass darin das Ziel des Aktes, der sie so quälte, bestand – ein Kind, das in ihrem Körper heranwuchs. Ein lebendiges Wesen, das ihr eine Aufgabe schenkte. Seither wollten sie es beide, und mit dem Gedanken daran ließ sich der Akt ertragen. Aber inzwischen waren vier Jahre verstrichen, Phoebe hatte drei Kinder zur Welt gebracht, und Esther war nicht einmal schwanger geworden. Während Andrew ihr traurige

Blicke aus seinen Spanielaugen sandte und beteuerte, er werfe ihr nichts vor, suchte Esther ohne sein Wissen Ackroyd auf und bat ihn, sie zu untersuchen. Er tat ihr den Willen, fand nichts, das einer Schwangerschaft im Weg stünde, und bekundete, die meisten Fälle ihrer Art blieben der Medizin unerklärlich. Man könne nichts anderes tun, als sich abzufinden.

»Ich weiß«, sagte Esther. »Die Idee war töricht. Ich hatte nur gedacht, ich hätte vielleicht etwas von meiner Mutter geerbt – ihre Blutarmut oder anderes.«

»Ihre Mutter hat zwei völlig gesunde Kinder geboren«, widersprach Ackroyd. »Und was ich schon immer einmal fragen wollte: Wie kommen Sie eigentlich alle darauf, sie sei blutarm gewesen?«

»Ich weiß nicht«, bekannte Esther verwundert, »jeder sagt es doch.«

»Ja, jeder sagt es«, stimmte Ackroyd zu, »aber verstanden habe ich es nie. Soweit ich weiß, war sie nicht blutarm, sondern höchstens ein wenig zart, wie Sie es auch sind. Aber zäh war sie nicht minder. Immerhin hat sie einen Anfall von Fleckfieber unbeschadet überlebt. Wissen Sie, was ich manchmal denke? Man kann einen Menschen auch krank pflegen, und man muss es dabei nicht einmal schlecht mit ihm meinen.«

Esther hatte beschlossen, über die verstörenden Worte nicht nachzugrübeln, sondern sich mit dem zu befassen, was sie betraf. Warum sie kein Kind bekam, wusste kein Mensch, folglich konnte auch kein Mensch ihr helfen. Sie musste sich weiter quälen, bis der letzte Rest von Hoffnung schwand.

Sich jetzt auf Chastity zu konzentrieren, mochte ihr guttun. Wie es aussah, war sie das einzige Mitglied der Familie, das dafür Zeit und Interesse aufbrachte und über entsprechende Mittel verfügte. Geld war in ihrem Haus kein Problem. Das Victoriana war eine Goldgrube, und Andrew hatte ihr ein privates Konto eingerichtet. Am Abend ihrer Verlobungsfeier hatte sie zu ihm gesagt: »Ich werde Geld brauchen, um meine Familie zu unterstützen.«

Er hatte genickt. »Du hast deshalb eingewilligt, mich zu heiraten, nicht wahr?«

»Ja«, hatte Esther erwidert, denn zu lügen erschien ihr noch grausamer. »Ich verstehe, wenn du die Verlobung lösen willst.«

»Ich will sie nicht lösen«, hatte Andrew gesagt. »Dass du mich lieben könntest, habe ich mir nie eingebildet. Ich werde dir ein eigenes Konto einrichten, mit dem du schalten und walten kannst, wie du willst.«

Für die Suche nach Chastity würde das Geld ihr zupasskommen. Sie beschloss zu tun, was Horatio ihr geraten hatte, sandte ein Billett ins Spital und bat ihren Vater um ein Treffen. Auf eine Antwort musste sie tagelang warten, dann aber willigte der Vater ein, und neue Billetts wurden versandt, um einen Tag zu vereinbaren. Wir verkehren miteinander, als wäre ich wahrhaftig nach Kanada ausgewandert, dachte Esther. Was sie sich von dem Treffen versprach, wusste sie selbst nicht, doch sie wollte nichts unversucht lassen.

Kapitel 46

Hochsommer

Tagsüber saß Hedwig am Empfang der Pension, in der Onkel Victor zu arbeiten hatte. Es ging ihr mit jedem Tag besser. Solange das Mädchen, das hinter dem Tresen den Gästen ihre Schlüssel und die Marken für das Restaurant aushändigte, sie vor Grüßen und Fragen abschirmte, vermochte sie die Angst im Zaum zu halten. Irgendwann würde es ihr selbstverständlich sein, hier zu sitzen, und dann würde sie aufstehen, hinter dem Tresen hervortauchen und hinaus in die sommerliche Welt laufen.

In ihre Welt! In der Horatio auf sie wartete. Wenn die Angst aufzuwallen drohte, sprach sie sich seinen Namen vor oder zählte die Tage bis zu seinem nächsten Besuch. Nie ließ sie ihn gehen, ehe er ihr einen weiteren Besuch versprochen hatte. »Ich kann nicht gesund werden, wenn Sie nicht wiederkommen«, sagte sie. »Sie helfen mir mehr als alle Ärzte. Mein Lebensretter sind Sie.«

Dass Horatio sich sträubte, dass er nicht aufhörte ihr zu beteuern, es sei besser, wenn sie ihn nicht wiedersehe, sprach für ihn. Er war verheiratet, und er war ein Mann von Anstand, einerlei, was Onkel Victor behauptete. »Ich mag den Mann nicht«, hatte der Onkel sie bestürmt, »er hat den übelsten Ruf, den man sich vorstellen kann.«

»Aber er verdient ihn nicht. Ist er vielleicht nicht vollendet höflich, sooft er zu uns kommt, behandelt er mich nicht mit höchstem Respekt? Und siehst du etwa nicht, wie gut er mir tut, wie er mir hilft, mich aus dem Käfig der Krankheit zu befreien?«

»Doch«, gab Onkel Victor zu, »das sehe ich. Der junge Mr Weaver, der dich besuchen kommt, ist voller Charme und Liebenswürdigkeit, aber ich habe ihn schon als Knaben gekannt. Er war schwererziehbar.

Sein Vater stand kurz davor, ihn außer Haus zu geben, weil er sich nicht bändigen ließ.«
»Soll ich einem erwachsenen Mann ankreiden, dass er als Junge ein kleiner Rotzlümmel war?«
»Nein«, erwiderte Onkel Victor, »aber er hat eine nachtschwarze Seite. Ich habe Angst um dich, wenn er bei dir ist.«
Es war das erste Mal, dass Hedwig auf Onkel Victor zornig wurde. Wie konnte er so über Horatio sprechen? Nachtschwarz an ihm waren nur sein Haar und seine Brauen, was Hedwig so sehr gefiel, dass es ihr im Magen kribbelte. Sie wollte ihn unentwegt ansehen. Auch seine Augen waren beinahe schwarz – es war ein leuchtendes Schwarz, wie Hedwig es nie zuvor gesehen hatte. Wenn die Angst nach ihr greifen wollte, stellte sie sich sein Gesicht mit den leuchtenden Augen vor, und die Angst zog sich zurück. Irgendwann würde sie für immer fortbleiben.
Onkel Victor versuchte ihr die Treffen mit Horatio auszureden, doch zu ihrem Glück verbot er sie nicht. Er hatte ihr nie etwas verboten. »Wenn du es dir so sehr wünschst, Kleines, dann muss es eben sein«, war alles, was er dazu sagte, und letzten Endes bedrängte er Horatio selbst, bald wiederzukommen, weil seine Nichte in seiner Gegenwart aufblühte. Zudem konnte Onkel Victor Arbeit erledigen, wenn Horatio da war, denn Hedwig blieb liebend gern mit ihm allein.
Sie sprach mit ihm von Dingen, von denen sie geglaubt hatte, sie könne sie nie über die Lippen bekommen. Von ihrem Leben im Arbeitshaus, das kein Leben gewesen war, sondern ein Alptraum ohne Erwachen. Sie hatte nie den Mund dazu aufbekommen, weil Menschen Schlüsse über sie ziehen, Fragen stellen und unerträgliche Bemerkungen abgeben würden. Horatio aber zog keine Schlüsse, stellte keine Fragen und gab keine Bemerkungen ab, sondern hörte zu und verstand. Auf wundersame Weise schien er zu wissen, was sie meinte. Einmal, als sie zu stammeln und nach Luft zu schnappen begann, sagte er: »Sprechen Sie es nicht aus. Es ist, als stünde man nur aufrecht,

solange es ungesagt bleibt, nicht wahr? Sobald es gesprochen wird, stürzt man um und erniedrigt sich noch einmal neu.«

Eines Abends hatte er seine Frau mitgebracht. Er meinte es gut, wollte dafür sorgen, dass sie mehr Gesellschaft bekam, aber ihr tat es nicht gut. Die schmale Frau mit dem dichten braunen Haar war ihre Feindin. Hedwig erlitt in ihrer Gegenwart einen Anfall und ließ sich nur mühsam beruhigen. Die Frau kam nicht wieder, und Horatio kam erst, nachdem Onkel Victor ihm auf Hedwigs Betreiben ein Billett sandte und ihn dringend darum bat.

Hedwig hätte gern Pläne geschmiedet, während sie hinter dem Empfangstisch auf Onkel Victor wartete. Pläne für die Zeit nach ihrer Genesung, wenn sie nicht mehr tatenlos Horatios Besuchen entgegenfiebern musste, sondern zu ihm gehen konnte, wann immer die Sehnsucht sie übermannte. Stets aber endete die Hochstimmung, mit der das Pläneschmieden begann, in einem Abgrund dumpfer Verzweiflung. Es war ja alles nicht möglich, die ganze Anstrengung, gesund zu werden, nützte nichts. Horatio war verheiratet. Er hatte sie mehrmals gebeten, ihm nicht mehr die Arme um den Hals zu werfen und ihre Wange nicht mehr an seine zu legen. Einmal befreite er sich mit aller Bestimmtheit und sagte: »Ich mag Sie gern, Hedwig, aber ich liebe meine Frau.«

Hedwig saß hinter dem Empfangstisch von Onkel Victors Pension in Southsea und wünschte der fremden Frau den Tod. Eine Horde von Thomas-Cook-Touristen strömte durch die Tür. Wer an solcher Billigreise im Zug oder im Pferdebus teilnehmen und ein paar Tage lang Meeresfrische genießen wollte, musste sich verpflichten, keinen Alkohol zu trinken, weshalb die Leute in Portsmouth nicht gern gesehen waren. Sie trugen zu wenig Geld in die Stadt. Dafür, dass jährlich immer mehr kamen, beschuldigten die Einwohner Onkel Victor, der es mit seinen Pensionen möglich machte. Auch hieß es, Onkel Victors Pensionen, die mit den schneeweißen Grandhotels, ihren Portalen, Wintergärten und Dachterrassen keine Ähnlichkeit hatten, verschan-

delten das Stadtbild. Onkel Victor gab nichts auf die Meinung der Leute. »Sie haben mich nie gemocht, und sie werden mich nie mögen«, sagte er. »Nur für dich hätte ich es gern anders gehabt.«
Hedwig aber legte nur Wert auf das, was Horatio dachte, und dem waren die Grandhotels einerlei. »Die Welt verändert sich«, sagte er. »Je leichter das Reisen wird, desto mehr Menschen nehmen sich das Recht dazu.«
Sie senkte den Blick, damit das Gewirr der fremden Gesichter keinen Angstanfall auslöste. Das Mädchen beeilte sich mit der Abfertigung, doch dann erhob sich eine Stimme aus dem Gewirr der übrigen. »Ist das nicht Miss March? Hätten Sie etwas dagegen, wenn ich Sie kurz begrüße?«
Das Mädchen hatte Anweisung, Hedwig vor derlei Versuchen abzuschirmen. »Ich bedaure, Sir. Miss March ist für niemanden zu sprechen.«
Hedwig hätte längst beginnen müssen, sich vor Angst zu krümmen, aber die Stimme gefiel ihr. Etwas Angenehmes, Dunkles lag darin, das Behagen auslöste, und zudem hatte sein Tonfall keinen fremden Akzent.
»Aber ich sehe Miss March doch dort hinter dem Vorhang sitzen«, sagte der Fremde mit der seltsam vertrauten Stimme. »Können Sie nicht eine Ausnahme machen? Ich halte sie gewiss nicht lange auf.«
»Das ist wirklich nicht möglich, Sir. Wenn Sie mir jetzt Ihre Zimmernummer nennen wollen …«
»Oh, ich bin gar kein Gast Ihres Hauses. Ich kam nur vorbei, um Miss March einen Gruß meines Sohnes auszurichten. Wie schade, dass es nicht möglich ist.«
Hedwig sprang auf und zog den Vorhang zurück. Vor dem Empfangstisch stand ein kleiner, gebeugter Mann, der sein eisengraues Haar dicht an den Kopf gekämmt trug. Es gab keine benennbare Ähnlichkeit, und doch wusste Hedwig, wer der Mann war, noch ehe er seinen Namen nannte.

»Gestatten Sie?«, fragte er und schob eine Karte über den Tisch. »Mein Name ist Weaver. Vielleicht könnten Sie ja Miss March zumindest meinen Gruß ausrichten?« Dann blickte er auf und strahlte Hedwig an.

Als Amelias Leib zu schwellen begann, jagte die Wirtin sie beide aus dem Zimmer. Sie unterhalte kein Haus voller Lotterbetten und könne sich einen Skandal nicht leisten. Eine Nacht mussten sie auf dem Bahnhof verbringen, in der Kammer, aus der Charles sich morgens Besen und Kehrschaufel für seine Arbeit holte. Charles war verzweifelt und beschimpfte sich. Nicht einmal ein Dach über dem Kopf könne er seiner Liebsten verschaffen, sondern lasse sie wie eine Bettlerin durch die Straßen ziehen. Amelia tröstete ihn. Es war kalt und feucht in der Besenkammer, aber mit Charles wäre sie überall hingegangen. Er war ihr Zuhause. Wo sie ihn hatte, wusste sie, dass am Ende alles sich fügen und zum Guten wenden würde.
Ihr Vertrauen gab ihm Kraft und bescherte ihnen Glück. Anderntags ließ sein Dozent ihn wissen, dass er fürs Erste in einem Zimmer im Dachstuhl des Lehrgebäudes unterkommen könne. Es gab weder Bett noch Kamin dort, aber der Dozent überließ es ihnen mietfrei, und nach der Nacht auf dem Bahnhof fühlte sich Amelia in dem vor der Welt versteckten Dach wie im Paradies. Die Menschen hatten ihnen weh getan und sie ausgestoßen, doch beieinander waren sie vor allen Verletzungen geschützt. Aus Decken bauten sie sich ihr Bett. Solange der Sommer währte, war es warm unter dem Dach, und bis der Winter kam, würde sich schon etwas finden. Sie hatten im Leben wenig Glück gehabt, doch seit sie ihre Liebe hatten, wachte über ihnen ein guter Stern.
Sie vereinbarten ein Zeichen zwischen sich. Den einen Schlüssel, den sie besaßen, behielt Amelia, falls sie tagsüber das Zimmer verlassen wollte. Amelia wollte das Zimmer nie verlassen, aber Charles fand, sie solle nicht wie eine Gefangene leben. Wenn er nach Hause kam, ging

er zuerst in den kleinen Vorlesungssaal unter ihren Dielen und klopfte von der obersten Bankreihe dreimal an die Decke. Damit wusste Amelia, dass er auf dem Weg war, und während er die Treppe hinaufeilte, war sie schon außer sich vor Freude.
Immer wieder sagte er ihr, er wolle sie heiraten, ehe das Kind komme, sie bräuchten nur irgendein Papier, um sich auszuweisen, und müssten seit neuestem auch nichts mehr für die Kirche zahlen. Diesen Wunsch jedoch schlug Amelia ihm ab. Sie sei ohnehin seine Frau, sie brauche keinen Trauschein dafür.
»Aber ihr hättet Sicherheit. Ein verheirateter Mann muss für Frau und Kind sorgen, während ein Junggeselle sich einfach aus dem Staub machen kann.«
»Du sorgst für uns«, erwiderte Amelia. Dass er sie liebte, war ihr genug. Er war der einzige Mensch, der es je getan hatte, und gemeinsam würden sie ihr Kind lieben. Der bloße Gedanke, ihre Verbindung offiziell registrieren zu lassen, erfüllte sie mit derselben Furcht, die sie als Kind bei Gewittern gequält hatte. Sie wusste, es wäre das Ende. Man würde sie ausfindig machen und ihr alles rauben. Insgeheim befand sie, es sei schon ein Fehler gewesen, jenen Brief zu schreiben. Zwar musste die Mörderin froh sein, sie vom Hals zu haben, aber reizen durfte sie sie nicht. Wenn sie fortfuhr, auf sich aufmerksam zu machen, würde sie kommen, um sie zum Schweigen zu bringen.
Charles gab ihr nach. Es war ohnehin der einzige Punkt, über den sie stritten, in allem anderen waren sie ein Herz und eine Seele. Wenn Charles vom Straßenverkauf ihr Abendessen kaufte, wählte er genau das, was Amelia sich gewünscht hatte. Jedes Geschenk, das er ihr brachte, gefiel ihr, und wenn er etwas sagte, war es, als könnte man überhaupt nicht anders denken. Sie war glücklich, und es gab nichts, das sie belastete, keine Sorge um die Zukunft, nur die ständige Angst, ihr Glück könne ihr genommen werden.
Stattdessen wuchs ihr Glück. Charles fand eine weitere Arbeitsstelle. In einer anderen Fakultät des Instituts hatte irgendwer ein absonder-

liches Gerät zur Lichterzeugung gebaut, und aus London sollten etliche Leute anreisen, um es zu begutachten. Zu diesem Anlass hoffte das Institut den Status einer Universität zu erlangen, weshalb es Eindruck schinden und mehrere Säle neu tapezieren lassen wollte. Charles kam als Gehilfe der Tapezierer unter. Amelia gab nichts aufs Geld, aber Charles war so froh, dass seine Freude sie ansteckte. »Wenn das Institut zur Universität erklärt wird, könnte ich hier meinen Abschluss machen. O meine liebste Amelia, ich will wie ein richtiger Mann für euch sorgen, ich will, dass ihr alles bekommt, was ihr euch wünscht.«

»Wir wünschen uns dich«, sagte Amelia, schmiegte sich an ihn und fühlte sich in einer Muschel aus Liebe geborgen.

Und dann schlug eines Tages ein anderer an die Decke unter den Dielen. Woran sie erkannte, dass es nicht Charles war, wusste sie nicht – vielleicht, weil Charles nie um die Mittagszeit nach Hause kam. Mit jagendem Herzen floh Amelia in eine Ecke des Zimmers und zog alle Decken über sich. Für Stunden kauerte sie dort, bis endlich Charles' Zeichen ertönte und sie sich mühsam aus der Starre löste. Vor Erleichterung weinte sie, als er sie in die Arme schloss. Sie sei eingeschlafen und habe schlecht geträumt, erzählte sie, aber jetzt sei alles wieder gut.

Er wirkte selbst verstört. Auf ihr Drängen versicherte er, es sei nichts, nur ein Mann, der ihn den Tag über verfolgt habe. »Er war aber völlig harmlos, er suchte jemanden und dachte, ich könne ihm helfen. Als ich ihm sagte, ich hätte keine Ahnung, zog er seiner Wege. Wir dürfen uns nicht so schnell ins Bockshorn jagen lassen. Was kann uns schon geschehen?«

Amelia lehnte unter der von der Sonne warmen Dachschräge und spürte, wie ihre Hände kalt wurden. »Wie hieß denn der, den er gesucht hat?«, fragte sie so beiläufig, wie sie konnte.

»Nicht der«, antwortete Charles, »sondern die. Er hat mich gefragt, ob ich eine junge Dame kenne, die Chastity Weaver heißt.«

Kapitel 47

Portsmouth, Southsea, Southampton, 30. September 1889

Den Pub in Sudewede gab es noch, auch wenn er gewiss zehnmal den Besitzer gewechselt hatte. Als Hyperion Wolfe dorthin bestellte, kam er sich albern vor, aber dem Detektiv schien die Idee zu gefallen. »Treffen wir uns also doch noch einmal hier«, hatte er gesagt. »Ich hoffe, es ist Ihnen in der Zwischenzeit wohl ergangen?«

»Vermutlich ist es das«, erwiderte Hyperion. Als er seinem Gegenüber verlegen zulächelte, kam es ihm vor, als läge ihre letzte Begegnung kein Jahrzehnt zurück. Er versicherte Wolfe, dass er ihn diesmal bezahlen werde – vielmehr seine Tochter werde es tun, denn sie sei es im Grunde, die ihre Schwester suchen lassen wolle.

»Und Sie selbst?«, hatte Wolfe gefragt, nachdem Hyperion ihm den Fall geschildert hatte. »Liegt Ihnen nicht auch daran, Ihre jüngste Tochter zu finden?«

Hyperion überlegte. »Vielleicht bin ich davon abgekommen, nach Menschen zu suchen, die nicht gefunden werden wollen«, sagte er dann.

»Wir haben keinen Beweis dafür, dass Ihre Frau nicht gefunden werden wollte«, mahnte ihn Wolfe. »Wenn Sie mich fragen, konnte sie nicht gefunden werden, weil sie nicht mehr am Leben war. Aber das wissen Sie ja.«

In der Tat, das wusste er. Weniger genau wusste er, warum er sich auf die Suche nach Chastity eingelassen hatte und damit Erinnerungen aufwühlte, die einen erstaunlich frischen Schmerz auslösten. Zum einen, weil er Wolfe mochte und ihm nach allem, was der Detektiv für ihn getan hatte, gern einen Auftrag verschaffte, zum anderen, um Esther diesen einen Wunsch nicht abzuschlagen.

Es hatte ihm zugesetzt, Esther in dem großen Haus zu sehen wie einen verlorenen Gegenstand. Er hatte sie seit ihrer Hochzeit nie besucht und hatte sie nie gefragt, warum sie so plötzlich geheiratet hatte, statt nach Kanada zu gehen und Medizin zu studieren. Auf einmal war er sich sicher, eine Pflicht versäumt zu haben. Die junge Frau, die vor ihm in dem viel zu weitläufigen Wintergarten saß, sah Daphne so ähnlich, dass er erschrak. »Geht es dir gut?«, rutschte es ihm heraus.
Ein wenig bitter lachte sie auf. »Ist es nicht etwas spät für eine solche Frage? Es ginge mir besser, wenn ich wüsste, wo Chastity ist.«
Also hatte er sich dreingeschickt. Nein, hatte er erklärt, dass sein Bruder mit Chastitys Verschwinden zu tun habe, könne er sich nicht vorstellen, denn Hector halte ja seit Jahren mit ihnen nicht einmal Kontakt, doch immerhin kenne er jemanden, den man mit der Suche beauftragen könne. Mit Wolfe hatte er vereinbart, er solle ihm Nachricht ins Spital senden, wenn es etwas zu berichten gebe. Es war der letzte Tag im September, und Hyperion vernähte eine Brustamputation, als die Nachricht kam. Er traf Wolfe, wo sie sich immer trafen. Auf dem Tisch, hinter dem der Detektiv sich erhob, standen zwei Gläser Absinth. »Ich habe Ihre Tochter Chastity gefunden«, sagte er und streckte Hyperion die Hand hin.
An Chastity hatte Hyperion in der ganzen Angelegenheit bisher so gut wie gar nicht gedacht. Jetzt kam er an der Erkenntnis nicht vorbei: Ihm lag nichts daran, das Mädchen zu finden. Von seinen Töchtern, die alle Fremde für ihn waren, war ihm die jüngste die fremdeste. Zudem machte es ihn beklommen, über Chastity, die in einer Nacht blinder Trunkenheit entstanden war, nachzudenken. Er hatte sich geschworen, keine Kinder mehr in die Welt zu setzen und mit Mildred nicht mehr zu schlafen. Wie hatte er überhaupt damit fortfahren können, nachdem er Daphne dafür verloren hatte? In jenen Jahren, die in seiner Erinnerung beinahe ausgelöscht waren, hatte er nicht nur Daphne, sondern auch sich selbst verloren. Er war sich vorgekommen

wie ein Tier mit stumpfen Sinnen, das nur aß und trank und manchmal in ohnmachtsgleichen Schlaf fiel.
In jener Nacht hatten er und Mildred sich in einen Rausch der Verzweiflung getrunken, und am Morgen hatten sie beide keine Erinnerung an die Zeugung Chastitys. Wenn er ehrlich war, hatte Hyperion an das Mädchen nie mit anderen Gefühlen gedacht als mit Scham. Er sah den Detektiv an und schämte sich von neuem. »Geht es ihr gut?«, fragte er und klang wie der Heuchler, der er war.
»Sie ist gesund, wenn Sie das meinen«, erwiderte Wolfe. »Bitte setzen Sie sich. Es ist nicht leicht, einem Vater solche Nachricht zu bringen, auch wenn Sie Schlimmeres von mir gewohnt sind.«
Hyperion setzte sich. Als Wolfe zum Absinth griff, tat er es ihm nach.
»Ich will Sie nicht länger auf die Folter spannen. Ihre Tochter ist, wie gesagt, dem Anschein nach bei guter Gesundheit und wohnt keine Stunde von hier in Southampton. Sie lebt mit einem Mann zusammen, mit dem sie nicht verheiratet ist, und sie ist schwanger von ihm.« Wolfe atmete auf und griff erneut nach seinem Glas.
Hyperion saß still da und wartete auf einen Schrecken, doch keiner stellte sich ein. Wie Phoebe würde auch Chastity überstürzt heiraten müssen, und vermutlich würde es Gerede geben, aber war das gemessen an dem, was hinter ihnen lag, nicht lächerlich? Vielleicht war der neue Skandal im Hause Weaver der Stadt nicht einmal der Rede wert, und wenn es Geld kostete, wie es bei Phoebe Geld gekostet hatte, würde es sich irgendwo finden. Es hatte sich immer gefunden. Mildred war es, die es fand.
»Sie werden Ihre Frau ins Bild setzen wollen«, unterbrach Wolfe seine Gedanken.
»Ja, ja, natürlich«, stammelte Hyperion und überlegte, was Mildred würde wissen wollen. »Steht einer Heirat mit dem Vater des Kindes denn etwas entgegen?«, fragte er Wolfe.
Der wiegte den Kopf. »Es handelt sich um einen Studenten des Hartley College.«

Die Erwähnung des College schlug eine Saite der Erinnerung an. Horatio war am Hartley College tätig, und über Horatio hatte Ackroyd ihm heute früh etwas erzählt. Er hatte irgendeinen Generator gebaut, den er dem Spital übereignen würde, um die Operationssäle auszuleuchten. »Ihr Neffe ist ein Genie«, hatte Ackroyd gesagt. »Ich wette, Sie sind ziemlich stolz.«

Vielleicht hätte er das sein sollen oder sich zumindest für Horatio freuen, aber sooft er an ihn dachte, jagten ihm Schauder den Rücken hinunter. Die Nachricht, er werde das Zauberwesen Lydia Burleigh heiraten, hatte ihn mit Entsetzen erfüllt. Zweifellos tat er ihm Unrecht. Über Horatio hatte es eine Zeitlang geheißen, er sei geisteskrank, und später, er sei ein gewissenloser Wüstling, doch seit seiner Hochzeit hatte er alles getan, um sich von solchem Ruf reinzuwaschen. Er leistete Beachtliches auf seinem Gebiet, zeichnete Gelder für das Spital und unterstützte den Kampf seiner Frau, wofür er sich ständig Schwierigkeiten einfing. Dennoch glaubte Hyperion in seiner Gegenwart etwas Dunkles, Bedrohliches zu spüren, eine verborgene Seite, die Unheil bedeutete. »Physik?«, fragte er Wolfe zusammenhanglos. »Dieser Bekannte meiner Tochter – hört er Vorlesungen in Physik?«

»Nein, er bereitet sich auf ein Studium der Rechte vor. Seinen Unterhalt verdient er sich mit Hilfsarbeiten. Sie haben es also mit einem jungen Mann ohne Vermögen zu tun. Trifft Sie das hart?«

»Überhaupt nicht«, erwiderte Hyperion erleichtert.

»Das freut mich. Auch wenn er Ihre Tochter in diese unmögliche Lage gebracht hat, erscheint er mir als ein Mensch mit Gewissen und Pflichtgefühl.«

»Ich danke Ihnen«, sagte Hyperion. Die Vorstellung, diese ganze Geschichte Mildred erklären zu müssen, missbehagte ihm, aber fraglos hätte es schlimmer kommen können. Und Esther würde sich vermutlich freuen. Chastity ging es gut, das würde Esther das Wichtigste sein.

»Ich habe Ihnen alles aufgeschrieben. Der junge Mann heißt Charles Ferdinand Ralph, die Adresse finden Sie in den Papieren.« Im Aufstehen übergab Wolfe ihm einen schmalen Umschlag. »Nur eines noch.«
»Was denn?«
»Sie hatten dieses Mal recht«, erwiderte Wolfe. »Ihre Tochter wollte nicht gefunden werden. Wenn ich mir einen Rat erlauben darf. Machen Sie ihr so schnell wie möglich begreiflich, dass Sie ihr den Fehltritt vergeben. Ihre Chastity ist beileibe nicht das erste entlaufene Mädchen, das ich ausfindig mache, und bange war ihnen allen. Ihre Tochter aber hat sich benommen wie ein Mensch in Todesangst.«

Ihre Mutter ließ den Suppenlöffel sinken und drehte sich um, als Lydia den Kopf in die Küchentür steckte. »Wohin gehst du?«
»Ich nehme den Zug nach Southampton«, antwortete Lydia. Sie hatte so viel geweint, dass ihr die Kehle bei jedem Wort schmerzte, und ihre Augen erschienen ihr wie dick verschwollene Schlitze.
»Das ist gut«, sagte ihre Mutter und nahm das Rühren der Suppe wieder auf.
Trotz ihres erbärmlichen Zustands versuchte sie ein Lachen. »Das sagst ausgerechnet du mir?«
»Ja«, erwiderte die Mutter. »Ich wollte nicht, dass du diesen Kerl heiratest, aber du wolltest es unbedingt, und du bist kein dummes, blauäugiges Ding. Wenn es irgendein Kerl überhaupt wert ist, geheiratet zu werden, dann dieser. Du bist mein Mädchen, ich werde immer zu dir halten, und ob du deinem Mann allabendlich die Hölle heiß machst, kann mir gleichgültig sein. Aber in letzter Zeit bist du zu weit gegangen und gestern so weit, dass ich Angst bekommen habe. Du willst diesen Mann nicht verlieren, Lydia.«
Lydia umfasste ihr Gesicht mit den Händen, wie es Horatio tat, wenn er sie trösten wollte. Die Mutter hatte recht. Sie ging zu weit. Die ewigen Nackenschläge und Niederlagen, die sie an allen Fronten erlitt, trug sie nach Hause und ließ sie an Horatio aus. Dass er Erfolg

um Erfolg einheimste, machte alles noch schlimmer, es schürte ihren Zorn, bis sie sich nicht mehr kannte. Horatio hielt still und ertrug sie, bis sie alles aus sich herausgeschrien hatte und sich in seinen Armen fallen ließ. Wenig später erwachte ihr Zorn von neuem, weil es so einfach für ihn war, Großmut zu zeigen, und so unmöglich für sie.

Es gab auch anderes. Noch immer. Nachts, wenn sie die Kämpfe des Tages ausgestanden hatten und ihre Körper nackt und befreit beieinanderlagen. Ihre Körper liebten einander innig, gierig und zärtlich, wie es ihren Köpfen und Herzen kaum mehr gelang. Der einzige Platz, an dem ich noch eins mit mir bin, ist zwischen Horatios feuchten Schenkeln, dachte sie manchmal, und wenn sie so dachte, wollte sie ihrem Mann die Kleider vom Leib reißen und ihm ins Ohr zischen, dass er wunderschöne Schultern hatte, statt auf ihn einzuschlagen, weil ihm ein falsches Wort entwichen war.

Aber wenn sie sich eine Nacht lang in Liebe und Seligkeit gewälzt hatte und am Morgen wieder all dem Leid – den von Männern blau geschlagenen Augen, den von Männern gesprochenen Gerichtsurteilen, den von Männern verscherbelten Mädchen – begegnete, schämte sie sich, und ihr Zorn erwachte erneut. An dem Abend, an dem er sie bat, mit ihm zu einer Feierstunde zu kommen, die sein Institut für den verfluchten Dreistromgenerator, auf den er so stolz war, gab, hatte sie ihn brüllend gefragt, ob er glaube, sie habe nichts Wichtigeres zu tun, als auf seiner Siegesfeier das anbetende Frauchen zu geben. »Für solche Spielereien haben nur Männer Zeit! Frauen kämpfen sich derweil aus dem beim Spielen hinterlassenen Scherbenhaufen.«

Er war ruhig geblieben. »Ich habe dich nie um etwas gebeten«, sagte er. »Aber ich bitte dich um diese Stunde. Der Generator für Dreiphasenstrom ist ein sinnvolles Gerät, wir geben es später dem Spital, wie Esther es vorgeschlagen hat, und im November soll ich an einer Zusammenkunft des Stadtrates teilnehmen, auf der über eine lokale Stromerzeugung für Portsmouth beraten wird. Es ist das erste Mal, dass ich mit etwas, das ich gemacht habe, zufrieden bin.«

»Was willst du von mir?«, hatte sie ihn verhöhnt. »Soll ich dir sagen, dass du ein braver Junge bist, und dir die Schulter tätscheln, weil dein Vater es nie getan hat?«

Wenn sie daran dachte, zog sich ihr Inneres zusammen. Wie konnte sie ihn so sehr verletzen, das Vertrauen, das er ihr erwiesen hatte, missbrauchen, und aus welchem Grund? Sie hatten es seither schwer, miteinander zu sprechen, aber gestern Abend war er noch einmal über den Schatten seines Stolzes gesprungen und hatte sie gebeten, zu der Feier zu kommen. Lydia hatte an diesem Tag die Aussagen einer Frau aufgenommen, die als Prostituierte aufgegriffen, entkleidet und zwangsuntersucht worden war. Sie hatte längst aufgehört zu unterrichten. Das Leid, das sie sah, ließ ihr weder Zeit noch Kraft dazu. Sie hätte es ihm sagen sollen: Ich kann nicht, Liebling. Mir tut mein Herz zu sehr weh, um zu feiern.

Stattdessen fragte sie ihn, während ihre Mutter eine Schüssel Erbsen auf den Esstisch stellte, ob er vor Stolz auf sein Spielzeug nicht ohne sie platzen könne und ob er demnächst ein elektrisches Gerät zum Beischlaf erfinden werde. »Dann brauchst du auch nicht mehr aufzupassen, dass du mir kein Kind machst, Horatio.«

Er war gegangen, um im Institut zu übernachten. Lydia hatte in einer Nacht und einem Tag mehr geweint als in ihrem ganzen Leben. Wie war sie dazu in der Lage? Weshalb schlug sie ihn dorthin, wo jeder faire Kämpfer seinen Gegner schonte, und zerschlug dabei ihr Glück?

»Es ist meine Schuld«, sagte ihre Mutter am Suppentopf und riss sie aus ihrer Trance. »Ich habe es dir von klein auf so beigebracht. Alle Männer bis auf den engelhaften Doktor, der mein Kind gerettet hat, sind schlecht und stürzen Frauen ins Verderben. Wenn du dein Leben halbwegs schadlos überstehen willst, dann halte dich von Männern fern.«

»Ja«, entfuhr es Lydia verwundert, »das hast du mir beigebracht. Warum, Mutter?«

»Weil der Mann, der mein Vater war, mich gezwungen hat, einen Mann, der ein Idiot war, zu heiraten. Weil der Idiot Krieg spielen wollte, halb entmannt zurückkam und sich von seinem letzten Geld in Selbstmitleid ertränkte. Weil ich allein zusehen musste, wie die zwei Buben, die er mir gemacht hat, verreckt sind. Und allein darum kämpfen, dass das Mädchen, das er mir gemacht hat, am Leben blieb.«

Lydia wollte zu ihr gehen und die Arme um sie legen, aber die Mutter hob die Hand. »Du fahr nach Southampton«, sagte sie. »Dein Horatio ist nicht schlecht. Er ist nicht so vollkommen, wie er es gern für dich wäre, aber er ist ein feiner Mensch, und er gäbe sein Herz und seine Augen für dich.«

»Ich glaube, das täte er wirklich«, erwiderte Lydia. »Kann ich dich allein lassen, Mutter? Ich ginge gern nach der Feier mit Horatio noch irgendwohin.«

Die Mutter lachte. »Zu der Feier kommst du ohnehin zu spät. Aber ja. Nimm deinen Horatio und geh mit ihm in ein Hotel, erlaubt euch einmal, nur an euch zu denken. Und, Lydia, vielleicht solltest du dich allmählich auch fragen, ob du ein Kind von ihm willst.«

»Und wenn ich keines will?«

»Dann willst du eben keines. Aber wenn du eines willst, wäre es ziemlich albern, es dir zu versagen, nur weil der arme Kerl dir versprochen hat, keines zu wollen.«

Sie musste lachen, so verwüstet, wie sie sich fühlte. »Ich werde ihm sagen, was für einen erstaunlichen neuen Fürsprecher er hat.«

»Ich bin dein Fürsprecher, mein Mädchen«, erwiderte die Mutter. »Und jetzt ab mit dir.«

Sie lachten noch einmal zusammen, als die Türglocke ertönte. Nicht jetzt, durchfuhr es Lydia, und sie dachte an die unzähligen Abende, an denen ihr häusliches Leben hatte warten müssen, weil eine Frau in Not an ihrer Tür läutete. Heute Abend würde die Frau warten müssen, weil ihr häusliches Leben in Not war. Weil ihr Mann sie brauchte

und sie ihn. Sie würde ihm sagen, dass sie ihn liebe und dass sie stolz auf ihn sei, auch wenn weder er noch sie vollkommen waren.
Sie schob den Riegel zurück und öffnete die Tür. Der Frau, die draußen stand, fiel regennasses Haar ins Gesicht, und die Rinnsale, die aus den Strähnen trieften, mischten sich mit ihren Tränen. Das bisschen Schminke, das sie aufgetragen hatte, war jämmerlich verlaufen. »Kann ich hereinkommen, Lydia? Hast du Zeit? Es ist etwas Furchtbares geschehen.«
Lydia trat zur Seite, nahm den Hut vom Kopf und ließ die Frau ins Haus.
Sie konnte nicht anders. Die Frau war Esther.

Es war das erste Mal. Nie zuvor hatte Horatio sie ohne Einladung besucht, und zudem war er nie so spät gekommen. Onkel Victor war bereits im Hausmantel, sie saßen im Salon und tranken Kakao, gewürzt mit Zimt und Melasse. Dann kam Horatio.
Dass er ein schöner Mann war, wusste sie, sie hätte blind sein müssen, um es nicht zu wissen. Die Gefahr, die in dieser Schönheit lag, war jedoch neu und berauschend für sie. Er trug seinen Anzug ohne Schöße, der schicker und unverschämter war als das, was Männer sonst am Leib trugen, die Hemdbrust glatt wie eine Haut, ohne Rüschen und Falten, und so weiß, dass das Schwarz dazu brannte. Warum Schwarz als Farbe des Bösen galt, begriff Hedwig erst jetzt.
Er konnte jede Braue einzeln heben, er konnte Hedwig ansehen und zugleich durch sie hindurch. Er konnte in ihrem Salon sitzen, ein Bein über das andere schlagen und wirken wie fleischgewordenes Laster. Er war auch nicht mehr höflich. Als Onkel Victor ihn fragte, ob er nicht denke, es sei für Besuch ein wenig spät, antwortete er: »Wenn ich das dächte, wäre ich kaum gekommen.« Hedwig sah ihm in die bösen, nachtdunklen Augen und musste sich die Hände aufs Herz pressen. Sie liebte ihn.
Was sein Vater ihr erklärt hatte, hatte sie begriffen. Er war noch mehr-

mals gekommen, während sie auf Onkel Victor gewartet hatte. »Sie sind eine kluge Frau, nicht wahr, Miss March?«, hatte er gefragt. »Sie wissen, was ein Mann will, der zu einer Frau geht, und mein Sohn ist auch nur ein Mann. Ein Mann, der das, was er will, von seiner Frau nicht bekommt. Wenn Sie ihn wollen, meine Beste, dann müssen Sie die Frau sein, die es ihm gibt.«

Schritt um Schritt hatte er es ihr dargelegt, und die Vorstellung, das Beschriebene mit Horatio zu tun, entzückte sie. Wie aber sollte sie es beginnen, solange neben ihr auf dem Sofa Onkel Victor saß und sie voll Argwohn bewachte? Das Gespräch plänkelte dahin. Horatio gab nur hin und wieder eine unverschämte Antwort, strich sich das Haar aus der Stirn, dass sich der messerspitze Ansatz zeigte, oder verlagerte sein Gewicht. Hedwig begann ihre Hände zu ringen und mit den Füßen zu scharren. Es sah aus, als würde sie in dieser Nacht keine Chance bekommen, und doch musste es diese Nacht sein. Sie würde es nicht ertragen, ihn gehen zu lassen, ohne ihre Hand dort hinzulegen, wo wie zufällig der Rock die Hüfte entblößte, sie über den flachen Bauch gleiten zu lassen und von dort hinunter. Wieder warf ihr Onkel Victor einen Blick zu. Verriet sie sich, sah man ihr an, welcher Sturm in ihr toste?

Und dann kam ihr ein Wunder zu Hilfe. Der Nachtportier klopfte. Er war in sichtlicher Hast von der Pension herübergelaufen und verkündete, es sei jemand da, der Onkel Victor sprechen müsse.

»Ich bin für niemanden zu sprechen«, knurrte Onkel Victor. »Weiß heute Nacht in dieser Stadt kein Mensch, was sich gehört?«

Stumm reichte der Nachtportier Onkel Victor eine Karte. Onkel Victor betrachtete sie und stand auf. »Ich bin sofort zurück«, murmelte er, doch in den Worten lag keine Überzeugung. Gleich darauf ging er, ließ aber die Tür hinter sich offen.

Horatio und Hedwig saßen schweigend da und hörten, wie die Schritte sich entfernten. Hedwig war sicher, Horatio müsse auch hören, wie ihr Herz gegen ihren Brustkorb hämmerte. Er sandte ihr einen Blick unter halb geschlossenen Lidern, stand auf und schloss die Tür. Statt wieder in den Sessel setzte er sich auf Onkel Victors Platz auf dem Sofa, so dicht bei ihr, dass gerade ein Dritter dazwischen gepasst hätte und sie die Wärme seines Körpers spürte. Sie hätte sogleich beginnen wollen, den Rat seines Vaters zu befolgen, sie hatte keine Angst, und doch war sie für einen Moment gelähmt.

Er sah sie an. In seinen Augen glitzerte eine Kälte, die sie schaudern ließ und sie zugleich zu schmelzen schien. »Na los«, sagte er. »Küss mich. Das wolltest du doch.«

»Willst du es nicht?«

»Nein«, antwortete er. »Aber das hat dich bisher nicht geschert. Warum also jetzt?«

Sie tat es. Floss ihm entgegen, auf den Platz, auf den ein Dritter gepasst hätte, und noch näher zu ihm. Seine Lippen waren feste rotbraune Schwünge. Sie presste ihre darauf. Sein Vater hatte ihr erklärt, was er tun würde, aber er tat nichts davon, umarmte sie nicht und schloss nicht einmal die Augen, während er sich von ihr küssen ließ.

Ihr machte es nichts aus. Nichts machte ihr etwas aus, es war alles himmlisch, sie musste es ganz haben, konnte nicht warten. Sie küsste ihn wieder. Holte immer nur Atem und küsste ihn noch einmal. Aufhören ihn zu küssen konnte sie nur, weil sie ihn sehen wollte, als sie ihm Rock und Weste hinunterstreifte, die Haut, das Spiel der Muskeln, die durch den feinen Hemdstoff schimmerten. In seine Schultern schnitten straff die Träger, die die Hosen auf den schlanken Hüften hielten. Sie riss ihm alles hinunter, zuletzt das Hemd, und war überwältigt von dem, was sie sah. Es war das, was sie gebraucht hatte, sie würde es sich einverleiben, wieder und wieder, sie würde unersättlich sein.

Er zog sie nicht aus. Sie musste es selbst tun, während er still dasaß und sie mit seinem Blick, in dem Eis klirrte, musterte. Dann stieß sie ihn nieder und fiel über ihn her. Der Geschmack seiner Haut berauschte sie, ließ blitzende Bilder in ihrem Kopf kreisen. Sie grub die

Hände in ihn, dann die Zähne, presste sich auf ihn, als könnte sie sich selbst in ihn graben. Er lag lange still und tat nichts, dann hob er träge die Hüften und vereinte sie.

Wieder stand sie in der dunklen Halle und hatte doch gedacht, sie würde nie mehr einen Fuß in dieses Haus setzen. Wie oft hatte sie das im Lauf der Jahre schon gedacht? Wenn es in ihrem Leben zum Schlimmsten kam, fand sie sich immer hier.

Leise Schritte hallten vom anderen Ende des Raums herüber. Er machte kein Licht. Als er sie erspähte, blieb er stehen. »Sie können sich schlafen legen«, sagte er zu seinem Nachtportier, sah ihn aber nicht an, sondern durchs Dunkel hinüber zu ihr. »Falls heute Nacht noch etwas anfällt, kümmere ich mich selbst darum.«

»Sind Sie sicher, Sir?«

»Gehen Sie«, knurrte er, und dann standen sie beide still, zehn Schritte voneinander getrennt, bis der Portier gegangen war.

»Was willst du?«, fragte er.

Mildred konnte keine Antwort geben, weil ihr war, als würde ihr Leben an ihr vorüberrauschen. Ein Tag auf dem Bahnhof, der bald dreißig Jahre zurücklag, eine Nacht im Schneeregen, als im schwarzen Wasser des Solent die Welt unterging. Ein vor Kälte gleißender Morgen, an dem sie diesem Mann in die Augen gesehen und erkannt hatte: Er liebt mich. So wie er wird nie wieder ein Mensch mich lieben.

Und dann noch eine Nacht. Eine einzige. Lieben, so dass nichts anderes vonnöten oder auch nur denkbar war. Am Morgen danach hatte er zu ihr gesagt: »Bleib bei mir, Mildred. Lass mich nicht wieder allein. Alles andere findet sich.«

Sie war gegangen, ohne sich umzudrehen. Fünf Wochen später hatte sie Hyperion mit Schuldgefühlen und schwerem Port betrunken gemacht und nach Wochen behauptet, er habe in der verlorenen Nacht mit ihr Chastity gezeugt. Wenn es ein Sohn ist, spielt die Lüge keine Rolle, hatte sie sich eingeredet. Wenn Hyperion einen Sohn von mir hat, wird nach all der Zerstörung unser Leben doch noch heil. Aber das Schicksal ließ sich von ihr keine Nase drehen, und der Sohn war eine halbtote, blau angelaufene Tochter, die auf Jahre hinaus nicht gedieh. Bis heute konnte Mildred nicht fassen, dass der Mann, der vor ihr stand, ein so gänzlich kraftloses, lebensunfähiges Geschöpf wie Chastity gezeugt hatte.

Sie hatte das Kind nicht lieben können. Sie hatte sich geschworen, es als ihre Strafe anzunehmen und zu schützen, solange es lebte, doch zu mehr war sie nicht in der Lage gewesen. Die Gefühle, die sie jetzt übermannten, kamen ohne das leiseste Zeichen der Warnung und brachten die Grundfesten, die sie stützten, ins Wanken. Und ob ich sie liebe, und ob, und ob! Ehe sie mir vor die Hunde geht, gehe ich.

»Ich habe dich gefragt, was du willst, Mildred.«

Das Kind, das sie verloren hatte – *Chastity* –, besaß die Augen des Mannes. Goldbraun wie teurer Whisky, schutzlos und erfüllt von einer Zärtlichkeit, die Mildred wie sträflicher Leichtsinn vorkam. »Können wir in dein Büro gehen?«, fragte sie und wies vage in Richtung der verschlossenen Tür.

»Nein«, erwiderte er hart. »Wir gehen nirgendwohin, es sei denn, du sagst mir, was du von mir willst.«

»Es … es geht um mein Kind.«

»Und darf ich fragen, weshalb mich das kratzen sollte?«

Um auf die Frage Antwort zu geben, bin ich hier, dachte sie. Aber gib mir erst einen Drink, denn ich habe mich noch nie so schwach gefühlt.

»Um dein Kind geht es auch.«

Er straffte sich. »Ich habe keines. Nur Hedwig habe ich, und meine Hedwig hat mit dir nichts zu schaffen.«

»Zum Teufel!«, schrie sie los. »Charles Ferdinand Ralph ist dein leiblicher Sohn, oder nicht?«

»Wenn mein Sohn Geld von mir braucht, steht es ihm frei, sich an mich zu wenden. Ansonsten war es seine Entscheidung, mein Haus zu verlassen. Wir sind geschiedene Leute.«

Es war jetzt so weit. Sie konnte es nicht mehr hinausschieben. Durch den dunklen Raum trat sie auf ihn zu, bis sie so dicht vor ihm stand, dass sie ihn hätte berühren können. Sie hob die Hand vor sein Gesicht. Er schüttelte den Kopf. »Lass das bleiben, Mildred. Was glaubst du eigentlich, wie alt wir sind?«

Uralt. Und doch noch immer nicht alt genug für Frieden. »Du musst uns helfen, Victor. Ich bitte dich.«

»Du hast mich oft gebeten. Weißt du, wie sehr ich mir seit zwanzig Jahren wünsche, dir eine Bitte abzuschlagen?«

»Hasst du mich?«

Er verzog den Mund zu einem Lächeln. »Mit aller Kraft, die meiner Seele bleibt.«

»Ich kann es dir nicht verdenken.«

»Wie schön für dich. Und du meinst, darauf lege ich Wert?«

»Victor«, schrie sie und packte seine Rockaufschläge, »du musst mir helfen, und wenn du mich noch so sehr hasst, weil gar nicht ich in Gefahr bin. Es ist mein Kind, das zugrunde geht, wenn du mich abweist. Hilf ihr! Und dann tu mit mir, was du willst.« Er strich sie von sich ab wie ein Insekt. Ehe er etwas sagen konnte, sprach sie weiter. »Dein Sohn Charles lebt mit meiner Tochter in einer Dachkammer in Southampton. Du musst zu ihm gehen und ihm sagen, er soll von meiner Tochter lassen. Er darf sie um keinen Preis wiedersehen.«

»Und warum muss ich das? Weil mein Sohn nicht gut genug für deine Tochter ist, so wie ich nicht gut genug war für dich?«

Mildred stockte der Atem. Ja, so war es gewesen, so hatte sie es betrachtet und dabei alles nur Erdenkliche falsch gemacht. Sie starrte ihn an. Er war der einzige Mann, der so stark war wie sie, der sie hätte halten können und ihr aufhelfen, so oft sie gestürzt war. Er hatte sie Kleines genannt und ihr gesagt, sie solle sich nicht sorgen. Er war gut zu ihr gewesen, aber für sie nicht gut genug. Für den verbotenen Bruchteil eines Herzschlags wünschte sie sich, er würde die Arme öffnen, und sie dürfe sich hineinfallen lassen, er würde sie halten, und sie dürfe weinen.

»Hat es dir die Sprache verschlagen, Mildred? Dann würde ich gern gehen. Ich lasse meine Hedwig drüben nicht gerne allein.«

»Aber meine Tochter ...«

»Dass deine Tochter sich mit einem Mann eingelassen hat, der dir nicht passt, interessiert mich nicht. Warum sollte es das tun?«

Mildred trat noch dichter vor ihn, so dicht, dass ihre Leiber sich berührten. Er wollte zurückweichen, doch ihr Blick hielt ihn fest. »Weil sie auch deine Tochter ist«, flüsterte sie. »Wenn wir nicht schnell sind und das Schlimmste verhindern, bekommt die Tochter, die ich dir geboren habe, von ihrem eigenen Bruder ein Kind.«

Kapitel 48

Regen

Fünf Wochen lang suchte Lydia nach ihrem Mann. Er kam nicht nach Hause, meldete sich bei keinem ihrer Freunde und erschien nicht in seinem Institut. Nach vier Wochen sprach sein Dekan mit ihr. »Ich habe niemanden in meinem Stab, den ich mehr schätze als Ihren Mann, und erst recht niemanden, der für den Fortschritt in diesem Land mehr zu leisten imstande ist. Sie wissen, dass man ihn an der Errichtung des Elektrizitätswerks beteiligen will, das letztlich ein Kind seines Geistes ist? Weil ich auf diesen Geist nicht verzichten will, gebe ich ihm noch zwei Wochen Zeit. Dass ihn etwas über die Grenzen des Erträglichen hinaus quälte, war nicht zu übersehen, und er hat eine Pause verdient. Wenn er aber nach Ablauf der Frist nicht zur Arbeit erscheint, muss ich auf ihn verzichten, so weh es mir tut.«
Lydia wünschte, sie wäre früher hergekommen, um die Welt, in der Horatio seine Tage verbrachte, kennenzulernen. Sie wünschte, sie hätte bemerkt, was anderen ins Auge stach – dass ihr Mann sich quälte, dass er am Ende seiner Kraft war.
»Hat er Ihnen etwas gesagt …«, begann sie, doch der Dekan unterbrach sie.
»Ihr Mann gehört nicht zu den Menschen, die mit anderen mehr als das Unvermeidliche sprechen. Das wissen Sie zweifellos am besten.«
Mit mir hat er mehr als das Unvermeidliche gesprochen, dachte Lydia. Er hat mit mir gelacht und geweint, mir anvertraut, warum er im Schlaf stöhnt, und mir gesagt, dass er mich über alles auf der Erde liebt.
Sie ging zurück in das Haus, das er gekauft hatte, damit ihre Liebe darin leben konnte. Spuren dieser Liebe fanden sich in jedem Winkel,

alberner Kleinkram, den er ihr mitgebracht hatte, Zettel, die er überall anklemmte, ehe er morgens das Haus verließ, ein Strumpfband, das mit gierigen Fingern abgerissen und unters Bett geworfen worden war, und sein Federhalter, um den er Haar aus ihrem Kamm gewickelt hatte. Als der Oktober vorüber war, begann es zu regnen und hörte nicht mehr auf. Im letzten Herbst hatte Hagel ein Loch ins Dach geschlagen, das Horatio, um den Dachdecker zu sparen, selbst geflickt hatte. Jetzt saß Lydia stundenlang unter der Flickstelle, durch die kein Regen mehr fiel, und vermisste sie beide, Horatio und den Regen.

Vielleicht würde sie ihn nicht wiedersehen. Vielleicht hatte er eine Passage auf einem Emigrantenschiff gekauft und ließ Portsmouth hinter sich wie Esthers Schwester Phoebe. Die war in jener furchtbaren Septembernacht, nachdem der Detektiv Chastity gefunden hatte, zu Esther gelaufen, ihren fiebernden Sohn auf den Armen. Esther war nicht daheim gewesen, aber ihr Mann hatte Phoebe eingelassen und einen Arzt geholt. Phoebes Sohn hatte überlebt. Als Esther nach Tagen nach Hause kam, hatte Phoebe sie gebeten, ihr Geld zu geben. Sie werde nicht zu ihrem Mann zurückgehen, der sie mit dem kranken Kind hatte sitzen lassen, um in der Stadt seinen Rest von Verstand zu versaufen. Auch zu ihrer Mutter, die sie verachtete, weil sie aus ihrer Ehe keinen Erfolg machen konnte, werde sie nicht gehen. »Mir wäre um ein Haar mein Kind gestorben«, sagte sie. »Dass ich meine Mutter enttäusche, wird dagegen zur Lappalie.«

Esther, die von den Ereignissen um Chastity noch immer wie erschlagen war, hatte Phoebe gegeben, was sie wollte – Geld, um mit ihren Kindern, in die Vereinigten Staaten von Amerika auszuwandern. Was sie dort anfangen wollte, wusste sie nicht. »Ich weiß nur, dass ich hier nicht mehr leben kann.« So tat nun Phoebe, was Esther sich erträumt hatte, und fuhr auf einem Schiff der Neuen Welt entgegen. Würde einer von ihnen allen sie wiedersehen?

Horatio aber konnte nicht weit von Portsmouth sein, denn er bezahlte die fälligen Rechnungen. Als Lydia nicht mehr wusste, wo sie ihn

suchen sollte, erhielt sie von Emma, einer Prostituierten, der ihre Vereinigung geholfen hatte, einen Hinweis. Horatio hause in einem Zimmer in Sudewede. »Was immer er ausgefressen hat, ich tät ihn mir wieder nach Hause holen«, sagte Emma. »Ist doch ein allzu ansehnliches Mannsbild, und wenn du mich fragst, es gibt viel schlimmere.«
Ja, ich frage dich, schrie es in Lydia. Sie wollte ihn sich wieder nach Hause holen, wollte das Leben zurück, das sie geteilt hatten und das selten und kostbar gewesen war. Sie hatte zu viel von ihm verlangt, und er war, wie ihre Mutter sagte, nicht so vollkommen, wie er gern für sie wäre. Aber ein feiner Mensch war er, bekämpfte seine Dämonen, ohne sich in Selbstmitleid zu suhlen, und war ihr geliebter Mann. Dass es so einfach, wie es klang, nicht war, wusste sie, aber es brauchte ja nicht einfach zu sein. Komm nach Hause, wollte sie zu ihm sagen. Du bist mein Dreistromgenerator, der meinem Leben Helligkeit, Kraft und Wärme verleiht. Mir fehlt deine Zappeligkeit, wenn du mit mir ins Bett willst, mir fehlen deine schüchternen Liebeslieder und deine verkohlten Koteletts.
Sie verließ ihr Haus, um nach Sudewede zu fahren, als der Mann ihr entgegenkam. Später dachte sie, auch wenn es keinen Sinn hatte, oft darüber nach. Wäre sie nicht noch einmal zurückgelaufen, um ihren Schirm zu holen, hätte sie ihn nicht getroffen. Es hätte an nichts etwas geändert, und doch konnte sie lange nicht aufhören, daran zu denken. Sie wollte den Mann nicht treffen, sie war es Horatio schuldig, sich kein Wort von ihm anzuhören. »Schon bedauerlich, dass man die eigene Schwiegertochter nicht im Trockenen kennenlernen darf«, bemerkte der Mann und versuchte sich unter ihren Schirm zu schieben. »Gestatten Sie, dass ich mich vorstelle? Mein Name ist Hector Weaver. Der illustre Mensch, der Ihnen angetraut ist, entstammt meiner Zucht.«
Das Wort *Zucht* hallte Lydia in den Ohren. Sie glaubte eine Peitsche schnalzen zu hören und wollte zu ihrem Mann. Diesen sogenannten Vater stehenlassen wollte sie, durch den Regen rennen und Horatio in

die Arme schließen, ihn bei den Ohren packen und ihm eintrichtern: Tu das nie wieder. Du musst nicht einstecken, was ich dir verpasse, du hast das Recht, dich zu wehren, aber lass mich nie wieder allein.

Der Mann, der Horatios Vater war, redete, und Lydia ging weiter, bis sie stehen bleiben musste, weil seine Worte sie lähmten. Sie bemerkte nicht, dass der Schirm zu ihm hinüberglitt und der Regen ihre Kleider durchnässte. »Sie mögen versucht sein, meinem Sohn den Ehebruch zu verzeihen«, beendete der Mann mit einem Lächeln seine Rede. »Frauen haben ja häufig ein großes Herz, und so schätze ich Sie ein – als eine Frau mit einem großen Herzen. Ich rate Ihnen dennoch von solchem Edelmut ab. Mein Sohn ist kein gewöhnlicher Schwerenöter. Er geht umher und zerstört so fühllos wie einer seiner Apparate.«

Das riss Lydia aus der Starre. »Und was tun Sie?«, schrie sie ihn an. »Wie fühllos und krank muss denn ein Vater sein, der über seinen Sohn so spricht?«

»Bringen Sie nicht den Boten um!« Der Mann sprang zurück und hob die Hände. »Ich habe Ihnen nur helfen wollen, und zu den Opfern meines Sohnes zähle ich mich selbst.«

Sie hätte ihm ins Gesicht schleudern mögen, wen sie zu wessen Opfern zählte, aber darüber zu schweigen war sie Horatio schuldig, was immer er getan hatte. Endlich fand sie die Kraft, Hector Weaver stehenzulassen. »Ich habe Ihnen noch mehr zu sagen«, protestierte er.

»Aber ich will nichts mehr hören«, erwiderte Lydia und ging weiter.

»Dann einen angenehmen Abend!«, rief er ihr hinterher. »Nur gut, dass Sie sich so eingehend auf dem Feld der Abtreibung umgetan haben. Die andere, Ihre Rivalin, bekommt von meinem Sohn ein Kind!«

Nach Sudewede gelangte Lydia, ohne zu denken. Sie fragte sich nicht, ob Hector Weaver gelogen haben könnte, wer die andere Frau war oder was für ein Wunder nötig wäre, um sie beide zu retten. Sie wollte nur zu Horatio. Als sie ihn sah, verkrampfte sich ihr Herz. Was fünf Wochen an einem Menschen tun konnten, war unfasslich. Wie sehr sie diesen Menschen liebte, war noch unfasslicher. Wenn du und ich eine schlechte Idee waren, Liebster, dann hatte das Leben noch nie eine gute.

Er saß in dem verwahrlosten Zimmer auf dem Bett und starrte an die Wand. Als er die Tür knarren hörte, drehte er sich um und sagte: »Lydia.«

Seine Augen waren blutunterlaufen, sein Haar war zerrauft, und an seiner Schläfe prangte eine kaum verschorfte Wunde. Ich wünschte, ich müsste dir nicht sagen, was ich weiß, dachte sie. Du hast mir Wasser gewärmt, wenn ich todmüde und verzweifelt nach Hause kam. Ich wünschte, ich könnte gehen und dir von irgendwo in diesem scheußlichen Haus Wasser holen, damit du dich waschen kannst und dir die Stoppeln rasieren.

»Ich habe dich betrogen«, sagte er. »In der Nacht mit dem verdammten Generator.«

»In einer Nacht, Horatio? Du hast es ein einziges Mal getan?«

Er sah sie an und gab keine Antwort.

Sie hätte seinem Vater ins Gesicht schleudern mögen, dass es seiner widerlichen Intrige nicht bedurfte. Er hatte einen Feigling aus seinem Sohn machen wollen, aber sein Sohn war tapfer. Er hielt sein Versprechen, sie nie zu belügen, und führte nicht einmal einen mildernden Umstand ins Feld.

»Mit wem?«

»Mit Hedwig March«, antwortete er.

Heiser krächzte sie: »Das ist nicht dein Ernst!«

»Doch, das ist es.«

»Aber Hedwig March ist keine Frau, sondern ein seelisch krankes Kind! Willst du mir sagen, du hast dich an einem kranken Kind schadlos gehalten, das sich dir an den Hals wirft, weil es anders zu Menschen keine Nähe haben kann?«

»Ja, das will ich dir sagen«, erwiderte er. »Ich wollte das Schlechteste tun, das mir eingefallen ist, und das habe ich getan.«

»Das ist nicht schlecht«, schrie sie, »das ist teuflisch.«
»Ja, teuflisch«, sagte er.
Es gab kein Wunder. Er hatte jahrelang hingenommen, dass sie ihn verletzte, weil Männer Frauen zerstörten, und dann war er hingegangen und hatte selbst eine Frau zerstört. Es gab nur einen Weg, damit weiterzuleben, und so, wie er sie ansah, wusste er das selbst. Was er getan hatte, war ja nicht teuflisch. Es war entsetzlich falsch und schwach, aber durch und durch menschlich, und die Strafe, die er dafür auf sich nehmen musste, war atemberaubend. »Sie bekommt ein Kind von dir, ja?«
Er nickte. »Sie hat mir heute Morgen eine Nachricht geschickt.«
Konnte man so schnell sicher sein, dass man ein Kind bekam? Die Überlegung war müßig. Das Leben würde ihm nicht verzeihen. »Dich hier zu verstecken nützt nichts«, sagte sie.
»Ich weiß. Nur wo ich hinsoll, weiß ich nicht.«
»Nach Hause«, sagte sie. »Wasch dich und zieh dich ordentlich an. Und dann musst du in dein Institut und die Sache mit deiner Arbeit in Ordnung bringen. Dein Dekan hat dir deine Stelle bewahrt, aber ewig wartet er nicht.«
»Ich kann doch nicht …«
»Doch, du kannst«, sagte sie. »Du wirst dir eine gesalzene Standpauke anhören müssen und vermutlich auch von deinen Kollegen keine Lobeshymnen ernten, aber das ist alles. Du hast einen Fehler begangen. Das macht dich nicht zum Unmenschen.«
In dem Augenblick, in dem sie es aussprach, begriff sie: Das Leben würde ihm nicht verzeihen. Aber sie. Er war nicht der Einzige, der einen Fehler begangen hatte, sie hatten das, was ihnen bevorstand, beide verdient, aber es machte sie nicht zu Unmenschen.
Seine Augen brannten. Sie tat, was sie von ganzem Herzen tun wollte, ging zu ihm und legte die Arme um ihn. Fast hätte sie gelacht, weil nicht zu fassen war, wie in gerade mal fünf Wochen diese ganze Fassade aus Eleganz, Geschmack und Wohlgeruch von ihm hatte abfallen

können. Und wie gern sie sich mit diesem verdreckten, zu Tode erschöpften Mann auf das stinkende Bett geworfen hätte, um ihn wund zu lieben. Er stand in ihren Armen auf und zog sie an sich. Mehrere Minuten lang klammerten sie sich aneinander, er senkte seinen Kopf auf ihre Schulter, und sie presste ihr Gesicht in seine Halsgrube. Dann machte sie sich unter größter Anstrengung los. »Du wirst für das, was du getan hast, einstehen müssen«, sagte sie. »Das weißt du, nicht wahr?«

Er wollte widersprechen, aufbegehren, dann aber schloss er den Mund und senkte den Kopf. Ich wünschte, ich dürfte dir trotz allem sagen, wie stolz ich auf dich bin, dachte Lydia. Und wenn sie alle mit dem Finger auf dich zeigen, du bist keiner, der seine Fehler anderen zuschiebt, der wie Mildred die eigenen Kinder den Kopf dafür hinhalten lässt. Du hältst deinen Kopf selbst hin, und ich wünschte, die Schläge, die auf dich niederprasseln werden, wären nicht so gnadenlos.

Das Schlimmste stand ihr noch bevor. Sie musste es aussprechen. »Horatio.« Er blickte auf, und sie sah in seine Augen, deren Wärme sie unendlich liebte. »Ich werde dir die Scheidung so leicht wie möglich machen. Lass mir das Haus, darum bitte ich dich, damit meine Mutter dort bleiben kann, bis sie stirbt. Du verdienst genug, um für deine Familie zu sorgen, und vermutlich wird Mr March euch ja unter die Arme greifen.«

Er zuckte zusammen. Dann krümmte er den Rücken. In Gedanken legte sie ihm die Hand in den Nacken und glaubte die steinharte Spannung zu fühlen. »Ich ziehe mit meiner Mutter ein paar Tage zu Esther. Wir brauchen nicht länger als eine Stunde zum Packen, dann kannst du kommen und im Haus bleiben, bis du deine Belange geregelt hast. Schick mir eine Nachricht, wann immer du so weit bist, einverstanden?«

Ohne sie anzusehen, nickte er.

»Alles Gute«, sagte sie und begann rückwärts der Tür entgegenzugehen, wobei ihr jeder Schritt so schwerfiel, als trüge sie Blei an den Fesseln. Erst als ihre Sohle an die Tür stieß, drehte sie sich um.

»Lydia«, sagte er.

Sie fuhr herum.

Er hatte den Kopf gehoben und suchte ihren Blick. Schleppenden Schrittes ging er zum Nachtkasten, zog etwas aus der Lade und kam damit auf sie zu. Seinen Reithandschuh. Baumelnd zwischen seinen Fingerspitzen. »Lydia, ich schäme mich so«, flüsterte er, seiner Stimme beraubt. »Ich liebe dich. Kannst du mir jemals verzeihen?«

Sie sah seinen Händen zu, die ihr den Handschuh über die Finger streiften, stark zitterten und ewig brauchten. Als er fertig war, gab er ihre Hand frei und hielt ihr sein Gesicht entgegen. Ohne sich abzuwenden, zupfte sie sich den Handschuh Finger für Finger wieder runter und steckte ihn ein. Zart legte sie ihm die Arme um den Hals, reckte sich und rieb ihre Wange an seiner, seine Tränen in ihre. Sie konnte auch nur noch flüstern. »Aber ja, mein Liebster«, flüsterte sie und bedeckte sein Gesicht mit Küssen. »Ich verzeihe dir. Ich liebe dich. Darauf, dass ich deine Frau war, bin ich stolz.«

TEIL V

Selene

»I love to dance, dilly dilly,
I love to sing.
When I'll be queen, dilly dilly,
You'll be my king.
Who told you so, dilly dilly,
Who told you so?
I told myself, dilly dilly,
I told me so.«

Kapitel 49

Portsmouth, Dockyards, Mai 1910

Ist das ein Wunschtraum?«, fragte Annette und wies mit ungeniert ausgestrecktem Arm auf den Mann, den der wachhabende Sergeant eben durch das hohe Tor auf das Gelände treten ließ. »Oder die kalte Wirklichkeit?«

Selene musste lachen. »Wenn so dein Wunschtraum aussieht, genieße ihn. Ich widme mich in der Zwischenzeit wieder dem meinen.« Sie drehte sich um und sah hinüber zur Helling, die aus der offenen Werkhalle ragte. Dort lag die Sirius, das fast fertig verkleidete neue Schiff der Dreadnought-Klasse, auf Kiel. Der gigantische Schiffsrumpf war von Gerüsten umgeben, auf denen Arbeiter standen, um auf dem Skelett der Spanten die Stahlplatten festzunieten, die ihnen von zwei Turmkränen aus zugereicht wurden. Tatsächlich hätte Selene sich einen Anblick, der ihr Blut stärker in Wallung brachte, nicht vorstellen können. Das Klirren der Metallhämmer, das Schnarren der Drehkränze und die knappen Befehle, die die Männer einander zuwarfen, waren Musik in ihren Ohren. Nichts anderes gab ihr so sehr das Gefühl, am rechten Platz zu sein.

Selene war am Meer geboren, in Portsmouth, dem bedeutendsten Marinestützpunkt Europas und zugleich der Stadt, in der vor bald vierhundert Jahren zum ersten Mal ein Trockendock errichtet worden war, was den Schiffsbau revolutioniert hatte. Revolutionär war Portsmouths Schiffsbau noch heute. Hinter den bewachten Toren des Werftgeländes war vor fünf Jahren die Dreadnought gebaut worden, das erste Großkampfschiff, das über ein einheitliches Kaliber verfügte. Bis dahin hatte der Bau von Kriegsschiffen sich derart rasant entwickelt, dass die meisten Typen, wenn sie vom Stapel liefen, bereits überholt waren. Die Dreadnought aber hatte einen neuen Maßstab gesetzt und den Startschuss für ein wahres Wettrüsten abgefeuert. In ganz Europa lief die Maschinerie der Schiffswerften heiß, weil jede Nation ihre eigene Flottille von Dreadnoughts wollte.

Vor diesem Hintergrund erschien es Selene nur natürlich, dass sie sich von klein auf für Schiffe begeistert hatte wie andere Mädchen für Porzellanpuppen. Zudem entsprach der atemlose Fortschritt des Schiffsbaus ihrem Naturell. Nichts ging ihr schnell genug, und Stillstand war ihr unerträglich. »Als Gott die Geduld verteilte, war Selene beim Schwimmen«, pflegte ihre Tante Georgia zu sagen und traf damit den Nagel auf den Kopf.

So sehr die Tante sich bemüht hatte, ihr Interesse für die beschauliche Gediegenheit des Hotelwesens zu wecken, für Selene stand fest, was sie mit ihrer Zukunft anfangen wollte, seit sie im Alter von sieben Jahren zum ersten Mal erlebt hatte, wie ein Schiff auf Kiel gelegt wurde. Ihrem Onkel, der sie an der Hand gehalten und die fünfjährige Annette auf dem Arm getragen hatte, hatte sie befohlen: »Sag den Männern, ich will bei ihnen bleiben. Ich werde Schiffsbauingenieur.«

»Talent hast du ohne Frage«, hatte der Onkel ohne eine Wimper zu zucken erwidert. »Ich bezweifle, dass ich in deinem Alter dieses Wort auch nur ansatzweise hätte aussprechen können.«

Seitdem kam sie her, sooft es ihre Zeit erlaubte. Zwischen den verschwitzten Arbeitern der Docks lernte sie mehr als in den Bänken der Hörsäle. Annette begleitete sie, wenn ihr bei strahlendem Wetter die Lust zum Schulbesuch fehlte. Für modernen Schiffsbau hatte sie wenig übrig, doch die Geschichte der Werftanlagen interessierte sie, und außerdem waren die beiden Mädchen, die keine Geschwister hatten, von Kindheit an unzertrennlich.

»Ist das dein Ernst?« Annette stieß ihr den Ellbogen in die Seite. »Dich interessiert dieses bleigraue Ungetüm, das du jeden Tag begaffen kannst, mehr als ein Adonis, wie du ihn so schnell nicht wieder zu sehen bekommst?«

»Verschone mich mit griechischer Mythologie!«, rief Selene, tat ihrer Freundin aber den Gefallen und drehte sich nach dem Mann mit dem Seesack um. Der sprach mit einem der Ingenieure vom Reparaturdock, der ihm dem Anschein nach nicht weiterhelfen konnte. »Du übertreibst übrigens. So schön wie der ist meine Sirius allemal.« Ganz sicher, ob sie damit recht hatte, war Selene nicht. Dass ein Dreadnought-Schlachtschiff an Eleganz zu wünschen übrigließ, war nicht zu bestreiten, und liebend gern hätte sie einmal den Bau eines Passagierdampfers erlebt. Aber Portsmouth war nun einmal Marinestützpunkt, und sie konnte froh sein, sich überhaupt in den Docks herumtreiben zu dürfen. Ohne den Einfluss ihres Onkels wäre ihr dies nie gestattet worden, und ihm verdankte sie es auch, dass sie Vorlesungen an der Universität von Portsmouth hören konnte, an der die Ingenieure der Docks ausgebildet wurden. Ein Abschluss würde ihr als Mädchen allerdings verwehrt bleiben.

Was den Mann mit dem Seesack betraf, so war Annettes Euphorie nicht verwunderlich. Der Kerl war so groß, dass er als Drehkran getaugt hätte, und die graziöse Leichtigkeit, mit der er sein Gepäck über der Schulter trug, suchte ihresgleichen. Sein Haar fiel in braunen Wellen, mit denen der Wind spielte. Er sieht aus wie ein Mann, der gern lacht, dachte Selene und ärgerte sich, dass sie sich von Annette hatte anstiften lassen, über den völlig uninteressanten Fremden nachzudenken.

Hätte sie nicht andere Sorgen haben sollen? Sie war fast zwanzig, und wenn sich nicht bald ein Weg fand, aus Portsmouth rauszukommen, würde sie hier versauern. Ihre Möglichkeiten an der Universität hatte sie demnächst ausgeschöpft, und was danach aus ihr werden sollte, stand in den Sternen. Im letzten Jahr hatte ihr Onkel angeboten, sie Bekannten an der Universität in London zu empfehlen. In der Hauptstadt strebten Frauen inzwischen an sämtliche Fakultäten und erkämpften sich das Recht auf Abschlüsse. Gewiss hätten sich ihr dort Türen eröffnet, die ihr hier verschlossen blieben, und Selene hatte begeistert zugesagt.

Im letzten Augenblick war der schöne Plan zerplatzt. Ihr Vater hatte, wie er es nannte, ein Machtwort eingelegt und ihr die Reise verboten. »Ich kann dir nicht gestatten, in dieser Sache nur an dich zu denken«, hatte er gesagt. »Du weißt, wenn dir etwas zustieße, würde deine Mutter es nicht überleben.«

In solchen Augenblicken hasste Selene ihren Vater, der einfach zu alt war, um zu verstehen, was in ihr vorging. Warum konnte sie ihn nicht gegen Annettes Vater tauschen? Annettes Liebe galt der aufstrebenden Wissenschaft der Archäologie. Ihr Vater ermutigte sie, in diesem Fach ein Studium aufzunehmen, und war mit ihr in die Türkei gereist, um ihr die Grabungsstätten des sagenumwobenen Troja zu zeigen.

Unwillkürlich wandte sie den Blick nach der Freundin. Annette trug ein dunkelgrünes Kleid, das nach neuestem Schnitt ihre schlanke Silhouette umschmiegte, und ließ ihr schwarzes Haar gegen jede Mode offen über ihren Rücken fallen. Sie war erst achtzehn, aber an Ausstrahlung nahm sie es mit jeder erfahrenen Frau auf. Wenn sie den Fremden mit dem Seesack kennenlernen wollte, würde sie keine Schwierigkeiten haben – Annette war mit Abstand das schönste Mädchen, das an der Küste des Solent ihre Hüften schwang.

Als hätte der Mann ihre Gedanken gelesen, machte er kehrt, dass der Seesack schwappte, und kam auf sie zu. »Scheint unser Glückstag zu sein«, bemerkte Annette.

Der Mann hob die Hand und winkte. »Entschuldigen Sie, meine Damen. Können Sie vielleicht einem tumben Touristen, der sich verlaufen hat, behilflich sein?«

»Tumbe Touristen haben hier keinen Zugang«, konterte Annette, gönnte ihm jedoch das hinreißend spöttische Lächeln, das sie von ihrem Vater geerbt hatte. »Und da Sie hier herumspazieren, gehe ich davon aus, dass Sie der reine Tor, den Sie uns geben, nicht sind. Wie wäre es also mit einer Vorstellung?«

Geschlagen lächelte der Mann, wobei er ein herrliches Gebiss entblößte. Selene fielen solche Dinge auf. Annette behauptete, sie prüfe Männer wie Maschinen auf ihre Funktionsfähigkeit. »Ihr Wunsch sei mir Befehl. Thomas Lenz ist mein Name, Ingenieur bei Harland & Wolff. Ich bin sozusagen Europareisender in Sachen Schiffsbau und auf der Suche nach einem Studenten.« Er war kein Engländer. Auch wenn er seinen Namen englisch aussprach und sich fehlerlos ausdrückte, war ein Akzent nicht zu überhören. Ein wenig, als würde er die Worte ordentlich in Silben zerteilen. Hübsch, fand Selene.

»Was für einen Studenten suchen Sie denn?«, fragte Annette nach. »Einen Ingenieur? Dann sind Sie bei uns an der richtigen Adresse, wir sind sozusagen das *Who is Who* der ingenieurswissenschaftlichen Fakultät.«

»Dann ist die ingenieurswissenschaftliche Fakultät zu beneiden.« Der Mann, der Thomas Lenz hieß, lächelte noch immer. »Ich soll in einer halben Stunde einen Vortrag über meine Arbeit für Harland & Wolff halten und wurde hergeschickt, um einen Mr Ternan abzuholen, den dieser Vortrag interessieren könnte.«

»Soso«, versetzte Annette amüsiert. »Mit einem Mr Ternan können wir leider nicht dienen. Darf ich Ihnen ersatzweise Miss Ternan anbieten?« Mit theatralischer Geste wies sie auf Selene. »Gestatten, Selene Ternan, hoffnungsvoller Hundsstern am Schiffsbauerhimmel – ich wette, Sie dürfen sie auch Sirius nennen.«

Thomas Lenz wandte sich ihr zu. Sein Gesicht war die Verblüffung pur. »Sie sind Selen Ternan?«

»Selene«, verbesserte sie. »Mondgöttin der Titanen, und wie alle Menschen trage auch ich an meinem Namen keine Schuld.«

»Sagen Sie bloß, er gefällt Ihnen nicht? Ich finde ihn göttlich.«

»Das ist der Sinn der Sache. Aber sein Kind nach der Göttin eines untergegangenen Geschlechts zu benennen hat etwas Morbides, oder? In meiner Familie gehört Morbidität zum guten Ton. Das Hotel meiner Großeltern heißt Mount Othrys.«

»Oho.« Er pfiff durch die prächtigen Zähne. »Das ist in der Tat ein bisschen, als würde man das Schicksal herausfordern. Zogen die dem Untergang geweihten Götter nicht vom Mount Othrys aus in ihre letzte Schlacht? Ich fürchte, ich muss mich selbst zu einer Schwäche für diesen titanischen Größenwahn bekennen.«

Erst jetzt, als er titanisch aussprach, fiel Selene ein, was er vorhin erwähnt hatte. »Haben Sie gesagt, Sie kommen von Harland & Wolff? Soll das heißen, dass Sie …« Sie verstummte, und ihr Herz vollführte einen kleinen Sprung.

»Genau das heißt es.« Er grinste, als hätte er ihr ein Geschenk überreicht. »Ich bin hier, um zu Ihnen über die Konstruktion unserer Luxuslinienschiffe für White Star zu sprechen – der formidablen Schwestern RMS Olympic und RMS Titanic.«

Selene gönnte sich einen Augenblick atemloser Andacht. Selbst altgediente Konstrukteure in den Docks sprachen den Namen des zweiten Schwesterschiffs nur unter ehrfürchtigem Raunen aus. Kaum mehr als ein Jahr war vergangen, seit die Titanic in der Werft von Harland & Wolff auf Kiel gelegt worden war, und doch war sie bereits von Legenden umwoben. Sie sollte das größte Schiff sein, das je gebaut worden war, versehen mit einem mysteriösen System, das sie unsinkbar machte. Ein Sieg der Menschheit über die unbeugsamste der Naturgewalten. Dass der Mann, der vor ihr stand, an diesem Wunderwerk beteiligt war, dass er Hand an Titanics Spanten gelegt hatte, erfüllte Selene mit Neid.

Thomas Lenz hob die Brauen. »Kommen Sie, Titanin? Mein Vortrag kann leider nicht warten.«

Sie hätte ihm gern gesagt, an welchen Hut er sich seinen Vortrag stecken konnte. Aber er trug ja gar keinen. Und letzten Endes siegte wie üblich ihre brennende Neugier auf ein Schiff.

Thomas Lenz blieb eine Woche in Portsmouth und hielt täglich Vorträge an der Fakultät. Schnell wurde er vom kleinen Konferenzraum in den großen Hörsaal umquartiert, und selbst der war noch so über-

laufen, dass die Studenten sich bis auf den Gang hinaus drängten. Lenz erzählte quirlig wie eine Schiffsschraube und anschaulich wie ein Blick vom Masttopp, doch es war sein Thema, dem niemand widerstehen konnte. Die Titanic löste womöglich größere Wellen der Begeisterung aus als die junge Luftfahrt. Sie war alles, was England mit Stolz erfüllte – mächtig und unbesiegbar, die perfekte Verschmelzung von modernster Technik und traditioneller Eleganz, von Pioniergeist und Größenwahn.
Lenz erläuterte ihnen die Statik des schwimmenden Riesenpalastes, die Vierzylinder-Kolbendampfmaschinen des Antriebs und vor allem das einzigartige System der Schotten, der wasserdichten, quer verlaufenden Kammern, die sich durch den Schiffsrumpf zogen und von der Brücke aus verschlossen werden konnten. Dieses Wunder moderner Elektronik war es, das die Titanic unsinkbar machte. Drang aus irgendeinem Grund Wasser ein, so genügte dem Kapitän ein Knopfdruck, um das entsprechende Schott zu schließen und sein Schiff vor Schaden zu bewahren. Selene war überwältigt. Nach Beendigung eines jeden Vortrags blieb sie noch ewig mit Lenz vor dem Kartentisch stehen, beugte sich über Blaupausen und ließ sich erklären, wie bestechend simpel das System funktionierte. Wenn die Saaldiener sie schließlich hinauswarfen, zogen sie in die Kantine um und fuhren fort, sich die Köpfe heißzureden.
Binnen kurzem erfuhr sie, dass Lenz auf Einladung ihres Onkels hier war und dass der Onkel dem Beraterstab angehörte, der das Schottensystem für Harland & Wolff entwickelt hatte. Es überraschte sie kaum. Der Onkel hatte seine Finger in allem und jedem. Leider blieb er dabei ein Geheimniskrämer – was man ihn nicht ausdrücklich fragte, bekam man nicht erzählt.
»Wie ich sehe, liegt das technische Genie in der Familie«, sagte Lenz und trieb Selene die Röte in die Wangen. Um zu verbergen, wie sein Kompliment sie freute, wechselte sie das Thema.
»Woher kommen Sie eigentlich? Nicht aus Belfast, so viel steht fest.«

»Doch, daher komme ich schon, ich bin nur nicht dort geboren worden.«

»Das ist Haarspalterei. Behalten Sie's für sich, wenn Sie wollen. So brennend interessiert es mich nicht.«

»Aber ich will es gar nicht für mich behalten«, erwiderte er. »Und ich wünschte, es würde Sie so sehr interessieren wie my lady Titanic.«

Selene musste lachen. »Dann müssten Sie sich mindestens vier Schornsteine zulegen, einen allein zur Zierde. Und ein wasserdichtes elektronisches Schottensystem.«

»Mein Schottensystem ist so wasserdicht, dass die Titanic vor Neid ergrünen würde. Nur mit der Elektronik hapert es.« Er legte den Kopf schräg und gab sich Mühe, sie treuherzig anzusehen.

»Jetzt sagen Sie schon, wo Sie geboren worden sind«, gab Selene sich geschlagen.

»Genau weiß ich es nicht«, behauptete er, »obwohl ich zweifellos dabei gewesen bin. Auf meinem Taufschein steht Lübeck – immerhin eine respektable Hansestadt.«

»Und wo ist das?«

»Auf der anderen Seite«, sagte er und wies vage in Richtung Solent. »An der deutschen Ostseeküste.«

Er war ihr ein Rätsel. Er war Deutscher, arbeitete für Harland & Wolff und trieb sich mit einem Seesack in Portsmouth herum. An zwei Abenden gingen sie mit Annette aus, die heftig mit ihm flirtete und hinterher zu Selene sagte: »Ich hoffe, Adonis ist nicht verheiratet. Was seine Familie betrifft, so hält er sich verdächtig bedeckt.«

»Ich kann ihn fragen, wenn es dir so sehr am Herzen liegt«, erwiderte Selene. »Du hast es wirklich auf ihn abgesehen, oder?«

Annette hob eine ihrer Brauen, eine Geste, die ihr umwerfend stand. »Du etwa nicht?«

Selene hatte es nicht auf Thomas Lenz, sondern auf RMS Titanic abgesehen. Sooft sie mit Lenz zusammen war, packte sie das erregende Gefühl, zumindest für Augenblicke an dem Traumschiff teilzuhaben.

Er war nicht verheiratet. Von seiner Familie erzählte er nicht, weil er keine besaß. Sein Vater war vor seiner Geburt gestorben, und nachdem seine Mutter ebenfalls gestorben war, hatte sein Großvater ihn aufgezogen. »Der alte Herr lebt auch nicht mehr. Wie Sie sehen, ist meine Herkunft nicht sehr unterhaltsam. Ich könnte Ihnen höchstens erzählen, dass mein Vater Sozialdemokrat war und dass ich auch einer bin, aber ein bisschen fürchte ich, Sie könnten vor Schreck nicht mehr mit mir reden.«

»Das schreckt mich nicht«, erwiderte Selene kaltschnäuzig. »Mein Onkel sitzt im Ortsvorstand der Labour Party.«

»Ich weiß. Ihr Onkel ist ein toller Kerl.«

»Falls Sie ihn käuflich erwerben wollen, machen Sie sich keine Hoffnung. Über den Rest meiner Familie könnten wir allerdings in Verhandlung treten.« Gleich darauf bereute sie den dummen Witz. Ihre Familie war ihr Hort und Halt, und ihre Mutter, so lästig ihr deren Fürsorge fiel, war der liebevollste Mensch auf der Welt. Lenz brachte sie dazu, von ihren Verwandten zu erzählen, von Tante Georgia, die mit ihrem Rutenbesen täglich ein Grandhotel ausfegte, und von ihren Großeltern, einer Frau wie aus Spannstahl und einem Männchen wie aus Porzellan. »Ich glaube, wir kommen ins Geschäft«, sagte Lenz. »Ihre Familie hört sich unwiderstehlich an.«

Nach vier Tagen bat er sie, ihn Thomas zu nennen. Und am nächsten Tag, einem Freitag, teilte er ihr mit, er werde morgen seinen letzten Vortrag halten und am Sonntag abreisen. Jäh war Selene zumute, als hätte man ihr eine Tür vor der Nase zugeschlagen. Was immer dahinter geschah, fand ohne sie statt. »Glück muss man haben«, murmelte sie und war wütend auf sich, weil ihre Bitterkeit nicht zu überhören war. »Dann also gute Reise.«

Eine kleine Ewigkeit lang starrte sie auf die Tischplatte, die Schlieren des Holzes, die ineinanderliefen und nirgendwohin führten. Dann schreckte sie seine Stimme aus der Trance. »He, Titanin? Warum kommst du eigentlich nicht mit?«

»Ich?«, platzte sie heraus. »Nach Belfast? Zur Titanic?«
»Wohin denn sonst? Gibt es etwa einen anderen Ort, wo es sich im Mai des Jahres 1910 zu sein lohnt?«
»Aber ich bin kein Ingenieur«, stammelte Selene.
»Als Ingenieur könnte ich eine Frau kaum unterbringen«, bekannte Thomas. »Nicht einmal, wenn sie eine göttliche Mondrose namens Selene wäre. Aber Hilfsarbeiter werden ständig gebraucht. Es ist schlecht bezahlt, und du kommst in keinem Mount Othrys unter, aber du könntest eine Menge lernen. Ich habe mich als Student dauernd als Arbeiter verdingt – und Harland & Wolff ist schließlich nicht irgendeine Werft.«
»Allerdings nicht.«
»Dann kommst du also mit?«
Vor Selenes geistigem Auge türmten sich Hindernisse. Sie hatte kein Geld für die Überfahrt. Ihre Mutter würde in Verzweiflung ausbrechen. Ihr Vater würde es ihr schlankweg verbieten. Es war nicht möglich, und es würde nie möglich sein. »Ja«, sagte sie zu Thomas Lenz, »ich komme mit zur Titanic.« Möglich oder nicht, im Mai des Jahres 1910 gab es für Selene Ternan keinen anderen Ort, an dem zu sein es sich lohnte.

Mildred hatte sich oft gesagt, sie müsse damit rechnen. Ihr Mann war fünfundsiebzig Jahre alt, er hatte ein Leben lang Raubbau mit seiner Gesundheit getrieben, und wenn jemand ihn mahnte, er müsse mit der Arbeit aufhören, starrte er ihn an, als wüsste er nicht, wovon die Rede sei. Vermutlich wusste er es wirklich nicht. Seine Arbeit war sein Leben, er besaß kein anderes. Seit sein Neffe die Finanzierung der Krankenstation im Arbeitshaus durchgesetzt hatte, arbeitete er auch dort noch etliche Stunden. Eines Tages würden sie ihn ihr auf einer Bahre bringen und sagen: »Es tut uns leid, Mrs Weaver. Sein Herz hatte keine Kraft mehr.«
Und dann, Hyperion? Dann haben wir einander nie verziehen.

Als sie kamen, geschah, was Mildred bald fünfzig Jahre lang verhindert hatte. Die Träger begingen einen Fehler, und ihr Privatleben wurde statt in ihr Haus in ihr Hotel geschleppt. In ihr Wolkenschloss, das seine Besucher vor allen unappetitlichen Aspekten des Lebens abschirmte. Es war nie mehr voll ausgebucht, dazu war es zu teuer, und es hatte noch immer keine Dachterrasse. Aber wer es sich leistete, wusste, dass er bekam, was kein anderer haben konnte. Mount Othrys. Das Paradies, das in einer Welt, die sich in schwindelerregendem Tempo wandelte, unverändert stand. In ihr Hotel, in dem die Sommerfrische eines verlorenen Jahrhunderts konserviert war, passte keine Totenbahre. Mildred schrie die Träger an. Dann erkannte sie Ackroyd, der hinter der Trage ging. »Tun Sie mir eine Liebe, Will, zeigen Sie diesen Idioten, wo sie ihn hinzubringen haben«, beschwor sie ihn. »Ich komme nach, wenn ich meine Gäste beruhigt habe.«

Gewiss riss nun wieder alle Welt das Maul auf, weil Mildred Weaver ein Herz aus Stein hatte und um ihren Mann nicht weinte. Sie eilte die Treppe hinauf, deren Marmor wie immer frisch poliert glänzte. Wie soll ich denn weinen, Hyperion? Schreien müsste ich, weil jetzt alles verloren ist und ich die Last mit in den Tod nehmen muss. Würde einer von all den Maulaufreißern mein Geschrei ertragen? Zu ihrer Erleichterung hatte kein Gast etwas mitbekommen. Mildred wies Georgia an, den Empfang zu übernehmen und für einen störungsfreien Abend zu sorgen. Dass ihr Vater gestorben war, sagte sie ihr nicht.

Hyperion war nicht gestorben. Er hatte erlitten, was Ackroyd als Schwächeanfall beschrieb, und lag in tiefer Bewusstlosigkeit. »Das Herz hat keine Kraft mehr. Ausgerechnet dieses unermüdliche Herz. Wie sollen wir ohne es auskommen?« Dieser Mann, Ackroyd, war keine fünfzehn Jahre jünger als Hyperion, aber er sprach von ihm noch immer wie ein Junge von seinem angehimmelten Vater.

Für das Bett, auf dem er lag, erschien Hyperion zu klein. War das der Mann, der ihr Leben bestimmt hatte? Er war ein so winziger, so zarter Mann, als hätte ein Holzschnitzer eine Miniaturausgabe von einem Menschen gefertigt. Seine Haut war nahezu durchsichtig, das bisschen Blut, das noch in ihm war, schimmerte rosa durch Weiß. Einzig die Frau, die ihn geliebt hatte, vermochte noch zu sehen, wie schön er gewesen war – das weiße Haar wie das Gold, um das die Burenkriege geschlagen worden waren, die Züge wie mit der Engelsfeder gezeichnet. Seine einst so hübschen Hände waren jetzt zu Fäusten geballt, als hielte er krampfhaft an etwas fest. »Ein verwundetes Herz können wir inzwischen flicken«, bekundete Ackroyd traurig, »zumindest an den Ventrikeln und wenn Gott uns gnädig ist. Aber vor einem, das keine Kraft mehr hat, sind wir so hilflos, wie wir immer waren.«

Mildred sah auf die Lider ihres Mannes und dann wieder Ackroyd ins Gesicht. Was wollte er von ihr? Sollte sie hier sitzen und zuschauen, wie Hyperion starb? Das konnte sie nicht. Sie hatte ihr Hotel und ihre Familie durch einen fünfzigjährigen Sturm gesteuert, aber stillhalten, bis der Tod kam, war zu viel von ihr verlangt. »Ich habe ein Hotel zu leiten«, sagte sie zu Ackroyd. »Wir stehen am Beginn der Hauptsaison.«

Ackroyd tauchte ein Tuch in eine Schale mit Wasser und betupfte Hyperion die Stirn. »Selbstverständlich, Madam«, sagte er. »Es lässt sich ja auch nichts für Ihren Gatten tun.«

Sie konnte dennoch nicht gehen. Nicht den Blick von den Lidern lösen, die sich über regengrauen Augen nicht mehr heben würden. Wenn ich es dir jetzt sagen würde, Hyperion, wenn ich dich bäte, mir zu verzeihen, könntest du mich hören? Die Vorstellung, nach all den Jahren die Last abzuwerfen, nahm keine Form an. Dass die Türglocke ertönte, war eine Erleichterung, denn es löste die Starre.

Vor der Tür, getaucht ins Abendlicht, stand das Mädchen. Ihr Sonnenschein. Selene. »Ich muss dich sprechen, Großmutter«, sagte sie wie immer ohne Umschweife. »Es eilt.«

Mildred schluckte. Selene mit einer Ausrede abzuspeisen war genauso sinnlos, wie es bei ihr selbst gewesen wäre. »Es wird warten müssen«, erwiderte sie. »Der Großvater liegt im Sterben.«

»Was?« Im nächsten Augenblick tat sie, was Mildred hatte verhindern wollen, und stürmte an ihr vorbei ins Haus. Es erging ihr, wie es ihr in zwanzig Jahren mit Selene oft ergangen war. In totale Finsternis stahl sich ein Lächeln. Selene war entsetzlich schlecht erzogen für ein Mädchen aus so erlesenem Haus. Selene war goldrichtig. Sie war eine unter Millionen.

Als Mildred die Zimmertür aufschob, kniete sie bereits vor Hyperions Bett und hielt seine vogelzarten, zu Fäusten gekrampften Hände in ihren. »Großvater«, rief sie, wie sie als kleines Mädchen gerufen hatte, wenn sie allen Verboten zum Trotz in sein Arbeitszimmer gerannt war. »Großvater, du kannst doch nicht sterben! Ich muss dir das Tollste überhaupt erzählen. Stell dir vor, ich fahre nach Belfast, ich werde auf einem riesigen Gerüst stehen und auf den Rumpf der Titanic klopfen. Kannst du das glauben? Ich will dir eine Postkarte senden, Großvater, mit herzlichen Grüßen von der Titanic. Die musst du doch bekommen!«

Mildred vergaß, dass Hyperion starb und ihre Welt dabei war zu zerplatzen. »Schlag dir das aus dem Kopf«, sagte sie. »Glaubst du, ich habe mich für Mount Othrys aufgeopfert, um es Fremden zu geben? Deine Familie braucht dich, Selene. Irgendein Hirngespinst von Windjammer braucht dich nicht.«

»Es gibt keine Windjammer mehr«, sagte Selene, ohne Hyperions verkrampfte Hände loszulassen. »Und ich schlage mir nichts aus dem Kopf. Ich bin gekommen, weil ich dachte, mit euch sei leichter zu reden als mit meinen Eltern.«

Mit uns ist es schwerer, dachte Mildred. Ich kann dich nicht gehen lassen, egal, wohin du willst. Einst hatte sie alles getan, um zu verhindern, dass dieses Kind in die Welt kam. Sie war sogar zu Horatios halb krimineller Frau gelaufen, weil Gerüchte umgingen, sie könne sich um eine Abtreibung kümmern. Aber die Frau, die sich Wochen später

von Horatio scheiden ließ, hatte ihr kalt ins Gesicht geschleudert, eine Abtreibung sei Sache der Kindsmutter und gehe sonst keinen etwas an.
»Das Gesetz geht es an!«, hatte Mildred sie angeschrien, aber die Frau hatte sich nicht erschüttern lassen.
»Wenn es Sie selig macht, melden Sie mich der Polizei«, hatte sie gesagt und Mildred stehenlassen.
Mildred hatte niemanden gemeldet, sie hatte Hyperion gefragt, und der hatte die Stirn besessen, ihr zu erklären: »Ich bin nicht Arzt geworden, um Leben zu nehmen, Mildred.« Zudem bedeute eine Tötung des Kindes in so spätem Stadium der Schwangerschaft auch die Tötung der Mutter. Das Kind, das niemand wollte, war zur Welt gekommen und hatte seiner Familie Segen gebracht wie kein zweites. Hyperion hatte es anfangs so wenig beachtet wie seine Töchter, aber Selene ließ ihn damit nicht davonkommen, sondern bahnte sich auf festen Beinchen ihren Weg in sein Leben. Mit ihr hatte sich ein Lächeln zurück auf sein Gesicht gestohlen. Jetzt kniete sie vor seinem Bett und streichelte seine Fäuste. Mildred blieb keine Wahl. Sie konnte sie nicht gehen lassen, sie musste zu unfeinen Mitteln greifen.
»Was glaubst du, was du deinem Großvater antust, wenn du so sprichst?«, fragte sie. »Ist dir nicht klar, dass du ihn mit dem, was du uns antust, ins Grab bringst, willst du dir das auf dein Gewissen laden?« Sie sah, dass Ackroyd protestieren wollte, doch ein Blick von ihr brachte ihn zum Schweigen. Mildred atmete auf. In der Nacht vor Selenes Geburt hatte die stille, fügsame Esther ihr ins Gesicht geschrien, sie sei wahrhaftig eine Titanin – das weibliche Ebenbild des Kronos, das seine eigenen Kinder verschlinge. Esther hatte damals nichts verstanden, aber sie würde heute verstehen. Mildred war jedes Mittel recht gewesen, um ihre Tochter nicht zu verlieren. Heute galt dasselbe für ihre Enkelin.
Selene presste ihr Gesicht an Hyperions Seite ins Laken. Als sie es wieder hob, war sie so gefasst, wie Mildred sie kannte. »Du kannst

mich hören, nicht wahr, Großvater?«, fragte sie. »Natürlich gehe ich nicht weg, solange du krank bist. Ich bleibe hier, bis es dir bessergeht.«

Noch einmal und jetzt viel tiefer atmete Mildred auf. Fürs Erste war die Gefahr gebannt, und wenn Selene später noch einmal davon anfing, würde sie sich etwas Neues einfallen lassen. Sie sah in Hyperions Gesicht, über das eine Bewegung strich. Konnte er Selene tatsächlich hören? Wenn du mich hören kannst, sage ich dir alles, versprach sie ihm stumm. Später, wenn die anderen gegangen und wir beide allein sind, sage ich es dir, damit du es weißt, bevor du stirbst. Damit du mich erlöst.

Als hätten sich wieder einmal alle schwarzen Kräfte des Schicksals verschworen, um sie in die Knie zu zwingen, fand Mildred in der Nacht, als sie endlich dazu kam, sich um die Post zu kümmern, noch einen der gefürchteten Briefe vor. Keinen des Erpressers, der sich seit Jahren an Summen hielt, die ihr zwar Wochen der Nöte, aber keine Panik mehr bescherten. Diese anderen Briefe hingegen lösten das alte Gefühl, übermannt zu werden, aus, für das sie sich zu alt fühlte, zu mutlos, zu erschöpft. Dabei hatten die Briefe bisher nicht einmal echte Gefahr bedeutet, sondern nur an all das Beklemmende, Dunkle gerührt, das sie mit niemandem teilen durfte. Als wäre das nicht genug, trat in dieser Nacht die echte Gefahr noch dazu.

»Mildred«, las sie ihren Namen in der steilen, wohlbekannten Schrift. »Ich lasse mich noch einmal herab, Dich zu bitten, dann habe ich keine Kraft mehr dazu und muss andere Wege beschreiten. Du weißt, dass mein Sohn in den Kämpfen mit den Buren gefallen ist. Du wirst auch wissen, dass meine Kleine an einer grausamen Krankheit zugrunde geht und dem Tod schon näher steht als dem Leben. Es wird Dir Genugtuung bereiten, dass von mir nur ein einsames Wrack von einem Mann verblieben ist. Kannst Du selbst mit diesem Wrack keine Spur von Mitleid haben?«

Und wenn ich es könnte, was nützte uns das? Immer redeten alle vom Mitleid, ohne das man sich angeblich dem Menschengeschlecht nicht zurechnen durfte, und doch war es ein gänzlich nutzloses Gefühl.
»Ich verlange von Dir nur, dass Du mich wissen lässt, wo meine Tochter und mein Enkelkind leben. Ich will nichts als sie sehen. Einmal in ihnen erkennen, dass trotz aller Fehler, die ich in meinem Leben begangen habe, meine Geschichte mit mir nicht endet. Dass etwas Gutes geblieben ist von so viel Schlechtem. Willst Du mir das verweigern, Mildred?«
Das wollte sie in der Tat, und sie würde es bis ans Ende ihres Lebens tun. Die, die vom Mitleid schwatzten, hatten selbst keines, vermutlich, weil es dieses Phantom von Mitleid überhaupt nicht gab. Dachte der Mann, der ihr diese Briefe schrieb, vielleicht je an sie, deren Kämpfe umsonst gewesen wären, wenn sie die beiden nicht länger schützen konnte?
»Wenn Du mir nicht endlich gewährst, wonach ich mich seit zwanzig Jahren sehne, muss ich es erzwingen«, endete er. »Und glaube nur nicht, dazu sei ich nicht fähig. Ich kann den Mund aufmachen, Mildred. Ich kann mit einem Schlag Dein Titanenreich in den Untergang senden, und ich werde nicht sterben, ohne meine Tochter und mein Enkelkind zu kennen. Sei Dir dessen gewiss. Ich werde ohne das nicht sterben.«

Kapitel 50

Belfast und Portsmouth, Herbst 1910

Wenn es etwas gab, das Thomas im Norden von Irland schwer ertrug, war es der ewige Regen. Wie es aussah, wenn ein Strahl gleißenden Sonnenlichts unverhofft durch die schwarze Decke der Wolken brach, hatte er beinahe vergessen. Das unentwegte Geprassel aufs Dach der Werkhalle dröhnte ihm noch in den Ohren, als er seine Wohnung betrat, und das endlose Grau schlug ihm aufs Gemüt. Es machte ihn grüblerisch, und eben das wollte er nicht sein. Er hatte sich hundertmal gesagt, er müsse nicht nach Portsmouth zurück, er könne die Vergangenheit ruhen lassen und sein Leben nach vorn gewandt weiterleben. Warum um alles in der Welt hatte er dennoch an Annette Weaver geschrieben?

Ihre Antwort, die seine Wirtin ihm in die Hand gedrückt hatte, lag vor ihm auf dem Tisch. Sich vor dem Öffnen eines Briefes zu fürchten war albern, erst recht, wenn man selbst um diesen Brief gebeten hatte. Thomas schob einen Finger in die Lasche des Umschlags und riss ihn auf.

»Verehrter Mr Lenz«, las er und glaubte den leicht spöttischen Ton der jungen Frau zu hören und den Schalk in ihren Augen blitzen zu sehen. »Wie nett, nach all den Monaten von Ihnen zu hören. Danke der Nachfrage, ich und die Meinen, wie Sie sich ausdrücken, sind bei guter Gesundheit. Gehe ich recht in der Annahme, dass Sie mit den Meinen in zweiter Linie meinen Vater, in erster aber meine Cousine Selene meinen?

Mr Lenz, Sie enttäuschen mich. Sie erschienen mir so gar nicht wie ein Mann, der Feigheit vor dem Feind beweist, und jetzt wagen Sie nicht, Selene selbst zu schreiben? Genau das muss ich Ihnen aber raten,

denn was nützt es Ihnen, wenn ich Ihnen auf Ihre Frage ein paar beliebige Antworten gebe – die eine, die Sie gern hätten, ist ja doch nicht darunter. Und jetzt sagen Sie nur nicht, ich hätte nicht recht.
Also schön, hier haben Sie Ihre beliebigen Antworten: Ja, auch Selene erfreut sich guter Gesundheit, sie ist überhaupt von robuster Natur und lässt sich von keinem läppischen Schnupfen unterkriegen. Was ihren Großvater betrifft, stehen die Dinge leider weniger gut, doch immerhin ist der alte Herr noch unter uns. Oder ist er das nicht? Er atmet und nimmt gelegentlich Nahrung zu sich, doch ansonsten vegetiert er vor sich hin, ohne zu erkennen, was um ihn geschieht. Ist es nicht herzzerreißend, dass ein so wacher, kluger Mensch so ein Ende nehmen muss, dass ein Arzt sich, wenn es zum Letzten kommt, nicht helfen kann? Mein Vater, der ihn wie keinen anderen Mann bewundert, hat gesagt, er hält die Hände verkrampft, als könnte er etwas im Leben nicht loslassen. Wer weiß, was dieses Etwas ist und wann es ihm erlaubt zu gehen.
Hat Ihnen Selene eigentlich erzählt, wie es zu dem Anfall kam? Sein Assistent, Dr. Ackroyd, hat ihm von einer Meldung berichtet, die telegraphiert worden war. Auf der anderen Seite der Welt, in Mexiko-Stadt, war ein Mann am Fleckfieber gestorben, der sich vorsätzlich damit infiziert hatte, um den Erreger nachzuweisen. Fleckfieber wird durch eine Laus, die in Kleidern sitzt, übertragen, und jetzt, da wir dank des Opfers dieses Mannes davon wissen, werden wir Tausende von Ansteckungen verhindern können. Dr. Ackroyd war sicher, Hyperion werde sich darüber freuen, weil seine Mutter am Fleckfieber gestorben ist. Vielleicht hat er sich ja gefreut, vielleicht war die Freude für sein müdes Herz zu wild. Er stürzte nieder und verfiel in den Zustand, in dem er sich noch immer befindet. Das alles geschah am Tag, bevor der König starb, und dass wir jetzt einen neuen König haben, weiß er nicht, aber was für eine Rolle spielt das schon?
Finden Sie mich schwatzhaft? Beklagen Sie sich nicht, Sie hätten schließlich Selene fragen können, die eine Meisterin der Verknappung

ist. Zurück zu dem, was Sie wissen wollten. Dafür, dass Selene hierbleibt, um eine Stunde pro Tag am Bett ihres Großvaters zu sitzen, besteht aus meiner Sicht kein Grund. An der Universität bekommt sie nichts Neues mehr zu hören, und ihre Sirius ist im August vom Stapel gelaufen. Sie langweilt sich. Und für Selene kommt Langeweile dem letzten Kreis der Hölle gleich. Wenn es Ihnen also ernst ist mit Ihrer Beteuerung, Sie hätten ein schlechtes Gewissen und würden Selene gern helfen, wäre es eine gute Idee, sie noch einmal einzuladen. Wie ich meine Cousine kenne, ist sie nämlich überzeugt, es sich auf immer mit Ihnen verdorben zu haben. Selbst wenn sie es bereut, nicht mit Ihnen gefahren zu sein – von sich aus wird sie sich nicht noch einmal an Sie wenden.

Habe ich mich damit nicht als selbstlose, beflissene Beraterin erwiesen? Wenn ja, bedanken Sie sich und rechnen Sie mir vor allem an, dass ich Ihnen nicht krummnehme, wie unverblümt Sie Selene mir vorziehen. Es sei Ihnen verziehen, wenn Sie es fertigbringen, die Gute nach Belfast zu schaffen. Mein Vater lässt grüßen und ausrichten, er ist Ihnen gern behilflich, auch wenn er es sich mit Selenes Mutter verdirbt.

Was nun Ihre letzte Frage betrifft, so mutet sie allerdings etwas sonderlich an. Ob ich einen Victor März kenne? Mein lieber Mr Lenz, Victor März oder March kennt in Portsmouth jedes Kind, weil er angeblich mit seinen Billighotels das Stadtbild verschandelt und schon im Automobil herumkurvte, als man noch einen Läufer dafür brauchte, der mit roter Fahne vorneweg lief. Möglicherweise kenne ich ihn sogar besser als die meisten Kinder. Er ist mein Großvater, wenn auch nicht der richtige. Warum Sie das aber wissen wollen, müssen Sie mir gelegentlich erklären.

Bleiben Sie wohlauf, grüßen Sie RMS Titanic, von der man ständig neue Wunderdinge hört, und lassen Sie von sich hören. Es grüßt Sie nicht ergebenst, doch recht freundlich, Ihre Annette Alexandrina Weaver.«

Thomas starrte auf den Brief, als seine Wirtin an die Tür klopfte, um ihm mit mürrischer Miene eine Abendmahlzeit aus Kutteln und zerkochten Kartoffeln zu servieren. Er stocherte darin, weil er essen musste, aber Appetit machte ihm das lieblos bereitete Gericht beileibe nicht. Und der Mangel an Gesellschaft erst recht nicht. So ungern er es sich eingestand, er fühlte sich einsam und hatte die möblierten Behausungen, in denen man wie ein ungebetener Gast umherstrich, satt. Hatte er im Grunde je anders gewohnt? Hatte es je ein Haus gegeben, unter dessen Bewohnern er ganz und gar willkommen war?

Was ist, macht dich der Regen zum Klageweib?, versuchte er mit etwas Spott das Selbstmitleid zu vertreiben. Aber wenn kein Gegenüber da war, der einem den Kopf zurechtsetzte, schlich es sich immer wieder ein. Vielleicht, um ihm Einhalt zu gebieten, zog er schließlich den Briefblock zu sich und begann zu schreiben. Oder weil jeder Mensch, selbst einer, der von Schiff zu Schiff zog, wissen wollte, in welchem Hafen er seinen Anker gelichtet hatte.

»Setz dich, Selene. Du weißt, weshalb ich dich hergebeten habe?« Ihr Vater wies auf den gepolsterten Stuhl, den er vor seinen Schreibtisch geschoben hatte. Er war ein entsetzlich altmodischer Mensch, aber immerhin ließ er sie nicht wie ein Schulmädchen stehen, während er hinter dem Schreibtisch thronte. »Dein Onkel hat mit mir gesprochen.«

Sogleich meldete sich Selenes Gewissen. Sie hätte selbst um ihre Sache kämpfen müssen, nicht den Onkel vorschieben.

»Dein Onkel hat auch mit deiner Mutter gesprochen. Besondere Rücksicht hat er dabei nicht walten lassen – deine Mutter sitzt im Wintergarten und weint.«

Selene unterdrückte ein Stöhnen. »Es tut mir leid«, murmelte sie, was ebenso sinnlos wie gelogen war.

»Und wie leid tut es dir?« Ihr Vater schob seine Brille die Nase hinunter und musterte sie über die Ränder hinweg. »So leid, dass du deiner Mutter zuliebe auf dein Vergnügen verzichten würdest? Wohl kaum, denn sonst hättest du es nicht wieder versucht, nachdem wir bereits klargestellt hatten, dass eine Reise für dich nicht in Frage kommt.«

»Es geht doch nicht um mein Vergnügen, Vater!« Selene sprang auf. »Ich kann nicht einfach hier herumhocken wie die Königin von Saba und mich nudeln lassen, bis ich mich rollend fortbewege. Ich brauche etwas zu tun.«

»Nun, wenn dir derart der Sinn nach Beschäftigung steht, hätte ich nichts dagegen, dich in die Grundlagen des Hotelwesens einzuweisen. Auch deine Tante Georgia hat derlei angeboten, da dir Mount Othrys ja mehr am Herzen zu liegen scheint als das eigene Haus.«

»So ist es nicht«, warf Selene ein, brach aber ab, denn es war so. Mount Othrys mit all seinen veralteten Skurrilitäten war ihr Zuhause. Immer wieder hatte Großmutter Mildred ihr beteuert, dass es eines Tages ihr gehören würde, und auch wenn sie nichts damit anfangen konnte, würde es ihr weh tun, es zu verkaufen. Ihr Vater hingegen hoffte für sein Victoriana nicht auf die Tochter, sondern auf einen Schwiegersohn. Als Selene sich wieder setzte, trafen sich ihre Blicke. Sie war ungerecht. Immerhin hatte ihr Vater sie nie gezwungen, sich mit einem der Herren, die ihm passend schienen, abzugeben, wie andere Väter es taten. Er war ihr vielleicht mit wenig Wärme begegnet, alle Wärme, die er aufbrachte, gehörte ihrer Mutter, doch mit Respekt hatte er sie stets behandelt.

»Einerlei, wie es ist«, sagte er. »Von mir aus kannst du nach Mount Othrys gehen, wenn du dich dort wohler fühlst. Nur um eines bitte ich dich um deiner Mutter willen. Bleibe in Portsmouth. Sie hat nur dich. Mute ihr nicht zu, dass sie dich verlieren muss.«

»Sie verliert mich doch nicht!« Wieder einmal wünschte sich Selene, sie hätte einen Stall voll Geschwister gehabt, auf den die überbordende Liebe ihrer Mutter sich hätte aufteilen können. War es ihre Schuld, dass der Mutter mehr Kinder versagt geblieben waren, musste sie bis in alle Ewigkeit dafür bezahlen? »Alles, was ich will, ist, diesen Winter über in Belfast einer Arbeit nachzugehen. Was ist so schlimm daran? Unzählige Mädchen tun es, auch solche aus sogenannten guten Familien. Annette geht als Grabungshilfe auf eine Expedition nach Mexiko.«

»Was dein Onkel seiner Tochter gestattet, ist seine Angelegenheit«, erwiderte ihr Vater. »Es hat mit mir nichts zu tun.«

»Heißt das, du verbietest es mir?« Selene schossen Tränen in die Augen, was sie noch wütender machte. »Wozu reden wir dann noch um den heißen Brei herum? Ohne deine Einwilligung kann ich die Sache vergessen.«

»Ich dachte, es sei möglich, dich zur Vernunft zu bringen«, sagte er. »Auch im Frühling hast du ja aus Rücksicht auf deinen Großvater Einsicht gezeigt.«

»Den Großvater lasst endlich aus dem Spiel!«, brach es aus ihr heraus. »Ich habe mit ihm gesprochen, im Gegensatz zu euch besuche ich ihn nämlich, und er will, dass ich nach Belfast fahre.«

»Er bekommt doch gar nicht mit, was jemand zu ihm sagt.«

Selene wollte widersprechen, aber dann entschied sie sich anders und schwieg. Nichts an ihrer Familie zerrte so sehr an ihren Nerven wie die Geheimniskrämerei. Wie oft einer dem anderen etwas zuzischelte, das ein Dritter auf keinen Fall erfahren durfte, konnte sie nicht zählen. Und jetzt sollte offenbar kein Dritter erfahren, dass der Großvater des Hörens mächtig war. Nur wenn sonst niemand im Raum war, gab er ihr durch Zeichen Antwort. Sie hatte ihm erzählt, dass jener deutsche Ingenieur sich wieder gemeldet und sie noch einmal eingeladen hatte. Dass sie sich so sehr wünschte zu fahren und die Titanic zu sehen, dass sie im Frühling, nach dem Stapellauf des Schiffs, zurückkommen würde und dass in Belfast bestens für sie gesorgt war. Harland & Wolff beschäftigte zahlreiche Frauen, die in einem Wohnheim nahe dem Werftgelände untergebracht waren. All das hatte sie ihm erzählt, und am Ende hatte er genickt und seine Faust in ihre Hand gelegt.

Davor, dass er starb, während sie fort war, hatte sie keine Angst. Es würde kommen, wie der Onkel sagte. An etwas hielt er sich im Leben fest, und wenn er es irgendwann losließ, war es sein Wille zu sterben. Gewiss würde die Großmutter erneut versuchen sie zu manipulieren, die Großmutter konnte gar nicht anders, aber Selene, die sich schon als Kind darüber amüsiert hatte, würde ihr nicht noch einmal auf den Leim gehen.

»Selene?«

Sie fuhr zusammen und sah wieder ihren Vater an.

»Was wirst du also tun?«

»Stell es nicht dar, als hätte ich die Wahl!«, erwiderte sie patzig. »Wenn du es mir verbietest, kann ich gar nichts tun, wie du weißt. Als Mädchen habe ich auf meinen eigenen Willen ja kein Recht.«

Ihr Vater seufzte so tief, als säße ihm der Schmerz der Welt in der Kehle. Dann rückte er sich die Brille zurecht und sagte: »Das ist richtig, Selene. Du hast ja aber wohl deinen Onkel vorgeschickt, weil du weißt, dass sein Wort Gewicht bei deiner Mutter hat. Deine Mutter hat mich gebeten, dir die Reise nicht zu verbieten. Wenn du partout darauf bestehst, soll ich dir das Geld dafür zur Verfügung stellen. Von dir verlangt sie nur, dass du selbst ihr sagst, wie du dich entschieden hast.«

Für Augenblicke glaubte Selene ihren Ohren nicht zu trauen. Ihr Traum wurde wahr. Sie würde nach Belfast fahren und die Titanic sehen. Jäh verspürte sie den Wunsch, ihrem Vater um den Hals zu fallen, obgleich derlei Liebesbekundungen zwischen ihnen nicht üblich waren.

»Deinem Gesicht sehe ich an, dass deine Entscheidung nicht zu meinen Gunsten ausgefallen ist«, sagte ihr Vater. »Nun denn, ich beuge mich den Kräften, die in dieser Familie walten, und bereite die Papiere für dich vor. Du sprich derweil mit deiner Mutter. Zwischen uns ist ja alles gesagt.«

Die Mutter saß im Wintergarten und sah hinaus auf die letzten blauen Rosen. Mondrosen nannte sie sie. Sie waren schön, sehr alt und ein wenig morbide wie alles, was die Mutter liebte. Als Selene eintrat, drehte sie sich um und lächelte. Sie hatte geweint. »Es ist nicht leicht, die Tochter einer derart überängstlichen Mutter zu sein, nicht wahr?«, fragte sie.

Augenblicklich tat Selene alles leid, ihre Rastlosigkeit, der Wunsch, der Enge dieses Hauses zu entkommen, und ihre Mutter für einen Koloss aus Stahl zu verraten. Sie war eine wundervolle Mutter. Vermutlich gab es auf der Welt kein Kind, das mehr geliebt wurde als Selene.

Aber nach Belfast wollte sie trotzdem. »Ich bin doch im Frühling wieder da«, sagte sie, lief zu ihrer Mutter und schlang die Arme um sie.

Die zog sie kurz an sich, dann gab sie sie frei. »Ich will dir etwas erzählen, Selene. Weißt du, dass ich mir einmal geschworen habe, dir bei der Erfüllung deiner Träume nie Steine in den Weg zu legen? Du solltest das Geld dazu haben und die Möglichkeiten, nicht anders als ein Mann. Ich hatte alles durchdacht, nur eines nicht – dass es mir das Herz zerreißen würde, dich gehen zu lassen, weil ich dich so sehr liebe.«

»Ist das nicht ein bisschen übertrieben?«, fragte Selene. »Ich gehe doch nicht ans Ende der Welt wie Annette. Und ich bleibe auch nur ein paar Monate weg.«

»Ja, du hast recht. Das hat Horatio auch gesagt. Aber Horatio, so feinfühlig er sein mag, ist eben nur ein Mann.«

»Das ist Unsinn«, versetzte Selene. »Glaubst du, Onkel Horatio fällt es nicht schwer, Annette gehen zu sehen, glaubst du, er hat keine Angst um sie? Da solltest du einmal Annette fragen, die seine Lamentos zu hören bekommt. Er findet eben nur, dass seine Angst ihm nicht das Recht gibt, Annette einzusperren. Sie ist zwar seine Tochter, aber nicht sein Besitz.«

»Ich weiß.« Leise und traurig lachte die Mutter auf. »Er hat mir dieselbe Predigt heute Nachmittag gehalten, und du hast recht. Ob jemand sein Kind als Vater oder als Mutter liebt, spielt keine Rolle. Dennoch hat mein Cousin Horatio leicht reden. Er kann sich nämlich sicher sein, dass seine Annette ihm bleibt, egal, wohin es sie verschlägt.«

»Aber das kannst du doch auch!«, sagte Selene. »Dass ich nach Belfast fahre, heißt doch nicht, dass ich euch hier vergesse.«

»Nein, natürlich nicht.« Das Lächeln rutschte ihr vom Gesicht. »Vergiss, was ich gesagt habe. Ich kann einfach nicht aus meiner Haut, und in der bin ich nur glücklich, wenn ich dich keine zehn Schritte weit von mir entfernt weiß. Aber Horatio hat mich heute an das erinnert, was ich mir geschworen hatte. Die Jungen müssen aufbrechen, hat er gesagt. Ohne unser Gepäck auf dem Rücken.«

Selene nahm sich vor, sich bei dem Onkel dafür zu revanchieren. Wusste er, wie bleiern ihr das Gepäck ihrer Familie zuweilen auf dem Rücken lastete, zumal sie nie sicher war, was in dem tonnenschweren Gepäckstück eigentlich verpackt war?

»Dieser Ingenieur, der dich eingeladen hat«, fuhr ihre Mutter fort, »der ist Deutscher, sagst du?«

»Erzähl mir nicht, das macht dir etwas aus.« Selene stöhnte. Der verstorbene König Edward hatte die deutschfeindliche Stimmung im Land geschürt und war nicht müde geworden zu versichern, Kaiser Wilhelm werde Europa demnächst in einen Krieg von nie da gewesenem Ausmaß stürzen. Übernahm ihre Mutter jetzt etwa die Ressentiments verblichener Monarchen?

»Nein, es macht mir nichts aus«, erwiderte ihre Mutter wenig überzeugend. »Ist er in England geboren?«

»Herrgott, ich will ihn nicht heiraten, Mutter! Die, um die es mir geht, ist in Irland geboren, sie heißt RMS Titanic und ist das größte

Schiff der Welt. Thomas Lenz ist einfach nur ein hilfsbereiter Mensch, den ich an der Universität getroffen habe und der mir ein bisschen unter die Arme greift.«

Ihre Mutter lachte. »Nicht zu sehr, hoffe ich, da du ihn doch nicht heiraten willst.«

Befreit lachte Selene mit. »Ach, Mutter, ich bin so froh, dass du einverstanden bist. Ich verspreche, ich passe auf mich auf wie ein Schießhund, lasse mir keinen Stahlträger auf den Kopf fallen, und wenn ich im Mai zurückkomme, kann ich fluchen wie ein Schustersohn.«

»Ich wette, der Schustersohn ist gegen dich ein Waisenkind«, erwiderte ihre Mutter und berührte flüchtig ihre Wange. »Du hast das Fluchen schließlich von Mildred gelernt.«

Wie ein Fohlen, das seiner Lebensfreude kaum Herr wurde, sprang ihre Tochter davon. Esther blieb sitzen und sah ihr nach, bis sie verschwunden war. Dass sie selbst einmal so strotzend vor Zuversicht ihrer Zukunft entgegengerannt war, erschien nicht mehr wirklich. Schwerfällig wandte sie sich ab und starrte wieder in den Garten, über dem das letzte Licht des Tages verlosch.

Die Jahre des Glücks waren vorüber. Sie hatte es vorhin begriffen, sie begriff es jetzt noch einmal und erfasste damit auch, wie berauschend dieses Glück gewesen war. Was immer sie vom Leben gewollt hatte, sie hätte es gegen das, was sie bekommen hatte, nicht getauscht – die überwältigende, geradezu blödsinnige Seligkeit, als sie das so heiß ersehnte Kind zum ersten Mal in den Armen hielt. Die Intensität eines jeden Tages, an dem sie Selene zuschauen durfte, während sie ihre Welt entdeckte, ein brandneues Geschöpf auf einem brandneuen Weg, eine frische Idee, revolutionärer und kühner als jede Erfindung. Sie hätte nichts, das sie sich einst gewünscht hatte, gegen die Nächte getauscht, wenn ihr Kind voll Angst aus dem Schlaf schreckte, nach ihr rief und sich von ihr trösten ließ: Lavendel ist grün, dilly dilly, Lavendel ist blau.

Das Lachen in ihrem dunklen Haus, die Abende mit Spiel und Musik und die leuchtenden Sommer am Strand hätte sie gegen nichts auf der Welt getauscht.

Aber die Jahre waren vorbei. »Wir haben diese Kinder nur geborgt, Esther«, hatte Horatio gesagt. »Sie müssen ihr eigenes Glück suchen dürfen. Für unseres haben sie lange genug gesorgt, und dass wir zu dumm waren, es selbst zu tun, ist nicht ihre Schuld.«

Ach, Horatio. Hätte er es nicht so gehasst, berührt zu werden, hätte sie ihm die Wange gestreichelt. Er war immer für sie da, trotz seiner eigenen Last, und was er sagte, besaß Hand und Fuß, und doch traf es zu – er hatte leicht reden. Seine Tochter, die seine schönen Augen geerbt hatte, war ihm so gewiss wie sein eigener Atem. Zwar fürchtete er, dass Annette sich mit einer Tropenkrankheit ansteckte oder Banditen in die Hände fiel, aber dass er seinen Platz in ihrem Herzen verlor, brauchte er nie zu fürchten. Esther hingegen fürchtete keine Stahlträger, die Selene auf den Kopf fallen könnten, sondern den Augenblick, von dem sie seit zwanzig Jahren wusste, dass er ihr bevorstand – das Ende.

Auf seine stille Weise trat ihr Mann in den Raum. »Du hast ja kein Licht gemacht«, sagte er.

Sie schüttelte den Kopf. »Danke, Andrew«, murmelte sie.

»Wofür?«

»Dafür, dass du Selene gehen lässt.«

Er trat hinter sie, sein Blick wie ihrer auf den dunklen Garten mit den Mondrosen gerichtet. »Du hast mir zweimal gedankt«, sagte er. »Einmal dafür, dass Selene kam, und einmal dafür, dass sie geht. Viel ist das nicht in einem Vierteljahrhundert Ehe, aber wie üblich bescheide ich mich. Danke, dass du mir erlaubst, dich zu lieben, Esther.«

Gedämpfte Stimmen drangen Annette entgegen, als sie aus dem Windfang in die Halle trat. Seit ihre Mutter keine Treppen mehr bewältigen konnte, hatte ihr Vater ihr ein Schlafzimmer zu ebener Erde einrichten lassen, damit sie am Familienleben teilnehmen konnte. Es war eine liebevolle Geste, obgleich ihre Mutter auch vor ihrer Erkrankung am Familienleben nicht teilgenommen hatte. Das Familienleben waren immer sie beide gewesen – ihr Vater und sie.

Dass sie um dieses Leben beneidet wurde, wusste sie und tat nichts, um dem abzuhelfen. Annette gefiel es, die verwöhnte höhere Tochter zu spielen, die auf der Welt keine Sorgen kannte. Was sich tatsächlich hinter den Wänden des lichtdurchfluteten Hauses, zwischen dem Meer und dem Elektrizitätswerk abspielte, ging keinen etwas an. Darin wie in so vielem folgte Annette dem Vorbild ihres Vaters, dessen Maske aus Charisma von seinem Martyrium nichts verriet. Vielleicht war ihm die Maske irgendwann zum Gesicht geworden. Jeder sagte es ja: Ihr Vater war ein charismatischer Mann, einer, den man ins Unterhaus wählen wollte und zum Empfang einlud. Aber zugleich einer, der keinen anderen nah an sich heranließ.

Er musste vergessen haben, die Zimmertür zu schließen, weil das Mädchen einen freien Abend hatte und er Annette bei Selene wähnte. Sie schlich durch die Halle, die wie das ganze Haus hell erleuchtet war. Ihr Vater liebte Licht. Auf dem Rosenholztisch lagen neben dem neu installierten Telefon seine Zeitungen und das Magazin, das er aus London bezog – *The Suffragette.* Auch wenn das Frauenwahlrecht in ihrem Haus ein Thema war, solange Annette denken konnte, amüsierte es sie, dass ihr so ausnehmend männlicher Vater eine Zeitschrift las, die für Frauen bestimmt war. Vor der Tür, aus der die Stimmen drangen, hielt sie inne. Ein wenig schämte sie sich. Sie hätte sich bemerkbar machen müssen, aber dass sie lauschte, geschah mehr aus Liebe denn aus anderen Gründen.

Durch den Türspalt sah sie ihren Vater, der noch im dunklen Anzug vor dem Bett kniete. Ihre Mutter litt an einer Krankheit, die erst vor gut sechzig Jahren von einem deutschen Arzt entdeckt und »Weißblütigkeit« genannt worden war. Für diese Krankheit gab es keine Heilung. Hyperion hatte gesagt, die Mutter werde einfach immer schwächer werden, Schmerzen in den Knochen haben, bis sie nicht mehr gehen könne, und innerhalb von Wochen sterben. »Es tut mir von Herzen leid, Horatio«, hatte er gesagt. Es war das erste Mal, dass Annette hörte, wie er den Vater beim Vornamen nannte.

Die Mutter war tatsächlich immer schwächer geworden. Sie aß nur winzige Bissen, blutete aus Mund und Nase und stöhnte beim Gehen vor Schmerzen. Aber sie starb nicht. Oder besser, ihr langsames Sterben fand seit drei Jahren kein Ende. Pflegerinnen kamen ins Haus, aber die Mutter fühlte sich in ihrer Nähe unwohl. Sie mochte niemanden bei sich haben, nur den Vater, der sich aufrieb, um sie neben seiner Arbeit zu pflegen. Zu Annette, die helfen wollte, hatte sie gesagt: »Ich weiß, ich mute deinem Vater zu viel zu, aber er hat geschworen, er lässt mich nie im Stich.«

Gerade musste er versucht haben, ihr ein wenig Essen einzuflößen, schob aber den Teller unberührt zur Seite. Behutsam hob er ihr den Kopf und setzte die Schnabeltasse an ihre Lippen. Sie leckte einen Tropfen von der Tülle, dann sagte sie: »Es ist gut, Lieber. Mehr kann ich nicht.«

»Du hast ja gar nichts getrunken.«

»Das macht nichts. Ich werde ja nicht mehr viel brauchen.« Sie streckte die Hand aus, um ihn zu berühren, und er schreckte zurück, wie er es immer tat, wenn er nicht aufpasste. Dann besann er sich und überließ sich ihr. Sie grub ihre Hand in sein Haar, wie ein Zweig ragte ihr Arm daraus hervor. »Horatio«, sagte sie krächzend, »ich habe dein Leben zerstört.«

»Trink lieber, statt deine Kraft aufs Unsinnschwatzen zu vergeuden. Es ist nicht deine Schuld, dass du krank geworden bist, oder doch?«

»Das meine ich ja nicht, Lieber.« Sie streichelte sein Gesicht, obwohl es sie Mühe kostete und er es nicht mochte. »Weißt du, was das Schlimmste ist? Ich kann es nicht einmal bereuen, weil ich nicht weiß, wie ich ohne dich hätte leben sollen.«

»Du sollst ja auch nichts bereuen, du Dummes. Hatten wir es miteinander nicht ziemlich gut?«

»Ich hatte es sehr gut«, erwiderte sie. »Aber du nicht. Ohne das Kind …«

»Hedwig, hör damit auf«, sagte er, entzog sich ihrer Hand und erhob sich, um sich neben ihr Bett auf den Schemel zu setzen. »Es war auch nicht deine Schuld, dass ich dir ein Kind gemacht habe. Und es war erst recht nicht deine Schuld, dass du es verloren hast.«

»Hätte ich es früher verloren, hättest du mich nicht geheiratet.«

Er schluckte hart. »Vergiss das doch. Wir haben Annette bekommen. Niemand könnte sich ein größeres Geschenk als Annette wünschen.«

»Horatio«, sagte die Mutter, »bitte sei nicht so weit von mir weg.«

Ergeben kniete er sich wieder vor das Bett. Er war ein schlanker, sehniger Mann mit einem immens geraden Rücken und Schultern, von denen sein Schneider sagte, sie seien geschaffen, um für Anzüge Werbung zu laufen. Sein Haar war noch dicht und schwarz, er vergaß gelegentlich, es sich schneiden zu lassen, und Frauen, selbst Mädchen in Annettes Alter, fanden ihn umwerfend attraktiv. Dachte ihre Mutter daran? Fragte sie sich, ob ihr Mann wieder heiraten würde, wenn sie ihm keine Last mehr war? Der Gedanke musste unendlich weh tun. Annette war sicher, der Vater würde, wenn die Mutter gestorben war, nicht wieder heiraten, sondern allein bleiben. Mit Menschen zusammen zu sein strengte ihn an, auch wenn er es niemanden merken ließ.

Wieder hob die Mutter die Hand und strich dem Vater über die Lippen. »Ich muss es dir sagen«, krächzte sie. »Es liegt zu schwer auf mir, ich kann damit nicht sterben. Ich habe gar kein Kind erwartet, damals. Weißt du noch, wie ich dich angefleht habe, mir Annette zu machen, damit ich den schweren Verlust verschmerzen konnte? Aber es gab ja keinen Verlust. Dein Vater hat es mir gesagt. Er ist zu mir gekommen und hat mir erklärt, was ich tun muss, wenn ich dich für mich haben will. Sollten Sie ein Kind von ihm bekommen, lässt seine

Frau sich scheiden, hat er gesagt. Sie ist eine von diesen Frauenrechtlerinnen. Sie wird ihm nicht erlauben, eine Schwangere im Stich zu lassen.«

Annette, die mit Selene Pie and Mash gegessen hatte, wurde übel. Sie hätte ins Bad laufen und den ganzen Brei aus Fleisch und Kartoffeln erbrechen mögen, aber sie konnte sich nicht von der Stelle rühren und den Blick nicht von ihren Eltern wenden. Der immens gerade Rücken ihres Vaters rührte sich nicht. Die Hand ihrer Mutter fuhr zitternd weiter über sein Gesicht. Aus ihrem Mundwinkel rann ein wenig Blut, was häufig geschah, weil ihr Zahnfleisch wund war. Es war wohl das Blut, das seine Starre löste. Er zog ein Tuch aus der Tasche und tupfte es ihr ab.

»Hasst du mich jetzt?«, fragte sie.

Er nahm die Schnabeltasse und wollte ihr zu trinken geben, aber sie drehte sich weg. Ihr Gesicht sah aus wie farbloses Wachs. »Sprich mit mir, Horatio, ich bitte dich.«

»Das ist alles dummes Zeug«, sagte er. »Es spielt keine Rolle.«

»Aber du musst dir doch wünschen, die Zeit zurückzudrehen.«

»Ich bin Physiker. Ich wünsche mir keinen Unsinn, der nicht funktioniert. Wie kannst du denn glauben, ich würde unser Leben mit Annette zurückdrehen wollen, um ein anderes anzufangen, von dem ich nichts weiß? Jetzt ist Schluss damit, ja? Willst du noch einmal versuchen zu essen? Oder wenigstens Wasser zu trinken?«

»Nein, Lieber«, antwortete sie. »Ich will, dass du mir verzeihst, und danach will ich sterben.«

Er überlegte. »Verzeih du mir auch, Hedwig«, sagte er dann und nahm ihre Hand. Sie lächelte ihm zu und nickte. Er blieb bei ihr, ohne sich zu rühren, bis sie eingeschlafen war. Als er hörte, dass sie ruhiger atmete, erhob er sich und breitete Decken über sie, weil ihr Körper nie mehr warm wurde. Annette hätte sich aus der Tür stehlen können, aber dafür hätte sie sich noch mehr geschämt. Er drehte sich um und sah sie. Sein Gesicht war schweißbedeckt, er wischte es trocken, doch die Stirn hinunter lief ein neues Rinnsal. Lautlos verließ er den Raum und schloss die Tür.

»Es tut mir leid«, sagte Annette.

»Ach was«, entgegnete ihr Vater. »Du musst von nun an eben mit dem, was du gehört hast, leben. Wenn du dich jetzt damit quälst, dass ich dich nicht wollte, kann ich dir nur versichern: Ich wollte dich von dem Augenblick an, in dem du in die Welt kamst. Was immer wir nicht tun, deine Mutter und ich – wir lieben dich.«

»O nein!« Sie warf die Arme um ihn, drückte ihm einen Kuss auf den Hals und gab ihn wieder frei. »Das quält mich nicht. Wenn irgendein Mensch von seinem Vater geliebt wird, dann ich. Aber du nicht …«

Er schüttelte den Kopf. »Das steht nicht zur Debatte. Ist alles in Ordnung bei Selene? Musst du noch einmal zu ihr?«

»Nein, sie ist glücklich wie der Mops im Paletot.«

»Sehr schön. Dann sei so gut und geh deinen Großvater holen. Es ist besser, wenn wir keine Zeit verlieren. Kannst du das tun?«

Ihr Großvater sprach mit ihrem Vater kein Wort. Zum ersten Mal hatte Annette eine Ahnung von den Gründen. »Natürlich«, sagte sie.

»Wir muten dir ziemlich viel zu.«

»Nein, das tut ihr nicht.«

»Noch vier Wochen, dann bist du in Mexiko.«

»Wenn die Mutter stirbt, bleibe ich hier.«

»Annette«, sagte ihr Vater, »ich bin kein Arzt, aber ich glaube, die Mutter stirbt heute Nacht. Wenn du willst, solltest du hinterher trotzdem fahren.«

»Und dich allein lassen?«

Er rieb sich die Stirn. »Ich bin einundfünfzig Jahre alt, mein Herz. Und ans Alleinsein gewöhne ich mich besser schnell, denn das schönste Mädchen von Hampshire wird wohl kaum bei ihrem alten Vater versauern. Gehst du den Großvater holen?«

Sie nickte, machte aber keinen Schritt. »Hast du die Frau geliebt?«, fragte sie ihn. »Die, die dich verlassen hat, weil Mutter ein Kind bekam?«

Ihr Vater sandte ihr das Lächeln, von dem ihre Freundinnen schwärmten, weil sie nicht wussten, dass es der Riegel war, der ihn verschloss. »Das, mein geliebtes Kind, geht dich nichts an.«

Annette lief aus dem Haus und bemerkte jäh, wie schön sie es fand, weil es weit und hell und nicht vollgestellt mit zu schweren Möbeln war, weil es keinen bombastischen Namen trug, sondern Planet Earth hieß, und weil ihre Familie darin wohnte. Sie war dankbar für den Regen, der einsetzte. Im Regen fühlte Weinen sich selbst für Ungeübte natürlich an.

Kapitel 51

Belfast, 1911

Noch immer ließ sich Selene, wenn sie morgens in die Werkhalle trat, Zeit, um innezuhalten und zu staunen. Seite an Seite lagen die beiden Schwestern auf ihren eigens errichteten Rampen. Sie nahmen Platz ein, der für drei Schiffe gewöhnlicher Größe gedacht war, für die beiden Gigantinnen jedoch gerade ausreichte. Die Olympic zur Hälfte grau, die Titanic nachtschwarz, ragten sie bis an den riesigen Portalkran, von dem achtzehn Einzelkräne und ein Drehkran Baumaterial in die Tiefe beförderten. Auf den Gerüsten klebten die Arbeiter wie winzige Käfer, die sich im Kriechtempo den Schiffsleib hinauf- und hinunterbewegten. Der Anblick ließ Selene sich klein fühlen, aber es war ein beflügelndes Kleinfühlen, weil sie Teil von etwas Großem war, das dieses Wunder geschaffen hatte.

Die Olympic war fraglos ein Wunderwerk der Technik. Aber die Titanic war mehr. Ihr Name ein verstiegenes Flüstern, ein Griff nach den Sternen. Man sah sie an und wusste: Davon erzähle ich in Gott weiß wie viel Jahren meinen Nachkommen. Ich war hier im Jahre 1911. Ich habe die Titanic berührt.

Dass das Schiff ihre kühnsten Träume übertraf, hatte sie über manches hinwegtrösten müssen, denn das Leben, das sie im vergangenen Herbst hier erwartet hatte, war härter, als sie sich hätte ausmalen können. Nicht weil die Arbeit ihr schwerfiel, weil sie es nicht gewohnt war, ihren Schlafraum mit einem halben Dutzend Frauen zu teilen, die furzten, sich rauften und einander die Haare ausrissen, oder weil die Männer auf der Werft sie nicht für voll nahmen, sondern weil sie zum ersten Mal erlebte, was Einsamkeit hieß. Sie hatte geglaubt, sie

sei gern allein. Aber wer allein war, weil er die Wahl hatte, der war überhaupt nicht allein.
Anfangs war alles gewesen, wie es schöner nicht hätte sein können. Thomas hatte sie von der Fähre abgeholt, und in ihrer Erinnerung hatten sie sich tagelang nicht getrennt. Noch vom Fährhafen aus, in tiefem Dunkel, war er mit ihr zur Titanic gefahren, in die menschenleere Halle, in der Glas und Metall durch die Nacht glitzerten und im Schweigen etwas vom Universum, von der Ewigkeit hallte. »Darf ich Sie einander vorstellen? My lady Titanic und my lady Selene. Zwei Mondrosen, vor denen die Götter des Olymp sich neigen.«
Sie würde die Nacht, in der er mit ihr am Fuß der Titanic gestanden hatte, nie vergessen. Sie hatte nicht geplant, sich in Thomas Lenz zu verlieben, sie hatte überhaupt nicht geplant, sich zu verlieben, weil Frauen, die sich verliebten, wohl kaum hinterher Schiffe bauten, aber mit Thomas war es anders. Nicht so, wie ihre Freundinnen es taten, die darüber die Welt vergaßen. RMS Titanic gehörte doch von Anfang an dazu und war aus ihrem Bund nicht wegzudenken. In jener ersten Zeit mit Thomas war alles einfach gewesen, und Selene hatte geglaubt, sie sei in den Topf gefallen, in dem die Götter das Glück aufbewahrten.
Sie war nicht ins Wohnheim gezogen. Thomas hatte sie in der Wohnung eines Kollegen untergebracht, die im selben Haus wie die seine lag. Er hatte sie auch nicht zu den Arbeitern in die Halle geschickt, sondern sie zu Sitzungen des Ingenieursstabs mitgenommen, sich mit ihr tage- und nächtelang über Pläne gebeugt und ihr die Türen zu immer neuen Kammern voller Wunder geöffnet. Sie redeten, wie sie im Frühling in Portsmouth geredet hatten, ohne innezuhalten, ohne müde zu werden. Sie erkundeten jeden Winkel der Werft, zeichneten Traumschiffe und errichteten Modelle. Irgendwann küssten sie sich. Es war so erregend wie die Nähe von RMS Titanic und ebenso selbstverständlich. Sie gehörten zusammen. Das Leben war schön und leicht.

Gerade als sie aufhörte zu glauben, das Glück müsse enden, endete es. Nicht auf einen Schlag, sondern schleichend. Zuerst kam der Kollege zurück, und Selene zog aus der bequemen Wohnung in das mit Menschen vollgestopfte Wohnheim um. Dann gab es auf einmal Sitzungen, zu denen Thomas sie nicht mitnehmen durfte, Arbeit, die ihn aufhielt, und Fragen, auf die er keine Antwort gab. Wenn sie ihn darauf ansprach, tat er ihre Sorge ab, doch sie spürte bar jeden Zweifels, dass er sich ihr entzog.

Da er sie von seiner Tätigkeit ausschloss, entschied sie sich, mit der Arbeit auf der Werft zu beginnen, um nicht tatenlos auf ihrer öden Bettstelle zu kauern. Zu ihrer Bestürzung musste sie feststellen, dass die Männer sie unter sich nicht wollten, obwohl sie sich für keine Tätigkeit zu gut war. Sie durfte auf kein Gerüst steigen und kam nicht einmal in die Nähe des Schiffs, sondern wurde zur Wartung von Kleinwerkzeug geschickt. Es dauerte Tage, bis sie Thomas zu fassen bekam und ihn um Hilfe bitten konnte.

Er hörte sich ihre Klagen an, trommelte dabei verstohlen auf die Tischplatte und sagte, als sie geendet hatte: »Selene, wenn die Gegebenheiten hier nicht dem entsprechen, was du dir vorgestellt hast, helfe ich dir selbstverständlich, einen Fährplatz nach Hause zu buchen.«

»Das ist doch lächerlich«, machte sie sich Luft. »Du bist seit Wochen mit mir zusammen, du weißt, dass ich das alles hier liebe und dass ich der Arbeit gewachsen bin. Ich will nicht nach Hause. Ich will, dass du mir einen Rat gibst, wie ich die Arbeiter für mich gewinnen kann …« Sie stockte nur kurz, dann warf sie den Rest hinterher: »Und dass du mir sagst, was eigentlich passiert ist und warum du plötzlich ein solcher Stoffel bist.«

Nachdem er wochenlang an ihr vorbeigesehen hatte, sah er sie jetzt wieder an. Sie mochte seinen Blick, die hellen Augen, in denen Lebenslust und Humor blitzten, und war erleichtert, ihn wiederzuhaben. Sachte schloss er die Hand wie eine Muschel um ihre Wange und zog sie dann, als hätte er sich verbrannt, wieder fort. »Nichts ist passiert«, sagte er. »Nur die Arbeit schlaucht mich. Alles muss doppelt so schnell wie bei normalen Schiffen gehen, und obendrein muss es auch noch perfekt sein. Ich bin einfach angespannt. Hab Geduld mit mir, ja?«

Seine Erklärung schien ihr einleuchtend, und dass sie, als Gott die Geduld verteilt hatte, beim Schwimmen gewesen war, sagte sie ihm nicht. Sie wollte ein vernünftiges Mädchen sein, das ihrem Liebsten keinen zusätzlichen Ärger aufhalste, sondern seine Probleme allein anpackte. Behauptete Großmutter Mildred nicht, sie sei das einzige Mitglied der Familie, das nach ihr geraten sei? Sie würde dem Erbe Ehre machen, auch wenn Mildred nicht einmal ihre leibliche Großmutter, sondern nur deren Schwester war.

Aber Selenes Probleme ließen sich nicht anpacken, sie glitten ihr wie Aale aus den Fingern. Die Männer fuhren fort, sie zu schneiden, und Thomas war für sie kaum noch zu sprechen. Sie verbrachte eine entsetzliche Weihnacht im Wohnheim und eine noch schlimmere Neujahrsnacht. Umringt von feiernden Menschen lernte sie den Geschmack der Einsamkeit kennen, und der war so bitter, dass sie bald nichts anderes mehr schmeckte. Jeden Morgen, wenn sie vor Titanics erhabener Schönheit stand, nahm sie sich vor, nicht klein beizugeben, und jeden Abend, wenn sie sich in ihre scheußliche Unterkunft schleppte, war sie sicher, es nicht länger zu ertragen. Weshalb sprach kein Mensch mit ihr, weshalb gab es niemanden zum Lachen, weshalb sandte ihr keiner auch nur einen freundlichen Blick? Es war die Hölle. Bis Harry kam.

Schon in gewöhnlichen Zeiten waren auf der Werft von Harland & Wolff mehr als sechstausend Arbeiter beschäftigt, doch für die Schiffe der White Star Line war die Anzahl noch einmal verdoppelt worden. Es war unmöglich, einem jeden begegnet zu sein. Harry war sie nie begegnet, obwohl er von der Kiellegung an auf der Titanic gearbeitet hatte. Als Hilfsarbeiter ohne Erfahrung war er angeheuert worden und hatte es seither zum Vorarbeiter einer zwölfköpfigen Einheit ge-

bracht. Harry sprach wenig, doch was er sagte, hatte Gewicht. Sein Ansehen verdankte er der Tatsache, dass er ohne Wenn und Aber seine Arbeit tat und dass er darin unschlagbar war.
Selene lernte ihn kennen, als sie einen elenden Tag lang Schweißlatten vom Fuß eines Hebekrans zum nächsten geschleppt hatte, nur um dort zu erfahren, dass die schweren Latten wieder zurückbeordert wurden. Gelegentlich, wenn trübe Stimmung herrschte, dachte sich einer der Männer eine solche Schikane für sie aus. Harry stand achtern auf dem Gerüst, drei Mannslängen über dem Boden, und prüfte eine Vernietung. Selene, der der Schweiß in Strömen lief, kam zu keinem Blick in die Höhe und hätte selbst dann vermutlich Harry nicht bemerkt. Harry aber bemerkte sie. Eine Weile sah er sich das Schauspiel an, dann griff er ein. »He, Joe«, rief er zu dem Mann am Hebekran hinunter. »Lass das Mädchen in Frieden.«
Der Mann sah hinauf zu Harry, dann zweifelnd auf Selene und dann noch einmal hinauf. »Was soll ich denn mit der anfangen, Harry?«, brüllte er. »Da hat uns einer von oben sein Flittchen aufs Auge gedrückt.«
»Du fängst mit ihr nichts an«, erwiderte Harry und begann flink am Gerüst hinunterzusteigen. »Mach deine Arbeit, um das Mädchen kümmere ich mich.«
Einen mächtigen Sprung und ein paar Schritte später stand er vor Selene. »Ich bin Harry«, sagte er.
Sie mochte ihn auf den ersten Blick. Er war verdreckt und verschwitzt wie sie alle, aber unter der Schmiere, die sein Gesicht bedeckte, fand sie ihn regelrecht schön. Er hatte helle Augen und silbriges Haar, das ihm weich ins Gesicht fiel. Sein Lächeln grub ihm Furchen in die Wangen, und seine Stirn teilte eine Falte, als litte er Schmerz. Er war kein großer Mann, sondern beinahe zierlich, doch jeder Muskel an seinem drahtigen Körper war ein Strang aus Stahl. Scheu streckte er Selene die Hand hin, die sie dankbar packte. »Ich bin Selene.«
Eine Bewegung strich über sein Gesicht. »Die Göttin des Mondes, die

ihrem Liebsten den ewigen Schlaf schenkte, damit seine Schönheit unangetastet blieb?«

Vor Verblüffung trat Selene einen Schritt zurück. Alles mochte sie bei einem Werftarbeiter erwartet haben, aber nicht, dass er sich mit antiker Mythologie auskannte.

Wie in traurigen Gedanken verzog Harry den Mund. »Haben Sie Hesiod gelesen? ›In den Abgrund, in ewiges Dunkel wurden die Titanen geschleudert, in schmerzende Ketten geschmiedet, in den Nebeln der Unterwelt …‹ Zerreißt es einem dabei nicht das Herz?«

Es sollte nicht das letzte Mal sein, dass Harry sie überraschte.

Mit ihm änderte sich Selenes Leben auf der Werft. Er nahm sie unter seine Fittiche, teilte sie persönlich zu Aufgaben ein und stieg mit ihr aufs Gerüst. Er besorgte ihr Kleidung, wie auch die Männer sie trugen, grobe Hemden und Hosen, lehrte sie den Umgang mit Nietenzieher und Köppelmacher und sorgte dafür, dass die Arbeit ihr schwielige Hände, Erschöpfung und Erfüllung bescherte. Abends war sie jetzt so entkräftet, dass sie einschlief, sobald ihr Kopf das Kissen berührte, und der Lärm sie nicht länger störte. Seit die Männer wussten, dass sie unter Harrys Schutz stand, ließen sie sie in Ruhe. Einzelne begannen sie des Morgens zu grüßen. Und gegen die Einsamkeit halfen Abende mit Harry.

Er lud sie zum Essen ein. Selene verfügte über viel mehr Geld als er, weil ihr Vater regelmäßig Wechsel schickte, es widerstrebte ihr, Harry bezahlen zu lassen, aber er bestand darauf. Sie gingen in eine Kaschemme am Fluss, in der es starkes Bier und guten Fisch gab, er stellte scheue Fragen und hörte ihr zu. Ihr kam es vor, als hätte er ihr einen Pfropfen aus der Kehle gezogen – wie lange schon hatte kein Mensch mehr ihr eine Frage gestellt! Binnen Tagen, so schien es, hatte sie ihm ihr gesamtes Leben erzählt. Erst als sie das dritte Mal miteinander ausgingen, fiel ihr auf, dass er nun alles von ihr wusste und sie nichts von ihm.

Überhaupt nichts. Weder sein Alter noch die Stadt, aus der er stammte, nicht, ob er Familie hatte und was auf ihn wartete. Nur dass er Harry Matthew hieß und ihr rettender Engel war. Ihn zu fragen half nicht. Er lächelte, gab nichtssagend Antwort und richtete dann neuerlich eine Frage an sie. Immerhin erfuhr sie, dass er wie sie aus Englands Süden kam und mehr als zwanzig Jahre älter war als sie. Es hätten auch dreißig Jahre sein können. Seinem zerfurchten Gesicht war anzusehen, dass das Leben ihn nicht verschont, sondern schmerzhafte Spuren hinterlassen hatte, und doch war etwas um ihn, eine Art von Unschuld, die Selene nur von Kindern kannte.

»Sprechen wir nicht von mir«, pflegte er zu sagen, »von Ihnen zu sprechen ist schöner.« Selenes Neugier begehrte auf, doch bald sah sie ein, dass es sinnlos war, und hielt sich an seine Maxime.

Seit Harry da war, verging die Zeit im Flug. Belfast blieb auch im Frühling grau, doch die Abende am Fluss wurden wärmer und länger hell. Von Annette erhielt sie einen Brief aus Mexiko, der wochenlang unterwegs gewesen war. Ihr Gewissen packte sie. Annettes Mutter war am Tag vor ihrer Abreise gestorben. Weder Annette noch der Onkel hatten es Selene gesagt, damit sie unbesorgt reisen konnte, und jetzt lag ihr Tod schon Monate zurück, und Selene hatte den beiden nicht einmal ihr Beileid ausgesprochen. Annette hatte ihrer Mutter, die schon vor ihrer Erkrankung an allerlei Unpässlichkeiten gelitten und ihr Haus nie verlassen hatte, nicht nahegestanden. Was aber war mit ihrem Vater? Über den Onkel wurde gemunkelt, er sei zu schön, um treu zu sein. In seiner Jugend sollte er seine eigene Tante verführt haben, eine rassige Italienerin, die mit dem Port Admiral verheiratet war. Als er sie verließ, fuhr die Italienerin nach Bristol und stürzte sich von Brunels Clifton Suspension Bridge.

Selene hielt das alles für leeren Tratsch. Trotz seines piratenhaften Charmes und des abenteuerlichen Äußeren war der Onkel solide wie Spannstahl. Er hielt Vorlesungen in Portsmouth wie in Southampton, gehörte der Aufsicht des Elektrizitätswerks an, entwickelte Schottensysteme und saß in so vielen Gremien und Vereinigungen, dass sein Tag die doppelte Anzahl von Stunden brauchte. Darüber hinaus gab es für ihn nur seine Familie – Annette, die er vergötterte, und seine Frau, die er getreulich pflegte. Selene und ihre Mutter, der er mehr Bruder als Cousin war, und seine Schwester, die als Suffragette in London lebte. War eine von ihnen jetzt bei ihm oder war er allein in seinem schönen Haus?

Annette, die in einem Ort namens Teotihuacán Aztekenpyramiden aus sich schlingenden Urwaldpflanzen schälte, äußerte in ihrem Brief dieselbe Sorge. »Wenn Dein Mr Lenz und Deine Lady Titanic Dir Zeit lassen, könntest Du Dich erbarmen und Vater ein paar Zeilen schreiben? Wenn ich daran denke, wie er Mutters Decken in den Schrank geräumt und ihre Matratze aus dem Haus getragen hat, zerreißt es mir das Herz. Er sagt, es macht ihm nichts aus, allein zu sein, er hasst Partys und hat Arbeit genug, aber auch wenn das zutrifft, erzählt ein Teil von ihm Lügen. Irgendwo auf der Welt gibt es einen Menschen, den er finden möchte, aber nicht finden kann, weil er nicht sucht und mit niemandem darüber spricht.

Sei lieb und schreib ihm. Ich wünschte, er würde wenigstens zu seiner Schwester nach London fahren, aber das tut er ja nie. Dabei könnte die Arme sicher auch Trost gebrauchen. Habt ihr in Irland eigentlich davon gehört? Die Gesetzesinitiative, nach der verheiratete Frauen über dreißig hätten wählen dürfen, ist wieder gescheitert. Nun wird es von neuem Straßenkämpfe und Verhaftungen geben, und das, wo die Tante so gern ein friedliches Leben führen würde. Aber genug von meinem Völkchen – wie geht es Dir, was treibst Du, hat man Dich schon zur Galionsfigur von RMS Titanic ernannt? Und was gibt es Neues von Mr Lenz? Sag mir nicht, Du starrst noch immer unentwegt Schiffsleiber an und keinen einzigen Moment lang einem schönen Mann in Sternenaugen …«

Selene sprach mit Harry darüber. »Ich verdanke meinem Onkel so viel«, sagte sie. »Wann immer meine Mutter mir mit ihrer Fürsorge die Luft abdrückte, ist er für mich in die Bresche gesprungen. Er ist mit mir in die Docks gegangen und hat mir gezeigt, wie eine Schiffsschraube funktioniert. Wenn das wahr ist, was Annette schreibt, will ich ihm unbedingt helfen.«

»Wenn was wahr ist?«, fragte Harry.

»Wenn er sich wünscht, einen Menschen zu finden. Ich will diesen Menschen für ihn suchen.«

»Das darfst du nicht«, fuhr ihr Harry so scharf ins Wort, wie er noch nie mit ihr gesprochen hatte. »Wenn dein Onkel diesen Menschen nicht sucht, wird er Gründe haben.«

»Was denn für Gründe?«

»Du kannst deinem Schicksal danken, wenn du dafür keine Gründe weißt«, sagte er.

Selene fand, er klang wie Großmutter Mildred, wenn sie den Untergang der Welt beschwor, ohne je Ross und Reiter zu nennen. Es war der erste Abend, der zwischen ihnen in Streit endete, weil sie ihm vorwarf, in Rätseln zu sprechen, während sie ein offenes Buch für ihn war. Tage später vertrugen sie sich wieder und redeten nicht mehr von Menschen, die man finden wollte, ohne sie zu suchen. Der Tag des Stapellaufs rückte näher, Erregung verbreitete sich in der Werkhalle wie Frühlingsduft zwischen Gestank nach Teer und Öl. Selene vergaß, dass sie dem Onkel hatte schreiben wollen.

Wie eine Einheit, als hätte es zwischen ihnen nichts als Kameradschaft gegeben, standen sie alle am Morgen des 31. Mai am Ufer des Flusses Lagan und sahen zu, wie die Titanic von Schleppern hinaus auf den Fluss und in ihr Bassin gezogen wurde, wo ihr kühler, blanker Leib zum Leben erweckt werden sollte. Motoren, Boiler und Turbinen harrten der Installation, und anschließend würde ein Heer von Zimmerleuten sich an die Innenausstattung machen, bis das Schiff einem schwimmenden Palast glich. Selene war entschlossen, sich vor den Männern keine Blöße zu geben. Als sie aber das Schiff, das viel zu groß war, um zu entschwinden, über die schwarze Wasserfläche da-

vongleiten sah, ballten sich die Tränen hinter ihren Augäpfeln, wie um sie aus den Höhlen zu pressen.
In ihrem Rücken spürte sie Harrys Arm. »Du willst sie doch gar nicht verlassen«, sagte er. »Nicht bevor sie bereit ist, ohne uns ihren Weg zu machen. Bleib hier, Selene. An den Turbinenschäften kann die Werft noch jede Menge Leute gebrauchen.« Als sie herumfuhr, um ihn zu umarmen, ließ sie ihren Tränen freien Lauf. Noch am selben Abend ging er mit ihr ins Personalbüro und sorgte dafür, dass ihr Vertrag bis Anfang Februar, wenn die Titanic zu einem letzten Anstrich aufs Trockendock überführt werden sollte, verlängert wurde. Der Lohn, den man ihr bot, war lachhaft, und an ihre Mutter mochte sie nicht denken, aber nichts davon schmälerte ihren Triumph. Sie hatte sich ihren Platz erkämpft. Sie würde bei RMS Titanic bleiben, bis sie ihren Siegeszug um die Welt antrat.
In ihrer Kaschemme am Fluss, wo sie ihre Entscheidung feierten, fragte sie Harry: »Für dich ist sie auch nicht nur eine Arbeit wie andere, nicht wahr? Du liebst sie so sehr wie ich.«
Harrys Lächeln war traurig. »Das kann ich ja nicht. Ein Schiff so lieben kannst nur du, weil du jung bist und noch nie einen Menschen geliebt und verloren hast.«
»Harry, ich bitte dich!« Selene stöhnte. »Nicht wieder diese düsteren Andeutungen, davon habe ich daheim in Portsmouth genug. Außerdem habe ich dir beim Stapellauf angemerkt, dass sie mehr als irgendein Schiff für dich ist.«
»Ja«, gab er zu, »das ist sie. Sie tut mir leid, obwohl sie ein Ding ist, aber wenn so viele Menschen ihre Liebe hineingeben, hat wohl auch ein Ding eine Seele.«
»Und warum tut sie dir leid?«
»Weil alle Wunder von ihr erwarten. Diese Zeit, die zu Ende geht, bäumt sich ein letztes Mal auf und will beweisen, dass sie noch immer auf der Höhe ist. Aber um das zu verstehen, bist du zu jung. Mir tut die Titanic leid, weil sie die Last von Legenden auf dem Rücken trägt

und vielleicht nur ein Schiff sein möchte, das in einen stillen Morgen fährt.«

Selene nahm seine Hand und drückte sie. Was er gesagt hatte, schrieb sie auf, auch wenn sie nicht sicher war, es zu verstehen.

Als sie ein paar Tage später nach Arbeitsschluss aus der Werkhalle trat, stand ein Mann mit einem Seesack am Tor und wartete auf sie. Es war Thomas. »Ich muss dich sprechen.«

Sie hatte nicht mehr an ihn denken, sondern sich einreden wollen, sie hätte an Harry und der Titanic genug, aber jetzt erwachte ihre Wut. »Weshalb glaubst du eigentlich, ich hätte Zeit, wann immer es dir passt, auch wenn du auf Monate keine hast?«

»Sei nicht kindisch, Selene«, sagte er und griff nach ihrem Arm. »Darüber hatten wir doch gesprochen.«

Schroff befreite sie sich. »Wie auch immer, heute habe ich jedenfalls keine Zeit.«

»Und warum nicht?« Er vertrat ihr den Weg. »Führt dich dein Hilfsarbeiter aus, kannst du keinen Abend ohne ihn ertragen?«

»Und wenn?«, fragte Selene spitz. »Gibt es vielleicht etwas, das du dagegen haben könntest?«

»O ja«, antwortete er, und dann tat er etwas, das sie entwaffnete, weil sie nicht im mindesten damit gerechnet hatte. Er riss sie in die Arme, küsste sie und sagte: »Ich liebe dich.«

Ehe sie beschloss, ihn nicht zu küssen, hatte sie es schon getan. »Du bist ja verrückt«, rief sie aus. »Erst bekomme ich eine Ewigkeit nicht mal einen Gruß von dir, und dann lauerst du mir auf wie ein Verschwörer und erklärst mir, du liebst mich? Das ist mir zu viel Wellengang, Thomas. Davon werde ich seekrank.«

Reumütig senkte er den Kopf, was ihren Widerstand schwächte. »Es tut mir leid, Titanin. Ich habe versucht, es dir zu erklären.«

»Aber du warst nicht überzeugend. Und auch wenn man den Deutschen raue Manieren nachsagt, müsste dir klar sein, dass deine Liebeserklärung ein bisschen viel von einem Schuss vor den Bug hat. Wie wäre es, wenn du mir stattdessen helfen würdest, dir zu vertrauen? Wenn du mir zum Beispiel erzählen würdest, was du die ganze Zeit getrieben hast?« Ich stehe zwischen zwei Männern, von denen ich nichts weiß, durchfuhr es sie, und in der fahlen Abendsonne begann sie zu frösteln.

Thomas deutete auf den Seesack, den er hatte fallen lassen, um sie zu umarmen. »Ich muss verreisen.«

»Aha. Und wohin?«

»Das tut nichts zur Sache. Wenn ich wiederkomme …« In seinem Gesicht konnte sie erkennen, wie der Entschluss zu sprechen ihm entglitt. Im nächsten Augenblick lag sie von neuem in seinen Armen. Sie war jung, sie hatte sich nach ihm gesehnt, und Annette hatte recht. Ewig konnte man keinen Schiffsleib anstieren, wenn daneben ein schöner Mann mit Sternenaugen stand. Sie gab den Widerstand auf. Wenn sie ihn schon küsste, obwohl er alles andere verdient hatte, dann wenigstens so, dass ihm Hören und Sehen verging.

Sie gingen in eine Tanzbar im belebten alten Teil der Stadt und verbrachten eine zauberhafte Nacht. Unbegreiflich blieb für Selene, warum nicht alles zwischen ihnen einfach war. Sie waren verliebt, sie teilten dieselbe Leidenschaft, zwischen ihnen gab es keine Langeweile. Genau das wollte sie, eine helle Liebe, die ihr Kraft für den Rest ihres Lebens verlieh – vor dunklen Verwicklungen wie die des Onkels, der jemanden finden wollte und nicht suchte, schreckte sie zurück. Sie sagte es ihm, während er sie im kühlen Morgengrau zurück ins Wohnheim brachte. »Ich glaube, ich habe dich lieb, Thomas. Aber die Geheimniskrämerei, die habe ich nicht lieb. Die halte ich nicht lange aus.«

»Ich auch nicht«, murmelte er. »Glaub mir, ich bin dafür so wenig gemacht wie du, und eben deshalb sind wir in dieser elenden Lage.«

»Gib nicht schon wieder nebulöse Schwaden von dir! Von was für einer Lage redest du?«

Er stöhnte. »Ich bitte dich, lass mir noch Zeit, bis ich von meiner Reise wiederkomme.«
»Einer Reise, von der du mir nicht sagen kannst, wohin sie führt.«
Ohne darauf einzugehen, blieb er stehen und fragte: »Weshalb bist du eigentlich nicht zurück nach Portsmouth gefahren, sondern hast dich von diesem Dampfboiler überreden lassen hierzubleiben?«
»Harry ist kein Dampfboiler!«, rief Selene. »Und du bist für die Rolle des eifersüchtigen Liebhabers entschieden die falsche Besetzung. Du machst dich lächerlich, Thomas.«
Er lachte leise. »Ich fürchte, du hast recht. Trotzdem passt es mir nicht, dass du dich mit einem Kerl herumtreibst, der dein Vater sein könnte und von dem du nicht das Geringste weißt.«
»Ich weiß auch von dir nicht das Geringste«, konterte sie.
»Ein Punkt für dich«, gab er zu. »Kannst du mir bitte trotzdem glauben? Es ist auch für mich nicht leicht. Immerhin bist du die Erbin eines Hotelmagnaten, und ich …«
»Und du bist ein Schiffsingenieur, auf den mein Onkel große Stücke hält. Meine Eltern mögen verstaubt und engstirnig sein, aber dass ein Prinz auf weißem Ross um ihre Tochter wirbt, erwarten sie nicht, und zur Not spannen wir einmal mehr den Onkel als Fürsprecher ein.«
Thomas zog sie an sich und küsste ihren Scheitel. »Wir sprechen noch einmal über alles, wenn ich wieder da bin, ja? Bis dahin pass auf dich auf. Es wäre mir lieber, du wärst nach Hause zu deiner Familie gefahren. Aber deine Cousine Annette kommt ja auch erst im Winter zurück.«
Er küsste sie, bis zwei Frauen aus dem Wohnheim an ihnen vorübertorkelten und in anzügliches Gekicher ausbrachen. Hinterher, als sie schlaflos in ihrem Bett lag, ärgerte sie sich maßlos, weil er es geschafft hatte, all ihren Fragen auszuweichen. Und weil sie keine Ahnung hatte, woher er wusste, dass Annette erst im Winter nach Hause kam.

Thomas blieb einen Monat lang fort, und danach war alles beim Alten. Wochenlang war er nicht zu erreichen, und dann tauchte er plötzlich auf und lullte sie mit seinem Liebesflüstern ein. Immer bat er sie, ihm Zeit zu lassen, und einmal, als der ewige Regen des Herbstes bereits in den Schneeregen des Winters überging, sagte er: »Wenn wir zurück nach Portsmouth fahren, erkläre ich dir alles. Du hast mein Versprechen, Titanin. Diesmal breche ich es nicht.«

»Du fährst mit nach Portsmouth? Aber was willst du denn da?«

Er lächelte. »Das hängt von dir ab, meine Schöne. Wenn du nicht allzu viele Einwände hast, könnte ich mir vorstellen, Mr Andrew Ternan um eine Unterredung zu bitten.«

Er musste tatsächlich verrückt sein. »Und du glaubst, ich kaufe die Katze im Sack? Ich habe noch immer keine Ahnung, wer du bist, Thomas.«

»Doch, das hast du.« Er küsste sie. »Ich bin der Mann, der dich heiraten will. Dass du lieber Schiffe als Babys bemuttern willst, hat mir dein Onkel bereits mit der Pistole auf der Brust erklärt, aber ich bin ein gelassener Mensch. Solange du nicht als Suffragette nach London gehst und hungerstreikend im Gefängnis landest, ist mir alles recht.«

»Du hast mit meinem Onkel gesprochen! Du warst in Portsmouth?«

»Ich hatte dort zu tun«, murmelte er.

»Und mein Onkel hat Geheimnisse mit dir?«

»So würde ich es nicht bezeichnen«, erwiderte Thomas. »Er sagt nur nichts, wenn man ihn nicht fragt.«

Dass er ihren Onkel besser zu kennen schien als sie, machte Selene wütend, auch wenn sie daran nicht schuldlos war. Wieder nahm sie sich vor, ihm zu schreiben, doch dann kam die Weihnachtsfeier, die Harland & Wolff für die Arbeiter der Titanic gab, und sie vergaß es erneut.

Die Direktion hatte sich nicht lumpen lassen. Vor dem Bassin war ein Büfett aufgebaut, es gab Bier und Stew, so viel jeder wollte, und eine Kapelle spielte Weihnachtslieder. Die Arbeiter, die Selene nur im groben Drillich kannte, trugen ihr bestes Zeug – zu knappe Anzüge, gestärkte und geflickte Hemden, Hosen, auf denen Spuren des Bügeleisens glänzten. Harry hatte sich sein Haar mit Wasser an den Kopf gekämmt und trug einen altmodisch geschnittenen Rock. »Ich wollte, dass du dich mit mir sehen lassen kannst«, bemerkte er verlegen. Sie drückte seinen Arm.

Jeder, auch Selene, bekam einen Weihnachtskorb, der eine armdicke Blutwurst und eine Halbliterflasche Whisky enthielt. Den Höhepunkt der Feier bildete der Besuch von Bruce Ismay, dem Geschäftsführer der White Star Line, der sich bei den Arbeitern für ihren Einsatz bedankte. Durch sie sei ein beispielloser Sieg moderner Technik möglich und ein Traum der Menschheit Wirklichkeit geworden. Nur noch sechs knappe Wochen trennten RMS Titanic von ihrer Fertigstellung. »Und dann ist sie bereit, sich der Welt zu beweisen. Ihre Jungfernfahrt ist für den 12. April anberaumt, wenn sie im Hafen von Southampton mit Ziel New York ihren Anker lichten wird.«

Southampton! Das bedeutete, dass Selene hinfahren und dabei sein konnte, wenn die Titanic Europa verließ. Meine Titanic. Der Gedanke versetzte ihr einen Stich. In der Verwirrung des vergangenen Jahres war das Schiff die Konstante gewesen, ihr Halt und Ziel. Dass sich ihre Wege jetzt trennten, erschien grotesk. Selene wollte Schiffe bauen, solange sie denken konnte, aber außer auf Fähren zur Isle of Wight und nach Irland war sie noch nie auf einem Schiff gewesen.

Bruce Ismay, der den Arbeitern zugeprostet hatte, fuhr in seiner Rede fort. Als Anerkennung für die Beschäftigten habe die White Star Line sich ein besonderes Geschenk ausgedacht. Zwei der am Bau beteiligten Arbeiter, die durch das Los ermittelt würden, erhielten eine Passage zweiter Klasse für die Jungfernfahrt der Titanic. »Sie werden auf dem größten und luxuriösesten Schiff der Weltgeschichte nach New York reisen – und natürlich bringt unsere Titanic Sie auch heil wieder zurück. Wozu ist sie schließlich unsinkbar?« Er lachte und winkte eine Dame in White-Star-Line-Uniform heran, die einen Champagnerkübel voller Lose trug. »Lassen Sie mich nun die Namen der Gewinner verlesen!«, rief er und zupfte der Dame zwei Lose aus der Hand. »Bei den beneidenswerten Glückspilzen handelt es sich um die Kollegen Francis White und Harry Matthew!«

Kapitel 52

Portsmouth und London, Februar 1912

Sobald Annette von der Leiter in den Zubringer sprang, sah sie ihren Vater bei den Wartenden am Kai stehen. Vom Land waren sie noch zu weit entfernt, um Gesichter auszumachen, und nach dem klaren Licht der Ebene um Teotihuacán erschien die heimatliche Küste ihr verhangener denn je, doch ihren Vater erkannte sie an der Art, wie er stand, kerzengerade und einen Schritt weit von der Menschenmenge entfernt.

Kaum erreichten sie einander, war es, als wäre kein Jahr, sondern höchstens ein Tag seit ihrem Abschied vergangen. Nervös trat ihr Vater von einem Fuß auf den anderen. Erleichtert entdeckte er den Gepäckträger, der ihren Überseekoffer auf seinem Karren hatte, sprang hinzu und wuchtete das schwere Stück auf die Planken. »Bravo«, bemerkte Annette amüsiert. »Was für eine Großtat – und so sinnvoll. Dummerweise werden wir uns einen neuen Träger suchen müssen, aber du hast immerhin bewiesen, was für ein Gigant du bist.«

Verlegen verbiss er sich ein Grinsen. »Was ist, willst du deinen närrischen alten Vater nicht umarmen?«

»Das kommt darauf an, ob mein närrischer alter Vater das will.«

Er sandte ihr einen dankbaren Blick und öffnete die Arme. Sie warf sich hinein und hatte das Gefühl, zu Hause zu sein.

Portsmouth war noch immer Portsmouth, wenn auch ihr Vater ihr stolz wie ein Pfau hinter den Hafenanlagen eine Neuerung präsentierte, ein Automobil, einen Zweisitzer, in der Farbe dunklen Weins. »Es ist ein *Ace*«, erklärte er selig. »Der leichteste Vierzylinder, der derzeit zu haben ist. Gefällt er dir?«

Annette musste lachen. »Wirst du für derlei Spielzeug eigentlich irgendwann zu alt? Zumindest hättest du dir die Haare pomadisieren oder dir eine dieser feschen Mützen kaufen müssen.«

»Du findest also, ich mache mich zum Clown.«

Sie küsste ihn auf die Wange und stieg ein. »Tu nicht so, als würde dich das im mindesten kratzen.« Ihr Vater grinste und ließ den Wagen an.

Das Auto war nicht schneller als eine Kutsche, und unterwegs redeten sie ohne Punkt und Komma. Ihr Vater stellte Fragen, und Annette erzählte von der heiligen Stätte, die die Azteken »Ort, an dem man zum Gott wird« genannt hatten. Erst seit zehn Jahren fanden Ausgrabungen in der einst größten Stadt Amerikas statt, und der Entdeckerrausch, der Annette erfasst hatte, ließ ihre Worte sprudeln. »Deine Begeisterung steckt an«, sagte ihr Vater, als er das Auto vor ihrem Haus Planet Earth zum Stehen brachte. »Weißt du, dass ich mich manchmal frage, wie ein Fortschrittsverfechter wie ich zu einer Tochter mit einer solchen Liebe zur Vergangenheit kommt?«

»Ich glaube eben, dass wir keinen Schritt nach vorn machen können, ohne uns zu fragen, was für Schritte hinter uns liegen.«

»Und ich glaube, man sollte mir einen Orden verleihen, weil ich den klügsten Untertan dieses Königreichs gezeugt habe – auch wenn man der Klugheit noch immer kein Wahlrecht zugesteht.«

Flüchtig berührte sie seine Hand. »Manchmal glaube ich, dich quält das mehr als uns Frauen.«

»Nein.« Mit einem Schlag veränderten sich seine Züge, und Schweiß brach ihm aus. »In London herrscht Krieg, Annette. Sie schlagen Frauen, die um ein Menschenrecht kämpfen, auf offener Straße zusammen – Männer mit Knüppeln gegen Frauen ohne Waffen.«

»Ganz so ist es nicht, oder? Deine Frauen ohne Waffen zünden immerhin Bomben in Postkästen und werfen Steine in Schaufenster.«

»Du hast recht.« Er fuhr sich mit der Hand ins Haar und zerrte daran. »Als Naturwissenschaftler sollte man in der Lage sein, Objektivität zu bewahren, nicht wahr?«

»Du bist ja nicht nur Naturwissenschaftler, sondern auch ab und zu Mensch«, widersprach sie und zog ihm die Hand aus den Haaren. Zwischen den Fingern wehten schwarze und weiße Fäden. Viel mehr weiße als vor einem Jahr. »Geht es Tante Nora und ihrer Freundin gut?« Annette kannte die Tante nur von deren seltenen Besuchen in Portsmouth, aber sie wusste, dass ihr Vater mit inniger Liebe an ihr hing.

»Ich hoffe«, sagte er. »Zumindest ist Rebecca bisher nicht verhaftet worden. Weißt du, was sie in den Gefängnissen mit den Frauen tun, die weiterkämpfen und in den Hungerstreik treten?«

Annette schüttelte den Kopf.

»Sie zwingen sie zu essen, damit sie ihnen in der Haft nicht sterben und zu Märtyrern werden. Sie schieben ihnen Schläuche in den Hals und flößen ihnen Nahrung ein, wobei die Kehle regelrecht aufgepflügt wird. Meine Schwester würde das nicht überleben. Ich kann nicht fassen, dass derart mittelalterliche Foltern in einem Land, das Flugzeuge, Telefone und Fernheizwerke hat, erlaubt sind.« Das Gesicht des Vaters sah aus, als würde er selbst auf solche Weise gefoltert. Sie ließ ihm Zeit. Dann tippte sie ihm behutsam auf den Arm. »Ich ginge übrigens ganz gern eine Zeitlang nach London«, sagte sie. »Einer der Archäologen hat mich eingeladen, ihm bei einem Projekt für das britische Museum zu assistieren. Was meinst du, könnte ich wohl bei Tante Nora wohnen?«

Es war ein Schuss ins Blaue, der ins Schwarze traf. Ihr Vater wurde bleich. »Darüber reden wir noch«, murmelte er hastig. »Nora und Rebecca sind Gesellschaft nicht gewöhnt, und es ist ja nicht so, dass wir uns keine Wohnung für dich leisten könnten.«

»Angeber.« Sie lächelte ihm zu. Was sie hatte sehen wollen, hatte sie gesehen. Es bestätigte ihre Vermutung. »In Ordnung, reden wir ein andermal darüber. Und jetzt lass uns nach drinnen gehen, ich brauche die größte Badewanne von ganz Hampshire.«

»Die wird warten müssen.«

»Warum? Sag bloß, Selene war schneller als ich und ist schon da?«
Der Vater schüttelte den Kopf. »Selene hat ihre Fähre verpasst und kommt erst nächste Woche. Aber im Haus wartet trotzdem jemand auf dich – jemand, der behauptet, er könne keinesfalls warten, sondern müsse dich so schnell wie möglich sprechen.«
»Und wer soll das sein? Der Großvater?«
»Nein«, erwiderte ihr Vater und sandte ihr einen prüfenden Blick. »Thomas Lenz.«

Er hatte sich angewöhnt, an jedem ersten Montag im Monat auf den Friedhof zu gehen. An Montagen blieben die Friedhöfe leer. Noch immer hätte es ihm widerstrebt, wenn jemand ihn, Hector Weaver, bei etwas so Sinnlosem, so Sentimentalem wie einer Wanderung zwischen Toten beobachtet hätte.
Warum er ging, hätte er nicht zu sagen vermocht. Es tat gut, einen Termin zu haben, es war beinahe, als würde er einen Besuch machen. Es tat auch gut, sie alle dort unter aufgeschütteten Hügeln zu wissen, am Fuß der Steine, in die ihre Namen gemeißelt standen, und keiner von ihnen konnte ihm mehr etwas anhaben – Bernice Weaver, geborene Lewis, deren Leibesfülle tatsächlich in einen einzigen Sarg gepasst hatte, Henry Lewis, Port Admiral von Portsmouth, der vermutlich im Grab noch pikiert war, und Maria Lewis, geborene Cenci, deren rassiger Körper nicht anders als der einer hässlichen Vettel verrottete. Sie war nicht, wie die von Hector geschürten Gerüchte besagten, von der Clifton Suspension Bridge gesprungen, sondern umnachtet in ihrem Bett verreckt.
Wer von ihnen würde als Erster hier unter den Kadavern enden – sein schwächlicher Bruder oder er, der immer der Stärkere gewesen war? Das Alter verwischte die Unterschiede. Selbst der Strahlendste war inzwischen verschrumpelt, klein und grau.
Wie immer kaufte er bei der Blumenbinderin am Tor einen Strauß, mit dem er sich vor die Gräber stellte und sich ausmalte, wie die drei

dort unten rumorten und spekulierten, wer die Gabe einheimsen würde. Sie hatten ja sonst keinen, der ihren schmucklosen Gräbern ein wenig Glanz verlieh. Die beiden Söhne der Lewis' waren in Südafrika gefallen, und Bernices Sohn pflegte das Grab seiner Hure von Großmutter am anderen Ende des Friedhofs, und das seiner geisteskranken Frau, aber das seiner Mutter nicht.

Bernices Sohn. Der Verräter, der die Seiten gewechselt und sich Hyperions Titanenvolk zugeschlagen hatte. Auf das Grab seines Vaters würde er eines Tages spucken. Hector ballte die Fäuste um die Stiele der Blumen. Den Strauß würde er heute mitnehmen, wie er es oft tat, wenn Wut ihn übermannte. Mochten die drei leer ausgehen für alles, was sie ihm angetan hatten – es war eines der letzten Vergnügen, das ihm blieb.

Mit jäher Heftigkeit wünschte er sich, am Grab seines Sohnes zu stehen und ihm ebenso eins auszuwischen wie den drei Alten. Zwar war es ihm gelungen, das Leben des Sohnes zu zerstören, doch dass der Sohn dabei nicht zerbrochen war, raubte ihm den Triumph.

Stattdessen sah es aus, als wäre der mächtige Hector Weaver der Zerbrochene. Seine Gasanstalt hatte den Todesstoß erhalten, als sein Sohn Portsmouth zu einer der ersten Städte mit eigenem Elektrizitätswerk gemacht hatte. Kurz darauf hatte die Stadt die Gasversorgung selbst übernommen. Die Ära Hector Weaver war zu Ende, zu Fall gebracht von seinem Fleisch und Blut, das ihn hätte ehren sollen, ihn ehren und lieben.

Sein Haus war hoch verschuldet. Dass er es noch nicht verloren hatte, sein Mount Olymp, von dem aus er die Titanen von Mount Othrys hatte schlagen wollen, verdankte er den Briefen. Er war vorsichtig geworden, um seine letzte Einkommensquelle nicht zu gefährden. An Victor März schrieb er so gut wie nie, und von Mildred forderte er maßvolle Summen, die sie anstandslos zahlte. Wenn er an seinen einstigen Plan dachte, die Giganten März und Mildred gegeneinanderzuhetzen und Mount Othrys zu Fall zu bringen, musste er an sich halten, um nicht zu weinen. Und war ein Sturz aus solcher Höhe keine Tränen wert? Mildred Adams, die Kröte aus Whitechapel, hatte ihn besiegt. Indem sie die Tochter ihrer Schwester an die Ternans verscherbelt hatte, war ihr der Coup ihres Lebens geglückt. Andrew Ternan war in die Frau, die ihn nicht wollte, so blödsinnig verliebt, dass er lieber sein letztes Hemd auszog und das Victoriana schröpfte, als das heilige Mount Othrys über die Klinge zu schicken.

Das ganze Volk hatte überlebt, selbst seine Tochter, die sie irgendwann verhaften und zwangsfüttern würden. Aber das Balg war starrsinnig, und was er als Vater nicht geschafft hatte, würde auch den Vollzugsbeamten nicht gelingen – eher jagten sie ihr den Speisebrei in den falschen Hals und erstickten sie. Seine Kinder waren zäh, und zerbrochen war keiner als er. Leichter Regen setzte ein, und er hatte wie so oft nicht einmal einen Schirm bei sich. Fremde, die ihn sahen, mochten ihn für einen bedeutungslosen Greis halten, der sich mit Toten unterhielt, weil im Leben kein Mensch mehr etwas von ihm wollte. Von der Feuchtigkeit würde sein Knochenreißen schlimmer werden. Traurig wandte er sich ab und machte sich auf den Heimweg, wobei er die Blüten des Straußes zerrupfte und auf unbekannten Gräbern verstreute.

Und dann sah er sie – Mildred Adams. Das Letzte, was er von ihr erwartet hätte, war, dass sie auf den Friedhof trottete und ihre verhassten Schwiegerleute begoss. Aber genau das tat sie. Sie hatte ihre Erstgeborene, die geschlechtslose Georgia, bei sich, die ihr die Blumenkörbe hinterherschleppte, und verteilte großzügig Arrangements über den sterblichen Resten von Nell Weaver, George Weaver und Amelia Ward. Hector musste stehen bleiben. Wendig wie als Mädchen beugte Mildred sich vor, um die Blumen in den Schalen zu befestigen. Ihr Hinterteil ragte ihm entgegen, umspannt von schwarzem Satin und noch einmal so dreist und fest wie in ihren verlorenen Jugendjahren.

Waren sie nicht herrlich gewesen? Waren wir nicht wie Götter, Mildred, bereit, bis zum Letzten zu kämpfen und unsere Kräfte zu messen? In diesem Augenblick begriff Hector, dass er nie klein beigeben konnte, dass er dieses prachtvolle Geschöpf geschlagen vor sich liegen sehen musste, ehe er das Jammertal des Lebens verließ. Du warst mein Schicksal, Mildred, und ich war deines. Wer von den Männchen in deinem Leben war dir ein ebenbürtiger Gegner, mein Tropf von Bruder vielleicht oder der Trottel März? Nur ich war es, Mildred. Von dem Tag an, an dem du in diese Stadt gekommen bist, war ich dir verfallen und du mir.

»Es regnet«, sagte Georgia. »Du holst dir den Tod, Mutter.«

»Das ist eine törichte Redensart«, schimpfte Mildred und schleuderte welke Blumen aus der Schale. »Der Tod holt die Leute.«

»Wie auch immer, jedenfalls begreife ich nicht, warum du ausgerechnet jetzt noch zum Friedhof musstest. Die alten Herrschaften wären dir schon nicht davongerannt.«

»Bist du dir dessen sicher?« Gewandt wie ein Fohlen drehte Mildred in gebückter Haltung den Kopf nach der Tochter und dekorierte dabei weiter ihre Schale. »Mir ist jedenfalls wohler zumute, wenn die alte Hexe versorgt ist und ich weiß, sie steigt mir nicht in der Nacht aufs Dach.«

»Aber sonst gehen wir doch immer dienstags.«

»Dienstag ist morgen«, belehrte sie Mildred. »Und morgen kommt meine Selene zurück und bringt in das verdammte Haus wieder Leben. Du kannst mir glauben, dass mich an meinem Freudentag keine zehn Teufel zu Nell Nasehoch Weaver auf den Friedhof kriegen.«

»Ich glaub's dir, Mutter. Ich hoffe, du lässt die arme Selene wenigstens den Mantel ausziehen, ehe du sie erdrückst.«

Hector lächelte fein, während er im allmählich versiegenden Regen den Weg nach Hause antrat. Sein Leben lang war das seine Devise gewesen – kenne die Schwächen deiner Feinde, und du besitzt den Schlüssel zu deiner Stärke. Und die größte Schwäche eines jeden war

und blieb, wie auch die Zeiten sich ändern mochten, der Mensch, den er liebte.
Wer glaubte da, Hector Weaver sei ein alter Mann und habe ausgespielt? War es nicht höchste Zeit, dass Selene Ternan erfuhr, wie ihr wirklicher Name lautete und was für exquisites Blut in ihren Adern floss? Verzeih mir, beste Mildred. Ich kann dir auch jetzt keinen Frieden lassen, du bist noch immer zu grandios dafür. Und in Wahrheit wollte Mildred ja auch keinen Frieden, vermutlich hätte sie ihn so wenig ertragen wie er selbst. Wie hatte er annehmen können, ihrer beider Spiel sei schon vorbei? Er würde der niedlichen Selene, einer Enkelin, wie er sie hätte haben sollen, ein hübsches Willkommenskärtchen schreiben. Und wenn alles vorbei war, wenn der Tod, der die Leute holte, nach ihnen die Klaue ausstreckte, würde er mit einem letzten Streich das Titanenreich zu Fall bringen. Hatte sein Bruder kein Recht auf dieses endgültige Wissen? Du hattest ein Kuckuckskind im Nest – und zwei Kinder von einer Mörderin.
Einen letzten Blick warf er zurück auf die Gräber. Er würde nicht mehr kommen, es tat seinen Knochen nicht gut, und seine Knochen brauchte er noch. Wenn er dereinst dort unten lag, dann nicht als Versager, sondern als Sieger. Seinem Sohn würde die Spucke im Hals steckenbleiben.

Zumute war ihr, als hätte sie vor Schmerz in der Nacht kein Auge zugetan. In ihrer Kehle loderte Feuer, sobald sie versuchte zu schlucken. Aus den Lungen schoss ihr bei jedem flachen, ängstlichen Atemzug eine Klinge durch den Rumpf. Ihr Arm, den die Wärterin verbogen hatte, lag geschwollen und steif an ihrer Seite, als würde er nicht ihr gehören. Das war das Schlimmste. Dass sie eine Frau dafür gewannen, eine andere Frau zu quälen, bis sie nicht mehr als ein würdeloses Häuflein Schmerz war.
Sie musste aber doch geschlafen haben, denn sie brauchte Zeit, um sich zu orientieren, sich klarzuwerden, dass sie in ihrem eigenen Zim-

mer lag, in ihrem weichen Bett, unter sauberen Decken. Es war dunkel im Raum, weil die Fensterläden geschlossen waren, doch durch die Ritzen im Holz schlich sich ein wenig Licht. Lydia versuchte den Kopf zu heben, bereute den Versuch jedoch, sobald der Schmerz ihr den Atem raubte.

Eine Weile dauerte es, bis sie in der Lage war, wieder Luft zu holen und die verletzten Lungen mit Sauerstoff zu füllen. Mit dem Atem kam die Erkenntnis: Ich lebe noch. Ich bin nicht daran gestorben. Wie sehr man am Leben hing, an seinem bisschen Leben in einem Zimmer in Whitechapel, war unbegreiflich. Lydia hatte ihre eigenen Schreie der Todesangst noch im Ohr, und vermutlich würden sie dort bis an ihr Lebensende bleiben.

Sie war in der Downing Street verhaftet worden, wo eine Hundertschaft von Frauen versucht hatte, den Konvoi des Premierministers aufzuhalten, jenem Asquith, der im letzten Moment die Gesetzesvorlage zum eingeschränkten Frauenwahlrecht zurückgezogen hatte. Sie waren mit Knüppeln bewaffnet gewesen, es waren Steine geflogen, Glas war zu Bruch gegangen und ein Polizist ging verletzt zu Boden.

»Darüber, dass ihr euch strafbar macht, müsst ihr euch im Klaren sein«, hatte Nora ihr und Rebecca gesagt. »Ihr steht nicht mit ein paar Flugblättern vor dem Kaufhaus Harrods. Ihr greift an.«

Rebecca war entkommen. Lydia war über einen Gestürzten gestolpert und zwei Beamten in die Arme gefallen. Einer der Beamten hatte ihr ins Gesicht gestarrt und gerufen: »Mein Gott, sieh dir die an – ein altes Weib.« Dann hatte er sie geohrfeigt. Lydia, die ohnehin sicher war, nie wieder essen zu können, drehte sich bei der Erinnerung der Magen um.

Das Gefängnis Holloway glich einer Burg, von der Außenwelt abgeriegelt, damit verborgen blieb, was darin vorging. Sie wurden in eine Zelle ohne Abort gepfercht, sie wurden verhört, geschlagen, angebrüllt. Das alles aber, selbst die Angst, war erst der Auftakt. Am zweiten Tag fielen die zwölf verhafteten Frauen in den Hungerstreik. Zu kämpfen würde helfen, hatte Lydia gedacht, es würde Hoffnung geben. Hunger aber war Kampf gegen den eigenen Körper, bedeutete Schwächung der Kräfte, bis man kaum noch gehen konnte und schließlich liegen blieb. Eine Frau starb. Sie lag am Morgen neben Lydia auf dem Zellenboden, kälter als kalt. Nachdem ein Wärter ihre Leiche fortgeschleift hatte, wurde beschlossen, die Überlebenden zwangszuernähren.

Ein Mann in Uniform und eine Frau im grauen Kleid hatten Lydia abgeholt. Der Mann hatte sie in einem fensterlosen Raum auf einen Schemel gedrückt, und die Frau hatte ihr die Arme hinter die Lehne gezerrt. Ein weiterer Mann, der einen Kittel trug, um seine Kleider vor Verschmutzung zu schützen, zeigte ihr das Rohr, ehe der erste Mann ihr die Klammern ansetzte und ihre Kiefer auseinanderzwang. Als das Rohr durch ihre Kehle schnitt, wurde ihr vor Schmerz schwarz vor Augen, aber keine Ohnmacht folgte, und sie konnte nicht einmal schreien. Dass bei einer Kameradin statt der Speiseröhre die Luftröhre getroffen worden war und dass der Nahrungsbrei sie erstickt hatte, erfuhr sie zwei Tage später.

Noch dreimal wurde ihr auf solche Weise Nahrung eingezwungen. Zwischendurch warfen die Beamten sie zu Boden und hielten ihr die Nase zu, bis sie nicht anders konnte, als den Mund zu öffnen. Sofort wurde ihr ein Schwall Speisebrei in den Mund gespritzt, und der Mann presste ihr die Kiefer aufeinander. Dass ihre Lippen aufplatzten, spürte sie nicht, so überwältigend war der Schmerz, als der Brei in ihre Lungen drang.

Sie war sicher gewesen, sie müsse sterben. Mit den wunden, kranken Lungen hatte sie um ihr Leben gebrüllt. Es hatte wie ein Fiepen geklungen, ein verendendes Röcheln. Und doch musste irgendwer sie gehört haben, denn sie lag hier, in der Wohnung in Whitechapel, die sie mit Nora und Rebecca teilte, umgeben von Stille und Dunkelheit, gewärmt und beschützt.

Wie sehr sie die Wohnung liebte, war ihr nie aufgefallen. Sie lag im dritten Stockwerk eines hundertjährigen Hauses, und der Lärm des Armenviertels wälzte sich so tief unter ihren Fenstern vorbei, dass er beinahe melodisch klang. Nora und Rebecca hatten sie hier aufgenommen, nachdem sie ihre Stellung als Hauslehrerin verloren hatte. Die Familie, die sie beschäftigte, fand sie nicht länger tragbar, und so musste sie ihr Zimmer räumen. Seither arbeitete sie für *The Suffragette* und jede andere Zeitung, die etwas von ihr druckte. Sie schrieb und schrieb, aber es brachte ihr kaum Geld, und ohne die Freundinnen wäre sie nicht durchgekommen. Rebecca, die ihr Studium hatte aufgeben müssen, verdiente als Standesbeamtin einen Hungerlohn, und Nora schuf in Heimarbeit Hüte – wahre Kunstwerke aus Federn, Früchten, Farben, Visionen, die hinter Noras bleicher Stirn kein Mensch vermutet hätte. Ab und an verkaufte sie einen. Von dem, was zusammenkam, lebten sie zu dritt. Ein karges Leben machte keiner von ihnen etwas aus.

Und was bedeutete denn ein karges Leben? Wenn man Freundinnen hatte, wenn man in einem warmen Zimmer lag und weder gequält noch erniedrigt wurde – war das nicht Reichtum ohne Ende? Lähmende Schwäche überfiel sie und der Drang zu weinen. Der Mann, der sie geohrfeigt und ein altes Weib genannt hatte – er hatte recht. Sie war ein altes, zerbrochenes Weib. Vielleicht würde sie nie wieder in der Lage sein, hinunter zum Bäcker zu gehen, um ein Brot zu kaufen, ihr zerstörtes Gesicht vor den Menschen zu zeigen.

Die Tür knarrte, und ein dünner Strahl Licht fiel aus dem Flur ins Zimmer. »Lydia?«, fragte Nora. In den Händen trug sie ein Tablett, auf dem nur ein Glas stand. Das war gut, denn den Anblick einer Mahlzeit hätte Lydia nicht ertragen, und vielleicht war Nora der einzige Mensch, der das verstand. »Bist du wach? Ich bringe dir Milch mit Honig. Auch wenn es dir schwerfällt zu trinken, es ist Balsam für deine arme Kehle.«

Ohne auf eine Antwort zu warten, setzte sich Nora an ihr Bett und hob das Glas an ihre Lippen. Sie verschütteten die Hälfte, und zu

schlucken war die Hölle, aber Nora hatte recht. Nach einer Weile wurde es besser. Lydia schloss die Augen. Auf einmal glaubte sie Singen und Zirpen zu hören, das Lied eines fernen Sommers, der Geschenke verheißen hatte, auch wenn sie sich beim nächsten Regen in Luft auflösten. Eine Hand hob ihr Kinn und träufelte Wein, der sämig und warm war, aus einem Zinnbecher zwischen ihre Lippen. Sie musste lachen, weil Wein ihr den Hals hinabrann und die Hand sie sorgfältig abtupfte. Als der Becher leer war, folgte weiche Schokolade, sie murmelte »Mehr«, und der Becher wurde noch einmal gefüllt.
Lydia hörte sich stöhnen. Sie hatte den Mann in zwanzig Jahren nicht so deutlich vor sich gesehen, einen blutjungen Mann mit schwarzem Haar, das ihm ständig ins Gesicht fiel. Kräftige Schultermuskeln, die durch weißen Hemdstoff schimmerten. Warme Augen, halb gesenkte Lider, schlecht verhohlene Verletzlichkeit. Nora hob noch einmal das Glas, und Lydia schluckte mühsam die letzten Tropfen. »Dank dir«, krächzte sie.
Nora schüttelte den Kopf. »Streng dich nicht an. Es wird lange dauern, bis du dich erholt hast. Mit dir reden muss ich trotzdem.«
Es gelang ihr zu nicken, auch wenn sie nichts hören wollte.
»Sie waren entschlossen, dich zu verurteilen«, sagte Nora. »Wegen dieses verletzten Polizisten. Rebecca meint, unter drei Jahren wärst du nicht davongekommen.«
»Aber ich habe doch …«, begehrte Lydia auf, ehe ihr die Stimme versagte.
Beruhigend legte Nora ihr die Hand auf die Lippen. »Wir wissen, dass du den Polizisten nicht geschlagen hast, und der gesamte Apparat wird es auch wissen. Aber das tut nichts zur Sache – eine von euch müssen sie dafür drankriegen.«
Drei Jahre in Holloway. Und nach drei Wochen fühlte sie sich schon nicht mehr wie ein Mensch.
»Wir wussten uns keinen Rat«, fuhr Nora fort. »Auch wenn etliche helfen wollten, hätten wir uns keinen Anwalt leisten können. Außer-

dem hätte ein Anwalt nicht genügt, wir brauchten jemanden, der seinen Einfluss geltend machen konnte, und weil wir sonst niemanden kannten, habe ich mich an meinen Bruder gewandt. Nein, Lydia, spring mir nicht an den Hals. Was hätten wir tun sollen? Dich vor die Hunde gehen lassen?«

Lydia hätte keinesfalls die Kraft aufbringen können, Nora an den Hals zu springen. »Aber«, war alles, was sich ihrer Kehle abringen ließ.

»Aber, aber, aber«, fuhr Nora, die so selten die Stimme hob, auf. »Weißt du, was Rebecca gesagt hat? Ich möchte nicht in deiner Haut stecken, wenn du ihr das mitteilst, hat sie gesagt. Wir haben beide gewusst, dass du dafür über uns herfallen wirst.«

Was hatte sie denn getan? Nichts als »aber« hatte sie gesagt. Sie probierte es noch einmal. »Aber …«

»Jetzt hör um Gottes willen auf«, schnitt ihr Nora das Wort ab. »Wir hatten keine Wahl, und mein Bruder ist nicht der Unmensch, den du in ihm sehen willst, der Geächtete, dessen Name unter uns nicht erwähnt werden darf.«

Habe ich mich so verhalten?, wunderte sich Lydia. Sie hatte nie so gedacht. Mit schwachen Kräften versuchte sie es erneut: »Aber …«

»Aber er ist ein Mann, ich weiß. Er ist Hector Weavers Sohn, und er hat einen Fehler begangen – das macht ihn für alle Ewigkeit zum Teufel. Dass er danach ein ziemlich tapferes Leben geführt hat, dass er hinter unserer Sache steht und in seiner Partei dafür kämpft, zählt nicht. Weißt du eigentlich, wie hart du bist, Lydia? Und weißt du, dass du auch mich damit triffst?«

Lydia war entschlossen, nicht noch einmal aber zu sagen, doch auch anders hatte sie kein Glück. »Hast du …«

»Nein, ich habe ihm nicht gesagt, dass du hier wohnst«, blaffte Nora. »Er weiß es seit mehr als zehn Jahren. Was denkst du? Dass ich meinem eigenen Bruder verschweigen kann, mit wem ich lebe? Was glaubst du, warum ich nach Portsmouth fahren muss, wenn ich ihn sehen will? Weil er ein arroganter Schnösel ist, der Besuche in Whitechapel für unter seiner Würde hält? Nein, Lydia, sondern weil er deinen Wunsch, ihn nie wiederzusehen, achtet. Du hast ihm nichts vorzuwerfen. Und er leitet auch keine Rechte aus deiner Befreiung ab, sondern ist sofort wieder abgereist. Also sieh dich nicht um, als hätte ich ihn in deiner Truhe versteckt.«

Unwillkürlich fiel Lydias Blick auf die Truhe. Dass sich um ihretwillen – für ein altes, verdroschenes Weib – ein Mann darin versteckte, war lächerlich. »Nora«, krächzte sie, »bitte sei zwei Minuten lang still, und dann sag mir, warum du dich so aufregst. Ich habe kaum drei Worte gesagt und kein einziges gegen deinen Bruder.«

»Warum ich mich aufrege? Weil ich Angst hatte, diese Schlächter bringen dich um. Und jetzt, da ich dich sicher zu Hause habe, bekomme ich Angst, du läufst, wenn du hörst, was passiert ist, wieder auf die Straße, bis deine entzündeten Lungen den Geist aufgeben.«

Mühsam streckte Lydia den schmerzenden Arm aus und nahm Noras Hand. Sie hätte der Freundin viel sagen können. Dass sie ein altes Weib und schwach wie eine Tote war und dass sie vor niemandem aus ihrer sicheren Höhle fliehen würde, schon gar nicht vor dem Mann, dessen Liebe sie ab und zu noch immer wärmte. Sie hätte ihr sagen können, dass sie zu seinem, nicht zu ihrem Schutz beschlossen hatte, ihn nicht wiederzusehen, und dass es nichts Gutes auf der Welt gab, das sie ihm nicht wünschte. Aber das alles konnte sie zugleich auch nicht sagen, weil es niemanden anging. Weil es ihr weiter allein gehören musste. Es war alles, was ihr blieb. »Was ist denn passiert?«, fragte sie stattdessen.

»Mein Bruder ist abgereist«, antwortete Nora wie aus der Pistole geschossen. »Aber jemand anders ist angekommen. Ich habe immer gedacht, dass du dich nicht ewig verstecken kannst, dass du dich irgendwann stellen musst, aber ich war nie mutig genug, dir das zu sagen. Ich habe meine Nichte hier, Lydia. Sie ist gestern Abend gekommen, während wir dich abgeholt haben, und sie besteht darauf zu bleiben, bis sie dich gesprochen hat. Sie will dich nur kennenlernen, sagt sie. Sie heißt Annette Alexandrina und ist ein wundervolles Mädchen. Sie könnte deine Tochter sein.«

»Sie heißt wie?«

Dazu, die sinnlose Frage zu beantworten, kam Nora nicht mehr, denn im nächsten Moment zog das Mädchen, von dem die Rede war, die Tür auf. Trotz des Zwielichts war der Schrecken überwältigend. Lydia war sicher, sie hätte unter Tausenden erkannt, wer ihr Vater war, und hinter ihrer schmerzenden Stirn hämmerte Noras Stimme: Sie könnte deine Tochter sein.

Kapitel 53

März

Sie waren alle dort, wo sie immer zusammentrafen. In Mount Othrys. Auf ihrem Titanengipfel. Ihre Großmutter hatte eine unglaubliche Ausnahme gemacht und den großen Saal des Hotels für die Gäste der Vorsaison gesperrt. Er sollte an diesem Tag der Familie und dem Willkommensfest für Selene vorbehalten bleiben.

Dabei war es nicht nur unnötig, sondern lachhaft, einen Saal, der hundert Menschen fasste, für die Feier einer Familie von acht zu nutzen, zumal eine – Annette – auch noch fehlte. Dass ihre Großmutter Dinge tat, die lachhaft waren, fiel Selene nicht zum ersten Mal auf. Aber zum ersten Mal machte es sie blind vor Wut.

»Ich bitte dich, komm nach«, hatte ihre Mutter sie angefleht. »Der Großmutter bedeutet es so viel, und sie hat das am Kai doch nicht böse gemeint.«

»Und wie hast du es gemeint?«, hatte Selene geschrien. »Du hast dich genauso benommen wie sie – nämlich völlig verrückt.«

»Schrei deine Mutter nicht an«, mischte ihr Vater sich ein.

Die Mutter war zu ihm geflohen und hatte sich an seinen Arm gehängt. »Bitte tu mir die Liebe«, bettelte sie die Tochter noch einmal an, ehe sie ging. »Ich sage der Großmutter, du siehst nur rasch deine Willkommenspost durch, ja?«

Dass diese Post eine weitere Bombe enthielt und dass Selene deshalb in der Tat unterwegs nach Mount Othrys war, um die Bombe unter die verlorenen Gestalten im Saal zu werfen, hatte ihre Mutter nicht gewusst.

Sie hatten am Kai der Fähre gestanden, um sie abzuholen, ihr kleines Empfangskomitee – die Mutter, die Großmutter, Onkel Horatio und

Tante Georgia –, und Selene wollte vor Freude hüpfen, als sie sie entdeckte. Bis dahin hatte sie nicht bemerkt, wie sehr sie ihr gefehlt hatten. »Da sind sie!«, rief sie und zerrte Harry, der steif und eingeschüchtert an der Reling stand, am Arm. »Das ist meine Familie.« Für kurze Zeit war die Enttäuschung über Thomas vergessen, der ohne sie abgereist war, weil sie auf Harry hatte warten wollen. Ohnehin hatte Harry sich gesträubt, mit ihr zu fahren, aber Selene hatte darauf bestanden. »Natürlich kommst du mit! Du bist der beste Freund, den ich je hatte, und ohne dich hätte ich das Jahr nicht durchgehalten. Bis zur Jungfernfahrt bleibst du bei uns, du kannst im Victoriana oder in Mount Othrys wohnen. Zu dieser Jahreszeit stehen doch sowieso die meisten Zimmer leer.«

Letzten Endes hatte Harry nachgegeben, wenn auch nur unter einer Bedingung – der wundervollsten Bedingung der Welt. Mochte Thomas tun, was er wollte, mochte er sie wieder einmal ohne Erklärung verletzen, Selene hatte eine Entschädigung. »Wenn ich mit dir komme, kommst du mit mir«, hatte Harry gesagt, und dann hatten sie ihr Geld zusammengelegt – all die unbenutzten Wechsel ihres Vaters und ein bisschen von Harry – und dem Kollegen Francis White seinen Losgewinn abgekauft. Sie, Selene Ternan, würde auf der Jungfernfahrt der Titanic dabei sein. Sie würde auf einem schwimmenden Weltwunder den Ozean überqueren.

Ihrer Familie wollte sie es sagen, sobald sie von Bord gegangen war, und dann wollte sie ihnen Harry vorstellen, und alles würde großartig sein. Nur, dass Annette nicht mit zum Kai gekommen war, enttäuschte sie, doch sie wartete gewiss in Mount Othrys mit irgendeiner verrückten Überraschung. Wann Selene bemerkte, dass die glückselige Stimmung in ihr Gegenteil umgeschlagen war, wusste sie nicht. Vielleicht überfiel sie eine Ahnung, als sie Harry dreimal auffordern musste, die Rampe hinunterzugehen, und er weiter wie angewurzelt stehen blieb. »He, Harry, hat dir Portsmouth die Sprache verschlagen? Dann warte nur ab, bis du Mount Othrys siehst!« Harry erwiderte nichts, und erst als sie ihm einen Stoß verpasste, setzte er sich schleppend, wie benommen, in Gang.

Großmutter, Mutter und Tante Georgia hatten ihr frenetisch gewinkt. Als sie mit Harry den Fuß der Rampe erreichte, winkte nur noch die Tante. Keine der anderen stürmte ihr entgegen, um sie in die Arme zu reißen. Sie war anderthalb Jahre fort gewesen, war braun wie ein Kutscher und hatte sich das Haar schneiden lassen, und die beiden Frauen standen stumm und rührten sich nicht.

»Herzlich willkommen in deinem alten Portsmouth!«, brüllte Tante Georgia, doch der Witz, den sie hatte reißen wollen, blieb ihr im Hals stecken, als sie Mildreds Gesicht bemerkte. »Was ist, Mutter? Laus über die Leber gelaufen, und das ausgerechnet heute?«

Großmutter Mildred beachtete sie nicht. »Was tut der hier?«, fragte sie tonlos und wies mit ausgestrecktem Arm auf Harry. Der stockte in der Bewegung. Erst jetzt sah Selene, dass er totenbleich war. Auch die Großmutter war totenbleich, und nur die Mutter war noch bleicher.

»Das ist mein Kollege Harry Matthew«, sagte Selene noch immer in dem Glauben, die seltsame Missstimmung werde sich binnen kurzem in Wohlgefallen auflösen. »Wir sind uns auf der Werft begegnet und sind Freunde geworden. Wir fahren beide auf der Titanic nach New York.«

Selenes Mutter stieß einen spitzen Laut aus.

»Scher dich hier weg«, zischte Großmutter Mildred. »Scher dich um alles, was dir lieb ist, weg!«

»Willkommen bei den Weavers«, bemerkte der Onkel und streckte Harry die Hand hin, obwohl er Händeschütteln hasste. »Der beste Rat, den ich Ihnen geben kann, lautet: Nehmen Sie uns nicht ernst.«

Harry ließ seine Hand in der Luft hängen. Er starrte Großmutter Mildred an.

»Hat uns die Wiedersehensfreude den Verstand umnebelt?«, fragte Georgia. Niemand beachtete sie.

Endlich berührte Harry ihren Arm. »Ich muss gehen«, sagte er leise.

»Verzeih mir.« Damit hob er sein Gepäck auf, eilte los und tauchte in der Menschenmenge unter.

Der Rest der Szene war ein groteskes Durcheinander aus Gerangel, Gezeter und Geheule. Selene wollte ihm folgen, die Großmutter packte sie am Arm, und ehe sie sich losgerissen hatte, hängte die Mutter sich an ihren Hals und bettelte, sie solle mit ihnen nach Hause kommen. Nichts anderes sei wichtig, als dass sie wieder daheim sei. Selene war dennoch hinter Harry hergestürmt, aber natürlich kam sie zu spät, und dann wuchs auf einmal ihr Vater aus dem Boden und packte sie schmerzhaft am Arm. »Du kommst jetzt mit. Irgendwann müssen diese Kapriolen ein Ende haben, oder deine Mutter geht daran kaputt.«

Nie zuvor hatte ihr Vater ihr weh getan. Die Eltern verfrachteten sie ins Haus und vor den Stapel Post in ihrem Zimmer. Die Mutter ließ Rose, das Mädchen, Platten mit Obst und Konfekt auffahren, weinte, flehte und erklärte schließlich, sie und der Vater müssten jetzt zu Großmutters Willkommensfest fahren, Selene solle nachkommen, sobald sie sich in der Lage fühle. »Die Großmutter ist alt, und sie war außer sich, Liebling. Wir wollen doch nicht, dass ihr etwas geschieht.«

»Sprich nicht mit mir, als wäre ich fünf Jahre alt!«, schrie Selene. Ihr Vater sprang auf sie zu, aber ehe er sie schlagen konnte, riss ihre Mutter ihn zurück.

»Tu das niemals, Andrew«, sagte sie und brach in Tränen aus. »Wenn du mein Kind schlägst, siehst du mich nicht wieder.«

Selene wusste nicht, wer von beiden ihr in diesem Augenblick mehr zuwider war.

Die Eltern waren endlich aufgebrochen, und Selene hatte Rose, die sich um sie kümmern wollte, weggeschickt. Doch auch als sie allein war, wurde sie der Verwirrung, dem Gefühl, blind in einen Schacht gestürzt zu sein, nicht Herr. Wo war Harry? Warum spielten alle verrückt? Nur weil der Werftarbeiter nicht ihrer Klasse angehörte, weil ihre Verwandten fürchteten, sie wolle eine Mesalliance eingehen? Begriffen sie wirklich nicht, dass die Zeiten sich änderten? Außerdem hatte sie ihnen doch erklärt, dass es sich bei Harry um einen Kollegen handelte, nicht um einen künftigen Verlobten. Zorn auf Thomas, der die Situation hätte retten können, packte sie. Aber hätte überhaupt jemand die Situation retten können, war sie nicht völlig verfahren und verrückt?

Was sie schließlich bewog, mit der Durchsicht der Briefe und Karten auf ihrem Schreibpult zu beginnen, blieb fraglich. Vielleicht die Hoffnung, eine Nachricht von Annette zu finden, die dem Onkel zufolge auf einem Archäologenkongress in London war. Vielleicht der Wunsch, irgendetwas Banales, Gewöhnliches zu tun, um ihre aufgepeitschten Nerven zu besänftigen. Was sie damit jedoch bewirkte, entsprach dem genauen Gegenteil.

Die Karte steckte in einem Umschlag aus billigem Papier. Es war eine altmodische Karte, die den Clarence Pier zeigte, wie er zum Zeitpunkt seiner Eröffnung ausgesehen haben mochte, lange bevor der South Parade Pier ihm den Rang ablief. »Grüße aus dem schönen Portsmouth« stand in weißer Schrift darübergedruckt. Wer schickte ihr das? Touristen einer fernen Epoche mochten solche Karten gekauft haben.

Als sie sie umdrehte, glaubte sie einen halben Herzschlag lang, sie stamme von ihrer Mutter – die stellte schließlich das ganze Haus mit alten Fotos voll und schrieb ihrer Tochter zu jedem Anlass Karten. Zudem stand in der ersten Zeile: »Liebste Tochter«. Als der halbe Herzschlag vorüber war, musste Selene nach Luft schnappen. Die Schrift der Mutter war rund und gefällig, diese hier war schief und eckig, wie geschrieben von ungelenker Hand.

»Liebste Tochter. Willkommen daheim. Wie gern würde auch ich an dem Fest zu Deiner Begrüßung teilnehmen, doch ich wäre die Letzte, die Mildred einlüde. Ich bin nicht mehr vorzeigbar – nicht nur geistig verwirrt, sondern vor allem Mutter eines Balgs ohne respektablen Vater. Deine Mutter, Kleines. Es sei zu Deinem Besten, versicherte man mir, wenn man Dich bei den braven Ternans unterbringe und ich aus Deinem Leben verschwände. Schade nur, dass wir beide uns nun nie kennenlernen werden, und wer weiß, ob ich überhaupt noch lebe. Die erste unliebsame Person, die Mildred aus dem Weg geschafft hätte, wäre ich nämlich nicht. In Liebe, Deine Mutter.«

Selene war ein vernünftiges Mädchen des 20. Jahrhunderts, das weder zu Ohnmachten noch zu hysterischen Anfällen neigte und höchst selten etwas Unbedachtes tat. Was an diesem Tag auf sie einstürzte, setzte jedoch alles, was bisher gegolten hatte, außer Kraft.

Selene jagte aus dem Haus, ohne nachzudenken. Sie rannte den ganzen Weg nach Mount Othrys und schwang dabei die Karte wie eine Fahne vor sich her. Was in ihr vorging, vermochte sie nicht zu benennen. Es war zu viel, es kam aus sämtlichen Richtungen, und es war zu fremd, um einen Namen zu haben.

Vor dem Hotel salutierten heute weder Pagen noch Hausdiener. Ein Mann im grauen Anzug stand dort, der offenbar auf sie wartete. Thomas. Er lief geradewegs auf sie zu und schloss sie in die Arme. Dass sie sich wehrte, ignorierte er, und als sie zu schreien ansetzte, legte er ihr eine Hand auf den Mund. »Du musst mir verzeihen, Titanin«, sagte er. »Und du musst mich anhören. Erst wenn du mir das versprichst, kann ich dich loslassen. Ich habe mich in dich verliebt, als ich dir an der Helling der grausigen Dreadnought zum ersten Mal begegnet bin, und dass ich mich wie Europas größter Idiot benommen habe, hat alles mit mir und nichts mit dir zu tun. Aber es ist vorbei, meine Schöne. Lass mich es dir erklären, und dann spreche ich mit deinem Vater, einverstanden? Ich liebe dich.«

Selene tat das Einzige, das ihr in ihrer grotesken Lage möglich schien. Während er sich auf ihren Mund konzentrierte, befreite sie ihre Hand und versetzte ihm einen Boxhieb vor die Brust. Vor Schreck ließ er sie los, und sie stürmte ins Haus und in den großen Saal.

Die Großmutter hatte Bar und Büfett aufbauen lassen, und am Flügel

spielte ein Mann einen schicken neuen Walzer, der »Love unspoken« hieß.
»Unausgesprochene Liebe, ungebrochene Treue,
Ein ganzes Leben hindurch.«
Ein modernes Grammophon kam der Großmutter nicht ins Haus, es musste der alte Steinway sein – Mount Othrys war ihr Märchenschloss, das auf immer unverändert bleiben sollte. Auch wenn der Pianist nicht sang, schien der Text des Liedes Selene zu verhöhnen. Mit einem Blick durchmaß sie den Raum. Der Großvater war wie eine Puppe in einen Sessel gepflanzt und mit Kissen gestützt worden. Lebendig waren nur seine Hände, die sich um einen unsichtbaren Gegenstand krampften. Der Onkel stand mit der Mutter bei der Bar und warf hin und wieder ein Wort in ihren gehetzten Redefluss. Der Vater stand hinter ihr, die Großmutter vor dem Büfett, wo sie auf Tante Georgia einschimpfte, die zu Tieren gefaltete Servietten zwischen die Platten mit Speisen setzte.
Ihre Eltern waren mit Selene in die Oper und ins Prinzentheater gegangen, aber sie hatte sich nie dafür begeistern können. Zu theatralisch, zu weit vom wirklichen Leben entfernt erschienen ihr die Gesten der Schauspieler. Jetzt wurde sie selbst zu einem, und ihr Leben hatte sich in eine lächerliche Bühne verwandelt. Sie lief in die Mitte des Saals und warf die Karte auf den Boden. Die war zu leicht, um zu fallen, und segelte in Kreisen. »Sagt mir vielleicht jemand, was für ein krankes Spiel das ist?«, schrie sie.
Niemand rührte sich. Mitten im Stück war die Szene erstarrt. Endlich erbarmte sich der Onkel, ging und hob die Karte auf. Schweigend las er, schweigend sah er Selene ins Gesicht, und schweigend gab er die Karte an ihre Mutter weiter. Ehe sie zu lesen begann, war auch die Großmutter bei ihr. Die Mutter stolperte rückwärts und fiel dem Vater in den Arm. »Selene«, stammelte sie. »Meine Selene …«
Die Großmutter warf den Kopf in den Nacken, dass das Haarnetz sich löste und die graue Mähne ihr auf die Schultern fiel. »Das ist

Teufelszeug«, sagte sie so tonlos, wie sie zuvor mit Harry gesprochen hatte. »Teufelszeug, das ein krankes Gehirn sich ausgedacht hat. Du musst das vergessen, Selene, hörst du? Schwöre mir, dass du diesen teuflischen Irrsinn vergisst.« Dann schwang sie herum und brüllte den Klavierspieler an, der noch immer »Love unspoken« klimperte: »Geben Sie endlich Ruhe, Sie Kretin!« Und gleich darauf drehte sie sich zu dem Sessel um, in dem der Großvater hing, und stieß einen Klagelaut aus. »Warum fällt uns alles immer wieder auf den Kopf, Hyperion? Warum habe ich nie einen Mann gehabt, der es für mich aus der Welt schafft, warum war ich mein Leben lang mit diesem Wahn, der kein Ende nimmt, allein?«

Selene, die fassungslos auf die Mitglieder ihrer Familie starrte, spürte eine zarte Berührung an der Schulter. »Gib ihnen eine halbe Stunde Zeit«, meinte der Onkel. »Sie werden dir heute noch sagen müssen, was sie vor dir verheimlicht haben, aber bitte lass sie sich einigen, wer es tut und wie.«

Sie drehte sich zu ihm um. Er schien der einzige Mensch, der nicht den Verstand verloren hatte. »Sag du es mir«, beschwor sie ihn.

»Glaub mir, ich täte es auf der Stelle«, erwiderte er, »aber ich weiß es so wenig wie du.« Er schluckte zweimal, dass der Kehlkopf mahlte, dann fügte er mit schwerer Stimme hinzu: »Es tut mir leid, Selene. Ich hatte kurz vor deiner Geburt mein eigenes Leben in Stücke geschlagen. Für das, was um mich vor sich ging, war ich leider vollkommen blind.«

Willenlos ließ sie sich von ihm aus dem Saal und in eins der Rauchzimmer führen. Er half ihr, sich in einen Sessel zu setzen, und schenkte ihr einen unverdünnten Brandy ein. Nie zuvor hatte jemand sie so etwas trinken lassen. »Eines weiß ich doch«, sagte er. »Deine Eltern haben sich, bevor sie dich bekamen, mit aller Macht ein Kind gewünscht. Ich habe deine Mutter nie so glücklich gesehen wie mit dir in den Armen.«

»Ich will das nicht hören.«

»Das kann ich mir vorstellen. Möchtest du allein sein?«
Sie schüttelte den Kopf, und er blieb und schwieg mit ihr, bis Tante Georgia kam. »Ich habe vorgeschlagen zu würfeln«, sagte sie. »Aber die anderen hatten bereits beschlossen, dass der mit dem niedrigsten Wurf die gute alte Georgia ist. Sei ein Schatz, Horatio, und gib mir einen von diesen stocksteifen Drinks. Meine Mutter besteht darauf, dass ich dich aus dem Zimmer werfe, bevor ich anfange, damit dir die Schande der heiligen Familie verborgen bleibt. Ich dagegen wünschte, du würdest bleiben und uns beiden das Händchen halten.«
»Dazu eigne ich mich schlecht«, sagte Horatio und stellte ihr den Brandy hin. »Aber die Schande der heiligen Familie schreckt mich in etwa so sehr wie eine Kinderrassel.«
»Bleib hier«, bat ihn Georgia. Er sah Selene an, die nickte, und stellte sich hinter ihren Stuhl.
Georgia stürzte mit dem Todesmut eines Leichtmatrosen den Brandy hinunter. Dann begann sie zu sprechen. »Wer immer dir diesen Dreck geschickt hat und warum er es getan hat, weiß ich nicht«, sagte sie. »Fest steht, dass es nicht die Frau war, die dich geboren hat. Deine Mutter ist kein böser Mensch, Selene, sie würde dir niemals schaden wollen, und sie wäre dort, wo sie ist, auch kaum in der Lage dazu.«
»Georgia!«, fiel ihr Horatio scharf ins Wort. »Selenes Mutter ist Esther – warum erzählt sie ihrer Tochter diese Dinge nicht selbst, warum ist sie nicht bei ihr und versichert ihr, dass sie sie über alles liebt?«
Hilflos zuckte Georgia mit den Schultern. »Sie sagt, sie kann nicht. Sie hält es nicht aus.«
»Zum Teufel, was hat denn das verdammte Leben aus ihrem Kampfgeist gemacht?«
Selene hatte den Onkel noch nie fluchen hören. Sie fuhr herum und erschrak vor dem Brand in seinen Augen. Um sich zu beherrschen, schloss er die Hände um die Sessellehne. »Verzeihung«, sagte er. »Bitte sprich weiter, Georgia.«
»Falls es dir leidtäte, dieses Prachtstück von einem Onkel zu verlieren

und deine Lieblingstante noch dazu, sei unbesorgt«, sagte sie und versuchte sich an einem Georgia-Grinsen, das verrutschte. »Ich bin deine Tante, Horatio ist der Cousin deiner Mutter, und Ihre Hoheit Mildred Weaver ist mehr deine Großmutter, als sie es jemals war. Deine Mutter ist unsere Schwester Chastity, die Jüngste, die so züchtig, wie der Name sagt, nicht war, sondern mit neunzehn durchbrannte und sich mit einem Vertreter des unschönen Geschlechts einließ. Das Ergebnis bist du, mein Vögelchen. Und da auf der einen Seite eine Mutter stand, die für ihr Kind nicht sorgen konnte, und auf der anderen ein Paar, das sich sehnlichst eines wünschte, bestimmte unsere Göttermutter Mildred, das Kind werde aus den Händen von Chastity in die von Esther übergeben.«

Selene war zu erschlagen, um etwas zu sagen. Es war Horatio, der fragte: »Und was ist mit Chastity?«

»Das weißt du auch nicht?«, fuhr Georgia verblüfft auf. »Aber deine Lydia muss es doch gewusst haben, meine Schwester Esther hat ja deiner Lydia jede Kleinigkeit aus ihrem Leben erzählt.«

»Meine Lydia war zu diesem Zeitpunkt nicht mehr mein«, erwiderte Horatio kalt. »Sie hat nie wieder mit mir gesprochen. Als ich irgendwann zu mir kam, habe ich Mildred gefragt, und die hat mir erzählt, Chastity sei an der Cholera gestorben.«

»Nicht zu fassen«, murmelte Georgia und starrte auf ihre Hände. »Einfach nicht zu fassen.«

»Was?«, fragte er noch immer mit der Kälte in der Stimme, die Selene frösteln ließ. »Dass Mildred ist, wie sie ist?«

Georgia nickte stumm.

»Ich finde, das ist ziemlich leicht zu fassen«, erwiderte Horatio erbarmungslos. »Mildred macht aus dem, was sie ist, keinen Hehl, und nicht fassen kann ich, dass ihr sie euer Leben lang damit davonkommen lasst.«

Kapitel 54

Anfang April

Besuch kam immer an Freitagen. In der Zeit zwischen drei Uhr nach der Mittagsruhe und fünf Uhr vor dem Tee durften die Insassen des Heims Besuch empfangen, sofern ihr Betragen während der Woche tadellos gewesen war und der Besuch sich ordentlich angemeldet hatte. Zu viele Besucher sah die Heimleitung nicht gern. Zu viele Besucher brachten Unordnung in den Ablauf des Heimlebens und störten die Insassen auf. Anfangs hatte Amelia zu jenen gehört, die zu viel Besuch empfingen. Ihre Mutter kam jede Woche. Irgendwann wurden die Besuche seltener, und schließlich kam die Mutter nur noch zweimal im Jahr, zu Weihnachten und zu Amelias Geburtstag. Wäre es nach Amelia gegangen, so wäre die Mutter überhaupt nicht gekommen, doch die Heimleitung hatte ihr erklärt, sie dürfe ihre Mutter nicht hassen. Sie dürfe auch nicht durch die Gänge schreien, ihre Mutter sei eine Mörderin. Aber schweigen durfte sie. Und froh sein, dass die Mutter nur noch selten kam.

Amelia war nicht verrückt, obwohl sie in einem Heim für Verrückte untergebracht war. »Es ist ja kein Heim für Verrückte, kein Asylum«, hatte die Mutter beteuert. »Ein Sanatorium ist es, wo man aufs Beste für dich sorgt.« Aufs Beste versorgt war Amelia wirklich. Sie hatte ein eigenes Zimmer, bekam erlesene Speisen vorgesetzt und trug seidene Nachthemden, die zweimal wöchentlich gewechselt wurden. Dennoch ließ sich nicht leugnen, dass in dem Heim Verrückte wohnten. Menschen, die eingeschlossen werden mussten, weil sie sonst auf andere losgingen, die versuchten sich mit ihren Buttermessern Schnitte beizubringen und sich einbildeten, Tiere, Königssöhne oder Jack the Ripper zu sein.

Amelia war nicht verrückt. Sie hatte nur eine kurze Spanne Zeit durchlebt, in der sie verrückt gewesen war, gebrüllt und um sich geschlagen hatte und gefesselt werden musste, damit sie sich und anderen nichts antat. Seit die Spanne Zeit vorüber war, funktionierte ihr Verstand wieder wie zuvor, nur dass es in ihrer Erinnerung blinde Flecken gab, die blind bleiben mussten, weil ihr Anblick unerträglich war. Sie wusste auch, dass sie nicht Amelia Ralph hieß, sondern Chastity Weaver. Aber da das einzige Glück in ihrem Leben Amelia Ralph hieß und da die Pflegerinnen sich daran gewöhnt hatten, blieb es dabei.

An diesem Freitag hatte es zu Mittag Fischpastete mit Erbsen und kleinen Kartoffeln gegeben. Amelia machte sich aus Essen wenig, aber der Speiseplan war die einzige Abwechslung, die der Tag bot. An diesem Freitag regnete es, und der Regen fiel in dicken Schlieren an Amelias Scheibe. Nach der Mittagsruhe kam Liz, ihre Pflegerin. Das Personal klopfte nie an, es musste jederzeit Zugang zu den Zimmern haben. »Es gibt eine Überraschung für Sie«, sagte Schwester Liz. »Sie bekommen Besuch. Sie müssen uns aber versprechen, dass Sie sich von niemandem erregen und in Ihrem Gleichgewicht erschüttern lassen. Sie haben doch so ein schönes Gleichgewicht, das wollen wir doch nicht gefährden.«

Zuerst hoffte sie, dass es sich um eine Verwechslung handelte. Als aber Liz beharrte, der Besuch im Sprechzimmer sei für sie, sagte Amelia: »Meine Mutter kommt erst an meinem Geburtstag. Ich will sie vorher nicht sehen.«

»Der Besucher ist nicht Ihre Mutter«, erwiderte Liz.

»Meine Schwester Georgia?« Amelia hatte sich gefragt, ob Georgia wohl so wie Phoebe und Esther gestorben sei.

Liz schüttelte den Kopf. »Kommen Sie, sehen Sie sich die junge Dame einfach einmal an. Und wenn sie Ihnen missfällt, bin ich ja dabei und kann sie wegschicken.«

Amelia folgte ihr. Sie hätte sich den Aufwand lieber gespart, weil sich

damit für sie eine unbestimmte Hoffnung und später eine Enttäuschung verband, aber es war klüger zu tun, was die Pflegerin vorschlug. Sie kannte ja keine jungen Damen. Nach einem Blick auf sie würde sie Liz bitten, sie wegzuschicken.
Das Mädchen wartete in dem düster möblierten Sprechzimmer und stand auf, sobald Amelia eintrat. Amelia warf einen Blick auf sie und wusste, dass sie sie nicht wegschicken wollte. Sie war wunderschön. Sie hatte honigbraunes lockiges Haar, das sie auf Kinnlänge geschnitten trug, und helle Augen, denen Amelia sofort vertraute. »Bitte gehen Sie«, sagte das Mädchen zu Liz. »Wir wollen allein sein.«
»Das ist leider nicht möglich«, erwiderte Liz und baute sich neben der Tür auf. »Es widerspricht den Anstaltsregeln.«
»Das ist mir egal«, sagte das Mädchen. »Meine Mutter und ich sind doch keine wilden Tiere, wir haben das Recht auf Zeit für uns allein.«
Meine Mutter und ich. Sie hatte es gewusst. Immer wenn der Wunsch zu sterben sie zu übermannen drohte, hatte sie es sich allem Schmerz zum Trotz ins Gedächtnis gerufen: Eines Tages wird sie zu mir kommen. Eines Tages werde ich erfahren, wie mein Kind aussieht. Ihre Mutter hatte ihr erzählt, dass Charles und das Kind tot seien, Charles im Krieg in Afrika gefallen und ihr Kind gleich nach der Geburt, während sie in Ohnmacht lag, gestorben, aber Amelia hatte es nicht geglaubt. Das mit Charles wohl. Charles musste ja tot sein, weil er nie gekommen war, um sie zu holen. Vielleicht hatte die Mutter ihn totgemacht. Aber ihr Kind war nicht tot – weshalb sonst war sie nicht fähig zu sterben?
»Dieses Streiten geht von Ihrer Sprechzeit ab«, sagte Liz.
Ehe das Mädchen noch einmal protestieren konnte, trat Amelia vor sie und streckte ihr die Hände hin. »Es ist in Ordnung«, sagte sie. »Liz wird uns nicht stören.«
Wie im Unglauben starrte das Mädchen auf Amelias Hände. »Aber ich will mit Ihnen allein sein!«, rief sie mit dem Trotz von ganz jungen Menschen, die noch nicht gelernt haben, dass man sich im Leben fügt

oder zerbricht. »Ich brauche Wochen allein mit Ihnen, ich will alles wissen, was mir verschwiegen worden ist, weil ich sonst nicht weiterleben kann.«
Amelia streckte ihre Hände noch ein Stück weiter vor. Sag es, beschwor sie das Mädchen stumm, bemerkte, dass ihr schwindlig wurde und Tränen ihr die Sicht raubten. Durch Schleier sah sie, wie das Mädchen sich überwand, ihre Hände packte und sie festhielt. »Ich bin Selene«, sagte sie. »Einen Nachnamen habe ich nicht mehr. Ich bin Ihre Tochter.«

Sie war, wie ihr Vater gewesen war, Annette Alexandrina. Sie ließ sich nicht abwimmeln. Dass Lydia verletzt war und Schonung brauchte, sah sie ein, aber sie bestand darauf, sich täglich eine Stunde lang an ihr Bett zu setzen und mit ihr zu sprechen. Es war Lydia unangenehm. Sie hatte niemanden, nicht einmal Rebecca und Nora gern um sich, so schwer sich das erklären ließ. Sie war nicht mehr Lydia. Sie war das alte Weib, das man zu hilflosem Gelump prügeln und zwangsfüttern konnte. Das alte Weib wollte allein sein, am liebsten im abgedunkelten Raum. Annette Alexandrina aber nahm keine Rücksicht darauf, und sie war, wie ihr Vater gewesen war – sie hinauszuwerfen erschien, als würfe man das Leben hinaus.
Sie versuchte es täglich auf dieselbe Weise. »Jetzt erzählen Sie mir von meinem Vater. Sehen Sie nicht, dass ich vor Neugier platze?«
»Dann fragen Sie Ihren Vater, nicht mich.«
»Mein Vater ist schweigsam wie das Aztekengrab von Calixtlahuaca.«
»Das ist Ihr Problem, nicht meines.«
»Aber es war einmal Ihres, oder nicht?«
Sie war frech, respektlos und umwerfend. So übel es ihr erging, es machte Lydia froh zu erleben, dass junge Mädchen im Jahre 1912 so sein konnten. Sie wollte sie loswerden, wollte sich in ihrer Austernschale verkapseln, doch zugleich hatte sie vor dem Tag, an dem sie gehen würde, Angst. Zuweilen ließ Annette sich ablenken, weil sie

sich für alles und jedes interessierte. Dann sprachen sie über die Frauenbewegung, über Annettes Hoffnung auf ein Studium und über den Zauber der Archäologie. »Sie haben recht«, gestand Lydia. »Vielleicht haben wir in unserem Fortschrittsglauben wirklich nicht genug Lehren aus der Geschichte gezogen. Vielleicht kommen wir deshalb in unserem Kampf so schlecht voran.«
»Und was ist mit Ihrer eigenen Geschichte?«, ergriff Annette die Gelegenheit beim Schopf. »Wenn Sie die nicht so verbissen leugnen würden, vielleicht könnten Sie daraus Lehren für Ihre Zukunft ziehen.«
Ich bin ein altes Weib. Für welche Zukunft brauche ich noch Lehren? Sie bemühte sich um ein Grinsen. »Ich bin der Azteke im Grab von Calixtlahuaca. Ich behalte meine Geschichte für mich.«
»Ach kommen Sie, Lydia, war es mit meinem Vater wirklich so übel, dass Sie sich wie ein Krebs verschalen müssen, wenn Sie nur daran denken?«
Lydia fuhr zusammen. Sah man ihr so deutlich an, wie es ihr ging? Sie schwieg, und ausnahmsweise schwieg Annette auch. Nein, dachte Lydia, mit deinem Vater war es so schön, dass das verschalte Weib nicht daran denken mag. Fahr endlich nach Hause, Wunderwesen. Ich gönne dir deinen Vater und deinem Vater von Herzen dich.
Und dann fiel ein Gepolter ins Schweigen, von dem sie augenblicklich wusste, was es bedeutete. Türen schlugen, und Nora rief etwas, doch eine Männerstimme übertönte sie: »Nein, Nora, ich höre dich nicht an. Ich muss Lydia sprechen, und mir ist völlig egal, ob euch das passt oder nicht.«
Er kam, um sein Kind zu holen. Sie musste die Augen zukneifen, bis er mit seinem Kind aus dem Zimmer war, dann hätte sie alles überstanden. Die Tür flog auf. »Aha«, sagte er, »das hier ist also ein archäologischer Kongress.« Lydia kniff die Augen zu, was gegen den Klang seiner Stimme jedoch nichts bewirkte.
»Vater«, stammelte Annette überrumpelt.

»Es ist beschämend, findest du nicht? Ich wüsste nicht, dass einer von uns je Grund gehabt hätte, den anderen zu belügen.«

»Ach nein?«, rief Annette, ihre Verlegenheit überspielend. »Hast du es vielleicht mit der Wahrheit genau genommen, hast du jemals erwähnt, dass Lydia auch nur existiert?«

»Etwas für sich zu behalten hat nichts mit Lügen gemein«, erwiderte er. »Aber das weißt du selbst. Geh jetzt und pack deine Sachen. Wir fahren in einer Stunde nach Hause.«

»Hast du es nötig, vor der Frau, die dich verlassen hat, den Machthaber herauszukehren, oder warum kommandierst du mich herum?«

»Die Frau, die mich verlassen hat, sieht nicht einmal zu, wie ich den Machthaber herauskehre«, versetzte er ungerührt. »Ich will, dass du mit nach Portsmouth kommst, weil deine Freundin Selene dich braucht. Was du anschließend tust, liegt selbstredend bei dir.«

Annette zögerte, dann ging sie zu ihm. Gegen ihren Willen öffnete Lydia die Augen und sah, wie sie ihm die Hände auf die Schultern legte. Er trug Schwarz wie vor hundert Jahren, seine Schönheit war gealtert wie Wein, und die beiden sahen einander so ähnlich, dass es schmerzte. »Es tut mir leid«, sagte Annette.

Horatio zog sie kurz an sich. »Nein, tut es nicht. Und das macht nichts. Geh jetzt packen, ja?«

»Ich habe ja fast nichts ausgepackt. Kann ich nicht bleiben?«

»Nein. Ich muss mit Lydia allein sein.«

Geh nicht, wollte Lydia rufen, nimm ihn mit, aber das Mädchen ging und ließ den einzigen Mann ihres Lebens allein mit dem alten, zerbrochenen Weib. Sie kniff die Augen wieder zusammen, aber das Bild saß längst dahinter fest.

Er wartete, bis die Tür sich schloss. »Nein, Lydia«, sagte er dann, »schrei nicht, ich soll mich zum Teufel scheren, und ruf auch nicht Nora und Rebecca. Ich verspreche, ich komme nicht näher und stelle keine Fragen. Ich bin hier, weil ich deine Hilfe brauche. Nicht für mich. Für Esther. Bitte komm mit mir nach Portsmouth. Sag Esther,

die völlig willenlos ist, dass sie kämpfen muss, weil sie sonst ihre Tochter verliert.«
Es erstand alles wieder auf. Die Tage im ewigen Regen und Esther, die tränenüberströmt vor ihrer Tür stand. »Du weißt es?«
»Ich denke. Und ich würde dir gern Handschuhe für deine Augen geben, damit du sie nicht so zukneifen musst.«
Lydia schlug die Augen auf. »Esthers Tochter – das ist Chastitys Kind?«
»Ja. Selene.«
»Und sie haben es ihr bis jetzt verschwiegen, Mildred hat es befohlen, und der ganze Rest hat mitgespielt?«
»Ich kann es auch nicht glauben«, sagte er. »Hyperion hat in Portsmouth ein Stück Medizingeschichte geschrieben, aber in seinem eigenen Haus hat er nie den Mund aufgemacht.«
»Und Georgia? Esther?«
Er zuckte mit den Schultern. »Für Georgia ist Mount Othrys ihr Leben. Und auf Esther hätten wir achten müssen, damals, als ihr Traum zerplatzt ist. Ich wünschte, ich hätte ihr geholfen. Ich wünschte, ich hätte nicht beiseitegesehen und ignoriert, dass sie daran zerbrochen ist.«
Lydia ertappte sich bei dem Wunsch, die Hand auszustrecken und zu ihm zu sagen: Ich auch. Zugleich wollte sie ihm sagen, dass er gehen musste, dass sie ein altes Weib und zu schwach war, um irgendwem zu helfen.
»Esther überlässt alles Mildred und Georgia«, sagte Horatio. »Ich habe sie angebrüllt, sie solle mit ihrer Tochter sprechen, aber sie erklärt, sie habe keine Kraft. Ich solle mich an Mildred wenden. Oder an Andrew.«
»Mein Gott.«
»In der Tat.«
»Und das Mädchen?«
»Ist entschlossen, mit Chastity auf einem Riesenschiff, das wir in un-

serem Größenwahn zusammengepfuscht haben, nach New York zu reisen und nicht wiederzukommen.«

»Mit Chastity? Hat sie sie denn gefunden?«

»Ja. Darauf, dass wir immerhin aus Mildred herausbekommen haben, wo Chastity ist, können wir stolz sein.«

»Nicht in der Anstalt!«, rief Lydia, dem Schmerz in ihrer Kehle zum Trotz. »Nicht noch immer in der furchtbaren Anstalt.«

»Du hast das gewusst, ja?«

Verurteile mich, dachte Lydia. Sag, ich habe verdient, als verprügeltes altes Weib zu enden, weil ich eine von denen bin, die versuchen die Welt zu retten und ihre eigenen Freunde im Regen stehen lassen.

»Ich höre jetzt auf, dich zu quälen«, sagte er. »Ich wusste nicht, wie schlecht es dir geht. Kannst du trotzdem mit mir kommen und mit Esther reden? Ich weiß mir sonst keinen Rat, und wir haben nur noch drei Tage Zeit.«

Mit dir nach Portsmouth kommen. Die Ruine aus der Tudorzeit wiedersehen, die nassen Wiesen, die Kastanienstraße, wo unser Haus stand.

»Ich bitte dich«, sagte Horatio. »Die Fahrt dauert keine drei Stunden, und ich nehme zwei Abteile. Du brauchst mich nicht einmal zu sehen, das verspreche ich.«

Sie sah ihn jetzt. Und sie spürte sich. »Es tut mir so leid«, sagte sie, und der Schmerz, der ihr in kleinen Stößen in den Leib fuhr, stammte nicht allein von den wunden Lungen und der Kehle. »Du hast das Richtige getan, aber ich kann nicht mit dir kommen. Ich bin zu schwach, ich schaffe es nicht.«

»Das glaube ich dir nicht!«

»Hast du dich nie so gefühlt?«, platzte sie heraus. Sie hätte Esther, Chastity, Selene und der ganzen Welt helfen müssen, aber ihre Kraft war zu Ende, sie wollte nur noch, dass jemand ihr half.

»Wie, Lydia?«, fragte er. »Wie habe ich mich gefühlt?«

»Schwach«, schrie sie ihn an. »So schwach, dass du dich nicht mehr bewegen konntest, dich keinem Menschen mehr zeigen, hilflos, grün und blau geprügelt, gänzlich ohne Würde!« Sie schämte sich, doch die Erleichterung war ungleich größer.

»Ich fühle mich immer noch so«, sagte er. »Von Zeit zu Zeit. Ganz geht es nicht weg.«

»Und wie lebst du damit? Was tust du, wenn es dich anfällt?«

»Willst du, dass ich es dir zeige?«, fragte er.

In seiner Stimme und in seinen Augen war die Wärme, die ihr so sehr fehlte. Sie kam sich vor wie in einen Eisblock eingeschlossen. »Bitte zeig es mir.«

Er schlang die Arme um sich und hielt sich fest. Nach einiger Zeit, während der sie fasziniert zugesehen hatte, wie er sich selbst in den Armen hielt, tat sie es ihm nach. Sie hielt sich mit aller Kraft, auch wenn der geschwollene Arm schmerzte. Irgendwann gab sie auf. »Du hast mehr Übung als ich«, bekannte sie kleinlaut.

Er stand auf und kam zu ihr. Vor ihrem Bett ging er in die Knie, stellte mit einem Blick eine Frage und legte die Arme so sacht um sie, dass er sie kaum berührte. Erst verkrampfte sie sich. Dann begriff sie, dass er weiter nichts tun würde, dass er sie nur hielt, ohne etwas zu fordern, und dass sie sich ihm anvertrauen durfte. Ihre Spannung löste sich. Irgendwann konnte sie weinen, und er ließ sie. Seine Arme schützten sie vor einer Welt, der sie sich nicht länger gewachsen fühlte. Lange hielt er sie schweigend. Dann sagte er über ihren Kopf hinweg: »Ich wünschte, ich könnte dir wiedergeben, was sie dir zerschlagen haben. Deine Würde. Die Gewissheit, die wundervolle, einzigartige Lydia Burleigh zu sein.«

Sie blickte auf. Sein Gesicht war knapp über ihrem, und der Wunsch, seine Lippen zu streicheln, die *das* zu ihr gesagt hatten, war kaum zu bezähmen. Sie verschränkte die Hände. »Horatio, wie hat dein Vater dich genannt? Kannst du es mir bitte sagen, auch wenn es hart ist?«

Er drehte den Kopf zur Seite. »Idiot, sabbernder Wurm, Missgeburt ohne Hirn, später Galgenstrick, Verbrecher, Satan.«

»Geht das auch nicht mehr weg? Bleibt es für immer kleben?«
Von der Seite sah sie die Sehnen, die aus seinem Hals traten, den Kehlkopf, der auf und ab zuckte. »Sooft du mich anders genannt hast, war es weg. Sooft Annette mich Vater nennt, verliert es jedes Gewicht.«
Der Schmerz, der durch sie hindurchfuhr, brach das Eis. »Ich bin ein altes Weib«, sagte sie. »Der Polizist hat das seinem Kollegen zugerufen, ehe er mir eine Ohrfeige verpasst hat – bei Gott, sieh dir die an, ein altes Weib! Es klebt an mir. Kannst du mich anders nennen, Horatio? Nur heute, damit ich aus diesem Bett aufstehen und zu Esther fahren kann?«
Er wandte ihr sein Gesicht wieder zu. »Nein, Lydia.« Seine Augen glänzten. »Nur heute kann ich nicht. Ich nenne dich immer so. Jeden Tag. Meine Liebste. Meine Einzige. Meine schönste Lydia.«
In weichen Wellen zogen die Worte durch ihren Körper und trieben die Eisschollen fort. Sie wollte sich gegen ihn lehnen. Sie wünschte, er würde sie wiegen.
»Ich würde dir gern ein Paar Handschuhe geben«, sagte er, »damit du nicht solche Angst hast, mich anzufassen. Leider habe ich meine im Auto vergessen.«
»Im Auto? Bist du verrückt, Horatio? Du bist von Portsmouth bis hierher in einem Auto gefahren?«
Er biss sich auf die Lippe. »Ich fürchte, es war eine meiner schlechteren Ideen. Hinter Petersfield gab der Motor den Geist auf. Zu meinem Glück habe ich den Zug erwischt.«
»Und das Auto?«
Er zuckte mit den Schultern. »Das steht irgendwo am Gleis.«
Ihre Hände krallten sich umeinander. »Handschuhe brauche ich nicht«, sagte sie. »Ich habe Angst, dich anzufassen, weil ich dich nicht noch einmal loslassen könnte.«
»Und musst du?«
»Hör auf!«, rief sie, aber da hatte sie schon ihren Kopf an seine Brust gelegt, und er hatte die Arme fest um sie geschlossen. »Wir machen ja

alles schlimmer, Horatio, wir haben doch dafür keine Zeit, und ich muss dir auch sagen, wer der Vater von Chastitys Kind ist, denn gewiss hat es euch Mildred nicht gesagt. Sie hat es nicht einmal Chastity gesagt, es wird für sie und das Mädchen entsetzlich sein, und ich habe nichts Besseres im Kopf als diesen Wahnsinn …«

»Was hast du im Kopf?«, fragte er. »Willst du, dass ich mit dir schlafe, damit du dich wieder spürst? Das ist kein Wahnsinn. Glaub mir, es hilft.«

»Ich bin ein altes Weib«, fauchte sie ihn an und fragte sich: Ist das dein Ernst? In Portsmouth geht die Welt unter, und du liegst im Bett und flirtest mit Horatio Weaver?

Sie hatte vergessen, was sein Lächeln mit seinem Gesicht tat. »Dann passen wir ziemlich gut zusammen«, sagte er. »Und wenn du mich ohrfeigst, weil ich dich küsse, wäre das unseres Alters nicht würdig, Lydia.«

»Wir sind unseres Alters sowieso nicht würdig«, entgegnete sie, dann war es zu spät. Er küsste sie behutsam, wie um alles, was in ihr wund war, zu liebkosen. Ihre Kehle, ihre Lippen, ihr Herz. Er streichelte ihre schmerzenden Rippen, ihren Rücken, ließ seine Finger ihren Hals trösten und umfasste, ehe seine Lippen sich von ihr lösten, mit beiden Händen ihre Wangen. »Ich schwöre, ich habe das nicht geplant«, sagte er, und seine Stimme war so rau wie ihre. »Ich bin ein Idiot, ich hätte es wissen müssen – du hast nie aufgehört mir zu fehlen.«

»Nein«, sagte sie und begann mit allen Fingern sein Gesicht zu streicheln. »Du bist kein Idiot. Mein Liebster. Mein Einziger. Mein verboten schöner Horatio. Und was machen wir jetzt?«

»Wir fahren nach Portsmouth.«

Sie schwang die Beine aus dem Bett. »Aber ich will dich nicht loslassen.«

»Liebste Lydia«, sagte er, »ich bin ein alter Mann und lasse dich altes Weib in dem bisschen Zeit, das uns bleibt, gewiss nicht los.«

»Aber was soll denn aus uns werden?«
»Sind wir zum Werden nicht zu alt? Lass uns nicht denken, wir haben schon so viel gedacht. Wenn du gesund bist, will ich dich lieben, bis du den blinden Trottel von Polizisten vergisst, und wenn dieses fürchterliche Chaos mit Esther und Selene gelöst ist, will ich dekadent mit dir essen gehen und dir erzählen, dass du die hübschesten Ohren von England hast. Ich will meinen Kopf in deinen Schoß legen und mich wie ein Rotzjunge bei dir ausweinen, weil ich mich nach dir krank gesehnt habe. Mehr weiß ich nicht. Und mehr will ich jetzt auch nicht wissen müssen.«
Er erhob sich und wandte sich zur Tür. Sie sprang auf, lief hinter ihm her und warf ihm die Arme um die Schultern. Der linke tat weh. Aber ihre Füße waren gesprungen wie die von einem jungen Mädchen. »Ich will's auch nicht wissen müssen«, flüsterte sie in sein Ohr. »Nur nicht noch einmal allein sein.«
Er drehte sich um, sah ihr in die Augen und schwieg.

Kapitel 55

Southampton Harbour, 10. April 1912

Gott mit dir, Titanic!«

»Gute Reise, gute Reise!«

Kein Klafter Boden des Kais war mehr sichtbar, so dicht drängten sich Menschen, um das Schiff zu verabschieden. Die wenigen unter ihnen, die Selene kannte – ihr Onkel, die Frau namens Lydia, Annette und Thomas –, waren von der namenlosen Masse längst verschluckt. Sie hatten versucht sie aufzuhalten. Fast hatte es Selene leidgetan, wie verzweifelt und vergeblich sie sich mühten.

Die Gangway, die sie hinaufgekommen waren, löste sich vom Leib des Schiffs, und in rasendem Tempo verbreiterte sich der Abstand. Drei Männer in den blauen Overalls der Heizer schlugen sich eine Schneise durch die Menge und versuchten das Geländer am Fuß der Gangway zu erfassen, doch der Offizier der White Star Line vertrat ihnen den Weg. Wer zu spät kam, den ließ RMS Titanic zurück. Die drei Männer wären die Stufen hinauf in leeren Raum gestiegen.

Auf der Heimfahrt aus Irland hatte Selene sich unbändig darauf gefreut, die Titanic wiederzusehen. Als sie sie an diesem Morgen zu sehen bekam, die gigantische Schöne, in deren Glas und Metall sich glitzernd die Sonne brach, die vier Schornsteine, von denen einer allein der Ästhetik diente, das strahlende Schwarz und Weiß, da war sie nichts weiter als ein Schiff und die Erregung um sie hohl und banal.

Selene blickte nach rechts. Sie standen zwischen zwei Rettungsbooten an der Reling des Bootsdecks und sahen zurück aufs Land, das seine Konturen verlor. Aus der Traumreise war eine Flucht geworden, und das Einzige, was noch Bedeutung hatte, war die schmächtige, verhärmte Frau, die neben ihr stand. Chastity Weaver. Ihre Mutter.

»Ich lasse dich nicht hier«, hatte Selene zu ihr gesagt. Die Idee war ihr ganz plötzlich gekommen. »Ich nehme dich mit nach New York. Das Geld dafür treibe ich irgendwo auf.« Erst später war ihr aufgefallen, dass sie den Namen des Schiffs mit keinem Wort erwähnt hatte. Um New York ging es jetzt. Darum, von der Stadt, die sie Heimat, und den Menschen, die sie Familie genannt hatte, von allem Lügen und Täuschen fortzukommen.

Es war schwer gewesen, Chastity – ihre Mutter – zu überreden. Aber als sie begriff, dass Selene nicht ohne sie gehen wollte, trat in ihre stumpfen Augen ein Leuchten. »Wir müssen uns vor meiner Mutter hüten«, hatte sie beharrt. »Meine Mutter darf dir nichts tun.«

»Was soll mir Mildred denn tun?« Sie haben mir doch schon alles getan, dachte sie. Sie haben mein Leben mit einem Schlag vom Tisch gewischt.

»Mildred ist eine Mörderin«, sagte Chastity fest. »Deshalb bin ich fortgegangen – und wenn dein Vater mich nicht gerettet hätte, wäre ich gestorben. Was immer sie dir über deinen Vater erzählt haben, Selene, er war der beste Mensch auf der Welt.«

Sie hatten Selene nichts über ihren Vater erzählt. Er hatte nicht in ihr Bild von der makellosen Hoteliersfamilie gepasst, also hatten sie sich seiner entledigt und Chastity sein Kind geraubt.

»Ich habe Tag und Nacht geschrien. Ich habe gesagt, ich höre nicht auf, bis sie mir mein Kind wiedergeben, und dass mein Kind gestorben ist, glaube ich nicht. Also hat meine Mutter mich in die Anstalt gebracht. Ich war verrückt, weißt du? Ich konnte nur noch schreien.«

Selene fand, die ganze Welt war verrückt. Verrückt wie Thomas, der jeden Tag versucht hatte mit ihr zu sprechen und ihr zu erklären, er sei Annettes Cousin, der Sohn eines Niemands namens Hannes März. Als hätte irgendeine der Lappalien, die er vorbrachte, sie noch berührt. Sie wollte es hinter sich lassen, alles, auch RMS Titanic. Bei sich hatte sie den einzigen Menschen, der zu ihr gehörte. Die gestohlenen

Jahre gab ihnen niemand zurück, aber vielleicht konnten sie in der Neuen Welt einen neuen Anfang machen.

Selene war sicher gewesen, ihr Onkel würde ihr das Geld für Chastitys Passage geben, aber er hatte sie geradezu bekniet zu bleiben und mit ihrer Mutter zu sprechen.

»Esther Ternan ist nicht meine Mutter«, hatte sie erwidert. Die Frau, Lydia, hatte ihn schließlich bewegt, ihr das Geld – und mehr, als sie brauchte – zu geben, weil sie fürchtete, sie könnte ihre Rückfahrkarte verkaufen. Selene hatte ohnehin vor, das zu tun, aber erst in New York, um Geld zum Leben aufzutreiben. Zu guter Letzt hatte er ihr noch die Adresse einer Mrs Phoebe Redknapp zugesteckt, die in New York leben und ihre Tante sein sollte. »Weiß ich eigentlich irgendetwas über meine Familie?«, hatte sie ihn angeherrscht.

»Nicht viel, fürchte ich. Wir hätten Mildred nicht glauben dürfen.«

Seine Reue nützte ihr nichts. Die Adresse der fremden Tante zerriss sie zu Fetzen und streute sie in die Wellen, die der Leib des Schiffs aufwarf. Gleich würden sie das Hafenbecken hinter sich haben, die Schlepper würden ihre Taue einholen und die Titanic ohne Halt in die Endlosigkeit entlassen. Geradezu trotzig schob Selene die Hand über Chastitys Hand auf der Reling. Wie gebannt starrte jene weiter auf das zum Schemen schrumpfende Land. Selene spürte die atemberaubende Leere, die seit Tagen in ihr herrschte, dort, wo ihr buntes, reiches, von Menschen bevölkertes Leben gewesen war. Welche Leere musste erst Chastity verspüren? Das Land, das dort verschwand – sie hatte es vor zwanzig Jahren zum letzten Mal gesehen. Die beiden Frauen, die Selene Mutter und Großmutter genannt hatte, hatten ihr alles genommen, selbst die Freiheit, an einem schönen Tag am Meer entlangzugehen.

Der Schatten, der sich grau über das Deck warf, musste der New York gehören, einem weiteren Amerikadampfer, der vorn an der Ausfahrt vor Anker lag, weil ein Streik der Kohlearbeiter ihn an der Abreise hinderte. Selene hatte den Gedanken kaum zu Ende gedacht, als

ein massiver Ruck das Schiff erschütterte. Sie wurde zur Seite geschleudert, und mit einem Aufschrei stürzte Chastity über sie. Übereinander fielen sie zu Boden, Selene stieß sich den Kopf und verlor für Sekunden das Bewusstsein. Als sie zu sich kam, stand ein Steward vor ihnen und streckte ihnen lächelnd seine Hand hin. »Haben Sie sich verletzt, meine Damen? Soll ich den Arzt verständigen?« Eilig rappelte Selene sich auf. Mit Hilfe des Stewards halfen sie Chastity hoch, die kreidebleich war und zitterte. »Ich bedaure, dass Sie sich erschreckt haben«, sagte der Steward mit einer kleinen Verbeugung. »Ich versichere Ihnen, es ist nichts geschehen. Der Rückstoß von unserer Titanic ist so kräftig, dass sie die New York von den Ankerseilen gerissen hat. Um ein Haar hätte der Sog sie gegen uns geworfen, aber unsere Schlepper haben blitzschnell reagiert und uns nach backbord gezerrt. Sie brauchen keine Angst zu haben, bei uns sind Sie sicher und geborgen wie ein Säugling. Unsere Titanic ist doch unsinkbar.«
Aufmunternd lachte er, aber Chastity zitterte weiter. »Unsinkbar? Haben wir das nicht alle einmal von unserem Leben geglaubt?«
Ohne darauf einzugehen, bot der Steward ihnen Tee zur Entschädigung an, aber Selene lehnte ab und bat ihn, sie allein zu lassen. Wie auf ein Zeichen wandten sie sich beide wieder der Reling zu. Inzwischen hatten die Schlepper ihre Taue gelöst, die Titanic nahm Fahrt auf und ließ das Hafenbecken hinter sich.
In ihrem Rücken hörte Selene Menschen miteinander lachen, sich um Liegestühle streiten, ein Kartenspiel beginnen. Dieses Deck, das Passagieren der zweiten Klasse zur Verfügung stand, bot an Platz und Luxus, was andere Schiffe selbst in der ersten Klasse nicht aufzubieten hatten. Um es so geräumig zu machen, war die Zahl der Rettungsboote verringert worden. Zwischen Kübeln mit Palmen standen Tische für Getränke und Gebäck, auf den Sonnenliegen waren Decken ausgebreitet, und zwischen den Reisenden, die die Sonne des Nachmittags genossen, kredenzten Stewards Erfrischungen.
Plötzlich kam das Schiff Selene vor wie das Hotel ihrer Großmutter,

das verfluchte Mount Othrys, dem das Leben von Menschen geopfert worden war wie in Annettes Aztekentempeln. Es war ein schwimmendes Luftschloss, ein Versprechen, das niemand zu halten gedachte, eine Lüge wie die, auf die ihre Familie gebaut war. Die Rede des verstorbenen Königs über den Krieg aus Deutschland fiel ihr ein. Vielleicht hatte er recht, vielleicht würde ein gewaltiger Krieg kommen müssen, um all die Blasen aus Lügen zum Platzen zu bringen.
»Ist dir kalt, Kind? Soll ich um eine Decke für dich bitten?« Schüchtern wandte sich Chastity – ihre Mutter – ihr zu. Sie zitterte noch immer, und auf ihrer Oberlippe glänzte ein Schweißtropfen.
Selene warf die Arme um die kleine Frau. Sie kannte sie gar nicht. Sie wusste nicht, wie sie es anstellen sollte, sie kennenzulernen, aber ihr Wunsch, sie zu lieben und auf dem ins Unendliche wachsenden Meer nicht allein zu sein, überwältigte sie.
Die Frau drückte sie an ihren knochigen, bebenden Leib. »Das hat mich erschreckt«, murmelte sie. »Jetzt, da ich dich endlich habe, darf uns doch kein Schiff ums Leben bringen. Ich bin albern, was? Aber du bist mir nicht böse? Ich habe ja gar keine Ahnung von der Welt, ich lebe noch immer in Königin Victorias Reich, und ich glaube, ich habe schon damals vom Leben nichts verstanden.«
»Ich auch nicht«, erwiderte Selene, die Technokratin des 20. Jahrhunderts, und meinte, was sie sagte. »Weißt du was? Mir ist wirklich kalt. Gehen wir essen. Ich glaube, zur Feier des Tages will ich heute den schwersten Rotwein auf der Karte trinken.«

In dieser Nacht hatte sich Mildred zum ersten Mal das Paradies vorgestellt. Dass eines auf sie wartete, bezweifelte sie, aber wenn sie sich eines hätte wünschen können, wäre es ein Ort ohne Post gewesen. Georgia hatte sie zu bewegen versucht, in Mount Othrys eins der neumodischen Telefone installieren zu lassen, doch Mildreds Antwort dazu lautete: »Nur über meine Leiche.« Eine weitere Einrich-

tung, durch die Hiobsbotschaften ins Haus gelangten, brauchte sie nicht. Vierzig Jahre mit Briefen genügten ihr vollkommen.
Im Strudel der Ereignisse hatte sie Victor vergessen. Ihm mochte es genauso ergangen sein. Seine Hedwig war gestorben, vermutlich hatte ihr Tod ihn gelähmt. Jetzt aber saß er ihr erneut im Nacken. Der Brief lag vor ihr. Sie hätte ihn ungeöffnet wegwerfen mögen, aber das hatte sie nie gewagt.
»Da hast Du mich wieder, Mildred, nachdem Du gewiss gehofft hast, ich hätte aufgegeben. Aber das kann ich ja nicht. So wenig wie Du. Meine Hedwig ist tot. Ich wünschte, ich hätte an ihrer Stelle gehen dürfen. Was mich am Leben hält, ist der Wunsch, meine Tochter und mein Enkelkind zu sehen. Sag mir, wo sie sind, Mildred, ich flehe Dich an!«
Was soll ich dir denn sagen? Dass ich sie auch verloren habe, dass der Unmensch, der mein Leben in den Klauen hält, sie mir genommen hat? Ich wollte sie schützen – vor einem Wissen, mit dem kein Mensch leben kann, wie vor der Welt, die sich das dreckige Maul zerreißt. Ich bin gescheitert, Victor. Du bedrohst eine Frau, bei der es nichts mehr zu holen gibt, weil sie alles verloren hat.
»Ich werde zu Dir kommen, Mildred«, stand im letzten Abschnitt. »Ich werde Dich vor Deiner Familie fragen, wo meine Tochter ist. Ich habe nicht gewollt, dass in alledem noch jemand verletzt wird, am wenigsten Mr Weaver. Du aber lässt mir keine Wahl.«
Nein, dachte sie, und du mir auch nicht. Sie stand auf und ging hinüber zu dem schmalen, mit asiatischer Einlegearbeit verzierten Schränkchen, das sie aus Mount Othrys herüber auf das Altenteil geholt hatte, als die letzten Räume zu Suiten umgewandelt worden waren. Nicht, weil es so schön war – die schönsten Stücke hatte sie im Hotel belassen –, sondern weil George Weaver darin Waffen aufbewahrt hatte, was weibliche Gäste verschrecken mochte. Sie schloss den Schrank auf und nahm die beiden Kästen mit den Pistolen heraus. Das Jagdgewehr hatte sie vor Jahren verkauft, aber die Pistolen würde

sie prüfen lassen und die brauchbarste säubern und richten. Eine Schusswaffe abfeuern konnte jeder, sie war verlässlicher als ein Messer, und um einen alten Mann zu töten, brauchte man gewiss nicht gut zu zielen.

Du lässt mir keine Wahl, Victor. Ich habe diese Familie und dieses Haus mein Leben lang beschützt, und ich werde es tun, bis ich sterbe. Lieber hätte ich den getötet, der uns das angetan hat, aber der war stärker als wir beide zusammen – er hat uns beide besiegt. Wenn Victor kam, würde die Waffe auf ihn warten. Sie würde erst ihn erschießen und dann sich.

Kapitel 56

14. April 1912

Es ging besser. Sie kamen sich näher. Um so wenig wie möglich zu denken und um irgendwann schlafen zu können, brauchte Selene viel Rotwein, aber auf der Titanic herrschte an nichts, was Passagiere wünschten, Mangel, und Geld besaßen sie genug. Auf See zu sein, ohne Land in Sichtweite, half. Die Titanic schien ein Kosmos für sich, eine versiegelte Muschel, die ihre Bewohner vor allem abschirmte – selbst vor Vergangenheit und Zukunft, die mit jedem Tag unglaubhafter schienen. Selene verstand jetzt, was ihre Großmutter meinte, wenn sie predigte, in die Märchenwelt ihres Hotels dürfe von der Wirklichkeit kein Schimmer dringen. Tante Georgia pflegte diese Predigten zu wiederholen: »Ein Gast in Mount Othrys hat das Recht, sich zu vergessen und sich neu zu erfinden – zu sein, wer ihm beliebt.«
Genau das taten Selene und Chastity. Sie tauchten ein in den Luxus des Schiffs und wurden zu Mutter und Tochter Weaver, Weltenbummlerinnen auf der ersten Reise nach Amerika. Mitreisenden gaben sie entsprechend Auskunft und zogen sich zurück. Sie wollten allein sein, hatten genug mit sich zu tun.
Einmal sagte Chastity: »Du bist so gebildet, Selene, und so weltgewandt. So heil bist du – meine Schwester und ihr Mann müssen gut für dich gesorgt haben.«
»Vergiss sie«, entgegnete Selene, die sich alles andere als heil fühlte. »Das ist vorbei. Jetzt gibt es nur noch uns.«
Chastity bemühte ihr kleines ungeübtes Lächeln. »Manchmal mache ich mir Sorgen. Du gibst so viel auf für mich, und ich habe nichts für dich.«
»Du bist meine Mutter.«

»Ja«, sagte Chastity gepresst, »aber dafür ist es jetzt zu spät, nicht wahr? Ich kann dir kein Wiegenlied mehr singen. Ich habe nie eines gesungen. Wer weiß, ob ich es überhaupt gekonnt hätte.«

In der Nacht, als sie in ihrer Kabine in den Etagenbetten – Selene oben, Chastity unten – lagen und trotz des Weins die schwarze Leere über sie hereinstürzte, rief Selene: »Sing es mir jetzt. Sing mir ein Wiegenlied.«

»Ich glaube, ich habe den Text vergessen.«

»Das macht nichts.«

Mit brechender, unmelodischer Stimme begann Chastity ein Lied zu singen, das Selene nicht kannte. Aber die Sprache kannte sie. Es war Thomas' Sprache, wenn auch mit schwerem Akzent.

»Woher kennst du das?«

»Dein Vater hat es mir beigebracht. Es handelt vom Mond, der das Schönste bleibt, auch wenn er nur halb zu sehen ist. Wir hatten eine Rose, die Blauer Mond hieß, im Garten. Ich habe sie nie gesehen, aber meine Schwester hat mir davon erzählt.«

»Mein Vater war Deutscher?« Thomas am Kai fiel ihr ein, sein Gerede, er sei Annettes Cousin. Ihr Herz schlug hart.

»Zur Hälfte«, antwortete Chastity mit einer Spur von Stolz. »Sein Vater war ein Deutscher aus Hamburg. Aber seine Familie hat ihn verstoßen – so wie meine mich.«

Warum ihr der Wein, den sie bisher in großen Mengen vertragen hatte, in dieser Nacht solche Übelkeit bereitete, wollte Selene sich nicht fragen. Annettes Großvater war ein Deutscher aus Hamburg. Aber nach allem, was sie wusste, war Hamburg eine große Stadt.

Am Morgen erwachte Selene mit schwerem Kopf, doch sie gab sich alle Mühe, Chastity nicht den Tag zu verderben. Sie frühstückten spät, aßen mittags nur ein paar Bissen Käse und Obst und verbrachten den Nachmittag in der Bibliothek, wo sie feststellten, dass es nicht ein Buch gab, das ihnen beiden gefiel. Chastity liebte Gedichte, Märchen und Sagen, während Selene noch immer gern in die Geschichten von Abenteurern und Weltumseglern eintauchte, die ihr Ziehvater ihr als Kind vorgelesen hatte. Dazu verschlang sie Nachschlagewerke zu Wissenschaft und Technik, wie ihre Mutter sie ihr stapelweise geschenkt hatte.

Ihr Vater, ihre Mutter – sie wollte so nicht mehr denken. Die Lust am Bücherlesen war ihr vergangen, und sie schlug vor, Chastity das Schiff zu zeigen, das geniale Schottensystem, das die Titanic unsinkbar machte. »Onkel Horatio hat geholfen, es zu entwerfen, auch wenn er sagt, dass es gar nicht genial ist, sondern nur ein Versuch, wie alles, was Menschen tun.« Sie schlug sich auf den Mund. War das die Nachwirkung des Weins, kam sie heute überhaupt nicht von dem, was vorüber war, los? Nach einer Schiffsbesichtigung stand ihr nicht mehr der Sinn.

»Mein Cousin Horatio hatte einen bösen Vater«, sprach Chastity vor sich hin. »Sehr, sehr böse. Wir alle hatten Angst vor ihm, sogar meine Mutter, die Mörderin, die sonst vor niemandem Angst hatte.«

Dunkel erinnerte sich Selene. Als Kind hatte es ihr Spaß gemacht, die Mutter nach dem Großonkel, mit dem niemand verkehrte, zu fragen, weil die Mutter sich so lustig unter ihren Fragen wand. Jetzt wünschte sie, sie hätte einmal auf einer Antwort bestanden. »Warum war er böse?«, fragte sie ohne Hoffnung, von Chastity etwas zu erfahren.

Chastity überlegte und blätterte in dem Buch, das sie auf den Knien heilt. *Märchen der Gebrüder Grimm.* Vom Deutschen kam sie offenbar nicht los. »Ich glaub, es war so wie in dieser Geschichte«, sagte sie einfältig, als wäre sie das Kind und Selene die Mutter. »Von der Goldmarie und der Pechmarie. Der eine, mein Vater, hatte eine schöne goldene Mutter und der andere, mein Onkel, eine grausige schwarze. Die schöne goldene haben alle geliebt, und die grausige schwarze haben alle gehasst. Davon werden Menschen böse, was? Davon, dass man sie hasst?«

Selene wollte ins Freie, aufs Deck, wo ihr Blick sich in die Weite strecken konnte und die kalte Luft ihr den Kopf klärte. Nach den Zwischenstopps in Frankreich und Irland lag Europa jetzt hinter ihnen. Was sie schwarzblau und schillernd umfing, war der Atlantische Ozean. Ruhiger und gleichmäßiger als jeder Zug schlang das Schiff die Meilen in sich hinein. Sie nahmen die südliche Route, um den Labradorstrom zu meiden, der zu dieser Jahreszeit den Schiffen Eis in den Weg schickte. Selene konnte sich nicht hindern, solche Informationen aufzuschnappen – würde die Begeisterung für den Schiffsbau je wieder aufflammen, oder war ihr auch dieser Teil ihres Lebens verloren?

Chastity, die laufen nicht gewohnt war, kam ihr schnaufend hinterher. »Wenn du allein sein willst, sag es nur. Ich will dir nicht zur Last fallen. Der Steward hat es gerade gesagt. Eine Tochter, die sich so rührend um ihre Mutter sorgt, sieht man selten. Und ich war doch nie eine Mutter, die sich rührend um ihre Tochter sorgte.«

»Hör auf!«, rief Selene. »Der Steward soll sich an seiner eigenen Nase kratzen, und ich will einfach mit dir zusammen sein.«

Sie hatte Chastity auf ihre kleine, verschüchterte Weise lächeln, aber noch nie strahlen sehen. Jetzt strahlte sie, obwohl sie kaum den Mund verzog. »Wenn ich mir ein Mädchen hätte ausdenken können, das meine Tochter ist, ich hätte mir dich ausgedacht. Ich war immer hässlich, aber du bist schön. Ich habe mit meiner Dummheit meine Mutter um den Verstand gebracht, aber du bist so unglaublich klug. Das hast du von Charles – Charles war schön und klug und freundlich, und du hast alles von ihm.«

Es machte Selene verlegen, dass ihr keine Erwiderung einfiel. Wenn sie sich eine Frau hätte ausdenken können, die ihre Mutter war – schon der Versuch dazu scheiterte, weil ihr immer nur Esther einfiel, die sie ihr Leben lang für ihre Mutter gehalten hatte. Sie hakte sich bei Chastity ein. »Wollen wir uns heute zum Dinner so richtig ausstaffieren? Komm, gehen wir in unsere Kabine und machen zwei Schönheiten aus uns.«

»Aber ich habe ja nichts Rechtes«, protestierte Chastity.
Selene lachte. »Ich auch nicht«, sagte sie und zog sie mit sich fort.

Konnte in einem Leben ein solcher Sturm niedergehen, dass man die Existenz eines Menschen schlichtweg vergaß? Dass man sich nicht fragte, wo er geblieben war, weil man im eigenen Schicksal gefangen und so weit von anderen entfernt war wie die Titanic von der Welt am Land? Selene war froh, sich etwas besser zu fühlen und in den stillen, sacht erleuchteten Leib des Schiffs zu tauchen, als ihnen einmal mehr der Steward den Weg vertrat. »Ah, die Damen Weaver, und wieder unzertrennlich – wie nett!«
Selene ging schnurstracks weiter, aber Chastity, die nicht fassen konnte, dass Menschen freundlich zu ihr waren, blieb stehen und wechselte Worte mit ihm. So kam es, dass Selene ohne sie in den Gang zu ihrer Kabine einbog und sah, wie der Mann, dessen Existenz sie vergessen hatte, aus der Tür neben der ihren trat. Nicht zu glauben war, dass sie sich zuvor nicht begegnet waren, obgleich sie gewusst hatten, dass sie Kabinennachbarn sein würden. Der Mann, der seine Tür verschloss und herumfuhr, als er sie kommen hörte, war Harry Matthew.
»Selene«, sagte er, und seine Züge schienen zu entgleisen. »Selene, Selene.«
»Harry«, murmelte Selene.
»Verzeih mir«, sagte er und hob die Hand, als hätte sie vor, ihn anzugreifen. »Ich hätte es viel früher kapieren müssen, schon, als ich in Belfast diesen Drang verspürte, dich zu schützen, aber bitte glaub mir, erst an der Rampe der Fähre ist mir klargeworden, wer du bist. Danach war ich entschlossen, nicht auf die Titanic zu gehen, ich wollte untertauchen und dich nie wieder behelligen. Aber dann, Selene, dann war ich dazu zu schwach. Es war, als würde ich mit Tauen auf dieses verdammte Schiff gezogen. Ich musste dich sehen. Ich musste dir noch einmal nahe sein und mich daran freuen, dass es dich gibt. Ich

gehe in New York von Bord und komme nicht zurück. Ich störe dich nie wieder auf, nur bitte versteh, dass ich nicht anders konnte, als diese paar Tage in deiner Nähe zu stehlen.«

Hatte Harry je so viel gesprochen? Ergab das, was er gesagt hatte, irgendeinen Sinn? Ein Schrei ließ Selene herumfahren, ein hoher, spitzer, wie zerrissener Laut. Im Durchgang stand Chastity, die sich am Türstock festhalten musste, weil sie so sehr schwankte. »Charles«, stieß sie kraftlos heraus, »mein liebster Charles.« Dann stürzte sie vornüber auf die Knie.

»Du musst ihr telegraphieren – die Titanic hat zwei Telegraphen an Bord. Verflucht noch mal, Esther, du musst etwas tun!«

Dass die Frau, die sie schon minutenlang anschrie, tatsächlich in ihrem Wintergarten saß, konnte Esther nicht fassen. Als wäre keine Zeit verstrichen. Als könnten sie noch einmal ihre Gläser heben und darauf trinken, dass das Leben sie nicht trennte. So wie damals. Vor der Nacht im September. Vor Selene.

»Hörst du mir überhaupt zu?«, blaffte Lydia. Sie hatte ein blau geschlagenes Auge, ihr Haar war eisgrau und ihr Gesicht zerfurcht wie das von einem alten Weib. Aber sie war so streitbar und unerbittlich wie eh und je, und sie saß neben Horatio, der sie mit glühenden Blicken bedachte wie eine Schönheit ohne Makel. Esther rechnete es den beiden an, dass sie jeden Tag kamen und versuchten sie zu Taten zu bewegen, aber sie wollte, dass sie gingen. Lydia hatte nie ein Kind gehabt, und Horatio hatte sich das seine verdient. Keiner von ihnen hatte ein Kind gestohlen – sie konnten Esther nicht verstehen. Nicht einmal Andrew konnte das, denn er hatte nicht gewollt, dass sie Selene stahl. »Wenn Gott uns kein Kind schenkt, will ich damit leben«, hatte er gesagt. »Das Kind deiner Schwester zu stehlen ist kein Weg. Ich habe dich. Dafür bin ich dankbar.«

»Aber ich habe nichts«, hatte sie außer sich geschrien. »Kein Studium, kein Leben, kein Kind. Warum bin ich auf der Welt?«

Dafür, dass er ihr erlaubt hatte, Selene zu stehlen, würde sie ihn lieben bis zum Tod. Ihr Leben mit Selene war glücklich gewesen. Andrew hatte keinen überschwenglichen Vater abgegeben, weil er kein überschwenglicher Mensch war, aber er hatte das kleine Mädchen in sein Herz geschlossen und ihm gegeben, was er konnte.

»Esther«, rief Lydia, »sprich mit mir.«

»Was soll ich denn sagen?«, fragte Esther.

»Dass du um dein Kind kämpfst.«

»Sie ist ja Chastitys Kind«, murmelte Esther und musste nach Luft schnappen, weil die Erkenntnis ihr den Atem raubte.

»Was ihr mit Chastity getan habt, ist grausam, aber jetzt geht es um Selene«, entgegnete Lydia.

»Mildred hat gesagt, es ist so das Beste«, hörte Esther sich monoton erwidern. »Mildred hat gesagt …«

»Herrgott, ihr könnt doch nicht euer Leben lang für alles, was geschieht, Mildred verantwortlich machen!« Horatio sprang auf. Er war ein erstaunlich großer Mann, wenn er stand, und ein erstaunlich imposanter Mann, wenn er schrie. »Seid ihr Puppen, könnt ihr euch nicht regen, ohne dass Mildred an euren Strippen zieht? Du hättest nicht mitspielen müssen, als Mildred Chastity das Kind wegnahm, aber du hast mitgespielt. Du hast das Kind genommen, und jetzt schippert dieses Kind mutterseelenallein auf einem Irrsinnskahn auf dem Atlantik herum und hat alles verloren, was es besaß. Und was tut die Mutter des Kindes? Sitzt bei ihren mondbleichen Rosen, nickt mit dem Kopf und sagt: Mildred hat …«

Nicht nur Esther, auch Lydia blickte sich verblüfft nach ihm um. Der junge Mann zu seiner Linken, Thomas Lenz, der eigentlich Thomas März hieß und Annettes Cousin war, klatschte leise Beifall.

Horatio schoss zu ihm herum. »Dafür, dass ein Kerl eine Frau anpfeift, gebührt ihm kein Applaus«, bellte er.

»Mit Verlaub, ich habe Ihr Pfeifen auf mich bezogen«, sagte Thomas März. »Weil ich ja auch hier sitze und mit dem Kopf nicke. Ich habe

Selene im Stich gelassen. Ich hatte nicht den Mut, ihr zu sagen, dass ich nicht zufällig in Portsmouth war, sondern um herauszufinden, wer ich bin. Ich war besessen davon, die Familie meines Vaters aufzuspüren, nachdem mein Großvater nie ein Wort über ihn gesprochen hatte. Als ich erfuhr, dass seine Mutter ihn zurückgelassen hatte, um in England ihren Bruder zu finden, musste ich einfach hierher, um sie zu suchen. Und dann hatte ich endlich eine Spur, und ausgerechnet in diesem Moment verliebte ich mich in Selene. Leider war ich nicht in der Lage, vernünftig mit dieser Liebe umzugehen, bis ich Licht in das Dunkel um meine Familie gebracht hatte.«

»Schön für Sie«, bemerkte Lydia sarkastisch. »Nur leider hatte sich in der Zwischenzeit die Welt um Selenes Familie verdunkelt. Und was wollen Sie Held jetzt anfangen, um sie zurückzubringen, damit sie ihren Weg durch diesen Irrgarten finden kann?«

»Ich fahre ihr hinterher«, erwiderte Thomas März, ohne zu zögern. »Ich suche sie und sage ihr: Liebste Selene, kein Mensch versteht dich besser als ich, weil ich auch keine Ruhe finden konnte, ehe ich wusste, dass ich der Sohn von Hannes März bin und eine Familie in Portsmouth habe. Wir sind in eine Zeit geboren worden, die alles, was nicht in ihr Bild passte, totschwieg, aber wir schweigen nicht mehr. Wir fangen in unserer neuen Zeit neu an.«

Horatio setzte sich wieder und fasste ihn ins Auge. »Junger Mann, von Ihren philosophischen Höhenflügen abgesehen, sind Sie sich über das Ausmaß Nordamerikas im Ansatz bewusst?«

»Ja, das bin ich.«

»Und es schreckt Sie nicht?«

»Nein. Zumindest nicht erheblich.«

»Bravo«, sagte Horatio. »Falls Sie Geld für eine Schiffspassage brauchen ...«

»Damit wäre mir in der Tat geholfen«, fiel Thomas März ihm ins Wort.

»Ziehen Sie Leine.« Horatio sandte ihm sein sardonischstes Lächeln.

»Nehmen Sie die nächste, die Sie bekommen können, und lassen Sie es mir auf die Rechnung setzen.«

Thomas März sprang auf. Er wollte noch etwas sagen, aber Horatio wies ihn mit einer Handbewegung aus der Tür. »Nun machen Sie schon. Wir sind hier alles alte Leute, die Geduld der Jugend geht uns ab.«

Esther sah, wie Lydia seiner Hand einen zärtlichen Klaps versetzte. War denn nicht alles verloren, konnten diese beiden einander noch lieben, als wäre die Welt nicht in Stücke gebrochen?

»Und was tun wir?«, fragte Horatio, nachdem März gegangen war. »Ich schlage vor, wir investieren als Erstes ein mittleres Vermögen in ein Telegramm an Phoebe. Dann wissen wir zumindest, dass Selene und Chastity dort drüben einen Menschen haben.«

»Apropos Vermögen«, fiel es Esther ein. »Die Passage für Mr März bezahle natürlich ich …«

»Nur keine Sorge«, erwiderte Horatio. »Ich ziehe demnächst zu meiner Schwester nach Whitechapel und brauche kein Geld mehr.«

Noch einmal klopfte ihm Lydia auf die Hand. »Kannst du aufhören zu plänkeln, Horatio?«

»Plänkeln ist ein Bestandteil militärischer Strategie«, erwiderte er. »Es dient der Schwächung des Gegners vor dem entscheidenden Angriff.«

»Aha. Und wie sieht der entscheidende Angriff, den du dir vorstellst, aus?«

»Ich habe keine Ahnung«, bekannte er freimütig, »aber ich schlage vor, erst einmal die Front zu schließen. Annette ist bei ihrem Großvater, dem es nicht gut geht, die müssen wir ihm lassen. Aber Mildred ist allein, und das gefällt mir nicht.«

»Mildred hat Georgia«, sagte Esther.

»Ich glaube nicht, dass in diesem traurigen Haus irgendwer irgendwen hat«, erwiderte Horatio. »Und ich würde da jetzt gern hinfahren. Erst aufs Telegraphenamt und dann zu Mildred.«

Er hatte zu Mildred gesagt. Nicht nach Mount Othrys. »Ich begreife nicht, warum du dich ausgerechnet um Mildred sorgst«, murmelte Esther. Die beiden, Horatio und Lydia, mochten glauben, dass sie alles wussten. Aber sie wussten nicht, dass Mildred Selene zu einem Baby Farmer hatte bringen wollen, einer jener Frauen, bei denen Kinder elendig verreckten. Sie, Esther, hatte dagegen aufbegehrt, wie sie einst dagegen aufbegehrt hatte, dass Mildred die Mondrose tötete. Erst als Mildred sich bereit erklärte, ihr Selene zu lassen, hatte sie geschworen, nie mehr aufzubegehren. Damit Mildred stillhielt. Damit niemand an ihr Glück mit Selene rührte.

»Denkst du manchmal daran, wie alt sie ist?«, fragte Horatio.

»Und denkst du manchmal daran, wie sie dich verabscheut hat? Du warst der Ausbund des Bösen für sie. Ihre Phoebe hättest du niemals heiraten dürfen.«

»Wäre es nach den Müttern in dieser Stadt gegangen, hätte ich niemanden heiraten dürfen«, erwiderte Horatio. »Haben wir das nötig, Esther? Einer alten Frau anzukreiden, was vor zwanzig Jahren war, jetzt, da wir uns um dieselben Menschen sorgen? Und was hat Mildred denn getan, als auf die einzige Weise, die ihr einfiel, um ihre Familie zu kämpfen? Vielleicht hätten wir ihr gelegentlich sagen sollen, dass sie für uns nicht die Welt aus den Angeln heben und verkehrt herum wieder aufhängen muss.«

»Das klingt viel einfacher, als es ist«, widersprach Esther.

»Natürlich tut es das. Aber von uns Weavers sind nur noch so wenige übrig, dass wir nicht wählerisch sein können. Wobei ich Lydia, wenn sie diesen exquisiten Namen gern wieder hätte, jederzeit zur Verfügung stünde.«

»Horatio!«, fuhr Lydia auf und schlug die Hände über den Kopf.

»Ich wollte das nur angemerkt haben. Und jetzt gehen wir, eine Flut von Telegrammen aufgeben und nach Mildred sehen, ja? Es gibt da noch etwas, das mich seit Tagen wurmt …«

»Was wurmt dich denn, du dickschädeliger Mann?«

»Die Karte. Die angeblich von Selenes Mutter stammt. Ich will sie mir noch einmal ansehen.« Damit stand er auf und war schon aus der Tür.

Esther hatte nicht mitgehen wollen, doch als sie erst einmal unterwegs waren, tat es ihr gut, nicht länger stillzusitzen. Sie führte aus, wozu die anderen ihr rieten, sandte Selene ein Telegramm auf die Titanic, und während sie die Buchstaben in die Kästen des Formulars füllte, verspürte sie Erleichterung. Zumindest konnte sie Selene schreiben, dass sie sie liebte. Zumindest konnte sie sie bitten: Hör mich noch einmal an. Horatio hatte recht, selbst wenn Selene sie zurückwies, mochte es ihr helfen, die Worte zu lesen.

Horatio wurde, während sie das Telegramm an Phoebe formulierten, ständig zappeliger und bestand darauf, den kurzen Weg nach Mount Othrys in seinem Wagen zu fahren. Georgia fegte die Halle des Hotels aus. »Wir haben viel mehr Gäste als sonst in der Vorsaison«, entschuldigte sie sich. »Es hieß ja, die Unterschiede zwischen Arm und Reich würden verwischen, doch wie es aussieht, wollen die Reichen ihre Welt genießen, solange sie noch steht.«

»Habt ihr das eigentlich immer getan?«, fauchte Lydia. »Von diesem verdammten Hotel geschwatzt, während um euch eure Familie zerbricht?«

Horatio küsste sie auf den Scheitel und drängte sie und Esther durch den Garten zum Haus. »Wenn das verdammte Hotel nicht mehr ist«, rief Georgia ihnen hinterher, »woran hält unsere Familie sich dann in Stürmen fest?«

Esther fürchtete sich, Mildred in die Augen zu sehen, aber die Furcht war unbegründet. Die beiden Menschen, die ihre Kindheit bestimmt hatten, ihr Vater und Mildred, hatten jeden Lebensgeist verloren. Ihr Vater lag mit verkrampften Fäusten auf dem Tagesbett, und Mildred saß am Rollpult, das sie in den Salon geschoben hatte, um zu arbeiten, ohne ihn allein zu lassen. Die eine starrte so blicklos vor sich hin wie der andere.

»Ich erledige nur schnell die Post«, murmelte Mildred, die einen Umschlag in der Hand hielt, als Horatio vor das Pult trat. Er suchte in den Papieren auf der Schreibplatte, und sie tat nichts, um ihn zu hindern. Es dauerte nicht lange, und er hielt die Karte in die Höhe. Lydia, die sie noch nicht kannte, schob sich neben ihn und las. Esther hingegen wollte das Grauen, das ihr aus den ungelenken Buchstaben entgegensprang, nie wieder sehen.

»Und?«, fragte Lydia, nachdem sie sich vor Widerwillen geschüttelt hatte. »Erkennst du die Schrift?«

»Ja«, sagte Horatio. »Ich hätte sie sofort erkennen sollen, aber ich gehöre wohl auch zu denen, die manches nicht wahrhaben wollen.«

»Wessen Schrift ist das?«, drängte Lydia, während Mildred aus ihrer Benommenheit schreckte und gefesselt zu ihm aufsah.

»Meine«, sagte Horatio.

»Nein!«, riefen Lydia und Esther gleichzeitig.

Horatio nahm der wie versteinerten Mildred den Umschlag aus der Hand und betrachtete die Adresse, die darauf geschrieben stand. »Und das auch«, sagte er und warf den Brief auf den Tisch.

Lydia packte ihn am Arm und zwang ihn zu sich herum. »Du bist verrückt, Liebling. Das ist die Schrift von einem, der nicht schreiben kann. Du bist, soweit ich weiß, ein anerkannter Wissenschaftler, der ständig Texte veröffentlicht. Von einem Packen Liebesbriefe, die wegzuwerfen ich mich nie durchringen konnte, ganz zu schweigen. Das ist nicht deine Schrift. Und jetzt Schluss.«

»Ich konnte nicht schreiben«, sagte Horatio, als wäre er allein. »Mein Vater hat es mit mir geübt. Er hatte sich für meine Hände einen kürzeren Stock gekauft.«

Ohne es zu wollen, ging Esther hin und starrte auf die Karte. So sah die Schrift aus – wie die eines ungeschickten Kindes, das zum Schreiben geprügelt wurde. Sie griff nach Horatios Hand, ehe ihr einfiel, dass er es nicht mochte, und sie ihn wieder losließ. Lydia ließ ihn nicht los. »Du bist nicht krank, Horatio. Du bist nicht Jeckyll und Hyde, und du hast diesen Dreck nicht geschrieben.«

»Nein«, erwiderte Horatio ruhig. »Aber ich weiß, wer der Kranke ist. Und ihr wisst es auch.«
Ehe Esther zwei und zwei zusammenzählte, tat es Mildred. Auf ihr Gesicht trat ein Ausdruck, der Esther Schauder über den Rücken jagte. »Ich hätte dir das längst einmal sagen sollen«, wandte sie sich mit einer Stimme, die Esther nicht erkannte, an Horatio. »Ich habe dich falsch eingeschätzt. Du bist der einzige nützliche Mann, den diese Familie hervorgebracht hat. Sei so nett und nimm deine Damen mit hinüber ins Herrenzimmer. Ich lasse uns dort gleich Tee servieren, muss nur rasch noch einen Brief verfassen. Eine kleine Einladung, eine Sache von ein paar Augenblicken. Dann bin ich ganz für euch da.«
Es war die Mildred, die mit ihren Gästen im Hotel sprach, die Esther manchmal für eine Aufziehpuppe gehalten hatte, während sich der lebende Mensch dahinter verbarg.
»Ich würde lieber bleiben«, bekannte Horatio und hob skeptisch eine Braue, aber Lydia zerrte ihn am Arm.
»Jetzt komm schon. Lass sie tun, was immer sie nicht lassen kann. Ich brauche einen Drink.«

Kapitel 57

Nacht

Nie, nicht einmal in den Nächten am Bahnhof von Southampton hatte Chastity so gefroren. Ihre Zähne schlugen aufeinander, dass sie fürchten musste, sie könnten splittern. Zweimal war Charles gegangen, um ihr eine Decke zu holen, die er ihr wie damals um die Schultern schlang. »Dir wird nicht wärmer«, bemerkte er. Sein eigenes Gesicht sah aus wie überfroren, und seine Lippen waren blau und bebten. »Lass uns nach drinnen gehen. Eine der Bars ist sicher noch geöffnet.«

Aber Chastity wollte nicht in eine Bar. Sie wollte nirgendwohin, wo Menschen waren, wo irgendetwas war – mehr als tiefes Dunkel und klirrende Kälte, mehr als Sterne, die wie Eiszapfen funkelten, und stilles Rauschen, mit dem das Schiff das Meer durchschnitt. Mehr als Charles. Diese kälteste Nacht ihres Lebens, die schönste und schlimmste Nacht, gehörte ihnen. Diese einzige Nacht.

Sie hatte ihn wiedergefunden. Und einen Atemzug später hatte sie ihn wieder verloren, und diesmal so endgültig, wie nicht einmal sein Tod gewesen war. Sein Tod gehörte zu den vielen Lügen, diese aber aufgebracht von ihm selbst. »Ich habe Charles Ralph nicht mehr ertragen«, sagte er. »Also habe ich ihn umgebracht und aus seiner Leiche Harry Matthew gemacht.«

Es war das erste Mal, das Chastity dem Schrecken zum Trotz lachen musste. »Du bringst niemanden um«, hatte sie gesagt. »Nicht einmal die Fliege in unserem Zimmer, die uns vom Schlafen abhielt.«

Und ihre Mutter hatte auch niemanden umgebracht, was immer der Sohn der Pechmarie, Onkel Hector, erzählt hatte. Ihre Mutter liebte sie. Sie hatte ihr ihren Mann und ihr Kind weggenommen, um sie zu schützen – weil der Mann ihr Bruder war und es auf der Welt keinen Ort gab, an dem sie miteinander hätten leben können.

Auf der Welt keinen Ort. Auch jetzt nicht. Nicht einmal in der neuen Welt durften Schwester und Bruder, die ein Kind gezeugt hatten, beieinanderbleiben. Nur die kristallklare Nacht hatten sie, ihre Kälte und ihren Zauber. Chastity schmiegte sich an Charles, als wäre die Nacht ihre Ewigkeit. Er verstand sie sofort. »Ich werde dich immer lieben«, sagte er.

»Und ich dich. Egal, was aus uns wird.«

Aus ihnen wurde gar nichts. Aber sie besaßen noch einmal eine Nacht.

Auch von dem Kind würde sie sich trennen müssen, von ihrer geliebten Tochter, die in der Kabine lag und niemanden sehen wollte – starr vor Entsetzen über die Erkenntnis, ein Kind des Inzests zu sein. Sie durfte ja kein Kind des Inzests bleiben, nicht ihre Selene, die so klug und begabt war und der die Welt offenstand. In New York würde sie, Chastity, sie zu Phoebe bringen müssen, sie würde einmal etwas tun, das erwachsen war. »Phoebe«, würde sie sagen, »ich bringe dir mein Mädchen, das einen großen Schrecken erlitten hat. Bitte sorge für sie, bis sie stark genug ist, um heim zu ihrer Familie zu fahren.« Was danach mit ihr geschah, spielte keine Rolle. Nur auf dieses Ziel würde sie sich konzentrieren müssen.

Später. Wenn die Nacht vorbei war. Diese Nacht auf dem leeren Bootsdeck gehörte ihr und Charles. Er küsste sie, seine Lippen wie in einem Pelz aus Eis. Aus der Klarheit tauchte das Schiff in taumelnde Nebel. Sie hüllten Chastity und Charles, die einander küssten, ein. Chastity. Sie hatte es ihm gesagt, obwohl er es schon wusste. »Ich heiße nicht Amelia, Liebster. Bitte sag zu mir Chastity.«

Er allein hatte alles gewusst. Mildred und sein Vater hatten es ihm gesagt, damit er wie ein Rasender floh, ohne ihr ein Wort zum Abschied zu lassen. Außer den beiden wusste es nur Esther, die ihr kleines Mädchen zu sich genommen und in Liebe aufgezogen hatte, obwohl ihr klar war, welche Schande an ihr haftete. Sie würde sie weiter lieben. Vor der Welt würde Selene Esther Ternans Tochter bleiben und in Sicherheit sein.

Danke, Mutter. Danke, dass du mein Mädchen beschützt hast. Wenn sie in New York waren, würde Chastity ihrer Mutter schreiben.

Die Nebel strichen über ihre Wangen, und dahinter lachte Charles' Gesicht ihr voll Liebe entgegen. Was für ein Geschenk war es, dass sie diese Nacht auf dem Meer verbrachten, wo es vor und hinter ihnen nichts gab. Nur sie beide unter dem Himmel. Von der Erde weit fort. Dass die Kälte jäh anschwoll, eine Kälte, die sich ihr wie mit tausend Nadeln ins Fleisch grub, machte ihr nichts aus. Es war keine gewöhnliche Kälte, sondern die Kälte des Weltendes, und genauso fühlte sie sich – am Ende angekommen. In Charles' Armen. Am Ziel.

Ein gewaltiger Ruck erschütterte das Schiff und warf Charles und Chastity zu Boden. Sie stieß sich die Schulter, und gleich darauf traf ein Geschütz sie am Kopf, aber diesmal hatte sie keinen Augenblick lang Angst. Sie hatte das alles ja schon einmal im Hafenbecken von Southampton erlebt und wusste, dass sie sicher und geborgen wie ein Säugling war. »Hast du dich verletzt, mein Liebster?«, fragte sie ihn zärtlich. »Du musst keine Angst haben. Wir sind doch unsinkbar!«

Charles setzte sich auf und nahm das Geschoss in die Hände. Erst jetzt sah sie, dass die Planken um sie mit unzähligen kleineren Geschossen übersät waren. Sie glitzerten, als wäre über ihnen ein Stern zerbrochen. Charles ließ das große Geschoss fallen, als hätte es ihm die Hände verbrannt. Chastity streckte die Hand danach aus und verbrannte sich ebenfalls. Es war Eis.

Ihre Hände umfassten einander, während sie aufstanden und über die Reling hinweg nach der riesigen Masse blickten, die im Nebel hinter ihnen verschwand. »Was war das, Liebster?«

»Ich bin nicht sicher. Wie es aussieht, haben wir einen Eisberg gerammt.«

»Aber Eis ist nicht so fest wie wir, oder? Es schmilzt ja.«

»Nein«, sagte Charles, dessen schlanke, zärtliche Hände geholfen hatten, das Schiff zu bauen, »Eis ist nicht so fest wie wir.«
Zu diesem Zeitpunkt waren von der Nacht, die ihnen allein gehörte, nur noch wenige Herzschläge übrig. Sie hätten sich noch etwas sagen können, selbst in ein paar Herzschlägen lässt sich vieles sagen, aber es gab ja nichts, das etwas geändert hätte. Stattdessen gaben sie einander noch einen Kuss. Gleich darauf brach auf dem Deck zwischen den Rettungsbooten die Hölle los.

»Sie müssen aufstehen, Miss! Sie müssen jetzt wirklich aufstehen!«
Durch Schwaden von Benommenheit drang das dröhnende Klappern, mit dem jemand an Selenes Kabinentür rüttelte. Sie hatte Wein getrunken, bis sie sich erbrechen musste, und zwei von den Tabletten geschluckt, die Harry ihr gegeben hatte. Harry. Charles. Zugleich ihr Vater und ihr Onkel. Wein und Tabletten halfen nichts, trotz der pochenden Schmerzen, die an ihre Schläfen hämmerten – es war mit einem Schlag alles wieder da.
Das Gerüttel ging weiter, wie Hammerschläge gegen ihren Schädel. »Anordnung vom Kapitän, Miss. So öffnen Sie doch!«
Selene würde nicht öffnen, wer immer dort draußen war und etwas angeordnet hatte, wer immer noch mehr Wahn in die Ruine ihres Lebens tragen wollte. Was immer es noch geben konnte, es würde sie nicht berühren. Sie war unberührbar geworden – strikt wie ihr Schiff glitt sie in einem Meer aus Wahn voran. Ich bin das Kind eines Inzests. Wer kann mir noch etwas anhaben?
Schritte hallten über den Gang, und einen Moment lang hatte Selene das Gefühl, im Bett nach unten zu rutschen. Dann wurde das Rütteln unterbrochen, und der Mann, der draußen den Lärm verursachte, sprach zu jemandem, der offenbar herbeigeeilt war. »Ihre Tochter muss nach oben, Madam. Aber sie macht nicht auf!« Erst jetzt erkannte sie die Stimme des aufdringlichen Stewards.
Gleich darauf drehte sich der Schlüssel im Schloss. Licht aus dem

Gang fiel in den Raum – das ewig brennende, üppige Licht, das der prächtigen Elektrizität des Schiffs zu danken war. In dem Viereck aus Licht stand Chastity. Ihre Tante. Ihre Mutter. Das ewig flüsternde, ewig verschüchterte Geschöpf schrie sie an: »Steh auf, Selene! Steh um des Himmels willen auf!«

Sie stürmte zum Schrank, riss ihn auf und zog etwas heraus. Als sie damit vor dem Bett auftauchte, erkannte Selene die Schwimmweste mit dem Schriftzug der White Star Line. Wie von selbst glitt sie vom Bett, stolperte und bemerkte jetzt endgültig, was ihr vorhin wie eine Einbildung erschienen war – das Schiff lag nicht mehr gerade im Wasser. Das Pochen an ihren Schläfen verstärkte sich. »Was ist denn los? Ich will nur schlafen, sonst nichts.«

Chastity war bereits dabei, ihr ein Kleidungsstück und anschließend die sperrige Weste über den Kopf zu streifen. Durch den Gang dröhnten Schreie und Gepolter von Schritten. »Das Schiff hat einen Eisberg gerammt. Es sinkt«, antwortete Chastity. »Sag nichts, mein Mädchen. Die genialen Schotten, von denen du mir erzählt hast, haben perfekt funktioniert, aber das Leck ist zu groß. Mit fünf Kammern voll Wasser kann das Schiff nicht mehr schwimmen.« Über ihr Gesicht rannen Tränen, als wäre es ihr Schiff gewesen, ihr verrückter, größenwahnsinniger Traum. »Denk nicht nach, komm nur nach oben. Es sind ja schon Boote zu Wasser gelassen, und jemand hat gesagt, die Plätze reichen nicht für alle …«

Die Rettungsboote! An deren Zahl gespart worden war, um Platz zum Vergnügen zu schaffen, weil man schließlich auf einem unsinkbaren Schiff keine Rettungsboote brauchte. Selene wusste nicht, warum sie Chastity folgte. Etwas in ihr wollte in der Kabine bleiben, sich wieder ins Bett legen, von nichts mehr wissen. »Du musst doch leben!«, schrie ihre Mutter sie an. »Du musst von alledem doch übrig bleiben!« Als sie über den Gang liefen, hatten sie bereits gegen Steigung zu kämpfen, und aus einer Tür strömte ihnen eisiges Wasser entgegen.

Vor dem Ausgang zum Foyer des Bootsdecks drängten sich die Menschen so dicht, dass Selene umkehren wollte. »Es hat keinen Sinn!«, schrie sie, aber Chastity stieß sie in den Rücken, und drei Schritte weiter wartete Harry. Er streckte ihr die Hand entgegen, umfasste ihr Gelenk und zerrte sie durch die Menge. »Kommt, meine beiden«, lockte er sie. »Sie bereiten Rettungsboot C zum Fieren vor, darin gibt es für euch Platz.«

Die Nacht war glasklar und trotz aller Panik wie zu Eis erstarrt. Nie im Leben hatte Selene größere Kälte erlebt. Sie erfasste die Situation in Windeseile – es gab nicht genug Plätze für alle. Von den Passagieren der ersten Klasse war jetzt, da man die zweite hinausließ, bereits ein großer Teil verfrachtet. »Nur Frauen und Kinder!«, brüllten die Offiziere, die sich vor den Booten aufbauten. »Männer zurück, nur Frauen und Kinder in die Boote.« Mit blinkenden Pistolenläufen versuchten sie die wabernde Masse, die um ihr Leben kämpfte, zurückzudrängen. Von den Frauen und Kindern der dritten Klasse war noch niemand an Deck.

Was bedeutete es, dass ihr Zauberschiff sank? Versank ihre Zeit mit allem, an das sie geglaubt hatte? War es nicht längst versunken? Im Foyer des Bootsdecks standen die Mitglieder des Schiffsorchesters und spielten einen Walzer.

»Unausgesprochene Liebe, ungebrochene Treue,
Ein ganzes Leben hindurch.«

Selene hätte nicht weitergehen können, und vermutlich verließ auch Chastity die Kraft, aber Harry war da und zog sie durch die Menge. »Hier, meine Frau und meine Tochter«, rief er dem Offizier zu, der zuvorderst an dem auffaltbaren Rettungsboot stand. »Die beiden kommen noch mit.«

»Zurück, Mann.« Der Offizier stieß Harry seine Pistole in den Leib. »Das Boot ist voll.«

»Ist es nicht!«, rief Harry. »Dort hinten sind noch zwei Plätze, die sind für meine Familie.«

Was soll der Aufwand, dachte Selene, die einen Blick über die Reling in die bodenlose Schwärze erhaschte. Wir sterben sowieso.

»John, John!«, hörte sie Chastity rufen. »Bitte helfen Sie uns. Man will uns die Plätze im Boot nicht geben!«

Jetzt erkannte Selene, wer John war – der Steward, der vor ihnen das Boot erreicht haben musste. Er stand am Bug und wies die Passagiere an, ruhig zu sitzen und Kinder festzuhalten. Auf Chastitys Ruf hin wandte er den Kopf. »Aber ja, Mrs Weaver, ich habe Ihnen Ihre Plätze freigehalten.«

Wieder spielte sich alles im Handumdrehen und wie ohne Selenes Zutun ab. Hände wurden ihr gereicht, Harry stemmte sie von hinten, und der Steward zog von vorn, so dass ihr nichts übrigblieb, als über die Wand ins Boot zu steigen. Geschrei und Gewimmel entstand, als Passagiere zur Seite kippten, weil andere von ihren Plätzen aufgestanden waren, dann drückte jemand Selene auf einen Sitz.

»Rettungsboot D fertig zum Fieren«, brüllte der Offizier.

Selene hatte in die Schwärze gestarrt, der sie entgegensinken würde, und nichts als die Kälte gespürt, vor der der Kork der Weste keinen Schutz bot, doch der Ruf brachte sie zu sich. »Meine Mutter!«, schrie sie. »Meine Mutter muss noch mit!«

»Selene!« Eine Stimme wie ein Lachen. Die elektrische Winde begann zu knirschen, und das Boot setzte sich in Bewegung. Sie blickte auf und entdeckte die beiden Köpfe über der Reling, dicht beieinander, ein Lächeln auf beiden Gesichtern. Wie ähnlich sie sich sahen. Und wie ähnlich sie beide ihr sahen. Sie würden nichts mehr sagen, denn alles, was es zu sagen gab, passte nicht in den schon verstrichenen Augenblick.

»Mutter!«, rief Selene und streckte die Hände aus.

Ihre Mutter schüttelte den Kopf. Aber dann sagte sie doch noch etwas. »Lass meine Mutter wissen, dass ich sie liebe, ja? Dass ich verstanden habe, was sie getan hat.«

Selene konnte nicht einmal nicken. An der glatten schwarzen Schiffswand, vor der sie mit ihrem Vater auf dem Gerüst gestanden hatte, glitt das Boot in die Tiefe. Als es die Oberfläche des Meeres traf, schwappte Wasser auf, und die Kälte raubte ihr den Atem. Sofort begann der Steward die Leute an den Rudern zu kommandieren. Sie mussten auf dem schnellsten Weg aus der Reichweite des sinkenden Schiffs, damit der ungeheure Sog sie nicht mit sich auf den Grund riss. Steif blickte Selene auf. Erst jetzt sah sie, was mit dem Schiff geschah. Sein gesamter Bug hing schon im Wasser, während das Heck mit dem hinteren Mast schräg hinauf in die Nacht ragte. Noch immer, wie ein trotziger Protest gegen das Unfassliche, brannte aus den Fenstern das elektrische Licht, die Fanfare der neuen Zeit. Während das Boot zwischen Eisschollen davontrieb, wurde es trüber und trüber. Dann verlosch es, und die Nacht wurde schwarz. Kein Gefühl war mehr übrig als die Kälte.

Kapitel 58

Tage im April

Mildred saß in ihrem Lehnstuhl und wartete. Sie hatte einen Boten mit der Einladung geschickt, mehr brauchte sie nicht zu tun. Nur zu warten. Am Ende ihres Lebens geschah alles von allein.

Sie hatte sich eine Decke über die Knie gebreitet wie eine alte Frau mit schmerzenden Gliedern. Aber ihre Glieder schmerzten nicht. Sie waren so straff wie die Glieder eines jungen Mädchens. Die Decke lag über ihren Knien, um die geladene Waffe zu verbergen. Wenn sie während des Wartens aufstehen musste, nahm sie die eingewickelte Waffe mit.

Nachdem die drei – Esther, Horatio und das Weib, das er wieder aufgegabelt hatte – gegangen waren, hatte sie Georgia gebeten, ihr den Vater ins Schlafzimmer zurückzutragen. Georgia hatte zwar als heiratsfähige Tochter nichts getaugt, aber sie verfügte über Bärenkräfte, und wie gut, dass Mildred ihr mit dem Hotel trauen konnte. Dass ihrem Hotel etwas geschah, dass Pistolenschüsse zwischen liebevoll gedeckten Teetischen fielen, hätte sie nie gestattet. Das Ende musste hier stattfinden, in dem einstigen Altenteil, dessen Lärm bis nach drüben, in ihr weißes Schloss, nicht drang.

Natürlich würde es einen Skandal geben, die Polizei auf dem Grundstück und jede Menge Gerede, aber bei einer toten Täterin musste letztlich alles im Sand verlaufen. Der findige Horatio würde gewiss in der Lage sein, den aufgewirbelten Staub zu glätten, und wenn dann noch Esther mit ihrem Geld nachhalf, ginge es ihrem Hotel nach ein, zwei kargen Saisons wieder gut. Es würde noch hier stehen und den Solent überblicken, wenn das neue Jahrhundert seinen Abschied nahm – mit einer Metallplakette an der Rückseite

einer Säule: Mount Othrys. Grandhotel. Gegründet von Mildred Weaver.
»Ich liebe dich«, flüsterte sie in Richtung des erhabenen Gebäudes. »Wenn ich dich von der Natter befreit habe, die dir im Fleisch saß, habe ich dir alles gegeben.« Horatio würde Selene zurückholen, damit sie das Hotel übernahm. Bis dahin würde Georgia es getreulich für sie hüten. Dass Mount Othrys keinen männlichen Erben besaß, schreckte Mildred schon lange nicht mehr. Hatten nicht Frauen auf diesem Grund und Boden bewiesen, dass sie die besseren Titanen waren, die, die die Schlacht um den Götterhimmel nicht verloren hätten?
Für alles würde gesorgt sein. Nur das eine blieb noch zu tun. Sie musste einen Menschen töten, wenn es hart auf hart kam, sogar zwei. Unter der Decke tastete sie nach dem Metall der Pistole. Sie würde es schaffen. Es war das Ende des Kampfes. Danach durfte sie müde sein.

Esther hatte sie gebeten, bei ihr zu bleiben, und Lydia war geblieben. Deshalb, um Esther zu helfen, war sie schließlich nach Portsmouth gekommen – auch wenn in ihr der Wunsch brodelte, mit Horatio nach Southampton zu fahren oder ihn zu überreden, die Arbeit zu schwänzen. Hinter der Tudorruine mit ihm durch langes Gras zu streifen, fern von anderen Menschen und den Problemen der Welt. Aber wie hätte sie Esther allein lassen können? »Ich bleibe«, hatte sie gesagt, »nur tu mir einen Gefallen, lass uns nicht in deinem Wintergarten sitzen.«
»Magst du ihn nicht?«
»Herrgott, Esther, er ist völlig morbide! Überall diese Sträuße von verwelkten Rosen und Fotos von längst verblichenen Leuten. Weißt du, dass du einmal das modernste Mädchen in meiner Klasse warst?«
»So ist Selene«, murmelte Esther. »Du würdest Selene lieben.«
Sie setzten sich in ein sogenanntes Damenzimmer, das Lydia kaum besser gefiel, das aber zumindest nicht bis oben hin voll Erinnerungen

steckte. Den halben Tag lang sprachen sie von Selene. »Ich weiß nicht, wie ich ohne sie leben soll«, sagte Esther.

»Das wundert mich nicht, denn von deinem Leben ist ja nichts übrig.«

»Du bist der Meinung, ich habe mich falsch entschieden, nicht wahr? Ich hätte Phoebe und Mildred ihrem Schicksal überlassen und nach Kanada gehen sollen. Denkst du das? Aber Mildred hat mich aufgezogen, als meine Mutter mich verlassen hatte …«

»Wenn ich mir darüber Gedanken mache, was ich hätte tun sollen, werde ich wahnsinnig«, unterbrach Lydia das Gerede, das sie schon in ihrer Jugend kaum ertragen hatte. »Gedanken mache ich mir über das, was mir zu tun bleibt – alles andere ist müßig.«

»Und was bleibt dir zu tun?« Von der Seite schien Esther sie zu prüfen. »Gehst du zu Horatio zurück?«

»Das weiß ich noch nicht«, sagte Lydia. »Aber du meinst nicht, wir sind dafür zu alt?«

Das vor Kummer erstarrte Gesicht der Freundin wurde weich. »Aber nein, Lydia, aber nein. Es gibt so vieles, was ihr nicht mehr könnt – aber lieben könnt ihr euch noch immer, das ist nicht zu übersehen.«

»Fein«, gab Lydia zurück. »Dann bist auch du nicht zu alt, um den Rest deines Lebens in die Hand zu nehmen. Du kannst nicht mehr Medizin studieren, so wie ich keine schöne Tochter mit schwarzem Haar mehr haben kann. Aber was ist mit den Spitälern, dem Lebenswerk deines Vaters? Könntest du dich dort nicht nützlich machen, eine Stiftung gründen, damit jetzt, da er fort ist, nicht alles zerfällt?«

Das Erstaunen auf Esthers Gesicht gefiel ihr. Ehe die Freundin jedoch auf eine Antwort sann, schrillte ein ohrenbetäubender Laut durchs Haus. Dreimal zerschnitt das schreckliche Geräusch die Luft, dann verstummte es. »Zum Teufel, was war das?«

Esther, die den ganzen Tag über mutlos gewesen war, verzog den Mund zu einem Lächeln. »Das Telefon. Weißt du das wirklich nicht?

Uns ruft selten jemand an, da wir kaum jemanden kennen, der eines besitzt.«
Es klopfte an der Tür, und gleich darauf erschien im Spalt der Kopf des Hausmädchens. »Mr Weaver aus Southampton«, verkündete sie. »Für Miss Burleigh.«
Tapfer lächelte Esther ihr zu. »Siehst du, nun hörst du heute zum ersten Mal ein Telefon, und es ist gleich für dich.«
Lydia folgte dem Mädchen in die Halle, wo der Apparat an der Wand hing. Sie hielt erst die falsche Muschel ans Ohr, hörte Horatios Stimme jedoch aus der richtigen ihren Namen rufen. Weshalb war man so sinnlos erleichtert, eines Menschen Stimme zu hören, selbst wenn das Schnarren und Kratzen der Leitung sie verzerrten?
»Lydia?«, sagte Horatio. Seine Stimme war nicht nur durch die Leitung verzerrt. »Bist du allein, kann Esther dich hören?«
»Nein. Was ist denn los?«
»Hör zu, lass dir vor Esther nichts anmerken, ehe Andrew zu Hause ist und ich Genaueres weiß. Es ist etwas Furchtbares passiert. Die Titanic – sie ist südöstlich von Neufundland auf offener See gesunken.«
Lydia entfuhr ein Schrei, und gleich darauf schlug sie sich auf den Mund. Das Mädchen an der Tür zum Salon drehte sich träge um. Lydia wedelte mit der freien Hand, um ihr zu bedeuten, alles sei bestens.
»Chastity und Selene«, flüsterte sie in die Sprechmuschel. »Sind sie …«
»Ich weiß es nicht. Niemand kann derzeit eine Auskunft geben, aber ich werde alles tun, um es herauszufinden. Wir sagen es Esther erst, wenn wir Bescheid wissen, ja?«
Lydia gab keine Antwort. Die Vorstellung, Esther sagen zu müssen, dass ihre Tochter im eisigen Meer ertrunken war, raubte ihr die Stimme.
»Lydia?«, fragte Horatio. »Kannst du wie immer die tapferste Frau der Welt sein und das Vernünftige tun? Ich gehe jetzt zum Büro der

White Star Line und sehe zu, was ich in Erfahrung bringen kann. Ich versuche auch Andrew aufzutreiben, der irgendwo Lieferanten trifft. Kannst du bei Esther bleiben und dafür sorgen, dass sie auf keinen Fall das Haus verlässt? Es sind schon Geier mit Extrablättern unterwegs, von denen soll sie es auf keinen Fall erfahren. Irgendwer wird zu Mildred fahren müssen, aber Annette betreut noch immer ihren Großvater …«

»He«, unterbrach sie ihn, »hol Atem, ja? Kümmere du dich um die White Star Line und Andrew, damit hast du genug. Ich besorge einen geschlossenen Wagen, lade Esther direkt vor der Haustür ein und fahre mit ihr zu Mildred, ohne dass sie auch nur einen Blick aus dem Fenster wirft, einverstanden?«

Jetzt war es an ihm zu schweigen. Erst als sie schon glaubte, die Leitung sei unterbrochen, sagte er: »Ich liebe dich, Lydia. Ich liebe dich und Annette so sehr, ich kann an das, was Esther durchmacht, nicht einmal denken.«

»Bleib nicht so lange allein damit«, sagte sie. »Du brauchst Gin ohne Gurke, Liebling. Und eine gehörige Umarmung von deinem alten Weib.«

Mildred hatte allein gewartet. Jetzt aber warteten sie alle zusammen. Wie viele Tage schon? Es ließ sich kaum sagen, weil die Tage ineinander übergingen. Niemand konnte viel schlafen, obwohl Ackroyd kam und ein Mittel brachte, und das Essen wurde fast unberührt abgetragen. Horatio und Andrew gingen morgens zur Arbeit und in die Büros der White Star Line, und Georgia sah ab und zu nach dem Hotel, aber ansonsten saßen sie alle beieinander im Salon und wussten nichts zu reden. Die Gäste aus dem Hotel sandten mitfühlende Briefchen herüber und äußerten tiefstes Verständnis. Es war nicht allein Mildreds Familie, die in Schock und Trauer verharrte. Es war die gesamte Küste, von der das stolze Schiff gekommen war, die gesamte Nation, die Welt.

Die in die Decke gewickelte Waffe hatte Mildred auf das Sims über dem Kamin gelegt, wo niemand auf sie achtete. Wie es aussah, würde ihr Todfeind nicht kommen. Sie musste zu ihm gehen, aber nicht jetzt, sondern später, wenn das Schlimmste bestätigt war. Ihre Selene tot. Als das Mädchen klein gewesen war, hatte es hier Klavierunterricht erhalten, doch klammheimlich hatten sie beide festgestellt, dass es so unmusikalisch war wie Mildred und all die edlen Etüden verhunzte. Und dann hatten sie sich an den kostbaren Steinway gesetzt und einen Gassenhauer darauf eingehämmert. »Ich heiße Ellie und bin die Schönheit der Allee.«

Sie würde zu ihm gehen, die Waffe auf ihn richten und es ihm sagen, ehe sie feuerte und die Kugel sein Herz zerfetzte: Du hast meine Selene getötet, der die Zukunft gehörte, mein prächtiges Mädchen, das alles wert gewesen ist. Du hast Chastity getötet, ehe ich sie bitten konnte, mir zu verzeihen, ehe ich ihr einmal sagen konnte: Ich hatte dich lieb. Du hast uns alle zerstört. Vom ersten Tag an. Und warum? Weil dein Bruder mehr Liebe von deinem Vater bekam als du – dein Bruder, der in den Wolken lebt und auf diese Vaterliebe nicht einmal Wert legte.

Man sagte, das Böse habe kein Herz, aber das war Unsinn. Mildred musste es wissen, denn sie hatte eines, das kräftig schlug. Sie war eine Intrigantin. Eine Mörderin, die ihr Liebstes auf dem Gewissen hatte. Sie und Hector Weaver nahmen sich nichts, deshalb war sie die Einzige, die ihren zartbesaiteten Haufen von ihm befreien konnte. Später, wenn sie alle einander in den Armen lagen und weinten. Sie würde es auf sich nehmen und ein Ende machen. Es hatte sein Gutes, dass es nicht hier geschah, nicht in ihrem Mount Othrys, sondern in dessen lächerlicher Kopie, und nicht vor Hyperions Augen. Die Frauen, Esther und Lydia, hatten darauf bestanden, ihn hier auf dem Tagesbett zu lagern. »Glaubst du, er wartet nicht ebenso wie wir?«, hatte Esther gefragt. »Glaubst du, er will nicht bei uns sein, wenn wir es erfahren?«

Mildred glaubte das nicht. Alles Leben, das Hyperion noch in sich hatte, saß in seinen Händen, aber sie ließ den beiden ihren Willen. Etwas war gut daran, zusammen zu sein, auch wenn Mildred, die alles wusste, selbst inmitten von Menschen alleine blieb.
Die Vordertür klappte. Sie stand jetzt immer offen, für den Fall, dass irgendwer mit einer Nachricht kam. Aber es war nur Horatio, der nach der Arbeit auf dem Telegraphenamt gewesen war. Unter dem Arm trug er die Zeitungen, und in der Hand hielt er eins der braunen Telegramme, doch die Mutlosigkeit auf seinem Gesicht sprach Bände.
»Noch keine Namensliste«, sagte er müde. »Das Schiff, das die Überlebenden geborgen hat, heißt Carpathia. Es hat gestern Abend New York erreicht.«
»Und wie viele sind es?«, rief Esther und sprang auf. »Wie viele Überlebende?«
Horatio senkte den Kopf. »Genaues weiß niemand. Nicht mehr als siebenhundert.«
Esther schluchzte auf. Ihr Mann wollte sie an sich ziehen, doch sie schlug sich frei, lief zum Fenster und sah hinaus in den Garten. Seit dem Morgen regnete es. Die unsägliche Lydia, die etwa zehn Jahre älter aussah, als sie sein konnte, ging zu Horatio, der selbst jetzt noch zehn Jahre jünger aussah, als er war, und rieb ihm mit der bloßen Hand einen Spritzer Motorenöl von der Wange. Sinnlos, der Frau ein Taschentuch anzubieten, sinnlos, dem Mann zu sagen, er solle sich in der Teufelsmaschine nicht zu Tode fahren. Etwas an den beiden war dennoch famos. Wäre Selene nicht gestorben, hätten sie es geschafft und sich behauptet, die Weavers. Allen Stürmen zum Trotz.
»Von wem ist das Telegramm?«, fragte Lydia.
»Von Thomas. Der Teufelskerl ist nach Liverpool gefahren, weil er von hier keine Passage bekam. Er sitzt auf der Merseyside. Ich nehme an, er erreicht heute noch New York.«
»Weiß er es?«
Horatio schüttelte den Kopf. »Habt ihr etwas gegessen?«

»Nein. Du?«
Sie sahen einander in die Augen und zuckten beide mit den Schultern.
»Ich könnte aus dem Victoriana etwas bringen lassen«, bot Andrew an, und sie ließen ihn gehen, obwohl niemand Hunger hatte und Mount Othrys vor Vorräten überquoll, um dem armen Mann etwas zu tun zu geben.
Der Abend des nächsten Tages war noch niederschmetternder. Das Büro der White Star Line hatte bestätigt, dass tausendfünfhundert Menschen bei der Katastrophe umgekommen waren, und eine erste Liste Überlebender in seine Fenster gehängt. Die Namen von Selene und Chastity waren nicht darunter. »Aber die Liste ist ja nicht vollständig«, beschwor sie Horatio. »Wir dürfen die Hoffnung nicht aufgeben.« Seine Stimme verriet, dass er sie aufgegeben hatte, doch am nächsten Morgen trottete er wieder aus dem Haus, ehe die Sonne aufging, um vor Arbeitsantritt vor der Tür der White Star Line auf Nachricht zu warten.
Auch an diesem Tag regnete es. Es wurde nicht richtig hell im Zimmer, und keiner von ihnen machte Licht. Irgendwann am frühen Abend begann Esther zu schreien: »Ich halte das nicht mehr aus, ich halte das verdammte Warten nicht mehr aus.«
Sie sah aus wie eine Greisin, die Augen in schwarzen Schatten, die Wangen eingefallen, das Haar zerrauft. Mein armes Kleines, dachte Mildred. Ich halte es auch nicht mehr aus. Das verdammte Warten, das verdammte Leben – wie halten wir tapferen Menschen das nur diese ewigen Jahre lang aus?
Und dann klappte die Tür. Sie alle zuckten zusammen, und Lydias Blick flog auf das Zifferblatt der Standuhr. Noch nicht sechs. Zu früh für Horatio und Andrew, und Georgia war gerade vom Hotel herübergekommen. Es musste jemand anders sein. Ein Fremder. Irgendwer, der das endlose Warten unterbrach.
Als sie den ersten Schritt hörte, wusste sie es. Lange bevor er die Tür des Zimmers aufschob und ihr sein Gesicht zeigte. Er war es. Ihr Tod-

feind. Der, der ihr Leben zerstört hatte. Selenes Leben. Chastitys Leben. Esthers Leben. Ehe Tränen ihre Augen blind machten, verbot sich Mildred, an weitere Leben zu denken. Sie stand auf, ohne dass jemand auf sie achtete, und nahm die Decke vom Sims. Als der Mann erschien, saß sie schon wieder auf ihrem Stuhl, der der Tür zugerichtet stand.

Sie hatte ihn seit Jahren nicht gesehen. Wenn sie an ihn gedacht hatte in diesen Tagen, seit sie wusste, was er getan hatte, war sein Haar schwarz gewesen, und auch so klein hatte sie ihn nicht in Erinnerung.

»Guten Abend allerseits. Es tut mir leid, dass ich der freundlichen Einladung nicht früher nachkommen konnte.«

Seine Stimme war unverändert. Sie hatte im Ohr, wie er mit dieser Sense von Stimme »Mildred Adams aus Whitechapel« sagte. Es musste ein Ende sein. Unter der Decke tastete sie nach dem Metall, wie sie es etliche Male geübt hatte. Er hatte die Hölle, die ihn erwartete, tausendmal verdient.

»Ich bedanke mich vielmals«, sagte Hector Weaver und machte tänzelnd drei Schritte in den Raum. Mildred war wieder jung. Sie war neunzehn Jahre alt und versuchte sich auf der engen Stiege von Milton's Court an ihm vorbeizuschieben, ohne dass er ihr auf den Hintern klatschte, ohne dass er die Lippen so wie jetzt verzog und bemerkte: »Wenn es Ihnen mit der Miete so schwerfällt, Miss Adams, werden Sie das Bett leider räumen müssen. Es tut mir von Herzen leid, dass Ihre Schwester krank ist – nur sehen Sie, unsereins lebt schließlich auch nicht von Luft ohne Liebe …«

Zieh die Pistole, fuhr sie sich an. Nur ein Augenblick, dann ist alles vorbei.

»Ich hatte selbst vor, dir in nächster Zeit einen Besuch abzustatten, beste Mildred«, sagte er. »Unser Spiel war schön, es hat mich Jahrzehnte hindurch unterhalten. Aber irgendwann hat auch das schönste Spiel ein Ende. Wir werden schließlich nicht jünger, und wir wollen ja nicht, dass einer von uns diesen holden Planeten verlässt, ehe er die Auflösung erfährt.«

Das wollte er ihr auch noch antun! Den Kampf ihres Lebens zunichtemachen. Ihnen sagen, was sie getan hatte, ohne dass einer von ihnen den Grund begreifen würde. Die treuherzige Georgia. Lydia, die um Horatios willen in der Familie bleiben musste, und Esther, ihre arme Esther, die ihr Kind verloren hatte. Hyperion, ihr Liebster, der nicht einmal in Frieden sterben durfte. Sie musste sie schützen. Mildred zog die Pistole unter der Decke hervor, schloss ein Auge und zielte auf Hector Weavers Brust.

»Mildred!«, schrie Lydia. »Sind Sie verrückt?«

»Mutter, nein!«, schrien Esther und Georgia.

Aber um auf sie zu achten, hatte Mildred keine Zeit. Ihr Mut wurde augenblicklich belohnt. Sie hatte nicht geglaubt, dass dieser Anblick ihr jemals vergönnt sein würde – Angst, die von Hector Weavers Gesicht Besitz ergriff. Nackte Angst um das erbärmliche Leben einer Ratte. Seine Rattenklauen, die in wilden Zuckungen bebten, hoben sich vor seinen Hals. »Nicht doch«, stammelte die zu einem Nichts geschrumpfte Stimme. »Nicht doch. Nicht.« Mildred gönnte sich das Bild noch einen Herzschlag lang. Und dann klappte die verdammte Tür.

»Horatio!« Die wackere Lydia kreischte fast. »Horatio, hilf uns!«

Horatio war ein Pfundskerl. Er hatte es verdient, mit anzusehen, wie seine Tante seinen Peiniger erschoss. Es mochte es ihm ein wenig leichter machen, den Verbliebenen mitzuteilen, dass alle Hoffnung verloren war. Hüte mir meine Schar, wenn ich es nicht mehr kann, bat sie ihn in Gedanken und wartete, bis seine Schritte durch den Korridor hallten. Dann krümmte sie den Finger um den Abzug.

So hoch hatte Lydia sich im Leben nie schreien hören. Sie hatte auch im Leben nie einem Gott gedankt. Gott sei Dank, dass du kommst, Horatio. Gott sei endlos Dank.

Aber das Gesicht, das in der Tür erschien und sofort schreckensbleich wurde, gehörte nicht Horatio. Es gehörte dem Mädchen. Annette Alexandrina. Neben ihr stand ein Riese von einem Mann, der schneeweißes Haar hatte und sich auf eine Krücke stützte.
Das Mädchen schrie. Einen entsetzlichen Augenblick lang glaubte Lydia, sie sei vorgesprungen und habe sich zwischen die Mündung der Waffe und Hector Weaver geworfen. Lydia hörte den Aufprall, den Schuss, der für eine Sekunde alles Hören zerschmetterte, und erst dann sich selber rufen: »Bleib stehen, Annette – nicht bewegen!«
Schwarzer Rauch verdunkelte den Raum und kratzte in der Kehle. Durch Schwaden sah sie, wie Hector Weaver mit einem Heulen vornüberstürzte. Dahinter stand Horatios Tochter. Annette Alexandrina, Schönheit mit dunklen Augen, die Archäologin werden wollte. Unversehrt.
Die Rauchschwaden legten sich nur langsam. Leises Summen mischte sich mit leisem Weinen. Dann wieder die Tür und Horatios Schritte im Korridor. Er wollte etwas sagen, doch das, was er sah, gebot ihm Stille. Ohne ein Wort nahm er Annette in die Arme.
Die, die weinte, war Mildred. Und der, der summte, war der weißhaarige Riese, an den Lydia sich dunkel erinnerte. Er war der Mann von Horatios Kindermädchen, er war auf ihrer Hochzeit gewesen. Mit einem unglaublichen Satz war er zu Mildred gesprungen und hatte ihr die Pistole aus der Hand geschlagen, ehe der Schuss sich löste und die Scheibe durchschlug. Ein wenig Regen rieselte ins Fenster. Hätte Mildred auf Hector Weaver geschossen? Gott sei Dank würden sie es nie erfahren.
»Musst dich nicht sorgen, armes Kleines«, murmelte der Riese und strich Mildred Haar und Tränen und Schweiß vom Gesicht. »Musst dich jetzt nicht mehr sorgen. Du bist doch keine Mörderin. Heute nicht. Und damals warst du auch keine.«
Er legte die Arme um sie, zog sie vom Stuhl zu sich, und die unbesiegbare Mildred ließ sich gegen ihn fallen. Die Melodie, die er von neuem

zu summen begann, erkannte Lydia nicht, aber kurz darauf summte er ein Lied, das ihre Mutter für sie gesungen hatte.
»Lavendel ist blau, dilly dilly,
Lavendel ist grün.«
Es war schön, an Lavendel zu denken, der auf den Wiesen hinter der Tudorruine bald blühen würde. Unendlich schön.
Ein Stöhnen ließ sie alle herumfahren. Hyperion, den nicht einmal der Schuss aus seiner Starre gerissen hatte, wand sich in Krämpfen auf dem Bett. Esther sprang zu ihm und versuchte ihn festzuhalten. Der Riese stand auf, ließ aber die Hand auf Mildreds Scheitel liegen. »Wir müssen Sie um Verzeihung bitten, Dr. Weaver«, sagte er. »Was wir Ihnen angetan haben, ist furchtbar, aber wir haben es getan, weil wir jung und verzweifelt waren und keinen Ausweg wussten. Wir haben teuer dafür bezahlt.«
»Victor«, kam es kaum hörbar von Mildred, »nicht weiter.«
Er streichelte über ihr Haar. »Doch, mein Kleines. Jetzt muss ich weiter. Mein Annettchen hat mir gesagt, wo meine Tochter und mein Enkelkind sind, darum brauchst du dich nicht mehr zu sorgen, und das andere müssen wir auch aus der Welt schaffen. Hätten wir es früher getan, wir hätten uns so vieles erspart. Ihre Daphne hat Sie so geliebt, Dr. Weaver. Sie hat Ihnen einen Brief geschrieben und Sie gebeten, sich nicht die Schuld zu geben. Ihre Liebe, schrieb sie, war das Schönste in ihrem Leben, und dass wir Ihnen diesen Brief gestohlen haben, ist unverzeihlich. Wir haben ihn im Solent versenkt, Mildred und ich, zusammen mit den Toten. Wir wussten uns keinen Rat, wir dachten, Sie könnten mit der Wahrheit nicht leben. Daphne hat an dem Herd, den Ihr Bruder Ihnen geschenkt hat, das Gas aufgedreht und sich und den Jungen und den kleinen Hund getötet. Ich bin sicher, sie sind ganz friedlich gestorben, Dr. Weaver. Wir hätten es Ihnen sagen müssen. Für Ihre Daphne war das Leben zu hart, aber dieser Brief an Sie war voller Liebe.«
Der alte Mann weinte. Über sein zerfurchtes Gesicht rannen Tränen,

während er Mildred, die sich an sein Bein lehnte, über den Kopf strich. Esther weinte auch. So leise wie Victor. In ihren Händen hielt sie die Hände ihres Vaters, deren Finger sich in ihren öffneten, während sein Mund sich verzog, als wollte er lächeln. Hector Weaver lag auf dem Boden und weinte aufs Parkett. Bis auf das leise Weinen und den Regen, der durch die zersprungene Scheibe fiel, war lange Zeit nichts zu hören.

Dann rief Horatio sachte ihre Namen. »Esther. Mildred.« Die beiden hoben die Köpfe. »Selene lebt. Phoebe hat sie aus einem Spital geholt, und Thomas ist auch bei ihr. Sie braucht Zeit, schreibt Phoebe, und sie kann bei ihr bleiben, solange sie will. Phoebe lebt mit einem italienischen Witwer und insgesamt sechs Kindern zusammen, es ist ein glückliches Haus, wie du es ihr gewünscht hast, Mildred. Es wird Selene guttun. Sobald sie stark genug ist, bringen Phoebe und Thomas sie uns zurück.«

Mildred starrte ihn an. Er strich Annette über die Wange, ließ sie los und trat auf Mildred zu. Einen Schritt vor ihr ging er in die Hocke, auf Augenhöhe mit ihr. »Chastity ist tot, Mildred. Sie hat sich entschieden, mit ihrem Charles zu sterben. Sie lässt dir sagen, dass sie dich liebt. Und dass sie versteht, was du getan hast.«

»Sie … sie verzeiht mir?«

»Ja.« Behutsam umfasste er ihr Gelenk, schob den Stapel Telegramme in ihre Hand und streichelte sie. Dann stand er auf, nickte Victor zu und drehte sich nach der wimmernden, am Boden liegenden Gestalt um. »Komm, Vater. Ich bringe dich nach Hause. Hat irgendwer einen Schirm?«

Die verlässliche Georgia lief, um den Schirm zu holen, während Horatio dem zitternden Alten auf die Beine half. Er musste ihn stützen, damit er überhaupt gehen konnte.

Lydia sah zu, wie Horatio mit seinem Vater am Arm aus der Tür verschwand. Danach sah sie zu, wie Esther ihrem Vater mit ruhiger Hand die Augen schloss, und wartete, bis Georgia sich zu ihr gesetzt hatte.

Erst dann ging sie durch den dunklen Korridor den beiden hinterher, zog die Vordertür auf und stellte sich in Wind und Regen. Über den Gartenweg ging ihr Liebster, stützte seinen Vater und hielt den Schirm über ihn.

»Horatio«, rief sie und wartete, bis er den Kopf wandte. »Mein Liebster, mein Einziger. Ja!«

»Was ja?«

»Ja, ich will deinen exquisiten Namen wiederhaben. Auch wenn ich nicht weiß, wie wir das machen sollen, du hier mit deiner Arbeit und deiner unglaublichen Sippe auf eurem Titanenberg und ich als unbelehrbares altes Weib in London.«

Seine Wangen hinunter triefte der Regen. Ehe er den Mund verzog, hob er eine seiner teuflischen Brauen. »Wir fahren im Auto«, sagte er.

ENDE

Glossar

Abakus Rechenhilfe mit Perlen

Antiphlogistikum entzündungshemmendes Medikament

Arbeitshaus öffentliche Einrichtung, in der Menschen, die zu arm waren, für ihren Unterhalt zu sorgen, untergebracht und zu härtesten Arbeiten verpflichtet wurden (u. a. Zerkleinern von Gestein für den Straßenbau). Männer und Frauen wurden getrennt, Familien auseinandergerissen. Seit dem Poor Law von 1834 stellte das Arbeitshaus für mittellose Menschen die einzige Möglichkeit dar, öffentliche Unterstützung zu erhalten. Nach einem Aufenthalt im Arbeitshaus gelang eine Wiedereingliederung ins Alltagsleben höchst selten.

Baby Farmer Frauen, die gegen Bezahlung ungewollte Säuglinge aufnahmen, angeblich, um diese zu versorgen oder sie an adoptionswillige Eltern zu vermitteln. Zahllose dieser Kinder starben an Vernachlässigung oder wurden getötet.

Bank Holidays staatliche Feiertage, seit 1871 für Arbeiter eingeführt

Blue Ribbon Army Temperance Movement oder Mäßigungsverein, dessen Mitglieder blaue Bänder an den Jacken trugen, um gegen den Genuss von Alkohol zu protestieren

Bob umgangssprachlich für Schilling

Bräune volkstümliche Bezeichnung für Diphtherie

Building Society Bausparkasse. Seit dem Ende des 18. Jahrhunderts allmählich sich durchsetzende Institution, bei der die Anleger gleichzeitig Eigentümer waren. Dazu gedacht, auch Kleinstsparern zu Vermögen zu verhelfen.

Clipper schnelles Segelschiff des 19. Jahrhunderts

Cutaway Frack mit kurzen Schößen

Dispensarium Medikamentenausgabe

Dreadnought erstes Einheitskaliber-Schlachtschiff, gebaut in Portsmouth. Als die Dreadnought 1906 vom Stapel ging, entwertete sie auf einen Schlag alle bis dahin gebauten Schlachtschiffe und befeuerte ein internationales Wettrüsten. Die später nachgebauten Großkampfschiffe des Typs wurden im Volksmund der Dreadnought-Klasse zugeordnet.

Farthing Viertelpenny

Guinea Münze im Wert von 1 Pfund und 1 Schilling, also 21 Schillingen

Hansom Cab leichter zweirädriger Einspänner mit Cabrioletdach, bei dem der Fahrer hinter der Kabine mit den Insassen saß; häufig als Mietwagen, Pferdetaxi

Hokey Pokey Eiscreme

Hornpipe lebhafter, heiterer Tanz im Zweiviertel- oder Viervierteltakt

Hot Toddy Heißgetränk aus Zucker, Wasser, Whisky und Gewürzen, im 17. Jahrhundert in Schottland entwickelt und traditionell zur Behandlung von Erkältungen verwendet

Jacob's Ladder Jakobsleiter; einfach gefertigtes hölzernes Geschicklichkeitsspiel

John, Dick und Harry Redensart, entspricht etwa dem deutschen »Hinz und Kunz«

Jüdische Harfe Mundorgel

Kielschwein Längsverband, der über den Bodenwrangen verläuft, den Rumpf des Schiffs versteift und Wrangen und Spanten verbindet

Köppelmacher Gerät zur Vernietung

Kontagionisten Anhänger einer medizinischen Schule, die von der Ansteckungstheorie – im Gegensatz zur Miasmentheorie – überzeugt waren

Krone Münze im Wert von 5 Schillingen, auch als Halbkrone im Umlauf

Mäßigungsverein Temperance Movement, Bewegung gegen den Genuss von Alkohol. Die Vereinigung, für die Thomas Cook seine ersten Gruppenreisen organisierte, gehörte dazu.

Miasmentheorie Lehre von giftigen Ausdünstungen des Bodens, durch die Krankheiten übertragen werden

Mince Pies Weihnachtsgebäck, gefüllt mit Sirup und Trockenfrüchten

Navvy Wanderarbeiter, so benannt nach den Navigationskanälen, die sie überall in Großbritannien errichteten. Sie wurden für den gesamten Bau der Eisenbahn eingesetzt, lebten in Barackenstädten, trugen erkennbare Kleidung und waren in der Bevölkerung gefürchtet.

Penny Post Postsystem mit Briefmarken zu einem Penny pro Brief, eingeführt 1840

Pfund Münze im Wert von 20 Schillingen bzw. 240 Pennys

Phaeton vierrädrige sportliche Kutsche, meist von einem, seltener von zwei Pferden gezogen

Pie and Mash Fleischpastete und Kartoffelbrei, ein Gericht, das in Imbissen verkauft wurde

Pleureuse Hutschmuck aus häufig gefärbten Straußenfedern

Ploughman's Lunch »Ackermann's Mittagbrot«, häufig in Pubs serviertes kaltes Gericht, bestehend aus Brotscheiben, Käse und eingelegtem Gemüse; 1837 erstmals erwähnt

Port Admiral hochrangiger Marineoffizier, der als Kommandant eines Marinehafens fungierte und für die Ausstattung, Reparatur und Wartung der im Hafen befindlichen Schiffe verantwortlich war. Portsmouth stellte den führenden Port Admiral des Landes.

Rhubarb and Custards gekochte Bonbons aus Rhabarber und einer Eiercreme

Samstagsappell (später auch *Sonntagsappell*), Hospital Saturday Appeal, an Samstagen durchgeführte Straßensammlungen zugunsten von Krankenhäusern. Später gab es auch einen Sunday Appeal, der kirchliche Kollekten zugunsten von Krankenhäusern koordinierte.

Schilling auch Bob genannt, Münze im Wert von 12 Pennys

Scones Teekuchen mit Sahne und Eiern

Skittles einfaches beliebtes Kegelspiel

Solent Meerenge vor der Südküste Englands, Seitenarm des Ärmelkanals

Spekulum einfaches Werkzeug zur vaginalen Untersuchung

Suffragette von dem englischen Wort Suffrage (Wahlrecht) abgeleiteter Begriff für die Frauen, die seit dem Ende des 19. Jahrhunderts für das Frauenwahlrecht kämpften. Zunächst als Schimpfwort aufgebracht, wurde der Name bald von den Frauen selbst benutzt. *The Suffragette* war ihre offizielle Publikation.

Tallboy Hohe Kommode mit mehreren Schubladen

Tilbury leichter, halb offener Einspänner

Tonne Ist von der Tonne als Maßeinheit die Rede, so ist hier die britische Tonne (tn.l.) gemeint, die etwa 1016 kg enthält.

Toshers Männer, die illegal in den unterirdischen Abwasserkanälen nach Münzen und Schmuck suchten

Voluntary Hospital Freiwilligen-Krankenhaus, Einrichtung des 19. Jahrhunderts, in der mittellose Patienten behandelt wurden, ehe die Gesundheitsfürsorge der Armen gesetzlich geregelt wurde. Während sich Kranke der oberen Gesellschaftsschichten in ihren Häusern behandeln ließen, konnten die der unteren hierher eingewiesen und gratis versorgt werden. Die Anstalten finanzierten sich ausschließlich durch Sponsorengelder, Ärzte leisteten ihre Arbeit freiwillig.

Wassail zu Weihnachten bereiteter Punsch, mit dem traditionell die Weihnachtssänger von Tür zu Tür gingen, sangen und Spenden erbettelten

WSPU Women's Social and Political Union; 1903 von Emmeline Pankhurst begründete Organisation zum Kampf für die Rechte der Frau